심장은
마지막
순간에

THE
HEAD
GOES
LAST

마거릿 애트우드 장편소설
김희용 옮김

심장은
마지막
순간에

MARGARET
ATWOOD

위즈덤하우스

메리언 엥겔(1933~1985)과
안젤라 카터(1940~1992)와
주디 메릴(1923~1997)에게

아울러, 늘 그렇듯, 그램에게

……빛나는 하얀 상아 조각상을 만들어낸 경이로운 솜씨 덕분에…… 그것은 그의 예술가적 기교가 몹시 솜씨 좋게 숨겨져 있어서—금방이라도 움직일 것 같으면서도 얌전히 참고 있는 듯한 자세의, 진짜 살아 있는 젊은 여자처럼 보였다……. 그는 그녀가 키스를 되돌릴 것이라고 확신하면서 그녀에게 키스했고, 말을 걸었고, 그녀를 껴안았다…….

—오비디우스, 「피그말리온과 갈라테아」, 『변신 이야기』 10권

"본격적으로 파고들기 시작하면, 이런 일들은 옳지 않은 것처럼 느껴진다. 그것들은 인간의 신체 부위를 닮은 구석이라고는 전혀 없는 듯 느껴지는 고무 같은 물질로 만들어진다. 그들이 그런 점을 보완하는 방법은 우선 사람들에게 그것들을 따뜻한 물에 푹 담그라고 시키고, 그런 다음 대량의 윤활유를 사용하고……."

—애덤 프루치, 「나는 가구와 섹스를 했다」, 기즈모도(미국의 정보 기술 전문 블로그—옮긴이) 2009년 10월 17일

연인들과 미치광이들은 머리가 펄펄 끓어오르기 때문인지,
그런 허무맹랑한 환상들을 만들어내지만, 그것은
냉정한 이성으로는 도저히 이해할 수 없는 것이오.

—윌리엄 셰익스피어, 「한여름 밤의 꿈」

차례

I

—

어디로?

갑갑하다

차 안에서 잠을 자는 것은 갑갑하다. 그것도 주인을 두 명이나 거친 중고 혼다 자동차라면, 처음부터 대궐 같은 장소는 아니기 마련이다. 만일 승합차라면 공간이 좀 더 있을 테지만, 그들에게 그런 차를 살 만한 여유가 있을 리 만무하고, 심지어 그건 그들이 자신들에게 돈이 있다고 생각했던 과거에도 마찬가지였다. 스탠은 어떤 종류건 어쨌든 자동차가 있다는 것만으로도 자신들은 운이 좋다고 이야기하는데, 맞는 말이기는 하지만, 그렇다고 그런 행운이 그들의 차를 조금이라도 더 크게 만들어주는 것은 아니다.

샤메인은 스탠에게 좀 더 많은 공간이 필요하므로 그가 뒷자리에서 자야 한다고 생각하지만—그가 몸집이 더 크니, 그게 공정하긴 할 것이다—유사시에 잽싸게 차를 몰고 자리를 뜨려면 그는 앞자리에 있어야만 한다. 그는 샤메인에게 그녀가 그러한 상황에서 제구실을 할 능력이 있다고 믿지 않으며, 비명을 지르느라 너무 바빠서 운전을 할 수 없을 것이라고 말한다. 그러므로 샤메인이 더 널찍한 뒷자리를 사용하는 편이 낫다. 엄밀히 말해, 몸을 쭉 뻗고 누울 수는 없기 때문에 달팽이처럼 몸을 동그랗게 말아야 하기는 해도.

그들은 모기들과 갱단과 홀로 돌아다니는 기물 파괴범들 때문에 대개는 차창을 다 닫아둔다. 홀로 돌아다니는 자들은 보통 총이나 칼을 가지고 있지 않지만—만일 그들이 그런 종류의 무기들을 가지고 있다면 세 배는 빠르게 그곳에서 벗어나야만 한다—완전히 정신이 나갔을 가능성은 더 크고, 쇠붙이나 돌멩이나 심지어 굽 높은 구두 한 짝이라도 지닌 정신 나간 사람은 큰 피해를 입힐 수 있다. 그들은 상대가 악령이나 되살아난 시체, 혹은 흡혈귀를 기다리는 음탕한 여자라고 생각할 것이고, 그들을 진정시키기 위해 해볼 수 있을 법한 그 어떤 합리적인 일도 그들에게서 그런 생각을 지워버리지는 못할 것이다. 윈 할머니가 말하곤 했던 대로, 정신 나간 사람들을 상대하는 가장 좋은 방법은—사실은, 유일한 방법은—어딘가 다른 곳에 가 있는 것이다.

차창마다 상단의 좁은 틈을 제외하고는 꽉 닫혀 있는 탓에, 공기가 탁하고 그들 자신의 체취로 찌들어 있다. 샤워를 잽싸게 하거나 빨래를 할 수 있는 곳이 많지 않기에 스탠은 짜증을 낸다. 샤메인 역시 그로 인해 짜증이 나지만 그런 기분을 억누르고 밝은 측면을 보려고 최선을 다한다. 사실, 불평을 해봐야 무슨 소용이 있겠는가?

그럼 뭐가 소용이 있지? 그녀는 보통 이렇게 생각한다. 하지만 *무슨 소용이냐고* 생각하는 것조차 무슨 소용이 있겠는가? 대신에 그녀는 이렇게 말한다.

"자기, 우리 힘 좀 내자!"

스탠은 이렇게 말할지도 모른다.

"왜? 도대체 내가 힘을 내야 할 빌어먹을 타당한 이유를 하나만 대봐."

아니면 그녀의 밝고 긍정적인 말투를 흉내 내면서 이렇게 말할지도 모른다.

"자기, 입 좀 닥쳐!"

그는 심술궂으니까. 그는 짜증이 나면 심술궂어지는 경향이 있기도 하지만, 속마음은 선한 남자다. 대부분의 사람이 속마음은 선하다. 만일 그들이 스스로의 선함을 입증할 기회만 가진다면. 샤메인은 계속해서 그렇게 믿기로 마음먹고 있다. 샤워는 사람의 선함을 입증하는 데 도움이 된다. 왜냐하면 윈 할머니가 입버릇처럼 말했다시피, *청결은 신앙심 다음으로 중요하고, 신앙심은 선함을 의미하니까.*

그것은 윈 할머니가 했을 법한 여러 가지 말 중 하나로, 예를 들면 다음과 같은 말들이었다.

네 어머니는 자살하지 않았어. 그건 그냥 말뿐이었어. 네 아버지는 최선을 다했지만 감당해야 할 게 너무 많았고, 그게 너무 과했던 거란다. 넌 그런 예전 일들을 잊어버리려고 열심히 노력해야만 해. 남자가 과음을 하면 자기 행동에 책임을 질 수 없기 마련이니까.

그런 다음 윈 할머니는 말하곤 했다.

우리 팝콘 만들자!

그리고 함께 팝콘을 만들면서 윈 할머니는 이렇게 말했다.

창밖을 내다보지 마, 귀염둥이야. 사람들이 저쪽에서 뭘 하는 중인

지 보고 싶은 건 아니겠지. 그건 좋은 생각이 아니야. 그들은 그냥 그러고 싶으니까 소리를 지르는 거란다. 그건 자기표현이야. 여기 내 옆에 앉으렴. 가장 좋은 쪽으로 다 잘 해결됐어. 왜냐하면 봐, 넌 여기 있고, 지금 우린 행복하고 안전하니까!*

그렇지만 그건 오래가지 않았다. 그 행복은. 그 안전은. 그 지금은.

어디로?

스탠은 앞좌석에서 몸을 비틀며 편한 자세를 취하려 애쓴다. 빌어먹게도, 그럴 수 있을 가능성은 거의 없지만. 또 그렇다고 한들 그가 무엇을 할 수 있을까? 그들이 어디로 향할 수 있을까? 안전한 장소는 아무 데도 없고, 아무런 지침도 없다. 그는 마치 잔인하지만 무심한 바람에 날려, 아무 목적 없이 쳇바퀴 돌듯 맴도는 중인 것 같다. 출구가 전혀 없다.

그는 몹시 외롭고, 때로는 샤메인과 함께인 것이 그를 더 외롭다고 느끼게 만들기도 한다. 그는 그녀를 실망시켰다.

그에게 형제가 하나 있기는 하지만, 그건 최후의 궁여지책이 될 것이다. 그와 코너는 각자 다른 길을 따라갔다. 이 말은 그 사실을 품위 있게 표현한 것이다. 술에 취해 *병신 새끼니 얼간이니 돌대가리니* 하는 말들을 거리낌 없이 주고받으며 벌인 한밤중의 싸움은 그 사실을 무례하게 표현하는 것일 터인데, 그것이야말로 그들이 마지막으로 맞닥뜨렸을 때 줄곧 코너가 택한 방식이었다. 정확히 말하자면, 스탠 역시 그 방식을 택했다. 비록 그는 콘만큼 말투가 천박하지는 않았지만 말이다.

스탠의 견해, 그러니까 그 당시 그의 견해로, 코너는 거의 범죄자나 다름없었다. 하지만 코너의 견해로는 스탠은 체제의 하수인, 아첨꾼, 웃음거리, 겁쟁이였다. 올챙이 불알 같은 놈이었다.

약삭빠른 코너는 지금 어디에 있을까, 무엇을 하고 있을까? 최소한 그는 이 지역을 낡아빠진 배처럼 바꿔놓은 엄청난 금융 붕괴로 사업이 도산하는 파국 속에서 실직을 하지는 않을 것이다. 직장이 없으면 실직을 할 수도 없는 법이니까. 스탠과 달리, 지금까지 그는 파면을 당하지도, 내쫓기지도 않았고, 티끌이 들어간 듯 눈이 따갑고 겨드랑이에서는 역겨운 냄새를 풍기며 반쯤 넋이 나간 채 떠도는 삶을 살아야 하는 운명도 아니었다. 콘은 아이였을 때부터 줄곧, 언제나 다른 사람들에게 달라고 조르거나 훔친 것으로 먹고살았다. 스탠은 직접 돈을 모아 산 스위스 아미 나이프(야전용 다용도 칼로 유명한 상표명—옮긴이), 트랜스포머(자동차, 비행기 등으로 모양을 바꿀 수 있는 일종의 변신 로봇 장난감—옮긴이), 스펀지 총알을 쓰는 너프 총(미국 장난감 회사인 해즈브로 사에서 생산하는 장난감 총의 일종—옮긴이)을 지금까지도 잊지 않았다. 마법처럼 모조리 사라져버렸던 것이다. 남동생인 콘은 머리를 절레절레 흔들고 있었고. 절대 아니야, 누구, 나라고?

스탠은 밤중에 잠에서 깨면 잠시 동안 자신이 집에서 잠자리에 들어 있거나 최소한 일종의 침대에 누워 있다고 생각한다. 샤메인을 찾아 손을 뻗지만, 그녀는 옆자리에 없다. 그는 자신이 악취가 나는 차 안에 있으며 오줌을 눠야 한다는 걸 깨닫지만, 문을 열기가 두렵다. 그가 있는 쪽을 향해 지껄여대는 목소리들과, 자갈을 저벅저벅 밟으며 걷거나 아스팔트 위를 쿵쿵거리는 발소리들, 그리고 아마 차 지붕을 쾅쾅 두드리고 있을 어느 주먹과, 차창에서 활짝 웃고 있는 이빨이 일부밖에 없는 흉터 난 어느 얼굴 때문이다.

우리가 뭘 손에 넣었는지 봐! 젊은 년이야! 문을 따자! 쇠지레 좀 줘봐!

이내 들리는 샤메인의 겁먹은 작은 속삭임.

"스탠! 스탠! 우리 가야 해! 지금 당장 가야 한다고!"

마치 그가 스스로는 그 사실을 생각해내지 못하기라도 할 것처럼. 그는 차 열쇠를 늘 점화 스위치에 꽂아둔다. 엔진의 회전, 타이어의 끼익 소리, 고함과 야유, 심장이 쿵쾅거리는 소리, 그다음에는 뭘까? 다른 어떤 주차장 혹은 골목길에서나, 어떤 다른 곳에서든 달라질 건 전혀 없을 것이다. 그에게 기관총이 한 자루 있다면 좋을 테지만, 좀 더 작은 총 하나조차도 구할 수 없을 것이다. 현재로서 그의 유일한 무기는 도주뿐이다.

그는 불운에 뒤쫓기는 듯한 기분이 든다. 마치 불운이 그의 뒤에 줄곧 잠복해 있다가 그의 냄새를 뒤따라와서 모퉁이에 숨어 기다리는 들개이기라도 한 것처럼 말이다. 사악한 노란 눈으로 그를 가만히 지켜보기 위해 관목 밑에서 내다보고 있는 들개. 어쩌면 그에게 필요한 것은 주술사, 그러니까 진지한 부두교 주술사일지도 모른다. 게다가 샤메인이 그의 손이 닿지 않는 뒷좌석 대신 그의 옆에 있으면서 함께 모텔에서 하룻밤을 보낼 수 있게 해줄 200달러까지. 최소한의 기본적인 것은 그 정도일 것이다. 조금이라도 더 바란다면 과욕을 부리는 셈일 테니까.

샤메인의 위로의 말은 상황을 더 악화시킨다. 그녀는 몹시 열심히 노력한다.

"당신은 *실패자*가 아니야. 우리가 집을 잃었고, 차에서 잠을 자고 있을망정. 그리고 당신이……." 그녀는 *해고당했다*는 말을 하고 싶지 않다. "더욱이 당신은 포기하지 않았잖아. 적어도 일자리를 찾는 중이라고. 집을 잃는 그런 일들은, 그러니까, 그러니까…… 그런 일들은 지금껏 많은 사람에게 일어났어. 대부분의 사람한테."

"하지만 모든 사람한테는 아니지." 스탠은 그렇게 말하곤 했다. "빌어먹게도 모든 사람한테는 아니야."

부자들한테는 아니다.

그들은 아주 제대로 시작했었다. 그 당시에는 둘 다 직장이 있었다. 샤메인은 '루비 구두(영화 「오즈의 마법사」에서 주인공 도로시 역의 주디 갈랜드가 신고 등장한 빨간 구두에서 비롯된 표현으로, '내 집만큼 좋은 곳은 없다'는 것을 상기시켜 주는 물건—옮긴이) 양로원 및 부속병원' 체인에 몸담고, 오락 및 행사를 담당하고 있었으며—관리자들 말로는, 그녀에게는 노인들을 다루는 특별한 솜씨가 있었다—출세 가도를 달리는 중이었다. 스탠 역시 잘 해내고 있었다. '딤플(Dimple) 로보틱스'의 품질 관리 부서 하급 직원으로서, 자동 고객 주문 처리 모델의 공감 모듈을 테스트하면서 말이다. 사람들은 그저 그들의 식료품을 봉지에 담아주는 것만 원하는 게 아니라고 그는 샤메인에게 설명하곤 했다. 그들은 총체적인 쇼핑 경험을 하고 싶어 하는 것이고, 거기에는 미소가 포함되어 있었다. 미소를 짓게 하는 것은 어려운 일이어서 찡그린 표정이나 음흉한 웃음이 되어버릴 수도 있었지만, 만일 제대로 미소를 짓기만 한다면 사람들은 그 미소에 추가로 돈을 더 쓸 것이다. 사람들이 한때 무엇을 위해 추가로 돈을 더 쓰곤 했는지가 지금도 기억난다니 정말 놀랍다.

그들은 그저 친구들뿐인 조촐한 결혼식을 올렸다. 양쪽 다 부모님이 이래저래 돌아가셨고, 가족이 많이 남아 있지 않았기 때문이었다. 샤메인은 부모님에 대해 이야기하고 싶지 않았기 때문에 자세히 설명하지는 않았지만, 어차피 자신은 부모님을 초대하지 않았을 거라고 말했다. 하지만 그녀는 윈 할머니가 그 자리에 계실 수 있다면 좋겠다고 생각했다. 코너가 어디에 있는지는 누군들 알았을까? 스탠은 그를 찾지 않았다. 만일 그가 나타난다면, 십중팔구 샤메인의 몸을 더듬거나 뭔가 관심을 차지하기 위한 짓을 할 터였으니까.

그런 다음 그들은 조지아주의 해변에서 신혼여행을 즐겼다. 그때가 최고의 순간이었다. 사진들에는 엷은 안개처럼 온몸을 감싸는 햇살 아래 각자의 잔을—그게 뭐였냐 하면, 라임 코디얼(과일 주스에 설탕과 물을 타서 만드는 과일 음료, 혹은 일종의 혼성주인 리큐어를 의미—옮긴이)을 잔뜩 넣은 어떤 열대의 칵테일이었다—들어 자신들의 새로운 삶을 위해 축배를 들며 활기찬 미소를 머금고 있는 두 사람이 담겨 있다. 사롱 스커트와 복고풍의 꽃무늬 홀터 톱(등과 어깨가 완전히 드러나는 윗옷. 앞 몸판에서 이어진 끈이나 밴드를 목 뒤로 묶어 입는다—옮긴이)을 입고 귀 뒤에는 히비스커스 꽃을 꽂은 채 미풍에 헝클어진 금발을 반짝반짝 빛내는 샤메인과 그녀가 골라준 펭귄 무늬 초록색 셔츠를 입고 파나마모자를 쓴 그가. 글쎄, 진짜 파나마모자를 썼다는 게 아니라 느낌이 그랬다는 거긴 하지만 말이다. 그들은 몹시 젊고, 전혀 상처 입지 않은 것처럼 보인다. 미래를 간절히 열망하고 있는 것처럼 보인다.

스탠은 마침내 코너가 가로챌 수 없는 자신만의 여자가 생겼음을 보여주기 위해 그 사진들 중 한 장을 코너에게 보냈다. 또한 만일 콘이 정착해서 착실히 살며, 자질구레한 징역살이를 끝내고, 사회의 주변부에서 노닥거리기를 그만둔다면, 콘 자신이 거두기를 기대할 수도 있을 성공의 사례로서. 콘이 영리하지 않았다는 것이 아니다. 오히려 그는 지나치게 영리했다. 언제나 온갖 잔꾀를 다 부릴 정도로.

콘은 이렇게 답신을 보냈다. *멋진 젖통이랑 엉덩이야, 형. 그 여자 요리는 할 줄 알아? 그래도 역시 멍청해 보이는 펭귄들인걸.* 늘 하던 대로였다. 콘은 비웃어야만 했고, 헐뜯어야만 했던 것이다. 그것은 그가 전화를 다 끊고, 이메일을 버리고, 주소를 알려주기를 거부하기 전의 일이었다.

그들은 다시 북부로 돌아와서 주택 담보 대출을 받아 집을 사들였다. 약간의 애정 어린 손길을 더할 필요는 있지만 늘어날 가족을 위한 공간이 갖춰져 있어 생애 첫 주택 구입자에게 안성맞춤인 침실 두 개짜리 집이라는 것이 중개사가 윙크를 하면서 한 말이었다. 그것은 알맞은 가격인 것 같았지만, 돌이켜 생각해보면 그 매입 결정은 실수였다. 개조와 보수를 해야만 했고, 그것은 곧 주택 담보 대출금 외에 부채가 더 추가된다는 뜻이었으니까. 그들은 그것을 감당할 수 있다고 판단했다. 씀씀이가 큰 사람들이 아닌 데다 열심히 일했으니까. 그건 정말 죽여주게 힘든 일이었다. 열심히 일하는 것 말이다. 그는 죽기 살기로 버텼다. 그에게 남아 있던 그 빌어먹을 것들을 모두 고려해본다면, 그는 골머리를 썩이지 않는 편이 나았을 것이다. 얼마나 열심히 일했는지를 상기할 때면 그는 머리가 핑핑 도는 기분이다.

이윽고 모든 것이 무의미해졌다. 하룻밤 새 벌어진 일인 것 같았다. 자신의 개인적인 삶에서만이 아니었다. 트럼프 카드로 지은 성(불안정한 구조물을 의미―옮긴이) 전체가, 기성 사회 전체가 붕괴했고, 수조 달러가 유리창에 서렸다가 사라져버리는 김처럼 대차대조표에서 싹 사라져버렸다. 왜 그런 일이 벌어졌는지를―인구통계자료, 자신감의 상실, 엄청난 폰지 사기(신규 투자자의 돈으로 기존 투자자에게 이자나 배당금을 지급하는 방식의 다단계 금융 사기를 가리키는 용어로, 1920년대 금융 피라미드의 원조 격인 이 수법을 사용했던 찰스 폰지의 이름을 땄다―옮긴이)를―설명하는 척하는 별 볼 일 없는 전문가들이 텔레비전에 떼거리로 등장했지만, 그런 것은 다 어림짐작한 헛소리에 불과했다. 누군가는 거짓말을 했고, 누군가는 부정행위를 했으며, 누군가는 시장을 속였고, 누군가는 통화를 팽창시켰다. 일자리는 충분치 않은데 사람은 너무 많았다. 아니, 스탠과 샤메인같이 온건한 사람들을 위한 일자리가 충분치 않았다. 그들이 있던 곳인 북동부가 가장 심각한 타격을 입었다.

샤메인이 일하던 '루비 구두' 지점은 곤경에 빠졌다. 고소득층을 대상으로 한 곳이었는데, 많은 가족이 더 이상 노인들을 그곳에 맡겨둘 여유가 없었던 것이다. 방들이 비게 되었고 간접 비용이 삭감되었다. 샤메인은 전근을 신청했지만―계열 지점이 서부 해안에서는 여전히 번창하고 있었다─성사되지 않았고 정리 해고를 당했다. 그 뒤 곧 '딤플 로보틱스'가 짐을 싸더니 서부로 옮겨 갔고, 스탠은 해직 수당도 없이 내쫓겼다.

그들은 새로 구입한 집에서 샤메인이 굉장히 공들여 어울리게 꾸민, 장식용 꽃무늬 쿠션이 놓인 새로 구입한 소파에 앉아 끌어안은 채 서로에게 사랑한다고 말했고, 샤메인은 흐느껴 울었으며, 스탠은 그녀를 토닥거리면서 쓸모없어진 기분을 느꼈다.

샤메인은 서빙 일을 하는 임시 직장을 얻었다. 그리고 그곳이 완전히 망해버리자 또 다른 서빙 일을 임시로 얻었다. 그다음에도 또 다른 임시직을 얻었는데 이번에는 어느 바였다. 고급스러운 곳들은 아니었다. 그런 곳들은 씨가 말라가고 있었다. 고급 음식을 먹을 여유가 있는 사람은 다들 더 멀리 서부로 가서, 아니면 최저임금이라는 개념이 결코 존재하지 않는 이국적인 나라들에서 그런 음식을 게걸스레 먹어치우고 있었기 때문이다.

스탠에게는 허드렛일을 얻는 그런 운조차도 없었다. 자격 과잉이라는 것이 직업소개소 사람들이 그에게 한 말이었다. 그가 자신이 까다롭지 않다고, 바닥을 닦고 잔디도 깎겠다고 말하자, 그들은 선웃음을 치면서 (무슨 바닥? 무슨 잔디?) 그를 파일에 올려두겠다고 말했다. 하지만 이윽고 그 직업소개소 자체가 문을 닫아버렸다. 사실, 고용이 전혀 이뤄지지 않는다면 그곳이 문을 열고 있을 까닭이 뭐가 있겠는가?

그들은 가구를 판 돈과 즉석식품으로 연명하고 인색할 정도로 에너지를 절약하면서, 어둠 속에 앉아 상황이 호전되기를 바라며 그들의 작은 집에서 버텼다. 마침내 집을 팔려고 내놓았지만, 그때쯤에는 구매자가 아무도 없었다. 양 옆집은 이미 비어 있었고, 약탈자들이 그곳들을 샅샅이 휩쓸어 팔 수 있는 것은 무엇이든 뜯어간 상태였다. 어느새 대출받은 돈도 한 푼 남지 않고, 신용카드마저 다 동결되어 버렸다. 그들은 내쫓기기 전에 제 발로 걸어 나와서, 채권자들이 그들의 자동차마저 낚아채기 전에 차를 몰고 내뺐다.

다행히 샤메인이 약간의 돈을 따로 모아둔 상태였다. 그것과 그녀가 바에서 받는 아주 적은 급여에 팁을 더한, 그런 돈으로 그들은 지금껏 휘발유를 넣고, 스탠이 어떤 자리에 채용될 가능성이 있을 경우 주소지가 있는 척할 수 있게 해줄 사서함을 이용하고, 더러운 옷 상태를 견딜 수 없을 때면 가끔 근처 빨래방에 가곤 했다.

스탠은 지금까지 두 차례 피를 팔았다. 그걸로 많은 돈을 벌지는 못했지만 말이다.

"이 얘길 안 믿으실 거예요. 하지만 어떤 사람들은 우리한테 자기 아기의 피를 사겠냐고 묻기도 해요. 상상이 가요?"

그가 두 번째로 피를 뽑았을 때 여자가 혼합 음료를 담은 종이컵을 그에게 건네며 말했다.

"정말요? 왜요? 아기들한테는 피가 그렇게 많지 않잖아요."

값이 더 나간다는 것이 그녀의 대답이었다. 그녀는 전면적인 혈액 교체, 늙은 피 대신 어린 피가 치매를 예방하고 신체 시계를 20년, 30년까지 되감는다고 주장하는 신문 기사가 있었다고 말했다.

"지금까지는 생쥐들한테만 시험해봤을 따름이에요. 생쥐는 사람이 아니에요! 하지만 어떤 사람들은 뭐라도 움켜잡고 싶은 심정일 거예요. 우리는 지금까지 적어도 열두 건의 아기 혈액 매매 제의를 거절했어요. 그런 사람들에게 그런 제의는 받아들일 수가 없다고 말하지요."

누군가는 그것을 받아들이고 있겠지. 스탠은 생각했다. 틀림없이 그럴 테지. 돈벌이가 된다면.

그들 두 사람이 전망이 더 좋은 어딘가를 찾을 수만 있다면 좋을 텐데. 중국이 많은 양을 사들이고 있는 희토류의 발견에 힘입어, 오리건 주가 호황이라는 말이 있기는 하지만 어떻게 해야 그들이 그곳에서 빠져나갈 수 있단 말인가? 조금씩 꺼내 쓰던 샤메인의 돈도 더 이상 들어오지 않을 테고, 휘발유도 바닥이 날 것이다. 자동차를 버리고 낯선 사람의 차를 얻어 타는 것을 시도해볼 수도 있었지만, 그 생각에는 샤메인이 겁을 낸다. 그들의 차는 그들을 집단 강간에서 지켜주는 유일한 방벽이고, 저 바깥에서 밤중에 바지를 입지 않고 배회하는 자들을 고려한다면 단지 그녀를 위한 것만도 아니라고 그녀는 말한다. 그녀의 말에도 일리가 있다.

자신들을 이 시궁창 같은 곳에서 빼내려면 그가 뭘 해야만 하는 것일까? 그가 해야만 하는 일이 무엇이든. 예전에는 기업계에 남에게 굽실거리며 아부하는 일자리들이 많이 있었지만, 이제는 그런 아부의 대상들은 손이 닿지 않는 곳에 있다. 은행 업계는 이 지역을 떠났고, 제조업계도 마찬가지다. 디지털 천재들의 회사들도 보다 부유한 다른 나라,

다른 장소의 보다 유리한 환경으로 옮겨갔다. 서비스 산업은 과거에는 마치 구원의 약속처럼 버티고 있었지만, 이제는 그런 일자리들 역시 드물다. 적어도 이 근처에서는. 지금은 돌아가셨지만, 스탠의 삼촌들 중 한 분이 과거에 요리사였는데, 그 당시에는 최상류층이 육지에서 살고 있었고 최고급 레스토랑들이 활기가 넘쳤기 때문에 요리사가 좋은 직업이었다. 하지만 그런 종류의 고객들이 연안 경계선 바로 바깥에 있는 비과세 해상 구조물들을 타고 둥둥 떠 있는 오늘날은 그렇지가 않다. 그 정도로 부유한 사람들은 전속 요리사를 함께 데려간다.

또 한 번의 한밤중, 또 다른 주차장. 오늘 밤 거기가 세 번째 주차장이었다. 그들은 이전의 두 곳에서 달아나야만 했다. 이제 그들은 신경이 너무 곤두서서 다시 잠을 이룰 수가 없다.

"어쩌면 슬롯머신을 시도해봐야 할지도 몰라."

샤메인이 말한다. 그들은 전에 한번 그것을 해본 적이 있는데, 총 10달러의 이익을 거뒀다. 큰돈은 아니었지만, 최소한 모두 잃지는 않았던 것이다.

"절대 안 돼. 우린 위험을 감당할 여유가 없고, 휘발유를 살 돈이 필요해."

"껌을 좀 씹어봐, 자기. 좀 쉬어. 잠을 자도록 해. 당신은 너무 쉬지 않고 머리를 써."

"빌어먹을 뭔 놈의 머리?"

스탠이 말한다. 상처 입은 듯 침묵이 흐른다. 그는 그녀에게 화풀이를 하지 말았어야 했다. 멍청한 새끼야. 그가 스스로에게 말한다. 이 중 어느 하나도 그녀의 잘못은 아니야.

내일 그는 자존심을 버릴 것이다. 코너를 추적해 찾아내서, 그가 벌이는 신용 사기가 어떤 것이든 그를 돕고, 최하층 범죄자 계급에 합류할 것이다. 그에게는 어디서부터 찾기 시작할지에 대한 아이디어가 있다. 혹시 콘에게 돈이 넘치게 많다면, 그냥 콘에게 돈을 빌려달라고 부탁할지도 모른다. 예전과는 입장이 정반대가 되었다. 그들이 더 젊었을 때, 그리고 코너가 사회제도를 교묘히 다루는 법을 알아내기 전까지 부탁하는 사람은 바로 코너였다. 하지만 이제 그는 코너에게 그들의 예전 입장을 상기시키는 일은 피해야 할 것이다.

아니, 어쩌면 그는 코너에게 상기시켜야만 할지도 모른다. 콘은 그에게 빚을 졌다. *지금 회수 시간*이라거나 뭐 그런 말을 해볼 수도 있을 것이다. 그가 조금이라도 유리한 입장이라는 것은 아니다. 하지만 그렇더라도 콘은 그의 동생이다. 그리고 그는 콘의 형이다. 그 사실에는 틀림없이 그만큼의 가치가 있을 것이다.

II
—
선전

양조 맥주

편안한 밤은 아니었다. 샤메인은 위안이 되는 분위기를 만들려고 애를 썼다.

"우리한테 있는 것들에 집중하자. 우리에게는 서로가 있어."

그녀는 차 안의 축축하고 악취가 나는 어둠에 대고 말했다.

스탠을 어루만져 안심시키려고 뒷좌석에서 앞좌석으로 한 팔을 뻗으려다가 이내 마음을 고쳐먹었다. 스탠이 오해를 하고 그녀가 있는 뒷좌석으로 와서 함께 사랑을 나누기를 원할지도 모른다. 그러면 그녀는 머리가 차문에 닿아 짓눌리며 좌석에서 벗어나 옆으로 미끄러지기 시작할 테고, 스탠은 마치 그녀가 정말로 잽싸게 해치워야 할 일거리라도 되는 양 그녀에게 열심히 작업을 해대고 그녀는 머리를 계속 찧어댈 것이기 때문에, 두 사람이 함께 쑤셔 박힌 채 몹시 불편해질 수도 있었다. 그것은 기운을 북돋는 일이 아니었다.

게다가 그녀도 결코 집중할 수 있을 리가 없다. 누군가가 밖에서 살금살금 다가오면 어찌 되겠는가? 스탠은 알몸인 채로 들키고 재빨리 앞좌석으로 타고 넘어가서 차의 시동을 걸려고 할 것이다. 폭력배 무리들이 차창을 세게 후려치며 그녀를 손에 넣으려고 하는 동안. 비록 그들이 가장 우선적으로 원하는 건 그녀가 아니겠지만. 그들이 원하는 건 정말로 값이 나가는 것일 텐데, 그것은 바로 자동차다. 그녀는 나중에나 생각해낼 것이다. 일단 그들이 스탠을 죽여 없애고 나면.

바로 이 근처에서 자갈 위로 내팽개쳐진 많은 예전 차주들이 있었다. 칼에 찔리고, 머리가 으스러지고, 과다 출혈로 사망했다. 더 이상 아무도 그런 사건들에, 누가 그런 짓을 했는지 알아내는 데 신경 쓰지 않는다. 그러려면 시간이 걸릴 것이고 부유한 사람들만이 경찰을 동원할 여유가 있기 때문이다. 윈 할머니가 말하곤 했다시피, 그런 모든 것을 누릴 수 없게 되고 나서야 비로소 그 진정한 가치를 알게 되는 법이지. 샤메인은 후회스럽다는 듯 생각한다.

윈 할머니는 일단 정말로 병이 들자 병원에 가기를 마다했다. 그녀는 비용이 너무 많이 들 것이라고 말했는데, 그건 사실이었을 것이다. 그래서 그녀는 마지막까지 샤메인의 보살핌을 받다가 바로 집 안에서 죽었다. 집을 팔아, 귀염둥이야. 윈 할머니가 아직 의식이 또렷할 때 말했다. 대학에 들어가렴. 최대한 너 자신을 계발할 기회를 잡아야 해. 넌 해낼 수 있어.

그래서 샤메인은 최대한 자신을 계발할 기회를 잡았다. 그녀는 '노인학과 놀이치료'를 전공했다. 윈 할머니 말에 따르면 그거야말로 일거양득이었으니까. 그녀에게는 공감 능력과 사람들을 돕는 특별한 재능이 있었다. 그녀는 학위를 취득했다.

지금 그게 조금이라도 도움이 된다는 것은 아니다.

무슨 일이 생기면 우리 스스로 알아서 해야 해. 스탠은 그녀에게 무척 자주 이렇게 말한다. 그것은 위로가 되는 생각은 아니다. 그가 매우 민첩하다는 게 놀랄 일은 아니다. 그럴 때면 그는 정말 어떻게든 그녀 위쪽에 자기 몸을 밀어 넣고야 만다. 그는 늘 빈틈없이 경계할 필요가 있다.

그래서 지난밤 스탠을 어루만지는 대신, 그녀는 이렇게 속삭였다.

"푹 자. 사랑해."

스탠도 뭐라고 말을 했다. 어쩌면 "나도 사랑해"라고 했을 것이다. 일종의 콧바람 섞인 웅얼거림에 더 가까운 소리가 나기는 했지만 말이다. 십중팔구 그 가엾은 남자는 거의 잠든 거나 다름없는 상태였을 것이다. 그는 그녀를 정말 사랑한다. 그녀를 영원히 사랑할 거라고 말했다. 그녀는 자신이 그를 발견했을 때, 혹은 그가 자신을 발견했을 때 몹시 감사했다. 그들이 서로를 발견했을 때. 그는 무척 침착하고 의지할 만했다. 그녀 역시 원래 그런 성격이라면, 침착하고 의지할 만하다면 좋겠다. 너무 쉽게 화들짝 놀라기 때문에 대체 자신이 그럴 수 있을지 의심스럽기는 하지만 말이다. 그러나 그녀는 강인해질 필요가 있다. 약간의 근성을 보여줄 필요가 있다. 그녀는 거치적거리는 존재가 되고 싶지 않다.

그들은 둘 다 일찍 잠이 깬다. 지금은 여름이라 빛이 차창을 뚫고 들어와 너무 환하기 때문이다. 아마 자신이 커튼을 좀 고쳐야 할 것 같다고 샤메인은 생각한다. 그러면 그들이 잠을 좀 더 자서, 지나치게 성질을 부리지 않게 될 것이다.

그들은 가장 가까운 스트립 몰(상점이 한 줄로 늘어서고, 그 앞에 1열 주차장이 있는 형태의 쇼핑센터—옮긴이)에서 초콜릿을 두 배 바른, 하루 지난 도넛을 사고, 차 안에서 플러그 접속식 컵 가열기로 인스턴트커피를 타는데, 그렇게 하는 게 도넛 집에서 커피를 사는 것보다 훨씬 더 싸기 때문이다.

"이거 꼭 소풍 같은데."

가랑비가 약하게 내리는 가운데 차 안에서 딱딱해진 도넛을 먹는 것은 소풍과는 영 거리가 먼데도 샤메인은 밝게 말한다.

스탠이 선불 휴대전화로 구직 웹사이트들을 확인해보지만, 그건 그를 우울하게 만든다. 그는 계속 이렇게 말한다.

"아무것도 없어, 빌어먹을, 아무것도 없어, 빌어먹을, 아무것도 없다고."

그러자 샤메인이 함께 조깅하러 가는 게 어떻겠냐고 말한다. 그들은 집이 있었을 때 그렇게 하곤 했다. 일찍 일어나서 아침 식사 전에 조깅을 한 다음 샤워를 했다. 그렇게 하면 몹시 활력이 넘치고, 무척 깨끗해진 기분이 들었다. 하지만 스탠은 마치 그녀가 정신이 나가기라도 했다는 듯 그녀를 쳐다본다. 그렇다. 그녀도 그들의 옷가지 같은 모든 것을 안에 둔 채 차를 지키지 않고 방치하고, 게다가 그들 스스로를 위험에

처하게 하는 것이 어리석은 짓임을 알고 있다. 사실 덤불에 무엇이 숨어 있을지는 모르는 일 아닌가? 어쨌든 그들이 어디에서 조깅을 하겠나? 판자를 대서 막아놓은 집들이 늘어선 거리들을 따라서? 공원들은 너무 위험하다. 중독자들로 가득 차 있으니까. 다들 아는 얘기다.

"조깅이라니, 빌어먹을."

스탠이 말한 건 그게 전부다. 그는 머리가 텁수룩하고 기분이 언짢다. 머리를 다듬고 싶은 걸 수도 있다. 아마 나중에 수건과 면도기를 챙겨 그녀가 일하는 바로 몰래 데리고 들어가면, 남자 화장실에서 직접 씻고 면도를 할 수 있을 것이다. 호사스러운 환경은 아니지만, 적어도 수도꼭지에서 여전히 물이 나오기는 한다. 녹이 섞여 붉은색이기는 해도, 여전히 나오기는 한다.

'픽셀더스트(PixelDust)'가 바로 그 바다. 바는 이곳에서 디지털 업계가, 그러니까 많은 쌍방향식 신생 벤처 기업과 앱 개발자가 짧은 호황기를 누렸던 10년 동안에 문을 열었고, 푸스볼(축구를 기반으로 한 일종의 테이블 게임—옮긴이), 포켓볼, 인터넷 자동차경주 같은 장난감이며 게임들로 그런 부류의 괴짜 같은 풋내기들을 유혹할 작정이었다. 한때 무성영화를 틀어대던 근사한 벽지 같은 커다란 평판 스크린들이 있다. 비록 그것들 중 하나는 부서지고 나머지는 스크린 별로 제각각 평범한 텔레비전 프로그램이나 보여주고 있지만. 아주 총명하게 들리는 대화를 나누라는 의도로 설치된 작고 아늑한 구석진 곳이 곳곳에 있는데, 전에 그런 구역은 '싱크탱크(두뇌 집단, 혹은 정책 연구소라는 의미—옮긴이)'라고 불렸다. 싱크탱크라고 적힌 디지털 사이니지(공공장소에서 문자나 영상 등 다양한 정보를 엘시디(LCD)나 엘이디(LED), 피디피(PDP) 화면을 통해 보여주는 일종의 디지털 간판 혹은 광고 게시판—옮긴이)는 여전히 제자리에 있다. 반쯤 그곳에 살다시피 하는 창녀 둘이 거기서 성매매를 하기 때문에 누군가가 '싱크'에 줄을 그어 지우고 '썹'이라고 적어놓기는 했지만. 짧은 호황기가 끝난 후 몇몇 잘난 척하는 놈들이 엘이디 간판의 '픽셀' 부분을 부숴버리는 바람에, 이제 간판에는 '더스트(먼지—옮긴이)'라고만 적혀 있다.

이름으로나 본질적으로나 그렇지. 샤메인은 생각한다. 늘 덕지덕지 쌓여 있는 때 때문에 모든 것이 엉망이다. 공기에서는 바로 옆 닭날개집에서 풍기는 코를 찌르는 누린내가 난다. 고객들이 닭날개를 종이봉투에 담아 이곳으로 가져와서 나눠주기도 한다. 그런 닭날개들은 제법 역겹기는 하지만, 샤메인은 그것들을 건네받을 때면 결코 거절하지 않는다.

지금 그녀가 추측하기에는—실제로 알고 있기에는—이 지역 마약상 무리의 활동 중심지만 아니라면, 그곳도 계속 영업을 하고 있지는 않을 것이다. 그곳은 그들이 마약 공급자들과 고객들을 만나는 장소이다. 그들은 붙잡힐 걱정을 할 필요가 없다. 여기에서는 아니다. 더 이상은 아니다. 그들 주변에는 늘 빌붙어 다니는 몇몇 부하들뿐 아니라, 아주 활기찬 아가씨들로 고작 열아홉 살에 불과한 두 명의 창녀들이 있다. 둘 다 매우 예쁜데, 하나는 금발이고 나머지 하나는 긴 검은 머리다. 스팽글 달린 티셔츠와 몹시 짧은 반바지로 치장한 샌디와 베로니카다.

이 주변의 모든 사람들이 재산을 잃어버리기 전까지는 자신들도 대학에 다니고 있었다는 것이 그들의 말이다.

그들이 오래 계속하지는 못할 거라는 것이 샤메인의 생각이다. 누군가가 그들을 두들겨 패서 그만두게 되거나, 혹은 스스로 포기하고 저런 마약을 하기 시작할 텐데 그 또한 그만두는 한 가지 방법이기는 하다. 또는 어떤 포주가 그들의 일에 간섭을 하게 되거나, 어느 날 그들이 블랙홀에 빠진 듯 감쪽같이 사라지고 아무도 그들을 언급하고 싶어 하지 않게 될 것이다. 왜냐하면 그들은 죽었을 테니까. 그런 일들 중 어느 것도 아직 벌어지지 않았다는 것이 놀랍다. 샤메인은 그들에게 여기서 벗어나라고 말하고 싶지만, 갈 곳이 어디 있겠는가. 어쨌든 그건 그녀가 상관할 일이 아니다.

그들은 '썹 탱크'에서 바쁘게 일하지 않을 때면, 카운터에 앉아 다이어트 탄산음료를 마시며 샤메인과 잡담을 한다. 샌디가 그녀에게 그들이 진짜 일자리를 얻기를 기다리기 때문에 매춘을 하고 있을 뿐이라고 말하자, 베로니카가 "난 밑구멍이 닳도록 열심히 일해"라고 말한 다음 둘이 함께 웃음을 터뜨렸다. 샌디는 개인 트레이너가 되고 싶어 하고, 베로니카는 간호사 일을 택하려고 한다. 그들은 마치 언젠가 그런 일들이 정말로 일어날 수도 있을 것처럼 이야기한다. 샤메인은 그들의 말을 반박하지 않는다. 왜냐하면 윈 할머니가 늘 말했듯, 기적은 정말로 일어날 수 있기 때문이다. 일례로 샤메인이 윈 할머니와 함께 살러 간 것처럼. 그거야말로 기적이었다!

그러니 누가 알겠는가? 스탠이 그녀를 태워 가려고 일터에 왔을 때

샌디와 베로니카가 두어 번 그 자리에 있어서, 그들을 소개하지 않을 수 없었다. 차에 타고 나서 그가 "저런 창녀들과 너무 허물없이 지내면 안 돼"라고 말했고, 사메인은 자신이 그들과 그렇게 허물없지는 않지만, 그들이 상당히 다정하기는 하다고 말했다. 그러자 그가 "다정 같은 소리 하고 자빠졌네"라고 말했는데, 그녀가 생각하기에 그건 그리 친절한 말이 아니었다. 하지만 그녀는 그렇게 말하지 않았다.

이따금 외부인들이 큰 실수를 저지르곤 한다. 대개 젊은 사내들로, 좀 더 부유한 다른 나라나 도시에서 와서, 빈민굴을 구경하고, 싸구려 스릴을 찾는 관광객들이다. 그러므로 그녀는 조심할 필요가 있다. 많은 단골들과 알고 지내는 사이가 되었기에, 그들은 그녀를 혼자 내버려둔다. 그들은 그녀가 샌디나 베로니카와 다르며, 남편이 있음을 잘 안다. 오로지 처음 온 사람만이 그녀에게 수작을 걸어볼 생각을 할 것이다.

그녀는 오후 근무조인데, 그때는 꽤 한산하다. 저녁이 팁을 받기엔 더 좋을 테지만, 스탠은 술 취한 색골들이 너무 많기 때문에 그녀가 그 시간에 일하는 것을 바라지 않는다고 말한다. 그들이 챙겨둔 현금이 정말로 적어지고 있는 중이기 때문에, 만일 그녀가 슬롯머신을 해보자고 제의하면, 그가 그 제의를 받아들여야만 할지 모르는데도 말이다. 오후에는 매번 그녀와 데어드레뿐인데, 데어드레는 '픽셀더스트'가 더 화려하던 시절의 잔재다. 그녀는 한때 컴퓨터 프로그래머였는데, 한쪽 팔에는 뫼비우스의 띠를 새긴 문신이 있으며, 아직도 갈색 머리를 어린 소녀처럼 두 갈래로 땋고, 저 '스파이 해리엇'(공책을 들고 다니며 마을 사람들을 관찰하고 그들의 모든 것을 기록하는 소녀 해리엇이 주인공인 미국 작가 루이즈 피츠휴의 아동 소설—옮긴이) 식의 괴짜 소녀 같은 표정을 짓는다. 아울러 브래드가 있는데, 불가피할 때는 그가 소란스러운 손님들을 매섭게 노려본다.

그녀는 평판 스크린들로 텔레비전을, 매우 위안이 되는 1960년대의 오래된 엘비스 프레슬리 영화들을 볼 때가 있다. 혹은 주간 시트콤들도. 비록 그것들이 그다지 재미있지도 않은 데다가, 아무튼 코미디란 몹시 냉정하고 무자비해서 사람들의 슬픔을 조롱하는 것이기는 하지만 말이다. 그녀는 모든 사람이 납치되거나 강간을 당하거나 캄캄한 구덩이에 갇히게 되는 더 극적인 프로그램들을 더 좋아한다. 그리고 누구도 그런 일을 비웃어서는 안 되는 법이다. 그런 일이 자신에게 일어날 경우 그럴 만한 방식으로 속상해해야만 한다. 속상해한다는 것은 더 따뜻하고 가까이 있는 듯한 느낌이다. 사람들을 비웃는 것처럼 쌀쌀맞고 거리가 먼 느낌이 아니다.

그녀는 시트콤이 아닌 어느 프로그램을 보곤 했다. 그것은 「루신다 퀸트와 함께하는 후방(後方) 사람들」이라는 제목의 리얼리티 쇼였다. 루신다는 한때 일류 앵커였지만, 그 당시에는 나이를 더 먹었고, 「후방 사람들」은 고작 지방 케이블 방송국에서나 방송되고 있었다. 루신다는 돌아다니면서 자기 집에서 쫓겨나는 중인 사람들을 인터뷰했고, 시청자들은 소파, 침대, 텔레비전처럼 그들이 사들였던 모든 것, 즉 그들의 모든 물건이 잔디밭 위에 무더기로 쌓여가는 것을 보게 되었는데, 그것은 정말 슬프지만 동시에 흥미로운 일이었다. 루신다가 그들의 삶에 무슨 일이 일어난 거냐고 물으면, 그들은 자기들이 얼마나 열심히 일했는지를, 그런데도 곧 공장이 문을 닫았다느니 본사가 이전했다느니 등등을 그녀에게 말했다. 그러고 나면 시청자들이 그런 사람들을 도와주기 위해 돈을 보내주기로 되어 있었고, 때로는 사람들이 정말로 그렇게 하기도 했으며, 그런 사실은 사람들 내면의 선한 면을 입증해주었다.

샤메인은 「후방 사람들」이 용기를 북돋워준다고 여겼다. 그녀와 스탠에게 일어난 일이 어느 누구에게나 일어날 수 있는 일임을 보여주었으니까. 하지만 이내 루신다 퀸트가 암에 걸리더니 머리카락이 다 빠진 채 병실에서 직접 자신의 투병에 관한 영상을 끊임없이 송출하기 시작했고, 샤메인은 그것이 우울하다고 여겼기에 더 이상은 루신다를 지켜보지 않았다. 그래도 루신다가 잘되기를 바라고 호전되기를 희망하기는 했다.

때때로 그녀는 데어드레와 잡담을 한다. 그들은 각자의 인생 이야기를 하는데, 데어드레의 이야기는 샤메인의 이야기보다 더 비참했다. 원할머니같이 친절한 어른들은 더 적고 못살게 괴롭힌 어른들은 더 많은데다가 낙태 얘기까지 들어 있는데, 그것은 샤메인 자신이 언젠가 하게 될 듯한 일은 아니다. 그녀는 현재로서는 피임약을 먹고 있고, 그 약들을 데어드레한테 싸게 구하고 있지만, 지금까지 늘 아기를 원해왔다. 만일 스탠과 그녀가 차에서 사는 동안 실수로 임신을 하게 될 경우, 어떻게 대처해야 할지 그녀에게 아무 생각이 없기는 하지만 말이다. 다른 여자들은, 그러니까 과거의 여자들, 더 강인한 여자들은 외항선이나 포장마차들처럼 한정되고 비좁은 공간에서 아기들을 기르기도 했다. 하지만 아마 차에서는 아니었을 것이다. 자동차 의자 덮개에서 냄새를 제거하기는 어렵기 때문에, 토하는 것 등등에 관해서 각별히 주의해야만 할 것이다.

11시쯤 그녀와 스탠은 도넛을 하나 더 먹는다. 그런 다음 기대감에 차서 수프 가게 뒤편의 실외 대형 쓰레기통 앞에 멈춰 서지만, 운 없게도 먹을 만한 건 이미 골라서 가져가버린 상태다. 정오 전에 스탠은 그녀를 쇼핑센터들 중 하나의 빨래방으로 데려다주고—그들은 전에도 그곳을 이용한 적이 있는데, 세탁기 중 두 대가 아직 작동 중이다—그녀가 빨랫감을 한 짐 넣고 그들의 휴대전화로 돈을 지불하는 동안, 차를 지켜본다. 그녀는 얼마 전에 그들의 흰 옷가지를, 심지어 그녀의 면 잠옷들까지도 처분해버렸다. 진한 색 옷들과 맞바꿨던 것이다. 하얀 것들을 깨끗하게 유지하기는 너무 힘든데, 그녀는 그렇게 꾀죄죄한 모습은 질색이다. 그러고 나서 그들은 점심으로 인스턴트커피를 마시며 치즈 몇 조각과 남아 있던 베이글을 마저 먹는다. 오늘 밤 그들은 좀 더 좋은 음식을 먹게 될 것이다. 샤메인이 급여를 받을 테니까.

그런 다음 스탠은 그녀를 '더스트'에 내려주고, 7시에 태우러 다시 오겠다고 말한다.

브래드가 데어드레는 병가를 내려고 전화를 했으며 하루 쉰다고 말하지만, 별다른 일은 생기지 않을 테니 괜찮다. 몇 안 되는 사내들이 카운터에 앉아 양조 맥주 한두 잔을 마시고 있다. 줄곧 칠판에 적혀 있는 최고급 칵테일들도 있지만, 아무도 그런 걸 사 마시지는 않는다.

그녀는 익숙한 오후의 지루함 속으로 서서히 빠져든다. 이 일을 고작 몇 주 동안 했을 뿐이지만 더 오래된 것 같은 기분이 든다. 다른 사람들이 결정을 내리기를, 무언가 일이 생기기를 기다리고, 기다리고, 또 기다린다. 이곳은 그녀에게 '루비 구두 양로원 및 부속병원'을 많이 연상시킨다. 그들의 표어는 "내 집만큼 좋은 곳은 없다"였지만 그 표어를 생각해보면 약간 역겨울 지경이다. 왜냐하면 사람들이 그곳에 있는 것은 그들이 아무리 용을 써도 자신들의 진짜 집에서는 지낼 수가 없기 때문이었으니까. 대개 '더스트'에서와 꼭 마찬가지로 간간이 노인들에게 음식과 음료를 제공하고, '더스트'에서와 꼭 마찬가지로 그들을 상냥하게 대하고, '더스트'에서와 꼭 마찬가지로 많이 미소를 지었다. 이따금 그녀는 치료사 광대나 치료견이나 마술사나 음악가 단체가 자기들의 시간을 자선단체에 기부하는 일종의 오락 행사에 참여하곤 했다. 하지만 대개는 새끼 독수리들이 등장하는 저 동물 캠 웹사이트들의 경우와 마찬가지로 별다른 일이 생기지 않았다. 느닷없이 혼란스럽고 불쾌한 소리가 나는 죽음이라는 일진광풍 같은 위기가 닥칠 때까지는 말이다. '더스트'에서와 꼭 마찬가지다. 그래도 그들은 될 수 있으면 실내에서는 아무도 두들겨 패지 않기는 한다.

"맥주." 카운터에서 한 남자가 말한다. "늘 마시는 걸로."

샤메인은 냉담하게 미소 지으며 냉장고에서 맥주를 꺼내려고 몸을 굽힌다. 그녀는 몸을 바로 펴면서 거울에 비친 자신을 보다가—여전히 좋은 몸매를 유지하고 있으며, 잠 못 이룬 밤에도 불구하고 지나치게 피곤해 보이지도 않는다—그 남자가 자신을 빤히 바라보고 있음을 발견한다. 그녀는 시선을 딴 데로 돌린다. 그녀가 그런 식으로 몸을 굽혀 애를 태우며 관능미를 과시하고 있었던 것일까? 아니다, 그저 자신의 일을 하고 있을 뿐이었다. 그 남자가 빤히 바라보게 내버려둬라.

지난주에 샌디와 베로니카가 그녀에게 몸을 팔아보고 싶은 마음이 있냐고 두어 번 물었다. 카운터 안쪽에서 버는 것보다 그런 식으로 더 많이 벌 수 있을 것이다. 만일 그녀가 외부로 나간다면, 훨씬 더 많이. 그들은 근처에 자신들이 사용할 수 있는 방을 두 개 가지고 있었는데, '썹 탱크'보다 더 고급스럽고 침대도 갖춰져 있었다. 샤메인은 신선한 외모를 가졌고, 고객들은 그녀처럼 귀엽고 눈이 크며 어린아이 같은 얼굴의 금발 머리들을 좋아했다.

천만에. 샤메인이 말했다. 천만에, 난 못 해! 비록 그녀가 마치 창문을 통해 안을 들여다보듯 자신의 내면에서 제2의 삶을, 더 시끌벅적하고 보람 있는 제2의 삶을 살아갈 또 다른 그녀 자신을 본 것처럼, 불현듯 아주 살짝 흥분하기는 했지만 말이다. 적어도 재정적으로는 보람 있는 삶이니, 스탠을 위해서라면 그녀가 그 일을 하고 있지 않았을까? 어떤 일이 생기더라도 그것이 변명거리가 되어줄 터였다. 낯선 남자들과의 그런 행위들, 갖가지 행위들. 그것은 어떤 기분일까?

하지만 아니다. 그녀는 할 수 없었다. 너무 위험하기 때문이었다. 그런 남자들이 무슨 짓을 할지 결코 알 수 없었다. 그들은 자제력을 잃을 수도 있었다. 나름의 개성을 표출하기 시작하려 들지도 몰랐다. 게다가 스탠이 알아내면 어찌 되었겠는가? 그들에게 아무리 많은 현금이 필요했다고 할지라도, 그는 결코 그 일에 찬성하지 않았을 것이다. 그는 망

가질 터였다. 더욱이, 그것은 나쁜 짓이었다.

쩔쩔매다

스탠은 마지막으로 알려진 코너의 주소, 반쯤만 사람이 살고 있는 어느 거리의, 틈마다 판자를 댄 어느 목조 단층 주택을 찾아가보기로 한다. 몇몇 창문에서 밖을 내다보는 얼굴들이 있을지도, 없을지도 모른다. 어쩌면 그것들은 그저 빛의 속임수에 불과할 수도 있다. 한때 공용 정원이었을지도 모를 곳에 말라 죽은 완두콩 덩굴일지도 모를 것들이 약간 있다. 무릎까지 오는 뾰족뾰족한 잡초들 사이로 삐져나온 나무 말뚝 두어 개. 현관으로 이어지는 부서진 보도 위에 빨갛게 색칠된 해골이 있는데, 마치 그가 열 살 때 코너와 함께 그들의 클럽하우스인 공구 보관용 오두막을 장식했던 해골과 닮았다. 그들은 그때 무엇을 표현할 셈이었을까? 의심할 여지없이, 해적들이었다. 상징이 존속하는 방식은 기묘하다.

이 집은 스탠이 마지막으로 콘을 보았을 때, 그러니까 2~3년 전에 콘이 무단으로 거주하던 곳이었다. 그는 콘에게서 전갈을 받았는데, 다급한 것처럼 들렸지만 막상 이곳에 와보니 평소와 다를 바 없었다. 다시 말해 콘은 돈을 빌려야만 했던 것이다.

그는 한쪽 팔에 여러 개의 거미 문신을 일렬로 새긴 채 민소매 티셔츠와 스피도 사(수영 관련 물품 생산을 전문으로 하는 호주 업체—옮긴이)

의 반바지를 입은 채 단도를 내벽에 던지고 있던, 더 정확히 말하면 자주색 매직펜으로 그린 벌거벗은 여자의 몸 윤곽선에 던지고 있던 콘을 발견했는데, 그러는 동안 그의 우둔한 몇몇 단짝들은 마리화나 담배를 돌려 피우며 그를 응원하고 있었다. 그 당시 스탠은 아직 일자리를 갖고 있었고 자신만이 옳다고 느끼고 있었기에, 권위적인 큰형처럼 행동하며 콘의 무기력한 태도에 대해 그를 호되게 꾸짖었고, 콘은 그에게 혼자 비역질이나 하라고 대꾸했다. 단짝들 중 하나가 스탠의 머리를 뜯어내겠다고 제안했지만, 콘은 그저 껄껄 웃더니 만일 뜯어낼 머리가 있기만 하다면 자신이 직접 그렇게 했을 것이라고 말한 다음 이렇게 덧붙일 뿐이었다.

"이 남자는 내 형이야. 형은 큰돈을 빌려주기 전에는 언제나 이런 틀에 박힌 헛소리를 조금씩 베풀어주지."

잠시 서로를 노려본 후 그들은 마지못해 상대의 등을 가볍게 두드렸고, 스탠은 콘에게 200달러를 빌려줬는데, 그것은 그가 그 후로 줄곧 구경도 못했지만 이제는 정말 가지고 싶어진 돈이다. 그러고 나서 스탠이 실수를 저질렀다. 왕년의 스위스 아미 나이프에 대해서 물어보았던 것이다. 그러자 콘은 그가 시시한 나이프 하나 때문에 그렇게 화를 낸다며 그를 비웃었고, 그 바람에 결국 그들은 마치 아홉 살짜리들인 것처럼 화를 내며 모욕적인 말들을 주고받는 것으로 끝을 맺고 말았다.

스탠은 군데군데 기포가 생긴 녹색 문을 두드린다. 아무 대답이 없기에 문을 밀어보자 잠겨 있지 않다. 반쯤 숯 덩어리가 되어 있는 것을 보니 어떤 방화범이 내부에서 그곳에 불을 지른 것이 틀림없었다. 뜨거운 햇살이 바닥 곳곳에 흩어져 있는 유리창 파편에서 반짝거린다. 그는 코너가 새까맣게 해골만 남은 모습으로 여전히 집 안 어딘가에 있을지도 모른다는 메스꺼운 생각을 해보지만, 새까맣게 타서 지붕마저 없는 방들 중 그 어디에도 아무도 없다. 불에 그슬리고 쥐구멍이 숭숭 난 가구에서 연기 냄새가 배어 나온다.

그가 다시 밖으로 나오자, 의심할 여지없이 도둑질할 마음을 먹은 채 그의 차를 유심히 들여다보는 한 남자가 있다. 그 사내는 완전히 뼈만 앙상한 것처럼 보이는 데다 무기를 쥐고 있는 것처럼 보이지는 않으니, 필요하다면 스탠이 그를 잡아 쓰러뜨릴 수도 있을 것이다. 그렇다고는 해도 뚝 떨어져 있는 것이 제일 좋다.

"어이."

그가 지저분한 회색 셔츠 차림에 머리가 벗어지기 시작한 그 해골에게 말을 건다. 사내가 홱 뒤돌아본다.

"그냥 쳐다본 것뿐이에요. 멋진 차군요."

환심을 사려는 미소지만 스탠은 속아 넘어가지 않는다. 움푹한 두 눈에 교활한 빛이 스친다. 혹시라도 칼을?

"난 코너의 형이에요. 그 녀석이 전에는 여기 살았었는데."

무언가가 변한다. 그 사내가 계획하고 있던 것이 무엇이었든 간에, 그는 이제 그것을 시도하지 않을 것이다. 그건 콘이 2년 전보다도 훨씬 더 악랄한 명성을 떨치면서 여전히 살아 있는 게 틀림없다는 뜻이다.

"그는 여기 없어요."

"그래요, 그런 것 같군요."

침묵이 이어진다. 사내는 코너가 어디에 있는지 알고 있거나, 아니면 모르고 있거나 어느 한쪽이다. 그는 그것이 스탠에게 어떤 가치가 있는지 가늠해보려 애쓰는 중이다. 그런 다음 거짓말을 해서 스탠을 잘못된 방향으로 끌고 가려고 하거나, 아니면 그 반대이거나 어느 한쪽일 것이다. 몇 년 전이었다면 스탠은 이 상황을 지금보다 더 무섭게 여겼을 것이다. 마침내 그 남자가 말한다.

"하지만 어디에 있는지 알고 있어요."

"그럼 날 거기로 데려다줄 수 있겠군요."

"3달러."

사내가 한 손을 내밀며 말한다.

"2달러. 내가 녀석을 만나는 즉시."

스탠은 왼손을 주머니에 계속 넣어둔 채로 말한다. 그는 코너가 있지도 않은 텅 빈 장소에 대가를 지불할 의사는 전혀 없다. 어쨌거나 그는 대가를 지불할 의사가 없다. 왜냐하면 그에게는 2달러가 없기 때문이다. 하지만 콘한테는 2달러가 있을 것이다. 콘이 지불할 수 있을 것이다. 그것을. 아니면 사내의 이빨들을, 그러니까 남아 있는 이빨을 모조리 으깨놓거나 말이다.

"그가 당신을 보고 싶어 한다는 걸 내가 어떻게 압니까? 어쩌면 당신이 그의 형이 아닐 수도 있고."

"그건 당신 운에 맡겨봐야지요." 스탠이 미소를 지으며 말한다. "차로 가야 하나요?"

이것은 위험할 수도 있다. 사내를 그 자신과 함께 앞좌석에 앉혀야 할 텐데, 여전히 무기가 있을지도 모르니 말이다. 하지만 그는 과감히 위험을 감수해야만 한다.

그들은 각자 서로를 경계하며 차에 탄다. 거리를 따라가다 모퉁이를 돈다. 또 다른 거리를 따라가는데, 이번에는 몇몇 남루한 아이들이 바람 빠진 축구공을 차고 있는 거리다. 마침내 트레일러하우스 캠프장(전기 및 수도 등의 설비가 갖춰져 있으며, 월 단위로 돈을 내고 이동식 주택을 주차해놓을 수 있는 장소—옮긴이), 아니 최소한 트레일러하우스 몇 채가 세워져 있는 곳이다. 입구에 그들이 가는 길을 막아서는, 한 놈은 갈색, 또 한 놈은 갈색이 아닌 눈이 쫙 째진 사내 둘이 있다. 그러니까 일종의 요새다.

스탠이 차를 세우고 차창을 내린다.

"코너를 만나러 왔어요. 난 스탠이에요. 그 녀석의 형."

"나한테도 바로 그렇게 말했어."

그의 옆에 있는 사내가 발뺌하며 말한다.

경비 요원들 중 하나가 건성으로 왼쪽 앞 타이어를 걷어찬다. 나머지 하나가 휴대전화로 잠시 이야기한다. 그가 차창을 유심히 들여다보더니 조금 더 이야기한다. 틀림없이 스탠의 인상착의 얘기일 것이다. 그리고 그에게 차에서 내리라는 몸짓을 한다.

"걱정 마요. 그건 우리가 당신 대신 지켜볼 테니까."

휴대전화를 들고 있는 사람이 스탠의 마음을 알아차리고 그렇게 말한다. 그 순간 스탠은 머릿속으로 타이어가 하나도 남지 않고 그 밖에 다른 것들도 별로 남지 않은 차를 상상하고 있었다.

"그냥 쭉 가요. 허브가 당신을 데려다줄 거예요."

"그 사람이 형이기를 빌라고. 아니면 넌 구덩이 두 개를 파게 될 테니까."

두 번째 남자가 허브에게 말한다.

코너는 가장 멀리 있는 트레일러하우스 뒤편에 한때 집터였을지도 모를 잡초가 무성한 공터에 나와 있다. 그는 키가 더 커진 것처럼 보인다. 몸무게는 줄었다. 한때 게으름뱅이로 지내던 시기가 있었지만, 이제는 군살 하나 없다. 그루터기 위에, 아니 벽돌 더미 위에 놓인 맥주 캔을 쏘는 중이다. 그 소총은 어린 시절부터 스탠의 기억에 남아 있는 오래된 공기총이다. 한때 그의 것이었지만, 코너가 팔씨름 시합을 벌여 그에게서 그것을 따냈다. 그 시합에 대한 콘의 계획은 간단했다. 그가 이길 때까지 경기를 한 다음 그만둔다는 것이었다. 그가 스탠보다 덩치가 더 큰 것은 아니었지만 좀 더 교활하기는 했다. 또한 훨씬 더 폭력적이었다. 그가 아이였을 때 그의 '작동 중지' 스위치가 아주 잘 작동된 적은 한 번도 없었다.

탁! 아주 작은 총알이 캔에 맞는다. 스탠의 안내인은 중단시키지는 않으면서도, 코너가 그를 보지 않을 수 없게 근처에서 계속 얼쩡거린다.

두 번 더 탁 하는 소리. 콘은 그들을 기다리게 하고 있는 것이다. 마침내 그가 중단하더니, 공기총을 시멘트블록에 기대 세운 다음 돌아선다. 빌어먹을, 그는 심지어 말끔히 면도까지 했다. 대체 그에게 무슨 일이 있었던 걸까?

"스탠, 우리 잘난 양반. 어떻게 지내?"

그가 활짝 웃으면서 말한다. 그가 두 팔을 벌린 채 몇 걸음 앞으로 나오고, 그들은 어색하게 끌어안으며 서로의 등을 가볍게 두드린다.

"내가 그를 여기로 데려왔어. 나한테 그 집을 지켜보라고 했잖아."

뼈만 앙상한 남자가 말한다.

"잘했어, 허브. 리키에게 말하면 뭔가 줄 거야."

코너가 말한다. 사내는 어기적거리며 가버린다.

"꼴통 같은 새끼. 우리 맥주 마시자."

코너가 이렇게 말한 다음 그들은 트레일러하우스들 중 하나에 들어간다. '에어스트림'(포드 사에서 생산하는 고급 트레일러 제품명—옮긴이). 다시 말해 고급 제품이다.

큰방은 놀랄 만큼 시원하고 깨끗하다. 코너는 방을 엉망으로 만들어놓지 않았다. 콘의 10대 시절 침실과는 달리, 경멸스러운 쓰레기나 노골적으로 사타구니를 움켜잡고 있는 록 음악 포스터 따위가 전혀 없다. 스탠은 그를 변호하고 부모님께 그를 옹호하며, 그가 곧 바른 사람이 될 거라고 주장하곤 했다. 어쩌면 그가 그렇게 되지 않은 것도 그리 나쁜 일은 아닐지도 모른다. 결과로 판단하건대 적어도 그는 소득원이, 그것도 괜찮은 소득원이 있는 것 같으니까.

연회색 실내 장식, 사려 깊게 여기저기 놓아둔 최첨단의 소형 다용도 알루미늄 입방체들, 창문 커튼, 좋은 취향. 그러니까 콘 주변에 여자가 있는 건가? 그런 건가? 단정치 못한 계집이 아니라, 깔끔한 것을 좋아하는 여자. 아니면 그냥 떼돈을 벌고 있을 뿐인가?

"멋지네."

스탠이 갑갑하고 고약한 냄새가 나는 자신의 차를 떠올리며 침울하게 말한다.

콘이 냉장고로 가서 맥주를 두 캔 꺼낸다.

"난 그럭저럭 지내고 있어. 형은 어때?"

"그리 좋진 않아."

그들은 붙박이 테이블에 앉아서 맥주 캔을 기울여 끝까지 다 마셔버린다.

"직장을 잃었지."

딱 알맞을 만큼의 침묵이 흐른 뒤 콘이 말한다. 그건 질문이 아니다.

"어떻게 알았어?"

"그렇지 않았다면 왜 날 찾으러 오겠어?"

콘이 담담한 목소리로 말한다. 그 사실을 부인해봐야 부질없기에 스탠은 그러지 않는다.

"혹시나 해서 말이야."

"응, 내가 형한테 빚이 있지."

그가 일어나 등을 돌리더니, 문에 걸려 있는 재킷을 샅샅이 뒤진다.

"당분간은 200달러면 되겠어?"

스탠은 거친 목소리로 무뚝뚝하게 고맙다고 말하며, 지폐 뭉치를 호주머니에 넣는다.

"다른 일 해볼래?"

"뭘 하는 건데?"

"아, 알잖아. 이것저것. 물건을 계속 관리할 수도 있겠지. 예를 들어 돈 같은 거. 우릴 위해 그걸 해외로 옮겨. 여기저기에 숨겨두라고. 우리를 존경할 만해 보이게 만들어줘."

"뭘 하고 있는 거야?"

"끝내주는 일이야. 위험할 건 하나도 없어. 개별 주문품이지. 의뢰를 받아."

스탠은 그가 미술 작품을 훔치고 있는 것일지도 모른다고 생각한다. 하지만 지금 이 근처에 그런 것이 대체 어디에 있을까?

"고마워. 나중에 기회가 되면."

설사 안전한 방식이라고 할지라도, 정말로 자기 동생을 위해 일하고 싶은 마음은 그에게 없다. 그건 마치 가족복지(개인뿐만이 아니라 가족 전체가 사회복지의 대상이 되는 경우—옮긴이) 같을 것이다. 이제 그에게는 약간의 현금과 한숨 돌릴 여유가 생겼으니, 여기저기 둘러볼 수 있을 것이다. 제대로 된 일거리를 찾을 수 있을 것이다.

"언제든지. 휴대전화 같은 거 필요해? 요금은 선납된 거야. 조심해서 아껴 쓰기만 하면, 한 달쯤은 거뜬할걸."

휴대전화를 한 대 더 가질 필요가 왜 없겠는가? 그렇게 하면 샤메인과 그는 서로 통화를 할 수가 있다. 사용 한도가 남아 있는 동안은.

"어디서 구한 건데?"

"걱정 마. 깨끗이 세탁한 물건이야. 추적당할 리 없어."

스탠은 휴대전화를 자기 호주머니 속으로 슬며시 집어넣는다.

"형수는 어때? 샤메인이던가?"

"좋아, 다 좋아."

"형수야 분명 좋은 사람이겠지. 형 취향을 믿어. 그게 아니라, 형수는 어떻게 *지내*?"

"잘 지내."

콘이 그의 여자 친구들 중 하나에 관심을 가질 때면 그는 늘 초조해졌다. 콘은 스탠이 내키든 내키지 않든 공유해야만 한다고 생각했다. 스탠의 여자 친구 두 명도 그 점에 관해 코너와 의견이 같았다. 그 일은 여전히 그의 마음에 맺혀 있다.

그는 야간 폭력배들의 허를 찌를 일종의 화기(火器) 한 자루를 콘에게 부탁하고 싶지만, 그가 불리한 입장이다 보니 콘에게 이런 말을 듣게 될 수도 있다.

"형은 너프 총 실력이 형편없었어. 자기 발을 쏴서 날려버릴걸." 혹은 더 심하게는 "뭘 가지고 나랑 거래할 건데? 형 마누라랑 잠자리할 기회로? 그 여자는 즐거워할 거야. 이봐! 농담이야!" 혹은 "물론. 와서 날 위해 일만 해준다면"이라는 말을 듣게 될 수도 있다. 그래서 그는 시도해보지도 않는다.

경비 요원 두 사람이 스탠을 차로 바래다준다. 이제 그들은 훨씬 더 우호적이고, 심지어 악수를 하려고 손을 내밀기까지 한다.

"리키예요."

"제럴드예요."

"스탠이에요."

그들은 마치 처음 보는 것처럼 군다.

그가 차에 탈 때 다른 차 한 대가 트레일러하우스 캠프장 입구 앞에 멈춰 선다. 짙게 선팅을 한 매끈한 검은색 고급 하이브리드 자동차다. 콘에게는 상류층 놀이 친구들이 몇 있는 것 같다.

"일거리가 도착했군."

제럴드가 말한다. 스탠은 누가 내리는지 궁금해서 보고 싶지만 아무도 내리지 않는다. 그들은 그가 떠나기를 기다리고 있다.

선전

샤메인은 바쁜 게 좋지만 때때로 '더스트'는 오후에 바쁜 일이 별로 없다. 그녀는 벌써 카운터를 두 번이나 말끔히 닦았고 유리잔들도 다시 정리했다. 그녀는 야구 경기를 재방송하는, 가장 가까이 있는 평판 스크린을 볼 수도 있지만, 운동 경기에는 그다지 관심이 없다. 그녀는 경기장 여기저기에서 서로를 추격하고 공을 치려 애쓰고 나서 끌어안고 엉덩이를 토닥거리고 펄쩍펄쩍 뛰며 소리를 지르는 한 무리의 남자들이 사람들을 그처럼 흥분시키는 까닭을 모른다.

소리를 작게 줄여놓았지만 광고가 시작되자 소리가 더 커지고, 아울러 사람들에게 내용을 확실히 전달하기 위해 화면 하단을 가로지르며 문자가 지나간다. 보통 스포츠 프로그램에 붙는 건 자동차와 맥주 광고지만, 갑작스럽게 무언가 색다른 것이 등장한다.

그것은 머리와 어깨만 보이는 정장 차림의 한 남자로, 화면에서 그녀의 눈을 똑바로 쳐다보고 있다. 심지어 이야기를 하기 전인데도 그에게는 설득력을 지닌 그럴싸한 무언가가 있다. 그는 이제 막 말하려는 내용이 몹시 중요한 것인 듯 매우 진지하다. 그리고 정말 이야기를 하기 시작하자 그녀는 그가 자신의 마음을 읽고 있다고 맹세할 수도 있을 지경이다.

"차 안에서 사는 게 지긋지긋합니까?"

그가 그녀에게 말한다. 진짜로, 그녀에게 직접! 그럴 리는 없다. 그가 대체 어떻게 그녀가 존재한다는 걸 알 수 있겠는가. 하지만 마치 그런 것 같은 기분이 든다. 그가 다 이해한다는 듯 미소를 짓는다.

"당연히 그렇겠지요! 당신은 아직 이곳에 신청하지 않았으니까요. 당신에겐 다른 꿈이 있었습니다. 당신은 더 좋은 것을 누릴 자격이 있습니다."

그렇고말고. 샤메인이 속삭이듯 말한다. 더 좋은 것! 그녀가 느끼기에 가장 중요한 건 바로 그거였다.

그다음에 반짝거리는 검은색 유리벽처럼 보이는 것의 입구가 화면에 나오고, 사람들이, 그러니까 서로 손을 맞잡은 채 활기차게 미소 짓고 있는 젊은 커플들이 그 안에서 걸어 다니고 있다. 봄기운이 느껴지는 파스텔색 옷. 그런 다음 어느 집, 산울타리와 잔디밭이 있는 갓 칠한 깔끔한 집. 누워 자는 용도의 고물 자동차나 망가진 소파는 없다. 그런 다음 카메라가 2층 창문을 통과해 커튼을—커튼이다!—지나 클로즈업하면서 방을 누비고 다닌다. 널찍하다! 우아하다! 멀리 떨어져 있거나 다른 나라에 있는 시골이나 해변의 주택들에 관한 부동산 광고에서 사용되는 그런 단어들. 열린 욕실 문 사이로, 매력적인 깊은 욕조와 그 옆에 걸려 있는 보송보송한 대형 흰색 수건이 보인다. 침대는 킹사이즈로, 푸른색과 분홍색이 섞인 발랄한 꽃무늬의 멋지고 깨끗한 침대 시트와 네 개의 베개가 놓여 있다. 샤메인의 몸에 있는 근육 하나하나가 그런 침대를, 그런 베개를 갈망한다. 아, 몸을 쭉 뻗고 누울 수 있다면! 그녀가 윈 할머니의 집에서 느꼈던 그런 안전하고 아늑한 기분을 느끼면서 편안하게 한잠 잘 수 있다면.

윈 할머니의 집이 이 집과 완벽하게 똑같았다는 것은 아니다. 그것은 훨씬 더 작았다. 하지만 잘 정돈되어 있었다. 그와는 딴판인 집 하나가 그녀가 어렸을 때부터 그녀의 기억에 대강 남아 있다. 그것은 화면에 나온 집과 비슷했을지도 모른다. 아니, 그것이 그처럼 난장판이 아니었더라면 그 집과 비슷했을 수도 *있었을* 것이다. 옷가지들이 바닥에, 더러운 접시들이 부엌에 널브러져 있었다. 고양이가 한 마리 있었던 가? 아마, 잠깐 동안. 그 고양이에 관해 무언가 안 좋은 일이 있었다. 그녀는 고양이를 복도 바닥에서 발견했는데, 엉망이 된 모습으로 분비물을 줄줄 흘리고 있었다. *저걸 치워버려! 말대꾸하지 마!* 그녀는 말대꾸를 하지 않았지만—흐느껴 운 것은 말을 한 것이 아니었다—그건 별로 중요한 게 아니었고, 여전히 그녀의 잘못이었다.

그녀의 침실 벽에는 커다란 주먹만 한 구멍이 하나 있었다. 놀라운 일은 아니었다. 왜냐하면 그 구멍을 만든 것이 바로 그것, 즉, 주먹이었기 때문이다. 그녀는 그 구멍 안에 물건들을 숨기곤 했다. 비니 베이비 인형(미국의 인형 제조업체인 타이 사에서 만드는 인형 시리즈로, 인형 속을 콩으로 채운 데서 유래한 이름이다. 주로 동물을 소재로 하며 인형마다 고유한 이름과 시를 쓴 꼬리표가 붙어 있다—옮긴이). 모서리에 레이스가 달린 천 손수건. 그게 누구 거였더라? 그녀가 발견한 1달러. 그녀는 만일 자신이 손을 충분히 깊숙이 밀어 넣기만 한다면 곧바로 벽을 관통할 것이고, 맹어(盲魚)며 다른 것들, 검은 이빨을 지닌 것들이 있는 물이 있어서, 그것들이 밖으로 나올지도 모른다고 생각하곤 했다. 그래서 그녀는 조심했다.

"예전에 당신의 삶이 어땠는지 기억하십니까?"

침대 시트며 베개를 둘러보는 동안 그 남자의 목소리가 말한다.

"우리가 알고 있던 믿음직한 세계가 붕괴되기 이전에? '컨실리언스'(통섭, 부합, 일치라는 의미가 있다—옮긴이) 시의 '포지트론 프로젝트'에 신청하면, 다시 한번 그런 삶을 살 수 있습니다. 우리는 완전 고용을 제공할 뿐 아니라 현재 너무나 많은 사람들을 괴롭히고 있는 위험 요소들로부터 보호도 해드립니다. 뜻이 맞는 다른 사람들과 함께 일하십시오! 당신 자신의 문제를 해결하는 동시에 실업과 범죄라는 국가적인 문제들을 해결할 수 있도록 도우십시오! 긍정적인 면을 보십시오!"

다시 남자의 얼굴이 나온다. 그렇게 잘생긴 얼굴은 아니지만 사람들이 신뢰할 만한 얼굴이다. 뭐랄까 수학 교사나 성직자 같다. 그는 진실해 보인다고 할 만한데, 진실한 게 잘생긴 것보다 낫다. 잘생긴 남자들은 정말이지 좋은 생각이 아니라고 윈 할머니가 말했다. 왜냐하면 그들에게는 너무 많아서 그중에서 선택할 수가 없기 때문이었다. 뭐가 너무 많은데요? 샤메인이 윈 할머니에게 묻자, 할머니는 이렇게 말했다. 신경 쓰지 마라.

"'포지트론 프로젝트'는 현재 신규 회원들을 받아들이는 중입니다. 만일 여러분이 우리의 요건에 부합하기만 한다면, 우리가 여러분의 요구를 충족시켜 드리겠습니다. 우리는 많은 직업 분야의 교육 과정을 제공합니다. 당신이 늘 되고 싶어 하던 바로 그 사람이 되십시오! 지금 신청하십시오!"

다시 한번 그 미소. 마치 그녀의 머릿속을 깊숙이 응시하고 있다는 듯. 그렇지만 무섭게가 아니라, 친절하게. 그는 단지 그녀에게 가장 좋은 것을 주고 싶을 뿐이다. 그녀 자신을 위한 물건들을 원하는 것이 위험하지 않은 일이 되고 난 후에, 그녀가 늘 되고 싶어 했던 바로 그 사람이 될 수 있다.

이리 와. 숨을 수 있다고 생각하지 마. 날 봐. 넌 나쁜 계집아이야, 그렇지?

'아니요'는 그 질문에 대한 틀린 대답이었다. 하지만 '네' 역시 틀린 대답이기는 마찬가지였다.

그만 좀 찡찡거려. 입 닥쳐, 내가 입 닥치라고 했지! 넌 아픈 게 뭔지도 잘 모르잖아.

아가, 그런 슬픈 일들은 잊어버리렴. 윈 할머니는 말하곤 했다. 팝콘을 만들자꾸나. 보렴, 내가 꽃을 좀 꺾어왔단다. 윈 할머니는 집 앞쪽에 작은 땅을 가지고 있었다. 한련화(연꽃잎 모양의 잎을 가진 식용 식물의 일종인 한련의 꽃―옮긴이), 백일홍. 대신에 저 꽃들을 생각해. 그러면 금세 잠이 들 거야.

광고 도중에 샌디와 베로니카가 들어온다. 이제 그들은 카운터에 앉아 다이어트 콜라를 마시며 마찬가지로 그 광고를 보고 있다.

"굉장해 보이는데." 베로니카가 말한다.

"세상에 공짜는 없어. 너무 그럴듯해서 사실 같지가 않아. 저 사내는 팁이 짠 인간처럼 생겼어." 샌디가 말한다.

"밑져야 본전이잖아. '씹 탱크'보다 더 나쁠 리는 없지. 난 저 수건들을 차지하기 위해 도전해볼 테야!"

"난 저들이 하는 게임이 무엇인지 궁금해(게임은 '속셈'이라는 의미로 사용되었으며, 결국 '그들의 속셈이 궁금하다'는 말이다. 바로 뒤에 베로니카의 '포커'라는 대답으로 이어지는 일종의 말장난—옮긴이)."

"포커겠지."

베로니카가 이렇게 말한 다음 둘 다 웃음을 터뜨린다.

샤메인은 그게 왜 우스운지 궁금하다. 그녀는 그들이 그 남자가 찾고 있는 종류의 사람들인지 확신하지 못하지만, 그렇게 말하는 건 너무 속물적인 데다가 좌절감을 안겨주는 일일 테고, 그들은 마음이 상냥한 아가씨들이므로 대신 이렇게 말한다.

"샌디! 넌 틀림없이 간호사가 될 수 있을 거야!"

화면 하단에 웹사이트 주소와 전화번호가 가로로 죽 지나가고 있다. 샤메인이 그것들을 급히 흘려 쓴다. 그녀는 몹시 흥분한다! 스탠이 그녀를 태우러 오면 그들은 휴대전화를 사용해서 세부 정보를 살펴볼 수 있을 것이다. 그녀는 자신의 몸이 더러운 것을 느낄 수 있고, 자기 옷에서, 머리카락에서, 바로 옆 닭날개집의 코를 찌르는 누린내에서, 퀴퀴한 냄새를 맡을 수 있다. 그런 모든 것에서 벗어날 수 있다. 그런 것이 마치 양파 껍질처럼 그녀에게서 떨어져 나가면, 그녀는 껍질 밖으로 나가 다른 사람이 될 수 있다.

저런 새집에는 건조 겸용 세탁기가 있을까? 당연히 있을 것이다. 식탁도. 요리법들. 그녀는 다시 한번 요리법대로, 스탠과 결혼한 후 그녀가 했던 방식대로, 요리할 수 있을 것이다. 그들 둘만의 점심 식사, 친밀한 저녁 식사. 그들은 식사를 하는 동안 의자에 앉아 있을 테고, 플라스틱 대신 진짜 도자기 그릇을 가지게 될 것이다. 어쩌면 촛불까지도.

스탠 역시 행복해할 것이다. 어떻게 행복해하지 않을 수 있겠는가? 그는 그렇게 성마르게 불평해대는 걸 그만둘 것이다. 사실, 그녀가 맨 먼저 그가 그냥 넘어가도록 이끌어야만 할 불평거리가 있다. 그가 다른 모든 것과 마찬가지로 확실히 신용 사기일 것이라고, 일종의 강도질이라고, 그들이 말려들 것도 아닌데 뭐 하러 애써 지원하느냐고 말할 요소 말이다. 하지만 모험을 하지 않으면 얻을 수 있는 것은 아무것도 없다고 그녀가 말할 것이다. 그러니 그냥 시도만이라도 해보는 게 어떻겠냐고. 어떻게 해서든 그가 그렇게 하도록 설득할 것이다.

정 안 되면, 그녀는 섹스의 조짐이 그의 눈앞에 어른거리게 할 것이다. 깨끗한 침대 시트가 있는 호사스러운 킹사이즈 침대에서의 섹스. 스탠이 과연 그걸 마다할까? 창문으로 침입하려 드는 미치광이들도 없는데. 필요하다면, 그녀는 심지어 오늘 밤 저 비좁은 차 뒷좌석의 시련까지도 감수할 것이다. 그가 동의만 한다면 보상으로 말이다. 그건 그녀에게는 그리 즐겁지 않을 테지만, 즐거움은 나중까지 기다릴 수 있다. 그들이 새집에 있게 될 때까지.

III
—
맞교대

입구

'포지트론 프로젝트'에 참가하기로 마음먹은 것이 곧 확실한 성공을 의미하지는 않을 것이다. 그들은 아무에게도 관심을 가지지 않는다. 샤메인이 주차장의 집합소에서 그들을 태운 버스에 앉아 스탠에게 소곤거리는 동안에도 말이다. 버스에 탄 사람들 중 일부는 도저히 프로젝트에 참여할 수 없을 것이다. 몸이 너무 상하고 거죽만 남은 데다, 이빨은 까맣게 썩어 있거나 아예 빠져버렸으니까. 스탠은 그쪽에 치과 진료 계획이 있는지 궁금하다. 지금까지 자신의 치아에는 아무 이상이 없다. 그들이 줄곧 먹어댄 그 모든 쓰레기 같은 설탕투성이 싸구려 음식을 감안한다면 참 다행이다.

샌디와 베로니카 역시 버스에 타서, 뒷자리에 앉아 그들이 가져온 봉지에 가득 든 차게 식은 닭날개를 야금야금 뜯어 먹고 있다. 이따금 그들은 조금 지나칠 정도로 시끄럽게 웃음을 터뜨린다. 이 버스에 탄 사람들 모두가, 특히나 샤메인은 초조해하고 있다.

"우리 거절당하면 어쩌지? 받아주면 어쩌지?"

그녀는 이것이 마치 학창 시절 운동부에 선발되는 일인 것처럼 말한다. 어느 쪽이든 초조하기 마련이다.

버스 여행은 꾸준히 가랑비가 내리는 가운데 몇 시간 동안 계속된다. 시골 벌판을 통과하고, 대부분의 창문 위에 합판을 댄 스트립 몰들, 버려진 햄버거 가게들을 지난다. 오로지 주유소들만이 제구실을 하는 듯 보인다. 얼마 있다가 샤메인은 스탠의 어깨에 머리를 기대고 잠이 든다. 그가 팔로 그녀를 감싼다. 그녀를 더 가까이 끌어당긴다. 그 역시 깜박 잠이 든다.

그는 버스가 높다란 검은색 유리벽에 나 있는 입구에 멈출 무렵 잠에서 깬다. 태양발전인가 보군. 스탠은 생각한다. 저런 식으로 만들다니 똑똑하군. 버스에 탄 무리가 잠에서 깨더니 기지개를 켜고 하차한다. 늦은 오후다. 마침 때맞춰 부드러운 햇살이 구름을 뚫고 새어 나와 그들을 황금빛 빛줄기로 비춰준다. 많은 사람들이 미소를 짓고 있다. 그들은 매직아이(광전도 기억소자를 사용한 감광 장치—옮긴이)가 설치된 경계선을 일렬종대로 넘은 다음, 입구의 칸막이를 통과하며 안구 스캔 및 지문 채취를 당하고, 표면에 번호와 바코드가 찍혀 있는 플라스틱 통행증을 하나씩 발급받는다.

그들은 버스에 다시 올라탄 다음 컨실리언스 시를 쭉 차로 통과하는데, 여기가 바로 그 '프로젝트'가 진행되는 곳이다. 샤메인은 도무지 자기 눈을 믿을 수가 없을 지경이라고 말한다. 모든 것이 매우 말끔하게 단장돼 있어서 마치 한 폭의 그림 같다. 마치 영화에, 오래전 영화에 나오는 마을 같다. 그들 중 누구도 태어나기 전인 옛 시절인 것 같다. 그녀가 기대에 차서 스탠의 손을 꼭 쥐자 그도 맞잡은 손을 꼭 쥔다.

"우린 옳은 일을 한 거야."

그녀가 말한다. 그들은 '하모니(Harmony) 호텔' 앞에서 버스를 내리는데, 지금 그들을 인솔하는 말쑥하게 차려입은 젊은 남자의 말로는 이것이 이 소도시 최고의 호텔일 뿐만 아니라 유일한 호텔이다. 왜냐하면 컨실리언스는 정확히 말해 관광지가 아니니까. 그는 그들을 무도회장에 마련된 예비 모임 겸 다과회로 인도한다.

"언제든 부담 없이 떠나셔도 됩니다. 분위기가 마음에 안 드시면요."

그가 그들에게 말한다. 이 말이 농담이라는 걸 알리기 위해 그가 활짝 웃는다.

사실, 분위기가 마음에 안 들 이유가 뭐가 있단 말인가? 스탠은 올리브 한 알을 입안에서 이리저리 굴려본 뒤 씹어 먹는다. 올리브를 먹어보는 건 참 오랜만이다. 그 맛에 마음이 심란하다. 정신을 바짝 차려야 한다. 당연히 그들을 철저히 살펴보고 있을 테니까. 누가 그 일을 하고 있는지를 알아내기는 어렵겠지만 말이다. 다들 정말 빌어먹게도 상냥하다! 그 상냥함도 올리브와 마찬가지다. 스탠이 저런 미소와 끄덕거림에 둘러싸인 계층의 사람들과 마주친 것도 참 오랜만이었다. 그가 이렇게 매력적인 사내인 줄 누가 알고 있었을까? 그 자신은 아니었다. 하지만 여자 셋이 있다. 그가 자신의 자석 같은 매력을 확실히 깨닫도록 동원된, 심지어 이름표까지 달고 있어서 접대 담당자들인 게 분명한 여자들 말이다. 그는 방을 훑어본다. 샤메인이 사내 둘과 젊은 여자 하나에게서 비슷한 대접을 받고 있다. 그녀의 '픽셀더스트' 바의 난잡한 창녀 친구들도 그 무리에 끼어 있다. 한껏 멋을 냈고, 심지어 드레스까지 입고 있다. 그들이 매춘부라고는 정말 아무도 알아차리지 못할 것이다.

저녁 내내 사람들이 점점 줄어든다. 신중하게 추려내는 모양이라고 스탠은 짐작한다. 태도가 안 좋은 사람들은 모두 '폐기'라고 적힌 문으로 나가는 것이다. 하지만 스탠과 샤메인은 철저한 검사를 통과했음이 분명하다. 다과회 막바지에도 여전히 여기 있는 걸 보니. 남아 있는 사람들은 모두 나중을 위해 미리 객실을 배정받는다. 포도주 한 병이 포함된 식권도 한 장씩 받는다. 아까와는 다른 젊은 남자가 길 바로 아래쪽에 있는 '투게더(Together)'라는 이름의 레스토랑으로 그들을 이끌고 간다.

배경음악으로 예전에 유행하던 곡이 흐르고, 하얀 식탁보와 플러시(벨벳과 비슷하지만 좀 더 길고 보드라운 보풀이 있는 비단 또는 무명천—옮긴이) 카펫이 깔려 있다.

"아, 스탠. 꿈이 이뤄진 것 같아!"

샤메인이 그들의 2인용 테이블에 놓여 있는 전기 촛불 너머로 그에게 나직이 말한다. 그녀는 호리호리한 꽃병에서 장미를 집어 들고, 킁킁 냄새를 맡는다.

그건 진짜가 아니야. 스탠은 그녀에게 말하고 싶다. 하지만 그녀의 흥을 깰 이유가 뭐란 말인가? 저렇게 행복해하는데.

그날 밤 그들은 '하모니 호텔'에 묵는다. 샤메인은 목욕을 두 번이나 하고, 수건 때문에 잔뜩 흥분한다. 스탠 자신 때문에는 그보다 덜 흥분할 거라고 그는 짐작한다. 하지만 그렇다고 할지라도 그녀가 그를 향해 다가오는 판인데, 불평할 이유가 뭐란 말인가?

"거봐. 여기가 차 뒷좌석보다 낫지 않아?"

나중에 그녀가 말한다. 만일 그들이 '포지트론 프로젝트'에 동참한다면 그들은 그 끔찍한 차에 작별을 고할 수 있어서 속이 다 시원할 테고, 기물 파괴범 겸 도둑들은 그걸 산산조각 내버릴 수 있을 거라고 그녀는 말한다. 왜냐하면 그런 사람들에게도 그런 건 더 이상 필요 없을 테니까.

바깥에서의 하룻밤

이튿날 워크숍이 시작된다. 첫 번째 워크숍이 끝난 후 그들은 여전히 부담 없이 떠나도 좋다는 말을 듣는다. 사실 포지트론 측은 사람들이 결정을 내리기 전에 여러 대안들을 충분히 고려해보기를 원하기 때문에 그들은 반드시 떠나봐야만 할 것이다. 그들도 당연히 알고 있듯이, 컨실리언스의 출입구들 너머 바깥은 썩어 문드러져가는 쓰레기 폐기장인 셈이다. 사람들이 굶주리고 있다. 음식물 찌꺼기를 찾아다니고, 좀도둑질을 하고, 쓰레기통을 뒤지고 있다. 인간이 산다는 게 고작 그런 것이란 말인가? 그러므로 그들 한 사람 한 사람은 '포지트론 프로젝트' 측이 바라는 대로—진심으로 바라는바!—바깥세상에서 저마다 마지막 밤이 될 하룻밤을 보내게 될 것이다. 그들에게 진지하게 심사숙고할 시간을 주기 위해서이다. 프로젝트 측은 밥만 축내는 식객들, 그저 시험 삼아 덤벼본 관광객들한테는 관심이 없다. 프로젝트 측은 진지한 참여를 원한다.

그날 밤 이후에는 참여하거나 하지 않거나 둘 중 하나였기 때문이다. *참여*한다면 영구적이었다. 하지만 아무도 강요하지는 않을 것이다. 만일 지원한다면 자의에 의한 것일 터이다.

첫날 워크숍은 대부분 파워포인트 파일로 진행된다. 그것은 컨실리언스 시의 모습을 담은 영상들로, 그러니까 푸주한, 제빵사, 배관공, 스쿠터 정비사 등등 컨실리언스의 일터에서 평범한 일을 하며 행복해하는 사람들로 시작된다. 그런 다음 컨실리언스 안쪽에 있는 '포지트론 교도소'의 영상들이 나온다. 마찬가지로 그 안에서 행복하게 일하는 사람들의 모습이 담겨 있는데, 그들은 저마다 위아래가 붙은 오렌지색 작업복을 입고 있다. 스탠은 보는 둥 마는 둥 한다. 자신들이 내일 약정서에 서명하게 될 것임을 이미 알고 있어서다. 샤메인이 그렇게 하기로 마음을 굳혀버렸으니까. 그가 줄곧 느껴온, 그리고 샤메인이 카페 라테와 진짜 자몽으로 아침 식사를 하면서 "자기, 확실해?"라고 말한 걸 보면, 사실은 그들 둘 다 느끼고 있는, 다소 불안한 기분에도 불구하고, 목욕 수건들 때문에 계약이 성사되었던 것이다.

그들은 벽 밖에서의 하룻밤을 스탠이 장담하건대 일부러 그런 목적에 맞춰 만든 게 분명한 끔찍한 모텔에서 보낸다. 가구는 주문에 따라다 망가져 있고, 퀴퀴한 담배 냄새가 뿌려져 있고, 바로 옆방에서는 난폭하게 흥청거리는 소리가 나는데 아마 녹음된 소리일 것이다. 하지만 진짜와 마찬가지로, 컨실리언스 벽 내부의 세계를 전보다 한층 더 바람직해 보이게 만들기에는 충분하다. 진짜일 가능성도 크다. 사실, 실제로 구할 수 있는 부서진 잔해가 그토록 많은데 속임수를 쓸 이유가 뭐란 말인가?

그들은 시끄러운 소리와 울퉁불퉁한 매트리스 때문에 잠드는 데 애를 먹고, 그 바람에 스탠은 창문 두드리는 소리를 즉각 듣는다.

"어이! 스탠 형!"

빌어먹을, 이번엔 또 뭐야? 스탠은 너덜너덜한 커튼을 걷고, 유심히 밖을 살펴본다. 코너다. 어렴풋이 보이는 똘마니 둘이 그를 등 뒤에서 지켜보고 있다.

"코너! 빌어먹을, 너 뭐 하는 거야?"

최소한 그건 콘이지 쇠지레를 든 어떤 정신병자는 아니다.

"안녕, 형. 나와봐. 형한테 해야 할 말이 있어."

"빌어먹을, 지금?"

"내가 필요도 없는데 *해야 한다*고 말하겠어?"

"자기, 무슨 일이야?"

샤메인이 침대 시트를 턱까지 끌어 올려 잡은 채 말한다.

"동생이 온 것뿐이야."

그는 옷을 끌어당겨 걸치는 중이다.

"코너? *코너가 여긴 왜 와?*"

그녀는 콘을 좋아하지 않는다. 그랬던 적이 없다. 그가 스탠을 나쁜 길로 이끌 안 좋은 영향을 미친다고 생각하니까. 마치 스탠이 그렇게 이끌려가기 무척 쉬운 사람이라도 되는 것처럼. 콘이 스탠을 그녀가 찬성하지 않는 행동에, 예를 들면 과음과 그녀가 결코 구체적으로 얘기하지는 않을 테지만 십중팔구 매춘부들을 의미하는 더욱더 사악한 짓에 휘말리게 만들지도 모른다는 것이다.

"밖에 나가지 마, 스탠. 그가 어쩌면…….."

"내가 알아서 할게. 빌어먹을, 부탁이야, 쟨 내 동생이라고!"

"여기 나 혼자 버려두지 마!" 그녀가 두려워하며 말한다. "너무 무서워! 잠깐만, 나도 같이 갈래!"

이것은 콘이 그를 악의 소굴로 몰래 데려가지 못하도록 그를 계속 잡아두려는 행동일까?

"누워 있어, 자기. 난 바로 밖에 있을 거야."

부드럽게 안심시키는 말이 되기를 바라며 그가 말한다. 침대에서 들려오는 숨죽여 훌쩍이는 소리. 콘이 나타나면 어김없이 모두가 혼란에 빠진다.

스탠이 살짝 문 밖으로 나간다.

"뭐야?"

그는 어떻게든 최대한 신경질적으로 말한다.

"그거 서명하지 마." 코너가 거의 속삭이다시피 한다. "그 일에 관해선 날 믿어줘. 그러지 않는 게 좋아."

"내가 어디 있는지 어떻게 알았어?"

"휴대전화는 됐다 뭐 하게? 내가 그걸 형한테 줬잖아! 그러니까 그걸 추적했지, 멍청아. 그 버스에 탄 형을 뒤쫓았어. 여기까지 내내. 자, 교훈 하나. 낯선 사람들한테서 휴대전화기를 덥석 받지 마라."

코너가 활짝 웃으며 말한다.

"넌 빌어먹을 낯선 사람이 아니잖아."

"맞아. 그러니까 형한테 솔직하게 말하는 거야. 그들이 형한테 뭐라고 하든, 그런 말은 일체 믿지 마."

"왜 안 되는데? 뭐가 문젠데?"

"뭐가 문제냐 하면 형이 최고 경영진이 아닌 한, 빠져나올 수 없을 거라는 거지. 발부터 먼저 상자에 담겨서가 아니면(중의적 표현으로 '죽어서 관에 담겨서가 아니면'이라는 뜻도 있다―옮긴이). 난 그냥 형이 걱정돼서 그러는 거야. 그게 다야."

"무슨 말을 하려는 거야?"

"형은 그 안에서 무슨 일이 일어나고 있는지 몰라."

"무슨 뜻이야? 무슨 소리를 하는 거야?"

"내가 들은 게 좀 있어. 그건 형한테 맞지 않아. 사람이 좋으면 손해를 보기 마련이야. 그렇지 않으면 끝장이 나거나. 형은 너무 물렁해."

스탠이 턱을 내민다. 옛날 옛적이었다면 그것은 난투극의 신호였을 것이다.

"넌 빌어먹을 피해망상증 환자야."

"그래, 알았어. 내가 경고해주지 않았다는 말은 하지 마. 형 자신을 위해 바깥세상에 남아 있기를 바라. 잘 들어. 형은 가족이야. 난 형을 도와줄 거야. 형이 날 도왔던 것처럼 똑같이. 형한테는 일자리, 약간의 현금, 호의가 필요해. 형은 내가 어디 있는지 알잖아. 언제든 환영이야. 그 귀여운 숙녀분도. 형수도 데리고 와. 형수를 위한 자리는 언제나 있어."

콘이 활짝 웃는다.

그래, 그거군. 콘은 그의 밀렵꾼 같은 눈으로 샤메인을 노리고 있는 것이다. 스탠이 그런 수작에 속아 넘어가는 일은 절대로 없을 것이다.

"인마, 고맙다. 정말 고마워. 생각해볼게."

"제기랄."

코너는 말은 이렇게 하지만 기분 좋게 웃고, 두 사람은 서로의 등을 가볍게 두드린다.

"스탠?"

방 안에서 샤메인의 불안해하는 목소리가 흘러나온다.

"가서 귀여운 마누라나 안심시켜줘."

코너가 말한다. 스탠은 그가 무슨 생각을 하고 있는지 알고 있다. 공처가 같으니라고.

그는 콘이 두 경호원과 함께 떠나가는 모습을 지켜본다. 그들이 올라탄 긴 검은색 차가 밤의 어둠 속으로 잠수함처럼 조용히 미끄러지듯 나아간다. 십중팔구 그가 트레일러하우스 캠프장에서 본 것과 같은 차일 것이다. 돈을 얼마쯤 손에 넣은 콘 같은 사내들은 언제나 그런 차들을 원하기 마련이다.

스탠 자신이 그런 차를 소유하는 걸 싫어할 거라는 건 아니다.

쌍둥이 도시

이튿날 아침 그들은 마지막 단계를 밟는다. 스탠은 심지어 계약 조건을 거의 읽지도 않는다. 왜냐하면 샤메인이 몹시 참여하고 싶어 하기 때문이다. 어쨌든 그들은 선택되었고 다른 많은 사람들은 거부당했다고 그녀는 말한다. 스탠이 서식에 서명을 하는 동안 그녀가 스탠을 보며 희미하게 미소 짓는다.

"아아, 고마워. 무척 안전해진 기분이야."

그러고 나서 워크숍(workshop)이 본격적으로 시작된다. 아니, 인도자들 중 한 사람이 재치 있게 말한 대로, 그들은 숍(shop)은 이미 가졌고, 이제는 일(work)을 익히려는 중이다. 그들은 이제 막 몹시 놀랍고 새로운 아주 많은 것들을 배우게 될 참이니 거기에만 고스란히 집중할 필요가 있을 것이다. 남자들의 워크숍이 이쪽에서, 여자들의 워크숍이 저쪽에서 따로 진행되는 것은 각각에게 서로 다른 과제와 업무와 요구들이 있기 때문이다. 게다가 그들은 이 프로젝트 도중에 교도소 지역에 있을 때는 한 번에 한 달씩 따로 떨어져 있게 될 것이므로—곧 그들이 좀 더 충분한 설명을 듣게 될 특징이다—그에 익숙해지는 편이 나을 것이라고 그들의 첫 워크숍 인도자가 쿡쿡 웃으며 말한다. 어쨌든 떨어져 있으면 그리움이 한층 더해지는 법이다. 그들이 경험상 알고 있을 거라고 그가 확신하다시피 말이다. 또 한 번의 쿡쿡거림.

외톨이가 되고, 발기도 되지. 스탠은 생각한다. 10대 시절 코너가 수집하던 비슷한 종류의 각운을 맞춘 문구들 중 하나다. 그는 샤메인과

75

그 무리의 다른 여자들이 방을 떠나는 동안 지켜본다. 샌디와 베로니카는 뒤돌아보지 않지만 샤메인은 뒤돌아본다. 그녀는 자신들의 결정에 대해 확신이 있음을 보여주려고 스탠을 보며 환하게 미소 짓는다. 조금 불안해 보이기는 하지만. 하긴, 그 자신도 조금 불안하다. 그들이 이제 막 배우게 될 이 몹시 놀랍고 새로운 것들은 무엇일까?

남자들의 워크숍 인도자들은 검은색 정장을 차려입은, 전 세계적으로 기금을 지원받는 어떤 싱크탱크의 동기부여 연설 프로그램의 젊고 진지한 여드름투성이 연구생 여섯 명이다. 스탠은 과거에, 그중에서도 딤플 로보틱스에서 보냈던 한때에 이런 부류를 접해보았다. 그는 이전에 그런 사람들을 싫어했다. 하지만 이전에 그랬듯이 지금도 그들을 피할 수는 없다. 왜냐하면 이 워크숍 수업들은 의무 사항이기 때문이다.

잇따른 수업 시간들로 꽉 채워진 하루 만에 그들은 장황한 설명들을 잔뜩 듣게 된다. 컨실리언스의 이론적 근거, 역사, 잠재적 방해 요소들, 집단적으로 컨실리언스를 반대할 가능성, 그리고 반드시 그런 가능성을 극복해야만 하는 이유까지.

'컨실리언스/포지트론'이라는 쌍둥이 도시는 일종의 실험이다. 엄청나게, 엄청나게 중요한 실험. 그 싱크탱크의 일원들은 *엄청나게*라는 단어를 적어도 열 번은 사용한다. 만일 그것이 성공을 거둔다면—그리고 성공*해야만* 하고, 그들 모두가 함께 노력하면 성공할 수 있다—최근에 몹시 큰 타격을 입은 많은 지역들에 대해서뿐만 아니라, 만일 이 모델이 최고위층에서 채택되기에 이른다면, 최종적으로는 국가 전체에 대해서까지도 구제 수단이 될 수 있을 것이다. 모든 실업자와 범죄자들이 새로운 삶을 살게 되면서 일거에 해소될 실업과 범죄, 그것에 대해 생각해봐라!

그들 자신, 새로 들어온 포지트론의 계획 입안자들, 그들은 영웅적이다! 그들은 위험을 무릅쓰기로, 인간 본성의 보다 밝은 측면에 도박을 걸기로, 마음속 미지의 영역들을 기록해 보여주기로 선택했다. 그들은 초기 개척자들과 마찬가지이다. 새로운 길을 개척하고, 미래로, 그러니까 그들 때문에 더 안전하고 더 번창하며 정말 모든 면에서 더 좋아질 미래로 향하는 길을 깨끗이 치운다! 후대는 그들을 숭배할 것이다. 저런 것은 장황한 선구 문구다. 스탠은 일생 동안 그토록 많은 허튼소리를 들어본 적이 결코 없다. 그런데 한편으로 그는 그런 말을 어느 정도 믿고 싶기도 하다.

마지막 발표자는 여드름투성이 젊은이들보다 나이가 많다. 그렇다고 해서 그렇게 훨씬 더 나이가 많은 것은 아니다. 그의 정장은 똑같이 검은색이지만 좀 더 멋져 보인다. 그는 어깨가 좁고 몸통은 길고 다리는 짧다. 목덜미 길이로 잘라 뒤로 빗어 넘긴 머리카락 또한 짧다. 그 겉모습에는 이렇게 씌어 있다. *나는 빈틈없다.*

마찬가지로 검은색 정장을 입고, 앞머리를 일자로 짧게 자른 검은색 직모에 사각턱을 가진 여자 하나가 그와 함께 있다. 화장기 하나 없이 귀고리만 하고 있다. 그녀의 다리는 근육질이기는 해도 멋지다. 그녀는 휴대전화를 만지작거리며 한쪽 옆에 앉아 있다. 보좌관일까? 확실하지 않다. 스탠은 그녀를 부치(남자 역을 하는 여성 동성애자—옮긴이)라고 생각한다. 엄밀히 따지면 그녀는 여기에, 남자들의 수업에 와 있어선 안되기에, 스탠은 왜 그녀가 와 있는 것인지 의아하게 여긴다. 그렇다고는 해도, 그 사내보다는 그녀를 바라보는 게 낫다.

그 사내는 그들이 자기를 에드라고 불러야 한다는 말로 이야기를 시작한다. 에드는 그들이 편안한 기분을 느끼고 있기를 바란다. 왜냐하면 그들은 자신들이 올바른 선택을 했음을—그가 알고 있듯이!—알고 있을 테니까.

이제 그는 이면을 좀 더 깊숙이 엿볼 수 있는 기회를 그들에게 제공하고 싶다. 다시 말해 그들과 나눠 갖고 싶다. 포지트론 사를 설립하는 데 필요한 수많은 승인을 얻어낸 것은 일종의 투쟁이었다. 당국자들은 쉽사리 결정을 내리지 않았다. 일이 잘못되면 여러 정책 전문가의 엉덩이가 위태로울 판이었으니까(그는 자신이 대담하게 엉덩이라는 단어를 사용해놓고 슬며시 능글맞은 미소를 짓는다). 그 증거로, 이 계획이 처음 언론에 발표되었을 때 난리법석이 있었다. 남성 대변인들, 아니 좀 더 정확히 말하면 대변인들은—에드가 그 여자를 힐끗 보니 그녀는 미소를 짓고 있다—'컨실리언스/포지트론' 프로젝트가 개개인의 자유에 대한 침해이자 전체주의적으로 사회를 통제하려는 획책이고 인간의 정신에 대한 모독이라고 주장하는 인터넷상의 급진주의자들과 불평분자들로부터 쏟아지는 수많은 성난 외침에 지금껏 용감히 대처했다. 개개인의 자유에 에드보다 더 헌신적인 사람은 아무도 없지만, 그들 모두가 알다시피—이 대목에서 에드는 공모라도 하듯 미소를 짓는다—이른바 개

개인의 자유가 밥을 먹여주는 것은 아니고 인간의 정신이 청구서를 대신 지불해주는 것도 아니며, 터지기 직전의 압력솥 같은 사회 내부의 압박감을 덜어줄 조치가 무언가 실행될 필요가 있다. 그들은 동의하지 않을 텐가?

정장 차림의 여자가 고개를 들어 힐끗 쳐다본다. 그녀는 무엇을 쳐다보고 있을까? 그녀의 꿰뚫을 듯한 시선이 차분하고 서늘하게 그들을 훑고 지나간다. 그런 다음 그녀는 다시 휴대전화로 고개를 돌린다. 스탠은 휴대전화가 없으면 벌거벗은 느낌이지만, 그들은 워크숍을 시작할 때 각자의 휴대전화기를 제출해야만 했다. 새 휴대전화기 지급을 약속받았지만, 그것은 오로지 벽 안에서만 작동될 것이다. 스탠은 언제 새 휴대전화기가 지급될 것인지 궁금하다.

에드가 목소리를 낮추는 걸 보니 심각한 이야기가 나올 듯하다. 아니나 다를까 대량의 그래프가 첨부된 파워포인트 문서가 등장한다. 금융계의 거물들이 공황 상태를 막기 위해 지금까지 진짜 통계 자료를 숨겨왔지만, 충격적이게도 이 지역 인구의 40퍼센트가 실직 상태이고 그중 50퍼센트는 25세 미만이라고, 에드가 말한다. 그야말로 딱 맞아떨어지는 체제 붕괴의 원인인 셈이다. 또한 무정부 상태, 대혼란, 무분별한 재물 파괴, 이른바 혁명을 초래하는 원인이기도 한데, 혁명은 결국 약탈과 갱단의 지배와 군벌과 대규모의 강간과 약하고 무력한 자들에 대한 폭압을 의미한다. 그것은 이 지역의 모든 사람들을 바로 정면에서 빤히 노려보고 있는 암울한 잠재적 미래이다. 그들은 이미 스스로 그 조짐들을 알아차렸고, 그것이 바로—그가 확신하는바—서명을 하는 것이 바람직하다고 그들이 판단한 이유이다.

어떤 조치를 취할 수 있을까? 에드가 이맛살을 찌푸리며 묻는다. 어떻게 해야 계속 통제할 수 있을까? 분명 그들도 동의할 것이다시피, 계속 통제하는 것이 사회 전체적으로는 이로운 일이었다. 공식적인 지도층 수준에서는, 아이디어가 빠르게 고갈되는 중이었다. 오로지 폭동 진압에, 사회를 감시하는 데, 어두운 뒷골목에서 잽싼 젊은이들을 추적하는 데, 수상쩍어 보이는 군중에게 소방 호스를 들이대고 최루액을 분사해서 진압하는 데 쓸 만큼의 인력과 세수밖에는 없다. 한때는 북적거렸던 너무나 많은 도시들이 침체되고 버려진 상태다. 특히 북동부의 경우가 그렇다. 하지만 다른 주들도 심한 타격을 입고 있다. 특히 긴 가뭄에 피해를 입은 주들이 그렇다. 참정권을 박탈당한(범죄를 저지르고 일정 수준 이상의 유죄 판결을 받아 선거권과 같은 기본 권리를 박탈당한 경우를 의미한다—옮긴이) 너무나 많은 사람들이 버려진 자동차나 지하철 터널이나 심지어 지하 배수로에서 살고 있다. 마약 상용과 폭음이 유행병처럼 번져 있다. 자살을 초래할 정도의 술, 사람을 1년 안에 죽게 만들 만큼 피부에 물집이 잡히는 마약(마약중독은 니아신, 즉 비타민 B3의 결핍을 초래하기도 하는데, 그 증상 중 하나가 햇빛에 노출되는 부위에 통증을 동반한 대칭적 홍반이 나타나다가 물집이 발생하는 것이다—옮긴이). 인사불성의 망각 상태는 갈수록 더 젊은이들의 마음을 끌고 있으며, 심지어 중년들에게도 그러하다. 사실, 아무리 생각해봐도 문제를 해결하기 시작할 수조차 없다면 뇌를 잘 간직할 이유가 대체 뭐란 말인가? 그것은 더 정확히 말하면 문제조차도 아니다. 문제의 단계는 넘어섰다. 그것은 오히려 어렴풋이 보이기 시작한 붕괴에 더 가깝다. 한때는 아름다웠던 그들의 고장이, 한때는 아름다웠던 그들의 나라가 빈곤과 잔해에 뒤덮인 황무지가 될 운명인 걸까?

처음에는 더 많은 교도소를 짓고 그 안에 더 많은 사람들을 쑤셔 넣는 것이 해결책이었지만, 그것은 곧 엄두도 못 낼 만큼 비용이 비싸지고 말았다. (이 대목에서 에드가 슬라이드 몇 장을 휙휙 넘긴다.) 비단 그뿐 아니라, 그로 인해 바깥세상으로 돌아가기만 하면 그 즉시 기꺼이 실력을 발휘하고도 남을 전문적인 수준의 범죄 기술들을 익힌 전과자 집단들이 양산되었다. 심지어 교도소들이 민영화되었을 때도, 심지어 죄수들이 국제적인 대기업들에게 무급 노동 인력으로 대여되었을 때조차도, 비용 편익 도표는 개선되지 않았다. 왜냐하면 미국의 강제 노동자들이 다른 나라들의 강제 노동자들보다 더 나은 성과를 내지 못했기 때문이었다. 강제 노동 시장에서의 경쟁력은 식대와 연관이 있었는데, 어찌 되었든 다들 변함없이 인정 많은 길 잃은 강아지 구조자들 같은 사람들인 미국인들은—이 대목에서 에드는 이해해야지 어쩌겠냐는 듯 오만한 미소를 짓는다—죄수들을 뼈 빠지게 일하다가 굶어 죽게 만들 준비가 되어 있지 않았다. 정치가들과 언론이 죄수들을 추악한 인간쓰레기들이자 백해무익한 밥벌레라고 아무리 많이 비난했더라도, 다리가 꼬챙이처럼 마른 시체 더미들을 언제까지나 보이지 않게 감출 수 없기는 여전히 마찬가지다. 사인 불명의 이상한 죽음이 한 건이라면 몰라도—지금껏 사인 불명의 이상한 죽음은 늘 있어왔다고 에드가 어깨를 으쓱하며 말한다—무더기로는 불가능하다. 어떤 염탐꾼이 휴대전화로 동영상을 찍을 테고, 그런 것들은 아무리 최선을 다해 깊숙이 덮어두려 해봐야 밖으로 새어 나갈 가능성이 있다. 그러면 폭동은 말할 것도 없고, 어떤 종류의 대소동이 일어날지 대체 누가 알겠는가?

스탠은 목뒤가 살짝 쭈뼛해지는 기분이 든다. 에드가 이야기하고 있는 그 사람이 그의 동생일 수도 있다! 아니, 아마 구체적으로 콘은 아닐 것이다. 하지만 그는 만일 에드가 콘을 가까이서 살펴본다면 콘을 백해무익한 밥벌레로 분류해둘 거라고 굳게 확신한다. 스탠이 그와 같은 호칭들을 사용하는 것은 괜찮다. 가족끼리니까. 그렇다고 해서 십중팔구 콘이 하고 있을 터인 일이 무엇이든 그것에 그가 다 찬성한다는 것은 아니다. 이것이 콘이 들었다던 그 소문인가? 저 포지트론 측은 손버릇이 나쁜 사람들 문제를 철저하게 통제하나? 한 번만 걸리면 퇴출이라는 건가?

그는 콘에게 전화를 걸어 좀 더 이야기를 나누고 싶다. 이곳에 대해 그가 정말로 알고 있는 것을 알아보고 싶다. 하지만 휴대전화 없이는 그럴 수가 없다. 기다려봐. 스스로를 타이른다. 이곳에 기회를 줘봐.

에드가 텔레비전 설교자처럼 두 팔을 벌린다. 그의 목소리는 갈수록 더 커진다. 이윽고 포지트론의 설계자들에게 만일 교도소들이 규모가 확장되고 합리적으로 통제된다면, 이익을 내며 자급자족할 수 있는 경제 주체가 될 수 있을 것이라는 생각이—그리고 이것은 아주 멋진 생각이었다—떠올랐다고 그가 말한다. 그 교도소들은 매우 많은 일자리를 만들어낼 수 있을 터였다. 건설 현장 일자리, 병원 일자리, 제복 재봉 일자리, 제화 일자리, 부속 농장이 있다면 농업 분야 일자리까지. 일자리가 끊임없이 흘러나오는 일종의 코르누코피아(그리스 신화에서 어린 제우스에게 젖을 먹였다고 하는 염소의 뿔에서 기원한 단어로 '풍요의 뿔'이라는 뜻. 오늘날에는 주로 물질의 풍요를 상징하는 말로 사용된다—옮긴이)다. 대형 연방 교도소가 있는 중간 규모의 도시들은 자립할 수 있을 테고, 그런 소도시 사람들은 중산층의 안락함을 누리며 살 수 있을 것이다. 게다가 만일 모든 시민이 교도관이나 죄수 중 어느 한쪽이라면, 결과적으로 완전 고용이 이뤄질 것이다. 절반은 죄수가 될 것이고, 나머지 절반은 이런저런 방식으로 죄수들을 관리하는 일에 종사하게 될 것이다. 아니, 그들을 관리하던 사람들을 관리하는 일에 종사하게 될 것이다.

그리고 주민 중 절반에게 증명된 범죄 행위가 있기를 기대하는 것은 비현실적이므로, 모두가 번갈아 한 달은 교도소 안에서, 한 달은 교도소 밖에서 지내는 것이 공평한 일일 것이다. 모든 주거지마다 두 쌍의 거주자들이 배정되면 절약될 돈을 생각해보라! 그것은 논리적 판단에 따른 시분할 공동 소유였다.

이리하여 시작된 것이 '컨실리언스/포지트론'이라는 쌍둥이 도시다. 이제 그들 모두는 바로 그 도시의 굉장히 중요한 구성원이다! 에드는 타고난 외판원 같은 개방적이고 포용적인 환영의 미소를 짓는다. 모든 것이 이치에 맞는다!

스탠은 이익률에 대해, 그리고 이것이 민간벤처사업인지에 대해 물어보고 싶다. 틀림없이 민간사업일 것이다. 누군가가 수익성 좋은 사회기반 시설 및 물품 조달 계약들을 따냈다. 벽이 저절로 세워지지는 않는 법이며, 그가 입구에서 목격할 수 있었던 것들로 보아 보안 체계는 최고 수준이다. 하지만 그는 자제한다. 이 순간이 질문을 하기에 적절한 때처럼 느껴지지는 않아서. 왜냐하면 이제 막 굉장히 큰 '컨실리언스'라는 단어가 화면에 등장했기 때문이다.

컨실리언스(CONSILIENCE)=재소자들(CONS)+복원력(RESILIENCE). 지금 복역하라, 우리의 미래를 위해 시간을 벌어라!

의미 있는 삶

스탠은 홍보 팀과 브랜더(브랜드의 메시지를 전달하고 성장을 책임지는 관리자—옮긴이)들이 잘 해냈음을 인정하지 않을 수가 없다. 에드 역시 그렇게 생각하는 것이 분명하다. 그는 그들에게 '포지트론 프로젝트'가 기존의 교도소 이름을 바꿔버렸다고 말한다. 왜냐하면 '주 북부 교화원'이라는 이름은 우중충하고 따분했기 때문이다. 그들은 '포지트론'이라는 이름을 생각해냈는데, 이것은 전문적으로는 전자의 반대 입자(전자와 같은 질량을 가지며 양전기를 지니는 소립자인 '양전자'를 말한다—옮긴이)를 의미한다. 하지만 저 바깥세상에 그 사실을 알고 있는 사람은 별로 없을 것이다. 그렇지 않을까? 한마디로, 그 단어는 아주 더할 나위 없이 긍정적으로 들렸다. 그리고 긍정성이야말로 우리의 현안들을 해결하는 데 필요한 바로 그것이었다. 심지어 가장 냉소적인 사람들조차도—에드가 말한다—심지어 가장 편견 어린 시선을 가진 사람들조차도 그것은 인정해야만 할 터였다. 그런 다음 그들은 몇몇 최고의 디자이너들을 영입해 전반적인 스타일과 분위기에 관한 의견을 들었다. 시청각적인 측면에서는 1950년대가 채택되었다. 왜냐하면 그 10년 이야말로 대부분의 사람들이 자신이 행복했다고 인정하는 때였기 때문이다. 그리고 그것은, 다시 말해 가능한 최대치의 행복이 이곳의 목표들 가운데 하나이다. 대체 누가 *그런* 항목에 체크 표시를 하지 않겠는가?

새로운 이름과 새로운 미적 감각이 세상에 공개되었을 때, 포지트론은 대중들의 예민한 곳을 건드렸다. 믿어볼 만한 전략이라고 인터넷 뉴스 블로거들은 말했다. 드디어 미래의 가능성이 보인다! 그들 가운데 우울증 환자인 사람들조차도, 그 밖의 다른 것들은 아무 소용이 없었으니 그걸 시도해보는 게 어떻겠느냐고 말했다. 사람들은 희망에 굶주려 있어서 사기를 진작하는 것이라면 무엇이든 다 덥석 삼킬 준비가 되어 있었다.

그들이 처음 텔레비전 광고를 한 이후 인터넷 지원서의 수가 어마어마하게 많았다. 그도 그럴 것이 매우 많은 이점들이 있었던 것이다. 누군들 하루 세끼를 잘 먹고, 한 컵보다 많은 양의 물로 샤워를 하고, 깨끗한 옷을 입고, 빈대가 없는 편안한 침대에서 잠을 자고 싶지 않겠는가? 하나의 목표를 공유한다는 가슴 설레는 느낌은 말할 것도 없고. 검은 곰팡이가 우글거리는 어떤 버려진 아파트에서 괴로워하거나, 온밤 내내 깨진 병으로 무장하고 한 줌의 담배꽁초 때문에 사람을 살해할 준비가 되어 있는 흐리멍덩한 눈빛의 10대들을 물리쳐야 하는 악취로 가득

한 트레일러하우스에서 쭈그리고 있기보다는, 돈벌이가 되는 일자리가 있고 하루 세 끼 건강에 좋은 식사를 하고 돌볼 잔디밭과 손질할 산울타리와 공익에 기여하고 있다는 확신과 물이 쏟아져 내리는 변기가 있는 것이 낫다. 한 마디로, 아니 좀 더 정확하게 말하자면 세 마디로, 의미 있는 삶.

그것이 마지막 파워포인트 문서의 마지막 슬라이드의 마지막 표어였다. 그들이 집으로 가지고 가게 될 바로 그것이라고 에드는 말한다. 바로 여기 컨실리언스 안에 있는 그들의 새집으로. 물론 포지트론 안으로도. 흰자와 노른자가 있는 달걀을 생각해보라. (달걀 하나가 화면에 나타나더니, 칼에 의해 세로로 이등분된다.) 컨실리언스는 흰자이고 포지트론은 노른자이며, 두 개가 합쳐서 온전한 하나의 달걀을 만든다. 밑알(공장식 양계가 시작되기 전, 17세기 영국 농가에서 암탉이 달걀을 낳는 생산성을 높이기 위해 자기로 만든 가짜 달걀을 닭장 안에 넣어두어 효과를 본 데서 유래한 말. 오늘날에는 가짜든 진짜든 '암탉이 알 낳을 자리를 바로 찾아들도록 둥지에 넣어두는 달걀'을 일컫거나 '밑천'을 의미하는 말로 사용된다─옮긴이)이라고 에드가 미소 지으며 말한다. 마지막 화면이 등장한다. 빛나는 황금알 하나가 들어 있는 둥지 하나.

*

에드가 파워포인트 프로그램을 끄고 돋보기를 쓴 다음, 목록을 들춰본다. 실질적인 사안들. 그들의 새 휴대전화는 중앙 홀에서 교부될 것이다. 동시에 그들은 각자 살 집을 배정받게 될 것이다. 상세한 정보는 각자 받은 서류철의 초록색 인쇄물에 좀 더 충분히 설명되어 있지만, 간추려 말하면 컨실리언스의 모든 사람들은 두 개의 삶을, 다시 말해 한 달은 죄수로, 그다음 달은 교도관이나 시 공무원으로 살게 될 것이다. 모든 사람에게는 '대체인'이 지정되어 있다. 따라서 독립적인 하나의 주거지가 최소한 네 사람에게 배정된다. 첫 번째 달에는 일반 시민들이 그 집들에서 살 것이고, 두 번째 달에는 첫 달의 죄수들이 일반 시민 역할을 맡아 그 집들로 거처를 옮길 것이다. 그리고 달마다 그런 식으로 번갈아 진행될 것이다. 생활비 절감에 대해 생각해보라고, 에드가 틱 증상이거나 윙크 중 어느 하나일 동작을 하며 말한다.

언제나 화젯거리인 구매력에 관해 말하자면 그들은 각자 처음에 일정 금액의 '포지달러'를 받게 될 것이며, 그것을 컨실리언스의 상점들이나 내부 네트워크의 디지털 상품목록에서 구매하고 싶은 품목들과 교환할 수 있다. 총액은 급여 지급일마다 자동적으로 보충될 것이다. 생활공간을 개별적으로 꾸미기 위해 구입한 물건들은 교도소에 있는 동안은 따로 보관해놓거나 '대체인'들과 함께 쓰거나 어느 쪽이어도 좋다. 파손되는 경우 당연히 그 '대체인'들이 자신들의 포지달러를 사용해서 그러한 품목들을 교체해놓을 것이다. 배관 공사며 전기 관련 문제 같은 것들을 처리하는 관리 팀이 있다. 누출 문제도 마찬가지라고 에드는 말한다. 정보 같은 것이 아니라, 지붕 같은 것 얘기라고 그가 미소를 지으며 덧붙인다. 당연히 농담으로 받아들여지리라 전제하고 한 말일 거라고 스탠은 짐작한다.

그는 초록색 인쇄물을 재빨리 살펴본다. 독신자들은 침실 두 개짜리 아파트에 살면서, 각자 그것을 다른 독신자 한 명 및 그들의 대체인 두 명과 공유하게 될 것이다. 커플들과 가족들을 위해서는 단독주택들이 따로 마련되어 있다. 잘된 일이다. 그와 샤메인은 그것들 중 하나를 얻게 될 것이다. 10대들에게는 두 개의 학교가 있다. 교도소 내부에 하나, 외부에 하나. 어린아이들은 관리 감독자가 있는 유아원, 유치원, 걸음마를 배우는 아기들을 위한 댄스 강좌들이 갖춰진 여성 수감동(棟)에서 어머니들과 함께 머문다. 이것은 어린아이들에게 정말로 이상적인 환경이며, 지금까지 학부모 만족도는 매우 높다.

각각의 주거 단위에는 어른 한 명당 한 개씩 네 개의 개인 사물함이 있다. 일반 시민용 옷은 상품목록에서 고를 수 있으며, 옷 주인이 죄수로 교대 근무를 하고 있는 달에는 이런 개인 사물함에 보관하면 된다. 오렌지색 죄수복은 포지트론 교도소에 보관되어 있는데, 수감 기간 중에 착용한 다음 세탁을 하도록 그곳에 남겨두면 된다.

지금까지 줄곧 감방 자체가 개선되어왔고, 비록 감방의 분위기를 유지하기 위해 조심하기는 했지만 적지 않은 생활 편의 시설들이 추가되었다. 그들이 구식 교도소에서 살라는 요구를 받고 있는 것은 아니잖은가! 예를 들어 교도소 음식은 최소한 별 세 개짜리 품질이다. 세심한 주의와 최상의 마음가짐이 소박하고 건강에 좋은 재료들에 무엇을 더할 수 있는지를 보면 경탄스러울 정도라서 그 자신은 더 이상 즐거울 수가 없을 지경이다.

에드가 그의 노트를 들춰본다. 스탠은 앉은 채로 몸을 뒤척인다. 이 떠버리는 얼마나 오랫동안 말을 계속할 작정일까? 그는 상황을 다 이해했고 지금까지 기겁할 만한 내용은 아무것도 없다. 그는 커피 생각이 간절하다. 맥주면 더 좋고. 여자들의 워크숍에서는 그들이 샤메인에게 내내 뭐라고 말했는지가 궁금하다.

참, 한 가지가 더 있다고 에드가 말한다. 이따금 영화 제작진이 와서 그들 모두가 앞으로 영위하게 될 이상적인 삶을 일부 화면에 담을 수도 있을 터인데, 그들이 여기서 하고 있는 유익한 일에 대한 일종의 부양책으로써 컨실리언스 외부에 보여주기 위해서이다. 또한 그들도 컨실리언스 내부의 유선 텔레비전 방송망으로 직접 그런 결과물들을 볼 수 있을 것이다. 동일한 방송에서 음악을 듣거나 영화를 볼 수도 있다. 비록 과도한 흥분을 막기 위해, 음란물이나 지나친 폭력물, 그리고 록 음악이나 힙합 음악은 없지만 말이다. 그러나 현악 4중주곡, 빙 크로스비, 도리스 데이(금발의 옆집 소녀 같은 외모로 1950~1960년대의 많은 가벼운 코미디 및 로맨스 영화에서 여주인공을 맡았던 미국의 영화배우 겸 가수―옮긴이), 밀스 브라더스(5천만 장이 넘는 앨범을 판매한 기록을 갖고 있는 미국의 전설적인 재즈 보컬 그룹―옮긴이)의 노래, 혹은 여러 할리우드 걸작 뮤지컬 영화의 곡들에는 전혀 제한이 없다.

빌어먹을. 스탠은 생각한다. 구닥다리 허섭스레기로군. 스포츠는 어떨까? 운동경기는 얼마든지 시청할 수 있을까? 그는 외부의 신호를 포착하는 방법이 있을지 알고 싶다. 대체 축구가 뭐가 나쁘다는 건가? 하지만 아마 그런 일을 지나치게 서둘러 시도하지는 않을 것이다.

두 가지가 더 있다고 에드가 말한다. 교도소와 시내에 있을 때 선호하는 일자리에 대한 신청 목록이 있다. 그들은 제일 바라는 세 곳에 번호를 매겨야 하는데, 가장 선호하는 곳에 10이라고 적어야 한다. 스쿠터를 한 번도 몰아본 적이 없는 사람들은 노란색 종이에 서명을 해야만 한다. 스쿠터 수업은 화요일에 시작될 것이다. 스쿠터는 개인 사물함과 색상이 일치하며, 모든 개개인은 각자 그 스쿠터를 맡고 있는 동안에는 그것에 대해 직접 책임을 져야만 한다.

그는, 즉 에드는 그들이 이처럼 혁명적이고 새로운 모험을 무척 성공적으로 해낼 것이라고 확신한다. 행운을 빈다! 그는 마치 산타클로스처럼 손을 흔든 다음 그 방을 나간다. 검은색 정장을 입은 여자가 그의 뒤를 따라간다. 아마 그녀는 경호원일 거라고 스탠은 생각한다. 강력한 볼기근들.

스탠은 일자리 목록 작성을 시작하면서 제일 먼저 로봇공학을 선택한다. 그 후에 정보 통신 기술, 그리고 세 번째로 스쿠터 수리. 그는 그것들 중 어느 것이든 하나를 할 수 있을 거라고 여긴다. 결국 '주방 대청소' 일을 하는 신세만 되지 않는다면, 그는 괜찮을 것이다.

*

그날 저녁, 그와 샤메인은 포지달러로 첫 쇼핑을 하고 그들의 새로운 거처에서 함께 첫 식사를 한다. 샤메인은 믿을 수가 없을 지경이다. 몹시 행복해하며 재잘거리고 있다. 모든 벽장문을 열어보고, 모든 가전제품을 켜보고 싶어 한다. 그녀는 그들에게 어떤 종류의 일자리가 주어질지 알고 싶어서 도무지 기다리기가 힘들 지경이고, 스쿠터 수업을 신청해둔 상태이다. 모든 것이 아주 멋질 것이다!

"자러 가자."

스탠이 말한다. 그녀는 도무지 손을 쓸 수 없을 만큼 부산스러운 상태다. 그는 그녀를 붙잡아 자제시키려면 잠자리채가 필요할 것 같은 기분이다. 그녀는 몹시 들떠 있다.

"난 너무 흥분이 돼!"

꼭 그런 것처럼 보이긴 하는군. 스탠은 생각한다. 그는 자신이 그 흥분의 대상이기를 바란다. 식기세척기가 아니라. 그녀는 지금 그것이 마치 새끼 고양이라도 되는 양 그것에 대고 달콤하게 속삭이는 중이다. 그는 이곳이 다단계 판매의 일종이며, 그 점을 이해하지 못하는 사람들은 빈손으로 남겨질 거라는 느낌을 떨쳐버릴 수가 없다. 하지만 그의 이런 느낌에는 아무런 분명한 근거가 없다. 어쩌면 그는 천성이 배은망덕한지도 모른다.

나는 당신에게 굶주렸어

스탠은 그들이 쌍둥이 도시 안에 머무른 시간이 정확히 얼마나 되는지 잊어버렸다. 떠돌이처럼 사는 방식에 익숙해져야 한다. 벌써 1년이 지나버렸나? 1년도 넘었다. 그는 한 달은 스쿠터를 수리했고, 그다음 달은 교도소에서 달걀 수를 세는 소프트웨어를 다뤘고, 그런 다음 다시 스쿠터 일로 돌아갔다. 지금까지 그가 대처할 수 없는 일은 아무것도 없었다.

그는 자신의 커피 잔을 헹구면서, 휴대전화기의 이어폰으로 「종이 인형」(1943년 밀스 브라더스가 불러 전 세계적으로 히트한 곡—옮긴이)을 듣는 중이다. 그 바람기 있는 사내들(「종이 인형」의 가사 중 일부에서 따온 구절—옮긴이). 그가 혼자 콧노래를 흥얼거린다. 처음에는 컨실리언스의 음악을 몹시 싫어했지만, 그것이 묘하게 위안이 된다는 것을 차츰 알게 되었다. 도리스 데이의 노래에는 심지어 어느 정도 흥분하기까지 한다.

오늘은 맞교대 날이어서 그와 샤메인이 모두 교도소에 들어간다. 그녀는 그와 떨어져 여성동 안에서 어떻게 시간을 보낼까?

"우리는 뜨개질을 많이 해, 근무 외 시간에는. 채소밭들이 있고, 요리도 하지. 그런 일상적인 일들을 번갈아 해. 물론 세탁일도. 그리고 병원에서는 약품 관리 과장이라는 내 일이 있지. 그건 큰 책임이 수반되는 일이야! 지루할 틈이 없어! 하루하루가 그냥 후딱 지나가버려!"

"내가 보고 싶어? 당신이 그 안에 있을 때?"

스탠은 일주일 전에 그녀에게 물어보았다.

"당연히 보고 싶지. 바보 같은 소리 하지 마."

그녀가 그의 코에 키스하며 말했다. 하지만 코에 하는 키스는 그가 원하던 것이 아니었다. 당신은 나를 간절히 원해? 나 때문에 달아올라 애가 타? 그런 것이 그가 묻고 싶었던 질문이다. 하지만 그는 그렇게 물어볼 엄두를 내지 못한다. 왜냐하면 그녀가 웃음을 터뜨릴 것이라고 거의 확신하기 때문이다.

그들이 섹스를 하지 않는다는 것은 아니다. 그들은 확실히 차 안에서 하던 것보다는 더 많이 한다. 하지만 샤메인이 하는 것은 마치 요가처럼 신중하게 호흡을 조절하면서 하는 섹스다. 그가 원하는 것은 속수무책으로 자제하지 못하는 섹스다. 그는 속수무책인 상태를 원한다. 아니, 아니, 아니야, 그래, 그래, 그거야! 그게 바로 그가 원하는 것이다. 그는 그 사실을 최근 몇 달간 깨닫게 되었다.

그는 지하실에 내려가서 커다란 초록색 개인 사물함을 열고 여름 동안 입고 지낸 반바지, 티셔츠, 청바지 같은 옷들을 넣어둔다. 얼마 동안 이것들을 입지 않게 될지도 모른다. 다음 달에 그가 여기 돌아올 무렵에는 더운 날씨가 끝날지도 모르고, 그러면 플리스(보풀이 보들보들한 폴리에스터 소재의 직물로, 주로 보온용 안감으로 사용된다─옮긴이) 풀오버를 입는 걸 좋아하게 될 것이다. 9월 날씨를 누가 알겠냐마는. 그때가 되면 그가 잔디 관리를 그렇게 많이 안 해도 될 거라는 건 좋은 점이다. 잔디밭이 엉망진창이 되기는 하겠지만 말이다. 어떤 사내들은 잔디밭에 아무 느낌이 없고 대수롭지 않게 여겨, 잔디가 마구 엉키고 시든 다음 노랑개미(무차별적인 생태계 파괴의 주범 중 하나로 100대 해충에 속하기도 하는 노랑미친개미를 말한다─옮긴이)들이 잔디밭을 다니게 내버려둔다. 그러면 잔디를 되살리는 데 손이 많이 간다. 그가 늘 여기 있다면 잔디밭을 최고의 상태로 유지할 수 있을 텐데.

2층 욕실에는 깨끗한 수건들이 비치되고, 침대는 깨끗한 시트들로 덮여 있다. 샤메인이 스쿠터를 타고 포지트론을 향해 출발하기 전에 그렇게 해놓았다. 지난 두 달 동안 그가 그녀 다음으로 집을 나섰기에, 그가 마지막 점검을 한다. 욕조 안에 테두리처럼 낀 때도, 홀로 내팽개쳐진 양말 한 짝도, 비누 쪼가리나 바닥에 떨어져 몇 가닥씩 뭉친 머리카락 따위도 전혀 없다. 그들이 두 달에 한 번씩 돌아오는 첫날, 스탠과 샤메인은 완전 새것같이 티끌 하나 없고 레몬 향 세척제를 사용한 흔적이 비치는 상태의 집을 볼 수 있어야 하며, 샤메인은 이 집을 그와 같은 상태로 만들고 떠나는 걸 좋아한다. 그녀는 그들이 모범을 보여야만 한다고 말한다.

확실히 매번 그들이 돌아올 때마다 티끌 하나 없는 상태는 아니었다. 샤메인이 지적했다시피 머리카락들이 있었고, 구운 빵 부스러기들이 있었고, 얼룩들이 있었다. 그 이상의 것까지도. 석 달 전에 스탠은 접혀 있는 쪽지를 하나 발견했다. 한 귀퉁이가 냉장고 밑에서 삐죽 튀어나와 있었다. 원래는 샤메인이 구매해야 할 물건 목록을 게시해두는 데 사용하는 오리 모양의 은색 냉장고 자석으로 부착되어 있었는지도 모른다.

대체인과의 접촉에 관한 컨실리언스의 엄격한 금기에도 불구하고, 그는 즉시 그 쪽지를 읽었다. 그것은 프린터로 출력된 것이었는데도 충격적일 만큼 성적인 친밀감을 풍겼다.

사랑하는 맥스, 난 다음번까지 도저히 기다릴 수가 없을 것 같아.
난 난 당신에게 굶주렸어! 당신이 몹시 필요해. 포옹과 키스를 보내

(원문의 XXOO에서 'X'는 키스를, 'O'는 포옹을 의미한다. XOXO 형태와
더불어 격식을 차리지 않아도 되는 편지 말미에 애정, 우정 등의 의미를 담
아 사용된다―옮긴이). *그리고 당신도 알겠지만 그 이상의 것도.*

―재스민

  립스틱 키스 자국이 있었다. 강렬한 분홍색. 아니, 좀 더 진했다. 그러
니까 일종의 자주색 같았다. 보라색은 아니었고, 연보라색도 아니었고,
적갈색도 아니었다. 그는 샤메인이 이 궁리 저 궁리로 무척 많은 시간을
쏟는 페인트 색상 견본이며 직물 견본의 색상 명칭들을 기억해내려 애
쓰며 머릿속을 재빨리 뒤졌다. 그 종이를 들어 올려 코에 대고 숨을 들
이마셨다. 여전히 희미하게, 마치 체리 맛 풍선껌 같은 냄새가 났다.
  샤메인은 그런 색깔의 립스틱을 바른 적이 한 번도 없다. 게다가 그
녀는 그에게 그와 같은 쪽지를 쓴 적도 없다. 그는 그것이 마치 불타고
있기라도 한 것처럼 쓰레기통에 떨궈버렸지만, 이내 끄집어내서 냉장
고 밑에 도로 밀어 넣었다. 재스민이 맥스에게 보낸 자기 쪽지를 누군
가 가로챘다는 걸 알아선 안 된다. 더욱이 맥스가 그런 쪽지를 찾아 냉
장고 밑을 살펴볼 가능성이 있고―그것은 그들이 벌이는 야릇한 작은
장난일지도 모른다―찾지 못하면 그는 당황할 것이다.
  "당신 내 쪽지 받아봤어?" 그들이 바싹 달라붙어 누워 있는 동안 재
스민이 물어볼 것이다. "무슨 쪽지?" 맥스가 대답할 것이다. "맙소사, 그
들 중 한 사람이 그걸 발견했구나!" 재스민이 외칠 것이다. 그런 다음
그녀는 웃음을 터뜨릴 것이다. 심지어 그녀는 제3자의 두 눈이 그녀의

열렬한 입술 자국을 봤다는 자의식에 자극을 받아 흥분할지도 모른다.

그녀가 자극을 받아 흥분할 필요가 있다는 것은 아니다. 스탠은 그것에 대해서, 다시 말해 재스민에 대해서, 그녀의 입술에 대해서 생각하는 걸 멈출 수가 없다. 여기 이 집에서 그러는 것은 매우 나쁜 짓이다. 심지어 샤메인이 그의 곁에서 자신들이 하는 행위에 따라, 아니 좀 더 정확히 말하면 그가 하는 행위에 따라, 숨을 색색거리거나 할딱대는 동안 그러는 건 말이다. 지금까지 샤메인은 행위에 적극적으로 참여한 적이 결코 없으며 오히려 방관적 입장을 견지하는 여자였고, 거리감을 가지고 그를 응원했다. 하지만 포지트론의 남성 수감동에 있는 그의 협소한 침대에서는, 그 키스가 네 개의 안락한 플러시 천 베개와 마찬가지로 어둠 속에서 뜨고 있는 그의 두 눈 앞에 아른거린다. 마치 막 탄식하거나 말을 하려는 참인 양 유혹적으로 벌어진 채. 그는 이제 그 입술 색깔을 알고 있다. 기어코 그것을 찾아낸 것이다.

푸크시아색. 촉촉하고 관능적인 느낌이 든다. *아, 어서.* 그 입이 말한다. *난 당신이 필요해, 당장 당신이 필요해! 당신을 간절히 원해! 당신에게 굶주렸어!* 하지만 그 입은 스탠에게 말을 하고 있다. 스탠의 사물함 옆에 있는 사물함에 옷을 보관해둔 사내한테가 아니라. 맥스한테가 아니라.

맥스와 재스민. 그게 그들의 이름이다. 그 대체인들, 스탠과 샤메인이 없을 때 그 집에 거주하며 일상적인 일들을 하고 그 집에 필요한 일들을 충족시키고 평범한 삶에 대한 환상을 실행에 옮기는 다른 두 사람의 이름이다. 그는 그들의 이름을, 아니 그 이름을 가진 사람들에 관해 아무것도 알면 안 된다. 그것이 컨실리언스의 의례적인 규칙이다. 하지만 그 쪽지 때문에 그는 그 이름들을 알고 있다. 그리고 이미 다른 많은 것까지도 알고 있다. 아니, 추론하거나 혹은 좀 더 정확하게 말해 상상한다.

맥스의 개인 사물함은 빨간색이다. 샤메인의 개인 사물함은 분홍색이고, 재스민의 것은 자주색이다. 한 시간쯤 후에 스탠이 집을 나서자마자, 그러니까 그가 로그아웃하자마자 맥스가 현관으로 들어와서 빨간색 사물함을 열고, 보관해둔 옷가지를 꺼내 2층으로 가져가서 침실 벽장 안 선반 위에 정리할 것이다. 한 달간 머물기에는 충분하다.

그 뒤 곧 재스민이 도착할 것이다. 그녀는 개인 사물함 따위는 신경 쓰지 않을 것이다. 처음에는 아닐 것이다. 그들은 서로를 끌어안는다. 아니다. 재스민이 맥스의 품으로 뛰어들어 몸을 바짝 밀착시키며 푸크시아색 입술을 벌리고, 맥스와 그녀 자신의 옷을 잡아 뜯듯 벗겨낸 다음 그를 끌어내린다. 어디로? 거실 카펫 위로? 아니면, 그들은 욕망으로 아찔해져 넘어질 듯 비틀거리며 2층으로 가서, 샤메인이 떠나기 전에 새로 다림질한 시트들로 매우 사려 깊고 깔끔하게 정돈해놓은 침대 위에 서로 엉겨 붙은 채 쓰러질까? 분홍색 리본을 나비매듭으로 맨 생일잔치 파랑새들로 테두리를 두른 시트들. 유아용 시트들, 아주 어린 아이용 시트들. 그게 바로 샤메인이 생각하는 귀여움이다. 그런 시트들은 맥스와 재스민에게는 어울리지 않는 것처럼 보인다. 그들이라면 자신들을 위해 결코 그런 재미없는 파스텔 색조의 침구들을 선택하지 않을 테니까. 검은색 새틴이 그들의 스타일에 더 어울린다. 비록 그곳의 모든 생필품과 마찬가지로 그 침대 시트들도 그 집에 딸려 있던 것이기는 하지만 말이다.

재스민은 시트를 다림질하는 부류가 아니고, 떠나기 전에 스탠과 샤메인을 위해 침대를 정돈해두는 법도 없다. 그들은 매트리스에 시트가 덮여 있지 않고, 또한 욕실에는 수건이 정리되어 놓여 있지 않은 것을 발견한다. 하지만 물론 재스민이 그런 세세한 집안일에 느슨한 것은, 스탠이 생각하기에는, 그녀가 진짜로 신경 쓰는 것은 섹스가 전부이기 때문이다.

스탠은 그 둘 중 어느 한쪽도 어떻게 생겼는지 전혀 모르는데도, 머릿속으로 맥스와 재스민의 자세를 이리저리 바꿔본다. 레이스 브래지어는 갈가리 찢어져 있고, 다리들은 허공에 들려 있고, 머리카락은 제 멋대로 헝클어져 있다. 맥스의 등은 고양이 애호가의 가죽 소파처럼 온통 긁힌 자국투성이다.

저 재스민이라는 여자는 얼마나 난잡한 여자인가. 전자 유도 가열 조리기처럼 순식간에 뜨겁게 활활 타오른다. 그는 참을 수가 없다.

어쩌면 그녀는 추할지도 모른다. 추하다, 추하다, 추하다. 그는 마치 주문처럼 되뇌며 그녀를 떨쳐버리려 애쓴다. 그녀와 미칠 것 같은 그녀의 풍선껌 향 같은 립스틱 냄새와 사향내 나는 그녀의 목소리, 그가 한 번도 들어본 적 없는 그 목소리를 말이다. 하지만 그래봐야 아무 효과가 없다. 왜냐하면 그녀는 추하지 않고, 아름다우니까. 그녀는 너무 아름다워서 어둠 속에서도 빛이 난다.

샤메인과는 그런 희롱을 전혀 하지 않는다. 격렬하게 타는 듯한 푸크시아 색 키스는 하지 않으며, 카펫 위에서 이리저리 뒹굴지도 않는다. 지금부터 한 달 후면 밝고 또렷한 목소리, 아무런 암시도 담기지 않은 목소리로 "스탠리! 스탠! 자기! 나 왔어!"라고 할 것이다. 희미한 표백제 냄새와 베이비파우더 냄새를 특징으로 내세운 짙은 섬유 유연제 향이 배어 있는 무척 빳빳한 파란색과 흰색의 줄무늬 셔츠를 입은 샤메인이.

스탠에게는 샤메인을 가질 다른 방법이 없었을 것이다. 그것이 그가 그녀와 결혼한 이유이다. 그녀는 그때까지 그가 얽혀들곤 했던 다층적이고 교활하며 모순적이고 변덕이 죽 끓듯 한 여자들로부터의, 또한 코너는 물론이고 다른 사람들이 불시에 덮치는 데 대해서 너무나 개방적인 여자들로부터의 탈출구였다. 솔직성, 확실성, 정절. 그는 직접 겪은 온갖 굴욕으로 인해 그런 것들을 가치 있게 여기는 법을 배웠던 것이다. 그는 샤메인의 복고적인 면이, 그러니까 쿠키 광고 같은 면, 새침 떠는 모습, 욕을 거의 하지 않는 태도가 좋았다. 그들은 결혼했을 때, 마음속으로 아이들을, 언젠가 아이들을 키울 형편이 될 때를 그려보았다. 그들은 여전히 마음속으로 아이들을 그려본다. 아마 곧 그렇게 될 것이다. 그들은 더 이상 차 안에 살고 있지 않으니까.

그는 자신의 사물함에 암호를 입력하고 '잠김' 신호가 번쩍이기를 기다렸다가, 지하실 층계를 올라가 집을 나선다. 밖으로 나오자마자 문 옆에 붙어 있는 암호 입력판에 두 번째 암호를 쳐 넣어 자신의 퇴거 사실을 입력한다.

저편에 있는 포지트론에서는 재스민과 맥스가 지난달 그곳에 보관해두었던 사복으로 이미 갈아입었을 것이 틀림없다. 이제 그들은 각자 교도소 수감동에서 출소하며 오렌지색 죄수복을 중앙 안내 데스크에 내버리고 있을 것이 틀림없다. 그들은 순식간에 스쿠터에 껑충 올라타고 이 집으로 향할 것이다. 스탠은 관음증이 있는 사람처럼 산울타리 뒤에, 그러니까 맥스가 최근 마지막으로 머무는 동안 날렵으로 정리해놓았고, 그가 지난주에 다듬은 바로 그 삼나무 산울타리 뒤에 몸을 숨기고 싶다는 충동을 느낀다. 그는 그들이 둘 다 안으로 들어갈 때까지 기다렸다가 창문으로 가만히 들여다볼 것이다. 그는 시야각을 알아냈고, 1층 블라인드들을 올려 틈을 남겨놓았다. 그렇지만 만일 그들이 2층으로 간다면 신축식 사다리를 세우는 것 말고는 별 대안이 없을 터인데, 그는 그것이 금속 특유의 소리를 얼마나 날카롭게 낼지 잘 알고 있다.

게다가 만일 그가 떨어지기라도 하면 어떻게 될까? 더 심각하게는, 만일 맥스가 벌거벗은 채 창밖으로 몸을 내밀고 그를 밀어버리기라도 한다면? 그는 그 쪽지에 암시되어 있는 것을 제외하고는 맥스에 대해서 아무것도 모른다. 더군다나 맥스는 첫 번째로 개인 사물함을 선택하면서 빨간 것을 골랐다. 공격적일 것이 틀림없다. 스탠은 성난 벌거벗은 남자한테, 잔물결이 이는 근육 표면에 엄청난 양의 문신까지 추가한 벌거벗은 남자한테 떠밀려 신축식 사다리에서 떨어지고 싶지는 않을 테다. 또한 십중팔구 맥스는 지금까지 줄곧 순전히 총알 모양으로 생긴 두개골의 힘만으로 다른 남자들의 이빨과 턱을 깨부순 탓에 온갖 흉터와 맞은 자국투성이인 머리를 빡빡 깎은 상태일 것이다.

스탠 자신의 두개골에는 아직 모래 빛깔 머리카락이라는 완충물이 있기는 하지만, 고작 서른둘임에도 불구하고 머리숱이 점점 줄어들고 있다. 그는 누군가의 입을 들이받기 위해 두개골을 사용해본 적이 한 번도 없다. 맥스가 그런 적이 있다는 데는 흔쾌히 돈을 걸 생각이 있지만 말이다. 십중팔구 맥스는 포지트론에 오기 전 그의 삶에서 한때, 검은색 재킷 차림에 금목걸이를 걸고 마약을 밀매하며 여자들을 노예로 만들어 큰돈을 버는 거물의 경호원으로 일했을 것이다. 코너 같은 인간, 단지 좀 더 거구이고, 더 거칠고, 더 비열하고, 더 힘이 센 코너일 뿐이다. 평지에서라면 스탠이 그런 남자와 맞서 꿋꿋이 버틸 수 있을지도 모르지만, 그런 사다리 위에서는 균형을 잃어 떨어지고 말 것이다. 그리고 산울타리에 나 있는 어느 삐죽삐죽한 구멍에 빠지며 울타리를 때려 부수게 될 것이다. 기껏 그렇게 정성껏 다듬어놓은 후에 말이다.

저 빌어먹을 맥스란 놈은 잔디밭보다 산울타리를 가꾸는 일에 훨씬 더 서투르다. 스탠은 차고에서 마구 베어낸 나뭇잎이 칼날에 잔뜩 달라붙어 있는 산울타리 전정기를 발견했다. 하지만 맥스가 산울타리 손질에 집중할 수 있을 가능성은 아예 없다. 그 쓸모없는 놈이 작업용 가죽 장갑을 끼고 있는 것을 볼 때마다 재스민이 달려들어 그의 벨트 버클에 손을 대기 시작할 테니까.

암만해도, 창가에서 유심히 들여다보지 않는 게 나을 것이다.

맞교대

8월 1일치고는 별로 덥지 않은, 구름 한 점 없이 아름다운 날이다. 샤메인은 맞교대일이 거의 축제일이나 다름없다고 생각한다. 비가 오고 있지 않을 때면 거리마다 미소를 지으며 서로 인사하는 사람들로 가득 차는데, 어떤 사람들은 걷고, 어떤 사람들은 색깔로 분류되는 스쿠터를 타며, 별난 사람은 골프 카트를 탄다. 때때로 검은색 '감시국' 차량들 중 한 대가 사람들 사이를 미끄러지듯 지나간다. 맞교대일마다 그런 차들이 좀 더 많다.

모든 사람이 상당히 행복한 듯 보인다. 두 개의 삶을 산다는 것은 언제나 고대할 만한 다른 무언가가 있다는 뜻이다. 마치 매달 휴가를 가는 것과 비슷하다. 그런데 어느 삶이 휴가이고 어느 삶이 일인 걸까? 샤메인은 도무지 알 수가 없다.

분홍색과 자주색이 섞인 전기 스쿠터를 타고 컨실리언스 시 약국으로 가는 도중에, 그녀가 손목시계를 확인한다. 시간이 별로 많지 않다. 늦어도 5시 30분까지는 포지트론에서 비밀번호를 입력해야 하는데, 벌써 3시다. 스탠에게는 교도소 병원을 위해 주문해야 할 것이 좀 있다고 말했다. 그게 그녀가 서둘러 집을 나선 핑계다. 지지난달 그녀의 변명거리는 가구 덮개였다. 그도 가구 덮개에 대해 동의하지 않았던가? 그것들은 색상이 칙칙하지 않나? 둘 다 직접 가서 전시품들을 둘러보고 좀 더 화사한 것을 달라고 요구해야 하지 않았을까? 인터넷상의 모습을 보고 실제로 판단할 수는 없는 법이니, 물건들을 직접 가서 봐야만 한다. 좀 봐라, 그녀에게 직물 견본 몇 개가 있다! 꽃무늬로 할까, 아니면 추상적인 무늬로?

그런 비슷한 말만 하면 스탠은 멍해져버리고, 그녀는 그가 자신이 한 말을 한마디도 듣지 않았음을 확신할 수 있다. 만일 그녀가 느닷없이 사라진다면야 그도 관심을 기울일 테지만, 그렇지 않고서는 그녀의 존재를 거의 인식하지도 않는다. 최근에 그는 줄곧 그녀를 마치 백색소음처럼, 그들의 수면 보조기에서 나는 시냇물 소리처럼 취급했다. 과거에는 이런 일이 그녀를 마음 아프게 했을 테지만—정말로 마음 아프게 했다—이제는 그녀에게 안성맞춤이다.

그녀는 스쿠터를 약국 뒤편 주차장에 세워둔 다음, 반대편의 건물 정면으로 걸어간다. 이미 그녀의 심장은 더 빨리 뛰고 있다. 숨을 한 번 들이마시고, 서두르는 체하며 유능해 보이는 자세를 취하고, 마치 무엇인가 적혀 있기라도 한 것처럼 그녀의 작은 노트를 들춰본다. 그런 다음 거즈 붕대를 큰 상자로 하나 주문하고, 병원 거래 장부에 달아놓는다. 붕대가 필요하지는 않지만, 그것은 별로 눈에 띄지도 않는다. 아무도 거즈 붕대를 계속 파악하지는 않을 것이다. 더구나 그것을 파악하는 건 공교롭게도 두 달에 한 번씩 그녀 자신의 일이 되고 있으니까.

그녀는 빌 네언에게 최대한 쾌활한 태도로 미소를 짓는데, 그는 긴 흰색 윗도리를 벗고 그게 뭐든 포지트론 교도소 담장 안에서의 그의 역할을 맡기 전에 약사로서 마지막 시간을 보내는 중이다. 빌도 미소로 응하고, 그들은 아주 멋진 날씨에 대해 몇 마디 말을 주고받은 다음 작별 인사로 대화를 마무리한다. 그녀는 한 번 더 미소 짓는다. 그녀는 핑장히 천진난만해 보이는 치아를, 다시 말해 성욕이라고는 없어 보이는 치아, 날카로운 송곳니 따위는 전혀 없어 보이는 치아를 가지고 있다. 그녀는 예전에는 좌우대칭이 완벽하고 너무 전형적인 금발처럼 보이는 것에 대해서 걱정했지만, 이제는 이것을 일종의 자산으로 여기게 되었다. 그녀의 작은 치아는 아무도 두렵게 만들지 않는다. 특징이 없다는 것은 훌륭한 위장 수단이다.

그녀가 서둘러 주차장으로 되돌아가자, 아니나 다를까 스쿠터 좌석 아래 작은 봉투 하나가 끼워져 있다. 그녀는 그것을 손에 쥐고 스쿠터를 좌우로 흔들며 주차장을 빠져나온 다음, 모퉁이를 돌아 주택가로 가서 세운다.

그들은 컨실리언스에서 지급한 각자의 휴대전화를 사용하여 만남을 정하지 않는다. 그건 너무 위험하다. 왜냐하면 중앙의 정보 통신 담당자들이 무엇을 추적하고 있는지 결코 알지 못하기 때문이다. 시 전체가 유리 돔 안에 갇힌 셈이다. 시 내부에서는 연락을 주고받을 수 있지만, 승인된 경로를 통해서 말고는 그 어떤 소식도 외부에서 들여오거나 내보낼 수 없다. 불평 금지, 항의 금지, 비밀 누설 금지, 내부 고발 금지. 전반적인 서신은 엄격하게 통제되어야만 한다. 외부 세계는 '컨실리언스/포지트론' 쌍둥이 도시 프로젝트가 잘되어 간다고 알고 있어야만 한다.

그리고 그것은 잘되어 가는 중이다. 왜냐하면, 한번 봐봐라. 거리는 안전하고, 노숙 문제 따위는 없으며, 모두에게 일자리가 있다!

그래도 도중에 몇몇 튀어나온 장애물들이 있었고, 그런 장애물들을 깨부수고 평탄화 작업을 해야 하기는 했다. 하지만 샤메인은 지금 당장 그런 실망스러운 장애물들이나 평탄화의 본질에 관해 깊이 생각할 의사는 없다.

그녀는 접혀 있던 종이를 펼쳐 주소를 읽는다. 그 쪽지는 태워 없앨 것이다. 탁 트인 바깥에서 공공연하게 하지는 않겠지만. 스쿠터에 탄 여자가 무언가를 불에 태우면 주의를 끌게 될지도 모를 테니까. 시야에 들어오는 검정 차량은 전혀 없지만, 감시국이 구석구석을 다 볼 수 있다는 소문이 돈다.

오늘의 주소는 20세기 중반의 어느 10년간 개발되었다가 더 이상 사용되지 않고 버려져 있는 주택단지다. 이 소도시의 과거에서 물려받은 많은 유적들 중 하나다. 사람들 모두가 배경 설명을 들어서 알게 되었다시피, 현재 컨실리언스가 된 그 소도시는 19세기 후반 한 무리의 퀘이커 교도들에 의해 세워졌다. 그들이 바랐던 것은 형제애였다. 그래서 그 소도시의 이름은 '하모니'였고, 문장(紋章)은 함께하는 노동을 의미하는 벌집이었다. 최초의 산업은 사탕무 설탕 공장이었다. 그다음은 가구 공장, 그리고 코르셋 회사였다. 그리고 나서 저 포드 자동차보다도 앞선 것들 중 하나인 자동차 공장, 그런 다음 카메라 필름 법인, 마지막으로 주 교정 시설이 있었다.

2차 세계대전 이후, 주요 산업들이 서서히 쇠퇴하다가 마침내 '하모니'에는 쓰러져가는 도심, 관공서의 허물어져가는 하얀 기둥 건물들,

그리고 은행들조차도 매각하지 못한 수많은 압류 주택들을 제외하고는 아무것도 남아 있지 않게 되었다. 물론 교정 시설도 남아 있었는데, 그 시설은 주민들이 근무하던 곳이었다. 적어도 주민들이 직장에 다니던 과거에는 말이다.

하지만 지금은 모든 것이 달라졌다고 샤메인은 생각한다. 굉장한 호전이다! 일례로 체육관은 이미 보수되었다. 그리고 굉장히 많은 주택들이 개량되는 중이다. 한 무리의 신입 지원자들이 어느 달에라도 곧 도착해서 그곳들을 채울 것이다. 아니, 어쩌면 그다지 개량되지 않은 주택들을 채우게 될지도 모른다. 일례로 그녀와 스탠이 처음에 살았던 곳 같은 주택을 말이다. 그 집은 배관 문제가 여럿 있었다. 오히려 배관 *사건*에 가까운 것이었다. 단순한 문제들보다는 더 심각했으니까. 비가 퍼붓자 하수가 주방 싱크대를 통해 분출한 적도 있다. 그것은 그저 하나의 문제보다는 심각한 것이었다.

다행히도 그들은 이전 허가를 받았다. 그녀는 그들의 대체인들 역시 새집으로 이사를 갔을 거라고 추측하지만, 어쩌면 아닐 수도 있다. 그것에 대해, 그러니까 그와 그의 아내가 한때 그 예전 집에서 살았는지에 대해 맥스에게 물어볼 생각을 해본 적은 없다. 그녀가 맥스와 나누는 이야기는 그런 종류의 것이 아니다.

매달 새로운 주소다. 그편이 낫다. 다행히도 산업체들이 도산하고 대출 기관들이 담보권을 행사하던 시기와 그 이후 무척 많은 집들이 매입을 원하는 사람이 아무도 없어서 텅 비어 있던 시기의 유산으로 남은 많은 집들이 있다. 맥스는 포지트론의 감방에서 지내지 않을 때는 컨실리언스 주택 재개발 팀의 일원이다. 재개발 팀은 그 집들을 점검한 다음, 크고 작은 공원들을 짓기 위해 건물 철거용 철구로 완전히 해체하거나, 그렇지 않으면 개조하도록 딱지를 붙이는 사람들이므로, 그는 어느 집이 적당한지 알 만한 위치에 있다.

맥스는 샤메인이 선호하는 종류의 실내 장식을 선택하려고 노력한다. 그녀는 장미꽃 봉오리나 데이지가 그려진 예쁜 벽지를 좋아한다. 그는 그와 같은 벽지가 있는 집들을 정말 찾아낸다. 하지만 그들이 지금까지 사용했던 각각의 집에는 기물 파괴범들이 먼저 다녀갔다. 그들이 이 도시에서 저 도시로 돌아다니며 온갖 창문과 병들을 박살내고, 술을 마시며 마약을 하고, 바닥에서 잠을 자고 욕조를 변소로 사용하던 때, 포지트론 프로젝트를 시작하기도 전으로 거슬러 올라간 과거에 말이다.

갱들과 미치광이들은 꽃무늬 벽지에 그들의 흔적을 남겼다. 휘갈겨놓은 태그(공공장소의 벽 따위에 개인 혹은 집단을 상징하는 기호나 서명 따위를 그려놓은 낙서—옮긴이)며 그 밖의 것들. 잔인한 그림들. 스프레이 페인트나 매직펜이나 립스틱으로 쓴 짤막하고 노골적인 욕설들. 두어 번 쯤은 과거에 똥이었을지도 모르는, 딱딱하게 말라붙은 갈색의 무언가까지 있었다.

"나한테 읽어줘요."

첫 번째 집에서, 처음에, 맥스가 샤메인의 귀에 대고 속삭였다.

"못 해요. 그러고 싶지 않아요."

"아니, 당신은 그러고 싶어. 정말 그러고 싶어 해요."

그리고 그녀가 그러고 싶어 했던 것은 틀림없었다. 그런 말들이 입 밖으로 쏟아져 나오고 있었던 걸 보면 말이다. 그가 웃음을 터뜨리더니 그녀를 들어 올려 치마 밑으로 두 손을 밀어 넣었다. 그녀는 이런 만남에는 결코 청바지를 입지 않는데, 그런 이유 때문이다. 바로 다음 순간, 그들은 맨 마룻바닥으로 풀썩 자빠졌다.

"기다려요! 단추부터 풀어요!"

그녀가 쾌락에 헐떡거리며 말했다.

"기다릴 수가 없어요."

그가 그렇게 말했고, 그것은 사실이었다. 그는 기다릴 수가 없었고, 그가 기다릴 수 없었기 때문에, 그녀 또한 기다릴 수 없었다. 그것은 책이 많지는 않은 포지트론의 도서관에 있는 가장 선정적인 소설책 뒤표지에 실린 광고 문구 같았다. 정신없이 빠져들었다. 욕망이라는 마약에 취했다. 마치 엄청난 폭풍 같았다. 속수무책으로 신음했다. 그 모든 것. 그녀는 그때까지 그런 힘, 자기 내면의 그런 에너지에 대해 결코 알지 못했다. 그녀는 그것은 오로지 책들과 텔레비전에만 있다고, 그렇지 않으면 다른 사람들을 위해서만 존재한다고 생각했다.

그녀는 나중에 단추들을 주워 모아서 주머니에 넣었다. 겨우 두 개만 없어졌을 뿐이었다. 후에 그녀는 포지트론에서 그녀에게 할당된 일을 하고 나서, 스탠과 함께 사는 집으로 돌아가기 전에 그것들을 다시 달았다.

그녀는 스탠을 정말로 사랑했지만, 그것은 달랐다. 다른 종류의 사랑. 서로를 신뢰하며 차분하다. 그 사랑에는 어항에 든 애완용 물고기들이 잘 어울렸고—그들이 그런 어항을 가지고 있었다는 것은 아니다—어쩌면 고양이들도 잘 어울렸다. 그리고 그들 각자의 수란짜(수란을 만드는 데 쓰는 쇠로 만든 기구—옮긴이) 안에 달라붙어 있는 아침 식사용 수란들과도 잘 어울렸다. 그리고 아기들과도.

원 할머니가 돌아가시자마자, 샤메인은 스스로 앞길을 헤쳐 나아가야만 했다. 그 길은 바로 아래 갈라진 금이 보이고 재앙이 항상 기다리고 있는 살얼음판이었다. 하지만 요령은 계속 미끄러지듯 나아가는 것이었다. 그녀는 두 발로 딛고 설 수 있는 단단한 지반, 빛을 반사하지 않는 지면, 결말이 깔끔한 영화들을 좋아했기 때문에 스탠을 사랑했다. 종지부. 사람들은 그걸 그렇게 불렀다. 그녀는 포지트론 교도소의 약품 관리 과장 자리를 제의받았을 때, 선반과 재고 목록, 그리고 모든 것을 제자리에 두는 일과 관련이 있기 때문에 그 자리를 맡기로 택했다.

아니, 그건 오로지 그녀가 그럴 거라고 생각했던 것에 불과하다. 하지만 사실은 밝혀진 바처럼, 그 일은 복잡다단하다. 처음에 그녀에게 언급하지 않았던 다른 임무들이 있고, 정돈되지 않은 면도 있어서, 여기저기 찾아보고 처리해야 하는 경우도 있다. 그녀는 점차 그런 일에 능숙해지는 중이다. 그리고 그녀가 자신이 생각했던 것만큼 정리 정돈에 많은 관심을 쏟지는 않는다는 것이 드러난다.

냉장고 밑에 그런 쪽지를 남겨둔 것은 부주의했다. 그리고 그 립스틱은 너무 저속했다. 그녀는 그 립스틱을 개인 사물함에 보관한다. 그것을 그 쪽지에 딱 한 번 사용했을 뿐이다. 스탠은 그녀가 그처럼 야한 색상을 바르는 걸 결코 참지 않을 것이다. 이름이 '자줏빛 열정'인데, 굉장히 천박한 취향이다.

그리고 바로 그것이 그녀가 그 립스틱을 산 이유이다. 또한 그것이 그녀가 맥스에 대한 자신의 감정을 생각하는 방식이다. 자줏빛. 열정적이다. 야하다. 그리고 맞다, 천박한 취향이다. 그와 같은 남자에게, 그와 같은 감정을 느끼는 상대를 위해서라면 별의별 말을 다 할 수 있는 법이고, '난 당신에게 굶주렸어'는 그런 말들 가운데 가장 얌전한 것이다. 전에는 그녀가 결코 사용하지 않았을 말. 야만적인 말. 가끔 그녀는 자기 입에서 튀어나오는 말을 도저히 믿을 수가 없을 지경이다. 입안으로 들어가는 것은 말할 것도 없고. 그녀는 맥스가 원하는 것이라면 무엇이든 한다.

물론 샤메인의 이름이 재스민이 아닌 것처럼 그의 이름도 맥스가 아니다. 그들은 진짜 이름을 사용하지 않는다. 그들은 심지어 그 문제에 대해 이야기조차 나누지 않은 채, 처음부터 그렇게 하기로 결정했다. 마치 서로의 생각을 읽을 수 있기라도 한 것 같다.

아니, 생각이 아니라, 서로가 무념무상임을 말이다. 그녀는 맥스와 함께 있을 때면 생각 따위는 내던져버린다.

깔끔하다

그 첫 번째는 우발적인 일이었다. 샤메인은 맥스가 나타나기 전까지는, 애초에 그렇게 하곤 했던 것처럼, 스탠이 집에서 떠난 후 뒤에 남아 최종 정리를 마무리하는 중이었다.

"당신 먼저 가."

그녀는 그가 자신의 머리카락 근처에서 얼쩡거리며 방해하지 못하도록 그렇게 말하곤 했는데, 집안일을 할 때면 머리카락을 뒤로 빗어 넘겨 포니테일로 묶고 있었다. 그녀는 자신이 정해놓은 일련의 대청소 순서가 마음에 들었고, 원피스형 앞치마와 고무장갑을 착용한 채로 아무 방해도 받지 않고 마음속 목록의 각 항목에 확인 체크하는 걸 좋아했다. 깔개들, 욕조들, 세면대며 개수대들. 수건들, 변기들, 침대 시트들. 어쨌든 스탠은 진공청소기 소리를 몹시 싫어했다.

"침대 정리 좀 할게. 자기는 가. 한 달 뒤에 봐. 잘 지내."

그리고 바로 그런 것이 맥스가 방으로 걸어들어 왔을 때 그녀가 하고 있던 일이었다. 혼자 콧노래를 흥얼거리며 침대를 정돈하고 있었던 것이다. 그는 그녀를 깜짝 놀라게 했다. 궁지에 몰아넣었다. 문은 딱 하나뿐이었다. 마른 편이지만 건장한 남자. 유별나게 큰 키는 아니었다. 숱 많은 검정 머리카락. 잘생기기까지 했다. 많은 선택권을 가진 남자.

"괜찮아요. 미안합니다. 내가 좀 일렀나 보군요. 난 여기 살아요."

그가 앞으로 한 걸음 내딛었다.

"저도요."

그들은 서로를 쳐다보았다.

"분홍색 사물함?"

다시 한 걸음.

"맞아요. 당신은 빨간색 사물함이군요." 뒷걸음질 친다. "여긴 거의 끝났어요. 그러고 나면 당신이……."

"서두를 필요 없어요." 그가 한 걸음 더 내딛었다. "당신은 그 분홍색 사물함 안에 뭘 보관하나요? 그게 자꾸 궁금했어요."

농담을 한 건가? 샤메인은 사람들이 농담을 하고 있을 때를 잘 구분하지 못했다.

"어쩌면 커피를 좀 마시고 싶을 수도 있겠네요. 주방에서요. 내가 커피머신을 청소해놓았지만, 난 항상…… 그렇지만 아주 맛있는 커피는 아니에요."

샤메인, 너 횡설수설하고 있어. 그녀가 스스로에게 말했다.

"괜찮아요. 차라리 여기서 당신을 지켜보는 게 낫겠어요. 매번 당신이 떠나기 전에 침대를 정돈하는 방식이 마음에 들어요. 그리고 산뜻한 수건들을 내놓는 것도요. 호텔처럼요."

"난 그런 일을 하는 걸 좋아하는 편이에요. 내 생각엔 그게 보기에……."

이때 그녀가 뒤로 물러서다가 침대 옆 탁자에 부딪혔다. 이 방에서 나가야만 해. 그녀는 스스로에게 말했다. 어쩌면 그를 피해서 미끄러지듯 빠져나갈 수도 있을 것이다. 그녀는 몸을 옆으로 움직이며 앞으로 이동했다.

"죄송하지만 지금 떠나야만 해요."

그녀가 감정이 드러나지 않는 말투이기를 바라며 말했다. 하지만 그는 한 손을 그녀의 어깨에 올렸다. 그가 다시 한번 앞으로 한 걸음 내딛었다.

"당신 앞치마가 마음에 들어요. 아니, 그게 뭐든요. 그건 등 뒤에서 묶는 건가요?"

다음 순간—어떻게 그런 일이 일어났지?—그녀의 원피스형 앞치마는 바닥에 있고, 그녀의 머리카락은 풀어져 있고—그가 그렇게 했던가?—그들은 키스를 하고 있고, 그의 두 손은 갓 다림질한 그녀의 셔츠속에 들어가 있었다.

"우리한텐 두 시간쯤 시간이 있어요." 그가 몸을 떼면서 말했다. "하지만 여기 계속 있을 수는 없어요. 내 아내가…… 이봐요, 내가 이 장소를 알고 있는데……." 그가 주소 하나를 갈겨썼다. "지금 당장 거기로 가요."

"침대 시트 좀 끼워 넣을게요. 그러지 않으면 이상해 보일 거예요."

그는 그 말에 미소를 지었다. 그녀는 두 손이 덜덜 떨리고 있었기 때문에 평소만큼 팽팽하게 하지는 못했지만, 정말로 침대 시트를 끼워 넣었다. 그런 다음 그가 시킨 대로 했다.

그곳이 그들의 첫 번째 빈집이었다. 어둑했으며, 죽은 파리들이 있었고, 불이 들어오지도, 물이 나오지도 않았다. 게다가 벽이 온통 갈라지고 얼룩투성이였지만, 그 첫 순간에는 그중 어떤 것도 문제가 되지 않았다. 왜냐하면 그녀가 그런 세부적인 것들을 알아차리지 못하고 있었기 때문이다. 그가 먼저 옆문으로 떠나갔다. 그런 다음 그녀는 그가 권한 대로 오백까지 세고 난 후 공무상 급히 서두르는 듯 보이려 애쓰며 현관문으로 걸어 나와 스쿠터를 타고 곧장 포지트론 교도소로 갔고, 거기서 입소 절차를 밟고 사복을 제출하고 정해진 대로 샤워를 한 다음, 그녀를 위해 준비되어 있던, 교도소에서 지급하는 깨끗한 오렌지색 옷을 입었다. 여성용 대식당에서 다른 사람들과 함께 저녁 식사를 한 후—저녁은 방울양배추를 곁들인 돼지고기구이였다—평소처럼 뜨개질 모임에 합류해서, 마찬가지로 평소처럼 이런저런 잡담을 했다. 하지만 그녀는 잠결에 떠들고 있는 셈이었다.

그녀는 자기 자신을, 그녀가 했던 일을 끔찍하게 여겨야만 했다. 그런데 대신에 그녀는 감탄을 금치 못하는 동시에 환희에 취해 있었다. 그 일이 정말 일어났었나? 한 번 더 일어날까? 어떻게 해야 그와 연락할 수 있을까? 아니, 대체 어떻게 그의 존재를 믿을 수 있을까? 그녀는 그럴 수가 없었다. 마치 벼랑 끝에 서 있는 것 같았다. 머리가 어질어질 했다.

10시에 그녀가 자신의 2인용 감방으로 입실하자, 함께 방을 쓰는 여자는 이미 잠들어 있었고, 문이 철커덩 닫히며 잠금장치가 딸각하는 소리가 안심시키듯 울렸다. 그녀는 갇혀 있는 것이 안전하게 느껴졌다. 그녀의 내면에 자신이 전에는 결코 알지 못했던 무모하고 비틀린 행동을 할 수 있는 이토록 다른 인격이 있다는 것을 이제는 알고 있으니까. 그것은 스탠 탓이 아니라, 화학반응 탓이었다. 사람들은 무엇인가 다른 것, 일례로 성격이라는 뜻을 표하고자 할 때 *화학반응*이라고 말했지만, 그녀는 정말로 화학반응이라는 뜻으로 말하는 것이다. 냄새, 질감, 맛, 비밀 성분들. 그녀는 맡은 일을 하면서 수많은 화학반응을 보고, 그것이 어떤 일을 할 수 있는지를 잘 알고 있다. 화학반응은 마치 마법 같을 때가 있다. 인정사정 따윈 봐주지 않는다.

그녀는 그날 밤 마치 술에 취한 것처럼 잠을 잤다. 그다음 날 그녀는 미소라는 방패막 뒤에 숨은 채, 평소만큼 활발하게 계속 병원 업무를 보았다. 그때 이후로 줄곧 그녀는 기다리는 중이다. 맥스가 컨실리언스에서 빈 주택들을 점검하고 다니는 동안에는 포지트론 안에서. 그런 다음에는 스탠과 함께 집에서. 낮 동안에는 제빵 일을 하면서 파이와 계피 빵을 만든다. 그러고 나면 맞교대일마다 그는 포지트론 교도소로 들어가고 그녀는 다시 일반 시민의 삶으로 돌아가는 사이 또는 그 반대의 경우에, 한두 시간 동안 재스민이 되어 맥스와 함께하는 순간이 있다. 어느 빈집. 갈망. 조바심. 광란.

그런 다음 또다시 기다린다. 마치 너무 얇게 잡아 늘여져서 바로 다음 순간에 찢어질 것 같은 기분이다. 하지만 그녀는 아직 찢어질 만큼 망가지지는 않았다. 어쩌면 그 쪽지를 남긴 것이 일종의 망가진 상태일지는 모르지만 말이다. 아니면 그 시작이거나. 그녀는 좀 더 자제했어야만 했다.

스탠이 그 쪽지를 읽은 것이 틀림없었다. 하필 그렇게 돼버리고 말았다. 읽고 나서 다시 냉장고 밑에 밀어 넣은 것이 틀림없었다. 맥스가 쪽지를 발견한 곳을 설명해주었는데, 그녀가 넣어두었던 곳보다 훨씬 더 오른쪽으로 떨어져 있었으니까. 그 이후로 줄곧 스탠은 온 정신이 딴 데 팔려 있어서 차라리 귀가 안 들리고 눈이 안 보이는 것이 나을 지경이었다. 그가 사랑을 나눌 때—맥스와 어떤 일을 벌이든 그 일과는 별개로, 그녀가 스탠과의 행위를 생각하는 방식이다—스탠이 사랑을 나눌 때, 그것은 그녀를 향한 것이 아니다. 아니, 평소 그가 생각하는 그녀를 향한 것이 아니다. 그는 거의 화를 내다시피 한다.

"놔버려." 한번은 스탠이 그녀에게 그렇게 말했다. "빌어먹을 그냥 놔버려!"

"'놔버려'라니, 그게 무슨 소리였어?"

나중에 그녀는 얼떨떨하고 도통 모르겠다는 목소리로, 한때 그녀의 유일한 목소리였던 바로 그 목소리로 그에게 물어보았다.

"뭘 놔버려? 당신 무슨 얘길 하는 거야?"

그는 "신경 쓰지 마" 그리고 "미안"이라고 말했고, 창피해하는 것 같았다. 그녀는 그가 창피해하는 것을 막을 일은 아무것도 하지 않았다. 그녀는 그가 스스로를 창피해하기를 바란다. 왜냐하면 그가 그런 기분을 느껴야 그녀가 일정 부분 자신을 숨길 수 있기 때문이다.

그가 한번은 실수로 그녀를 재스민이라고 불렀다. 그녀가 대답을 했더라면 어떻게 됐을까? 그랬다면 본의 아니게 진실을 폭로했을 것이다. 하지만 그녀는 스스로를 억누르고, 듣지 못한 척했다. 어쩌면 스탠은 그녀의 쪽지와, 그 쪽지의 무분별한 푸크시아색 키스 자국과 사랑에 빠졌을지도 모른다. 그건 우스운 일일까, 아니면 위험한 일일까?

스탠이 알아내면 어떻게 될까? 그녀에 대해서, 맥스에 대해서. 그가 어떻게 할까? 그는 욱하는 성격이다. 그들이 차에서 지낼 때 더 심하기는 했지만, 이곳에 온 이후로도 줄곧 유리그릇 따위를 내던지고, 산울타리 전정기며 잔디 깎는 기계 같은 물건들이 그가 원하는 방식대로 작동하지 않으면 그것에 대고 욕설을 퍼붓곤 했다. 그는 샤메인의 마음속 말고 현실에는 재스민이 존재하지 않는다는 사실을 발견하면 기뻐하지 않을 것이다. 그러면 그녀는 그를 잃게 될 것이다. 그는 그것을 견디지 못할 것이다.

그녀는 맥스와 헤어져야만 한다. 그녀는 그들 둘 다를, 그러니까 맥스뿐 아니라 스탠도, 그리고 그녀 자신도 안전하게 지켜야 한다. 다만 아직은 아니다. 분명히 아직은 무엇 때문이든 스스로에게 몇 시간 더, 몇 번의 기회를 더 허용해도 될 것이다. 행복 때문은 아니다. 그런 건 아니다.

맥스의 아내 조슬린이 그 쪽지를 발견했더라면 더 좋았을 것이다. 그녀라면 뭐라고 생각했을까? 크게 위험할 것은 전혀 없었다. 그에 의하면, 자기 아내와는 '맥스'라는 이름을 결코 사용한 적이 없기 때문에 그녀는 맥스가 누구인지 알지 못했을 테고, 그녀와는 섹스를 거의 하지 않거나 샤메인과 하는 것 같은 섹스는 아예 하지 않으므로 질투할 필요도 없다. 그것은 전혀 다른 두 개의 세계이며, 맥스와 재스민은 그중 하나에, 그의 아내는 나머지 하나에 속해 있다.

조슬린에게 '맥스'와 '재스민'은 자신과 남편이 포지트론에 있을 때마다 그 집에 사는 '대체인'들에 불과할 것이다. 만일 그녀가 쪽지에 조금이라도 관심을 기울였다면, 그녀는 맥스와 재스민이 스탠과 샤메인이라고 생각했을 것이다. 설마 그 밖에 뭐라고 생각할 수 있겠는가?

됐어, 휴! 샤메인은 스스로를 달랜다. 지금까지는 잘 빠져나온 것 같아.

뭐라고 했어? 그녀는 머릿속으로 맥스의 목소리를 듣는다. 그가 없을 때면 그녀가 자주 쓰는 방식이다. 그를 상상으로 만들어내는 것인데, 그녀도 그 사실을 알고 있다. 그녀는 그가 하는 말들을 지어낸다. 비록 지어내는 것 같지 않고, 꼭 그가 진짜로 그녀에게 말하고 있는 것처럼 느껴지기는 하지만 말이다. *휴? 마치 유명한 옛날 신문 만화란에 등장하던 남자 인물 같은걸? 자긴 정말 지독하게 고풍스러워, 정말 멋져! 이젠 내가 당신이 그 음탕한 자줏빛 입술로 더 좋은 말을 하게 만들겠어. 나한테 그래 달라고 부탁해봐. 몸을 앞으로 숙여.*

무엇이든 다. 그녀가 대답한다. 집이 아닌 이 안에서, 존재하지 않는 공간인 무(無)의 공간 안에서, 진짜 이름을 쓰지 않는 두 사람 사이에서는 무엇이든 다. *오, 무엇이든 다.* 이미 그녀는 극도로 비굴하다.

이제 오늘의 주소에 다 왔다. 맥스는 이미 신중하게 버려진 집 네 채를 사이에 두고 스쿠터를 세워놓은 상태다. 그녀는 가까스로 현관 계단을 올라갈 수 있을 따름이다. 두 다리가 너무 후들거린다. 만일 누군가가 지켜보고 있다면, 그녀가 다리를 전다고 생각할 것이다.

IV

—

심장은 마지막에 멈춘다

이발

스탠은 포지트론 입소 시각을 기록하고, 샤워를 한 다음 오렌지색 작업복으로 갈아입고, 정해진 대로 이발을 하기 위해 줄을 선다. 교도소 측은 진짜 교도소 같은 모습을 유지하기를 원한다. 비록 재소자들의 짧게 깎인 머리 모양이 구식인 데다—그런 모양은 옛 시절의 머릿니와 관계가 있다—더 이상 완전한 까까머리를 하지는 않는다고 해도 말이다. 그저 다시 나갈 때 점잖은 일반 시민의 머리카락 길이가 될 수 있을 만큼만 짧을 뿐이다.

"밖에서 한 달간 잘 지냈나?"

이발사가 이렇게 묻는데, 그의 이름은 클린트이다. 클린트는 '모범수(Trusty)' 역할을 하는 중이라서 가슴팍에 커다란 '티(T)' 자를 달고 있다. 그는 원래 범죄자인 사람들, 그러니까 프로젝트가 시작됐을 때 아직 여기에 있었던 범죄자들 중 하나는 아니다. 저런 가위와 면도칼 근처 어딘가에 위험한 범죄자를 놓아두는 법은 결코 없을 것이다. 밖에서 일반 시민일 때, 클린트는 나무 다듬는 일을 한다. 그는 '프로젝트'와 계약을 하기 전에는 보험계리인이었지만, 그의 회사가 서부로 이전하면서 일자리를 잃고 말았다.

그것은 익숙한 이야기다. 비록 아무도 자신들이 전에 어떤 일을 했는지에 대해 별로 이야기하지는 않지만. 과거를 돌이켜보는 것은 권장할 만한 일은 아니다. 스탠은 딤플 로보틱스에 몸담았던 짧은 시절을, 그가 미래란 포장된 보도 같은 것이어서 해야 할 일이라고는 한 블록에서 그다음 블록으로 이동하는 것이 전부라고 생각했던 과거를 깊이 생각하지 않는다. 또한 그는 그 후에 이어진, 그에게 직장이 없었을 때 일어난 일을 깊이 생각하지도 않는다. 그는 스스로를 그 당시 그의 모습대로, 그러니까 때에 찌들고 침울하고 마치 안개처럼 도처에 존재하는 허무감에 가슴에서 공기가 다 빨려나가고 있는 듯한 사람으로 생각하는 것을 몹시 싫어한다. 다시 한번 목표들을 갖는다는 것, 그 가운데 재스민을 발견해서 유혹하는 목표가 있다는 건 좋은 일이다. 그는 손끝으로 그녀를, 그러니까 그 나긋나긋함, 탄력적인 몸, 습한 정글처럼 뜨거운 체온을 느낄 수 있을 것 같은 기분이다.

정신 차려. 스탠은 의자로 기운차게 가 앉으면서 스스로를 타이른다. 주머니에서 손 빼. 탈장 일으키지 말고.

클린트는 여기서 이발 기술을 배운 게 틀림없다. 그들은 모두 포지트론 안에서 사용할 실용적인 기술을 쌓거나 연마하기 위해서 실습을 해야만 했다.

"그럼요. 한 달간 잘 지냈어요. 더 바랄 게 없을 정도로요. 당신은요?"

스탠이 말한다.

"기막히게 좋았어. 우리 집을 좀 손봤지. 위원회에 가서 허락을 받고 주방을 칠했어. 연노랑으로 그곳에 생기를 더했지. 북향이거든. 아내가 기뻐하더군." 클린트가 말한다.

"이 안에서 부인은 무슨 일을 하세요?"

"병원에서 일해. 외과 의사야. 심장 전문이지. 자네 아내는?"

"역시 병원이에요. 약품 관리 과장이요."

그는 샤메인에 대해 찌릿하게 아플 정도로 자부심을 느낀다. 분홍색 개인 사물함에도 불구하고, 그녀는 멍청이는 아니다. 그것은 중요한 자리이고, 거기에는 권한이 딸려 있다. 믿음직스러워야 하고 낙관적이어야 한다고 그녀가 그에게 말한 적이 있다. 또한 차분하고 신중해야 하며, 어두운 생각들에 잠기곤 해서도 안 된다.

"때때로 고된 일일 게 틀림없어. 아픈 사람들을 상대한다는 건."

"처음에는 그랬지요. 약간 괴로워했어요. 하지만 이젠 그 일에 좀 더 익숙해져 있어요."

그녀는 지금까지 그에게 자신의 일에 대해 결코 많은 말을 하지 않았지만, 그 또한 그녀에게 자신의 일에 대해 많은 말을 하지는 않았다.

"냉철한 머리가 필요할 거야. 감상적인 머리가 아니라."

이 말에는 '그렇죠'라는 대꾸 말고는 할 말이 없다. 클린트는 요령껏 쌀쌀맞게 싹둑 자르듯 침묵하기로 결정하지만, 스탠은 괜찮다. 그는 재스민에게, 푸크시아색 키스 자국의 재스민에게 집중해야 한다. 그녀는 그를 그냥 내버려두려 하지 않는다.

그는 두 눈을 감고, 어린 시절 하던 저 멍청한 비디오게임의 영웅인 왕자들 중 하나로, 촉수가 달린 식인 식물들로 가득 찬 습지들 사이를 탐색하며 마구 베어 젖히고 거대한 거머리들을 몰살시키고 독가시덤불들을 쳐내면서, 용이, 바로 맥스라는 용이 지키고 있고 이제 곧 키스로, 바로 스탠 자신의 키스로 깨어나게 될 재스민이 잠들어 누워 있는 강철 성으로 나아가고 있다고 상상한다. 문제는 그녀가 이미 깨어 있다는 것, 완전히 깨어서 그 용과 섹스를 하는 중이라는 점이다. 그와 비늘에 뒤덮인 그의 커다란 꼬리.

불쾌한 망상. 그는 눈을 뜬다.

누가 맥스일까? 그는 스탠이 아무것도 모르는 채로 자주 보곤 했던 누군가일 수도 있다. 그는 스탠이 교도소에서 한 달을 보내는 동안 수리를 위해 자기 스쿠터를 스탠에게 남겨두고 간 어떤 사내일 수도 있고, 지금 이 순간 교도관 역할을 하면서, 밤에 스탠을 감금하며 이렇게 말하고 있을 수도 있다. *줄 서서 차례를 기다려.* 그는 심지어 클린트일 수도 있다. 그게 가능할까? '클린트'가 가짜 이름일 수 있을까? 그럴 리는 없다. 클린트는 머리가 희끗희끗해지는 중인 데다 똥배가 나온 나이 많은 사내다.

"자, 다 됐어."

클린트는 스탠이 뒤통수를 볼 수 있도록 거울을 들고 있다. 스탠의 목덜미에는 빳빳한 머리털이 빽빽이 나 있는 지방 덩어리 하나가 형태를 갖추고 있다. 단, 그가 머리를 뒤로 젖히는 경우에 한해서이기는 하다. 재스민을 찾으면 그는 잊지 말고 고개를 똑바로 쳐들어야 한다. 아니면 앞으로 조금 숙이거나. 그녀가 한 손을, 손톱을 동맥혈 같은 색으로 물들인 길고 강한 손가락들을 거기에 댈지도 모른다. 그는 고작 생각만으로도 자신이 상기되는 것을 느낀다. 클린트가 까슬까슬한 머리카락들을 재빨리 털어내고 있다.

"고마워요. 두 달 뒤에 봬요."

그가 다음번에 클린트에게 이발을 할 때까지 두 달, 안에서 한 달, 밖에서 한 달. 그 전까지 그는 무슨 일이 있어도 재스민과 가까워질 것이다.

그는 점심 식사 줄에 합류하는데, 그것은 이발 후에 늘 맨 먼저 하게 되는 일이다. 포지트론의 음식은 훌륭하다. 왜냐하면 만일 취사 팀이 사람들에게 쓰레기 같은 음식이 나가게 하면, 그 사람들도 앙갚음하기 위해 그다음 달에 그 팀 사람들에게 쓰레기 같은 음식을 담아줄 것이기 때문이다. 신통할 정도로 효과가 좋다. 얼마나 많은 정성을 다하는 요리사들이 갑작스럽게 나타났는지 놀라울 정도다. 오늘은 그가 특히 좋아하는 것들 중 하나인 닭고기 완자다. 그가 직접 포지트론 안에서 '가금류 관리자'라는 역할을 맡아 닭들을 길러내는 데 기여했다는 점이 만족감을 더욱 더해준다.

그는 계약을 한 직후 몇 달 동안은 점심시간에 스트레스를 많이 받았다. 그 당시에는 이 안에 여전히 진짜 범죄자들이 있었다. 마약상들, 폭력단원들, 뜨내기 협잡꾼들과 신용 사기꾼들, 온갖 유형의 도둑들. 완전히 빡빡 깎은 머리들, 문신을 한 당사자를 소속 조직에서 빠져나가지 못하게 하고 앙숙 관계를 널리 알리며 깊게 새겨져 있는 문신들. 구내식당 대기 줄에서 서로 밀치고, 눈을 부릅뜨며, 팽팽하게 대치하는 상황들이 있었다. 스탠은 그 자신이라면 한 번도, 심지어 코너와 싸울 때조차도 결코 함께 섞어본 적이 없었을 기발한 단어들의 조합을 배웠는데, 누구든 그 독창성에 감탄하지 않을 수가 없었다. 더 정확히 말하면 마치 한 편의 시나 다름없었다. *고름, 수탉*('음경'이라는 뜻도 있다—옮긴이), *리버우르스트*(재료에 간이 30퍼센트 정도 첨가되는 독일식 소시지—옮긴이), *어머니, 개, 딸기 잼.* 도대체 어떻게 그렇게 했을까? 머핀을 먹다가 난투극이 발생했고, 서로의 얼굴을 스크램블드에그 접시에 처박았다.

마구 짓밟고 뼈들이 부서지는 소리가 나면서 사태가 차츰 악화되었을지도 모른다. 이내 교도관들이 강제 개입할 것으로 예상되었지만, 그들 중 일부만이 진짜 전직 교도관들이었으므로, 이러한 간섭은 권위가 부족했다. 마구 밟아 뭉개는 일들이 벌어졌고, 걷어차고 주먹으로 때리고 목을 조르고 뜨거운 커피에 데는 일들에 이어서 은밀한 보복이 뒤따랐다. 샤워 중에 불가사의하게 칼에 찔려 죽은 사건들, 주방에서 도둑맞은 두 갈래 진 바비큐 포크에 찔려 생긴 자상들, 웬일인지 시판용 채소밭에 나가 열 맞춰 고이 재배 중인 토마토 묘목들 사이에서 거듭 바위에 머리를 쿵 하고 찧어대는 남자들이 일으킨 뇌진탕.

스탠은 자신이 코너가 아님을 알고 있었기에, 그 당시 내내 몸을 웅크리고 입을 다문 채 가능한 한 눈에 띄지 않으려고 애썼다. 그에게는 그처럼 격렬한 승부를 위해 준비된 기술이 없었던 것이다. 하지만 그런 시기는 오래 지속되지 않았다. 왜냐하면 범죄 분자들이 일으킨 온갖 소란은 '프로젝트'에 너무 커다란 위협이었기 때문이다. 애초에 의도는 이제 대부분의 죄수들을 구성하고 있는 자원자들 사이에 범죄자들이 간간이 섞여 있게 되면 그로 인해 범죄가 개선되는 효과를 보리라는 것이었다. 그뿐 아니라, 범죄자들 역시 두 달에 한 번씩 풀려나 교대로 컨실리언스의 일반 주민 역할을 맡아, 컨실리언스 시 관련 업무를 보거나 포지트론의 교도관으로서 임무를 수행하게 될 터였다.

이것은 그들에게 전에는 한 번도 해보지 못했을 경험을, 다시 말해 일자리를 제공할 것이고, 동시에 다른 사람들의 존중과 공동체 안의 자기 자리를 확보하게 해서 새롭게 자존감을 찾게 만드는 결과로 이어질 터였다. 죄수들에게 교도관 역할을 시키고 또 역으로 교도관들에게 죄수 역할을 시키는 것은 어느 모로 보나 긍정적일 것이라는 말이 진언(眞言)으로 통했다. 교도관들이 자신들의 권한을 남용할 가능성이 더 적을 터였다. 머지않아 자신들도 철창에 갇힐 차례가 될 테니까. 그리고 죄수들은 얌전하게 행동할 동기를 가지게 될 터였다. 왜냐하면 난폭한 행동의 표출은 앙갚음을 불러올 테니까. 게다가 범죄 행위에는 더 이상 긍정적인 측면이 없었다. 갱단의 지배력으로는 아무런 물질적 풍요를 누리지 못했고 더 이상 어떤 것도 방어할 수가 없었다. 대체 누가 컨실리언스의 가구가 완비된 집에 살면서 복제품 따위를 사고 싶어 하겠는가? 은밀히 복제되거나 강매되는 불법적인 물건들, 갈취할 수 있는 돈벌이가 전혀 없었다. 그것이 공식적인 이론이었다.

하지만 일부 범죄자들은 별다른 이유도 없이 그냥 장난삼아 권력을 휘두르고 싶어 하는 것 같았다. 설사 금전적인 대가가 없다 해도 우두머리는 우두머리였다. 갱단이 형성되었고, 범죄자가 아닌 사람들이 범죄자들에게 위협을 받거나, 그렇지 않으면 새롭게 매력적이라는 것을 알게 된 암흑 세력의 세계로 이끌려 들어갔다. 시내에서는 주거침입이며 마구 부수고 박살내는 야단법석들이 벌어졌고, 심지어, 소문에 의하면, 집단 강간까지 벌어졌을지도 모른다. 한때 운영진에 맞서 인질들을 잡아두고 귀를 잘라내는 식의 폭동을 일으킨다는 위협이 있었지만, 그 계획은 스파이를 통해 늦지 않게 발각되었다.

외부 세력이 언제라도 전력 공급과 수도를 차단할 수 있었지만—스탠이 생각하기에는 어떤 반편이나 생각해낼 법한 일이었다—그러면 나쁜 소식이 새어 나가고 '프로젝트'가 너무 공공연하게 수포로 돌아갈 터였다. 이 모델이 쓸모없다고 판단될 터였다. 그리고 투자자들의 많은 돈이 날아가버렸을 것이다.

감시가 강화된 후 최악의 말썽꾼들은 사라졌다. 컨실리언스는 폐쇄적인 체제였다. 즉, 일단 들어오면 아무도 나가지 못했다. 그렇다면 그들은 어디로 가버렸을까? "다른 수감동으로 이감되었다"는 것이 공식적인 설명이었다. 아니면 "건강 문제"라거나. 그들의 실제 운명에 관한 소문들이 은밀한 귀띔과 턱짓의 형태로 돌기 시작했다. 품행이 극적으로 개선되었다.

임무

점심 식사가 끝나고 스탠은 자기 감방에서 잠시 휴식을 취한다. 그런 다음 닭고기 완자가 소화되자 체력 단련실에서 복부 단련에 집중하면서 운동을 한다. 이내 그가 가금류 축산 시설에서 교대 근무를 할 시간이 된다.

포지트론에는 네 종류의 동물이, 그러니까 젖소, 돼지, 토끼, 닭이 있다. 또한 철거된 건물 부지 위에 세워진 대규모 온실들과 몇 에이커에 달하는 사과나무들이 있다. 옥외의 시판용 채소밭들은 물론이고 말이다. 이런 채소밭들과 콩밭 및 다년생 밀밭들은 포지트론 교도소와 컨실리언스 시 둘 다를 위해 신선한 식품을 생산해야 한다. 신선 식품들뿐 아니라 냉동 식품들까지, 그리고 식품뿐 아니라 음료까지도. 머지않아 양조장도 생길 것이다. 일부 품목들은, 사실은 꽤 많은 품목이 외부에서 반입되지만, 그런 상황은 일시적이라고 여겨진다. '프로젝트'는 금방 자급자족하게 될 것이다.

다음과 같은 것들은 제외하고 말이다. 종이 제품과 플라스틱 제품과 연료와 설탕과 바나나와……

그렇다고는 해도 다른 분야들, 예를 들어 닭들의 경우 발생하는 비용 절감을 생각해보라. 닭들은 지금까지 완전무결한 성공작이었다. 닭들은 통통하게 살이 오르고 맛있는 데다, 생쥐처럼 번식을 해서 시계처럼 규칙적으로 달걀을 내놓는다. 닭들은 채소의 남은 잎사귀와 포지트론 교도소 음식 찌꺼기와 도축된 동물들의 지스러기를 먹는다. 돼지들도 동일한 것을 먹는데, 단지 더 많이 먹을 뿐이다. 젖소와 토끼들은 여전히 채소만 먹는다.

하지만 그것들을 먹는다는 점을 제외하고는, 스탠은 젖소와 돼지와 토끼들과는 아무런 관련이 없고, 오로지 닭들과만 관련이 있다. 닭들은 철망으로 된 닭장에서 살지만 하루에 두 번씩 뛰어다닐 수 있도록 방사되는데, 여기에는 닭들의 활기가 진작된다는 전제가 깔려 있다. 작은 창고에 있는 컴퓨터로 닭들을 위한 난방과 조명을 관리하는데, 스탠이 그것을 주기적으로 점검한다. 하마터면 통닭구이를 만들어버릴 뻔한 오작동이 한 번 있었지만, 스탠에게는 재프로그래밍을 해서 궁지를 벗어나기에 충분한 지식이 있었다. 달걀은 독창적인 활송 장치와 깔때기들을 거쳐 수집하고, 디지털 프로그램으로 수량을 센다. 스탠은 달걀 파손을 줄인 몇몇 개선을 직접 이뤄내기도 했다. 하지만 이제는 시스템이 잘 작동하고 있다. 대체로 그는 교대 근무를 하는 네 시간 동안 닭들의 오후 나들이를 감독하고, 모이를 쪼아 먹는 순서를 두고 벌이는 싸움을 말리고, 병든 상태와 맥없는 동작을 찾아내기 위해 닭 볏을 관찰하면서 보낸다.

그것이 인력을 놀리지 않기 위한 불필요한 작업임을 그는 알고 있다. 그는 각각의 닭에 전자 칩이 이식되어 있고, 그런 식으로 진정한 관리가 이뤄지면서, 방 안 가득한 닭 검사 프로그램들이 생산 공정 차트며 그래프마다 수치를 기록하는 것이 아닐까 추측한다. 하지만 그는 그런 일과가 마음을 달래준다고 여긴다.

초창기에, 다시 말해 미친 듯이 날뛰는 진짜 범죄자들이 반쯤 지배하던 시기에, 그리고 관계 당국이 가금류 시설을 감독할 감시 소프트웨어 탑재 카메라들을 설치하기 전에, 스탠은 교대 근무 시간 동안 날마다 포지트론에서 온 남자들의, 그러니까 한 달짜리 동료 죄수들의 방문을 받았다.

그들이 원한 것은 닭 한 마리와 단둘이 있을 잠깐의 시간이었다. 그들은 그것을 위해 기꺼이 거래를 하려 들었다. 보답으로 스탠은 그 당시 포지트론 교도소의 질서정연한 일상 아래 암류(暗流)처럼 흐르고 있던 갱단의 은밀한 폭력 행위에서 보호를 받게 될 터였다.

"뭘 하고 싶다고요?"

처음에 그는 이렇게 물었다. 그 사내는 이미 자세히 설명을 한 상태였다. 그는 닭 한 마리와 섹스를 하고 싶어 했다. 그 일은 닭을 다치게 하지 않는 데다, 그는 전에도 그 일을 해본 적이 있으며, 그것은 일반적인 일로, 많은 사내들이 그렇게 했고, 닭들은 말이 없다는 것이었다. 여기 한 사내가 아무런 배출구도 없이 끌려 있다. 안 그런가? 게다가 스탠이 닭들을 독차지하고 있는 것은 불공평한 일이므로, 만일 당장 그 철망 닭장을 열어주지 않으면, 그가 삶을 부지하는 게 허용된다고 할지라도, 그 삶이 그리 즐겁지 않을지도 몰랐다. 왜냐하면 십중팔구 그가 호모라도 되는 양 결국 닭 대신이 될지도 모르기 때문이었다.

스탠은 무슨 뜻인지 알아들었다. 그는 닭과의 밀회를 허용했다. 그 일로 인해 그는 뭐가 됐을까? 닭 포주였다. 죽는 것보다는 그게 나았다.

코너라면 어떻게 해야 할지 알았을 것이다. 코너라면 그 사내를 때려눕히고 닭 모이로 만들어버렸을 것이다. 코너라면 더 비싼 대가를 요구했을 것이다. 코너라면 직접 그런 폭력 행위를 지휘하고 있었을 터였다. 하지만 그랬다면, 일단 운영진이 포지트론의 작은 문제들을 진지하게 바로잡기 시작했을 때, 코너는 살아남지 못했을지도 모른다.

지금 그는 줄줄이 늘어선 닭장들 사이를 어슬렁거리면서, 만족한 암탉들의 마음을 달래주는 꼬꼬댁 소리에 귀를 기울이고, 닭똥의 익숙한 암모니아 냄새를 맡으며, 자신이 닭 포주 노릇을 한 것에 대해서 과연 부끄러워하고 있을까 생각해보다가 그렇지 않다는 것을 깨닫는다. 심지어 그는 직접 닭이라는 선택 가능한 대안을 한번 시도해볼까 곰곰이 생각해본다. 그러면 그 살아 있는 깃털 먼지떨이로 그의 뇌에서 재스민의 모습을 싹 다 털어 없애서, 고문처럼 고통스러운 그의 욕망이 수그러들지도 모른다. 하지만 감시 카메라들이 있었다. 성인 남자가 마치 꼬챙이에 꿴 마시멜로처럼 자기 몸에 닭을 바싹 붙인 채로 있으면 아주 품위 없어 보일 수도 있을 것이다. 십중팔구 푸닥거리 효과도 없을 테고. 그저 깃털에 덮인 재스민에 관한 백일몽을 꾸기 시작할 따름일 것이다.

그만해, 스탠. 그가 스스로를 타이른다. 상상하지 마. 참아내야 해. 그는 점점 더 강박적이 되어가고 있다. 이런 뜬눈으로 꾸는 꿈을 없애버리는 데 먹는 약이 틀림없이 있을 것이다. 아니, 이런 뜬눈으로 꾸는 악몽을 말이다. 헤어날 길 없는 끝없는 조바심. 어쩌면 그는 샤메인에게 일종의 진정 및 수축 효과가 있는 알약에 대해 물어볼지도 모른다. 그녀는 약품 관리 일을 하고 있으니 무언가를 손에 넣을 수도 있을 것이다. 하지만 대체 그가 어떤 식으로 그녀에게 그의 문제를 설명할 수 있단 말인가? *난 한 번도 본 적 없는 여자에게 강한 욕망을 느끼고 있*

어. 하물며 그의 욕구를 설명한다고? 그녀는 무척 순수하고, 무척 딱딱하고, 무척 보수적이고, 아기 분내가 잔뜩 나는 여자다. 이렇게 뒤틀린 강박충동을 이해하지 못할 것이다. 성적 환상에 빠진 너무나 평범한 멍청이를 이해하지 못하리라는 것은 말할 필요도 없다.

어쩌면 그는 가금류 관리 교대 근무가 끝난 후, 목공소에서 얼마 동안 시간을 보낼 필요가 있을지도 모른다. 무엇인가를 톱으로 두 동강 내라. 못을 몇 개 두드려 박아라.

심장은 마지막에 멈춘다

샤메인은 오렌지색 기본 복장 위에 초록색 덧옷을 걸친다. 오늘 오후에는 또 한 번 '특별 시술'이 예정되어 있다. 그들은 그런 시술은 늘 오후에 한다. 밤의 어둠을 피하고 싶어 한다. 그렇게 하는 것이 그녀 자신을 포함해서 모두에게 좀 더 쾌적하다.

그녀는 마스크와 수술용 장갑이 있는지 확실히 점검한다. 그래, 그녀의 주머니에 있다. 우선 그녀는 세 개의 복도가 만나는 곳에 놓여 있는 감시용 안내대에서 열쇠를 받아야 한다. 안내대에는 실제 접수 담당자는 없고 헤드 박스(head box, 수상기 본체—옮긴이) 하나만 덜렁 있다. 하긴 적어도 그 박스에 머리(head)가 하나 있기는 하다. 아니, 머리 하나가 녹화된 영상이다. 그 영상이 실황인지 아닌지는 아무도 확실히 모른다. 요즘 그들은 그런 일들을 아주 잘 해낸다. 어쩌면 머지않아 그들이 '특별 시술'을 수행할 로봇들을 가지게 돼서, 그런 시술에 더 이상 그녀가 필요하지 않게 될 수도 있을 것이다. 그런 것이 좋은 일일까? 아니다. 그 시술에는 반드시 인간적인 요소가 필요하다. 그래야 좀 더 정중하다.

"열쇠 좀 주시겠어요?"

그녀가 그 머리에게 말한다. 그 머리들이 실재할 경우에 대비해서, 마치 실재하는 것처럼 그 머리들을 대하는 것이 최선이다.

"로그인 해주세요."

머리가 미소를 지으며 말한다. 그녀, 아니 그것은 비록 짧은 앞머리에 작은 링 귀고리를 한 사각턱의 브루넷(흑갈색 머리의 백인 여성—옮긴이)이기는 해도 매력적이다. 머리들은 며칠마다 바뀌는데, 어쩌면 그 머리들이 실시간으로 존재한다는 착각을 심어주기 위해서인지도 모른다.

샤메인은 그 머리가 그녀를 볼 수 있을까 궁금해하는 것을 그만둘 수가 없다. 그녀는 자신의 암호를 입력한 다음 엄지손가락으로 확인하고, 수상기 옆에 있는 홍채 인식기가 깜박거릴 때까지 그것을 가만히 쳐다본다.

"고맙습니다."

플라스틱 열쇠가 수상기 하단의 가늘고 긴 구멍에서 스르륵 미끄러져 나온다. 샤메인은 그것을 주머니에 넣는다.

"이것이 오늘 당신이 담당할 일급 기밀 '특별 시술'입니다."

종이쪽지 하나가 두 번째 구멍에서 나온다. 방 번호, 포지트론 교도소에서 쓰는 이름, 나이, 최종 진정제 투여량과 투여 일시. 그 남자는 틀림없이 꽤 많은 양의 약물에 취해 있을 것이다. 그편이 낫다.

그녀는 열쇠로 약품 조제실을 열고 들어가서 수납장을 찾아낸 다음, 암호를 입력해 문을 연다. 그녀가 곧바로 사용할 수 있는 상태의 물약 병과 주사가 있다. 그녀는 탁 소리를 내며 장갑을 낀다.

지정된 방에는, 지금껏 늘 그랬듯이, 남자의 몸 다섯 군데가 침대에 묶여 있어서 몸부림치거나 발길질하거나 물어뜯는 것이 가능하지 않은 상태로 있다. 그는 정신이 혼미하기는 해도 깨어 있는데, 그건 괜찮다. 샤메인은 깨어 있는 상태에 찬성한다. 그 시술을 잠들어 있는 사람에게 수행하는 건 잘못일 것이다. 왜냐하면 그들이 놓치게 될 테니까. 정확히 무엇을 놓치는 것인지에 대해서는 그녀가 확실히 알지 못하지만, 그렇지 않으면 더 멋질 무언가를 말이다.

그가 그녀를 쳐다본다. 약물 투약에도 불구하고 분명히 무서워한다. 말을 하려고 하자 불분명한 소리가 흘러나온다. *우-우-우-우……* 그들은 늘 그런 소리를 낸다. 그녀는 그것이 다소 고통스럽다고 생각한다.

"안녕하세요. 오늘 날씨 참 좋지 않아요? 저 찬란한 햇살 좀 보세요! 오늘 같은 날 누가 의기소침할 수 있겠어요? 당신한테 나쁜 일은 아무것도 일어나지 않을 거예요."

샤메인이 말한다. 이 말은 사실이다. 그녀가 지금껏 목격한 모든 사실로 보아 그 경험은 황홀한 것처럼 보인다. 일부 나쁜 일은 그녀에게 일어난다. 왜냐하면 그녀야말로 자신이 하고 있는 일이 옳은지에 대해 걱정해야만 하는 당사자이기 때문이다. 그것은 큰 책임이 수반되는 일인 데다가 자신이 실제로 하고 있는 일을 어느 누구에게도, 심지어 스탠에게조차 이야기해선 안 되기 때문에 더욱 나쁘다.

당연히 시술을 받도록 이송된 사람들은 오로지 최악의 범죄자들, 구제 불능인 사람들, 지금까지 개심시킬 수 없었던 사람들뿐이다. 말썽꾼들, 기회만 있으면 컨실리언스를 망치려고 할 사람들. 이것은 최후의 수단이다. 그들은 그 점에 대해 그녀를 수차례 안심시켰다.

시술 대상은 대부분 남자들이지만 전부 다 그런 것은 아니다. 비록 여태껏 그녀가 시술한 사람들 중 여자는 아무도 없었지만 말이다. 여자들은 그리 심하게 구제 불능은 아니다. 틀림없이 그래서 그럴 것이다.

그녀는 몸을 숙여서 남자의 이마에 입을 맞춘다. 온갖 문신 아래 황금빛 피부가 매끈한 젊은 남자다. 그녀는 마스크를 주머니에 그대로 둔다. 세균을 막기 위해 시술을 하는 동안 그것을 써야 하지만, 그녀는 결코 그러지 않는다. 마스크는 무시무시할 테니까. 의심할 여지없이 그녀는 어떤 숨겨둔 카메라를 통해 감시를 받고 있을 테지만, 지금까지는 아무도 이런 사소한 의례적 규칙 위반에 대해 그녀를 질책하지 않았다. 시술을 능률적이면서도 자상한 방식으로 흔쾌히 수행하려는 사람들을, 다시 말해 헌신적인 사람들, 성실한 사람들을 찾는 것은 쉬운 일이 아니라고, 그들이 그녀에게 말한 적이 있다. 하지만 모두의 이익을 위해 누군가는 그 일을 해야만 한다.

처음에 그녀가 이마에 입맞춤을 하려 했을 때, 머리로 돌진하는 일이, 그러니까 물어뜯으려는 시도가 있었다. 그는 피를 흘리게 만들고야 말았다. 그녀는 목에 구속 장치를 추가해 달라고 요청했다. 그리고 그렇게 되었다. 그들은 여기 포지트론에서는 일하는 사람의 의견에 귀를 기울인다.

그녀가 그 남자의 머리를 쓰다듬으면서, 사람들을 현혹시키는 치아를 드러내 보이며 미소를 짓는다. 그녀는 그에게 자신이 천사처럼, 다시 말해 자비의 천사(중의적 표현으로 자비로운 살인, 즉 안락사를 실행하는 사람이라는 뜻이 있다―옮긴이)처럼 보이기를 희망한다. 사실 그녀야말로 천사가 아닌가? 그런 남자들은 스탠의 동생, 코너와 비슷하다. 그들은 어디에도 맞지 않는다. 그들은 자신이 머무는 곳에서, 다시 말해 포지트론에서, 컨실리언스에서, 심지어는 아마 지구라는 행성 그 어디에서도 결코 행복해하지 않을 것이다. 그래서 그녀가 그에게 대안을 제공하고 있는 것이다. 탈출. 이 남자는 더 좋은 곳으로 가거나 아니면 알 수 없는 어떤 곳으로 갈 것이다. 어느 쪽이든 그는 이제 막 그곳으로 가는 즐거운 시간을 가지려는 참이다.

"아주 멋진 여행을 하시길 바라요."

그녀가 그에게 말한다. 그녀는 그의 팔을 토닥거린 다음, 약병 속으로 주삿바늘을 슬며시 밀어 넣어 내용물을 뽑아 올리는 모습을 보지 못하도록 등을 돌린다.

"출발합니다."

그녀는 쾌활하게 말한다. 정맥을 찾아내 슬며시 주삿바늘을 밀어 넣는다.

우우우. 그가 의사 표시를 한다. 몸을 일으키려 안간힘을 쓴다. 그의 두 눈은 공포에 질려 있지만, 오래가지는 않는다. 그의 얼굴이 이완된다. 그는 눈길을 그녀에게서 천장으로, 텅 빈 하얀 천장으로 돌린다. 비록 그에게 그것은 더 이상 텅 비어 있지도 하얗지도 않겠지만. 그가 미소를 짓는다. 그녀가 경과 시간을 잰다. 5분간의 황홀경. 많은 사람들이 일평생 동안에 얻는 것보다 더 긴 시간이다.

그런 다음 그는 의식을 잃는다. 그리고 숨이 멎는다. 심장은 마지막에 멈춘다.

교과서적이다. 오히려 더 좋다. 자신이 하는 일에 능숙하다는 건 좋은 일이다.

그녀는 성공적인 종료를 표시하는 숫자 암호를 입력하고, 주사기를 재활용 수거함에 떨군다. 시술에 쓰인 살균 주사기들을 가지고 있어봐야 별 소용이 없으므로, 재사용되는 것이다. 포지트론은 폐기물 발생 억제에 열성적이다. 그녀는 장갑을 벗어 '우리의 플라스틱을 살리자'라고 적힌 상자에 기증한 다음 방에서 나간다. 이제 다른 사람들이 도착해서, 뭐가 됐든 해야 할 일을 할 것이다. 그 사망은 '심장마비'로 기록될 텐데, 어느 정도는 사실이다.

시신은 어떻게 될 것인가? 화장을 하지는 않는다. 그것은 전력 낭비다. 그리고 죽었든 살았든 그 어떤 형태의 어떤 수감자도 컨실리언스의 정문을 통해 떠나지는 못한다. 그녀는 지금까지 줄곧 장기 적출을 의심했다. 하지만 그렇다면 관계자들은 그들이 '명백한 자연사, 이상 끝', 이런 식의 죽음을 맞는 것보다는 뇌사인 채 점적 주사를 맞고 있는 상태를 더 원하지 않을까? 장기에 관한 한 신선할수록 더 좋은 것은 분명하다. 혹시 단백질을 강화한 가축 사료로? 샤메인은 그들이 그런 짓을 할 거라고 믿을 수는 없다. 그건 무례한 일일 것이다. 하지만 어떤 일이 있더라도 그것은 틀림없이 쓸모 있는 일일 것이고, 그녀가 알고 있어야 할 것은 그게 전부다. 깊이 생각하려 들지 않는 게 나은 일들도 있는 법이다.

오늘 밤 그녀는 평소처럼 뜨개질 모임에 합류할 것이다. 그들 중 일부는 작은 유아용 면 모자를 만드는 중이고, 일부는 새로운 것에, 그러니까 아주 귀여운 푸른색 손뜨개 테디 베어들에 공을 들이는 중이다.

"오늘 하루 잘 지냈어요?"

뜨개질 모임 여자들이 그녀에게 물을 것이다.

"아, 완벽한 하루였어요."

그녀가 대답할 것이다.

스쿠터

9월 중순이다. 스탠은 저녁에 집 근처를 한 바퀴 산책하러 갈 때마다 플리스 재킷을 입는다. 벌써 나뭇잎 몇 장이 잔디밭 위로 떨어졌다. 그는 매일 아침 일찍 식사 전에 그것들을 갈퀴로 그러모은다. 그 시간에는 주변에 인적이 드물다. 가끔씩 마치 상어처럼 소리 없이 슬그머니 지나가는 검은색 감시 차량만 있을 뿐이다. 그들에게 호의적으로 손을 흔드는 것이 의례적인 규칙일까? 스탠은 그렇지 않다는 결정을 내렸다. 그들이 보이지 않는 척하는 편이 낫다. 그건 그렇고, 그 안에는 누가 있을까? 그런 차들은 마치 드론처럼 원격 조정될지도 모른다.

아침 식사—운이 좋으면 수란인데, 그건 그가 특히 좋아하는 것들 중 하나다—를 하고 샤메인에게 가벼운 작별 키스를 받은 후, 그는 일반 시민일 때의 직장으로 가서, 전기 스쿠터 수리소에서 일한다. 그것은 잘한 선택이었다. 이곳의 일자리 배정 담당자들은 그가 한때 딤플 로보틱스에서 하던 일을 고려해주었고, 아무튼 그는 갖가지 기계와 그 기계들의 디지털 프로그램들을 고치며 느긋이 만지작거리는 것을 늘 좋아했다. 한번은 딤플 사의 어떤 익살꾼이 그들에게 결혼 선물로 준 음악이 나오는 싸구려 토스터를 분해했다가 「증기열」(영어 원제는 「스팀 히트(Steam Heat)」로 파자마 공장 스팀다리미 소리를 내면서 부르는 귀여운 느낌의 노래. 파자마 봉제 공장의 노동 쟁의를 배경으로 한 로맨스 뮤지컬 「파자마 게임」에 등장하는 곡이다. 이 뮤지컬은 1954년 최초 상연되었으며 1957년 도리스 데이를 여주인공으로 영화화되기도 했다—옮긴이)이 흘러나오게 다시 조립한 적이 있었다. 처음에 샤메인은 그 노래가 귀엽다고 생각했다. 비록 반복적인 멜로디가 신경에 거슬릴 수도 있기는 하지만.

각각의 스쿠터에는 번호가 있지만, 이름은 부착되어 있지 않다. 왜냐하면 운전자가 '대체인'의 신원을 알고 있으면 안 될 테니까. 그들이 맞교대일에 서로 우연히 마주치게 될지도 모를 경우에 대비해서다. 유감을 품고 있을 수도 있고, 말다툼을 할 수도 있다. 누가 저 찌그러진 자국을 만들었지? 누가 도장(塗裝)에 흠집을 낸 거야? 도대체 어떤 얼간이가 스쿠터를 배터리가 다 되도록, 아니, 빗속에 방치한 거지? 형편상 덮개가 없다면 몰라도! 그 스쿠터들은 컨실리언스 시의 소유지, 어느 한 사람의 소유가 아니다. 아니, 어느 두 사람의 것이 아니다. 하지만 사람들이 이런 빌어먹을 것에 얼마나 강한 소유욕을 가질 수 있는지 참 놀라울 정도다.

그가 가게에서 공들여 작업 중인 스쿠터는 샤메인이 몰고 다니는 것이다. 보라색 줄무늬가 있는 분홍색. 스쿠터들은 모두 운전자 두 사람 각자의 개인 사물함에 맞춰서 두 가지 색으로 되어 있다. 자신의 것, 다시 말해 자신과 맥스의 것은 초록색과 빨강색이다. 저 맥스라는 후레자식이 그의 엉덩이를 스탠이 자신의 것으로 생각하는 바로 그 스쿠터 안장에 딱 붙이고, 그것을 몰고 돌아다니는 모습을 떠올리면 분노가 치민다. 하지만 그런 것은 깊이 생각하지 않는 편이 낫다. 그는 냉정을 유지할 필요가 있다.

샤메인의 스쿠터는 최근 이틀 정도 문제가 있었다. 그 망할 것이—그게 그녀가 그 스쿠터를 표현하는 방식이다—시동만 걸면 털털거리는 소리를 내고 몇 블록쯤 가다가 이내 멈춰 서버렸던 것이다. 혹시 태양광 전지판에 관련된 문제일까?

"내가 당신 대신 가져다 놓을게. 수리소에 말이야. 거기서 찬찬히 살펴볼게."

스탠이 제의했다.

"어머, 고마워, 자기, 그래주겠어?"

샤메인이 대수롭지 않다는 듯 말했다. 아마 예전만큼 고맙게 생각하지는 않을 것이다. 아니면 그가 그렇게 상상하는 것일까?

"당신은 마음 씀씀이가 넓은 남자야."

그녀가 약간 건성으로 덧붙였다. 그녀는 그때 레인지를 청소하는 중이었다. 그녀는 그런 자질구레한 집안일에 매력을 느끼고, 때를 제거하는 데서 짜릿한 흥분을 맛본다. 그것은 곧 그가 항상 흠잡을 데 없이 깨끗한 속옷을 입는다는 의미이므로, 그는 불평하지 않는다.

그는 문제점을, 즉 닳아버린 전선을 찾아냈고, 스쿠터가 일단 작동은 할 수 있을 정도로 합선된 부분을 고치며 차고에서 이틀 저녁을 보낸 다음, 몇 가지 추가적인 작업을 하기 위해 수리소로 그것을 몰고 갔다. 아니, 샤메인에게는 그렇게 말했다.

정말은, 그는 그 스쿠터를 독차지하기를 원했던 것이다. 2주 후면, 그러니까 10월 1일에는 그것이 재스민에게 인계될 것이므로, 그는 사전에 그것을 자신이 원하는 대로 개조하고 싶어 한다.

그가 이것을, 재스민을 추적해내는 이런 방법을 알아내는 데 왜 그렇게 오래 걸렸던 걸까? 그것은 줄곧 바로 그의 눈앞에 있었는데! 그에게 필요한 건 고작해야 컨실리언스에서 지급하는 또 한 대의 스마트폰이 전부이다. 약간의 지루한 작업을 거쳐 조작을 하고 그 자신의 스마트폰과 동기화시킨 다음, 그 조작된 스마트폰을 스쿠터 안에 넣어두면 된다. 그러고 나면 그가 교도소에 있을 때 재스민이 어디에 가는지를 추적할 수 있고 밖으로 나오자마자 그 자신의 휴대전화를 통해 저장된 정보를 재생할 수 있다. 프로젝트에 참여한 사람들 중 외부 와이파이에 접속할 수 있는 사람은 아무도 없지만, 시스템 내부에서 컨실리언스 와이파이망에 연결해 컨실리언스의 쌍방향 지피에스(GPS)로 시 지도들을 볼 수 있으며, 그에게 필요한 건 그것이 전부다.

샤메인의 휴대전화를 손에 넣기는 무척 쉬웠다. 그녀는 최근에 딴

데 너무 정신이 팔려 있어서 자신이 그것을 어딘가에, 아마 일터에 놓아둔 것이 틀림없다고 확신했다. 그 휴대전화가 어떻게 됐는지 누가 알겠는가? 그녀는 그것이 없어졌다고 보고했고, 다른 것을 하나 지급받았다. 지금까지는 아주 순조롭다. 그는 10월 내내 닭들을 관리하며 교도소에 있게 될 테지만, 11월 1일에 밖으로 나오면 그의 부재 시 재스민이 다녔던 경로를 재구성할 수 있을 것이다.

그리고 결국 어떻게 해서든 그 경로들이 그를 교차점으로, 그러니까 그가 그녀를 힐끗 볼 수도 있을, 아니, 심지어 숨어서 기다리다가 기습할 수도 있는 곳으로 인도할 것이다. 맞교대일에 그는 슈퍼마켓 통로에서, 아니, 컨실리언스의 어느 슈퍼마켓으로 가는 길목에서 그녀와 우연히 마주칠 것이다. 그는 어느 길모퉁이에서 서성거릴 것이다. 어느 공터의 관목 뒤에 웅크리고 있을 것이다. 그런 다음 그녀가 그 사실을 알아채기 전에 그 체리 향 나는 입술에 그의 입을 댈 테고, 그러면 그녀는 허물어질 것이다. 종이가 불붙은 성냥개비에 저항하지 못하듯 그녀도 저항하지 못할 것이다. 획! 순식간에 활활 타오를 것이다! 불의 고리(세계 주요 지진대 및 화산대가 중첩된 지역인 환태평양 조산대를 지칭하는 말로 열정이 뜨겁다는 의미로 사용—옮긴이)! 얼마나 장관인가. 그는 도무지 참을 수가 없을 지경이다.

넌 멍청이야. 그가 스스로에게 말한다. 넌 스토커야. 빌어먹을 미치광이야. 잡힐지도 몰라. 이 잘난 체하는 놈아, 그러면 무슨 일이 생기겠어? 소위 건강 문제라는 이유로 병원에 보내버리겠지? 포지트론에서 너 같은 정신병자를 어떻게 할까?

그럼에도 불구하고 그는 일을 계속 진행한다. 스쿠터 안장은 여분의 휴대전화 한 대를 숨기기에 가장 좋은 곳이다. 그는 측면 아래쪽의 인조 가죽을 세로로 절개하는데, 아무도 그 부분을 눈치채지 못할 것이다. 거기다. 다 끝났다. 그는 절개한 부분을 밀봉하기 위해 초강력 접착제를 한 번 바른다. 지금 눈여겨본 사람이 아니라면 아무도 그것을 찾아내지 못할 것이다.

　"새것처럼 좋아졌어."

　그가 스쿠터를 돌려주며 샤메인에게 말한다. 그녀는 그가 전에는 자극적이라고 여겼지만 이제는 속이 느글거릴 정도로 달콤하다고 여기는, 목구멍을 까르륵거리는 기쁨의 탄성을 지른 다음, 그를 형식적으로 껴안는다.

　"정말 고마워."

　그녀가 그에게 말한다. 하지만 결코 충분히 고마워하지는 않는다. 그날 밤 그가 작게 헐떡이는 숨소리와 뒤이은 한숨이라는 그녀의 제한적인 레퍼토리 그 이상을 기대하며 그녀 위로 기어 올라가 몇몇 새로운 행위를 시도하자, 그녀가 키득거리기 시작하더니 그가 간지럼을 태우고 있다고 말한다. 그건 정말이지 빌어먹게도 맥 빠지는 말이다. 차라리 닭이랑 섹스를 하는 게 낫겠다.

　하지만 괜찮다. 이제 그는 재스민을 뒤쫓고 그녀의 모든 움직임을 꿰뚫어보고 그녀의 마음을 읽을 수 있으므로, 그녀를 거의 손에 넣은 셈이니까. 그는 그사이 2주 동안 스쿠터를 타고 돌아다니는 샤메인을 추적하면서 연습을 할 수 있다. 그 일은 지루할 것이다. 사실 그녀가 갈

곳이 어디 있겠는가? 그녀가 일하는 빵집, 가게들, 집, 빵집, 가게들. 그녀는 너무 뻔하다. 거기에 색다를 것이라고는 전혀 없을 테다. 그래도 그는 그 한 쌍의 휴대전화 시스템이 잘 작동하는지 아닌지는 알 수 있을 것이다.

유혹하기 쉬운 상대

벌써 10월 1일이다. 또 한 번의 맞교대일. 시간이 어디로 다 가버렸을까?

샤메인은 자신이 벗어 던진 옷가지들과 뒤엉킨 채 빈집 바닥에 누워 있다. 이번에는 철거되는 대신에 재생 주택으로 보수될 예정인 꽤 튼튼한 집이다. 벽지는 달걀 껍데기와 송로버섯에 돋을새김된 담쟁이덩굴잎 무늬로, 차분하다. 그 위에 적힌 글씨가 두드러진다. 검붉은 페인트, 검은색 매직펜. 느닷없고 노골적인, 짧고 강렬한 말들. 그녀는 그것들을 마치 주문처럼 마음속으로 자꾸 되뇐다.

"당신은 정말 놀라운 여자야."

맥스가 그녀의 귀에 대고 속삭인다. 귀를 조금씩 깨물면서 말이다. 오늘은 두 번 연달아 하는 날이 되는 걸까? 그녀가 궁금해한다. 그녀는 그렇게 되기를 바라면서 이 빈집에 일찌감치 도착했다.

"굉장히 침착해." 맥스가 말을 잇는다. "하지만 그러다가도……. 당신 남편이라는 사람은 운 좋은 사내야."

"그이랑 함께일 때 나는 완전히 달라."

샤메인은 맥스가 그녀에게 스탠에 대해 이야기해 달라고 청하지 않기를 바란다. 그건 온당하지 않다.

"그 사람이랑 함께일 때 당신이 어떤지 내게 말해봐. 아니, 당신이 전혀 모르는 사람과 함께일 때 어떨지 내게 말해봐."

맥스는 샤메인이 가벼운 가혹 행위를 묘사함으로써 그를 흥분시켜주기를 바란다. 밧줄 몇 가닥, 약한 비명 소리. 그것은 이제는 가을이고 서로를 더 잘 알고 있기에, 그들이 이따금 하는 일종의 놀이다.

이제 그녀는 스탠에 대해 생각해봐야만 한다. 실생활에서의 스탠에 대해.

"맥스. 난 우리가 진지해질 필요가 있다고 생각해."

"난 진지해."

맥스가 그녀의 목을 향해 입술을 내리며 말한다.

"아니, 잘 들어. 그이가 의심하는 것 같아."

대체 그녀는 왜 그렇게 생각하는가? 스탠이 내내 그녀를 쳐다보고 있기 때문이다. 아니 좀 더 정확히 말하면 그녀가 유리로 만들어지기라도 한 것처럼, 그녀를 보면서도 안 보이는 척하고 있기 때문이다. 그것은 그가 심술궂게 굴거나 화를 내거나, 노골적으로 그녀를 비난했던 경우보다 더 무섭다.

"그가 어떻게 그럴 수 있어?"

맥스가 말한다. 그의 고개가 들린다. 그는 깜짝 놀란다. 만일 스탠이 현관문을 통해 들어온다면 맥스는 쏜살같이 창문으로 튀어 나갈 것이다. 그게 바로 그가 할 행동일 거라는 사실을 이제 그녀는 알고 있다. 그는 번개처럼 달아나 전력 질주하며 허겁지겁 튈 것이다. 그것이야말로 있는 그대로의 진실이다. 그녀는 그가 지나치게 많이 겁을 먹게 해서는 안 된다. 왜냐하면 그녀는 그가 도망치는 걸 원하지 않으니까. 그럴 필요가 있기 전까지는 아니다. 그녀는 그를 품에 꼭 껴안고 있고 싶다. 아이들이 봉제 동물 인형을 꼭 끌어안는 방식대로 말이다. 그를 놓아준다는 생각보다 더 그녀를 슬프게 하는 것은 없다.

"그이가 알고 있는 것 같지는 않아. 알고 있는 건 아니야. 엄밀한 의미로는. 하지만 그이는 나를 이상야릇한 눈길로 쳐다봐."

"그게 다야? 이봐. 나 역시 당신을 이상야릇한 눈길로 쳐다봐. 누군들 안 그러겠어?" 그가 그녀의 머리카락을 그러쥐더니 그녀의 고개를 돌려 가볍게 키스한다. "걱정스러워?"

"잘 모르겠어. 어쩌면 아닐지도 몰라. 그이는 걸핏하면 화를 내니까. 난폭하게 굴지도 모르지."

그 말이 맥스에게 영향을 미친다.

"나도 그럴 거야. 이봐. 정말이지 나도 당신한테 난폭하게 굴고 싶어."

그가 한 손을 올리자 그녀는 그가 바란 대로 움찔 피한다. 이제 그들은 아무 옷감에나 뒤엉켜 무아지경에 빠진 채 다시 한번 엉겨 붙어 있다.

그녀는 눈을 감고 숨을 고르며 자신이 진짜로 얼마나 걱정스러워하는지를 깨닫는다. 1점에서 10점까지 등급을 매긴다면 적어도 8점은 된다. 스탠이 정말로 알고 있다면 어쩌지? 그리고 신경을 쓰고 있다면 어쩌지? 그가 꼴사납게 굴 수도 있다. 그런데 얼마나 꼴사납게 굴까? 그가 위협적으로 돌변할 수도 있다. 스탠이 그녀에게 해준 말에 따르면 그의 동생 코너가 그런 식이다. 그는 만일 애인이 그를 속이고 바람을 피우면 그녀가 인사불성이 되도록 후려치는 것은 예사로 생각할 것이다. 스탠의 내면에도 그처럼 사악한 면모가 숨겨져 있다면 어쩌지?

어쩌면 이제 그녀는 할 수 있는 한 스스로를 보호해야만 할지도 모른다. 만일 그녀가 각각의 시술용 물약 병에서 약을 아주 조금씩만 덜어낸다면, 주사들 중 하나를 재활용되도록 놓아두는 대신에 주머니에 감춘다면, 누군가가 알아차릴까? 그녀는 스탠이 잠들어 있는 동안 슬며시 주사를 찔러 넣어야 할 테고, 그러면 그에게는 더없이 행복한 퇴장을 누릴 기회가 주어지지 않을 것이다. 그것은 부당한 일일 것이다. 하지만 모든 일에는 부정적인 면이 있기 마련이다.

시신은 어떻게 할 것인가? 그게 문제가 될 것이다. 잔디밭에 구덩이를 팔까? 누군가가 볼 것이다. 그녀는 시체를 자신의 분홍색 사물함에 숨긴다는 무모한 생각을 해본다. 스탠은 상당히 무거우므로, 그녀가 시체를 거기까지 끌고 내려갈 수도 있다는 가정하에 말이다. 또한 개인 사물함들이 크다고는 하지만, 그를 그 안에 집어넣으려면 그의 일부를 잘라내야만 할지도 모른다. 하지만 그녀가 그를 거기에 놔둔다면 시체가 끔찍한 악취를 풍길 테고, 다음번에 맥스의 아내인 조슬린이 자주색 사물함을 열려고 지하실에 내려가면 분명히 그 냄새를 맡게 될 것이다.

샤메인이 부드럽게 졸라봤지만 맥스는 조슬린에 대해 결코 많은 말을 하지 않았다. 처음부터 그녀는 절대 질투하지 않겠다고 다짐했다. 사실 그녀 자신이야말로 맥스가 진심으로 원하는 사람 아니겠는가? 그리고 지금 그녀는 질투하는 것이 아니다. 호기심은 질투심과 같은 것이 아니니까. 그런데도 그녀가 물어볼 때마다 맥스는 그녀의 질문에 철벽을 친다.

"당신은 알 필요 없어."

그녀는 조슬린이 발레리나나 오래된 영화에 나오는 학교 선생님처럼, 머리카락을 뒤로 바짝 빗어 넘겨 꽉 묶은, 팔다리가 가늘고 긴 귀족적인 여자라고 상상한다. 쌀쌀맞고 고상한 체하며, 뭐든 못마땅해하는 여자. 이따금 샤메인은 조슬린이 그녀에 대해 알고 있으며 그녀를 업신여긴다는 기분을 느낀다. 더 심각하게는 맥스가 조슬린에게 그녀에 대해 말했고, 그들 두 사람이 그녀가 유혹하기 쉬운 상대이고 흔해빠진 헤픈 여자라고 생각하며 함께 그녀를 비웃는다는 기분이 들기도 한다. 하지만 그건 피해망상이다.

그녀가 생각하기에는 만일 스탠이 죽는다 해도 맥스가 스탠을 처리하는 데 큰 도움이 될 것 같지는 않다. 그렇다. 맥스는 성적인 매력은 압도적이지만 결단력이 없고 근성도 없다. 샤메인 자신에게 그런 것들이 있는 것처럼은 아니다. 그는 그녀 혼자 짐을, 자루 가득한 위험을 모두 다 지게 내버려둘 것이다. 스탠으로 꽉 찬 자루를 말이다. 왜냐하면 그녀는 스탠을 일종의 자루에 넣어야만 할 테니까. 그런 상태의 그를 냉정하게 처다볼 수는 없을 테니까. 꼼짝도 하지 않는 채 무방비하게 누워 있는 상태의 그를 말이다. 그녀는 너무 많은 기억을 떠올리게 될 것이다. 그들이 사랑에 빠졌을 때, 그런 다음 처음에 그들이 결혼하고 바다에서 섹스를 했을 때, 그리고 그가 펭귄 무늬가 있는 저 초록색 셔츠를 입었을 때 어땠는지에 대해서…… 스탠이 죽는다는 생각을 하면서 동시에 그 셔츠에 대해 생각하는 것만으로도 그녀는 흐느껴 울고 싶어진다.

어쩌면 그녀는 정말로 그를 사랑하는지도 모른다. 그렇다, 당연히 사랑한다! 어머니가 떠나고 아버지도 다른 방식으로 떠나버렸고, 더구나 그 아버지란 사람은 다시는 보고 싶지도 않았으니, 윈 할머니가 죽고 나서 완전히 혼자가 된 후에 그녀가 그를 만난 것이 얼마나 행운이었는지 생각해보라. 그녀와 스탠이 지금껏 함께 겪었던 모든 일들, 그들이 가졌던 것들, 그들이 잃어버린 것들, 그러한 상실에도 불구하고 그들이 여전히 가지고 있던 것들을 생각해보라. 그가 지금까지 그녀에게 얼마나 충실했는지를 생각해보라.

당신이 늘 되고 싶어 하던 바로 그 사람이 되십시오! 포지트론에서는 이렇게 말한다. 이것이 그녀가 늘 되고 싶어 하던 바로 그 사람인가? 너무나 느슨하고, 너무나 순식간에 자신을 내주고, 너무나 쉽게 무력해지고, 너무나 부족한 사람이? 그런데 뭐가 부족한 거지? 그렇지만 그녀에게 부족한 것이 무엇이든 간에, 그녀는 결코 스탠을 해치기를 원하지 않을 것이다.

"돌아누워, 이 음란한 아가씨야." 맥스가 말한다. "눈을 떠." 그는 어떤 순간에는 그녀가 자기를 빤히 쳐다보는 것을 좋아한다. "당신이 원하는 걸 내게 말해."

"멈추지 마."

그가 일시적으로 멈춘다.

"뭘 멈추지 말라고?"

그녀가 아무 말이나 다 하게 만드는 것은 바로 그런 일시적인 멈춤 상태다.

그녀가 바보였던 걸까? 의심할 여지없이, 그렇다. 그만한 가치가 있었나? 아니다. 어쩌면. 그렇다.

아니, 지금 당장은 그렇다.

V
―
매복

주민 회의

맞교대일인 12월 1일의 전날 저녁 또 한 번 '주민 회의'가 있다. 아무도 실제로 만나는 것은 아니다. 사람들은 포지트론 교도소 안에 있든 밖에 있든, 유선 텔레비전으로 지켜본다. 주민 회의는 모든 사람들에게 '컨실리언스/포지트론' 실험이 얼마나 성공적으로 진행되고 있는지를 알리기 위한 것이다. 그들의 총체적인 왕성한 상호작용 지수, 식량 생산 목표, 주택 보수 비율과 같은 것들을 말이다. 격려의 말들, 참여 순위표들, 유익한 의견들. 최소화된 훈계와 말미에 추가되는 몇몇 새로운 규칙들.

이런 주민 회의는 긍정적인 면을 강조한다. 오늘 사람들은 폭력 사건은 크게 줄어든 상태이고―도표 하나가 갑자기 화면에 튀어나온다―달걀 생산량은 늘고 있다는 얘기를 듣는다. 가금류 분야에 곧 새로운 공정이 도입될 것이다. 튜브를 통해 영양분을 공급받는 머리 없는 닭들. 이 방식은 걱정거리를 감소시키고 육류 생산 효율성을 증가시킨다고 입증되었다. 그뿐 아니라 동물 학대를 배제하므로 그것이야말로 포지트론이 지금껏 지지했던 다방면에 걸친 승리라고 할 수 있다! 방울양배추 팀에게 찬사를 보낸다. 그 팀이 두 달 연속 할당량을 초과했기 때문이다! 11월 하반기에는 토끼 고기 생산량에 대한 기대치를 올려보자. 곧 몇몇 아주 새로운 토끼 고기 요리법이 나올 것이다. 아무쪼록 폐기물 재활용 프로그램을 위한 분류 과정에 좀 더 주의를 기울여주기를 당부한다. 우리 모두 힘을 모으지 않으면 그 프로그램은 제대로 돌아가지 않을 것이다. 기타 등등, 기타 등등.

머리 없는 닭들이라니, 빌어먹을, 난 그런 건 절대로 먹지 않을 거야. 스탠은 이렇게 생각한다. 그는 회의가 시작되기도 전에 맥주 세 병을 다 들이켜버렸다. 컨실리언스 양조장이 가동 중이며, 그 맥주라도 있는 것이 아예 없는 것보다는 낫다. 코너가 그것에 대해 뭐라고 말할지 상상이 가기는 하지만 말이다. *농담이겠지. 그건 맥주가 아니야. 말 오줌이라고. 그건 그렇고, 대체 뭘로 만든 거야?*

그래, 뭘로. 그가 한 번 더 벌컥벌컥 마시며 생각한다. 그는 자신의 주의력이 마구 분산되게 내버려둔다. 샤메인이 소파 위 옆자리에 앉은 채 새된 소리로 말을 건다.

"어머, 달걀이 잘되고 있대! 저건 당신 얘기가 틀림없어, 자기!"

그는 그녀에게 때때로 양계 시설에서의 자기 업무에 대해 이야기하지만, 그녀는 지금까지 자신의 업무에 대해서 그와 마찬가지로 기꺼이 말하는 법이 없었고, 그로 인해 그는 그것에 대한 호기심이 생겼다. 그녀가 약품 관리과에서 하는 일이 정확히 무엇일까? 그저 알약을 나눠

주는 것이 전부는 아니다. 그런데 그가 질문을 할 때마다 그녀는 얼굴에서 표정을 지우고 대화를 중단한다. 아니면, 모든 것이 더할 나위 없이 좋다고 말한다. 마치 그가 그렇지 않다고 생각할지도 모른다는 듯이 말이다.

샤메인에게는 내내 그의 신경을 거스르는 점이 하나 더 있다. 그들이 시내에서 시간을 보내는 동안, 그는 그저 그의 한 쌍의 휴대전화 시스템이 제대로 작동하는지 확인할 셈으로, 이따금 그 스쿠터를 추적하곤 했다. 모든 것이 예상대로였다. 샤메인은 여기저기로, 그러니까 빵집으로, 가게들로, 다시 집으로 분주히 돌아다니며 시간을 보냈다. 하지만 그러다가도 맞교대일에 그가 추적 관찰할 때면, 그녀는 매번 멀리 돌아서 가는 중이었다. 그녀가 보수되어야 할 낡은 주택들이 위치한 시내의 평판 나쁜 구역에 갔다면 그 까닭은 무엇이었을까? 그녀는 무엇을 하고 있었을까? 미래의 집을 살펴보고 있었을까? 틀림없이 그래서 그 집들 내부에서 그토록 많은 시간을 보냈을 것이다. 각 방의 치수를 재고 있었던 것이 틀림없다. 그녀가 보금자리 꾸미기 상태에 돌입한 것일까? 그들이 한 번 더 이전하도록, 보다 큰 집으로 이사 가도록 밀어붙이기 시작할 작정일까? 아기를 계획 중인가? 십중팔구 그것이 그녀의 작전 계획일 것이다. 비록 최근에는 그녀가 그 주제를 꺼내지 않기는 했지만. 그는 그것에 대해 자신이 어떤 기분인지 확신하지 못한다. 아기는 재스민에 관한 그의 계획들에 지장을 줄지도 모른다. 그럴 거라는게 불 보듯 뻔하다는 것은 아니다. 그는 격렬한 첫 만남 이후에 대해서는 별로 상상해보지 않았다.

이제 그는 재스민이 컨실리언스 시민으로 지내는 동안 어디에 다니는지를 알고 있다. 그녀는 바로 그 분홍색과 자주색 스쿠터를 타고 체육관으로 향한다. 운동을 많이 하는 게 틀림없다. 그녀의 육체는 분명 얼마나 유연하고 탄력 있고 강인할 것인가.

그 점이 그를 불안하게 만든다. 그가 강력한 대왕 오징어처럼 수영장에서 밀려 나오며 그녀를 그의 벌거벗고 젖은 두 팔로 끌어안으면, 그녀가 몸부림칠지도 모른다. 하지만 오랫동안 몸부림치지는 않을 것이다.

그에게는 직접 체육관에 다니며 이곳저곳을 살피는 습관이 생겼다. 재스민이 그곳에 있을 것이기 때문은 아니다. 그녀는 포지트론 안에 있다. 하지만 근력 운동기구들, 러닝머신들이 있다. 그녀의 유혹적인 엉덩이가 근력 운동기구들 중 하나 위에 놓여 있었을 것이 틀림없고, 그녀의 민첩한 두 발이 러닝머신들 중 하나 위에서 걸었을 것이 틀림없다. 그는 불가능하다는 것을 알면서도, 그녀의 흔적들을, 예를 들어 떨어진 손수건 한 장, 유리 구두 한 짝, 푸크시아색 비키니 하의 같은 것을 찾을 수 있기를 기대하는 마음도 반쯤은 있다. 그녀가 존재한다는 마법 같은 흔적들.

때때로 그가 어슬렁거리고 있을 때면, 아마 체육관 수영장이 내려다보이는 바로 위층 창문에서 희미한 얼굴 하나가 그를 주시하고 있는 것 같다는 느낌을 받는다. 그곳은 고위 운영진에 속한 관리자들이 운동을 한다는 곳이므로, 당연히 그들 근처 어딘가에는 감시국 요원이 있을 것이다. 그런 생각은 그를 초조하게 만든다. 그는 특별히 눈에 띄기를 원하지 않으며, 특별한 관심의 대상이 되기를 원하지 않는다. 재스민에게 그런 대상이 되는 경우를 제외하고는.

오늘 주민 회의는 행복한 노동자들과 원형 도표들로 구성된 시작 장면들을 생략하고 곧바로 에드에게 초점을 맞춘다. 그는 온통 격려의 말 일색이다. 그들이 에드의 최고 기대치마저 뛰어넘을 정도로 '프로젝트' 업무를 얼마나 잘 해내고 있는지! 그들의 노력과 성과를 아주 자랑스럽게 여겨야만 한다. 역사가 이뤄지고 있으며, 그들은 그들의 것과 같은 미래의 소도시들을 위한 본보기이다. 실은, 현재 '컨실리언스/포지트론' 모델에 따라 재건 중인 아홉 개의 다른 소도시들이 있다. 모두 순조롭게 추진된다면, 머지않아 궁지에 몰린 곳이면 어디에서나 그 모델이 효율적으로 활용될 것이다. 그러니까 경기가 쇠퇴하고 근면한 사람들이 무일푼이 된 채 방치된 곳이면 어디에서나!

한층 더 좋은 점은, 이런 모델과 이로 인한 시민 생활 재정비, 그리고 지금껏 발생된 건설 자금과 방지된 폐기물 덕분에 그런 지역들의 경기가 침체에서 벗어나는 중이라는 것이다. 수많은 새로운 진취적인 시도들! 수많은 문제 해결! 사람들은 기회만 주어지면 창의적으로 생각할 수 있는 법이다!

잠깐 기다려봐. 스탠은 생각한다. 이 모든 자화자찬 이면에는 뭐가 있는 거지? 어떤 사람들은 이런 것으로 큰돈을 벌고 있는 게 틀림없다. 그런데 누가? 아니, 어디에서? 그토록 많은 돈이 컨실리언스의 벽 안에서 낙수 효과를 내고 있는 것도 아닌데. 모든 사람이 살 곳을 구하기는 했다. 그건 사실이다. 하지만 다른 사람보다 더 부자인 사람은 아무도 없다.

그렇다면 그들은 호구 취급을 받으며 속아 넘어가는 중인가? 다른 사람들이 현금 속에서 뒹구는 동안 얼간이처럼 속아서 일을 하고 있는 건가? 코너는 스탠이 사람을 지나치게 믿는 경향이 있어서 부정직한 동기의 냄새를 결코 알아채지 못할 테고, 선택권이 주어진다면 최고가를 지불하고 베이킹 소다나 한 봉지 사서 그 냄새로 자기 코를 꽉 막아버릴 사람이라고 늘 말하곤 했다(베이킹 소다는 지방산 성분 제거 효과가 좋아서 빨래나 냉장고 등의 퀴퀴한 냄새를 없애주는 데 탁월하다. 즉, 수상한 냄새를 알아채기는커녕 오히려 베이킹 소다로 그런 냄새를 없애버릴 정도의 사람이라는 뜻—옮긴이). 빌어먹게도, 십중팔구 그는 심지어 그 냄새에 취하기까지 할 것이라고 코너는 말했다.

그러면 대체 지금까지 내가 얼마나 지질한 놈이었다는 거지? 스탠이 궁금해한다. 내가 정확히 무엇을 포기하는 데 서명해버렸던 거지? 그리고 정말로 코너가 경고했듯이, 관에 담겨서가 아니고는 빠져나갈 길이 없는 걸까? 그럴 리가 없다. 최고위층에 있는 사람들은 마음대로 드나들 수 있을 것이 틀림없다. 하지만 그는 에드를 제외하고는, 그 최고위층 사람들이 누구인지 모른다.

정말로 맥주를 한 병 더 마시고 싶다. 하지만 이 프로그램이 끝날 때까지 기다릴 것이다. 텔레비전으로 그를 볼 수 있다면 어쩌나 싶기 때문이다.

스탠, 스탠. 그가 스스로를 타이른다. 피해망상을 가라앉혀. 그들이 무엇 때문에 네가 그들을 지켜보는 걸 지켜보는 데 관심을 가지겠어?

이때 에드가 자애로운 아버지처럼 눈살을 찌푸렸다.

"여러분은 자신이 어떤 사람인지 잘 알 겁니다. 여러분 중 일부는 컴퓨터 통신망을 이용한 실험에 장난삼아 손을 대고 있습니다. 여러분은 모두 규칙들을 잘 압니다. 휴대전화는 여러분의 친구들이나 사랑하는 사람들과 개인적인 연락을 하는 데 사용하기로 되어 있습니다. 하지만 선을 넘어서는 안 됩니다. 여기 포지트론에서 우리는 한계선들을 심각하게 여깁니다! 여러분은 자신이 사적인 오락 활동을 하고 있으며 다른 사람들의 사적인 영역을 침범하려는 여러분의 시도가 무해하다고 믿을지도 모릅니다. 그리고 지금까지 아무런 해도 끼치지 않았다고. 하지만 우리의 시스템은 매우 민감합니다. 가장 약한 비공인 신호들까지도 찾아냅니다. 지금 당장 접속을 끊으십시오—다시 한번 말하지만, 여러분은 자신이 어떤 사람인지 잘 알 겁니다—그러면 우리는 아무 조치도 취하지 않을 겁니다."

컨실리언스의 주제곡이 흘러나오고—「7인의 신부」(스탠리 도넌 감독의 1954년 뮤지컬 영화. 산골에 사는 일곱 형제가 일곱 신부를 얻는 과정이 경쾌한 음악과 함께 전개된다—옮긴이)의 헛간 상량식에 등장하는 음악이다—표어가 급격히 확대되며 등장한다. 재소자들+복원력=컨실리언스. 지금 복역하라, 우리의 미래를 위해 시간을 벌어라!

스탠은 오싹한 기분을 느낀다. 침착해. 그가 스스로를 타이른다. 에드의 저 메시지는 여러 사람을 겨냥한 것처럼 보이므로, 그들이 직접적으로 그의 잘못을 적발해낸 것은 아닐지도 모른다. 그렇다고 해도 그는 휴대전화를 즉시 스쿠터에서 꺼낼 것이다. 괜찮다. 재스민은 이미 그의 손바닥 안에 있다. 맞교대일이면 먼저 집에 들른 다음, 체육관에 들른다.

매복

체육관은 안 된다고 그는 결정한다. 그곳은 지나치게 공개적일 것이다. 대신에 바로 여기, 이 집으로 할 것이다. 맞교대일에 샤메인은 스쿠터를 타고 출발해서, 아마 다른 집들을 좀 더 살펴보고, 그다음에는 포지트론 교도소에 스쿠터를 세워둘 것이고, 또 그다음에는 재스민이 그것에 올라타 여기까지 몰고 올 것이다. 그사이 그는 깨끗이 빨아 개킨 옷가지 더미를 초록색 개인 사물함에 넣어두고 집에서 나와 퇴거 암호를 입력한 다음, 곧장 교도소로 향하는 대신 차고에서 기다릴 것이다. 재스민이 나타나면 그는 그녀가 집으로 들어가는 것을 지켜볼 것이다. 그런 다음 따라 들어가고, 필연적인 뜨거운 조우가 벌어질 것이다. 그들은 욕망이 너무 압도적이라 2층에서 관계를 갖지 못할지도 모른다. 거실 소파. 안 된다. 그것조차도 너무 의례적이다. 카펫. 그렇지만 주방 바닥은 말고. 그건 무릎에 무리가 될 것이다.

그들은 맥스의 방해를 받지는 않을 것이다. 그가 스탠과 함께 쓰는 스쿠터, 즉 빨간색과 초록색 스쿠터 없이 어떻게 여기 올 수 있겠는가? 그것은 지금쯤 포지트론에 도착하기로 되어 있지만, 아직 차고에 있다. 스탠은 변덕스럽고 만족을 모르는 재스민이 그의 몸에 팔다리를 칭칭

휘감고 있는 동안, 맥스가 기다리다 못해 지쳐서 그의 손목시계를 확인하고 있을 거라는 생각에 만족감을 느낀다.

지금 그는 차고에 있다. 12월 1일치고는 따뜻하지만, 그는 약간 떨고 있다. 긴장 상태인 것이 분명하다. 산울타리 전정기는 새로 닦이고 배터리가 충전돼서 당장 작동 가능한 상태로 벽에 걸려 있다. 스탠이 손질해놓았다고 해서 저 게으르고 비열한 맥스란 놈이 고마워할 거라는 건 아니다. 만일 맥스가 어떤 다른 수단으로 집에 와서 대치하게 된다면, 산울타리 전정기는 훌륭한 무기가 될 것이다. 그것에는 즉각 반응하는 시작 버튼이 달려 있다. 일단 최고 속도로 그 날카로운 톱이 윙하고 회전하면, 사람의 머리를 절단할 수도 있을 것이다. 그는 정당방위라고 항변하게 될 것이다.

만일 그런 일이 일어나지 않고, 대신에 재스민과 다소 격렬하게 뒤엉키는 일에 열중하게 된다면, 그는 입소 수속에 늦고 말 것이다. 그것은 빈축을 살 일이지만, 지금까지 해온 일을 중도에 그만둘 수는 없으니 과감히 해보는 수밖에 없을 것이다. 그는 그 일에 사로잡혀 있다. 애가 타 죽을 지경이다.

차고 정문에 문틈이 있다. 스탠은 그 사이로 뚫어져라 보면서 재스민이 그녀의 분홍색 스쿠터를 타고 나타나기를 기다리던 중이어서, 옆문이 열리는 소리를 듣지 못한다.

"스탠이죠, 그렇죠?"

어떤 목소리가 말한다. 그가 몸을 홱 세우면서 휙 돌아본다. 그에게 본능적으로 떠오른 첫 생각은 산울타리 전정기를 가지러 가는 것이다.

하지만 상대는 어떤 여자다.

"빌어먹을, 당신 누구야?"

그가 말한다. 그녀는 어깨까지 내려오는 검정 생머리에 키는 좀 작은 편이다. 짙은 눈썹. 두터운 입술에 립스틱은 바르지 않았다. 블랙 진과 티셔츠. 그녀는 레즈비언 무술 전문가처럼 보인다.

어딘가 낯이 익다. 체육관에서 그녀를 본 적이 있나? 아니, 거기는 아니다. 워크숍이었다. 그들이 막 계약을 하고 났을 때 말이다. 그녀는 그 에드라는 얼간이와 함께 있었다.

"난 여기 살아요."

그녀가 말한다. 미소를 짓는다. 그녀의 치아는 네모나다. 피아노 건반같이 생긴 치아.

"재스민인가요?"

그가 머뭇거리며 묻는다. 설마 그럴 리가. 재스민은 이렇게 생기지 않았다.

"재스민은 존재하지 않아요."

그녀가 말한다. 이제 그는 혼란스럽다. 만일 재스민이 존재하지 않는다면, 그녀는 어떻게 재스민이 존재해야 한다는 사실을 아는 걸까?

"당신 스쿠터는 어디에 있지요? 여기 어떻게 왔어요?"

"직접 운전을 해서요. 차를 타고요. 차는 옆집에 세워뒀어요. 그건 그렇고, 난 조슬린이에요."

그녀가 손을 내밀지만, 스탠은 그 손을 잡지 않는다. 제기랄. 그가 생각한다. 그녀는 '감시국' 소속이다. 그것만이 그녀가 차를 가질 수 있는 유일한 방법이니까. 그는 한기를 느낀다.

"자, 당신이 내 스쿠터에 그 휴대전화를 숨긴 이유를 털어놓는 게 아마 좋을 거예요." 그녀가 손을 거둬들이며 말한다. "아니, 당신이 내 것이라고 생각한 그 스쿠터에요. 난 그것을, 그러니까 당신의 그 교묘한 추적 장치를 여태껏 줄곧 추적하고 있었어요. 우리 감시 기기에 잘 나타나거든요."

어찌 된 일인지 그들은 주방에 있다. 그의 주방, 그녀의 주방, 그들의 주방. 그는 자리에 앉는 중이다. 이곳의 모든 것이 그에게 익숙하지만—커피 머신이 있고, 샤메인이 출발하기 전에 잘 개서 정리해둔 마른 행주들이 있다—그 모든 것이 생소해 보인다.

"맥주 마실래요?"

그녀가 말한다. 그의 입 밖으로 소리가 흘러나온다. 그녀가 그에게 맥주를 따라주고 자신을 위해서도 한 잔 따른 다음, 그의 맞은편에 앉아 상체를 앞으로 숙이고, 그에게 매번 맞교대일의 샤메인의 행동을 지나칠 정도로 자세히 설명한다. 조슬린의 남편 맥스와 합심해서 여러 달째 빈집들을 드나들며. *합심*이 그녀가 사용한 단어이다. 더 간결한 다른 여러 단어들이 있는데도.

하지만 맥스가 그녀 남편의 진짜 이름은 아니다. 그의 이름은 필이고, 그녀는 전에도 그와 이런 종류의 문제를 겪었다. 그녀는 매번 그것에 대해 알고, 그는 그녀가 알지만 모르는 척하고 있다는 사실을 안다. 그는 빈집들에 숨겨져 있는 카메라들에 대해서 잘 알고 있으며, 그녀가 그런 자료 화면에 접속할 수 있음을 잘 안다. 그것이 그를 끌어당기는 매력의 일부이다. 자신이 그녀 눈앞에서 그렇게 해 보이고 있다는 확신 말이다. 그는 일탈해서 바람을 피우곤 한다. 그것은 도박과 마찬가지로 일종의 중독이다. 일종의 질병이다. 스탠은 동의하지 않는가. 안쓰럽게 여겨야만 한다. 그래서 그녀는 잠시 동안 그가 마음대로 하게 내버려두려 한다. 그것은 그를 위한 일종의 배출구이다. 한쪽으로만 열리는 문이 달린, 출입이 통제되는 도시에서 그와 같은 남자에게는 배출구가 제한적이다. 그는 이런 섹스 중독에 관해서 도움을 받아보려 해봤고, 상담을 받아봤고, 혐오 요법도 시도해봤지만 지금까지는 아무것도 효과가 없었다. 그가 무척 잘생겼다는 것은 도움이 되지 않는다. 지나치게 로맨틱한 상상력을 지닌 여자들은 거의 다 그에게 자신을 던진다. 그런 여자들은 전혀 부족하지 않다.

그녀는 그가 휘말린 일이 무엇이든 그것이 충분했다는 생각이 들면 그를 마주 보고 말한다. 그러면 상황이 종료된다. 그는 문제의 여자와 관계를 끊고 깔끔하게 끝낸다. 그러고 나서 착실하게 살기로 약속한 잠깐의 휴지기가 지나면 또 다른 여자를 공략할 것이다. 그건 개인적으로 그녀에게는 굴욕적이었다. 비록 그가 마음속으로는 그녀에게 충실하며, 그런 일은 그저 자신의 일시적인 욕구들을 통제하지 못하는 것에 불과하다고 그녀에게 장담한다고 할지라도 말이다.

"하지만 전에는 한 번도 와일드카드가 없었어요. 우리 자신의 대체인들 중 하나였던 적은 없지요. 나랑 필의 대체인이요."

샤메인이 말한다. 스탠은 너무나 빌어먹게도 혼란스러워서 제대로 생각할 수가 없다. 샤메인이! 그의 코앞에서 추잡한 바람을 피우다니.

더구나 그에게는 섹스를 허락하지 않더니, 아니, 깨끗한 침대 시트 사이에서 냉랭하게 찔끔찔끔 허용해놓고는. 그 쪽지를 써서 푸크시아색 키스 자국을 찍어놓은 사람은 바로 그녀인 게 틀림없었다. 샤메인이 어떻게 감히 그가 그녀에게 아무리 짜증을 내도 보여주지 않던 바로 그 모습을 남에게 보여준단 말인가? 그것도 레슬링 선수 같은 여자와 결혼한 필이라는 이름의 어떤 한심한 놈팡이한테! 하지만 그렇다고 해도 누가 됐건 다른 사람이 어떻게 감히 그의 아내에게 한낱 배출구라는 꼬리표를 붙인단 말인가?

"와일드카드라." 그가 힘없이 말한다. "샤메인 얘기군요."

"아니요, 당신 얘기예요." 그녀가 말한다. 눈을 치켜뜨고 그를 쳐다본다. "당신이 그 와일드카드예요."

그녀가 그를 보며 미소 짓는다. 얌전한 미소는 아니다. 화장을 하지 않았는데도 그녀의 입술은 마치 석유처럼 색이 진하고 축축하게 젖은 듯 보인다.

"난 가야 해요. 통행금지 시간 전에 저쪽 포지트론에서 입소 절차를 밟아야 해요. 난 그래야……."

"그건 다 처리해놨어요. 내가 신분 코드를 통제하거든요. 필이 당신 대신 거기로 가도록 데이터를 재조정했어요."

"뭐라고요? 하지만 내 일은 어쩌고요? 훈련이 필요한 일인데. 그가 그냥 할 수는……."

"아, 그이는 괜찮을 거예요. 그이한테 손재주가 있는 편은 아니에요. 당신 같지는 않지요. 하지만 컴퓨터 다루는 데는 걱정 없어요. 그이가 당신 대신 닭들을 돌볼 거예요. 두 가지 측면 모두에서. 그이는 그 누구도 닭들을 돌보는 일에 개입하게 두지 않을 거예요."

빌어먹을. 스탠은 생각한다. 두 가지 측면 모두에서라니. 그녀가 닭들과 관련된 그 일을 알고 있다. 그녀는 얼마나 오랫동안 그를 주시하고 있었던 걸까?

"그동안." 그녀가 말한다. 마치 곰곰이 생각이라도 하는 것처럼 머리를 한쪽으로 기울이고 있다. "그동안, 당신은 나와 함께 여기 있을 거예요. 재스민에게 느꼈던 당신 관심에 대해 내게 모두 얘기해도 좋아요. 당신이 원한다면, 맥스와 재스민이 빈집에서의 짧은 만남 동안 나눈 대화들을 들을 수도 있어요. 내가 녹화물, 그러니까 감시 동영상들을 갖고 있거든요. 음질이 뛰어나요. 놀라게 될걸요. 상당히 흥미진진하지요. 우리도 소파에서 우리만의 격렬한 시간을 가질 수 있어요. 필이 하는 게임에 내가 직접 나설 차례가 됐다고 생각해요, 안 그래요?"

"하지만 그건……." 그는 이렇게 말하고 싶다. "빌어먹을 그건 너무 비정상적이에요." 하지만 그는 자제한다. 이 여자는 고위 운영진이고, 감시국 소속이다. 그녀는 그의 삶을 정말로 불쾌하게 만들 수도 있을 것이다. "그건 정정당당하지가 않아요." 그가 말한다. 그의 목소리가 꼭 겁쟁이처럼 나온다.

그녀는 미끈거리는 듯 보이는 입술로 다시 한번 빙긋 웃는다. 그녀에게는 이두박근과 어깨 근육이 있고, 넓적다리는 놀라울 정도다. 그녀가 병적인 관음증 환자라는 사실은 말할 것도 없다. 그는 그 자신에게, 그의 삶에 무슨 짓을 한 것인가? 왜 그런 짓을 했던가? 평범하고 활기찬 샤메인은 어디에 있지? 그가 원하는 사람은 그녀다. 사악하고 십중 팔구 털투성이일 다리로 남자를 깔아뭉개려 드는 이런 여자가 아니라.

그는 슬쩍 출구들을, 다시 말해 뒷문, 현관으로 향하는 문, 지하실 계단으로 연결되는 문을 확인한다. 이 여자를 지하실에 있는 그의 초록색 사물함에 떠밀어 넣은 다음 필사적으로 달아난다면 어떻게 될까? 그런데 어디로 달아나지? 그는 이미 스스로 자신의 출구들을 차단해버렸다.

"진심으로 하는 말인데. 이건 안 될 거예요. 그건 안 될…… 난 못할…… 난 가야 해요."

그는 차마 제발 부탁이라고는 말하지 못한다.

"걱정하지 마요. 당신이 없다는 건 아무도 눈치채지 못할 거예요. 당신은 여기 이 집에서 추가로 한 달을 더 보내게 될 거예요. 그러고 나서 다음 달에 샤메인이 포지트론에서 나올 때 들어가면 돼요."

"아니요. 난 그러고 싶지 않……."

그녀가 한숨을 쉬며 말한다.

"혹시 모를 폭력 사태가 일어나는 것을 방지하기 위한 개입이라고 생각하세요. 그녀를 목 졸라 죽이고 싶은 기분이란 걸 당신도 시인해야만 할 거예요. 누구라도 그럴 거예요. 나중에는 나한테 고마워할걸요. 하긴, 다시 말해서, 당신이 스스로 위반한 규칙들에 관해서 내가 보고서를 제출하기를 원하지 않을 때의 이야기이기는 하지만요. 맥주 더 마실래요?"

"네." 그가 간신히 대답한다. 그는 스스로 판 무덤에 점점 더 깊숙이 빠져들고 있다. "같은 걸로 주세요." 그는 함정에 갇혀버렸다. "그 밖에 내가 또 뭘 해야 하나요?"

'그런 결과를 피하려면'이라는 것이 그가 하고 싶은 말이지만, 그것을 굳이 설명할 필요는 없다. 그녀는 자신이 그의 팔을 비틀다시피 강요하고 있다는 것을 충분히 잘 알고 있다.

그녀는 맥주를 마시고 입술을 핥은 다음 서두르지 않고 대답한다.

"곧 알게 되겠지요, 안 그래요? 시간은 많아요. 당신은 아주 재주가 많을 거라고 확신해요. 그나저나, 내가 사물함을 맞바꿔놨어요. 이젠 빨간 사물함이 당신 거예요."

대화방

맞교대일인 1월 1일에, 샤메인은 카운터 안쪽에서 일하던 사무직원들 중 한 사람에게 교도소에 남아 있으라는 말을 듣는다. 인적 자원부에서 그녀와 이야기를 할 필요가 있기 때문이다. 그녀는 즉시 가슴이 철렁 내려앉는 기분을 느낀다. 그들이 맥스에 대해 아는 걸까? 그렇다면 그녀는 곤경에 처한 것이다. 사실, 집을 함께 쓰는 대체인들과 친밀해지면 절대로 안 된다는 당부를 얼마나 여러 번 들었던가? 심지어 그들이 어떻게 생겼는지도 알면 안 된다. 그리고 바로 그 점이 맥스를 보는 것을 그녀가 그토록 짜릿하게 느끼도록 만드는 여러 요소들 중 하나였다. 정말로 금지된 것이고, 정말로 선을 넘는 것이었다.

맥스를 *보는 것*. 이 얼마나 구식 표현 방식인가! 하기야, 그녀는 구식 여자다. 스탠도 그렇게 생각한다. 하지만 그녀가 맥스와 함께한 시간은 사실상 보는 것과는 별 상관이 없었기는 하다. 그들은 흐릿한 빛 속에서 근접 촬영된 사진들 같았다. 귀, 손, 넓적다리.

아, 제발, 그들이 모르게 해주세요. 그녀는 집게손가락 위에 가운뎃 손가락을 포개 행운을 빌며 무언의 기도를 올린다. 만일 규칙을 어기면 어떤 일이 생길지 관계자들이 명백하게 설명한 적은 한 번도 없다. 맥스가 그녀를 안심시켰던 적은 있지만. 그는 그게 별것 아니라고 말했다. 단지 가볍게 질책한 다음, 아마 대체인을 바꾸는 정도에 불과할 거라고. 어쨌든 그녀와 맥스는 아주 조심하고 있었고, 그런 집들 중 어디에도 집 안에 감시 프로그램은 없었다. 그는 그 사실을 당연히 알고 있었다. 그런 집들에 관해 모든 것을 파악하는 것이 그의 일이었으니까. 하지만 맥스가 잘못 알고 있었다면 어쩌지? 더 심각하게도, 맥스가 거짓말을 하고 있었다면 어쩌지?

그녀는 한 차례 숨을 쉰 다음, 작고 깨끗한 치아를 드러내 보이며 미소를 짓는다.

"무슨 문제라도 있나요?"

그녀가 그 사무직원에게 묻는데, 목소리는 평상시보다 더 높고 여성스럽다. 약품 관리 과장으로서 그녀의 업무에 관한 걸까? 만일 그렇다면, 그녀는 나아지는 법을 배울 것이다. 그녀는 언제나 가능한 한 최선을 다하고 자신의 모든 가능성을 펼쳐보기를 원하니까.

그녀는 문제가 그런 것이기를 희망한다. 어쩌면 그들이 그녀가 의례적인 수술 마스크 착용 규칙을 무시하고 있음을 알아차렸을지도 모르고, 어쩌면 그녀가 '특별 시술' 중에 시술 대상에게 지나치게 다정하다는 결론을 내렸을지도 모른다. 머리 쓰다듬기, 이마에 하는 입맞춤, 피하주삿바늘을 살짝 밀어 넣기 직전의 친절과 개인적인 관심의 표시들, 그런 것들이 금지 사항은 아니지만, 공식 지시 사항도 아니다. 그런 것들은 팡파르이고 꾸밈음이며, 시술 대상뿐 아니라 그녀 자신을 위해서도 그 일 전체를 좀 더 수준 높은 경험으로 만들어주기 때문에 그녀가 가미한 약간의 끝마무리다. 그녀는 인간미를 지켜야만 한다는 확고한 생각을 갖고 있다. 그 일에 대해서는 조사 위원회 앞에서도 그렇게 말할 각오가 늘 되어 있었다. 그래도 그럴 일이 없기를 바라기는 했다. 하지만 어쩌면 지금이 그렇게 할 때인지도 모른다.

"저런, 아니에요. 틀림없이 별일 아닐 거예요."

그 직원이 말한다. 그저 행정상의 형식적 절차일 뿐이라고 덧붙인다. 누군가가 코드 일부를 잘못 입력했음이 틀림없다. 그런 일들은 늘 일어나기 마련이고 해결하는 데 시간이 좀 걸릴 수도 있다. 심지어 현대적인 기술이 있다고 해도 인간의 실수는 늘 있는 법이니, 샤메인은 그저 그들이 추정하기로는 프로그램상의 오류인 그 문제를 찾아낼 수 있을 때까지 인내심을 가져야만 할 것이다.

그녀는 고개를 끄덕이며 미소를 짓는다. 하지만 그들은 그녀를 이상하게 쳐다보고 있고(이제 그들 중 두 명이 쳐다보고 있다. 지금 출소 안내대 안쪽에는 세 명이 있는데, 하나는 휴대전화로 문자를 보내는 중이다), 그들의 목소리에는 무언가 묘한 점이 있다. 그들은 사실을 말하고 있지 않다.

그녀가 생각하기에 그것이 자신의 상상만은 아닌 것 같다.

휴대전화를 든 직원이 안내대 옆에 있는 문을 가리키며 말한다.

"대화방에서 기다릴 거라면 출소 절차에서 빠져주세요. 고맙습니다. 의자가 있으니 앉아 있을 수 있어요. 인적 자원부 담당자가 곧 오실 거예요."

샤메인은 떠나는 죄수들 무리를 건너다본다. 저들 사이의 저 사람이 샌디일까? 그리고 베로니카인가? 그녀는 지난 몇 달 동안 그들을 언뜻 언뜻 보았지만—그녀가 교도소에 있을 때면 그들도 마찬가지다—그들은 그녀의 뜨개질 모임 소속이 아니고 병원에서 일하지도 않으므로 그녀가 가까이 지낼 이유가 전혀 없었다. 그렇지만 지금 그녀는 친숙한 얼굴을 간절히 원한다. 하지만 그들은 그녀를 보지 못하고 돌아서버렸다. 그들은 오렌지색 교도소 작업복을 벗어 던지고 외출복을 입으며, 곧 밖에서 누리게 될 즐거운 시간을 고대하고 있는 게 분명하다.

방금 전까지 그녀가 그랬듯이. 그녀는 체리색 새 스웨터 아래 흰색 레이스 브래지어를 입고 있었다. 특별히 맥스와의 오늘을 위해 한 달 전 이런 품목들을 골라두었다.

"뭐가 잘못됐어요?"

다른 여자들 중 하나가 그녀를 부른다. 뜨개질 모임 사람이다. 샤메인이 곤경에 처했다는 신호를 보내고 있는 게 분명하며, 슬픈 표정을 짓고 있는 게 분명하다. 그녀는 입꼬리를 억지로 끌어올린다.

"정말이지 아무 일도 아니에요. 무슨 데이터 입력 문제래요. 이따가 나가게 될 거예요."

그녀는 가능한 한 명랑하게 말한다. 하지만 과연 그럴 수 있을지 의심한다. 양쪽 겨드랑이에서 땀이 스웨터로 스며드는 것이 느껴진다. 그 브래지어는 당장 빨아야만 할 것이다. 보나마나 체리색이 브래지어로 스며 들어가고 있을 텐데, 흰색 옷에서 그런 염료 얼룩을 제거하기란 몹시 힘든 일이다.

그녀는 대화방의 나무 의자에 앉아 매분 매초를 세지 않으려 애쓰며, 안내대로 돌아가 소란을 피우고 싶은 충동을 참는다. 그래봐야 분명히 아무 소용없을 테니까. 그리고 설사 그녀가 그날 늦게라도 나간다 한들, 맥스는 어떻게 할 것인가? 한 달 전에 계획된 그들의 만남 말이다. 바로 이 순간에도 그는 스쿠터를 타고 이달의 빈집을 향해 달리는 중일 게 분명하다. 그가 지난번에 그녀에게 그 주소를 말해주었고, 그녀는 배급받은 표준규격의 폴리코튼(면과 폴리에스테르의 혼방 직물—옮긴이) 잠옷을 입고 포지트론 교도소 감방의 좁은 침대에 누워 있을 때면 마치 묵상기도처럼 그 주소를 암송하며 암기했다.

맥스는 그녀가 그 잠옷을 묘사하는 것을 좋아한다. 그는 그녀가 그 따끔거리는 잠옷을 입고 엎치락뒤치락 잠 못 이루며 그를 생각하고, 그의 손이 이리저리 더듬고 파고들었던 육체 곳곳을 그녀 자신의 손으로 따라가며 그 모든 말과 손길을 거듭 실감하면서 그곳에 홀로 누워 있는 것이 자신에게 얼마나 고문인지 그에게 말하는 것을 좋아한다. *그럼 그다음에는 뭘 하고, 그다음에는 뭘 하지?* 그들이 더러운 마룻바닥에 함께 누워 있을 때 그가 속삭일 것이다. *내게 말해줘. 보여줘.*

그가 훨씬 더 좋아하는 것은, 그녀가 차마 하지 못해서 그가 한마디 한마디를 억지로 내뱉게 만들어야 하기 때문에 그가 훨씬 더 좋아하는 것은, 그녀와 관계를 가지고 있는 사람이 스탠일 때 어떤 기분인지를 그녀에게 묘사하게 하는 일이다. *그다음에는 그가 어떻게 하지? 내게 말해줘. 보여줘. 그러면 당신은 어떤 기분이지?*

그녀가 대답할 것이다. *난 그게 당신인 척해. 난 그래야만, 그래야만 해. 그러지 않으면 난 미쳐버릴 거야. 견디지 못할 수도 있어.* 그것이 꼭 정확한 사실은 아니지만, 그것이야말로 맥스가 듣기 좋아하는 말이다.

지난번에 그는 한층 더 나아갔다. *우리 둘이 동시에 있다면 어떻게 될까? 앞뒤에. 말해봐……*.

세상에, 그럴 순 없어! 동시에 둘 다는 안 돼! 그건…….

난 당신이 할 수 있을 거라고 생각해. 당신이 그러고 싶어 할 거라고 생각해. 이것 봐. 당신 얼굴이 빨개졌어. 당신은 음란하게 놀아나는 계집애야, 아니야? 그럴 여지만 있다면 축구 팀 남자애들 전부와도 할 거야. 당신은 그러고 싶어 해. 우리 둘이랑 동시에. 그렇다고 말해.

그런 순간이면, 그녀는 무슨 말이든 한다. 그가 모르는 사실은 어떻게 보면 언제나 두 사람이 동시에 있다는 것이다. 어느 쪽이 그녀와 함께 있든, 나머지 한 사람도 눈에 보이지 않게 함께 어울리며 그곳에 그녀와 함께 있다. 비록 무의식적인 수준에서이기는 하지만. 그에게는 무의식적이지만, 그녀에게는 의식적이다. 왜냐하면 그녀가 그들 둘 다를 그녀의 의식 속에 마치 부서지기 쉬운 머랭이나 날달걀이나 아기 새처럼 아주 조심스럽게 담고 있기 때문이다. 하지만 그녀는 그것이, 그 둘 다를 동시에 소중히 여기는 것이 추잡한 짓이라고 생각하지 않는다. 그들은 각자 전혀 다른 본질을 지니고 있고, 공교롭게도 그녀는 한 개인의 독특한 본질을 귀하게 여기는 데 능숙할 따름이다. 그것은 누구에게나 있는 것은 아닌 일종의 재능이다.

그리고 지금, 오늘, 맥스와의 만남을 놓치게 될 터인데, 그녀가 거기 갈 수 없다는 것을 그에게 경고해줄 방도가 전혀 없다. 그는 뭐라고 생각할까? 그는 그 집에 일찍 도착할 것이다. 그녀와 마찬가지로 그도 도저히 참을 수가 없을 테니까. 그는 이런 해후를 위해 살아가며, 그의 품 안에 그녀를 으스러뜨릴 듯 껴안고 억누를 수 없는 격렬한 욕망에 서두르다가 지퍼며 단추, 심지어 솔기까지 한두 군데 뜯어내서 그녀의 옷을 엉망으로 만들기를 간절히 바란다. 그는 그 빈집에서 진흙이 잔뜩 말라붙은 얼룩투성이 바닥을 서성거리고, 파리똥 자국으로 얼룩덜룩한 창문들을 통해 밖을 내다보며, 초조하게 기다리고 또 기다릴 것이다. 하지만 그녀는 나타나지 않을 것이다. 그는 그녀가 자신의 기대를 저버렸다고 추측할까? 그를 차버렸다고? 바람맞혔다고? 겁이 난 나머지, 혹은 스탠을 향한 일편단심으로 그를 버렸다고?

게다가 스탠 본인도 있다. 방금 포지트론에서 죄수로 한 달을 지내고 나서, 그는 작업복을 반납하고 자신의 청바지와 플리스 재킷을 입게 될 것이다. 포지트론 교도소 복합 건물의 남성 수감동을 떠나게 될 것이다. 스쿠터를 타고 컨실리언스의 거리들을 죽 거쳐 돌아가게 될 것이다. 거리는 온통 축제 분위기에 젖은 사람들로 북적거릴 테고, 일부는 죄수가 될 차례를 맞아 감옥으로 줄지어 이동하는 중이고, 다른 사람들은 그곳에서 나와 일반 시민의 삶으로 줄지어 복귀하는 중일 것이다.

스탠 역시 그녀를 기다리고 있을 것이다. 오래전의 마약 파티들이며 폭주족의 섹스 냄새에 찌든 눅눅한 버려진 가옥이 아니라 그들 자신의 집, 그녀가 그들의 것이라고 생각하는 그 집에서. 아니, 하여간 절반은 그들의 것인 집에서. 스탠은 그 집 안에, 그들의 친숙한 가정적인 보금 자리에 머물며, 그녀가 금방이라도 나타나서 앞치마를 걸치고, 그가 차고에서 공구들을 만지작거리며 노닥거리는 동안 저녁 식사를 준비하기를 기다릴 것이다. 그는 심지어 그녀에게 보고 싶었다고 말하며—최근에는 덜 하기는 했지만, 보통 그는 그렇게 한다—그녀를 무심히 포옹할 작정일지도 모른다.

그녀는 무심한 그런 포옹이 마음에 든다. *무심하다*는 것은 그녀가 방금 무슨 짓을 하고 있었는지 그가 짐작도 못 한다는 뜻이다. 그는 그녀가 맥스와 더불어 일종의 훔친 시간을 보내고 돌아오는 중임을 알아차리지 못한다. 그녀는 그 표현을 대단히 좋아한다. *훔친 시간.* 그것은 너무나 1950년대스럽다. 컨실리언스 텔레비전에서 때때로 보여주는 로맨틱한 영화들에서처럼. 그런 영화에서는 결국 일이 다 잘 풀리기 마련이다.

하지만 생각해보면 '*훔친 시간*'은 도통 말이 되지 않는다. 그것은 마치 훔친 키스나 같은 말이다. 훔친 시간은 때에 관한 것이고, 훔친 키스는 부위에 관한 것, 그러니까 누군가의 입술이 어디론가 사라지는 것에 관한 것이다. 하지만 그런 것들을 어떻게 훔칠 수 있단 말인가? 누가 그런 도둑질을 하나? 스탠이 그 시간의, 그리고 또한 그런 키스들의 주인인가? 물론 아니다. 그리고 설사 그가 주인이라고 해도, 만일 그가 없어진 시간과 없어진 키스들에 대해 아예 모른다면, 대체 그녀가 어떻게 그에게 상처를 입히겠는가? 값비싼 그림들의 정밀한 복제품을 만들어서 진품을 대체했던 미술 작품 절도범들이 있었고, 주인들은 아무것도 알아차리지 못한 채 여러 달, 심지어 여러 해를 보냈던 적이 있다. 이것은 그것과 비슷한 일이다.

하지만 스탠은 그녀가 나타나지 않으면 알아차릴 것이다. 그는 짜증을 낼 테고, 그다음에는 크게 당황할 것이다. 컨실리언스 관계자들에게 거리를 뒤지고 스쿠터 사고들을 확인해달라고 요청할 것이다. 그런 다음 포지트론에 연락할 것이다. 십중팔구 그는 샤메인이 아직 안에, 여성 수감동에 있다는 소식을 전해 듣게 될 것이다. 그 이유는 듣지 못할 테지만.

샤메인은 대화방의 딱딱하고 작은 의자에 계속 앉은 채 마음의 평정을 유지하고자 애쓴다. 사람들이 독방에 갇혀서 미쳐버리곤 했던 것은 전혀 놀랄 일이 아니라고 그녀는 생각한다. 말을 걸 사람이 아무도 없고, 할 일도 아무것도 없으니까. 하지만 포지트론에는 더 이상 독방이 없다. 그렇지만 그녀와 스탠은 오리엔테이션 도중 견학을 하다가 그런 감방들로 안내를 받았는데, 그때 그들은 계약이라는 큰 결정을 내리는 중이었다. 예전의 독방들은 개조되어서 책상과 컴퓨터들이 비치되어 있었다. 그것들은 정보통신 기술자들과 아울러 설립 예정이던 로봇공학 사업부를 위한 것이었다. *거기에는 매우 흥미진진한 발전 가능성이 있습니다*라고 안내인이 말했다. *이제 공동 식당을 보고, 그런 다음에는 가축과 원예 부문을 보러 가겠습니다. 우리는 모든 닭을 바로 여기에서*

키웁니다. 그리고 그 후에는 수공예품 작업실에 들르게 될 텐데, 그곳은 여러분이 각자의 뜨개질용 보급품을 지급받게 될 곳입니다.

뜨개질. 만일 그녀가 포지트론 교도소에 꼬박 한 달을 더 머물러야 한다면 그놈의 뜨개질에 정말이지 신물이 나고 말 것이다. 처음에는 재미있었고, 어느 정도는 그리운 옛날 같고 수다를 떠는 느낌이었지만, 이제 그들은 할당량을 배정받았다. 뜨개질을 상당히 빨리 하지 않으면 감독관들이 마치 게으름뱅이처럼 느끼게 만든다.

아, 맥스. 당신 어디 있어? 나 무서워! 그런데 설령 맥스가 그녀의 말을 들을 수 있다손 치더라도, 과연 오기는 할까?

스탠이라면 올 것이다. 그는 그녀가 무서워할 때 그것을 과소평가하지 않는다. 예를 들어 거미들. 그녀는 그것들을 좋아하지 않는다. 스탠은 거미를 처리하는 솜씨가 무척 좋다. 그녀는 그의 그런 면을 고맙게 생각한다.

올가미식 개 목걸이

늦은 오후다. 태양은 하늘에 낮게 걸려 있고, 거리는 텅 비어 있다. 아니, 텅 빈 것처럼 보인다. 아마 틀림없이 가로등 기둥, 소화전 등 도처에 보는 눈들이 박혀 있을 것이다. 사람들이 그들을 볼 수 없다는 것이 곧 그들이 사람들을 볼 수 없다는 것을 의미하지는 않을 테니까.

스탠은 유능할 뿐 아니라 쾌활한 듯 보이려고 노력하면서 산울타리를 다듬는 중이다. 산울타리를 다듬을 필요는 없지만—눈이 없기는 해도 1월 첫날이고, 겨울이다—그는 손톱 물어뜯기에 진정 효과가 있는 것과 똑같은 이유로 그 활동에도 진정 효과가 있다고 여긴다. 즉, 반복적이고, 의미 있는 행동인 척할 수 있는 데다, 폭력적이기까지 하다는 것이다. 산울타리 전정기는 말벌 집처럼 위협적인 윙윙 소리를 낸다. 그 소리는 그에게 자신의 극심한 공포감을 누그러뜨릴 만한 힘이 있다는 착각을 불러일으킨다. 비록 빠져나갈 방법이 없는 데다 고통스러울 것이 분명한 어떤 실험의 일부라는 의심이 들기는 하지만, 넉넉한 먹이와 음료가 있고 심지어 교접까지 가능한, 우리에 갇힌 쥐새끼의 공포 말이다.

스탠의 공포의 근원은 살아 움직이는 바이스그립(미국 어윈 사에서 생산하는 펜치류의 상표명. 일반적인 펜치와 비슷하지만 턱이 이중으로 되어 있어 한번 집은 물건을 계속 잡아 고정시키는 기능이 있다. 일반명사로는 '로킹플라이어'라고 한다—옮긴이)인 조슬린이다. 그녀가 그를 그녀의 발목에 쇠사슬로 붙들어 매놓았다. 그는 눈에 보이지 않는 그녀의 개 줄에 묶여 있다. 보이지 않는 그녀의 올가미식 개 목걸이를 차고 있다. 마음대로 떨쳐버릴 수 없다.

심호흡해, 스탠. 그가 스스로를 타이른다. 적어도 넌 빌어먹게도 여전히 살아 있어. 아니, 살아서 그 빌어먹을 섹스를 하고 있지. 그는 속으로 웃음을 터뜨린다. 맘에 드는 표현이야, 스탠.

그는 양쪽 귀에 휴대전화와 연결된 이어폰을 꽂고 있다. 윙윙거리는 산울타리 전정기 소리가 도리스 데이의 목소리에 배경음 역할을 한다. 계속 재생되는 그녀의 최고 히트곡들은 그의 낮 시간 자장가 같은 음악이다. 그는 처음에는 도리스를 옥상에서 세게 걷어차서 떨어뜨리는 공상을 하기도 했지만, 선택할 수 있는 음악이 많지 않고—관계자들은 지나치게 자극적이거나 분열을 조장하는 것은 무엇이든 검열하여 삭제한다—「오클라호마!」(유명한 작사 작곡 콤비인 로저스와 해머스타인이 1943년 발표한 뮤지컬. 영화화되기도 했다—옮긴이)의 메들리나 「화이트 크리스마스」를 부르는 빙 크로스비보다는 차라리 그녀가 더 좋다. 그는 「날 사랑해줘, 아니면 떠나버려」(1955년 동명 영화에서 여주인공을 맡은 도리스 데이가 부르는 노래—옮긴이)의 리듬감 있는 박자에 맞춰 깃털 같은 삼나무 가지들을 한 아름 쳐낸다. 이제 그는 도리스에게 익숙해졌기 때문에, 언제나 순결하면서도 브래지어로 단단하게 괴어 올린 인상적인 젖가슴을 지닌 그녀가, 컨실리언스 텔레비전에서 그토록 자주 보여주는 그녀의 전기 영화에서처럼, 햇빛으로 하얗게 표백한 듯한 왕년의 미소를 지으며 주방에서 밀크셰이크를 섞어 만드는 모습을 생각하면 마음이 진정된다. 그녀는 '좋은' 아가씨였다. '좋다'의 반대말이 '음란하다'이던 과거에 말이다. 그에게는 짧은 치마를 입었다는 이유로 젊은 여자들에게 큰 소리로 음란하다고 말해서 그녀들을 화나게 하던, 알코올 중독자인 삼촌에 대한 어린 시절의 기억이 있다. 그 당시 그는 열한 살이었고, 알 건 알기 시작하던 참이었다.

도리스라면 테니스처럼 운동과 관련되고 성적인 것과는 무관한 경우를 위해서가 아닌 한은, 결코 그와 같은 짧은 치마를 선택하지 않았을 것이다. 어쩌면 그가 샤메인과 결혼했을 때 바라고 있었던 것은 도리스와 비슷한 아가씨였는지도 모른다. 안심할 수 있고, 단순하고, 순결한 아가씨. 새하얀 속옷을 무장하듯 단단히 두른 아가씨. 알고 보니 그야말로 웃기는 소리 아닌가.

외로이. 그가 머릿속으로 흥얼거린다. 하지만 그에게는 외로움이 허용되지 않을 것이다. 일단 조슬린이 낮 동안의 으스스한 스파이 업무에서 돌아오고 나면 안 될 것이다.

"당신은 뭐더라, 그 가죽으로 된 걸 걸쳐야만 해요." 그저께 밤에 그녀가 유혹하려고 마음먹은 목소리로 그에게 말했다. "그 작은 드라이버인지 뭔지 하는 그거랑 같이요. 난 당신이 배관공이라고 상상할 거예요."

지금 그가 착용하고 있는 것이, 그러니까 작업용 가죽 장갑, 작은 연장들이 담긴 주머니들이 달려 있는 작업용 앞치마가 바로 그녀가 의도한 바였다. 그녀가 보기에, 남자들의 변태적인 놀이용 복장. 그렇지만 그는 그 뭐냐, 가죽으로 된 그것은 걸치지 않았다. 정말이지 그에게도 자존심이라는 것이 있으니까. 비록 갈수록 줄어들고 있기는 하지만 말이다.

그는 산울타리의 꼭대기 부분에 손을 대려고 발판 사다리 위에 서 있다. 만일 위치를 바꾸면 넘어질지도 모르고, 그러면 치명적일 수도 있다. 왜냐하면 산울타리 전정기는 극도로 날카롭기 때문이다. 전광석화같이 재빠른 움직임 한 번으로 목을 깔끔하게 베어버릴 수도 있을 정도다. 마치 그와 코너가 아이였을 때 보곤 했던 일본 무사 영화들에서처럼 말이다. 최소한 역사 영화에서 중세의 사형집행인들은 도끼질 한

번으로 머리를 깔끔하게 절단할 수도 있었다. 과연 그가 그런 극단적인 짓을 할 수 있을까? 트레몰로로 연신 두드려대는 북소리와 그를 부추기기 위해 야유하고 채소를 홱 내던지는 수많은 시골뜨기들이 있다면, 혹시 모르겠다. 그에게는 손목 덮개가 반드시 달린 가죽 장갑과 공포 영화들에 나오는 것들 같은 가죽 안면 마스크가 필요할 것이다. 몸통에는 아무것도 걸치지 말아야 할까? 그러지 않는 편이 나을 것이다. 그는 근육을 더 단단하게, 더 크게 만들 필요가 있다. 그는 똥배를 만드는 그놈의 맥주를 너무 많이 벌컥벌컥 들이킨다. 오줌 같은 맛이 나지만, 그래도 취하게 해주기는 하니까.

어제 조슬린이 그녀의 집게손가락을 그의 뜬갈비뼈(열두 쌍의 갈비뼈 중 맨 아래 두 쌍을 일컫는 말. 짧은 데다 가슴뼈와 연결되지 않고 복근 속에 유리되어 있기 때문에 붙여진 이름—옮긴이) 위로 튀어나온 젤리 같은 지방 속으로 쿡 쑤셔 넣으며 말했다.

"그 흐물흐물한 군살 좀 없애봐요!"

짓궂게 집적거리는 식이기는 했어도, 이 대목에는 무언의 '그러지 않으면'이라는 단서가 달려 있었다. 그런데 '그러지 않으면' 뭐 어쩌겠다는 것인가? 스탠은 자신이 시험 기간임을 알고 있다. 그런데 그게 무슨 시험이든 간에, 거기서 떨어지면, 그다음에는 어떻게 된다는 건가?

그는 조슬린의 머리가 날붙이에 의해 몸에서 떨어져 나가게 되는 모습을 몇 번이나 마음속에 그려보았다.

비밀스러운 사랑, 도리스가 노래한다. *덤 디 덤, 나를, 갈망, 자유로운.* 스탠은 가사를 듣는 둥 마는 둥 한다. 지금껏 몹시 자주 들었기 때

문이다. 장미꽃 봉오리들이 그려져 있는 벽지. 만일 도리스 데이(Day)가 자신을 도리스 나이트(Night)라고 불렀다면(독일 이민자의 딸인 그녀의 본명은 도리스 메리 앤 폰 카펠호프였으며, 본명이 발음하기 어렵다는 이유로 스스로 선택한 성이 '데이'이다―옮긴이), 그녀의 삶이 달라졌을까? 검은색 레이스를 입고, 머리를 빨갛게 물들이고, 토치송(실연이나 짝사랑의 심정을 마이크에 입을 대고 속삭이듯 읊던 슬픈 노래들을 칭한다. 미국에서 1920년 무렵부터 1930년대 중반까지 유행했다―옮긴이)들을 불렀을까? 스탠 자신의 삶은 어떤가? 만일 그의 이름이 조슬린의 멍청한 바람둥이 남편처럼 필이라면, 좀 더 마르고 탄탄한 몸매일까?

아니면 코너처럼. 그가 코너라는 이름으로 불렀다면 어땠을까?

이제 그만. 도리스가 노래한다. 다음으로는 패티 페이지의 상위 히트곡 10곡이 재생될 것이다. 「창가의 저 강아지 얼마예요?」 멍멍, 진짜 개가 짖는 소리. 샤메인은 그 노래가 귀엽다고 생각한다. '귀엽다'는 마치 옳고 그름처럼, 그녀에게 가장 중요한 근본적인 개념이다. 크로커스 꽃, 귀엽다. 뇌우, 귀엽지 않다. 닭 모양의 삶은 달걀 컵, 귀엽다. 성난 스탠, 귀엽지 않다. 요즈음 그는 그다지 귀엽지 않다.

도끼와 산울타리 전정기 중 어느 것이 나을까? 그는 골똘히 생각에 잠긴다. 만일 깨끗하게 내리치는 요령이 있다면, 도끼다. 그렇지 않으면, 아마추어에게는, 전정기. 힘줄들이 마치 젖은 끈처럼 잘릴 것이다. 그 후 곧 뜨거운 피가 마치 물대포처럼 그의 얼굴을 때릴 것이다. 그런 생각에 그는 속이 조금 메스꺼워진다. 이것이 그의 공상의 문제점이다. 공상이 지나치게 생생해지다가 느닷없이 주제에서 벗어나 대혼란과

난장판 속으로 빠져들면서, 문제가 생길지도 모르는 일에 그가 뒤엉키게 되고 마는 것이다. 이미 너무나도 많이 그랬다.

누구든 전정기로는 본인 목에 대고도 일을 잘 해낼 수가 있을 것이다. 도끼로는 아니겠지만. 전정기는 일단 켜지면, 사용자가 여전히 의식이 있든 없든 그냥 계속 작동할 것이다. 언젠가 코너가 그에게 침대에서 고깃덩어리를 자르는 대형 전기 칼로 자살한 어느 사내에 대해 말해준 적이 있다. 바람난 그의 아내가 바로 옆에 누워 있었는데, 그녀를 잠에서 깨운 것은 바로 매트리스로 스며들고 있던 그의 피의 온기였다. 그 역시 지금껏 줄곧 그런 공상을 했다. 왜냐하면 어떤 날은 완전히 덫에 갇힌 듯하고, 너무나 절망적이고, 너무나 막막하고, 너무나도 겁이 나서, 벗어나기 위해서라면 거의 수단 방법을 가리지 않을 지경이기 때문이다.

그런데 왜 그는 그렇게 부정적인 걸까? *여보, 당신은 왜 그렇게 부정적이야?* 그의 머릿속에서 이런 말이 들린다. 샤메인의 쾌활하고 어린애처럼 높은 바비 인형 같은 목소리다. *아무러면 당신 인생이 그렇게까지 형편없지는 않아!* 그녀의 그 말에는 함축적 의미가 담겨 있다. 입 닥쳐. 그가 그 목소리에게 말한다. 그 목소리는 다소 충격 받고 '*어머*'라는 외마디를 낸 다음, 마치 비눗방울처럼 펑 하고 터져버린다.

인적 자원부

샤메인은 기다리고 또 기다린다. 왜 읽을 잡지가 하나도 없는 거지, 왜 텔레비전이 없어? 그녀는 야구 경기라도 볼 수 있으면 좋겠다. 더구나 지금 그녀는 화장실에 가야 하는데 화장실도 없다. 그건 정말이지 사려 깊지 못한 일이어서, 만일 자제하지 않는다면 그녀는 까칠해질 것이다. 하지만 자신의 그런 까칠함을 뒷받침해줄 아무런 힘이 없이는, 까칠하게 굴면 안 좋은 결과가 초래될 것이다. 사람들과의 관계가 끊어지거나, 그렇지 않으면 오히려 그들이 훨씬 더 까칠해진다. 윈 할머니는 말하곤 했다. *미소를 지으면 온 세상이 너와 함께 미소를 지을 거야. 울면 너 혼자 울게 될 거야.* 그녀는 울어선 안 된다. 이런 것은 늘 있는 일이고 따분하다는 듯이 행동해야만 한다. 탁상행정에 불과하다는 듯.

마침내 '포지패드'('아이패드'의 패러디—옮긴이)를 든 한 여자가 교도관 복장이지만 '인적 자원부, 오로라'라는 이름표를 가슴 주머니에 꽂은 채 들어온다. 샤메인의 심장이 철렁 내려앉는다.

인적 자원부의 오로라가 얼음장 같은 눈빛으로 억지 미소를 짓는다. 그녀에게는 전달 사항이 있고 그것을 차분하게 전달한다. 정말 안타깝지만 샤메인은 포지트론 교도소에서 한 달 더 지내야만 한다는 것이다. 또한 그뿐 아니라, 그녀는 약품 관리과 업무에서도 해임되었다.

"하지만 왜요? 혹시 무슨 불만이라도 제기된……."

샤메인이 떨리는 목소리로 말한다. 그러나 이렇게 말하는 것은 멍청한 짓이다. 그녀의 약품 투여 대상들은 모두 '특별 시술' 후 5분이면 생명 활동의 징후가 사라지며, 바로 그것이 사람들의 심장이 고동치기를 멈출 때 보통 일어나는 일이니까. 그러니 여전히 이 지구상을 돌아다니면서 불만을 제기할 수 있는 사람이 대체 누가 있단 말인가? 어쩌면 그들 중 일부가 사후 세계에서 돌아와 그녀의 서비스의 질을 비난했을지도 모른다고, 그녀는 속으로 우스갯소리를 해본다. 설사 그랬다고 할지라도, 그들은 거짓말을 하고 있는 것이라고 분개하며 덧붙인다. 그녀가 자신의 노력과 재능을 자랑스럽게 여기는 것은 당연하며, 정말이지 그녀에게는 재주가 있고, 누구든 그들의 눈을 보면 그것을 알 수가 있다. 그녀는 임무를 철저히 수행하고, 안락한 죽음을 제공한다. 그녀의 보살핌을 받도록 위임된 사람들은 더없이 행복한 상태에서 그녀를 향한 감사의 마음을 갖고 떠나간다. 만일 몸짓언어도 일종의 의사 표시라면 말이다. 그리고 정말이지 의사 표시가 맞다. 그녀는 맥스의 손길 아래, 몸짓언어를 읽는 솜씨를 연마했던 것이다.

"천만에요. 불만 제기는 전혀 없어요."

손톱 밑 가시처럼 짜증나는 여자인 인적 자원부의 오로라가 너무도 무심하게 말한다. 그녀의 얼굴은 거의 움직이지 않는다. 그녀는 성형수술을 받았는데, 도가 지나쳤다. 그녀는 퉁방울눈인 데다 피부는 마치 거대한 주먹이 뒤통수에 있는 머리털을 모조리 꼭 그러쥐고 있기라도 한 것처럼 뒤쪽으로 확 당겨져 있다. 그녀는 포지트론 재교육 프로그램의 미용성형학교 연수 과정을 이용했을 가능성이 크다. 그 외과 의사들은 연수생이므로, 때때로 실수를 저지른다 해도 지극히 당연한 일이다. 그렇다고 해도 샤메인이라면 자기 얼굴이 그렇게 의료사고를 당한 것처럼 보일 경우 다리에서 뛰어내리고 말 테지만 말이다. 루비 구두 양로원 및 부속병원 사람들이 일을 훨씬 더 잘했다. 그들은 70세, 80세 심지어 85세인 사람을 받아서, 60세 이상으로는 보이지 않는 모습으로 내보낼 수 있었다.

관계자들이 미용성형외과 전문의들을 양성하고 있는 것은 빠른 시일 내에 정말로 수요가 많아질 터이기 때문이다. 컨실리언스의 평균 연령은 33세이므로, 아름답다고 느끼는 일이 사람들에게 아직까지는 그리 대단한 문제가 아니다. 하지만 해가 갈수록 과연 이 프로젝트에 무슨 일이 벌어질 것인가? 샤메인은 궁금해진다. 휠체어 신세를 지는 노인병과 대상의 고령층만 넘쳐나게 될까? 아니면 그런 사람들은 계약에서 풀려날까, 아니 좀 더 정확히 말하면 쫓겨나서 길거리로 내던져지고, 팍팍한 바깥세상에서의 삶을 받아들일 수밖에 없게 될까? 아니다. 왜냐하면 종신 계약이기 때문이다. 그들 모두가 서명을 하기 전에 듣기로는 그랬다.

하지만—이것은 샤메인에게 갓 떠오른 생각이며 기분 좋은 생각은 아니다—그런 삶이 얼마나 오래 지속될 수 있을지에 대한 보장은 전혀 없었다. 어쩌면 특정 연령이 지난 사람들은 '시술'을 받도록 약품 관리과로 보내질지도 모른다. 어쩌면 나도 그곳에서 죽을지도 몰라. 샤메인이 생각한다. 누군가가 나처럼 모든 게 괜찮을 거라고 말해주면서 내 머리를 쓰다듬고 이마에 입 맞추고 내게 주삿바늘을 밀어 넣는 와중에 말이지. 그리고 줄에 묶여 있는 데다 약에 완전히 취해 있을 테니까 꼼짝할 수도, 아무 말을 할 수도 없을 거야.

"아무 불만 제기도 없다면, 그럼 왜요?" 샤메인이 자신의 필사적인 심정을 내보이지 않으려 애쓰면서 오로라에게 말한다. "약품 관리과에는 내가 필요해요. 그건 특별한 기술이에요. 난 경험이 많아요. 난 결코 단 한 번도……."

오로라가 말을 자르고 끼어든다.

"음, 당신도 불가피하게 동의할 거라고 확신하는데, 불안정한 당신 신분을 감안해서 당신의 암호와 신분증은 모두 사용 중지됐어요. 당분간 당신은 어중간한 상태에 놓여 있다고 말할 수도 있겠네요. 데이터베이스 대조 검토는 매우 철저해요. 그래야만 하기 때문이지요. 당신에게 알려줘도 될 텐데, 여기에 명의를 도용한 몇몇 사기꾼들이 있기 때문이에요. 언론인들이요." 그녀는 팽팽하게 잡아당겨진 얼굴로 눈살을 찌푸리는 것이 가능할 뿐 아니라 실제로 찌푸리기까지 한다. "그 밖의 다른 말썽꾼들도 있어요. 우리의 경이로운 공동체 모델에 관해 안 좋은 이야기들을 밝혀내려고 하는, *꾸며내려고* 애쓰는 사람들요."

"어머, 끔찍한 일이로군요!" 샤메인이 숨찬 듯한 목소리로 말한다. "그들이 말을 지어내는 방식이란 게……." 그녀는 그 안 좋은 이야기들이 무엇이었는지 알고 싶지만 묻지 않기로 결정한다.

"맞아요, 그래서 우리 모두는 자신이 하는 말에 몹시 신중해야만 해요. 사실 아무도 모르는 거 아니겠어요? 그 사람이 진짜인지 아닌지는."

"어머, 난 그런 생각은 해본 적이 없어요."

샤메인이 사실대로 말한다. 오로라의 얼굴이 미세하게 풀어진다.

"당신은 새 신분증과 암호를 받게 될 거예요. 만일."—그녀가 하던 말을 뚝 끊는다―"당신 신분이 다시 입증될 *때*. 그때까지는 신뢰에 문제가 있어요."

"*신뢰*에 문제가 있다고요!" 샤메인이 분개하며 말한다. "지금껏 조금이라도 그럴 일은 결코 없었……."

"이건 한 개인으로서의 당신에 관한 문제가 아니에요. 문제는 당신 자료예요. 당신은 모든 면에서 전적으로 신뢰할 만할 거라고 확신해요. 몹시 충실할 테지요."

저건 선웃음인가? 저렇게 확 잡아당겨 편 얼굴은 도통 알 수가 없다. 샤메인은 자신의 얼굴이 빨개진 것을 깨닫는다. *충실하다*. 맥스가 무언가를 누설했을까, 그들이 목격된 것일까? 최소한 그녀는 지금까지 자신의 일에는 충실했다.

"자." 오로라가 유능한 태도로 태세를 전환하며 말한다. "임시로 당신을 '세탁실'에 배치할 거예요. '수건 접기' 부서에요. 그 부서에 인력이 부족해요. 나도 예전에 수건 접는 일을 한 적이 있는데, 무척 위로가 되는 일이에요. 가끔은 너무 많은 압박감과 부담감에서 벗어나 휴식을 취하면서, 일을 마친 후의 소일거리를."―그녀가 우물쭈물하면서 말을 찾는다―"우리가 추구할 수 있는 소일거리를 갖는 게 현명해요. 그런 압박감에 대처하기 위해서요. 수건 접는 일은 삶을 되돌아볼 시간을 준답니다. 그걸 전문적인 자기 계발의 시간으로 여기세요. 일종의 휴가처럼."

이런 제기랄. 샤메인은 생각한다. 수건 접기라니. 포지트론에서 그녀의 상황은 방금 막 실수로 낭떠러지에서 떨어진 듯 난처해져버렸다.

샤메인은 몇 시간 전에 입었던 외출복을 갈아입었다. (그녀는 생각한다. 이런 젠장, 저 브래지어 좀 봐. 밝은 분홍색이 스웨터 겨드랑이 아래쪽에 얼룩져 있는데, 그녀는 그 얼룩을 결코 지울 수 없을 것이다.) 또 다른 무언가가 있었다. 오로라는 보통 사람처럼 미소를 지을 수 없지만, 문제가 그저 그 이상한 미소만은 아니었던 것이다. 문제는 말투였다. 지나치게 달래는 듯하다. 고통스러운 예방접종을 받기 직전의 어린아이한테나, 도살장으로 가는 도중인 젖소에게 말을 건네는 방식이다. 그들에게는 그런 젖소들을 위한, 그것들을 달래서 차분하게 그들의 최후로 걸어가게 하기 위한 특별한 경사로가 있었다.

네 시간에 걸쳐 수건 접는 일과 세퍼드 파이(다진 고기와 양파를 으깬 감자로 싸서 굽는 파이—옮긴이), 시금치 샐러드, 라즈베리 무스로 단체 저녁 식사를 마친 후, 샤메인은 여성 수감동의 제일 큰 방의 뜨개질 모임에 합류한다. 그것은 그녀의 평상시 뜨개질 모임이 아니며, 그녀를 알고 있는 무리도 아니다. 그 여자들은 오늘 떠났고 그들의 대체인들로 교체되었으니까. 샤메인에게만 이 여자들이 낯선 사람들은 아니다. 그녀들 역시 샤메인을 낯선 사람으로 여긴다. 그들은 그녀가 왜 그들 사이에 끼게 됐는지 자신들은 모른다는 점을 분명히 하는 중이다. 그들은 그녀에게 예의 바르게 대하지만, 그저 그뿐이다. 담소를 나누려는 그녀의 시도에는 쌀쌀맞게 대했다. 마치 이 여자들이 그녀에 관해 어떤 평판 나쁜 이야기라도 들은 거나 다름없을 정도다.

그들은 미취학 아동들을 위한 푸른색 곰 인형을 떠야 하는데, 일부는 포지트론과 컨실리언스의 어린이집들을 위한 것이고, 나머지는 먼 곳의, 그러니까 좀 더 부유한 도시들의, 어쩌면 아예 다른 나라의 공예품 가게들로 수출하기 위한 것이다. 포지트론은 유지비를 벌어야 하기 때문이다. 하지만 샤메인은 그녀의 테디 베어에 집중하지 못한다. 그녀는 조마조마하고, 시시각각 점점 더 불안해지는 중이다. 문제는 컴퓨터상의 혼동이다. 어떻게 그런 일이 있을 수 있었을까? 시스템은 오류를 방지할 수 있어야 한다. 지금 그것에 관해 작업 중인 정보통신 담당 직원들이 있지만, 그러는 동안 샤메인은 체육관에서 몇몇 요가 모임에 참여하고, 날마다 하던 일을 계속해야만 할 것이고, 참 유감이지만 번호는 번호이고, 그녀의 번호가 자신이 누구라고 말하는 대로의 그녀를 입증하는 것은 아니라고, 오로라가 그녀에게 말한다. 오로라는 문제가 곧 해결될 것임을 확신한다.

하지만 샤메인은 이런 평계를 단 한순간도 믿지 않는다. 누군가가 그녀에게 앙심을 품은 것이 틀림없다. 하지만 누가? 그녀의 '특별 시술' 대상자들 중 한 사람의 제일 친한 친구나 애인이? 그들이 대체 어떻게 알 수 있는 걸까? 그들이 어떻게 접근할 수 있는 걸까? 그런 정보는 철저히 기밀로 취급하기로 돼 있는데! 관계자들이 그녀와 맥스에 대해 알아낸 것이다. 틀림없다. 그들은 그녀를 어떻게 끝장낼 것인지를 결정하는 중이다. 그녀를 끝장내려는 것이다.

스탠에게 말할 수 있으면 좋을 텐데. 맥스가 아니라. 맥스는 위험의 첫 전조가 보이자마자 줄행랑을 칠 테니까. 그의 본심은 방문 영업사원이나 마찬가지이다. *나는 우리가 함께한 순간들을 언제나 보물처럼 간*

직하고 당신을 마음속에 남몰래 고이 담아둘 거야. 그렇게 말한 다음 욕실 창문으로 나가 뒷담을 넘을 것이다. 그녀가 연기 나는 총과 바닥에 놓인 시체라는 결정적 증거를 처리하도록 내버려둔 채로 말이다. 그것이 그녀의 짓으로 판명될지도 모르는데 말이다.

맥스는 마치 유사(流沙) 같다. 수은(Quicksilver) 같다. 약삭빠르다(quick). 그녀는 그의 그런 면을 줄곧 알고 있었다. 그렇지만 스탠은, 스탠은 믿음직하다. 만일 그가 여기 있다면, 팔을 걷어붙이고 현실에 부딪쳐 싸울 것이다. 그러면 그녀에게 어떻게 해야 할지 말해줄 것이다.

제기랄. 방금 막 그녀는 푸른색 테디 베어의 목에 바보 같은 실수를 저질렀다. 안뜨기를 했어야 하는 곳에 겉뜨기를 해버렸던 것이다. 그 줄을 풀어서 다시 떠야만 하는 걸까? 아니다. 곰 인형의 목둘레에 작은 물결무늬(겉뜨기를 계속 반복하면 생기는 무늬—옮긴이)를 두르기만 하면 될 것이다. 그녀는 그 둘레에 나비 모양으로 리본을 매주기까지 할 수도 있다. 마무리로 개성 있는 손질을 더해서 결함을 가려. 그녀가 스스로에게 말한다. *네가 가진 게 레몬뿐이라면, 분홍색 레모네이드를 만들어.*

그날 밤 그녀는 자기 감방으로 돌아가서, 그것이 텅 비어 있음을 발견한다. 그녀의 감방 동료는 떠나고 없다. 이번은 그녀가 컨실리언스에 돌아가 보내는 달이니까. 그런데 다른 쪽 침대는 잠자리가 마련되어 있지 않고, 시트가 모조리 벗겨진 상태이다. 마치 누군가가 죽기라도 한 것 같다.

그렇다면 관계자들은 그녀에게 새로운 감방 동료를 배정하지 않을 작정인 것이다. 그들은 그녀를 고립시키고 있다. 이것이 그녀가 받을 처벌의 시작일까? 대체 왜 맥스와 어울렸던 걸까? 그에게 처음 눈길이 닿던 순간 그 방에서 달아났어야만 했다. 그녀는 줄곧 굉장히 유혹하기 쉬운 상대였다. 그리고 이제 그녀는 완전히 혼자다.

그녀는 그날 처음으로 흐느껴 운다.

잡일꾼

"자기, 기운 내. 아무러면 인생이 그렇게까지 형편없지는 않아."

그들이 자동차에서 살고 있었을 때 샤메인은 입버릇처럼 이렇게 말했는데, 그는 그 말이 신경에 거슬렸다. 사방에서 그들에게 쏟아지는 개떡 같은 상황에도 불구하고, 그녀는 어쩌면 그렇게 빌어먹을 만큼 활기찰 수 있었을까? 하지만 이제 그는 그녀의 가벼운 말투, 그녀의 위로, 용기를 북돋아주려고 그녀가 인용하던 고인이 된 윈 할머니의 문구들을 기억해내려고 애쓴다. *동트기 전이 가장 어둡다.* 그는 남자답게 당당히 맞서야만 한다. 그녀가 맞을 테니까. 아무러면 그의 인생이 그렇게까지 형편없지는 않다. 많은 남자들이 기꺼이 맞바꾸려 할 것이다.

그는 주중에는 매일 컨실리언스 전기 스쿠터 수리소에 이른바 출근이라는 것을 하러 가는데, 그곳에서는 다른 사내들의 질문 공세를 받아넘겨야만 했다.

"여기는 어쩐 일로 다시 온 거예요? 이번은 당신이 포지트론에 있는 달이라고 생각했는데."

그러면 그 질문에 그가 대답한다.

"관리직 바보 천치들이 망쳐놨어요. 그치들이 내 정보를 어떤 다른 녀석 거랑 뒤죽박죽이 되게 만들었어요. 신원 오인 사례인 거지요. 하지만 이봐요, 불평하는 건 아니에요."

그 다른 녀석이 그의 재잘거리기 좋아하는 불성실한 아내를 지금까지 줄곧 덮치고 있는 무례한 자식이고, 그 관리직 바보 천치가 자기 남편과 샤메인의 만남들을 흐릿하지만 놀랄 만큼 선정적인 동영상으로 녹화해둔 감시국의 고위직 비밀공작원이었다고 덧붙일 필요는 없다. 스탠은 그 동영상들이 놀랄 만큼 선정적이라는 것을 잘 안다. 그가 샤메인과 함께 앉아 텔레비전을 시청하곤 하던 바로 그 소파에 앉아서, 조슬린과 함께 그것들을 보았기 때문이다.

바탕색은 로열 블루이고 전반적인 무늬는 노란빛이 도는 흰색 백합('로열 블루' 즉 밝은 감청색은 프랑스 왕 루이 14세가 왕실의 색으로 정한 색상이며 백합은 그의 가문인 부르봉 가문, 즉 프랑스 왕가의 문장이다─옮긴이)인 그 소파는 전에는 줄곧 권태와 위안이 되는 일상을 의미했다. 그가 여태까지 그 위에서 샤메인과 했던 일은 대부분 손을 잡고 있거나 한 팔로 어깨를 감싸 안고 있는 것이었다. 샤메인이 잠자리에서 하는 일은 그에 적당한 곳, 그러니까 잠자리에서 말고는 하고 싶지 않다고 주장했기 때문이다. 저 동영상들로 판단해보면, 터무니없는 거짓 주장이다. 그 동영상들에서 샤메인이 그녀 내면의 길거리 매춘부들을 해방

시키고, 필에게 그녀가 스탠에게는 결코 하게 내버려두지 않았던 일들을 하라고 간청하며, 스탠에게는 한 번도 한 적 없던 말들을 하는데 필요한 것은 고작 닫힌 문과 맨 바닥에 불과했다.

조슬린은 딱딱하지만 군침을 삼키는 듯한 미소를 머금은 채로, 스탠이 동영상을 보는 모습을 지켜보기를 좋아한다. 그런 다음 그녀 자신은 샤메인의 역할을 맡고 그는 필의 역할을 맡아 이런 동영상들을 재현하기를 원한다. 끔찍한 것은 때때로 그가 그렇게 할 수 있다는 사실이다. 비록 그가 그렇게 할 수 없을 때도 똑같이 끔찍하기는 하지만 말이다. 만일 그가 그녀를 거칠게 다루며 섹스를 한다면, 그건 그에게 그러라고 시켰기 때문이다. 만일 그것을 해내지 못한다면 그는 실패자다. 그러므로 어느 쪽이든 그는 지는 셈이다. 조슬린은 평범한 백합 문양의 무난한 소파를 고통스럽고 치욕스러운 타락의 소굴로 탈바꿈시켰다. 그는 거기에 더 이상 앉을 수가 없을 지경이다. 천과 충전재로 만들어진 무해한 소비재가 그처럼 치명적인 두뇌 싸움의 무기가 될 수 있을 줄 누가 알았겠나?

그는 조슬린이 이런 장면들을 녹화하고 있고, 필의 차례가 되면 그에게 그것들을 보게 하기를 바란다. 그녀는 충분히 그렇게 할 만큼 비열하다. 의심의 여지없이 필은 왜 자신이 여전히 교도소에 있는지 궁금해하면서 엄포를 놓으려고 하는 중일 것이다. *실수가 있는 거예요, 난 지금 나가기로 되어 있어요, 내 아내와 연락하게만 해줘요, 그녀는 감시국 소속이에요, 우리가 이 상황을 바로잡겠어요.* 스탠은 이런 시나리오를 상상하면서 심술궂은 즐거움을 얻는다. 교도관들끼리 발뺌하며

빤히 쳐다보는 눈길과 은밀히 히죽거리는 모습을 상상하면서는 물론
이고. 사실, 그들은 이미 좀 더 고위층에서 내려온 지시를 받지 않았겠
는가? *이봐요, 진정 좀 해요! 이 출력물을 확인해보라고요. 포지트론 신
분 확인 번호는 거짓말을 하지 않아요. 시스템에 침투하는 건 불가능해
요.* 필이라는 그 비뚤어진 얼간이는 응분의 대가를 치르는 것이었다.

스탠은 이런 생각을 계속 함으로써, 명령에 따라 조슬린과 성관계를
수행할 때마다 내내 그 시간을 견뎌내는데, 그 관계는 순전히 즐겁기만
한 일이라기보다는 오히려 스테이크를 연하게 만드는 일과 좀 더 비슷
한 괜찮은 타협이라고 할 수 있다.

어머, 스탠! 샤메인인 척하며 뻔뻔하게 키득거리는 가짜 목소리가
들려온다. *당신은 거기서 쾌감을 느껴, 틀림없어! 아무튼 당신은, 음, 대
체로는 본인이 그렇다는 걸 잘 알고 있어. 그리고 모든 남자들한테 그
런 굴욕의 순간들이 있긴 하지만, 그 밖의 경우에 내가 그런 신음 소리
들을 듣지 못할 거라고 생각하지는 마. 그 소리들은 당신이 즐거워야만
가능한 거야, 그걸 부인하지 마!*

꺼져. 그가 그녀에게 말한다. 하지만 천사 같은 얼굴에 교활한 심장
을 지닌 샤메인은, 그러니까 진짜 샤메인은, 그의 목소리를 듣지 못한
다. 그녀는 조슬린이 그들의 삶을 엉망으로 만들고, 필을 훔친 데 대해
그녀에게 대가를 치르게 하고 있다는 것을 알지 못한다. 하지만 초하룻
날 그녀는 알게 될 것이다. 스탠을 발견하게 될 거라고 예상하면서 이
집으로 들어오면, 그녀를 기다리고 있는 사람은 필일 것이다. 스탠의
짐작으로는 그 역시 그 상황에 전혀 기뻐하지 않을 것이다. 왜냐하면

이리저리 도망 다니며 날치기를 하듯 잽싸게 해치우는 감정 과잉 상태에서의 성행위는 매일매일의 일상과는 전혀 다른 것이기 때문이다.

그때가 바로 샤메인이 그녀의 음부를 불태우는 존재가 그녀가 생각하는 대로의 그 사람이 아니라, 즉, 그녀가 저 동영상들에서 거듭해서 주문을 외듯 부른 가짜 이름의 주인이자 열에 들떠 꾼 꿈속의 맥스가 아니라, 환한 대낮에는 몹시 달라 보일, 전혀 알파메일(늑대 무리의 최고 우두머리 수컷을 의미하는 말로, 강한 이미지의 남성을 뜻한다—옮긴이)답지 않은 사람임을 깨닫게 될 순간이다. 피부가 더 늘어져 나이 들어 보이면서도, 닳고 닳아서 눈매마저 교활한 듯하고 계산적이다. 동영상 속 그의 얼굴에서는 그런 면이 보인다. 그녀와 필은 좋든 싫든 서로 꼼짝없이 함께 있게 될 것이다. 샤메인은 그의 더러운 양말, 세면기에 낀 그의 머리카락을 참고 살아야만 할 것이다. 또한 그녀는 그가 코 고는 소리를 들어야만 할 것이고, 아침 식사 시간에 그와 잡담을 나눠야 할 것이다. 그 모든 일이 지금껏 내내 그녀가 몸소 실천했던 선정적인 역사 로맨스 소설에 찬물을 끼얹을 것이다.

두 사람이 권태를 느끼고 서로에게 진저리가 나는 데 얼마나 걸릴까? 필이 그저 무언가를 하기 위해, 가정 폭력을 휘두르기까지 얼마나 걸릴까? 오래 걸리지는 않기를 스탠은 바란다. 그는 필이 샤메인을 마구 때린다는 것을, 그것도 필이 화면에서 하듯이 그저 섹스를 장식하는 곁다리로만이 아니라, 진짜로 그런다는 것을 알게 된다면 정말 좋을 것 같다. 누군가는 그럴 필요가 있다.

하지만 필은 너무 지나치게 밀어붙이지 않는 편이 나을 것이다. 그러지 않으면 샤메인이 그의 경정맥에 자몽 칼을 찔러 넣을지도 모른다. 저 금발의 먼지 덩어리 캐릭터 인형 같은 그녀의 행동 뒤에는 무언가 삐딱한 구석이 있으니까. 전자 칩이 하나 빠져 있거나, 접속 상태가 느슨하다거나. 그는 그들이 함께 살고 있었을 때는 그런 점을 알아차리지 못했다. 그는 그녀의 그늘진 면을 과소평가했는데, 그것이 제일 큰 실수였다. 모든 사람에게는, 심지어 그녀처럼 솜털이 보송보송해 보이는 사람일지라도, 그늘진 면이 있기 마련이니까.

떠오르는 생각이 하나 더 있는데, 그리 유쾌하지는 않은 것이다. 필과 샤메인이 이 집에서 살림을 시작한다면, 그는, 그러니까 스탠은 어떻게 되는 것일까? 그가 그들과 함께 이 집에서 지낼 수 있을 리는 없다. 그것은 분명하다. 조슬린은 그를 은밀한 사랑의 보금자리로 몰래 데려가서 그녀의 침대 기둥에 묶어둘까? 아니면, 그를 기한부 고용 계약서로 묶어둔 매력적인 정력가처럼 다루는 데, 그러니까 전류를 흘려보내 차에 시동을 걸 듯 그의 마음에 억지로 불을 지피고 그가 전류에 자극을 받은 개구리(죽은 개구리에 전류를 통하게 하면 근육이 수축하듯 경련이 일어나는 갈바니의 실험에 대한 언급—옮긴이)처럼 갑자기 경련하는 모습을 지켜보는 데 싫증이 나서, 절실히 필요한 휴식을 취하도록 그를 포지트론으로 다시 들여보낼까?

하지만 어쩌면 그녀는 스케줄을 훨씬 더 많이 변경할지도 모른다. 어쩌면 스탠은 그녀와 함께 비정상적인 소꿉놀이를 하면서 그냥 여기 계속 머물게 하고, 다른 두 사람은 감방 안에서 열을 식히게 할지도 모른다. 맞교대일이 구르듯 다가올 것이고, 샤메인과 필은 각자 사복을 입고 그들의 지저분한 약속 장소로 직행할 만반의 준비를 할 테지만, 이내 교도관복 차림의 어떤 이상한 놈이 그들에게 연기가 되었으며 지금 당장은 포지트론에서 나갈 수 없을 거라고 말할 것이다. 그러면 샤메인에게는 결국 세 달 연속이 되는 셈일 테다. 그녀는 틀림없이 미칠 지경이 될 것이다.

그때쯤 필은 이미 조슬린에게 또다시 들켰다는 것을 짐작하고 있을 테고, 그녀가 마침내 자신을 포기해버린 것인지 알고 싶을 것이다. 적어도 그에게 양식이라는 게 있다면, 극도로 불안해할 것이다. 그는 자기 아내가 정장 차림의 무심한 듯한 침착함과 짐짓 참을성 있게 취해온 관대한 태도 깊숙한 이면에서는, 복수심에 불타는 하피(새의 몸에 여자의 얼굴을 지닌 그리스 로마 신화 속의 잔인하고 탐욕스러운 괴물─옮긴이) 같은 여자라는 점을 알고 있을 것이 틀림없다.

하지만 샤메인은 혼란스러워할 것이다. 그녀는 포지트론의 운영진들을 조종하려고 그녀의 온갖 계집애 같은 잔꾀를, 다시 말해 보조개가 있는 금발 여자의 깜짝 놀란 모습, 입술 바들바들 떨기, 격분, 눈물 어린 애원 등등을 다 써먹을 것이다. 하지만 그중 어느 것도 그녀에게는 전혀 도움이 되지 않을 것이다. 그러면 아마 그녀는 진정한 감정의 폭발을 겪게 될 것이다. 미친 듯 울부짖으며 바닥으로 풀썩 쓰러질 것이다. 관계자들은 그런 일을 용납하려 하지 않을 것이다. 그들은 그녀를 억지로 일으켜 세우고, 호스로 물을 뿌릴 것이다. 스탠은 그 모습이 보고 싶다. 그것은 그녀가 지금까지 그를 업신여긴 데 대한 약간의 보상이 될 것이다. 어쩌면 조슬린이 감시용 웹캠으로 볼 수 있게 해줄지도 모른다.

아니, 어림없는 소리다. 그가 접할 수 있는 감시용 웹캠 자료는 샤메인과 필이 바닥에서 몸부림치는 모습으로 한정되어 있다. 조슬린은 그런 모습들에 몹시 급격하게 동요한다. 그에게 그 행위를 모방해달라는 그녀의 요구는 어처구니가 없다. 그녀는 그가 진정한 열정은 조금도 느끼지 못함을 틀림없이 알고 있을 것이다. 그럴 때마다 그는 차라리 시녀를 마시거나 코를 고추로 — 이처럼 서로에게 굴욕적인 추태들이 벌어지는 동안 그의 머리를 무디게 해주기만 한다면 아무거로나 다 — 틀어막고 싶을 정도다. 하지만 그는 자신이 거의 자동인형이나 다름없다고 굳게 믿고, 그 행위를 계속해야만 한다. 그의 목숨이 거기에 달려 있을지도 모른다.

어젯밤에 조슬린은 새로운 것을 시도했다. 그가 알기로, 그녀는 온갖 접속 암호를 다 가지고 있다. 그 결과 그녀는 샤메인의 분홍색 사물함을 열었고, 샤메인의 물건들을 샅샅이 뒤져서 그녀에게 맞는 원피스 잠옷을 찾아냈다. 거기에는 데이지 꽃무늬가 그려져 있고 작은 나비 리본이 달려 있었다. 조슬린의 실용적인 스타일과는 상당히 동떨어져 있었지만 어쩌면 그것이 핵심이었을지도 모른다.

조슬린은 습관적으로 으레 예비 침실에서 잠을 자고, 뭐가 됐든 거기서 그녀의 '일'도 계속한다. 하지만 어젯밤에는 향초를 켠 다음 그 원피스 잠옷을 입고 그의 방으로 살금살금 들어왔다. "짜잔." 그녀가 속삭였다. 입술에는 립스틱이 짙게 발려 있었는데, 그녀가 그 입술로 그의 입술을 내리누르는 동안, 그는 전에 발견했던 그 쪽지에 찍혀 있던 립스틱 키스 자국의 향기를 알아차렸다. *난 당신에게 굶주렸어! 당신이 몹시 필요해. 포옹과 키스를 보내. 그리고 당신도 알겠지만 그 이상의 것도—재스민.* 그는 바보 천치처럼, 입술에 포도 주스 색깔을 칠한 이 관능적인 재스민에게 홀딱 빠졌었다. 이 무슨 신기루란 말인가! 그렇기에, 얼마나 실망스러운지 모른다.

그건 그렇고 조슬린이 되고 싶었던 것은 누구일까? 잠에서 강제로 깨어났기 때문에 그는 정신이 없었다. 잠시 동안 자신이 어디에 있는지 혹은 누가 자신을 누르고 있는지 알지 못했다.

"자, 내가 재스민이라고 상상해봐요." 그녀가 중얼거렸다. "그냥 마음 놓고 즐겨봐요."

하지만 샤메인의 익숙한 면 잠옷의 감촉을 손끝으로 느끼면서 그가 어떻게 그럴 수가 있었겠나? 데이지 꽃무늬들. 나비 리본들. 그것은 엄청난 단절이었다.

그가 완전히 미쳐서 난폭한 짓을 하지 않는 채로 이 침실 소극(섹스를 소재로 한 익살극—옮긴이)의 주연을 얼마 동안 더 맡을 수 있을까? 그는 스쿠터 수리소에서 일을 하는 동안은 침착을 유지할 수 있다. 기계적인 결합들을 해결하는 일은 그를 안정시킨다. 하지만 하루 일과 시간이 끝나감에 따라서 불안이 고조되는 것을 느낀다. 이윽고 그는 스쿠터에 올라타고 집으로 가야만 한다. 그의 목표는 맥주 몇 병을 퍼붓듯 들이켠 다음 조슬린이 나타나기 전에 정원 일에 집중하는 척하는 것이다.

술기운과 전동 공구의 결합은 위험하지만, 그는 그 위험을 기꺼이 감수하려 한다. 만일 스스로를 마비시키지 않는다면, 무언가 어리석은 짓을 하고 있는 그 자신을 발견하게 될지도 모른다.

하지만 조슬린은 신분 사다리의 높은 곳에 우뚝 서 있다. 그녀는 그 어떤 위험에도 기동타격대가 재빨리 치명적인 조치를 개시하도록 준비시키고 그녀 자신의 머리카락 한 올까지도 모조리 추적 관찰되도록 해놓았을 것이 틀림없다. 분명 스탠은 그녀를 대상으로 가장 무해한 행동을 하는 동안에도 어떤 경보기를 작동시키게 되고 말 것이다. 예를 들어 밧줄로 그녀를 묶어서 샤메인의 분홍색 사물함에 집어넣는 것 같은 행동을 할 때도 말이다. 아니, 분홍색은 안 된다. 그는 그 사물함의 암호를 모른다. 자신의 빨간색 사물함 안에 넣어둬야 한다. 그가 도주하는 동안 말이다. 그런데 어디로 도주한다는 거지? 컨실리언스에서 빠져나갈 길은 없다. 계약하겠다고 서명하는 바보 같은 실수를 저지른 사람들을 위해서는 없다. 그들 자신을 양도하기로 서명해버리는 실수 말이다. 지금 복역하라, 우리의 미래를 위해 시간을 벌어라!

형은 완전히 당한 거야. 코너의 목소리가 그의 머릿속에서 말한다.

이제 안이 캄캄하고 부드럽게 부르릉거리는 비밀 요원 차량에 탄 조슬린이 온다. 그녀에게는 운전사가 있는 게 틀림없다. 늘 뒷자리에서 나오는 것을 보면 말이다. 이런 곳이 자립할 수 있도록 도와줄 새로운 로봇 기술을 이용한 많은 장비를 연구하는 데 포지트론이 공을 들이고 있다고 하니, 어쩌면 그 차를 운전하는 것은 로봇일지도 모른다.

그는 산울타리 전정기를 들고 전력 질주해, 그것에 전원을 넣고, 지금 당장 그를 컨실리언스의 중앙 출입구로 데려다주지 않으면 조슬린과 그녀의 로봇 운전사를 둘 다 조각조각 절단 내버리겠다고 위협하고 싶은 걷잡을 수 없는 충동을 느낀다. 그녀가 그에게 해볼 테면 해보라면서 거부하면 어떻게 될까? 단호히 밀고 나갔다가 전자 기기와 난도질된 인체 부위들로 가득 찬 움직이지 않는 차만 떠맡게 되는 걸까?

하지만 만일 일이 잘 풀린다면, 그는 그녀가 자신을 태우고 차를 몰아 곧장 출입구를 통과해 벽 바깥의 몰락해가는 반사막 기후의 황폐화된 지역으로 가게 만들 것이다. 그는 차 밖으로 뛰쳐나가 달아날 것이다. 그곳에서 쓰레기 처리장을 뒤져 필요한 것을 골라내고 쓰레기 더미를 뒤지는 사람들을 싸워 물리치면서, 그리 대단한 삶을 살지는 못하겠지만, 적어도 다시 한번 스스로를 책임지게 될 것이다. 그가 코너를 찾아내거나 아니면 코너가 그를 찾아낼 것이다. 저 바깥에서 온갖 수단을 다 쓸 줄 아는 사람이 있다면, 코너가 바로 그 사람일 것이다. 그렇지만 그는 자존심을 삼켜야만 할 것이다. 조금 물러서야 할 것이다. '내가 틀렸어, 네 말에 귀를 기울였어야만 했어' 따위의 빌어먹을 말들을 해야 한다.

하지만 아마 조슬린에게 산울타리 전정기를 휘두르는 짓을 시도하지는 않는 편이 나을 것이다. 그녀는 보나마나 발가락을 구부려서 비상경보 장치를 작동시킬 수 있을 것이다. 그녀의 날랜 동작들은 두말할 것도 없다. 그런 전형적인 감시국 사람들은 무술 훈련을 받는 게 분명하다. 엄지손가락으로 숨통을 끊어버리는 법을 배우는 게 분명하다.

이제 그녀가 차에서 내리는 중이다. 발부터 먼저. 구두, 발목, 회색 나일론 스타킹. 저런 다리를 본 사내라면 누구든 틀림없이 흥분할 텐데. 그렇지 않을까?

　계속 그런 생각만 해, 스탠. 그는 스스로를 타이른다. 모조리 부정적인 면만 있는 건 아니야.

VI

—

밸런타인데이

어중간한 상태

2월 10일이고, 스탠은 여전히 어중간한 상태에 있다. 샤메인은 맞교대일에 다시 나타나지 않았다. 그는 그때까지 줄곧 그녀가 다시 나타나기를 바라면서도 동시에 두려워하고 있었다. 바라고 있는 것은 그가—시인해야만 하는 바인데—그녀를 그리워하고 보고 싶어 하기 때문이다. 특히 그녀가 조슬린을 대체하는 경우라면 더욱 그렇다. 두려워하는 것은 그 자신이 발끈 화를 낼 것인지 알 수 없기 때문이다. 그녀에게 맥스와 함께 있는 동영상들을 봤다고 말하고, 그에게 했던 그 모든 거짓말들을 따지며, 콘이라면 그랬을지도 모를 방식대로 그녀를 허리띠로 한 대 후려치게 될까? 그녀가 반항할까? 그를 비웃을까? 아니면 울면서 그녀가 얼마나 큰 실수를 저질렀고 얼마나 미안한지, 그리고 얼마나 그를 많이 사랑하는지 말할까? 그리고 만일 그녀가 정말로 그렇게 말하면, 그 말이 진심인지는 그가 어떻게 안단 말인가?

그 자신이야말로 불안한 처지일 것이다. 조슬린이 그녀의 편을 들면 어떻게 될까? 스탠이 가짜 재스민을 추적했던 일에 대해 자신이 알고 있는 것을 말해주고, 자신과 스탠이 푸른색 소파 위에서 한 일에 대해 몇몇 세부 사항까지 덧붙이면 어떻게 될까? 그 밖의 다른 곳에서도. 많은 다른 곳에서. 그가 샤메인과의 재회를 그려보려 할 때마다, 그의 머릿속은 배배 꼬인 줄처럼 헝클어지고 만다.

"당신들 두 사람은 좀 더 떨어져 지낼 시간이 필요한 것 같아요."

그 일에 대해 조슬린은 그렇게 말했다. 마치 그와 샤메인이 티격태격 싸우다가 자애롭지만 엄한 어머니에게 잠시 중지하라는 말을 들은 어린아이들이기라도 한 것처럼 말이다. 아니, 어머니가 아니라, 곧 미성년자들을 타락시켰다는 혐의로 기소될 퇴폐적인 보모다. 그 지나치게 점잔 빼는 짧은 설교 직후, 스탠 자신이 어느새 그들의 정력적인 두 배우자가 주연을 맡은 파란만장한 줄거리의 포르노 동영상을 몇 번이고 다시 보면서 조슬린이 특히 좋아했던 장면들 중 하나를, 순결했지만 이제는 이미 추잡해져버린 백합 무늬의 푸른색 소파 위에서 재연하는 중이었던 것을 보면 말이다.

"우리 둘이 동시에 있다면 어떻게 될까?" 그는 어느새 마치 멀리 떨어진 곳에 말하듯 으르렁거리고 있었다. 그 목소리는 그의 것이었지만, 그 대사는 맥스의 것이었다. 대본에 따르면 이 대목에서는 약간의 손놀림이 필요했다. 모든 대사를 다 기억하고 그것들을 몸짓과 일치시켜 진행하기는 어려웠다. 영화에서는 사람들이 그걸 어떻게 해냈을까? 하지만 그런 사람들은 여러 번 촬영을 했다. 그들은 촬영이 잘못되면 다시 촬영할 수 있다. "앞뒤에?"

"세상에, 그럴 순 없어!" 조슬린은 동영상 속의 샤메인처럼 숨 가쁘고 부끄러운 듯 들리도록 의도된 목소리로 대답했다. 그리고 그것은 어느 정도 그런 것처럼 들렸다. 그녀는 연기하고 있는 것이 아니었다. 아니, 좀 더 정확히 말해서 전적으로 연기만은 아니었다. "동시에 둘 다는 안 돼! 그건……."

그다음이 뭐였지? 그는 머리가 텅 비어버렸다. 시간을 벌기 위해 단추 몇 개를 뜯어냈다.

"난 당신이 할 수 있을 거라고 생각해."

조슬린이 대사를 일러주었다.

"난 당신이 할 수 있을 거라고 생각해. 이것 봐. 당신 얼굴이 빨개졌어. 당신은 음란하게 놀아나는 계집애야, 아니야?"

이건 언제쯤이면 끝날까? 왜 그는 그 역할극의 모든 형편없는 대사를 그냥 건너뛰고 바로 본론으로 들어가서, 그녀가 눈을 뒤집으며, 잡아 뜯듯 연주하는 헤비메탈 음악처럼 비명을 지르게 할 수 없는 걸까? 하지만 그녀는 짧은 형태는 원하지 않았다. 그녀는 대화와 의식을 원했고, 구애를 원했다. 그녀는 화면 속 바로 그곳에서 샤메인이 겪었던 것을 말 한마디 빠짐없이 원했다. 일단 스탠이 곰곰이 생각해보니, 그것은 비참한 일이었다. 마치 그녀가 생일 파티에 초대받지 못해서 혼자 자신만의 생일 파티를 열 작정인 단 한 명의 아이인 양, 따돌림을 받은 것 같았다.

그리고 그녀는 대략 혼자서 파티를 열고 있는 셈이었다. 왜냐하면 스탠은 진정한 의미에서는 전혀 참석한 것이 아니었으니까. 왜 그녀는 그냥 로봇을 직접 주문하지 않는 걸까? 그는 생각했다. 스쿠터 수리소의 사내들 사이에 도는 이야기에 의하면 포지트론 깊숙한 곳 어디에선가 시험 단계에 있는, 새롭게 성능이 향상된 섹스 로봇들의 전면적인 생산이 시작되었다. 어쩌면 그것은 일종의 도시 전설이거나 희망 사항에 불과할지도 모르지만, 그 사내들은 단정적으로 말한다. 그들한테는 내부 소식통이 있다는 것이다. 그것은 네덜란드에서 설계된 일종의 로봇 매춘부인데, 일부는 국내 시장용이지만 대부분이 수출용이라고 한다. 그 로봇들은 정말로 살아 있는 것 같으리라 추정된다. 체온 및 접촉에 감응해 실제로 가볍게 떨리는 합성섬유 피부, 여러 가지 다른 목소리 유형들, 그리고 위생적인 용도의, 물로 씻어 내릴 수 있는 내부를 갖추고 있으니 말이다. 사실, 음경이 썩어가는 병에 걸리기를 원할 사람이 누가 있겠나?

이런 로봇들이 성매매를 줄일 것이라고, 지지자들은 말한다. 더 이상 어린 아가씨들을 밀입국시키고, 두들겨서 굴복시키고, 침대에 묶어두고, 지쳐서 곤죽이 되게 만들고, 그런 다음 하수 처리용 인공 저수지에 던져 넣는 일은 없을 것이다. 그런 일은 더 이상 없을 것이다. 더더구나 그런 로봇들은 현실적으로 수익성이 엄청날 것이다.

하지만 그것은 진짜와 조금도 비슷하지 않을 것이라고, 비난하는 사람들은 말한다. 그 로봇들의 눈을 들여다보면서 진짜 사람이 바라보고 있는 듯한 모습을 볼 수는 없을 것이다. 아, 참, 그것들에게는 남몰래 감춰둔 비결 몇 가지가, 그러니까 개선된 얼굴 근육, 더 좋은 소프트웨어가 있다고, 지지자들은 말한다. 하지만 그것들은 아픔을 느끼지 못한다고, 비난하는 사람들은 말한다. 그런 특징을 개선하려고 공을 들이는 중이라고, 지지자들이 말한다. 어쨌든 그 로봇들은 안 된다는 말은 결코 하지 않을 것이다. 아니, 사람들이 그 로봇들에게 안 된다고 말하기를 원할 경우에만 그렇게 말할 것이다.

스탠은 이 모든 것을 미심쩍게 여긴다. 딤플 로보틱스의 공감 모듈이라면 다섯 살짜리 아이도 확실히 믿게 만들지 못했을 터였다. 하지만 어쩌면 그들은 괄목할 만한 성과를 이뤄냈는지도 모른다.

사내들은 포지트론의 로봇 매춘부 사전 평가단이 되고자 지원하는 것에 대해 농담을 한다. 오싹하기는 해도 화끈한 경험일 거라고들 한다. 원하는 목소리와 문구를 선택하면, 로봇이 유혹적인 감언이나 음란한 말들을 속삭인다. 만지면, 그녀가 꿈틀거린다. 그러면 그녀에게 덤벼든다. 그런 다음 한 차례 헹굼 기능이 작동하는 동안—그 부분은 괴상하다. 마치 식기세척기에서 물이 빠져나가는 것 같은 소리가 조금 많이 난다—설문지를 작성하며, 이러저러한 특징들에 대한 호불호를 표시하는 평점 칸들에 체크 표시를 하고, 개선안을 건의해야만 한다. 주문형 성 경험으로서, 그것이 한때 포지트론에서 계속되었던 닭과의 섹스라는 야단법석보다 낫다고들 한다고, 그들은 덧붙인다. 시끄럽게 꼬꼬댁거리는 일이 없고, 할퀴어대는 발톱들도 전혀 없다. 그리고 따뜻한 수박보다도 나은데, 수박은 그렇게 민감하게 반응하지는 않기 때문이다.

이 세계에는 틀림없이 조슬린을 위한 남성형 로봇 매춘부도 있을 거라고 스탠은 생각한다. 편리한 인조인간 호색한. 하지만 그런 제품은 조슬린의 마음에 들지 않을 것이다. 왜냐하면 그녀는 울분과 심지어 격렬한 분노까지도 느낄 수 있는 무엇인가를 원하기 때문이다. 그런 감정을 느끼면서도 그것을 참아야만 한다. 그는 이제 이미 그녀의 취향에 대해 상당히 많은 것을 알고 있다.

정월 초하루 전날 밤, 그녀가 팝콘을 만들더니 그들이, 필의 버려진 집 도착, 안전부절못하는 서성거림, 슬며시 입에 밀어 넣는 구취 제거용 박하사탕, 부서진 거울의 남은 조각에 비춰 잽싸게 매무새를 가다듬는 모습 같은 동영상의 앞부분을 보면서 그것을 먹어야 한다고 주장했다. 팝콘이 녹아내린 버터로 기름투성이였는데도, 스탠이 키친타월을 가져오려고 몸을 움직이자, 조슬린이 그의 다리에 한 손을 올렸다. 제법 부드러웠지만, 그는 그 손길이 느껴지자 명령 신호임을 알았다.

"안 돼요." 그녀는 갈수록 더 이해할 수 없는 그런 미소를 지으며 말했다. 고통스러운가? 아니면 고통을 안겨주려고 작정한 건가? "가만히 있어요. 난 당신 버터가 내 온몸에 묻기를 원해요."

적어도 그것은, 그러니까 그 버터는 추가적인 것이었다. 필과 샤메인이 한 적 없는 어떤 일. 아니, 좀 더 정확히 말해서 동영상들에서는 한 적 없는 일.

그리고 계속 그런 식이었다. 하지만 1월 말로 가면서 조슬린의 정열이, 아니면 그게 뭐든, 시들해졌다. 그녀는 마음이 산란한 듯 보였다. 자기 방에서 직접 설치해둔 컴퓨터 앞에 앉아 일을 했고, 소파 위에서는 섹스를 하고 싶어 하는 대신에 신발을 벗고 발을 올려놓은 채 소설을 읽는 버릇이 생겼다. 그는 이제 그녀에 대해서 보다 많은 것을, 아니 좀 더 정확하게는, 그녀가 겉모습으로 내세우는 자신에 관한 이야기에 대해서 보다 많은 것을 알고 있다. 아침 식사를 하면서 그가 그녀에게 심심풀이로 물어본 적이 있다. 그녀는 어떻게 감시국 일을 하게 되었는가?

"난 영문학을 전공했어요. 그게 진짜 도움이 돼요."

"나한테 뻥치는 거예요, 그렇죠?"

"절대로 아니에요. 영문학엔 온갖 플롯(플롯에는 줄거리라는 뜻 외에 음모나 계략이라는 뜻도 있다—옮긴이)이 다 있어요. 거기에서 갖가지 뜻밖의 반전을 배우게 돼요. 난 『실낙원』(영국 시인 존 밀턴의 대서사시. 아담과 이브가 지옥을 탈출한 사탄의 유혹을 받아 원죄를 짓고 낙원에서 추방되었다가 그리스도의 대속에 희망을 거는 모습을 그린 작품. 기독교적인 이상주의와 청교도적인 세계관을 반영하고 있다—옮긴이)에 관해 졸업 논문을 썼어요."

무슨 낙원이라고? 스탠의 머리에 떠오른 것이라고는 예전에 가벼운 포르노물을 찾다가 인터넷에서 본 적이 있는 호주의 한 나이트클럽 웹사이트가 고작이었지만, 그 사이트는 여러 해 전에 폐쇄되었다. 그는 혹시나 자신이 본 적이 있을까 싶어서, 조슬린에게 그 책이 에이치비오(HBO)의 미니시리즈나 뭐 그런 걸로 제작되었는지를 물어보고 싶었지만, 무식을 덜 드러내는 편이 낫기 때문에 그렇게 하지 않았다. 진작부터 그녀는 재미와 경멸이 뒤섞인 마음으로, 그를 뇌 손상을 입은 스패니얼(털이 길고 귀가 늘어진 애완견의 일종으로, 아첨꾼이나 비굴한 사람이라는 의미도 있다―옮긴이)처럼 취급하고 있었다. 그가 있는 힘을 다해 골반을 놀리고 있을 때를 제외하고는. 하지만 그런 일이 생기는 경우는 갈수록 줄어들고 있었다.

몇몇 밤에는 조슬린이 집을 비웠기 때문에, 깨닫고 보면 어느새 자기 혼자 맥주를 마시고 있기도 했다. 그는 안도감을 느꼈지만―연기에 대한 압박감이 어느 정도 사라졌다―동시에 두려움도 느꼈다. 사실은, 그녀가 그를 버리려고 하는 참이라면 어쩌지? 게다가 그녀가 그의 행선지로 염두에 둔 곳이 포지트론 교도소가 아니라, 원래 포지트론 교도소에 수용되어 있던 진짜 범죄자들이 예전에 사라져간 미지의 공동(空洞)이라면 어쩌지?

조슬린은 그의 존재를 지워버릴 수도 있을 터였다. 그녀는 그저 손짓만 해도, 그를 무(無)로 만들어버릴 수 있을 터였다. 그녀가 그렇게 말한 적은 결코 없었지만, 그는 그녀에게 그런 힘이 있음을 알고 있었다.

하지만 그가 맞교대하는 일 없이 2월 1일이 지나가버렸다. 그가 마침내 한껏 용기를 내 그 문제를 꺼냈다. 정확히 언제 그가 포지트론으로 떠나게 될 예정인가?

"당신 닭들이 보고 싶나요? 걱정하지 마요. 곧 그 녀석들과 함께하게 될지도 모르니까요." 그녀의 말에 그의 목덜미 솜털이 쭈뼛 곤두섰다. 포지트론의 닭 사료의 본질은 소름 끼치는 소문의 대상이었다. "하지만 먼저 난 당신과 함께 밸런타인데이를 보내고 싶어요." 그 말투는 거의 감상적이라고 할 정도였다. 비록 그 밑바닥에는 비정함이 깔려 있었지만. "난 그날이 특별하기를 원해요." '특별하다'는 말은 일종의 협박이었을까? 그녀가 엷은 미소를 머금고 그를 빤히 바라보았다. "난 우리가 방해받기를…… 원하지 않아요."

"누가 우리를 방해하겠어요?"

그가 말했다. 컨실리언스 채널에서 보여주는 종류의 옛날 영화들—웃기는 영화, 비극적인 영화, 신파조의 영화들—에서는 방해가 빈번하게 일어났다. 누군가가, 예를 들어 질투심 많은 배우자나 배신당한 애인이 느닷없이 문으로 뛰어들곤 했다. 하기야 그 누군가가 이중간첩인 첩보 영화나, 끄나풀이 갱단을 배신한 범죄 영화가 아닐 경우에 한해서이긴 하지만 말이다. 난투극이나 총성이 뒤따르곤 했다. 발코니에서의 탈출들. 머리에 명중한 총알들. 잡히지 않으려고 갈지자로 움직이는 쾌속정들. 그런 것이 바로 저 온갖 방해가 초래한 것이다. 어차피 행복한 결말로 귀결되기는 하지만. 그렇지만 확실히 이곳에서는 그처럼 방해하는 것은 전혀 가능하지 않았다.

"아무도 없겠지요. 내 생각에는요." 그녀는 그를 빤히 바라보았다. "샤메인은 더할 나위 없이 안전해요." 그녀가 덧붙였다. "그녀는 무사히 잘 살아 있어요. 난 괴물이 아니라고요!" 이내 그 손이 다시 한번 그의 무릎 위에 놓였다. 철보다 더 고강도인 거미줄. "걱정스러운가요?"

당연히, 빌어먹게도 걱정스럽지. 그는 크게 외치고 싶었다. 이 비뚤어진 변태 성욕자야, 넌 어떻게 생각하는데? 넌 이게 날 위한 애들 소풍 같은 거라도 된다고 생각하니? 내가 당장이라도 날 갈아뭉갤 수 있는 빌어먹을 개 훈련사(실질적으로 개 훈련사라는 의미 외에도, 대체로 아주 짧게 자른 머리에 소위 전형적인 남자다운 행동을 하며 남자 역을 하는 여성 동성연애자를 가리키는 의미의 속어로도 사용된다—옮긴이)*의 가사 노예인데도?* 하지만 그가 한 말이라고는 이런 게 다였다.

"아니, 설마요." 그러고 나서는 수치스럽게도. "무척 기대되는군요."

그는 자신이 혐오스러웠다. 코너가 그의 입장이라면 어떻게 할까? 코너라면 어떻게든 책임을 질 것이다. 코너라면 형세를 역전시킬 것이다. 하지만 어떻게?

"뭐가 무척 기대된다는 거지요?" 그녀가 물끄러미 쳐다보며 말했다. 그녀는 굉장한 게임의 달인이었다. 그가 대답을 피하자 그녀가 말했다. "뭐가요, 스탠?"

"밸런타인데이요."

그가 중얼거렸다. 이 얼마나 지질한 인간이란 말인가. 굽실거려라, 스탠. 알랑거려라. 아첨이나 해라. 네 목숨은 풍전등화일지도 모른다.

이번에는 그녀가 공공연히 미소를 지었다. 그가 곧 어쩔 수 없이 자기 입술로 짓이겨야만 할 저 입술, 곧 그의 귀를 깨물고 있을 저 치아.

"좋아요." 그녀가 그의 다리를 토닥거리며 다정하게 말했다. "당신이 그날을 기대하고 있을 거라니 기쁘군요. 난 깜짝 선물을 좋아해요, 당신은 아닌가요? 밸런타인데이는 내게 하트 모양 계피 사탕을 생각나게 해요. 빨아 먹던 그 작고 빨간 사탕들요. '레드핫'이라고 불리는 거 말이에요. 기억나요?"

그녀가 자기 입술을 핥았다.

쓸데없는 소리는 집어치워. 그는 그렇게 말하고 싶었다. 빌어먹을, 빗대서 말하는 건 그만둬. 이 벌겋게 달아오른 내 귀여운 가슴을 빨고 싫어 한다는 걸 알고 있어.

"맥주를 마셔야겠어요."

"그럼 그 값을 해요."

그녀가 다시 한번 느닷없이 매몰차게 말했다. 그녀는 한 손으로 그의 다리를 꼭 쥔 채 그 손을 위쪽으로 움직였다.

터번

샤메인은 그녀의 데이터를 입증하도록 불려 가서 망막 스캔을 받기 위해 자세를 취하고, 지문 채취를 다시 받고, 음성 분석기용으로 『곰돌이 푸』를 읽는다. 이런 조치들로 그녀의 데이터베이스용 인물 소개 정보가 다시 인증될까? 그건 단언하기 힘들다. 그녀는 여전히 그녀의 감방에 혼자 있고, 여전히 뜨개질 모임에서 소외당하고, 여전히 '수건 접기' 부서에서 빠져나가지 못했다.

하지만 이튿날 인적 자원부의 오로라가 세탁실에 나타나 샤메인에게 대화를 나누러 함께 위층으로 가자고 요구한다. 수건 접는 일을 하는 다른 사람들이 쳐다본다. 샤메인에게 말썽이 생긴 건가? 그들은 아마 그렇기를 바랄 것이다. 불리한 처지에 놓인 기분이지만—그녀는 보풀투성이인데, 그래도 보풀이 점점 줄어들기는 한다—그녀는 자기 몸을 털어내면서 오로라를 따라 엘리베이터로 간다.

대화는 출소 안내대 옆에 있는 대화방에서 진행된다. 오로라가 샤메인에게 그녀가 샤메인의 카드와 코드들을 복구해줄 것임을, 아니, 좀 더 정확히 말해서 복구가 아니라 인증해줄 것임을 기쁘게 알린다. 오로라는 지금까지 줄곧 데이터베이스의 사소한 결함을 고치고 있다고 그녀에게 장담했고, 이제 샤메인은 다시 한번 그녀가 내내 주장해온 바로 그녀 자신이 된 것이다. 오로라가 딱딱한 미소를 지으며 말한다. 이건 좋은 소식 아닌가요?

샤메인이 그렇다고 동의한다. 적어도 그녀에게는 다시 식별 코드가 생겼고, 그건 약간 위안이 된다.

"그럼 지금 나갈 수 있나요?" 그녀가 묻는다. "집으로 돌아갈 수 있어요? 난 밖에서 보낼 시간을 이미 많이 놓쳤어요."

오로라가 말하기로는 유감스럽게도 샤메인은 아직 포지트론에서 떠날 수 없다. 동기화가 되어 있지 않아서다. 비록 이론상으로는 그녀가 자기 집 손님용 침실로 옮길 수도 있겠지만—오로라가 웃음소리를 낸다—지금은 당연히 그녀의 대체인이 그들이 함께 쓰는 그 집에서 지내고 있다. 그 사람 차례니까 말이다. 오로라는 이 모든 것이 분명 샤메인에게 얼마나 속상한 일일지 이해하지만, 교대는 대체인들 간의 상호작용 없이 정확하게 지켜져야만 한다. 허물없는 관계는 필연적으로 티격태격하며 세력권을 주장하는, 특히 침대 시트며 보디로션 같은 편의용품에 대한 말다툼으로 이어질 것이다. 그들 모두가 배웠다시피, 아늑한 구석 자리와 특히 마음에 드는 장난감에 대한 소유욕은 고양이와 개에게만 해당되는 것이 아니다. 아, 그러면 얼마나 *좋겠는가.* 삶이 더 간단해지지 않겠는가?

그러므로 샤메인은 계속 인내심을 가져야만 한다고 오로라는 말한다. 그리고 아무튼 그녀는 맡겨진 뜨개질 작업을, 그러니까 푸른색 테디 베어들을 뜨는 일을 굉장히 잘 해내왔다. 지금까지 그녀가 몇 개나 짰던가? 최소한 열둘은 될 것이 틀림없다. 그녀는 몇 개 더 짤 시간을 가진 다음, 잘하면 다음 맞교대일에는 나가게 될 텐데, 그게 언제더라? 3월 1일이다, 그렇지 않나? 그리고 밸런타인데이가 거의 다 됐으니, 오래 걸리지 않을 것이다!

오로라 자신은 뜨개질을 배운 적이 없다. 그녀는 정말이지 그게 후회스럽다. 뜨개질은 마음을 안정시켜줄 것이 틀림없다.

샤메인은 두 손을 불끈 틀어쥔다. 보이지 않는 반짝이는 눈을 가진 저 망할 테디 베어를 하나라도 더 만들어야 한다면, 그녀는 삐딱선을 타고, 완전히 비뚤어져버릴 작정이다! 그들은 이미 그것들로 여러 통을 채웠다. 그녀는 그 곰돌이들에 관한 악몽에 시달린다. 그녀는 그것들이 움직이지는 않지만 살아 있는 채로 그녀와 함께 침대에 누워 있는 꿈을 꾼다.

"그래요, 그건 마음을 안정시켜줘요." 그녀가 말한다.

오로라가 그녀의 포지패드를 찾아본다. 그녀에게는 샤메인을 위한 또 하나의 좋은 소식이 있다. 모레 날짜로 샤메인은 수건 접는 일에서 손을 떼고 약품 관리 과장으로서 예전과 같은 업무를 재개하게 될 것이다. 포지트론은 재능과 경험에 보상을 하며, 샤메인의 재능과 경력은 간과되지 않았다. 그녀가 격려하듯 한 번 찡긋하고 말한다.

"모두가 그런 헌신적인 매끄러운 솜씨를 가지고 있는 것은 아니에요. 사건들이 있었어요. 다른…… 다른 시술자들이 그, 그 작업을 맡았을 때는요. 그 필수적인 업무를 맡았을 땐요."

"언제 시작하게 되나요?" 샤메인이 물은 다음 덧붙인다. "고맙습니다."

그녀는 수건 접는 일에서 벗어나게 되어 정말 신이 났다. 그녀는 약품 관리동에 다시 들어가고 복도를 따라 기억 속의 그 길을 가게 되기를 고대한다. 안내대로 다가가서, 화면에 나타난 혹시 진짜일지도 모를 머리와 접촉하고, 익숙한 문들을 거쳐 나아가고, 탁 소리를 내면서 장갑을 낀 다음, 약물과 피하주사기를 집어 드는 모습을 생생하게 그려본다. 이내, 그녀의 시술 대상자가 움직일 수는 없어도 두려움에 질린 채 대기 중인 방으로 간다. 그녀는 그런 두려움을 가라앉혀줄 것이다. 그런 다음 더없는 환희와 그에 이은 해방감을 전해줄 것이다. 다시 한번 존중받는다는 느낌을 받게 된다면 멋질 것이다.

오로라가 또다시 그녀의 포지패드를 찾아보고 말한다.

"여기 보니 내일 오후에 당신 업무를 재개하기로 예정되어 있군요. 점심 식사 후에요. 여기서 우리는 실수를 저지르면, 그것을 바로잡기 위해 조치를 취해요. 좋은 결과가 나온 걸 축하해요! 우리 모두 줄곧 당신을 응원하고 있었어요."

샤메인은 누가 줄곧 응원을 하고 있었다는 것인지 의아하게 여긴다. 왜냐하면 지금껏 그녀는 아무도 눈치채지 못했기 때문이다. 하지만 주변의 수많은 일들과 마찬가지로, 어쩌면 그 응원도 이면에서 은밀히 이뤄졌을지 모른다.

"맙소사, 내가 회의 시간에 늦었군요. 완전히 새로운 죄수들 무리가 들어올 거예요. 그것도 한꺼번에요! 이 이상 질문이나 필요한 정보가 있나요?" 오로라가 말한다.

그렇다고 샤메인이 대답한다. 자신이 포지트론에 붙들려 있는 동안, 그녀의 상황에 대해 스탠은 뭐라고 들었는가? 분명히 그는 내내 그녀에 대해 걱정했을 것이다! 그는 그녀가 왜 거기 없는 것인지 알고 있을까? 집에. 어떻게 된 일인지 들었을까? 아니면 그녀가 그냥 제해진 것이라고 생각했을까? 약품 관리과로 보내졌다고? 죽어서 지워졌다고? 전에는 이것에 대해 감히 물어볼 엄두를 내지 못했지만—그러면 불평하는 것처럼 들릴지도 모르고, 의심을 불러일으킬지도 모르고, 면책 가능성에 지장을 줄지도 몰랐다—이제 그녀는 혐의를 벗은 상태였다.

"스탠이라고요?"

오로라가 무미건조하게 말한다.

"스탠이요. 내 남편, 스탠."

"그건 내가 접근할 수 있는 정보가 아니에요. 하지만 다 잘 처리되었을 거라고 확신해요."

"고맙습니다."

샤메인이 다시 한번 말한다. 지금 진행 중인 것과 같은 미묘한 과도기, 즉 원상 복귀 시기에 더 이상 대답을 요구하는 건 쓸데없이 위험을 자초하는 일일지도 모른다.

게다가 맥스도 있다. 똑같이 아무것도 모르고 있는 채로. 그녀를 갈망하면서! 그녀에게 강한 욕망을 느끼면서! 그는 틀림없이 미쳐버릴 지경일 것이다. 하지만 그녀가 오로라에게 맥스에 대해 물을 수는 없을 것이다.

"혹시 그이한테 메시지를 보낼 수 있을까요? 스탠한테? 밸런타인데이니까? 그이에게 내가 잘 있다고, 그리고 내가……."

금방이라도 눈물을 흘릴 듯 바르르 떨며 잠시 말을 멈춘 채, 그녀는 자신이 정말로 눈물을 흘릴지도 모르겠다고 생각한다.

"내가 그이를 사랑한다고 알리기 위해서요."

오로라가 미소를 거둔다.

"안 돼요. 포지트론에 있는 동안 메시지는 금지예요. 그 정도는 알 텐데요. 교도소가 교도소답지 않으면 바깥세상이 무의미해져요! 이제 이곳에서 당신에게 남은 일을 즐겁게 경험하기 바라요."

그녀는 고개를 끄덕여 인사하고 일어난 다음 대화방에서 서둘러 나가버렸다.

적어도 이런 빌어먹을 수건들은 더 이상 없을 테지. 샤메인은 접어서 포개놓고, 또 접어서 포개놓으며 생각한다. 어쩌면 보풀 때문에 폐질환에 걸릴 수도 있을 것이다. 그녀가 완성된 수건 세트를 수레에 싣고 건너편 반출 창구로 가는 동안, 뒤에서 '수건 접기' 부서의 다른 여자들이 수군대는 듯한 소리가 난다. 그녀가 고개를 돌려 바라본다. 포지트론 프로젝트의 최고 경영자인 에드가 오렌지색 작업복 차림이 아닌 어떤 나이든 여성을 안내하는 중이다. 그 여자는 머리 위에 빨간 펠트 꽃으로 장식된, 무언가 터번처럼 보이는 것을 얹고 있다. 그들은 그녀를 향해 다가오는 중이다.

"세상에, 이럴 수가!"

그 말이, 뭐랄까 그냥 샤메인에게서 터져 나와버린다.

"루신다 퀀트! 예전에 당신 프로그램을, 그러니까 「후방 사람들」을 몹시 좋아했어요. 그건 정말…… 회복되셔서 정말 기뻐요!"

그녀는 횡설수설하며, 바보짓을 하고 있다.

"죄송해요, 이러지 말았어야 했는……."

"고마워요."

루신다 퀀트가 쉰 목소리로 말한다. 기뻐하는 것처럼 보인다. 그녀는 질긴 가죽처럼 상당히 튼튼해 보인다. 아니, 적어도 그녀의 피부는 그렇다. 텔레비전에 비치던 모습처럼 보이지는 않았지만 아마 병 때문일 것이다.

"퀀트 여사께서는 당신의 응원을 고맙게 여기실 거라고 확신합니다."

에드가 그의 매끄러운 목소리로 말한다.

"여사께 우리의 경이로운 프로젝트를 간략하게 보여드리는 중이에요. 여사께서는 「후방 사람들 그 이후」라는 제목의 새로운 프로그램을 구상 중이신데, 그러면 우리가 여기에 마련해둔 노숙 및 실업 문제들에 대한 놀랄 만한 해결책을 세상에 알리실 수 있을 겁니다."

그가 샤메인을 보며 미소 짓는다. 그녀 바로 옆에 서 있다. 그가 다시 말한다.

"당신은 프로젝트에 참여하러 온 이래로 여기서 줄곧 행복했어요,

그렇죠?"

"아, 그럼요. 줄곧 그랬어요, 줄곧 그랬어요……."

맥스와 스탠과 같은 모든 요소를 고려할 때, 줄곧 어땠는지에 대해서 그녀가 어떻게 설명할 수 있을까? 흐느껴 울 셈일까?

"아주 좋아요!"

그는 그녀의 팔을 토닥거린 다음, 그녀를 외면하고 돌아선다. 루신다 퀸트는 눈언저리가 벌건, 구슬처럼 반짝거리는 두 눈으로 샤메인에게 날카로운 시선을 흘깃 던진다.

"꿀 먹은 벙어리라도 됐어요?"

"그럴 리가요."에드는 그녀가 적절한 말을 하지 않았다는 이유로 그녀를 괴롭힐 작정일까? "그저…… 내가 당신 프로그램에 나갈 수 있었다면 좋았을 거예요."

그리고 그녀는 정말로 그랬다면 좋았을 거라고 생각한다. 그랬다면 아마 사람들이 돈을 보냈을 것이고, 그녀와 스탠은 계약을 할 필요성을 결코 느끼지 않았을 테니까.

발을 질질 끌며 걷다

스탠은 남은 날을 헤아린다. 밸런타인데이까지 이틀 더 남았다. 그 주제가 다시 언급되지는 않았지만, 이따금 그는 조슬린이 마치 그의 치수를 재기라도 하려는 듯, 뭔가를 가늠해보는 듯한 눈길로 그를 살펴보고 있는 것을 목격한다.

오늘 밤 그들은 평소처럼 소파에 있지만, 이번에는 소파 덮개가 더 럽혀지지 않을 것이다. 그들은 마치 결혼한 사람들처럼 나란히 앞을 보고 있다. 각자 다른 사람과 결혼한 사이기는 해도 부부처럼 보인다는 것이다. 하지만 그들은 오늘 밤 디지털 방식으로 녹화된 샤메인과 필의 회전 운동을 보는 것은 아니다. 그들은 실제로 텔레비전을 보고 있다. 컨실리언스 텔레비전이라고는 하지만 그래도 텔레비전이기는 하다. 만일 맥주를 실컷 마시고, 실눈을 뜨고, 전후 사정만 지워버린다면 거의 바깥세상에 있다고 믿을 수도 있을 것이다. 아니, 과거의 바깥 세상에.

그들은 동기부여를 위한 자기 수양 프로그램의 막바지에 접어들었다. 스탠이 알아들을 수 있는 바에 따르면, 그 프로그램은 인간 육체의 눈에 보이지 않는 콘센트를 통해 우주의 긍정적인 에너지 광선들을 끌어오는 데 관한 것이다. 콧구멍을 통해서 그 일을 하는데, 집게손가락으로 오른쪽 콧구멍을 막고 숨을 들이쉰 다음 열고, 왼쪽 콧구멍을 막은 다음 숨을 내쉰다. 그것은 코 후비기에 완전히 새로운 차원을 제시한다.

그 프로그램의 주인공은 머리색이 옅고 몸에 딱 붙는 분홍색 레오타드를 입은 젊은 여성이다. 어디선가 본 듯하지만 그런 류의 여자들은 다 그렇기 마련이다. 멋진 젖가슴이다. 특히 그녀가 오른쪽 콧구멍으로 숨쉬기를 할 때. 입에서 침을 튀겨가며 지껄여대고 있다고 해도 말이다. 그러니 결국 모두를 위한 것이다. 그러니까 여자들을 위한 자기 수

양과 콧구멍, 남자들을 위한 젖가슴이다. 기분 전환거리. 이곳의 관계자들은 굳이 사람들을 불행하게 만들지는 않는다.

분홍색 레오타드 차림의 여자는 그들에게 매일 연습하라고 당부한다. 왜냐하면 긍정적인 생각들에 집중하고, 집중하고, 또 집중하면, 자신의 행운을 끌어모으고, 자꾸 끼어들려 하는 저 부정적인 생각들을 막아줄 테니까. 부정적인 생각들은 인간의 면역 체계에 굉장히 치명적인 영향을 미칠 수 있어서 결국 암을 초래하며, 게다가 여드름의 급증을 초래하기도 한다. 피부는 인체에서 가장 큰 조직이고 부정적 성향에 특히 민감하기 때문이다. 그런 다음 그녀는 그들에게 다음 주 특집은 골반 교정이므로 다들 체육관에 요가 매트를 예약해야 할 것이라고 당부한다. 그녀는 정지 화면 같은 미소를 띤 채 방송을 마친다.

스탠은 궁금해한다. 저 사람이 예전 '픽셀더스트' 시절 샤메인의 질 낮은 친구였던 샌디일 수도 있을까? 아니다. 지나치게 예쁘다.

새로운 음악—주디 갈랜드가 부른 「무지개 너머 어딘가에」(뮤지컬 영화 「오즈의 마법사」의 주제곡—옮긴이)—과 함께 컨실리언스의 로고가 등장한다. 컨실리언스=재소자들+복원력. 지금 복역하라, 우리의 미래를 위해 시간을 벌어라!

맞다, 또다시 주민 회의다. 스탠은 하품을 하고 나서 또다시 하품하지 않으려고 노력한다. 그는 눈을 더욱 크게 뜬다. 이제 평소 늘 머리를 멍하게 만드는 것들이 나온다. 온갖 도표, 통계자료, 상승세라고 속이는 호언장담. 딱 맞는 정장을 입은 작은 사내가 폭력 사건들이 3개월 연속 줄어드는 추세라며 화살표가 계속 그런 방향으로 움직이도록 하자고 말한다. 어떤 도표를 비추는 화면. 달걀 생산이 또다시 상승세다. 또 다른 도표 하나. 그런 다음 활송 장치를 굴러 내려가는 달걀들과 각 달 걀을 디지털 숫자로 기록하는 자동 계수기를 비추는 화면. 스탠은 마음 이 아플 정도로 향수를 느낀다. 저 닭과 달걀들은 한때 *그의* 닭과 달걀 들이었다. 그것들은 그의 책임이자, 맞다, 그의 평온이었다. 하지만 지 금 그는 그 모든 것을 빼앗겼고, 비밀 요원인 조슬린의 발가락 핥는 일 이나 책임지는 신세로 전락한 상태였다.

받아들여. 그가 스스로를 타이른다. 오른쪽 콧구멍을 막고, 숨을 들 이쉬어.

이제 또 다른 얼굴이 등장한다. 그 본질은 화면상에서 모두를 굳게 믿게 만드는 신용 사기꾼 에드이지만, 더 믿을 만하고 당당하며 태도가 더 설득력 있고 더 자신만만한 에드라는 이름의 사람이기도 하다. 어쩌 면 그는 중요한 계약을 한 건 따냈는지도 모른다. 어쨌든 그는 자신이 이제 막 전달하려고 하는 내용이 중요하다는 듯 잔뜩 거드름을 피운다.

프로젝트가 지금까지 잘 진행되어 왔다고, 에드가 말한다. 이곳 컨 실리언스라는 그들의 구성단위는 최초이자 선도적인 소도시였고, 같 은 계열에 속하는 다른 구성단위들도 마찬가지로 지금까지 성공적이 었다. 본부는 타격을 입은 여타 지역사회들로부터 날마다 문의를 받고 있는데, 그들은 이 프로젝트를 자신들의 경제적인 문제와 사회적인 문 제 둘 다를 해결할 수 있는 방안으로 여긴다. 이런 문제들에 대한 상이 하고 좀 더 구식인 해결책들도 있다. 루이지애나주는 자체적인 꿀단 지 모델, 그러니까 다른 주에서 보낸 반항 분자들을 영리 목적으로 맡

아 관리하는 일을 계속해왔고, 텍사스주는 여전히 사형을 집행해서 주
(州) 범죄 발생 통계자료에 대처하고 있다. 하지만 많은 사법 관할구역
들이 좀 더 *보람 있는*…… 좀 더 *인도적인*, 아니 최소한 좀 더…… 좀 더
컨실리언스 같은 무언가를 찾는 중이다. 고위급에서 그들의 쌍둥이 도
시가 미래에 실행 가능한 모델로 여겨지고 있다고 믿을 만한 충분한 근
거가 있다. 완전 고용을 거부하기는 힘든 법이다. 그가 빙긋 웃는다.

하지만 이제 찡그린 얼굴로 에드가 말한다. 사실 이 모델은—사회질
서에 크게 이바지하고, 그 때문에 경제적인 여러 측면에서 매우 긍정적
이고, 투자에 있어서도 확실히 매우 긍정적이라는 사실이—지금껏 용
기와 도덕적 줏대가 있는 *후원자 겸 선각자*들이 복합적인 도전의 시기
에 앞으로 나아갈 길을 발견하는 데 매우 효과적이라는 사실이 입증되
어 왔다……. 한마디로 컨실리언스 모델은 너무 성공적이어서 적들을
만들어냈다. 성공한 기업들이 늘 그렇듯이. 빛이 있는 곳에 곧 어둠이
나타나리라는 규칙이 있는 것 같다는 생각이 들 정도다. 지금은 이미
어둠이 나타나버렸으므로, 유감스럽게도 그는 그들에게 알릴 수밖에
없다.

훨씬 심하게 찡그린 얼굴, 쑥 내민 이마, 낮게 내린 턱, 치켜세운 양
어깨, 즉 성난 황소 같은 자세다. 이런 적들은 누구일까? 무엇보다도 먼
저, 기자들이다. 바깥세상이 포지트론 프로젝트가 지지하는 모든 것에
등 돌리게 하기 위해, 꿈틀꿈틀 기어들어 와서 증거를 입수하고…… 이
른바 폭로 기사를 쓰려고 자기들이 왜곡할 수 있을 만한 사진들이나 여
타 자료를 입수하려고 안달복달하며 추문이나 캐고 다니는 언론인들.

이처럼 수상쩍은 이른바 기자라는 사람들은 경기 회복의 토대를 약화시키고, 신뢰를, 다시 말해 사회가 안정적으로 작동하는 데 없어서는 안 될 그런 신뢰를 조금씩 깎아내리는 것을 목표로 삼는다. 여러 언론인들이 계약을 하고 싶은 척하면서 벽 안쪽에서는 실제로 정말로 목적을 달성했지만, 다행스럽게도 늦지 않게 정체가 밝혀졌다. 일례로 며칠 전만 해도, 매우 탁월한 경력을 지닌 어느 여성 방송 언론인이 비밀을 유지한다는 엄격한 조건 아래 짧은 견학을 했지만, 편파적인 견해를 제시할 의도로 남몰래 사진들을 찍는 도중에 발각되었다.

이처럼 탁월한 모험적 시도를 방해하고자 하는 그와 같은 사람들의 바람을 어떻게 설명할 것인가? 그들이 이른바 언론의 자유를 도모하고자, 그리고 이른바 인간의 권리를 되찾기 위해, 나아가 투명성은 미덕이며 국민들이 알 필요가 있다는 미명하에, 그렇게 행동하고 있다고 주장하는 부적응자들이라고 말하는 것 외에는 방법이 없다. 하지만 일자리를 가지는 것이야말로 인간의 권리 아닌가? 에드는 그렇다고 믿는다! 충분한 먹을 것과 제대로 된 주거지도. 그리고 컨실리언스는 이런 것을 제공한다. 그런 것들이야말로 분명 인간의 권리이다!

에드의 말로는, 에두르지 않고 말하면, 이런 적들은 운 좋게도 아주 작은 규모이기는 해도 항의 집회들을 선동하는 데 진작부터 관여해왔고, 다행히 신빙성이 없기는 하지만 블로그에 게시할 적대적인 글을 계속 쓰고 있다. 아직까지는 이 중 어느 것도 크게 성공하지 못했다. 사실 그런 불평분자들이 자신들의 악의적인 주장들에 대해 무슨 증거를 가지고 있겠나? 그가 그 내용을 그대로 옮김으로써 그럴듯해 보이게 만들어주지는 않을 그 악의적인 주장들에 대해서 말이다. 이런 사람들과 그들의 조직들은 꼭 정체가 밝혀져야 하고, 그런 다음 와해되어야만 한다. 왜냐고? 그러지 않으면 무슨 일이 벌어지겠는가? 컨실리언스 모델이 위협받을 것이다! 이 모델은 처음에는 작은 세력인 듯 보일지도 모르는 집단들한테 사방에서 공격을 받게 될 테지만, 떼로 뭉치면 그런 세력들은 작지 않으며 파국을 초래할 만큼 치명적이다. 마치 쥐 한 마리는 대수롭지 않지만 쥐 백만 마리는 일종의 창궐이자 재앙인 것과 마찬가지이다. 그러므로 사태가 걷잡을 수 없어지기 전에 가장 단호한 조치들을 취해야만 한다. 해결책이 필요하다.

그리고 비록 수많은 심사숙고와 실행 가능성이 적은 대안들을 여러 차례 폐기하지 않은 것은 아니지만, 그러한 해결책이 정말로 강구되었다. 그것은 현시점에, 이곳에서 활용할 수 있는 최선의 해결책이다. 그들은 그에 관한 에드의 말을 있는 그대로 받아들여도 된다.

그리고 이것이 바로 그들의 협조가 필요한 지점이다. 왜냐하면 컨실리언스 한가운데 있는 보석인—그들 모두가 지금껏 너무나 많은 시간과 관심을 기울여온—포지트론 교도소가 그 해결책에서 중요한 역할로 선정되었으니까. 컨실리언스의 주민 모두가 각자 담당할 역할을 가지게 될 것이다. 위험한 상황을 피하고 내부로부터의 파괴 활동을 경계하기만 해도 될 상황이라면 말이다. 하지만 당분간은, 때때로 그들의 일상 속에 발생할지도 모르는 불가피한 혼란들에도 불구하고, 이례적인 일은 아무것도 일어나지 않은 것처럼, 그냥 그들 각자의 일상을 지속하는 것이 가장 큰 도움이 될 것이다. 그래도 그런 혼란들이 최소한으로 유지되기를 진심으로 바라고 있다.

에드가 말한다. 만일 이런 적들이 성공을 거둔다면, 그 적들이 모두의 고용 안정성과 아울러 삶의 방식까지도 파괴해버릴 것임을 명심하라! 그들은 모두 그 점을 마음에 새겨둬야만 한다. 그는 컨실리언스 시민들의 상식과 최선을 알아보고 차악(次惡)을 고를 수 있는 그들의 능력에 대해 굳건한 믿음을 가지고 있다.

그는 살며시 미소 짓는 여유를 가진다. 그런 다음 그의 모습은 컨실리언스의 로고와 익숙한 방송 종료 표어로 바뀐다. 의미 있는 삶.

스탠은 관심이 가는 새로운 소식을 발견했다. 그것이 새로운 소식이라면 말이다. 정말로 체제 전복 기도자들이 있을까? 그들이 정말로 프로젝트를 약화시키려 하는 중일까? 문제의 핵심이 무엇일까? 그는 스스로 그의 삶을 개판으로 만들었지만, 여기 있는 다른 사람들에게는, 적어도 그가 아는 모든 사람에게는, 이곳이 자기들이 전에 지냈던 곳과는 상대도 안 되게 좋다.

그는 조슬린을 곁눈질한다. 그녀는 생각에 잠겨 화면을 물끄러미 쳐다보고 있는데, 화면에서는 포지트론 유치원에서 아장아장 걷는 아이 하나가 목둘레에 리본이 달린 푸른색 손뜨개 테디 베어를 가지고 노는 중이다. 관계자들은 주민 회의가 끝나면 매번 습관적으로 꼬마가 등장하는 화면을 돌렸다. 마치 모든 사람에게, 컨실리언스가 그들을 위해 준비해놓은 진로에서 이탈하지 말라고 다시 한번 일깨우려는 것처럼 말이다. 사실 사람들이 이런 어린아이들의 안전과 행복을 위험에 빠뜨리려 하지는 않을 것 아니겠는가? 아동 학대범을 제외하고는 어느 누구도 그런 일을 하려고 하지는 않을 것이다.

조슬린이 텔레비전을 끄고 한숨을 쉰다. 피로한 기색이 역력하다. 그녀는 에드가 무슨 말을 할 작정인지 알고 있었다고 스탠은 생각한다. 그녀는 그게 무엇이든 그의 해결책에 관여하고 있다. 어쩌면 그녀가 연설문을 썼을지도 모른다.

"당신은 자유의지가 있다고 믿어요?"

그녀가 묻는다. 그녀의 목소리는 영 딴판이어서, 평소 그녀의 자신만만한 말투가 아니다. 이것은 일종의 함정 같은 것일까?

"무슨 말이에요?"

이튿날 아침 첫 번째 트럭이 도착한다. 트럭은 정문에서 사람들을 내려놓는다. 스탠은 스쿠터를 타고 출근하다가 이것을 목격한다. 트럭 밖으로 무리 지어 밀려 나온 사람들은 통상적인 오렌지색 작업복을 입고 있지만, 두건이 덮어씌워져 있고, 두 손은 등 뒤에서 플라스틱 수갑(일명 플라스틱커프. 플라스틱을 원료로 하는 일회용, 혹은 임시 수갑의 일종. 초창기에 케이블 타이를 이용하다가 현재와 같은 모양으로 발전하게 되었다고 한다─옮긴이)이 채워져 있다. 그들은 포지트론으로 곧장 실려 가는 대신에, 일단의 교도관들에게 이끌려 거리를 따라 발을 질질 끌며 걸어간다. 그 죄수들에게는 앞쪽을 내다볼 수 있는 어떤 수단이 있는 게 분명하다. 그들이 생각만큼 많이 비틀거리지 않는 걸 보면 말이다. 헐렁하게 축 늘어진 옷에 휘감긴 체형으로 판단하자면, 몇몇은 여자들이다.

일종의 과시가 아닌 한, 이런 식으로 그들을 줄지어 가두 행진하게 할 필요는 없다고 스탠은 생각한다. 힘의 과시다. 컨실리언스라는 밀폐된 유리 어항 밖의 격변하는 세상에서는 줄곧 무슨 일이 벌어지고 있었던 걸까? 아니, 유리 어항은 아니다. 아무도 들여다볼 수 없으니까.

스쿠터 수리소의 다른 사내들은 그 조용한 행렬이 발을 질질 끌며 지나가는 동안 흘끔흘끔 쳐다본 다음 각자의 업무로 돌아간다.

"가끔은 신문이 아쉬운 법이지."

그들 중 하나가 말한다. 아무도 대꾸하지 않는다.

위협

샤메인은 여성 수감동에 있는 다른 모든 사람들과 함께 텔레비전으로 주민 회의를 보았다. 아무도 그것에 대해 할 말이 많지 않았다. 사실 무슨 일이 일어나고 있든지 그들에게는, 특히 그들이 교도소 안에 있는 동안에는 아무 영향도 미치지 않을 텐데, 왜 그런 일을 걱정하겠는가? 뜨개질 모임의 누군가는 이렇게 말했다. 아무튼 기자 하나가 참견한들 뭐 어때서? 사실 그들이 뭘 보도할 수 있겠는가? 컨실리언스 내부에서 벌어지고 있는 안 좋은 일이란 없었다. 안 좋은 일들은 바깥세상에 있었다. 그래서 그들 모두가 그곳에서 탈출하기 위해 이 안으로 들어왔던 것이다. 사방에서 고개를 끄덕거린다.

샤메인은 그처럼 확신에 차 있지는 않다. 어떤 기자가 공교롭게도 그 시술에 관해 알아낸다면 어떻게 될까? 모든 사람이 그런 일을 이해하려 하지는 않을 것이다. 사람들은 그 일의 이유를, 타당한 이유를 이해하려 하지 않을 것이다. 그런 기사에는 정말로 기분 나쁜 표제를 붙일 수도 있을 것이다. 초록색 덧옷 차림으로 섬뜩한 미소를 띤 채 주사기를 들고 1면 사진란에 등장한 자신의 모습이 그녀의 뇌리를 스친다. 죽음의 천사가 남자들을 천국으로 보냈다고 주장하다. 그건 끔찍한 일일 것이다. 그녀는 엄청난 증오의 표적이 될 것이다. 하지만 에드가 기자들이 여기 들어오게 내버려두지 않을 테고, 그건 정말 다행스러운 일이다.

이튿날 저녁 여성용 식당에서 닭고기 스튜, 방울양배추, 타피오카 푸딩으로 단체 식사를 한 후에 모두 줄지어 가장 큰 장소로 들어가는데, 뜨개질 모임이 열리는 곳이다. 테디 베어 통은 반만 차 있다. 이달이 가기 전에 그것을 채우는 것이 그들의 임무다.

샤메인은 그녀 몫의 곰 인형을 집어 들고 일을 시작한다. 하지만 그녀가 고작 두 줄을, 그러니까 겉뜨기 한 줄, 안뜨기 한 줄을 마쳤을 때 소란이 일어난다. 고개들이 돌아간다. 한 남자가 방으로 들어와 있다. 여기 여성 수감동에서는 거의 전례가 없는 일이다. 그건 에드 자신으로, 그녀가 '수건 접기' 부서에서 그를 보았을 때와 똑같아 보인다. 다만 좀 더 긴장한 듯 보인다. 양어깨는 뒤로 쫙 펴지고 턱은 치켜 올라가 있다. 행군하는 자세다.

그의 뒤에는 포지패드를 든 오로라와 또 다른 여자 하나가 있다. 검은색 머리, 네모난 얼굴에, 운동을, 요가가 아니라 권투를 많이 하는 사람처럼 탄탄한 몸이다. 회색 스타킹에 싸인 멋진 다리. 샤메인은 그 여자를 알아본다. 그 여자는 약품 관리과의 인증 화면에서 말을 하던 머리들 중 하나다. 그렇다면 아무튼 그 머리들은 진짜다! 샤메인은 언제나 그것이 알고 싶었다.

그 여자가 샤메인에게 고개를 까닥하며 씩 웃었다고 한다면 그건 그녀의 상상일까, 아니면 그 여자가 그녀를 지목한 것일까? 어쩌면 그 여자가 은밀한 조력자, 즉 막후의 응원단 중 한 사람, 샤메인을 정당한 일터로 복귀시킨 사람들 중 하나일 수도 있다. 샤메인은 만약의 경우를 위해서 그 여자 쪽으로 살짝 고개를 끄덕여 보인다.

먼저 오로라가 이야기한다. 이쪽은 그들의 의장이자 최고 경영자인 에드인데—물론 그들은 주민 회의에서 그의 탁월한 발표들을 보았기에 그를 알아볼 것이다—그에게는 이 중차대한 시기에 그들에게 당부할 매우 간단하면서도 매우 중대한 지시 사항이 몇 가지 있다.

에드는 미소를 머금은 채 방을 찬찬히 한 바퀴 둘러보는 것으로 시작한다. 텔레비전에서 그는 언제나 다정하게 눈을 똑바로 바라보면서, 어떻게든 모든 사람을 두루 포괄한다. 지금도 그렇게 하면서 사람들의 마음을 편안하게 만들어주는 중이다.

그가 운을 뗀다. 그는 그들이 주민 회의를 보았다는 것을 알고 있으며, 그들 모두가 직면하고 있는 위기에 대해 덧붙일 말이 있다. 아니, 아직 위기는 아니지만, 결코 위기가 되지 않도록 확실히 하는 것이 그가 할 일이고 그들이 할 일이기도 하다. 바깥세상으로부터의 철저한 감시는 에드가 환영하는 바이지만—그는 기꺼이 여기 있는 그들 모두를 대신해 외부로 나가서 이야기하고 지지를 모으겠다—수감자들이 괴롭힘과 중상모략을 당하는 것은 용납하지 않을 것이다. 그것이야말로 그들을 극구 반대하는 사람들이 노리는 것이니까. 왜 그들이 그런 대우를 받아야만 하는가? 그건 너무나 부당한 일일 것이다. 그들이 지금껏 해오고 있는 그 모든 힘든 일에도 불구하고 그렇다면 말이다.

여자들이 고개를 끄덕인다. 그는 그녀들의 공감을 산다. 이런 식으로 그들을 보호하려 하다니 그는 얼마나 사려 깊은가.

이어서 그는 상황이 잘 통제되고 있다면서도, 한편으로는 그들이 바로 여기서 지금까지 만들어내고 있는 사회의 질서를 유지하는 새로운 방식에 반대한다고 선언한 지적의 야만인들을 물리치기 위해서 평소보다 훨씬 더 열심히 노력해주기를 그들 모두에게 당부한다고 말한다. 고의적인 파괴의 위험을 무릅쓰고 밝힌 불빛, 희망의 불빛인 새로운 질서.

하지만 필요한 조치들이 취해지고 있다. 그러한 파괴 공작원들 중 일부는 정체가 확인되어서 처분을 받기 위해 바로 이곳 포지트론으로 끌려오는 중이다. 깐깐한 사람들은 그러한 조치가 엄밀히 말하자면 합법적이라고 여기지 않을지도 모르지만, 절박한 상황에서는 어느 정도 규칙들의 변칙적인 적용이 필요한 법이며, 그는 그들이 그에 동의할 것이라고 확신하는 바이다.

그는 그들에게 다음과 같은 방식으로 도와줄 것을 당부하려 한다. 설사 저절로 기회가 생긴다고 할지라도, 그런 새로운 유형의 죄수들과 친밀한 교류는 금물이다. 일체의 예사롭지 못한 소리들은 못 들은 체해야 한다. 특이하다는 것 말고는 이런 소리들이 어떨지 말해줄 수 없지만, 그 소리들이 들리면 그들 스스로 알게 될 것이다. 그 외에는 평상시대로 행동하고 신경 쓰면—그는 이 말을 일상적인 대화체로 하려 한다—그러니까 그들 자신의 일에만 신경 쓰면 된다.

마치 미리 짜기라도 한 것처럼 비명 소리가 들린다. 멀리서 들려오지만—남자인지 여자인지 단정하기는 어렵지만—분명히 비명 소리다. 샤메인은 전혀 꼼짝도 하지 않는다. 그녀는 고개를 돌리지 않으려고 안간힘을 쓴다. 그 비명 소리가 음향 장치를 통해 흘러 들어왔을까? 그것은 밖에서, 안뜰에서 났을까? 여자들이 마음을 독하게 먹고 들려오는 소리에 아랑곳하지 않는 동안, 그녀들 사이에서 거의 느끼지 못할 정도로 미세한 바스락 소리만 난다.

에드는 비명 소리가 지나가기를 기다리며 잠시 말을 멈춘다. 이제 그가 말을 잇는다. 마지막으로 그들에게 할 이야기가 있으며, 이것에 대해 진심으로 사과한다고 말한다. 그는 정말로 이 위기가 곧 말끔히 정리될 것으로 예상하기는 하지만, 이런 위기 상황 내내 포지트론 교도소는 그들이 지금껏 영양분을 공급하도록 도왔던 친구들과 이웃들의 편안하고 친숙한 안식처가 되지 못할 것이다. 유감스럽게도 이곳은 아무나 드나드는 다소 미덥지 못한 장소가 될 것이다. 위기 상황에서는 그런 일이 일어나기 마련이니까. 사람들은 경계를 늦춰선 안 되며, 더 빈틈없어야만 하고, 더 단단해져야만 한다. 하지만 이런 막간극이 끝나고 공공의 이익을 위해 행동하는 세력이 성공을 거두면, 정상적인 유쾌하고 쾌적한 분위기가 되살아날 것이다.

이제 그는 그들이 긴장을 풀고 하던 일을 계속하기를 바란다. 그는 그냥 이리저리 한가롭게 거닐면서 일하는 그들의 모습을 지켜볼 것이다. 왜냐하면 그들이 그처럼 평화롭고 유용하게 근무하고 있는 모습을 보는 것은 그에게 무척 고무적이기 때문이다.

"내 짐작에 저건 뜨개질을 계속하라는 소리인 것 같아요."

샤메인의 옆자리 사람이 그녀에게 말한다. 뜨개질 모임 사람들은 이제 그녀가 예전 일자리를 되찾았다는 것을 알고 있으므로 그녀에게 좀 더 친절해지는 중이다.

"저 남자가 무슨 말을 한 거예요? 어떤 소리? 난 아무것도 못 들었어요." 다른 사람이 말한다.

"우린 알 필요 없어요. 사람들이 저렇게 말할 때는, 아예 귀담아듣지도 말라는 게 그들이 말하려는 거예요." 세 번째 사람이 말한다.

"난 위기에 관해서 잘 못 알아들었어요. 뭐가 폭발했어요?" 네 번째 사람이 말한다.

이런 젠장. 샤메인이 생각한다. 한 코 빼먹었잖아.

그 순간 에드가 그녀 바로 옆에 서 있다. 그는 슬금슬금 다가온 게 분명하다.

"당신이 뜨고 있는 건 매력적인 푸른색 곰 인형이군요. 그게 누군가를 무척 행복하게 해줄 겁니다."

그가 그녀에게 말한다. 샤메인이 그를 올려다본다. 그는 불빛을 등지고 있다. 그녀는 그가 거의 보이지 않는다.

"그다지 능숙하지는 못해요."

"저런, 난 당신이 능숙할 거라고 확신해요."

그가 돌아서면서 말한다.

그녀의 뇌리에 번뜩 이런 생각이 스친다. *그가 맥스에 대해 알고 있어.* 그녀는 수치심으로 얼굴이 달아오르는 것을 느낀다. 그런데 왜 그녀는 그런 생각이 들었을까? 그가 알고 있을 이유가 뭐가 있겠는가? 그녀와 같은 사람들에게 신경을 쓰기에는 그는 너무도 중요한 사람이다. 그녀는 지금 자신이 그렇기 때문에, 그녀의 머리에서 맥스를 떨쳐버릴 수 없는 상태이기 때문에 그런 생각이 들었을 따름이다. 그녀의 몸에서도 떨쳐버릴 수 없다. 그녀는 벗어날 수 없는 상태다.

밸런타인데이

밸런타인데이다. 스탠은 침대에 누워 있다. 그는 일어나고 싶지 않다. 왜냐하면 뭐가 됐든 조슬린이 그에게 불쑥 꺼내 보이려고 계획 중인 역겹거나 당황스러운 깜짝 선물에 언제라도 기습당할 수 있다고 예상하면서, 앞으로 몇 시간 동안 줄곧 무거운 발걸음으로 걷고 싶지는 않기 때문이다. 빨간색 케이크는 물론이고 조슬린이 입을, 아니, 더 심하게는 그 자신이 입을, 점점이 하트 무늬가 박혀 있고 가랑이 부분이 트인 야한 여성용 속옷일까? 그녀는 그가 보답으로 똑같이 몹시 감상적이고 굴욕스러운 사랑 고백을 하리라고 기대하면서, 몹시 감상적이고 굴욕스러운 사랑 고백을 할까? 그녀처럼 완고한 여자들이 실없이 감상적인 내면을 가졌을 수도 있다.

아니면 옵션 비(B)일까. *우린 이제 끝났어요, 당신은 불합격이에요.* 그녀가 침실 벽장에 숨겨둔 깡패한테—그는 그녀에게 정규 운전기사가 있으며 한낱 로봇은 아닐 거라고 전제하고, 그녀의 운전사를 그 인물로 꼽는다—모래자루로 후두부를 가격당하고, 그런 다음 팔에 계속 의식을 잃고 있게 만드는 주사를 맞는다. 그런 다음 차창이 캄캄한 소름 끼치는 비밀 차량 속으로 질질 끌려 들어가, 그게 뭐든, 포지트론에서 관계자들이 사람들을 처리하는 방식대로 처리되도록 포지트론으로 연행되어 간다. 그런 다음 닭 모이 분쇄기 속으로, 아니면 어디든 그들이 신체 각 부분을 폐기하는 곳에 넣어진다. 케이크와 감상적이고 상냥하며 벨벳처럼 부드러운 눈빛의 고백일까? 아니면 무자비한 모래자루 가격일까? 그녀라면 어느 쪽이든 다 가능하다.

그는 억지로 몸을 일으켜 세우고 나서 스쿠터 수리소 작업복을 잡아당겨 입은 다음, 2층 복도를 따라 살금살금 걸어가 계단 맨 위에서 귀를 기울인다. 그녀는 주방에 있는 것이 분명하다. 음식 냄새와 땡그랑거리는 소리들이 나니까. 그는 아주 조심스럽게 내려가 문틀 근처에서 가만히 들여다본다. 그녀는 식탁에 앉아 휴대전화로 문자를 보내고 있고, 그 앞에는 먹다 남긴 아침 식사가 흐트러진 접시가 있다. 그녀는 업무용 복장을 하고 있다. 단정한 정장, 금귀고리, 회색 스타킹. 돋보기가 그녀의 코 위에 얹혀 있다.

케이크는 없다. 깡패도 없다. 평범하지 않은 것은 아무것도 없다.

"늦잠 잤어요?"

조슬린이 쾌활하게 말한다. 그가 "밸런타인데이 축하해요"라고 말한 다음, 그녀에게 다가가 키스를 해서 어떤 불쾌한 일을 미리 막아야 할까? 아마 아닐 것이다. 어쩌면 그녀는 오늘이 무슨 날인지 까먹었을지도 모른다.

"네에."

"나쁜 꿈이라도 꿨어요?"

"난 꿈 안 꿔요."

그가 거짓말을 한다.

"누구나 꿈은 꿔요. 달걀 하나 들어요. 아니, 두 개요. 당신을 위해 수란을 만들었어요. 조금 단단하게 삶아졌을지도 몰라요. 커피는 보온병에 있어요."

그녀가 토스트 한 쪽 위에 달걀 두 개를 올린다. 하트 모양의 수란짜에서 익힌 것이다. 이게 밸런타인데이 깜짝 선물인가? 이게 다인가? 그는 엄청나게 큰 안도감을 느낀다. 정신 차려, 스탠. 그가 스스로를 타이른다. 그녀는 그렇게 나쁜 사람이 아니야. 그녀가 원했던 건, 그녀의 남편이라는 호색한에게 복수하려고 맞바람을 피우는 데 덧붙여서, 약간의 재미를 보는 게 전부였어.

그녀가 그의 반응을 보려고 쳐다보고 있다.

"고마워요. 그거 멋진데요. 멋진…… 멋진 마음의 표현이에요."

그가 말한다.

이가 몽땅 보이도록 그녀가 활짝 미소를 지어 보인다. 그녀는 한순간도 속아 넘어가지 않는다. 그가 이런 일을 몹시 싫어하는 것을 잘 알고 있다.

"별말씀을. 내 감사의 표시예요."

잡일꾼에게 주는 일종의 봉사료. 모욕적이다. 그는 음식을 게걸스럽
게 먹어치운 다음, 집에서 냉큼 꺼져야 한다. 스쿠터 수리소로 꽁지가
빠지게 급히 달아나, 잡담을 나누고 몇몇 배선을 갈고 망치로 뭘 좀 두
들겨라. 잠깐 숨을 돌려라.

"출근이 좀 늦어졌어요."

그녀가 그의 신속한 퇴장에 대비하도록 그가 말한다. 달걀들 중 하
나를 통째로 그의 입으로 가져가 억지로 밀어 넣는다.

"당신은 오늘 직장에 가지 않을 거예요." 그녀가 담담한 목소리 말한
다. "차를 타고 나랑 같이 갈 거예요."

방이 음산해진다.

"왜요? 무슨 일이에요?"

"나머지 달걀을 마저 먹는 게 좋겠어요." 그녀가 빙긋 웃으며 말한
다. "에너지가 필요할 거예요. 긴 하루를 보내게 될 테니까요."

"그 이유는요?"

그는 가능한 한 침착하게 말한다. 앞으로 30분쯤 지난 후를 골똘히
그려본다. 엷은 안개, 가파른 비탈. 토할 것 같다.

그녀가 자기 잔에 커피를 따른 다음, 식탁 쪽으로 상체를 숙이며 말
한다.

"카메라가 모두 꺼져 있기는 하지만 오래가지는 않을 거예요. 그러
니 난 이 얘기를 당신에게 아주 신속하게 말할 작정이에요."

그녀의 태도는 완전히 바뀌어 있다. 꼴사나운 희롱, 가학적 성행위를 주도하는 여성 지배자 같은 자세는 사라지고 없다. 그녀는 다급하고 직설적이다.

"당신이 나에 대해서 알고 있다고 생각하는 건 모두 잊어버려요. 그건 그렇고, 당신은 우리가 함께 지내는 동안 냉정을 아주 잘 유지하더군요. 내가 당신이 특히 좋아하던 스퀴즈 토이(손에 쥐고 누르면 찍찍 소리가 나는 고무 장난감─옮긴이) 같은 존재는 아니라는 걸 알아요. 하지만 당신이라면 아마 그런 것도 잘 갖고 놀았을 거예요. 그래서 내가 당신에게 이 일을 해달라고 부탁하려는 것이고요. 당신이 할 수 있다고 생각하니까요."

그녀가 잠시 말을 멈추고 그를 주시한다. 스탠은 마른침을 삼킨다.

"뭘 한다는 거죠?"

거짓말하고 도둑질하고 상해를 가하나? 코너가 하는 짓들을? 그늘진 세계의 일. 그런 분위기가 난다.

"우리는 누군가를 밖으로 몰래 내보낼 필요가 있어요. 컨실리언스 벽 밖으로요. 내가 이미 당신의 데이터베이스 입력 사항들을 바꿔놓았어요. 당신은 지난 몇 달간 필이었지만, 이제 다시 스탠이 될 거예요. 고작 몇 시간 동안이지만. 그 후에는 우리가 당신을 밖으로 나가게 할 수 있어요."

스탠은 아찔한 느낌이 든다.

"밖으로요? 어떻게요?"

고위 운영진이 아닌 한 아무도 밖으로 나갈 수 없다.

"어떻게 할 건지는 신경 쓰지 마요. 당신 자신을 일종의 우편배달부라고 생각하세요. 어떤 정보를 밖으로 운반해줘야겠어요."

"잠깐만요. 무슨 일이에요? 누가 우리예요?"

"몇 가지에 관해서는 에드가 맞아요. 당신은 주민 회의에서 그가 한 말을 들었지요. 프로젝트를 폭로하고 싶어 하는 몇몇 사람들이 정말로 있어요. 하지만 그들이 모두 저 밖에 있는 건 아니에요. 일부는 이 안에 있어요. 사실 그들 중 일부가 이 방 안에 있지요."

조슬린이 미소 짓는다. 이제 그녀의 미소는 거의 장난꾸러기 요정 같은 분위기를 띤다. 이런 대화는 분명히 위험한데도 그녀는 이것을 즐기고 있다.

"워워, 잠깐만." 스탠이 말한다. 이것은 짧게 요약한 몇 마디에 다 담기에는 내용이 너무 많다. "어떻게 된 거죠? 난 당신이 이곳의 최고 경영진의 일원이라고 생각했어요. 당신은 감시국의 높은 자리에 있어요, 맞죠?"

"맞아요. 사실대로 말하자면 난 에드의 창업 동지예요. 초기 단계에서 이 프로젝트에 돈을 댔어요. 난 이게 옳다고 믿었어요. 에드를 믿었지요. 난 프로젝트를 위해 열심히 일했어요. 결국 그게 잘하는 일일 거라고 생각했어요. 희소식을 곧이곧대로 믿었어요. 선택할 수 있는 또 다른 길이 많은 사람들에게 끔찍한 삶이었다는 것을 감안한다면, 처음에는 그게 사실이기도 했고요. 하지만 그러다가 에드가 상이한 투자자 집단을 끌어들였고, 그들이 욕심을 냈지요."

"뭘 욕심냈다는 거죠? 이곳이 이윤을 내는 것도 아닌데! 그 빌어먹을 방울양배추를? 닭고기를? 난 오히려 이 프로젝트가 돈을 절약하기 위한 것이거나 자선사업 같은 거라고 생각했어요, 맞지요?"

조슬린이 한숨을 쉬며 말한다.

"솔직히 당신도 이 모든 사업이 단순히 러스트 벨트(미국 중서부와 북동부의 불황에 허덕이는 공업지대를 일컫는 말—옮긴이)에 활기를 되찾아주고 일자리를 창출하기 위해서 운영되고 있다고 믿는 건 아니겠지요? 그게 최초의 생각이기는 했지만, 일단 벽으로 둘러싸서 아무런 단속도 받지 않고 통제할 수 있는 주민들을 차지하고 나면 원하는 건 무엇이든 할 수 있는 법이에요. 여러 기회가 보이기 시작해요. 게다가 그중 일부는 아주 단시간에 이익을 아주 많이 냈어요."

스탠은 도무지 따라잡을 수가 없다.

"내 짐작에는 분명히 건설 도급업자들이 이익을 보고 있……."

"도급 부분은 잊어버려요. 그건 사소한 거예요. 가장 큰 거래는 교도소예요. 과거에 교도소들은 처벌에 관여했고, 그다음으로는 교정과 참회, 또 그다음으로는 위험한 범죄자들을 안에 가둬두는 것에 관여했어요. 그다음에는 수십 년 동안 군중 통제에 관여했지요. 젊고 공격적이고 사회에서 소외된 사내들이 길거리로 나오지 못하도록 가둬두는 일이에요. 그리고 그다음으로 교도소들이 민간 기업으로 운영되기 시작했을 때는, 포장 도시락을 감옥 식사로 공급하는 회사들과 고용된 교도관들 등등의 이익률에 관여했어요."

스탠은 고개를 끄덕인다. 이 모든 것을 알아듣는다.

"하지만 우리가 서명을 했을 때는 그런 것 같지 않았어요. 그들은 우리가 여기에서 얻게 될 것에 대해 거짓말을 하지 않았어요. 우린 집을 받았어요, 우리는 또…… 예전에 우리는 빈털터리였고 비참했지요. 여기에서 우리는 훨씬 더 행복했어요."

"물론 그랬겠죠. 처음에는. 초기에는 나도 그랬어요. 하지만 이제 더이상 초기가 아니에요."

"그렇다면 나쁜 소식은 뭔가요?"

"내가 당신한테 신체 부위로 버는 수입에 대해 얘기해준다면 어떻겠어요? 장기, 뼈, 디엔에이(DNA), 수요가 있는 건 뭐든 말이에요. 그런게 이곳의 큰 소득원 중 하나예요. 그 일은 처음에는 다른 나라들에서 벌어지고 있었고, 그들은 떼돈을 벌고 있었어요. 그런 상황이 에드에게는 너무나 솔깃했지요. 고령의 백만장자들 사이에는 거대한 이식 재료 시장이 존재하거든요, 안 그래요? 에드는 한 양로원 체인을 사들여서 각 지점 시설 내부에 이식 전문 병원을 세웠어요. 루비 구두 양로원 및 부속병원 체인. 거대한 규모지요. 사업 총괄 본부는 한 가지 결정적인 요소 때문에 라스베이거스에 있어요. 그는 그곳이라면 감독이 덜 철저할 거라고 생각해요. 무슨 일이든 허용되니까요. 그는 빈틈이 없어요."

"잠깐만요. 누구의 신체 부위라는 거죠? 포지트론에 있는 사내들의 수는 여전히 같아요. 난 그들을 잘 알아요. 그들은 장기 때문에 토막 나고 있지 않아요. 누군가가 사라지고 있다면 모를까. 일단 진짜 범죄자들을 처리하고 나서는 아무도 사라지지 않았어요."

"그래요. 에드는 우리가 그들을 다 없애버린 게 유감스러운 일이라고 생각해요. 그는 그런 사람들을 좀 더 들여올, 말하자면 공적인 통제에서 뺏어올 계획들을 세워놓았어요. 하지만 당신도 잘 안다는 그 사람들은 컨실리언스의 선량한 시민들이고, 계속해서 이곳이 하루하루 잘 돌아가게 하고 있어요. 일개미들이지요. 그들은 제자리에 머물러 있을 거예요. 원자재는 외부에서 실어오고 있어요."

그 트럭이다. 두건이 씌워진 채 발을 질질 끌며 걷던 죄수들이야. 이런, 기가 막히는군. 스탠이 생각한다. 우리는 거친 흑백 화면의 복고풍 스릴러 영화에 갇혀 옴짝달싹도 못 하는 처지군.

"그러니까 당신 말은 그들이 사람들을 소몰이라도 하듯 체포해서 여기로 끌고 온다는 거예요? 신체 부위 때문에 그들을 죽이고?"

"오로지 바람직하지 못한 사람들만요."

조슬린이 큼지막한 치아를 드러내고 미소를 지으면서 말한다. 어쨌든 그녀는 자신의 다소 거칠고 빈정대는 말투를 계속 유지했다.

"하지만 지금은 에드가 말만 하면 누구든 다 *바람직하지 못한 사람*이지요. 그건 그렇고 에드의 말로는, 다음으로 크게 주목받을 것은 갓난아이들의 혈액이 될 거래요. 그게 노인들을 회춘시켜준다는 과장된 이야기가 돌고 있으니 그 건에 관한 판매 수익은 천문학적일 거예요."

"그건……."

스탠은 "빌어먹을 만큼 소름 끼치는군요"라고 말하고 싶지만, 정작 소름 끼칠 만한 그 일은 아직 시작되지도 않은 상태다. 아니면 그는 이렇게 말할 수도 있을 것이다. "설마, 농담이겠지요." 하지만 그는 생쥐 실험에 대해 들었던 것을 기억해낸다. 게다가 그녀는 지독하게 진지해 보인다.

"대체 어디에서 그 갓난아이들을 구할 계획인 거죠?"

"부족할 일은 전혀 없어요." 그녀는 그녀의 다른 한 가지 미소, 즉 비꼬는 듯한 미소를 머금은 채 말한다. "사람들은 갓난아이들을 아무 데나 눕혀둬요. 너무나 부주의하지요."

"누군가가 이 일에 대해 들었을까요? 저 밖에서? 그들이 이런저런 것을 통틀어서 생각해봤다면, 반드시……."

"그게 바로 에드가 걱정하는 점이에요. 그래서 보안이 극도로 엄격한 거고요. 몇몇 소문이 돌고 있었지만 그는 용케 그 소문들을 차단했어요. 지금은 언론 매체와 관련된 그 누구도 이곳의 1마일 이내로 들어올 수 없고, 당신도 알다시피 어떤 정보도 반출이 허용되지 않아요. 그게 바로 우리가 당신 같은 사람을 보내야만 하는 이유예요. 당신은 플래시 드라이브에 담긴 디지털화된 복사 문서와 몇몇 동영상을 가지고 가게 될 거예요. 우리는 당신에게 언론 매체의 핵심 인물을 소개해주려고 시도할 거예요. 에드의 정치적인 친구들과 한패가 아니며 기꺼이 이이야기를 터뜨리는 모험을 하려 들 사람을요."

"그럼 난 뭐가 되는 거죠? 심부름꾼인가요?"

총탄에 맞는 당사자지. 그가 생각한다.

"뭐, 대충."

"당신이 직접 가지고 나가지 그래요? 복사된 디지털 문서 말이에요."

조슬린이 딱하다는 듯 그를 쳐다본다.

"절대 안 돼요. 나한테 출입증이 있는 건 사실이에요. 난 밖에 나갈 수 있지요. 지금껏 내내 내가 외부 사업 본부들을 설립하고, 에드로 인해 우리가 말려들게 된 다소 불법적인 일들을 처리하기 위해 고용해야 할 사람들을 돈을 주고 샀어요. 하지만 난 온종일 줄곧 감시를 받고 있어요. 내 안전을 보장하기 위해서라는 게 에드의 핑계지요. 그가 누군가를 신뢰하는 한은 나를 신뢰하겠지만, 그것도 갈수록 더 시원치 않아요. 그는 점점 더 신경질적이 되고 있어요."

"왜 달아나버리지 않았어요? 그냥 떠나버리지?"

그라면 십중팔구 그렇게 했을 것이다.

"난 이곳을 만드는 걸 도왔어요. 이곳을 바로잡는 것도 도와야 해요. 자, 시간이 다 됐군요. 움직여야 해요."

모래자루

지금 그들은 차에 타고 있다. 그는 그 차로 걸어왔던 것을 가까스로 기억해낸다. 앞쪽에는 운전사가 있다. 로봇이 아닌 진짜 운전사다. 운전사는 똑바로 앉아 있는데, 회색 옷에 싸인 그의 양어깨는 곧게 펴져 있고 뒤통수는 이렇다 할 특징이 없다. 거리들이 미끄러지듯 스쳐 지나간다.

"어디로 가는 건가요?" 스탠이 말한다.

"포지트론이요. 당신을 위한 우리의 출구 전략은 거기서 시작돼요. 당신을 준비시킨 다음, 당신이 이날을 나도록 도와줄 필요가 있지요. 이런 움직임에 위험 요소들이 전혀 없는 건 아니에요. 만일 당신이 잡힌다면 그건 무척 불행한 일이 될 거예요." 조슬린이 말한다.

저 운전기사. 스탠이 생각한다. 영화에서는 늘 운전기사가 문제야. 엿듣고 있어. 모든 사람을 염탐하고 있지.

"저 남자는 어떤가요? 이 모든 걸 들었잖아요."

"아, 그 사람이 바로 필이에요. 아니, 맥스요. 동영상에서 그이를 본 기억이 있을 거예요."

필이 몸을 돌려 짧게 빙긋 웃는다. 그 남자다. 확실하다. 잘생기고 폭이 좁고 신뢰할 수 없는 얼굴, 지나치게 반짝이는 두 눈을 지닌, 샤메인의 맥스.

"이이는 동기를 만들어내는 데 굉장히 큰 도움이 되어줬어요. 우리가 샤메인을 선택한 건 우리 생각엔 그녀가 아마……."

"감수성이 예민하지요." 필이 말한다.

"충분히 버틸 만하면서도 거리낌 없이 유혹에 넘어올 것 같아서였어요." 조슬린이 말한다.

"뭐라고요?" 스탠이 말한다.

이건 샤메인에 대한 당치 않은 중상이다. 그는 주먹을 불끈 쥔다. 침착해. 그는 스스로를 타이른다.

"그녀는 일종의 도박이었어요." 조슬린이 말한다.

"하지만 그녀는 그만한 보답을 해줬어요." 필이 말한다.

거짓말만 하는 후레자식, 저놈은 심지어 진실하지도 않았어. 스탠은 생각한다. 그는 샤메인을 줄곧 속이고 있었다. 그녀에게 올가미를 씌운 것이었다. 사람들이 누군가를 타락시킬 때 보통 가지기 마련이라는 동기와는 전혀 다른 동기로 그녀를 타락시킨 것이었다. 마치 샤메인이 그에게 너무 부족하기라도 한 것처럼 말이다. 그러니까 진심 어린 금단의 열정에는 너무 부족하기라도 한 것처럼. 그리고 그것은 곰곰이 생각해 보면 실은 스탠에 대한 비난이다. 그의 두 손이 화끈거린다. 이놈을 목 졸라 죽이고 싶다. 아니면 최소한 그의 이빨에 세게 한 방 먹이든가.

"뭐에 대한 동기요?" 스탠이 말한다.

"언짢아하지 마요. 내가 왜 당신을 제거시키고 싶어 할지에 대한 거요. 나한텐 윗사람들이 있어요. 그들에게 내 결정에 대해 설명할 필요가 있을 거예요." 조슬린이 말한다.

"제거시킨다고? 당신이 뭘 할 작정이라고요?"

스탠은 거의 소리를 지르다시피 한다. 이 일은 시시각각 점점 더 미친 짓이 돼가는 중이다. 영웅적인 이야기와는 달리, 그녀는 결국 사이코패스인 것일까? 보너스로 그의 간까지 차지할 꿍꿍이가 있는?

"당신이 그걸 뭐라고 부르고 싶어 하든 간에, 우리 경영진 사이에서는 그걸 '용도 변경'이라고 불러요. 내게는 그런 경우 재량권이 있고, 사태가 심각하게 흘러갔을 때…… 내가 그래야만 했을 때는 전에도 그런 종류의 결정들을 내렸던 적이 있어요. 특히 이번 시나리오의 경우, 그러니까 당신을 아무 탈 없이 말짱하게 벽을 통과시키는 데 적합하게 조정된 이 시나리오의 경우, 내가 제대로 하고 있는지 점검할 가능성이 있는 사람이라면 누구든, 예를 들면 에드 같은 사람은 권력이 인간을 타락시킨다는 걸 잘 알고 있고 그런 상황을 직접 경험하게 될 거예요. 그들은 내가 일신상의 이유로 어떤 식으로 나 자신의 권력을 사용하고 싶어 하는지 보게 될 거예요. 그들이 그런 일에 찬성하지 않을지는 모르지만 속아 넘어가기는 할 거예요. 좌우간 내가 증거를 사용해야 할 필요가 있을지 모른다면, 증거는 충분하지만 그럴 필요는 없기를 바라요."

"증거라니, 예를 들면요?"

그는 온몸이 춥고 약간 어지러워지는 기분이 든다.

"모든 순간이 다 녹화되어 있어요. 이유를 입증하기 위해 필요할 모든 것이요. 필과 샤메인, 그들의 격렬한 정사가요. 그건 내가 필이 스스로 뛰어들었다고 말해야만 하는 일이죠. 아닌 게 아니라 정말로 그가 그런 짓을 잘하긴 해요. 그런 다음 그런 정사를 재연하고 당신을 통해 샤메인을 벌주려는 나 자신의 질투심에서 비롯된 온갖 저열한 시도들이 있어요. 왜 우리가 텔레비전 앞에서 그 모든 연극 같은 섹스를 해야만 했다고 생각해요? 당신이 꺼리는 기색이 완전히 다 기록되었어요, 정말이에요. 조명이 좋았어요. 난 이미 동영상을 일부 봤거든요." 그녀가 한숨을 쉬며 말한다. "당신이 날 한 대 후려치지 않아서 조금 놀랐어요. 아마 많은 다른 남자들이 그랬을 테고, 내가 알기로는 당신도 하마터면 참지 못할 뻔한 적이 두어 번 있었지요. 당신 혈압이 걱정됐다니까요. 하지만 당신은 인상적인 자제력을 발휘했어요."

"그렇게 봐주다니 고맙군요."

그는 '인상적이다'라는 평을 꼬리표로 달았다는 데 한순간 기쁨을 느낀다. 그것참. 그가 스스로에게 말한다. 이 말에 속아 넘어가는 거야? 이 돌처럼 차가운 여자가 널 빌어먹을 갤리선 노예처럼 취급하는 일에 크게 열광하지 않았다는 걸 아주 잠깐 동안이라도 믿어? 저 두 사람을 신뢰해? 아니. 그가 대답한다. 하지만 너한테 선택의 여지가 있어? 취소해, 그 일을 하지 않겠다고 말해봐. 그러면 그들이 아마 널 죽일걸.

"당신이 억지로 해야만 했던 게 보탬이 됐어요. 당신이 꺼리는 기색이 돋보였지요. 비록 으쓱한 기분이 드는 일은 결코 아니었지만요. 그걸 보면 누구라도 사실상 총구를 들이대서 한 거나 다름없는 섹스였다는 결론을 내릴 거예요." 조슬린이 말한다.

"조슬린은 실상은, 진짜로 그렇지는 않아요. 무척 매력적으로 굴 수도 있어요."

필이 호기롭게 말한다. 아니, 어쩌면 더 정확히 말해 솔직하게 말한 걸지도 모르지. 스탠이 생각한다. 사람마다 취향이 다르니까.

"동의해요." 그는 동의를 요구받고 있다고 판단하고 이렇게 말한다. "그건 총구를 들이댄 것 같은 건 결코 아니었어요. 그건⋯⋯."

조슬린이 다리를 꼰다. 마치 스탠을 진정시키기라도 하려는 듯 그의 넓적다리를 토닥거린다.

"아무튼, 그런 동영상들을 보여줘야 할 수도 있을 그 사람들은 왜 내게 당신을 제거하고 싶어 할 가능성이 있는지를 알게 될 거예요. 그것도 샤메인을 도구로 써서요. 어쨌든 그녀는 내 남편을 훔쳤으니까요, 그렇죠? 이중 처벌인 거지요. 이런 속임수는 빈틈없어야 해요. 에드가 샅샅이 뒤진다고 해도 그를 속여 넘길 수 있을 만한 것이어야 해요. 그는 내게서 뿜어져 나오는 그런 종류의 악의를 믿을 거예요. 그는 보이는 그대로 내가 냉혹한 사람이라고 생각해요. 그게 바로 내가 그의 오른팔인 이유지요."

얘기가 스탠이 생각하는 쪽으로 흘러가는 걸까? 손이 축축하다.

"무슨 속임수요?"

"샤메인이 평상시 용도 변경이 예정된 사람에게 치사량을 투여하는 곳인 약품 관리과에 일하러 간 다음, 자신이 시행해야 할 다음번 '특별 시술' 대상자가 당신이라는 사실을 알게 되는 부분이요. 그런 다음 그녀가 그 일을 정말로 시행하지요. 하지만 걱정하지 마요. 다른 사람들과는 달리 나중에 당신은 깨어나게 될 테니까. 그러면 우리는 반은 해낸 셈일 거예요. 당신은 과거 시제가 아니고서는 더 이상 데이터베이스 상에 존재하지 않을 테니까요."

스탠은 머리가 지끈거린다. 그는 이 얘기를 도무지 따라잡기가 힘들 지경이다. 그러니까 그것이 샤메인이 지금껏 내내 그녀의 비밀스러운 직장에서 해오고 있는 일이다. 그녀는 내내…… 그는 이 말을 믿을 수가 없다. 항상 들떠 있고 낙천적인 샤메인이? 빌어먹을. 그녀는 의도적인 살인자다.

"잠깐. 그녀에게 말하지 않았다고요? 샤메인한테? 그녀는 자기가 날 죽였다고 생각할 텐데?"

"그녀에게 그건 진짜여야만 해요. 우린 그녀가 연기를 하는 건 원하지 않아요. 그들은 그걸 간파할 거예요. 그들에게는 얼굴 표정 분석기들이 있어요. 하지만 샤메인은 그 설정을 믿을 테지요. 그녀는 진짜로 잘 믿어요." 조슬린이 말한다.

"그녀는 환상에 쉽사리 빠져들지요."

필이 말한다. 저건 히죽거리는 건가?

"샤메인은 날 죽이려고 하지 않을 거예요." 스탠이 단호하게 말한다. "아무리……." *네 녀석이 아무리 그녀 마음 깊은 곳까지 차지했다고 할지라도 말이지, 이 거짓말만 하는 바람둥이야.* 그는 이렇게 말하고 싶지만 하지 않는다. "그로 인해 내가 죽을 거라는 생각이 들면 그녀는 그 일을 하지 않으려 할 거예요."

"그것도 알게 되겠지요, 안 그래요?"

조슬린이 미소를 지으며 말한다.

스탠은 이렇게 말하고 싶다. *샤메인은 날 사랑해.* 하지만 더 이상 그것을 완전히 자신하지 못한다. *그리고 실수가 있으면 어쩌지요? 내가 정말로 죽어버리면 어째요?* 그는 이렇게 묻고 싶다. 하지만 그는 지나치게 새가슴이라서 자신이 새가슴이라는 것조차 시인할 수 없기에 침묵을 지킨다.

필이 차를 출발시켜, 포지트론 교도소로 향하는 길을 따라 그들이 소리 없이 나아가게 한다. 그가 계기판의 라디오를 켠다. 도리스 데이의 곡이다. 「당신은 내가 당신을 사랑하게 만들었어요」. 스탠은 긴장이 풀린다. 읊조리듯 낮게 노래하는 목소리는 이 순간 그에게 굉장한 안식처다. 두 눈을 감는다.

"밸런타인데이 축하해요."

조슬린이 부드럽게 말한다. 다시 한번 그의 넓적다리를 토닥거린다.

그는 주삿바늘이 들어가는 것을 거의 느끼지도 못한다. 그저 가볍게 한 번 따끔할 뿐이다. 이내 그는 안개가 자욱한 낭떠러지 끝에 서 있다. 그는 추락하는 중이다.

VII

—

하얀 천장

하얀 천장

스탠은 마치 다갈색 당밀로 가득 찬 우물에서 떠오르는 것처럼 의식을 차리기 시작한다. 아니, 안에 아무것도 없는 우물이다. 그가 아무 꿈도 꾸지 않은 것을 보니. 그가 기억해낼 수 있는 마지막 장면은 그 차, 차창을 캄캄하게 선팅한 검은색 감시국 차량 안에 조슬린이 뒷좌석 그의 옆자리에 앉아 있고, 그녀의 남편이라는 잘난 체하는 믿을 수 없는 멍청이가 운전을 하는 상태로 있던 것이다.

그로서는 깨진 병으로 구멍을 내는 것도 마다하지 않을 머리통인, 필의 뒤통수 모습이 남아 있고, 그다음으로는 마치 그가 애완견이라도 되는 양, 특유의 선심 쓰는 체하는 방식으로 그의 무릎을 토닥거리려고 억세지만 깔끔하게 매니큐어를 바른 손을 뻗던 조슬린의 모습도 남아 있다. 그녀의 정장의 검은색 소매. 그것이 그가 마지막으로 기억하는 한순간이었다.

그런 다음, 주삿바늘에 찔리는 따끔한 느낌. 그는 그것을 알아차리기도 전에 의식을 잃어버렸다.

하지만 이것 봐라, 그녀는 그를 죽이지 않았다! 그는 여전히 정신이 붙어 있고, 자신의 심장이 고동치는 소리를 들을 수 있다. 그의 정신에 관해 말하자면, 얼음물처럼 맑다. 그는 마취를 당했던 것 같은 느낌이 들지 않는다. 마치 방금 막 더블 에스프레소 두 잔을 단숨에 들이켠 듯, 개운하고 지나치게 말똥말똥 느낌이 든다.

그가 눈을 뜬다. 제기랄. 아무것도 없군. 어쩌면 결국 그를 성층권으로 보내버렸는지도 모르겠는걸. 아니, 잠깐만, 저건 천장이잖아. 불빛을 아래쪽으로 반사하고 있는, 하얀 천장.

그는 그 불빛이 어디서 오는지 보려고 고개를 돌린다. 아니, 고개를 돌리지는 못한다. 왜냐하면 고개가 그렇게까지 많이 돌아가지 않기 때문이다. 무언가가 그의 머리를, 두 팔을, 그리고, 그렇다, 그의 두 다리까지 속박하고 있다. 우라지게 빌어먹을 일이다. 그들이 그를 끈으로 묶어놨던 것이다.

"빌어먹을!"

그가 크게 소리 내어 말한다. 아, 아니다. 그는 그렇게 말하지 못한다. 그의 입에서 흘러나오는 거라곤 침을 질질 흘리는 좀비가 내는 것 같은 소리뿐이다. 하지만 마치 두둑한 눈 더미에서 헛바퀴가 돌고 있는 자동차처럼, 절박하다. *우-우-우-웅. 우-우-우-웅.*

끔찍한 일이다. 그는 생각할 수 있지만, 움직일 수 없고 말할 수 없다. 제기랄.

262

샤메인은 밤새 거의 한숨도 못 잤다. 어쩌면 그건 비명 소리들이었을 것이다. 아니면 웃음소리들이었을지도 모른다. 그편이 나을 것이다. 비록 웃음소리라기에는 시끄럽고 고음인 데다가 병적으로 흥분한 듯하지만 말이다. 그녀는 몇몇 다른 여자들에게도 무언가를 들었는지 물어보고 싶지만, 아마 좋은 생각이 아닐 것이다.

아니, 어쩌면 그녀의 불면은 지나친 흥분에서 비롯된 것일지도 모른다. 왜냐하면 정말로 그녀는 엄청나게 흥분해 있기 때문이다. 너무나 흥분해서 점심을 새 모이 먹듯 마지못해 깨지락거릴 뿐이다. 왜냐하면 오늘 오후 그녀는 자신의 진짜 일을 다시 시작하게 되기 때문이다. 오전 근무 시간에 수건 접는 일을 하고 난 후, 수치스러운 '세탁실' 이름표를 던져버리고, '약품 관리 과장'이라는 그녀의 정당한 이름표로 교체할 수 있게 되었다. 마치 그 이름표를 잃어버렸다가 이제 되찾기라도 한 것처럼 더없이 행복한 기분이 든다. 마치 별이나 운명 같은 것이 일부러 지목해서 승리하게 해주기라도 한 듯, 스쿠터 열쇠나 휴대전화를 제자리에 두지 않아서 못 찾다가 드디어 나타나고 행운이 급격히 증가할 때처럼 말이다. 그녀의 정당한 이름표는 그만큼이나 그녀를 행복하게 만들어준다.

그녀의 구역에 있는 다른 여자들이 그 이름표를 알아차렸다. 그들은 그녀를 새삼스레 정중하게 대하는 중이다. 마치 그녀가 가구인 것처럼 스쳐 지나치는 대신 그녀를 똑바로 바라보고 있다. 그들은 그녀에게, 예를 들어 잠은 잘 잤는지, 오늘 점심 식사는 정말 굉장하지 않았는지 같은 사교적인 질문들을 던지고 있다. 그녀의 뜨개질 솜씨가 영 형편없음에도 불구하고, 푸른색 테디 베어들을 정말 잘 만들고 있다든가 하는 것 같은 사소하고 격의 없는 칭찬의 말들을 그녀에게 건네고 있다. 게다가 그들은 그녀에게 미소를 짓고 있다. 그것도 짓다 만 듯한 미소가 아니라, 부분적으로만 가식일 뿐인 만면 가득한 미소를 말이다.

그녀는 미소로 답하기가 전혀 어렵지 않다. 그녀가 '수건 접기' 부서로 추방당해 무척 외롭고 고립된 기분이 들고, 마치 치아 바로 뒤쪽에 깨진 시멘트 보도가 있어서 미소마저 금이 간 듯 억지 미소를 짓는 것 같고, 입이 오그라들어 막힌 것 같고, 다른 여자들은 그녀가 어떤 종류의 불명예스러운 처지에 놓인 것인지 알지 못하기 때문에 그녀에게 짧게만 말하던 지난 몇 주와는 다르다.

샤메인은 그들을 비난할 수 없었다. 왜냐하면 그녀 자신도 어떤 종류의 일인지 알지 못했기 때문이다. 그녀는 그것이 그저 사소한 실수일 거라고 생각하려고 최선을 다했다. 사람은 언제나 긍정적으로 생각하려고 최선을 다해야만 하는 법이었다. 사실 부정적으로 생각하면 우울해지는 것 말고 얻을 수 있는 게 대체 무엇이었겠는가? 반면에 긍정적인 생각을 가지면 계속 나아갈 힘이 생겼다.

그리하여 그녀는 계속 나아갔다.

너무나 두려웠기 때문에 그러기가 힘들기는 했지만 말이다. 그들은 정말로 그녀를 어쩔 셈이었을까? 그녀는 그들이 둘 이상일 것이라고 확신한다. 실제로 많이 모습을 드러낸 사람은 에드 하나뿐이지만 막후에서 모든 것에 대해 이야기를 나누며 온갖 중요한 결정을 내리는 한 무리의 사람들이 있을 것이 분명하다.

그들이 이사회실에 앉아 그녀에 대해 토의를 했을까? 그녀가 내내 스탠을 속였다는 걸 알고 있을까? 그녀의 사진들이나 음성 녹음본들이나, 훨씬 더 심하게는 동영상들까지도 가지고 있을까? 그녀가 한번은 맥스에게 이렇게 말한 적이 있다. "비디오가 있으면 어쩌지?" 하지만 그는 그저 웃음을 터뜨리며 버려진 집에 비디오카메라가 있을 까닭이 무엇이냐며 자신은 그 순간이 단조롭지 않도록 그것이 있기만을 바랄 뿐이라고 했다. 그런데 그가 그 순간의 단조로움을 달래고 있었고, 아울러 저 다른 남자들도 그 순간의 단조로움을 달래고 있었다면 어쩌지?

그들이 그런 빈집들에 있던 그녀와 맥스를 지켜보았다는 생각에 그녀의 얼굴이 온통 빨개진다. 맥스와 함께 있으면 그녀는 본래의 그녀가 아닌 누군가 다른 사람, 그러니까 만일 함께 출소 대기 줄에 서 있다면 그녀가 말도 걸지 않을 난잡한 어떤 금발 여자였다. 그 또 다른 샤메인이 그녀와 대화를 트려고 애를 쓴대도, 그녀는 마치 듣지 못한 것처럼 외면해버릴 것이다. 왜냐하면 사귀는 친구를 보면 그 사람을 알 수 있는 법이고 그 다른 샤메인은 나쁜 친구이기 때문이다. 하지만 그 샤메인은 이미 내쫓겼고, 그녀 자신은, 즉 진짜 샤메인은 합당한 신분을 회복했다. 그녀는 무슨 일이 있어도 그것을 계속 그렇게 유지해야만 한다.

그녀는 저마다 오렌지색 작업복을 입은 여자들이 줄지어 앉은 식탁을 가만히 내려다본다. 기본적으로 그간 내내 그들이 그녀에게 말을 건네지 않고 있었기 때문에 그들을 아주 잘 알지는 못하지만 얼굴은 친숙하다. 그들이 각자의 점심을 우물거리는 동안 그녀는 그들의 얼굴 생김을 유심히 훑어본다. 이것은 그들 하나하나가 특별하고 그 무엇으로도 대체할 수 없는 인간이기 때문에 느끼게 되는 따뜻하고 포근하며 반가운 기분이 아닐까?

아니, 이것은 따뜻하고 포근하며 반가운 기분이 아니다. 솔직히 말해서 그녀는 이 여자들을 별로 좋아하지 않는다. 원 할머니라면 그녀가 그들을 내던질 수 있는 한은, 그들 중 어느 누구도 신뢰하지 않을 것이라고 말할 것이다. 비록 그들 대부분이 과체중이기 때문에 그리 멀리까지는 던지지 못하겠지만 말이다. 그들은 댄서사이즈(건강 증진을 위한 재즈댄스의 일종―옮긴이) 수업을 받거나 포지트론 체육관에서 운동을 해서 좀 더 많은 에너지를 태워 없애야만 한다. 그들은 저 빌어먹을 푸른색 곰 인형을 짜면서 뚱뚱한 엉덩이를 붙이고 앉아 있을 뿐 아니라 후식까지 먹어대서 몸무게가 쌓이고 소형 비행선처럼 뚱뚱하게 부풀어 오르는 중이다. 그리고 마음속 깊은 곳에서 그녀는 그들 하나하나가 특별하고 그 무엇으로도 대체할 수 없는 인간인지 따위는 신경 쓰지 않는다. 왜냐하면 그들도 그녀를 그와 같은 인간으로 대접하지 않았기 때문이다. 그들은 그녀를 마치 자신들의 신발에 들러붙은 무언가처럼 대했다.

하지만 그것은 지나간 일이고, 그녀는 화를 내며 과거를 되돌아보거나 원한에 매달려서는 안 된다. 왜냐하면 분홍색 옷을 입은 그 젊은 여자가 텔레비전 요가 프로그램에서 말하다시피, 그러한 태도는 해롭기 때문이다. 그러므로 지금 그녀는 다행스러운 점들을 곰곰이 생각해본다. 다른 수많은 사람들이 벽 밖에서, 그러니까 에드에 따르면 모든 것이 엉망진창이 되어가는 곳에서 힘든 시간을 보내고 있는 동안, 그들 모두는 이곳에 편안하게 들어앉아 있으니 얼마나 고마운 일인가. 더구나 그녀가 저 바깥에 살던 때 진행 중이던 상황보다 훨씬 더 심하게 엉망진창이라니 말이다.

점심은 닭고기 샐러드다. 바로 여기 포지트론 교도소의 건너편 남자 수감동에서, 위생적이고 사려 깊은 환경 속에서 사육된 닭들로 만든 것이다. 게다가 양상추와 아루굴라(이탈리아 요리에 많이 쓰이는 채소로 흔히 '루콜라'라고 한다—옮긴이)와 적색 치커리와 셀러리 또한 여기서 재배된다. 하지만 그녀가 이제 생각해내고 보니 셀러리는 아니다. 그것은 외부에서 들어온다. 하지만 파슬리는 여기서 재배된다. 파도. 또 방울토마토도. 그녀는 식욕이 없음에도 불구하고 샐러드를 찍어 깨작거린다. 왜냐하면 고마워할 줄 모르는 것처럼 보이고 싶지 않기 때문이다. 아니, 좀 더 심각하게도, 불안정해 보일까 봐.

이제 후식이 나왔다. 방 저 끝에 있는 탁자 위에 후식이 차려져 있다. 여자들이 줄별로 순서대로 일어나, 후식을 가져오려고 일렬로 늘어선다. 바로 포지트론의 자체적인 과수원에서 난 붉은색 북미 자두로 만든 자두 크럼블이라고 여자들이 서로 소곤거린다. 하지만 샤메인이 직접 그 과수원에서 일해본 적도, 거기서 일했다는 다른 누군가와 이야기해본 적조차 없기는 했다. 그러니 그것이 정말로 존재하는지를 그녀가 어떻게 알겠는가? 저런 자두들을 통조림으로 여기에 들여오고 있을 수도 있지만, 누군가 그 통조림을 따는 사람을 제외하고는 아무도 전혀 알지 못할 것이다.

그녀는 포지트론에 대한 이런 회의적인 생각들을 빈번히 하는 중이

다. 어리석게 굴지 마, 샤메인. 그녀가 스스로를 타이른다. 주제를 바꿔
봐. 사실 자두가 어디서 오는지에 대해서까지 네가 상관할 까닭이 뭐
야? 그리고 만일 그들이 우리 모두의 기분이 더 좋아지게 만들려고 사
소한 거짓말을 하고 싶어 한들 무슨 피해가 있다는 거야?

그녀는 튼튼한 압착 유리 접시에 담긴 그녀 몫의 자두 크럼블을 집
어 든다. 포지트론 자체의 젖소들에서 생산된 크림이 첨가되어 있다.
그녀가 그 젖소들을 한 번이라도 본 적이 있다는 것 또한 아니기는 하
지만. 그녀는 다른 여자들 앞을 줄줄이 지나치면서 그들에게 고개를 끄
덕여 인사하며 미소를 지어 보이고, 자리에 돌아가 앉은 다음 자신의
크럼블을 빤히 쳐다본다. 그녀는 그것이 마치 엉겨 붙은 피처럼 보인다
는 생각을 억누를 수 없지만, 매직으로 그어버리듯 그런 생각을 싹 지
워버린다. 그녀는 조금이라도 먹기 위해 노력해야 한다. 그러면 신경이
안정될지도 모른다.

그녀는 약품 관리 업무에서 상당히 오랫동안 떠나 있었다. 어쩌면
그녀는 솜씨를 잃어버렸을지도 모른다. 그녀가 다음번에 특별 시술을
할 때 난장판으로 만들면 어쩌지? 잔뜩 긴장하면? 정맥의 가장 좋은 자
리를 놓치면?

실제로 '시술'을 하는 동안에는, 전반적인 상황을 걱정하지는 않으며
그 순간에 충실하고, 오로지 일을 제대로 처리하고 임무를 완수하기만
을 바란다. 하지만 지난 두 달 동안 그녀는 멀리 떨어져 있었고, 멀찍이서
볼 때는 그녀가 약품 관리과에서 하는 일이, 만일 그녀가 그저 한 개인일
뿐이라면 마땅히 해야만 하는 일과 늘 똑같아 보이지는 않는다.

꺼림칙한 기분이 드는 거야, 샤메인? 그녀의 머릿속에서 작은 목소리가 묻는다.

아니야, 멍청아. 그녀가 대답한다. 후식을 드시는 중이란다. 자두 크럼블.

그녀와 같은 식탁의 여자들은 음 소리를 내고 있다. 붉은색 부스러기들이 그들의 입술에 들러붙는다.

두건

스탠이 다시 한번 시도해본다. 온 힘을 다해 두 팔과 넓적다리로 끈을 치받는다. 비록 그에게 보이지는 않지만 그것들이 끈인 것은 분명하다. 싫어. 이게 무슨 일이지? 또 다른 변태적인 섹스 게임에 대한 조슬린의 정신 나간 생각인가?

그가 "샤메인"이라고 부르려 해본다. 그의 목청에서 나는 소리는 불분명하고, 혀는 차가운 소고기 샌드위치 같다. 아무튼 그는 대체 왜 마치 양말을 찾지 못하는 것처럼, 마치 셔츠의 맨 위 단추를 채우는 데 도움이 필요하기라도 한 것처럼 그녀를 부르고 있는 것일까? 그것은 어떤 종류의 '엄마 같은 아내에게 도와달라고 징징거리는 소리'인 걸까? 어쩌면 그의 두뇌 일부가 죽어버렸는지도 모른다. 멍청아. 그가 스스로를 타이른다. 샤메인은 네 말을 들을 수 없어. 그녀는 이 방에 없다고. 혹은, 그의 시야가 미치는 범위 내에는 없다. 그리 멀리 볼 수 있는 것은 아니지만.

아, 샤메인. 자기야, 사랑해. 날 여기서 나가게 해줘!

잠깐만. 그는 이제야 기억이 난다. 조슬린에 따르면, 샤메인이 그를 죽이기로 되어 있다.

2시다. 오후의 첫 '시술'은 3시로 예정되어 있다. 식사 구역을 떠난 후 샤메인은 혼자서 잠시 조용한 시간을 보내기 위해 다시 그녀의 감방으로 향한다. 그녀는 육체적으로나 심리적으로나 모두, 그리고 당연히 정신적으로도 준비를 할 필요가 있다. 텔레비전에서 보여준 대로 심호흡을 몇 번 한다. 화장을 고친다. 그러자 활기가 돈다. 평온, 긍정적인 기운, 바로 그런 게 그녀에게 필요한 것이다.

하지만 그녀가 자신의 감방 문을 열자, 그 안에 이미 누군가가 있다. 통상적인 오렌지색 작업복을 입었지만 머리에는 두건을 덮어쓴 어떤 여자다. 그녀는 침대 위에 앉아 있다. 그녀의 두 팔목은 몸 앞쪽에서 플라스틱 수갑으로 함께 묶여 있다.

"실례합니다?"

샤메인이 말한다. 두건과 수갑이 없으면, 그녀는 이곳이 그녀의 감방이고 그녀가 아는 한 감방이 새로 배정된 적은 없다고 지적했을 것이다. 그러고 나서는 이렇게 말했을 것이다. 나가주세요.

"안 돼……."

여자가 두건 때문에 또렷하지 않은 목소리로 말한다. 그런 다음 샤메인이 알아듣기 힘든 말을 몇 마디 더 한다. 샤메인은 그 침대 쪽으로 가서—위험하다. 이 여자가 그녀를 덥석 물어뜯을지도 모를 미치광이거나 뭐 그런 사람이라면 어쩔 것이냔 말이다—두건을 들어 올려 뒤로젖힌다.

이것은 충격적인 일이다. 틀림없이 충격적인 일이다. 그건 샌디다. 샌디일 리가 없다! 어째서 샌디이겠는가? 샌디가 눈물 어린 눈을 깜박거리며 샤메인을 응시한다.

"맙소사, 샤메인. 두건 도로 씌워놔요! 나한테 말 걸지 마요!"

샤메인은 어안이 벙벙하다. 샌디는 매춘을 제외하고는 절대 나쁜 짓을 하지 않았고, 그마저도 직장 대신이었다. 그러니 왜 그녀가 컨실리언스에서 그 일을 할 필요가 있겠는가? 그녀의 머리카락은 엉망진창이다. 광대뼈는 예전보다 더 두드러진다. 어쩌면 성형수술을 받았는지도 모른다. 혹시 그녀가 주제넘게 나섰던 걸까? 언론인과 이야기를 나눴던 걸까? 하지만 어떻게?

"샌디! 내 감방에서 뭐 하고 있는 거야?"

그 말은 그리 상냥하게 들리지는 않지만, 그녀가 일부러 심술궂게 말하려고 작정했던 것 같지는 않다. 샌디의 한 다리는 침대 틀에 사슬로 묶여 있고, 두 발목에는 족쇄가 채워져 있다. 이건 예삿일이 아니다.

"큰 소리로 말하지 마요." 샌디가 속삭인다. "그들이 내 신세를 조져서 엉뚱한 곳에 날 처넣은 게 틀림없어요. 날 모르는 척해요! 아니면 곤란해질지도 몰라요."

"네가, 있잖아, 네가 범죄 분자인 거야?"

샤메인이 묻는다. 어쩌면 그러지 말아야 할지도 모르지만, 물어봐야만 한다. 샌디는 근본이 착한 아가씨이고, 범죄 분자일 리가 없으며, 아무튼 그녀가 약품 관리과에서 처리하는 데 이골이 난 범죄 분자들은 모두 남자들이었다. 그녀는 샌디가 누군가를 의도적으로 죽인다거나 환자용 이동식 침대 위에서 다섯 군데나 끈으로 묶이게 될 만한 다른 일들 중 어떤 짓이든 한다고는 상상할 수가 없다.

"너 무슨 짓을 한 거야? 무슨 말인가 하면, 네가 뭔가를 하긴 했어?"

"빠져나가려고 했어요." 샌디가 속삭인다. "쓰레기 포대에 몸을 숨기고 몰래 벽을 통과해서 나가려고 했어요. 외부에 있는 트럭까지 활송 장치로 그걸 내려보내거든요. 그런 쓰레기를 처리하는 사내들 중 하나랑 섹스를 했지요. 초록색 조끼를 입은 사람들 말이에요. 있잖아요, 그 사람들. 그놈이 나를 밀고했어요. 단, 섹스가 끝나고 나서였지요. 망할 자식."

"하지만 자기, 왜 나가고 싶어 하는 거야?" 샤메인이 속삭인다. 그녀는 이해할 수가 없다. "여기가 훨씬 더 좋은데……."

"그래, 처음에는 그랬어요, 아주 잘 풀려나갔지요. 난 체육관에서 일을 거들고 있었는데, 이내 그들이 그 요가 비디오를 만들기 위해 나를 뽑았어요. 난 약간의 성형수술을 주로 광대뼈에 좀 받았어요. 그리고 그들이 화장을 해줬고, 내가 해야 했던 거라고는 그 분홍색 옷을 입고 대본을 읽으면서 몇 가지 자세를 취하는 게 다였지요."

"그게 너일 거라고 생각했어." 샤메인이 사실과 다르게 말한다. "넌 굉장했어. 꼭 전문가인 것처럼 보였어!"

그녀는 약간 샘을 낸다. 이 얼마나 쉬운 일인가. 더구나 인기인으로

서의 힘까지 가지다니. 그녀 자신의 일과는 다르다. 하지만 그녀의 일이 더 중요하다.

"그러다가 하루는 베로니카가 돌아왔어요." 샌디가 속삭인다. "우리는 아파트를 함께 쓰고 있었는데, 베로니카는 교도소 병원에서 훈련을 받는 중이었지요. 그런데 그 애가 엄청 흥분해 있었어요. 그들이 걔한테 거기에 있는 이 특별 부서라는 데로 승진을 시켜주겠다고 제안했던 거예요."

"그게 뭐였는데?"

아마 소아과처럼 재미없는 곳일 것이다.

"약품 관리과였어요. 베로니카는 다음 날 훈련을 시작하러 갔어요. 하지만 돌아왔을 때, 그 애는 당황한 상태였어요. 베로니카는 보통 절대로 당황하지 않아요." 샌디가 잠시 말을 멈춘다. "괜찮다면 내 등 좀 긁어줄래요?"

샤메인이 긁어준다.

"조금만 왼쪽으로. 고마워요. 그러더니 걔가 말하더군요. '기본적으로 그들은 내가 사람들을 죽이기를 원해. 그 모든 헛소리 이면에 숨겨져 있는 건, 바로 그거야.'"

"오, 맙소사. 설마!"

"정말이에요. 그래서 베로니카는 그들에게 싫다고 말했지요. 그 애는 그렇게는 할 수가 없었던 거예요. 그리고 그다음 날 사라져버렸어요. 완전히 사라져버렸어요. 아무도 그 애가 어디로 갔는지 알지 못했지요. 그렇지 않으면 말할 마음이 없는 모양이었어요. 내가 그 애 직장에 문의했더니, 그들은 나를 아주 기묘한 태도로 쳐다보면서 그런 정보는 구할 수가 없다고 말했지요. 소름이 끼쳤어요! 그래서 나가고 싶었던 거예요."

"나가는 건 금지되어 있어!" 샤메인이 속삭인다. "우리가 계약했던 내용을 기억해봐! 그냥 그들에게 설명을 할 수는 없었……."

그녀는 이것이 쓸데없는 짓임을 알고 있다. 왜냐하면 규칙은 규칙이니까. 하지만 그녀는 희망의 끈을 놓치고 싶지 않다.

"됐어요. 난 글렀어요." 샌디의 치아가 맞부딪쳐 딱딱 소리가 나고 있다. "세상에 공짜는 없다는 걸 알았어야만 했어요. 자, 이제 두건을 도로 씌워주고 교도관을 불러서 왜 이런 사람이 내 감방에 있는 거냐고 말해요. 그러면 그들이 나 같은 방해물을 치워줄 거예요."

"하지만 난 그럴 수는 없……. 넌 어떻게 되는 걸까?"

샤메인은 울먹거린다. 이건 잘못됐어. 이건 분명히 잘못된 거야! 저 사슬, 수갑…… 어쩌면 그들은 샌디를 '수건 접기'나 뭐 그 비슷한 부서에 집어넣으려는 것뿐인지도 몰라. 하지만 그녀는 자기 자신도 그렇게 믿게 만들지 못한다. 마치 더러운 물처럼, 샌디 주변에 파문처럼 번지는 한 줄기 음산한 빛이 있다. 샤메인은 두 팔로 그녀를 감싸 안는다. 그녀는 몹시 차갑다.

"오, 샌디. 괜찮을 거야!"

"그렇게 해버려요. 선택의 여지가 없어요."

체리 파이

하얀 천장은 컨실리언스 텔레비전보다도 훨씬 더 지루하다. 그 위쪽에서는 전혀 아무 일도 일어나지 않고 있는 것 같다. 줄곧 파리 한 마리가 있어서 시간을 때우는 데 도움이 되기는 했지만 말이다. 냉큼 꺼져라, 파리 녀석아. 스탠은 열심히 그렇게 생각했다. 자신이 텔레파시의 전기적 파동을 보내서 그 녀석을 조정할 수 있을지를 확인해보려고 말이다. 하지만 그는 그렇게 할 수 없었다.

하얀 천장에 붙어 있는 다른 한 가지는 작고 둥근 은색 고리다. 그것은 스프링클러나 비디오카메라 둘 중 하나다. 그는 눈을 감았다가 이내 다시 뜬다. 그는 가능한 한 자지 않고 깨어 있어야만 한다. 그는 이 지겨운, 아니, 아마 등골이 오싹해지는 막다른 골목에서 그를 꼼짝도 못하게 만든 일련의 원인과 결과들 및 거짓말과 속임수들을—그것들 중 일부는 그 자신으로 인한 것이다—골똘히 생각한다.

이 상황은 실험실 가운을 입은 샤메인이 5분쯤 후에 이곳으로 걸어 들어오면 끝나게 될 것이다. 아니, 그는 정말로 오줌을 눠야 하기 때문에, 최소한 그 정도로 빨리 그러기를 희망한다. 그 불쌍한 겁쟁이는 자신이 어떤 연쇄 살인범이나 아동 살해범이나 노인 학대범을 다음 세상으로 막 보내야 할 참이라고 생각할 것이다. 하지만 그녀가 그 사람이 끈으로 묶여 있는 이동식 침대로 다가오면, 그녀를 기다리고 있는 그 사람이 미지의 범죄 분자는 아닐 것이다. 그건 바로 그일 것이다.

그 순간 그녀는 어떻게 할까? 비명을 지르며 달아날까? 그의 몸 위로 자기 몸을 내던질까? 포지트론에 끔찍한 실수가 있었다고 말할까?

어쩌면 그녀는 숨겨진 스위치를 탁 내려서 비디오카메라를 끈 다음, 그를 끈에서 풀어줄지도 모른다. 그리고 그들은 서로를 끌어안을 것이고, 그녀가 속삭일 것이다. "정말 미안해. 내가 속이고 바람피운 걸 용서해줄 수 있겠어? 내가 진짜로 사랑하는 사람은 바로 당신이야" 등등. 비록 그에게 기대할 권리가 있는, 굽실거리며 아첨하는 장광설을 늘어놓을 시간은 없을 테지만 말이다. 하지만 그는 그녀가 안심하도록 꼭 껴안을 것이고, 그러고 나면 그녀가 그에게 보여줄 것이다. 무엇을? 비밀 뚜껑문을? 비밀 터널을? 변장을 위해 입을 옷 한 벌을?

그가 수년간 텔레비전을 너무 많이 본 모양이다. 텔레비전에는 막판 탈출과 터널과 비밀 뚜껑문들이 있다. 이건 현실이야, 바보야. 그가 스스로를 타이른다. 아니, 그럴 것이다.

하지만 그런 경우와 비슷한 줄거리상의 어떤 막판 반전이 틀림없이 있을 것이다. 왜냐하면 샤메인은 죽음의 약물을, 아니, 그녀가 찔러 넣을 게 무엇이건 간에, 결코 그에게 찔러 넣지 않을 테니까. 결코 끝장을 보려고 하지는 않을 것이다. 그녀는 너무 인정이 많다.

우-우-우웅. 그가 천장에 대고 말한다. 왜냐하면 이제 그는 그녀의 인정 많은 마음씨를 그다지 확신하지 못하기 때문이다. 그는 아무것도 확신하지 못한다. 그리고 무언가 말썽이 생겨서, 포지트론의 비밀 요원들이 배신할 마음을 먹은 조슬린을 결국 잡아내고 체포하거나, 혹시 쏴 죽이기까지 했다면 어떻게 될까?

게다가 저 문이 열릴 때, 그것을 통해 걸어 들어오는 사람이 샤메인이 아니라면 어떻게 될까?

아마 그들은 지금도 저 은색 고리를 통해서 그를 지켜보고 있을 것이다. 아마 조슬린을 고문해서, 그녀의 체제 전복 계획 전체를 부득이 실토하게 만들었을 것이다. 아마 그들은 그가 그 일에 가담하고 있다고 생각할 것이다.

나는 몰랐어요! 그건 내가 아니었어요! 난 아무 짓도 안 했어요! 그는 머릿속으로 악을 쓴다.

우-우-우-우-웅.

제기랄. 그는 바지를 적셔버렸다. 하지만 오줌이 새어 나오지는 않는다. 똑똑 떨어지지 않는다. 그들이 그에게 기저귀를 채워놓았나? 우라질. 좋은 징조는 아니다.

그렇다면 그가 여기 왔다가 바지를 적시는 일을 한 최초의 사람일 리는 없는 것이다. 그들이 갖가지 상황을 다 고려하지 않는다고는 말할 수 없을 것이다.

교도관 두 사람이 샌디를 끌고 가버린 후 샤메인이 평정을 되찾기까지는 시간이 조금 걸린다. 샌디는 족쇄를 차서 잘 걷지 못했기 때문에, 양쪽 겨드랑이를 부축받으며 끌려갔다.

"이 일을 누군가에게 굳이 말할 필요는 없어요."

첫 번째 교도관이 말했다. 두 번째 교도관이 개가 컹컹 짖는 듯한 웃음소리를 냈다. 그들 중 어느 쪽도 샤메인이 전에 한 번이라도 본 적이 있는 사람은 아니었다.

그녀는 몇 차례 요가 호흡을 하고, 마음속에서 부정적인 떨림을 없앤다. 그런 다음 손을 씻고, 그 후에 이빨을 닦는다. 그것은 마치 일종의 정화 의식 같다. '시술'을 하러 갈 때 마음이 깨끗하다고 느끼는 것을 좋아하기 때문이다. 그녀는 거울에 비친 모습을 점검한다. 거기 그녀가 있다. 그녀가 집에서나 학교에서나 언제나 의지했던 바로 그 귀엽고 동그스름한 앳된 얼굴이 말이다. 그녀는 10대였을 때 이후로 그리 많이 변하지 않았다. 하지만 눈 밑이 조금 칙칙하기는 하다. 그녀는 금발 머리를 몇 가닥 앞으로 잡아당겨 얼굴 윤곽을 감싼다. 하지만 더욱 앙상해 보인다. 지난 얼마 동안 체중이, 다소 지나치게 많은 체중이 준 데다 안색이 창백해 보인다. 그녀는 줄곧 몹시 걱정한 데다 여전히 걱정하고 있다. 사실 오명을 씻었고 다시 그녀의 일자리를 되찾기는 했지만, 앞으로 어떤 일이 벌어질지 누가 알겠는가? 일단 그녀가 집으로 돌아가면 말이다.

만일 그들이 스탠에게 맥스에 대해 말한다면 그야말로 최악의 사태, 아니, 최악이나 다름없는 사태일 것이다. 그러고 나서 그녀가 스탠을 만나면 어떤 일이 일어날까? 그는 그녀에게 정말 미친 듯이 화를 낼 것이다. 설령 그녀가 흐느껴 울면서 미안하다고, 대체 어떻게 그가 그녀를 용서할 수 있겠느냐며, 그야말로 그녀가 정말로 사랑하는 단 한 사람이라고 말한다 해도, 그는 여전히 이혼을 원할지도 모른다. 단지 그 가능성만으로도 눈물이 고인다. 스탠이 없다면 그녀는 몹시 불안한 기분이 들 테고, 사람들은 그녀에 대한 얘기를 지껄여댈 것이며, 밖으로 빠져나갈 수도 없으니 컨실리언스에 영원히 홀로 남겨지게 될 것이다.

하지만 스탠과 *함께* 있어도, 역시 그녀는 그리 안전하다고 느끼지는 못할지도 모른다.

맥스에 관해 말하자면, 그렇다, 그녀는 그들이 함께 있고 그녀가 매 순간 짓밟힌 블루베리 머핀처럼 그의 품에 으스러지게 꽉 안길 수 있도록, 그가 그녀 때문에 아내를 떠날지도 모른다고 기대했던 것을 분명 기억한다. 그는 그녀의 귀를 조금씩 깨물면서 "당신 같은 사람은 아무도 없어. 앞으로 숙여봐"라고 말하곤 했고 그녀는 햇살을 받은 토피(설탕, 버터, 물을 함께 끓여 만드는 끈적거리는 식감의 사탕─옮긴이)처럼 녹아내리곤 했다.

하지만 어떤 면에서는 그녀는 언제나 그런 일이 불가능하리라는 사실을 잘 알고 있었다. 줄곧 그녀는 그에게 일종의 기분 전환거리였지, 필수적인 존재는 아니었다. 차라리 아주 강한 박하사탕에 가까웠다. 효과가 지속되는 동안은 강렬하지만 빨리 끝이 났다. 게다가 공정하게 말해서, 그도 줄곧 그녀에게 바로 그런 존재였다. 만일 그가 스탠 대신에 큰 서빙 접시에 담겨 제공된다면 그녀는 고맙지만 사양하겠다고 말할 것이다. 왜냐하면 맥스를 결코 믿을 수가 없기 때문이다. 그는 지나치게 말솜씨가 좋고, 마치 사람들에게 맛있지만 정체불명의 해로운 음식을 극구 권하는 텔레비전 광고 같으니까. 대신 그녀는 "난 스탠을 선택할래요"라고 말할 것이다. 그녀는 자신이 이런 선택을 할 것이라고 정말 강하게 확신한다.

그렇긴 하지만, 만일 그녀의 새로운 고결한 마음가짐에도 불구하고 스탠이 그녀를 거부한다면 어쩌지? 그가 그녀를 내쫓고 그녀의 옷가지를 모든 사람이 볼 수 있게 잔디밭 위로 내던진 다음, 안쪽에서 문을 잠가버리면 어쩌지? 어쩌면 그 일이 밤중에 일어나서, 집 밖에서 비를 맞으며 고양이처럼 창문을 긁어대고 다시 받아들여달라고 애원하게 될지도 모른다. *아, 내가 모든 걸 망쳐버렸어.* 그녀는 이렇게 울부짖을 것이다. 그것을 마음속에 그려보는 것만으로도 그녀의 두 눈에 눈물이 차오른다.

하지만 그녀는 그런 일을 생각하지 않으려 할 것이다. 왜냐하면 사람의 사고방식에서 그가 처한 현실이 생겨나는 법이므로, 만일 그녀가 그런 일이 일어날 거라고 생각한다면 그때는 정말 그렇게 될 테니까. 대신에 그녀는 스탠이 두 팔을 그녀에게 두른 채 그녀 없이 줄곧 그가 얼마나 비참했으며 마침내 그들이 다시 한번 함께 있게 돼서 그가 얼마나 행복한지 말한다고 생각할 것이다. 그리고 그녀가 그를 어루만지고 부둥켜안을 것이고, 그러면 꼭 옛날로 돌아간 기분일 것이다.

시간은 쏜살같이 흐를 것이고, 두 주 후면 맞교대가 있을 테니, 마침내 그녀는 다시 한번 일반 시민으로 지낼 한 달을 위해 포지트론을 떠날 수 있을 것이다. 그녀는 컨실리언스에서 빵집 일을 열심히 할 테고, 비명 소리나 그녀의 침대에 사슬로 묶여 있는 두건을 쓴 여자들에 대해 생각할 필요가 없을 것이며, 계피 빵에서 나는 계피 같은 매우 기분 좋은 냄새를 풍길 텐데, 그 냄새는 포지트론의 '수건 접기' 부서에서 나는 섬유 유연제의 꽃향기와는 다를 것이다. 만일 온종일 들이마셔야만 한다면 그 향기는 정말이지 화학적이고 진저리가 나는 냄새다. 그녀는 절대로 더 이상 자신의 세탁물에 그런 섬유 유연제를 사용하지 않을 것이다. 그녀는 멋진 침대 시트와 그녀가 굉장히 맛있는 아침 식사를 만드는 반짝거리는 주방이 있는 자신의 집으로 돌아가, 스탠과 함께 있을 것이다.

사실 그들이 알고 있다 할지라도, 스탠에게 맥스에 대해 말할 이유가 대체 뭐가 있겠는가? 컨실리언스의 주안점이 만사가 순조롭게 돌아가는 것이라는 점을 고려한다면 말이다. 행복한 시민들과 함께. 아니, 그들은 수감자인가? 정직하게 말하자면 둘 다이다. 왜냐하면 시민들은 늘 어느 정도 수감자나 마찬가지였고 수감자들은 늘 어느 정도 시민이나 마찬가지였고, 결과적으로 컨실리언스와 포지트론은 그 사실을 공식화했을 뿐이기 때문이다. 어쨌든 중요한 것은 모든 사람의 최대 행복인데, 스탠에게 말한다는 것은 곧 행복의 감소를 의미할 것이다. 사실은 불행의 증가를 의미할 것이다. 그러므로 그들은 그런 일을 하지 않을 것이다.

벌써 그녀는 자신을 감싸고 있는 스탠의 두 팔을 머릿속으로 그려볼 수, 아니 느낄 수 있다. 그런 다음 그가 그녀의 한쪽 목에 코를 비비면서, 예를 들어, 이런 식으로 말하는 것까지도. *냠냠. 계피로군. 우리 귀여운 빵은 좀 어떠신가?* 아니, 그는 예전에는 기운이 나는 음식 같은 것들을 그런 식으로 일컫곤 했다. 최근에는 손을 놔버리긴 했지만 말이다. 그러고 보니 그녀가 맥스와 뒤얽힌 이후로는 거의 줄곧. 하지만 그는 다시 그런 말들을 할 것이다. 왜냐하면 그때쯤엔 그녀를 그리워하며 걱정하고 있을 테니까. *우리 체리 파이는 좀 어떠신가?* 맥스가 하는 말들과는 다르다. 맥스의 말은 오히려 이런 식에 가깝다. *당신을 까뒤집어 놓*

을 거야, 이게 끝나면 당신은 기지도 못할걸. 어디 나한테 애원해봐.

스탠은 어쩌면 최고는…… 글쎄, 최고는 아닐 것이다. 뭐라고 부르든 맥스와 같은 부분에 있어서는 최고가 아닐 것이다. 하지만 스탠은 그녀를 사랑한다. 그녀도 그를 사랑한다.

그녀는 정말로 그렇다. 맥스와의 그 일은 그저 일시적인 문제일 뿐이었고, 동물적인 사건이었다. 그녀는 앞으로 맥스를 멀리해야만 할 것이다. 맥스가 그녀에게 몹시 열중해 있어서, 그렇게 하기 힘들지도 모르지만. 의문의 여지없이 그는 그녀를 되찾으려 할 것이다. 하지만 그녀는 손가락으로 귀를 꽉 막고 이를 악물고 소맷자락을 걷어붙이고, 유혹에 저항할 것이다.

그런데 한 사람이 둘 다 가지면 왜 안 되는 거지? 그녀의 머릿속 목소리가 이렇게 말한다.

난 지금 노력하는 중이야. 그녀가 대답한다. 그러니 입 닥쳐.

그녀가 손목시계를 본다. 2시 30분. 아직 30분이 남았다. 기다리는 일은 최악이다. 그녀는 지금껏 '시술' 전에 이토록 벌벌 떨었던 적이 결코 없다.

그녀는 자신의 '나는 좋은 사람이야' 식의 미소를, 어린애처럼 혀 짧은 소리를 내는 넋 나간 천사 같은 미소를 지어본다. 그 미소는 수많은 힘겨운 곳들을 거치는 내내 그녀를 도와주었다. 아니 적어도 그녀가 다 크고 나서는 줄곧 그랬다. 그것은 일종의 '감옥 탈출 카드'(보드게임의 일종인 '모노폴리'에 포함되어 있는 카드의 한 종류로 '어렵거나 곤란한 상황

에서 빠져나갈 수 있는 수단'이란 의미로 많이 사용되는 표현—옮긴이)이고,
록 콘서트 입장용 팔찌이며, 마치 휠체어에 타고 있는 것 같은 어디서
나 통하는 보안 암호이다. 누가 그것을 의심하겠는가?

그녀는 자신감을 북돋기 위해 창백한 얼굴 전체에 볼연지를 그다음
으로는 속눈썹에 마스카라를 얇게 한 번 바른다. 너무 과한 것은 아무
것도 없다. 포지트론은 수감 중에 화장을 허용한다. 사실은 화장을 권
장한다. 왜냐하면 최선을 다해 아름답게 보이는 것이 사기 진작에 좋기
때문이다. 최선을 다해 아름답게 보이는 것은 그녀의 의무이다. 그녀는
이제 막 어떤 불쌍한 젊은 남자가 이 세상에서 볼 마지막 존재가 될 참
이니까. 그것은 큰 책임이다. 그녀는 그것을 가볍게 여기지 않는다.

샤메인, 샤메인. 그녀의 머릿속에서 작은 목소리가 속삭인다. 넌 지
독한 사기꾼이야.

너도 마찬가지야. 그녀가 그것에게 말한다.

두뇌 싸움

스탠은 저도 모르게 잠이 들었던 게 틀림없지만 깜짝 놀라 깨어난
다. 그 빌어먹을 파리가 그의 얼굴 곳곳을 돌아다니고 있는데, 그는 그
놈을 잡을 수가 없다.

"빌어먹을 파리."

그는 이렇게 말하려고 한다. *파아아아아. 파르으으.* 안 된다. 언어활

동 능력이 아직까지도 돌아오지 않았다. 약물이 그의 혀를 마비시켰다. 그는 이것이 영구적이지 않기를 희망한다. 작은 노트 없이는 아무것도 살 수 없을 테니까. *안녕하세요, 내 이름은 스탠이고 난 말을 못 해요. 술 열 병만 주세요.* 어떤 종류인지는, 그러니까 코끼리 오줌을 마시게 된 다고 해도 상관하지 않을 것이다. 지금껏 겪은 일이 다 끝난 후에는 곤 드레만드레 취해서 자빠지고 싶을 것이다. 모든 걸 잊고.

그렇지만 이건 좋은 이야깃거리가 될 것이다. 일단 그가 밖으로 빠져나가기만 하면. 일단 그가 동생 코너와 그의 부하 패거리와 함께 엮여 일하기 시작하고, 포지트론과 관련된 모든 사람과 모든 것을 탐지하는 레이더에서 자취를 감춘다면 말이다. 사실 일단 밖에 나가면, 그가 조슬린의 아첨꾼이자 밀수품 운반책 노릇을 해야 한다는 규칙이 있는 것도 아니지 않은가? 그녀 자신의 빌어먹을 기묘한 상황은 그녀가 알아서 하게 둬라. 물론 그는 샤메인도 빼내줘야만 할 것이다. 어쩌면. 가능하다면.

이제 파리가 그의 눈으로 들어가려고 한다. 눈을 깜박거리고, 고개를 돌려라. 녀석은 속눈썹에 그리 놀라지는 않지만 움직이기는 한다. 이제 녀석은 그의 콧속으로 들어가는 중이다. 그는 최소한 자기 콧구멍에 대해서는 약간의 통제권을 갖고 있다. 녀석을 불어서 날려 보낸다. 그는 등이 절망적으로 가렵고 다리에는 쥐가 났으며, 기저귀는 흠뻑 젖어 있다. 무엇보다도 그는 이런 상황이 끝나기를 원한다. 이런 단계, 이런 국면, 이런 무기력함이, 그게 무엇이든. 자, 어디 본격적으로 일을 시작해봅시다. 그가 외칠 수 있다면 이렇게 외칠 것이다. 그러나 그는 그럴 수가 없다. 하지만 곧 그렇게 되기를 희망한다. 그에게는 아직 외치지 못한 말이 많이 있다.

샤메인은 익숙한 복도들을 죽 지나 약품 관리과의 접수 구역으로 나아가는데, 그곳에서 세 개의 복도가 모인다. 그녀는 오렌지색 작업복 위에 초록색 덧옷을 입고 있고, 라텍스 장갑은 호주머니에 들어 있다. 세균에 대비하기 위한 마스크는 물론이고. 그녀는 방으로 들어가기 전에 그것을 착용할 테지만—그것이 규칙이다—그런 다음 다시 벗어버릴 것이다. 누군가가 인간의 얼굴에서 마지막으로 보는 것이 그토록 비인간적이어야 할 이유가 뭐란 말인가? 그녀는 그 사람이 누구든지 그녀의 위안을 주는 미소를 볼 수 있기를 바란다.

그녀는 조금 초조하다. 아마 관계자들이 이것을, 그녀의 이런 초조한 상태를 추적 관찰하고 있을 것이다. 그리고 십중팔구 그것은 그녀에게 유리하게 해석될 것이다. 그녀가 교육 과정을 밟는 동안 관계자들이 사람들에게 몇몇 전극을 부착한 다음 '특별 시술'을 받는 사람들의 모습을 보여주면서 그들이 어떻게 반응하는지를 측정했던 것을 보면 말이다. 그들이 찾고 있었던 것은 얼마간의 초조감이었지 통제력을 잃을 만큼은 아니었다. 그들은 전적으로 침착과 냉정을 유지한 사람들과 아울러, 지나치게 많은 열의를 보인 사람들을 모두 솎아냈다. 그들은 이 일을 하는 데서 기쁨 얻는 사람들을 원하지 않았다. 즉 그들은 사디스트나 사이코패스를 원하지 않았다. 사실, 그렇게 될 필요가 있는 사람들이 바로 사디스트와 사이코패스들이었다. '안락사된다'거나 '삭제된다'는 말은 안 된다. 그런 단어들은 너무 직설적이다. 그러니까 다른 분야로 재배치될 필요가 있는 사람들 말이다. 왜냐하면 그들은 컨실리언스에서 살기에 적합하지 않았기 때문이다.

어쩌면 그런 것이 샌디에게 일어날 일일지도 모른다. 하지만 좀 더 멋진 방식일 것이다. 어쩌면 그들은 그저 그녀를 어딘가 다른 곳으로, 일례로 그녀와 비슷한 다른 사람들이 있는 어떤 섬 같은 곳으로 데려갈지도 모른다. 적합하지는 않지만 범죄 분자는 아닌 사람들. 그들이 하려는 것은 분명 그런 일일 것이다.

이제 그녀는 접수처에 도착했고, 정면에는 평판 스크린이 달린 신원 확인용 수상기가 있다. 머리가 이미 거기 등장해 있다. 그것은 그녀를 기다리고 있던 게 틀림없다. 오늘은 검은색 머리에 앞머리가 짧은 여자다. 전날 밤 에드가 뜨개질 모임을 방문했을 때 그와 함께 있던 바로 그 여자, 링 귀고리를 달고 회색 스타킹을 신고 있던 여자다. 중요 인사. 샤메인은 가벼운 한기를 느낀다. 요가 호흡을 해. 그녀가 스스로를 타이른다. 코로 들이쉬고, 입으로 내쉬어.

그 머리가 그녀를 보며 미소 짓는다. 이번에는 녹화된 영상에 불과할까? 아니면 진짜 사람일까?

"열쇠 좀 주시겠어요?"

샤메인이 절차대로, 그 머리에게 요청한다.

"로그인 해주세요."

머리가 그녀에게 말한다. 그것은 여전히 미소 짓고 있다. 평소보다 좀 더 집중해서 그녀를 쳐다보고 있는 것처럼 보이기는 하지만 말이다. 샤메인은 엄지손가락을 패드에 밀착시킨 다음, 홍채 인식기의 불빛이 깜박거릴 때까지 인식기를 응시한다.

"고맙습니다."

머리가 말한다. 플라스틱 열쇠가 수상기 하단의 가늘고 긴 구멍에서 스르륵 미끄러져 나온다. 샤메인은 그것을 실험실 가운 주머니에 넣고, 방 번호, 이름, 나이, 최종 진정제 투여량과 투여 일시 같은 시술의 세부 사항이 적힌 종이쪽지를 기다린다. 시술 대상의 정신이 얼마나 맑은지 알아둘 필요가 있다.

아무 일도 일어나지 않는다. 그 머리는 희미한 미소를 의미심장하게 머금고 그녀를 가만히 쳐다보고 있다. 이번엔 또 뭐지? 샤메인이 생각한다. 나한테 그 우라질 데이터뱅크가 또다시 내 신원 확인 번호를 엉망으로 만들었다고는 말하지 마.

"시술 정보 기재 용지가 필요한데요."

그녀가 그 머리에게 말한다. 설사 그것이 한낱 미리 녹화된 영상에 불과하다고 해도, 그녀의 요청은 분명 등록될 것이다.

"샤메인. 우리 얘기 좀 해요."

그 머리가 그녀에게 말을 건넨다. 샤메인은 목덜미의 머리카락이 쭈뼛 곤두서는 기분이 든다. 그 머리가 그녀의 이름을 알고 있다. 그것이 그녀에게 직접 말을 걸고 있다. 그것은 마치 소파가 이야기를 한 것이나 마찬가지다.

"무슨 일이지요? 내가 뭘 잘못했나요?"

"당신은 아무런 잘못도 하지 않았어요. 아직. 하지만 당신은 실습 중이에요. 당신은 테스트를 받아야만 해요."

"실습이라니 그게 무슨 소리지요? 난 항상 능숙하게 이 일을 해왔어요. 항의를 받아본 적도 없고, 내 직무 평가 점수는 줄곧……."

그녀는 오른쪽 호주머니 안에서 라텍스 장갑을 쥐어짜는 중이다. 그녀는 그만두라고 스스로를 타이른다. 마치 그녀가 어떤 면에서는 잘못을 저지르기라도 한 것처럼 불안을 드러내 보이는 것은 좋지 않다. 그녀는 그들의 그 망할 테스트가 무엇이든 간에 그것에 응할 것이다. 어느 누구보다도 그녀의 솜씨와 업무 성과가 더 낫다는 데 기꺼이 돈을 걸 용의가 있다. 그들은 그녀가 얼굴에 마스크를 착용하지 않은 것을 제외하고는, 그녀를 흠잡을 수 없을 것이다. 하지만 제정신이라면 대체 누가 그런 것에 신경을 쓰겠는가?

"문제가 된 건 당신의 능력이 아니에요. 운영진은 지금껏 당신의 직업적인 헌신에 대해 약간의 의혹을 느껴왔어요."

"난 지금껏 늘 지극히 헌신적이었어요." 누군가가 거짓말을 하면서 그녀에 대해 험담을 한 것이 틀림없다. "이런 일을 하려면 헌신적이어야만 해요! 내가 헌신적이지 않았다고 누가 그래요?"

틀림없이 인적 자원부의 저 교활한 오로라다. 아니면 뜨개질 모임의 누군가이거나. 그녀는 그 망할 푸른색 곰 인형에 관해 충분히 적극적이지 않았으니까.

"난 내 일을 몹시 좋아해요. 무슨 말인가 하면, 내가 하는 일을 꼭 해야만 한다는 게 몹시 좋다는 건 아니지만, 그 일을 하는 게 내 의무라는 걸 잘 알고 있어요. 그건 누군가가 꼭 해야만 하는 일이니까요. 그리고 난 지금껏 늘 최대한 주의를 기울이며 무척 꼼꼼하게 신경을 썼고…….”

“그걸 충실성이라고 부릅시다.”

왜 저 머리가 충실성이라고 말한 거지? 충실성이 그녀나 맥스와 관련되어 있나?

“난 지금껏 늘 충실했어요.”

그녀의 목소리는 가냘프게 들린다.

“그건 정도의 문제예요. 집중해서 들어주길 바라요. 당신은 오늘 평소처럼 ‘시술’을 시행해야만 해요. 당신에게 할당된 임무를 완수하는 게 매우 중요해요.”

“난 항상 임무를 완수해요!”

샤메인이 분개하며 말한다.

“오늘, 이번에, 당신은 스스로 생각하기에 몹시 힘든 상황을 맞닥뜨리게 될지도 몰라요. 그렇다고 해도 그 ‘시술’은 시행되어야만 해요. 이곳에서 당신의 미래는 그것에 달려 있어요. 그에 대한 준비가 됐나요?”

“어떤 종류의 상황인가요?”

“당신한테는 선택권이 있어요. 만일 자신이 테스트에 응할 상태가 아니라고 느낀다면, 지금 당장 약품 관리과를 사임하고 ‘수건 접기’ 부서나, 혹은 힘들지 않은 어떤 다른 업무 유형으로 돌아갈 수 있어요.”

그 머리가 튼튼하고 네모난 치아를 드러내 보이며 미소를 짓는다.

샤메인은 잠시 심사숙고할 시간을 가질 수 있을지 묻고 싶다. 하지만 어쩌면 그것은 좋은 뜻으로 받아들여지지 않을 수도 있다. 그 머리가 그것을 그녀의 충실성에 어떤 흠이 있는 것으로 간주할 수도 있을 테니까.

"지금 결정해야만 해요. 준비됐나요?"

"네. 준비됐어요."

"그럼 좋아요. 당신은 이제 선택을 했어요. 약품 관리동에 들어갈 수 있는 사람들은 두 부류밖에 없어요. 실행하는 사람들과 실행의 대상이 되는 사람들이지요. 당신은 실행하는 사람의 역할을 선택했어요. 실패한다면, 당신에게 닥칠 결과는 심각할 거예요. 깨닫고 보면 당신이 다른 한 가지 역할을 하고 있을지도 몰라요. 내 말 알겠어요?"

"네."

샤메인이 힘없이 말한다. 그것은 협박이었다. 제거하지 않는다면, 그녀가 제거될 것이다. 너무나 분명하다. 그녀의 손이 차갑다.

"아주 좋아요. 당신이 오늘 해야 할 시술의 세부 사항이 여기 있어요."

종이쪽지가 구멍에서 스르륵 미끄러져 나온다. 샤메인이 그것을 집어 든다. 방 번호와 진정제에 대한 정보는 있지만, 이름은 빠져 있다.

"이름이 없는데요."

하지만 그 머리는 사라지고 없었다.

선택

스탠은 그의 생각이 흘러가는 대로 떠돌게 내버려둔다. 시간이 흐르고 있다. 그에게 일어날 일이 무엇이든 곧 일어날 참이다. 그가 그것에 관해 할 수 있는 일은 하나도 없다.

이것이 내 마지막 순간인가? 그가 자문한다. 그럴 리가 없다. 초반에는 극심한 공포에 사로잡혔던 순간이 있었지만, 그는 지금 이상하게도 침착하다. 하지만 체념한 상태는 아니며, 망연자실한 상태도 아니다. 그 대신 강렬하게, 고통스러울 정도로 생생하게 살아 있다. 그는 천둥처럼 울리는 자신의 심장박동을 느낄 수 있고, 피가 파도처럼 힘차게 혈관을 훑고 지나가는 소리를 들을 수 있고, 근육 하나하나, 힘줄 하나하나를 감지할 수 있다. 그의 몸은 마치 바위처럼, 화강암처럼 단단하다. 아마 배 부분은 조금 물렁하겠지만.

운동을 더 많이 했어야만 했어. 그가 생각한다. 모든 것을 좀 더 많이 했어야만 했어. 벗어나야만 했어……. 그런데 무엇에서? 그가 자신의 지난 삶을 되돌아보니, 수많은 가는 실에 뒤덮여 있는 거인처럼 땅바닥에 사지를 펼치고 누워 있는 자신이 보인다. 그 당시에는 심각하게 받아들였던 자질구레한 걱정거리와 하찮은 문제들이라는 가는 실들. 빚, 일정표, 부족한 돈, 안락함에 대한 갈망. 마치 신경 되돌림 회로처럼 거듭 반복되며, 끊임없이 머릿속을 좀먹는 벌레 같은 섹스에 대한 생각. 그는 여태껏 자신의 갖가지 옹색한 욕망의 꼭두각시였다.

그는 자신이 이곳에 갇히도록, 벽에 둘러싸여 자유가 가로막히도록 내버려두지 말았어야 했다. 하지만 이제 와 자유가 무슨 의미인가? 그리고 누가 그를 가두고 벽으로 둘러싸 가로막았나? 그가 직접 그렇게 했다. 너무나 많은 사소한 선택들. 그 자신을 다른 사람들이 입력하고 다른 사람들이 통제하는 일련의 숫자로 격하시킨 일. 그는 붕괴되고 있던 도시들을 떠났어야만 했고, 도시가 제공하는 궁핍하고 갑갑한 삶에서 벗어났어야만 했는데 그러지 못했다. 컴퓨터 통신망에서 탈출하고, 그 모든 비밀번호를 내던지고, 한밤중에 말라빠진 늑대가 울부짖는 시골을 배회하러 떠났어야만 했는데 그러지 못했다.

하지만 더 이상은 배회할 시골조차 전혀 없다. 울타리, 차도, 컴퓨터 통신망이 없는 곳은 어디에도 없다. 아니, 있을까? 그러면 누가 그와 함께 가고 그와 함께 있을 것인가? 만일 그가 코너를 찾아낼 수 없다면. 상상도 할 수 없는 일이지만 만일 코너가 죽었다면. 샤메인이 그런 여행을 하려고 할까? 그가 그녀를 몰래 빼내주기를 원하기는 할까? 그것을 구출이라고 여길까? 그녀는 야영을 좋아한 적이 한 번도 없고, 그녀의 깨끗한 꽃무늬 침대 시트 없이 지내고 싶어 하지도 않을 것이다. 그런데도 그에게는 불현듯 치미는 갈망이 있다. 모든 배신을 잊은 채 어딘가에서 어떤 식으로든 새로운 삶을 위한 준비를 하고, 손에 손을 잡고 아침노을 속으로 걸어 들어가는 그들 두 사람에 대한 갈망. 어쩌면 어디에 그어도 켜지는 황린 성냥(발화점이 매우 낮은 황린을 발화 연소제로 사용해 만드는 성냥으로 자연 발화의 위험성이 있어 현재는 사용되지 않는다—옮긴이) 몇 개비를 지니고, 그리고…… 그 밖에 또 무엇이 그들에게 필요할까?

그는 컨실리언스의 벽 바깥세상을 구체적으로 마음속에 그려보려고 한다. 하지만 그에게는 그런 세상에 대한 생생한 모습이 더 이상 남아 있지 않다. 그에게 보이는 것이라고는 안개처럼 흐릿한 모습이 전부다.

샤메인은 열쇠로 의무실 문을 열고 들어가서 수납장을 찾아낸 다음, 암호를 입력해 수납장 문을 연다. 그녀는 물약 병과 주사를 찾아낸다. 그것들을 주머니에 넣고, 탁 소리를 내며 라텍스 장갑을 낀 다음, 복도를 따라 왼쪽으로 걸어간다.

그녀가 '시술'을 하러 가는 길에는 이 복도들이 언제나 텅 비어 있다. 누가 어떤 사람을 끝장내는지 아무도 알 수 없도록 그들이 일부러 그렇게 하는 것일까? 다시 말해 그 머리를 제외하고는 아무도. 누구든 그 머리 배후에 있는 사람을 제외하고는 아무도. 아울러 누구든 지금 이 순간 저 조명 기구를 뒤쪽에서, 아니면 대갈못 크기의 아주 작은 렌즈를 통해 그녀를 지켜보고 있을지 모를 사람을 제외하고는 아무도 알 수 없게. 그녀는 긍정적이지만 단호한 표정이 되기를 바라며 얼굴 표정을 바로잡는다.

그 방에 다 왔다. 그녀는 문을 열고 안으로 조용히 걸음을 옮긴다. 얼굴에서 마스크를 벗는다.

남자는 응당 그래야 하듯이 다섯 군데가 이동식 침대에 묶인 채 등을 대고 누워 있다. 그의 고개는 그녀의 반대편으로 조금 돌아가 있다. 보나마나 그는 천장을, 어디든 그에게 보이는 천장의 한 부분을 빤히 응시하는 중일 것이다. 그리고 보나마나 천장 쪽에서도 그를 마주 응시하는 중일 것이다.

"안녕하세요." 그녀가 이동식 침대 쪽으로 걸어가면서 말한다. "오늘 날씨 참 좋지 않아요? 온통 아름다운 햇살인 것 좀 봐요! 난 화창한 날은 진짜로 기운이 난다는 생각이 늘 들어요, 안 그래요?"

남자가 고개를 돌릴 수 있는 데까지 그녀를 향해 돌린다. 그 눈이 그녀의 눈과 마주친다. 스탠이다.

"맙소사."

샤메인이 하마터면 주사기를 떨어뜨릴 뻔한다. 그녀는 그 얼굴이 누군가 다른 사람의, 전혀 모르는 사람의 얼굴로 바뀌기를 바라며 눈을 깜박거린다. 하지만 바뀌지 않는다.

"스탠." 그녀가 속삭인다. "그들이 당신한테 무슨 짓을 하고 있는 거지? 아, 자기. 당신 무슨 짓을 한 거야?"

그가 범죄를 저질렀을까? 어떤 종류의 범죄일까? 심각한 범죄였을 게 틀림없다. 하지만 어쩌면 범죄는 없었을지도, 아니면 그저 사소한 것이었을지도 모른다. 사실 스탠이 대체 어떤 종류의 죄를 지었겠는가? 그가 가끔 심술궂고 또 발끈 화를 내기는 해도, 엄밀히 말해서 그렇게 비열하지는 않다. 그는 범죄형이 아니다.

"당신 나를 찾으려고 한 거야? 자기? 당신은 걱정으로 제정신이 아니었던 게 분명해. 당신은……."

그녀에 대한 사랑이 그를 미칠 지경으로 내몰았을까? 맥스에 대해 알아내고 그를 죽여버린 걸까? 그렇다면 끔찍한 일일 것이다. 과거 '더스트' 시절에 텔레비전 뉴스에서 그녀가 보곤 했던 것 같은, 파멸을 초래하는 3인조의 섹스 행각. 더욱 추잡한 뉴스.

"우우우우."

그의 한쪽 입가에서 침이 뚝뚝 떨어진다. 그녀가 부드럽게 그것을 닦아낸다. 그가 그녀 때문에 살인을 했다! 그렇게 한 것이 틀림없다! 그의 눈은 휘둥그레져 있다. 그는 그녀에게 말없이 애원하는 중이다.

이것은 그 무엇보다도 더 소름 끼치는 일이다. 그녀는 방 밖으로 뛰쳐나가서, 감방으로 뛰어 돌아가 문을 닫고 침대 위로 몸을 던진 다음 이불을 머리끝까지 푹 뒤집어쓰고, 아무 일도 일어난 적이 없는 척하고 싶다. 하지만 발이 꼼짝도 하지 않는다. 머리에서 피가 모조리 빠져나가는 기분이다. 생각을 해, 샤메인. 그녀가 스스로를 타이른다. 하지만 그녀는 생각할 수 없다.

"당신한테 나쁜 일은 아무것도 일어나지 않을 거야."

그녀는 평소대로 말하지만, 마치 그녀의 입이 저절로 움직이며 생기 없는 목소리가 흘러나오고 있는 것 같다. 비록 목소리가 덜덜 떨리고 있기는 하지만.

스탠은 그녀를 믿지 않는다.

"우우우우."

그는 자신을 고정해놓은 띠들을 마구 잡아당기고 있다.

"당신은 정말 멋진 시간을 보내게 될 거야. 우리는 순식간에 이 일을 해치울 거야."

그녀의 눈에서 눈물이 흘러내리고 있다. 그녀는 소매로 눈물을 빨아들여 닦아낸다. 왜냐하면 그런 눈물은 적절하지 않은 데다가 그녀는 아무도 그런 눈물을 보지 않았으면, 심지어 스탠도 보지 않았으면 좋겠다고 생각하기 때문이다. 특히 스탠은 보지 않았으면.

"당신은 진짜 금방 집에 가 있게 될 거야. 그런 다음 우리는 근사한 저녁 식사를 하고 텔레비전을 볼 테지."

그녀가 그의 시선에서 벗어나 뒤쪽으로 이동한다.

"그런 다음 우리는 전에도 그랬던 것처럼 함께 자러 갈 거야. 멋지지 않아?"

눈물이 더 많이 쏟아지고 있다. 그녀도 어쩔 수가 없다. 그녀는 처음 결혼하고 한창 계획을 세우던 시절의 그들 두 사람을 불현듯 떠올리는 중이다. 아, 그들이 함께할 새 삶을 위해 너무나 많은 것들을 계획하던 때를 말이다. 집과 아이들과 그 밖의 모든 것을. 그 당시 그들은 몹시 다정했고, 몹시 기대에 부풀어 있었고, 또한 몹시 젊었으며, 그녀는 지금과 달랐다. 이윽고 주변 상황 때문에 일이 어그러져버렸다. 자동차며 그 밖의 모든 것으로 인해 큰 부담이 있었고 너무나 많이 불안했지만, 그들에게는 서로가 있었고 서로를 사랑했기 때문에 그들은 줄곧 함께했다. 그런 다음 그들은 여기에 왔고, 처음에는 아주 멋지고, 아주 깨끗하고, 모든 것이 정돈되어 있었고, 행복한 음악을 들으며 텔레비전 앞에서 팝콘을 먹었지만, 그러고 나서…….

그러고 나서 그 립스틱이 있었다. 그녀가 그걸로 만들었던 그 키스 자국. 굶주린 느낌. 그녀의 잘못이다.

정신 차려, 샤메인. 그녀가 스스로를 타이른다. 감상적이 되면 안 돼. 이건 테스트라는 걸 명심해.

그들이 그녀를 지켜보고 있다. 그들이 설마 이 일에 대해 진심일 리는 없다. 그녀가 그럴 것이라고, 죽일 거라고, 기대할 리는 없다. 아니, 그녀는 그 '죽이다'라는 단어는 사용하지 않을 것이다. 그들이 그녀가 자신의 남편을 재배치할 거라고 기대할 리는 없다.

그녀가 스탠의 머리를 쓰다듬는다.

"쉬잇. 괜찮아."

늘 그런 사람들의 머리를 쓰다듬지만, 이번에는 어떤 노인의 머리가 아니다. 머리카락을 빳빳하게 자른 스탠의 머리다. 그녀는 그 머리의 특징 하나하나를, 각각의 눈, 각각의 귀, 턱 모서리, 스탠의 치아가 자리 잡고 있는 입과 목, 그 목에 붙어 있는 몸을 너무나 잘 알고 있다. 그것은, 그 몸은 거의 불타오르듯 생생하다. 마치 그녀가 확대경으로 자세히 살펴보고 있기라도 한 듯 주근깨며 털 하나하나가 더없이 선명하다. 그녀는 두 팔로 그 몸이 그대로 있도록 지금 이 순간에 계속 머물도록 와락 끌어안고 싶다. 그녀가 시간을 멈출 수 없는 한 이 몸에는 미래가 없으니까.

그녀는 '시술'을 시행할 수 없다. 하지 않을 것이다. 그녀는 이곳에서 당당히 걸어 나가 접수처로 돌아가서, 수상기 속 그 여자의 머리와 대화하겠다고 요구할 것이다.

"난 이런 일에 속아 넘어가지 않을 거야. 당신의 이 바보 같은 테스트를 치르지도 않을 거고. 그러니 그냥 뒈져버리기나 하시지."

그런데 잠깐. 그러고 나서는 어떤 일이 일어날까? 누군가 다른 사람이 들어와서 스탠을 재배치할 것이다. 어차피 이 나쁜 일은 그에게 일어날 것이고, 그게 누구든 그 일을 사려 깊고 정중한 방식으로 하지는, 그러니까 그녀가 하는 방식대로 하지는 않을 것이다. 게다가 그녀가 테스트에서 떨어지면, 샤메인, 그녀는 어떻게 될 것인가? 그저 '수건 접기' 부서로 돌아가는 것만은 아닐 것이다. 샌디처럼 플라스틱 수갑을 차고 두건을 쓰고 족쇄를 차게 될 것이다. 그런 다음 다섯 곳이 묶인 채이동식 침대에 눕혀질 것이다. 그래서 그들이 샌디를 그녀의 감방에 집어넣었던 게 분명하다. 일종의 경고로서. 그녀는 지금 벌벌 떨고 있다. 좀처럼 숨을 쉴 수가 없다.

"아, 스탠." 그녀가 그의 왼쪽 귀에 대고 속삭인다. "일이 어쩌다가 이지경이 됐는지 모르겠어. 정말 미안해. 부디 날 용서해줘."

"우-우-우-우."

마치 개가 낑낑거리는 소리 같다. 하지만 그는 그녀의 말을 들었으며, 이해했다. 저건 고개를 끄덕인 걸까?

그녀가 그의 이마에 키스를 한다. 그런 다음 아주 위험하지만 운에 맡기고 그의 입에 키스를, 한참 동안 진심 어린 키스를 한다. 그는 그녀에게 키스를 되돌리지 않지만—그의 입은 마비 상태인 것이 틀림없다—최소한 그녀를 물어뜯으려고 하지는 않는다.

그런 다음 그녀는 물약 병에 주삿바늘을 찔러 넣는다. 라텍스 장갑을 낀 자신의 두 손이 마치 해초처럼 흐느적 흔들리는 모습을 빤히 바라본다. 그녀의 두 팔은 마치 그녀가 액상 접착제 속에서 헤엄을 치고 있기라도 한 듯 무겁다. 모든 동작이 굼뜨다.

그녀는 스탠의 뒤쪽에 서서 그의 목을 부드럽게 더듬어 경정맥을 찾아낸다. 그의 심장은 그녀의 손가락 끝에서 마치 타악기처럼 둥둥 울리고 있다. 그녀가 주삿바늘을 살며시 밀어 넣는다.

이내 급격한 요동, 그런 다음 경련. 마치 감전사 같다.

그러자 곧 그녀가 바닥에 쓰러진다.

실신.

VIII
—
나를 지워버리다

통에 갇히다

스탠이 정신을 차려보니, 더 이상 끈에 묶여 있지는 않다. 무언가 부드러운 것 위에 모로 누워 웅크린 채였다. 그는 현기증이 나고, 지독한 숙취 세 건을 동시에 겪는 듯 머리가 깨질 것처럼 아팠다.

그가 간신히 눈꺼풀을 떼자, 까맣고 둥근 눈동자를 가진 하얗고 커다란 눈 여러 쌍이 그의 눈을 빤히 바라보고 있다. 이 제기랄 것들은 다 뭐야? 그는 일어나 앉으려고 안간힘을 쓰다가 균형을 잃고, 한 무더기의 작고 유연하고 솜털이 보송보송한 물체들 속에서 버둥거린다. 거대한 거미들인가? 애벌레들? 엉겁결에, 그는 꽥 하고 비명을 지른다.

정신 바짝 차려, 스탠. 그가 스스로를 타이른다. 한 번 더 정신을 가다듬어. 간단한 일이잖아.

아. 그는 푸른색 손뜨개 테디 베어들로 가득 찬 커다란 통 안에 드러누워 있다. 그 인형들이 바로 그를 지켜보고 있는 둥근 눈동자의 하얀 눈들이다.

"빌어먹을." 그런 다음 그는 한술 더 떠서 "빌어먹을, 우라질!"이라고 덧붙인다. 적어도 목소리는 되찾았다.

그는 머리 위로 금속 서까래 여럿과 흐릿한 막대형 형광등 하나가 달린 창고 안에 있다. 그는 통의 측면 너머를 응시하며 바닥을 자세히 살펴본다. 시멘트다. 그래서 사람들이 그를 테디 베어들 위에 올려놓은 게 분명하다. 이곳에는 그것 외에 조금이라도 부드러운 물건은 아무것도 없다. 누군지 몰라도 사려 깊게 행동했다.

그가 자기 몸을 여기저기 더듬어본다. 모든 부위가 제자리에 있다. 우라질, 고맙게도 그들이 기저귀인지 뭔지를 제거해버렸다. 그래도 그 제거 과정을 구체적으로 그려보는 것은 굴욕적이다. 그들은 심지어 그에게 새 옷가지를 입혀놓기도 했다. 포지트론의 오렌지색 작업복뿐 아니라 플리스 재킷까지. 게다가 두터운 양말도. 왜냐하면 이 안은 살을 에는 듯 춥기 때문이다. 그럴 수밖에 없다. 2월이니까. 그리고 무엇 하러 테디 베어들 말고는 아무것도 들어 있지 않은 창고에 난방을 한단 말인가?

이다음에는 어떻게 되는 거지? 모두들 어디 있을까? 소리를 지르는 것은 좋은 생각이 아니다. 혹시 일어나서 출구를 찾아야 하나? 하지만 잠깐. 다리 한쪽이 금속 통의 한쪽 측면에, 맞다, 나일론 수갑으로 묶여 있다. 그가 이리저리 돌아다니다가 이 창고를 나가서 누구든 문밖에 있는 사람과 맞닥뜨리는 것을 막기 위해서가 분명하다. 조슬린이 와서 그가 하기로 되어 있는 그 빌어먹을 일을 말해줄 때까지 기다리는 것 말고는 별도리가 없다.

그는 다시 한번 창고 내부를 자세히 살펴본다. 그가 누워 있는 것과 비슷한 통 여럿이 일렬로 가지런히 놓여 있다. 빌어먹게도 많은 테디 베어들이다. 아울러 그가 이제 여러 개의 문이라고, 즉 사람을 위한 것이라기에는 작고, 트럭을 위한 것이라기에는 커다란 미닫이문임을 알아낸 것들이 있는 쪽 곳곳에, 한쪽 끝의 폭이 좀 더 좁아서 꼭 관처럼 보이는 긴 상자들이 몇 무더기 쌓여 있다. 정말이지 그는 자신이 이 안에 곧 썩어갈 많은 시신들과 함께 갇힌 것이 아니기를 바란다.

그것이 바로 애처롭게 속아 넘어간 토끼, 그러니까 분명 샤메인이 생각하는바 현재의 스탠 자신이다. 그녀의 고통은 시늉이 아니었다. 그 눈물은 진짜였다. 그녀는 그의 목을 더듬고서 주삿바늘을 거기에 찔러넣는 동안 덜덜 떨고 있었다. 자신이 그를 살해하는 중이라고 진심으로 믿었던 게 틀림없다. 그녀는 그 직후 바로 의식을 잃었음에 틀림없다. 약물이 그를 덮치고 더없이 황홀한 찬란한 빛의 소용돌이 속으로 나아가기 직전 아주 짧은 순간에, 그는 그녀가 얼굴부터 거꾸러지면서 바닥에 세게 부딪히는 소리를 들었다.

만일 그가 샤메인은 절대로 그 일을 감행하지 못할 것이라는 주장에 돈을 걸었더라면, 그 내기 돈을 잃었을 것이다. 그녀는, 샤메인은 그녀 나름의 방식으로 굉장하다. 그런 모든 실속 없어 보이는 모습 속에, 배짱을 갖고 있다. 그것만큼은 인정해주어야만 한다. 그는 그녀가 애정에 휘둘려 겁을 먹고 훌쩍훌쩍 울기 시작하며 뒷걸음질 칠 것이라고 생각했다. 어쩌면 그의 몸 위에 풀썩 엎드려 계획을 엉망으로 만들지도 모른다고 말이다. 그의 예측 능력이란 게 참. 조슬린이 샤메인을 그보다 더 잘 파악했던 것이다.

불쌍한 샤메인. 그가 생각한다. 그녀는 지금 이 순간 자학하며 지옥 같은 시간을 보내고 있을 게 분명하다. 회한, 죄책감 등등. 그는 그것에 대해 어떤 기분일까? 그의 일부분은, 그러니까 복수심에 불타는 부분은 이렇게 말하고 있다. 그녀는 그래도 싸. 그녀도, 그녀의 부정한 마음도. 그리고 그는 그녀가 괴로워서 몸부림치며 천사 같은 푸른 두 눈이 퉁퉁 붓도록 엉엉 울기를 바란다. 다른 한 부분은 이렇게 말하고 있다. 공정하게 말하자면, 스탠, 그녀를 속이고 바람을 피운 건 너도 마찬가지잖아. 마음가짐에 있어서나 행동에 있어서나 둘 다. 사실 네가 결국 만난 사람과 다르다고는 해도, 자줏빛 열정의 대상을 추적하고 있다고 생각했잖아. 만난 그 상대와 여러 번 섹스를 했어. 비록 네 심장이 푹 빠지지는 않았을지 몰라도 네 육체는 그랬어. 아니, 완전히 빠졌지. 그러니 지난 일은 지난 일로 덮어두고 새 출발을 해.

복수심에 불타는 그의 일부분이 말한다. 그래, 하지만 멍청한 샤메인은 조슬린에 대해 몰라. 그러니 앞으로 다시 그녀와 함께하게 된다면, 그녀에게 그녀와 맥스/필의 짧은 정사를 영원히 지겹도록 상기시켜줄 수 있을 거야. 그녀에게 그 동영상들을 봤다고 말해. 그녀가 거기서 하는 말들을 그녀에게 고스란히 반복해봐. 그녀를 펑펑 울려서 한 줌의 흠뻑 젖은 휴지로 만들어버려. 그녀라는 휴지로 네 부츠를 닦아내듯 모욕을 줘. 그렇게 하면 다소 만족스러워질 거야. 그녀가 너를 살해했다는 사실까지 말할 필요도 없어. 그녀는 네 노예가 될 거고, 결코 네게 안 된다고 말할 엄두를 내지 못할 거고, 네 수족이 되어 지극정성으로 시중을 들 거야.

아니면 네 커피에 쥐약을 타려고 할 거야. 그녀에게는 강철처럼 냉혹한 면이 있어. 그걸 가볍게 생각하지 마. 그러니 기회가 주어진다면 아마 네가 선제공격을 해야만 할 거야. 그녀를 버려. 그녀의 옷가지를 잔디밭 위로 내던져버려. 문을 잠가. 아니면 벽돌로 그녀의 머리를 내려치든지. 코너라면 그렇게 할까?

너 까먹었구나. 그가 스스로에게 말한다. 난 아마 결코 다시는 그 집으로 돌아가게 되지 않을 거야. 내가 벽 밖으로 나가자마자 뭔가 잘못되지 않는 한은, 결코 컨실리언스로 돌아오게 되지 않을 거야. 그 삶은 지나가버렸어. 난 죽은 걸로 되어 있어.

그가 그것에 대해 화가 나야만 하는 걸까? 아마 아닐 것이다. 죽은 건 그 자신을 위한 것이다. 그런데 한편으로 그는 죽겠다고 부탁하지 않았다. 그는 자신에게 그런 일이 일어나기를 바라지 않았다. 그는 마치 결코 자원입대한 적 없는 어떤 군대의 구성원이기라도 한 것처럼 그저 차출되었을 뿐이다. 그의 의사에 반해 강제로 그 빌어먹을 징집을 당했고, 그럭저럭하다가 손뜨개 곰 인형들이 가득 든 통에 묶인 채 여기에 있고, 저 가학적인 조슬린이란 년은 그를 완전히 까먹은 모양인데, 두통에도 불구하고 시장해지기 시작했다. 게다가 그는 불알이 떨어질 정도로 지독히 춥다. 너무 추워서 그의 입김이 보일 지경이다.

그는 다시 드러누워 푸른색 테디 베어들로 자기 몸을 덮는다. 약간은 단열 효과가 있을 것이다. 지금 당장 할 수 있는 일이라고는 잠자는 것밖에는 없다.

티타임

샤메인이 정신을 차려보니 혼자다. 그리고 집에 돌아와 있다. 그들의 집, 그녀와 스탠의 집. 아니, 좀 더 정확히 말하면 한때 그녀와 스탠의 집이었지만 이제는 그녀만의 집이다. 스탠은 결코 다시는 이 집에 머물지 않을 테니까. 결코, 결코, 결코, 결코, 결코. 그녀는 흐느껴 울기 시작한다.

그녀는 소파에, 노란빛이 도는 흰색의 예쁜 백합 무늬가 있는 로열블루 소파에 누워 있다. 거기에 얼굴을 아주 바싹 대고 있기는 하지만, 그녀는 그것을 세탁할 필요가 있음을 알 수 있다. 누군가가 지금껏 줄곧 그 위에 커피며 그 밖의 다른 것들을 흘려댔기 때문이다. 그녀는 이 무늬를 싫어하는 척했던 것이, 그것을 바꾸고 싶어 하는 척했던 것이, 맞교대일에 맥스와 함께하기 위해 집에서 일찍 떠날 구실로 직물 견본들을 살펴보러 갈 예정인 척했던 것이 기억난다. 스탠이 가구 덮개니 벽지니 하는 것들에 전혀 관심이 없다는 건 확신할 수 있었다. 한때는 그런 무관심이 그녀를 짜증나게 했지만—그들이 함께 가정을 꾸려가야 하는 것 아니었던가?—나중에는 그것이 반가웠다. 왜냐하면 그것이야말로 그녀에게 맥스와 함께할 시간을 안겨주는, 스탠 자신도 모르는 그의 약점이었기 때문이다. 이제 스탠이 죽고 보니 그 사실에 눈물이 흐른다.

저런. 그녀가 그 단어를 입 밖에 내고 말았다. 죽었다. 그녀는 더 크게 운다. 흑흑거리며 흐느끼고 있다. 스탠, 내가 당신한테 무슨 짓을 한 거지? 그녀는 생각한다. 당신 어디로 가버린 거야?

비록 있는 힘껏 울고 있지만, 그럼에도 불구하고 그녀는 한 가지 이상한 점을 알아차린다. 그녀가 더 이상 오렌지색 작업복을 입고 있지 않다는 점이다. 대신 복숭아색과 회색이 섞인 체크무늬의 가벼운 모직 의상 한 벌, 즉 플레어스커트와 딱 맞는 재킷을 입고 있다. 여기에 어울리는 블라우스가 있을 텐데. 플라멩코 무용수가 다는 것 같은 러플이 앞쪽에 잔뜩 달린 복숭아색 모조 실크 블라우스 말이다. 하지만 그녀가 입고 있는 것은 그것이 아니라, 그 의상에 전혀 어울리는 않는 푸른색 꽃무늬 블라우스다. 그녀는 스탠과 함께 컨실리언스에 들어오기로 서명한 직후 디지털 상품목록의 '멋쟁이의 미소' 코너에서 이 복숭아색과 회색으로 된 의상 한 벌을 신중하게 골랐다. 그것은 복숭아색 및 회색과 그 밖의 배색들, 그러니까 그녀에게는 다소 지나치게 샤넬 스타일인 감청색 및 회색과 황록색 및 오렌지색 가운데서 선택한 것이었다. 황록색 및 오렌지색을 입을 수는 없기 때문에 사실 거기엔 이론의 여지가 없었다. 그 배색은 그녀를 생기 없어 보이게 한다.

게다가 그녀는 최근 포지트론에 복역하러 가기 직전에 이 의상을 개켜서 그녀의 다른 일반 시민 복장과 함께 지하실에 있는 분홍색 개인 사물함에 넣어놓았다. 그러므로 누군가가 그녀의 사물함 암호를 가지고 있고 그녀의 물건들을 샅샅이 뒤져본 것이다. 바로 그 누군가가 작업복을 벗기고 체크무늬 의상에 엉뚱한 블라우스를 갖춰 입혀놓은 것이 틀림없다.

"이제 좀 괜찮아졌나요?"

어떤 목소리가 말한다. 그녀가 소파에 누운 채 올려다본다. 젠장, 도마뱀붙이처럼 보이는 지나치게 고친 얼굴을 지닌, 인적 자원부의 오로라다. 움직이지 않는 볼 근육과 퉁방울눈. 오로라는 사실상 그녀로서는 가장 보고 싶지 않은 사람이다. 이곳에서뿐 아니라 현재로서는 앞으로도 영원히.

그녀는 찻주전자를 얹은 쟁반, 샤메인이 상품목록의 여러 쟁반들 가운데 직접 고른 샤메인의 쟁반을 들고 있다. 샤메인의 찻주전자다. 비록 이 집에 딸려 있던 것이긴 하지만. 샤메인은 침범당한 기분이 든다. 그녀가 소파에서 의식을 잃고 있는 동안, 어떻게 감히 오로라가 그녀의 집에 밀고 들어와서 마치 자기 것이라도 되는 양 주방을 간단히 차지해버린단 말인가?

"내가 당신을 위해서 맛있는 뜨거운 차를 만들었어요."

오로라가 화를 치밀게 만드는, 동정 어린 웃는 듯 마는 듯한 미소를 띤 채 말한다.

"당신이 충격을 받았다는 걸 잘 알고 있어요. 기절하면서 머리를 찧었지만 뇌진탕을 일으킨 것 같진 않다더군요. 그래도 혹시 모르니까 시티촬영은 해봐야 해요. 이따가 촬영할 수 있게 일정을 잡아놨어요."

샤메인은 한마디도 할 수가 없다. 눈물을 참으려고 안간힘을 쓴다. 그녀는 헉헉거리고 들썩이며, 콧김을 연신 내뿜고 있다.

"어서요. 실컷 울어요."

오로라가 마치 왕이 윤허라도 내리는 듯한 투로 말한다.

"실컷 울면 한결 시원해요. 콧속이 시원해지는 건 말할 것도 없고요."

그녀가 덧붙인다. 그녀식의 농담이다.

"당신이 내 사물함을 열었나요?"

샤메인이 간신히 쥐어짜듯 말한다.

"저런 내가 왜 그러겠어요?"

"누군가가 그랬어요. 내가 다른 옷을 입고 있는 걸 보면요."

그녀가 의식을 잃는 동안 오로라가 바비 인형의 옷을 갈아입히듯 그녀의 옷을 갈아입혔다는 생각에 온몸에 진저리가 난다.

"아마 당신이 직접 그래놓고 그저 기억을 못하는 것뿐이겠지요. 일시적 기억상실에 걸렸던 게 분명해요."

오로라가 예의 뭐든 다 아는 체하는 목소리로 말한다.

"당신이 받은 것 같은 충격은 해리성 둔주(과거에 자기가 누구였고 어떻게 살았는지를 전혀 기억하지 못하는 드문 현상—옮긴이)를 초래할 수도 있어요. 내가 10분 전에 여기 도착했을 때 당신은 소파에 있었어요."

그녀가 차 쟁반을 커피 테이블에 내려놓는다.

"뇌는 매우 방어적이어서 우리가 무엇을 선택적으로 기억해야 할지를 결정하지요."

샤메인은 비통한 마음을 몰아내며 물밀듯 밀려드는 분노를 느낀다. 만일 그녀가 지하실에 내려가 그녀의 사물함에서 물건을 꺼냈다면 그것을 기억할 테고, 더욱이 결코 이런 블라우스를 고르지도 않았을 것이다. 그들은 도대체 그녀가 얼마나 옷을 못 입는 사람이라고 생각하는 걸까? 그건 그렇고, 누가 약품 관리과에서 이곳으로 그녀를 데려다 놓았을까?

그녀는 몸을 똑바로 일으키고, 다리를 빙 돌려 바닥에 내려놓는다. 그녀는 오로라가 이런 상태로 있는, 진흙 구덩이에 빠진 듯한 그녀를 보기를 전혀 원하지 않는다. 화장지가 없어서 옷소매로 코와 눈을 훔치고, 축축한 머리카락을 이마 뒤로 쓸어 넘기며, 겉보기에는 침착해진 얼굴 표정을 짓는다.

"고마워요." 그녀는 가능한 한 활기차게 말한다. "그런데 정말 난 괜찮아요."

샤메인이 스탠에게 한 짓에 대해 오로라가 알고 있을까? 어쩌면 속임수를 써서, 그녀의 나약함을 감출 수 있을지도 모른다. 생리 중이라거나 저혈당이라거나 하는 등등의 이유로 기절했다고 하자.

"음, 그렇다면 당신은 참 강인하군요. 그러니까 내 말은, 그렇게 굳건한 책임감과 충실성을 지닌 사람은 많지 않을 거라는 거예요."

오로라가 말한다. 그녀가 소파 위 샤메인의 옆자리에 앉는다.

"난 당신을 존경해야만 하고, 정말로 그래요."

그녀가 잔에 차를 따른다. 스탠이 결코 좋아하지 않았던 샤메인의 분홍색 장미꽃 봉오리 무늬 찻잔이다. 하지만 어차피 그는 결코 차를 좋아하지 않았고, 설탕 두 스푼과 크림을 탄 커피를 마시는 부류의 사내였다. 그녀는 흐느낌을 억누른다.

"정말이지, 운영진을 대신해서 내가 사과를 해야겠어요. 물류 관리 부서가 너무 눈치 없는 짓을 했어요."

오로라가 샤메인 바로 앞 커피 테이블 위에 찻잔을 내려놓으며 말한다. 그녀가 쟁반 위에 자기 잔을 놓고, 잔을 채우느라 분주하게 움직인다. 샤메인은 차를 꿀꺽 한 모금 마신다. 정말로 효과가 있다.

"그게 무슨 뜻이에요?"

그녀는 이렇게 말한다. 오로라가 하는 말이 무슨 뜻인지 완벽하게 잘 알고 있지만 말이다. 오로라는 이 일을 즐기고 있다. 그녀는 이것을 음미하고 있다.

"그들은 당신을 누군가 다른 사람의 '시술'에 배정했어야만 해요. 당신이 그런 호된 시련을 겪지 않도록 했어야만 해요."

그녀가 설탕 양을 재서 자신의 잔에 넣고 젓는다.

"무슨 시련이요? 난 그저 내 일을 하고 있었을 뿐인데요."

하지만 아무 소용없다. 그녀는 오로라의 지나치게 당겨 올린 얼굴에 나타난 깔끔한 가짜 미소에서 그 사실을 알아차릴 수 있다.

"그는 당신 남편이었어요, 아닌가요? 당신의 최근 시술 말이에요. 기록에 따르면요. 당신 사생활이 전체적으로 어떤 상태든 우리가 관여할 바가 아니고, 꼬치꼬치 캐묻고 싶지도 않지만, 어떤 상태든, 그 시술을 수행한다는 건 틀림없이…… 정말이지 당신으로서는 내리기 어려운 결정이었을 거예요."

그녀가 부자연스러운 미소를 더욱 크게 짓는다. 이해한다는 듯 역겨울 정도로 나긋나긋한 미소 말이다. 샤메인은 그녀의 얼굴을 후려치고 싶은 기분이다. 그 일에 대해 뭘 알고 있지, 이 쪼글쪼글한 새침데기 공주처럼 구는 인간아? 그녀는 이렇게 고함을 지르고 싶다.

"난 그저 내 일을 하는 것뿐이에요. 지정된 일련의 과정을 따라요. 모든 경우에요."

그녀가 방어적으로 말한다.

"난, 뭐라고 할까요, 얼버무리고 싶어 하는 당신의 바람을 이해해요. 하지만 공교롭게도 우린 전 과정을 녹화했어요. 품질 관리 차원에서 무작위로 늘 그렇게 하거든요. 무척…… 가슴이 아팠어요. 당신이 감정을 억제하는 모습을 지켜보는 건요. 감동받았어요. 정말로요. 우리 모두 그랬어요! 당신이 망설이는 걸 알 수 있었어요. 그건 지극히 당연했지요. 내 말은 이거예요. 누군들 안 그랬겠어요? 당신은 잔인해져야만 했겠지요. 하지만 과연 당신은 그것들, 그런 감정들을 극복해냈어요! 우리가 그걸 알아채지 못했다고 생각하지 마요. 감정을 극복해낸 걸. 사실 우리 최고 책임자인 에드 자신이 당신에게 직접 감사를 표하고 싶어 해요. 그리고 전해 들은 얘긴데, 공식적인 건 아니지만 머지않아 승진이 있을지도 모르겠어요. 왜냐하면 만일 누군가 승진할 자격이 있는 영웅적인……."

"이제 가셔야 할 것 같네요."

샤메인이 자기 잔을 내려놓으며 말한다. 1분만 더 있으면, 그녀는 그 잔과 그 안에 든 모든 것을 던져버릴 것이다. 오로라의 조립식 건물 같은 얼굴 한복판에 정통으로.

오로라가 완벽하게 좌우대칭인 레몬 조각처럼 희미한 미소를 머금고 말한다.

"물론이에요. 정말이지 당신이 고통스러워하는 게 느껴져요. 틀림없이 아주, 저어, 아주 고통스러울 거예요. 당신이 느끼는 그 고통이라니. 우리가 당신을 위해 재활 심리 치료사와 약속을 잡아뒀어요. 당연히 당신은 생존자의 자책감을 경험하게 될 테니까요. 저어, 단순한 *생존자*의 자책감 이상이겠지요. 왜냐하면 생존자의 경우라면 그들이 한 일이라고는 그저 살아남은 것이 다인 반면에, 당신은, 그러니까 내 말은……."

샤메인이 자기 찻잔을 쓰러뜨리며 불쑥 일어선다.

"제발 가주세요. 지금 당장."

그녀는 가능한 한 확고하게 말한다. 계속해. 그녀 내면의 작은 목소리가 말한다. 이 찻주전자로 그녀의 머리를 후려쳐. 빵칼로 그녀의 목을 따버려. 그런 다음 그녀를 아래층으로 끌고 가서 네 분홍색 사물함에 시체를 숨겨.

하지만 샤메인은 참는다. 양탄자에 도저히 숨길 수 없는 핏자국들이 찍힐 것이다. 게다가 그들이 스탠과 그 주사기와 함께인 그녀를 녹화했다면, 이 집 안에서도 그렇게 할 수 있는 방법이 있을지도 모른다.

오로라 역시 일어서서, 여전히 무미건조하고 근육을 당겨 늘리는 듯한 미소를 지으며 말한다.

"내일은 기분이 달라질 거예요. 시간이 지나면 사람은 모두 적응을 하게 마련이에요. 장례식은 목요일, 이틀 후죠. 양계 시설에서 발생한 전기 사고가 우리가 제시하려는 이유예요. 오늘 밤 뉴스에 나올 거예요. 장례식에서 다들 조의를 표하고 싶어 할 테니, 당신은 준비를 해야만 해요. 당신을 태우고 뇌진탕 시티촬영을 받으러 가도록 6시 30분에 차를 준비해둘게요. 업무 시간이 지난 다음이기는 하지만, 사람들이 특별히 당신을 기다리고 있을 거예요. 당신 상태로는, 스쿠터를 운전해서는 안 돼요."

"난 당신을 증오해! 사악한 마녀!"

샤메인이 고함을 친다. 하지만 그녀는 일단 문이 닫힐 때까지는 기다린다.

커피타임

"스탠, 움직일 시간이에요."

어떤 목소리가 말한다. 스탠이 눈을 뜬다. 조슬린이다. 그녀가 그의 팔을 흔들고 있다. 정신이 혼미한 상태로 그녀를 빤히 쳐다본다.

"빌어먹을, 이제야 오다니. 게다가 날 이 냉동실 같은 창고에 내버려 두다니 고맙군요. 괜찮다면 나 좀 풀어줄래요? 소변을 좀 봐야겠어요."

만일 이것이 첩보 영화라면 다음 몇 분 동안 어떻게 흘러갈지에 대해 그에게 떠오르는 모습이 있다. 그는 조슬린을 때려눕혀 기절시킨 다음, 열쇠꾸러미를 찾아내고, 그녀를 통에 탁 묶어두고, 깨어나서 도움을 청하지 못하도록 휴대전화기를 훔친 다음—그녀에게는 전화기가 있을 것이 분명하다—밖으로 나가 혼자 힘으로 세상을 구할 것이다.

"즉흥적인 행동은 아무것도 하면 안 돼요. 당신이 사후경직을 일으키기 전에 구해줄 수 있는 건 나뿐이에요. 그러니 부디 주의를 기울여줘요. 왜냐하면 난 여기 딱 한 번 다녀갈 수 있을 뿐이니까요. 난 수뇌부 회의에 참석하기로 되어 있어요. 그러니 우리한테는 시간이 거의 없어요."

조슬린이 말한다. 그녀는 업무용 옷차림을 하고 있다. 말쑥한 정장, 작은 링 귀고리, 회색 스타킹. 그의 아래에 엎드려 있거나 그의 위에 벌거벗고 올라타 있는 그녀를 떠올리니 낯설다. 자주 그랬는데도 말이다. 두 다리를 쫙 벌리고 입을 벌린 채, 머리카락은 마치 돌풍에 휘날린 듯 헝클어져 있었다. 그건 영 다른 세상에서 있었던 일 같다.

그녀가 사슬을 풀어주고, 그가 테디 베어 통을 넘어 내려갈 수 있도록 도와준다. 그는 여전히 휘청거린다. 비틀거리며 통 뒤로 들어가 오줌을 싼 다음—그에게는 달리 그럴 만한 장소가 보이지 않는다—비틀거리며 다시 밖으로 나온다.

그녀는 커피가 든 작은 보온병을 가지고 있는데, 그 점은 빌어먹을 만큼 고맙다. 그는 그녀가 건넨 진통제 두 알이 씻겨 내려가도록 게걸스럽게 벌컥벌컥 들이킨다. 그녀가 말한다.

"두통에 대해서는 미안하게 생각하지만, 그게 우리가 사용할 수 있던 유일한 약이에요. 진짜 약과 같은 효과를 내면서도 마지막 순간은 없는 거요."

"내가 그 순간에 얼마나 가까이 갔던 건가요?"

"기껏 나빠봤자 강력한 마취제예요. 당신의 뇌에 휴가를 준 거라고 생각하세요."

"그런데 샤메인에 대해서는 내가 틀렸더군요. 그녀가 완벽하게 해냈어요."

"그녀는 더할 나위 없었어요. 연기였다면 그 발끝에도 못 미쳤을 거예요."

조슬린이 짜증을 불러일으키는 미소를 머금고 말한다.

이 냉담하고 재수 없는 인간. 그가 생각한다.

"당신도 자신이 더할 수 없이 빌어먹을 인간인 건 알겠지요. 그녀가 그런 일을 겪게 하다니. 당신은 평생 그녀의 머리를 개판으로 만들어놨어요."

"그녀가 조금 충격을 받기는 했어요. 맞아요. 현재로서는요. 하지만 우리가 그녀를 돌볼 거예요."

조슬린이 침착하게 말한다. 스탠은 이 말에 그리 안심이 된다고는 생각하지 않는다. '그녀를 돌본다'는 말은 전혀 친절하지 않은 무언가를 의미할 수도 있으니까.

그렇기는 하지만, 그는 이렇게 말한다.

"잘됐군요."

"그런데 난 당신이 배가 고플 거라는 생각이 드는군요."

"배가 고픈 정도가 아니에요."

스탠이 말한다. 배가 고프다는 생각을 하니까, 배가 고파 죽을 지경이다.

조슬린이 그녀의 핸드백에서 그가 한입에 먹어치울 치즈 샌드위치를 하나 꺼낸다. 그는 그런 걸 두어 개는 더 먹고 싶은 생각이 간절하다. 거기다 초콜릿 케이크 약간과 맥주 한 병까지.

"빌어먹을, 내가 정확히 어디에 있는 겁니까?"

그가 일단 샌드위치를 모조리 꿀꺽 삼킨 다음 말한다.

"창고에요."

"그렇군요. 알겠어요. 그런데 난 여전히 포지트론 교도소 안에 있는 건가요?"

"네. 이건 그 시설의 일부예요."

"그럼, 저 관들은요?"

그가 턱을 들어 직사각형 상자들을 가리킨다.

조슬린이 웃음을 터뜨린다.

"아니에요. 저건 운송용 나무 상자들이에요."

스탠은 무엇이 운송되는지는 묻지 않기로 한다.

"알았어요. 그럼 난 어디로 가나요? 당신이 날 이 빌어먹을 곰 인형들이랑 함께 여기에 계속 둘 계획이 아니라면요."

"당신이 짜증을 내는 걸 이해할 수 있어요. 내 얘길 곰처럼 참을성 있게 들어줘요. 말장난(앞 문장에서 영어 단어 'bear'가 명사일 때는 '곰', 동사일 때는 '참다, 견디다'라는 의미가 있음을 이용한 말장난—옮긴이)을 해서 미안해요."

그녀가 그에게 커다란 치아를 드러내며 활짝 웃어 보인다.

"당신이 여기 있는 동안 당신 자신의 안전을 위해 명심해야 할 게 두 가지 있어요. 첫째, 당신 이름은 이제 왈도예요."

"왈도요? 그럴 수는…… 제기랄!"

그는 결코 자신을 왈도라는 인물로 여기지 않는다. 그건 텔레비전 아동 채널의 만화영화에 나오는 토끼 같은 것 아니었나? 아니면 물고기나? 아니, 물고기는 니모였다. 아무튼 만화영화 캐릭터다. 왈도는 어디에 있어?(「니모를 찾아서」에서 친절한 펠리컨 나이젤의 대사인 '니모는 어

디에 있어?(Where's Nemo?)'에 대한 패러디—옮긴이)

"그건 데이터뱅크 상의 조치예요. 당신이 먼젓번에 왈도였던 사람을 대신하고 있어요. 그는 사고를 당했어요. 날 그렇게 쳐다보지 마요. 그건 납땜인두가 관련된 진짜 사고였어요. 당신은 그의 코드와 신분을 물려받았어요. 내가 시스템에 들어가서 당신의 생체 인식 정보에 끼워 넣었지요."

"알았어요. 그러니까 난 그 빌어먹을 왈도군요. 두 번째 건 뭡니까?"

"당신은 '파서빌리보츠(Possibilibots)' 팀의 일원이 될 거예요. 그냥 다른 사람들을 잘 보면서 지시대로 따라요."

"파서빌리보츠라고요?" 스탠이 말한다. 이게 그가 알고 있었어야 하는 것일까? 그는 그 용어가 떠오르지 않는다. 또다시 현기증이 난다. "커피 더 있나요?"

"파서빌리보츠에서는 네덜란드에서 설계한 일련의 정밀한 섹스 보조용 여성 실물 모형들을 만들어요. 국내용과 수출용으로요. 분명히 당신은 그 일이 흥미롭다고 여길 거예요."

"그 로봇 매춘부들 말인가요? 섹스 로봇들요? 스쿠터 수리소 사내들이 그것들에 대해서 이야기하고 있었어요."

"그게 그것들의 비공식적인 이름이지요, 맞아요. 일단 그것들이 조립돼서 성능 테스트를 마치면 그 즉시, 이런 상자들에 넣어 포장이 되지요." 그녀가 관 모양의 운반 용기 더미를 가리킨다. "그리고 환락가들과 그 밖의 다른 가맹 지역들에 배치하도록 컨실리언스 밖으로 실려 나가요. 벨기에 사람들은 그것들에 홀딱 반해 있어요. 특정 모델들에요. 그리고 그 밖의 다른 모델들 중 일부는 동남아시아에서 대인기지요."

그는 잠시 동안 생각한다.

"그러면 그 사람들은 이 왈도라는 사람이 누구라고 생각할까요? 내가 되어야 한다는 그 사람이? 다른 왈도는 어디로 사라져버렸는지 궁금해하지 않을까요?"

"그들은 그 왈도를 알고 지냈던 적이 없어요. 그들은 심지어 왈도라는 사람이 있었는지조차 몰라요. 그는 다른 곳에 배치되어 있었어요. 하지만 만일 그들이 데이터뱅크를 확인한다고 해도, 그 안에서는 당신이 왈도일 거예요. 걱정하지 말고, 그냥 당신 이름이 왈도라고만 계속 말해요. 그리고 명심해요. 이곳의 일이 당신을 바깥세상으로 안전하게 이송시켜줄 열쇠라는 걸."

"우리가 언제 그 일을 하나요?"

스탠이 말한다. 그리고 '내게 이동 광선을 쏴줘, 스코티'(SF 시리즈 「스타트랙」의 유명한 대사. 엔터프라이즈 호의 함장인 커크가 공간 이동을 하고자 할 때 기관장인 스콧에게 내리는 명령—옮긴이) 식의 어떤 교묘한 속임수를 통해서일까? 지하 터널로? 아니면 뭘로?

"여기서 누군가가 당신에게 접근할 거예요. 암호는 '튤립들 사이를 발끝으로 살금살금 걸어요'예요. 혹시라도 당신이 의심을 사서 심문받을 경우에 대비해서, 더 이상은 말해줄 수 없어요. 완벽한 세상에서라면 내가 그 심문을 감독하게 될 테지만, 여긴 완벽한 세상이 아니거든요."

"왜 내가 의심을 사게 될 수도 있다는 겁니까?"

스탠이 말한다. 그는 이 일이 조금도 마음에 들지 않는다. 이 일에 점점 더 긴밀히 관여하고 보니, 그는 더 이상 바깥세상으로 운반되어 나가고 싶지가 않다. 사실 저 바깥에서 어떤 극단적인 형편없는 상황이 벌어지고 있는지 누가 알겠는가? 지금쯤 완전한 무정부 상태일 수도 있다. 선택권이 주어진다면 그는 컨실리언스에 머무는 것을 선택할 것이다. 샤메인과 함께. 테이프를 되감듯 첫날로 되돌아가 재스민이니 하는 그 모든 쓰레기 같은 헛소리를 지워버리고, 뭐가 됐든 샤메인이 대우받기 원하는 대로 그녀를 대우하고, 그 결과 그녀가 결코 방황하지 않는다면 얼마나 좋을까. 그녀에 대해, 그리고 그가 한때는 너무나 지루하다고 여겼던 그 집에 대해 생각만 해도 눈물이 날 것 같은 기분이 든다.

하지만 그는 아무것도 되감을 수 없다. 그는 현재에 갇혀 있다. 그가 선택할 수 있는 것들은 무엇일까? 만일 자신이 조슬린을 밀고하면 어떤 일이 벌어질지 궁금하다. 그녀와 그녀의 남편이라는 몹쓸 바람둥이 작자를 밀고하면. 하지만 그가 누구에게 밀고한단 말인가? 그건 틀림없이 감시국에 있는 누군가일 것이고, 누구든 그 사람은 분명 곧장 조슬린 자신에게 보고할 것이며, 그러면 그는 개 먹이가 되고 말 것이다.

의심의 여지없이, 그는 자유와 민주주의라는 명목으로 조슬린의 연락책이 되어 왈도라는 인물로 위장을 감행하고 기회를 잡아야만 할 것이다. 그가 자유와 민주주의에 대해 별다른 관심이 있다는 것은 아니다. 왜냐하면 그것들이 지금껏 개인적으로 그를 위해 그다지 제대로 작동한 적도 없으니 말이다.

"당신이 그 왈도라는 위장 신분을 고수하는 한 의심을 살 개연성은 낮아요." 조슬린이 말한다. "하지만 절대로 가라앉지 않는 보트는 존재하지 않아요. 난 그 회의에 늦었어요. 여기 왈도라는 당신 이름표예요. 분명히 다 알아들었지요?"

"물론이에요." 그는 이렇게 말한다. 고작 녹빛 페인트처럼만 분명한데도 말이다. "이제 난 어디로 갑니까?"

"저 문을 통해서요. 행운을 빌어요, 스탠. 당신은 지금까지 잘 해내고 있어요. 난 당신을 믿고 있어요."

그녀가 그의 뺨에 가볍게 입을 맞춘다.

두 팔을 그녀에게 두르고, 마치 생명줄인 양 꼭 매달리고 싶은 충동이 일지만, 그는 그것을 억누른다.

살짝 열려 있다

차가 와서 시티촬영에 데리고 가기 전까지 샤메인은 시간이 조금 있다. 그녀는 시티촬영이 필요하다고 생각하지는 않지만 그들의 비위를 맞추는 편이 나을 거라고 생각한다. 그녀는 집을, 그녀의 집을 이리저리 돌아다니며 물건들을 제자리에 갖다 놓는다. 마른 행주들, 냄비 장갑들. 주방 용품들이 아무 데나 놓여 있는 게 몹시 싫다. 저 코르크스크루처럼 말이다. 맥스와 그의 아내가 그 코르크스크루를 사용한 게 분명하다. 그들은 언제나 세부적인 것들을 깔끔하게 정돈하는 데 소홀했다.

거실에서는 탁상 램프가 제자리에서 벗어나 있다. 그것은 나중에 바로잡을 것이다. 벽에 있는 콘센트를 찾아 바닥을 이리저리 기어 다닐 기분이 아니다. 그리고 평판 텔레비전의 디브이디 재생기 안에 무언가가 있다. 텔레비전의 작은 불빛이 점멸하고 있는 걸 보니 말이다. 맥스는 뭘 보고 있었던 걸까? 그녀가 아직도 그에게 집착한다는 것은 아니다. 충격을 받은 이후로는 아니다. 스탠을 죽인 일이 그녀의 마음에서 맥스를 지워버렸다.

그녀는 '재생' 버튼을 누른다.

이런. 이런 *안 돼.*

순식간에 얼굴로 피가 쏠리고, 화면이 빙빙 도는 것처럼 보인다. 흐릿하고 초점이 맞지는 않지만, 저건 그녀다. 저 빈집들 중 하나에 있는 그녀와 맥스다. 서로를 향해 돌진하고 부딪치고 바닥으로 쓰러진다. 그리고 그녀에게서 흘러나오는, 마치 덫에 걸린 짐승 같은 저 소리들······ 이건 끔찍하다. 그녀가 디스크 배출 버튼을 누르고 은색 디스크를 낚아챈다. 누가 이걸 보고 있었을까? 만일 그게 맥스 단 한 사람이고, 그들이 함께한 순간들로 기분 전환을 하고 있었던 거라면, 그녀는 어느 정도 안심할 수 있다.

이걸 어떻게 하지? 쓰레기통에 버리는 건 돌이킬 수 없는 사태를 초래할 테다. 누군가가 발견할지도 모르니까. 게다가 산산조각으로 부수면, 그렇기 때문에 더더욱 그들이 그걸 복원할 것이다. 그녀는 그것을 부엌으로 가져가서 냉장고와 벽 사이의 틈에 밀어 넣는다. 그래. 아주 멋진 비밀 보관소는 아니지만 그녀는 과거에도 임시변통으로 비밀 보관소들을 만들었고, 그 경우 일이 잘 풀렸으니 그래도 아무것도 없는 것보다는 낫다.

정상적으로 행동해, 샤메인. 그녀가 스스로를 타이른다. 만일 네가 정상적인 게 무엇인지 기억할 수 있다면.

그녀는 비틀거리면서도 현관홀을 떠나 화장실에 가서 얼굴에 물을 끼얹은 다음 물기를 닦아내고 거울 쪽으로 더 가까이 몸을 숙인다. 그녀의 머리카락은 까치집처럼 헝클어지고 두 눈은 부어 있다. 혹시 차가운 티백이 몇 개 필요할까? 머리카락에는 모발 관리용 스프레이를 뿌릴 수 있을 테고, 그러면 머리카락이 짧은 동안이나마 제자리에 고정되어 있을 것이다.

스탠은 그 모발 관리 제품의 향을 좋아하지 않았다. 그는 그것으로 인해 그녀에게서 페인트 제거제 비슷한 냄새가 난다고 말했다. 그녀는 심지어 그의 짜증스러운 혹평들까지도 그리워한다.

더 이상 울지 마. 그녀가 스스로를 타이른다. 한 번에 한 가지씩만 해. 물에 뜬 수련 잎들 위를 폴짝폴짝 뛰어다니는 개구리처럼 시시각각, 하루하루를 보내봐. 그녀가 텔레비전에서 말고 개구리가 그렇게 하는 모습을 본 적이 있다는 것은 아니다.

그녀의 화장품 같은 것들은 침실에 있다. 그녀는 계단 맨 아래에 서서 위를 올려다본다. 마치 장시간의 등반일 것처럼 보인다. 아마 지하실에 먼저 내려가서 그녀의 사물함을 확인하는 게 나을 것이다. 이 멍청한 꽃무늬 블라우스를 벗어버리고 알맞은 것을, 러플이 달린 복숭아색 블라우스를 찾아. 올라가기보다는 아래층으로 내려가는 게 더 쉬워. 계단에서 넘어지지만 않는다면, 샤메인. 그녀는 스스로에게 주의를 준다.

그녀는 무릎에 힘이 없다. 난간을 꼭 잡아. 잘했어, 그래야 우리 아가 씨지. 원 할머니는 이렇게 말하곤 했다. 마치 네가 세 살이었을 때처럼, 첫 번째 계단에 한 발을 내딛은 다음 다른 한 발을 그 옆에 둬. 자기 자신을 돌봐야 해. 달리 누가 그러겠어?

자. 단단한 지하실 바닥에 서 있다. 흔들리면서 말이다. 마치, 마치 무언가처럼. 아무튼 흔들리고 있다.

이제 그녀는 네 개의 개인 사물함 옆에 서 있는데, 그것들은 나란히 줄지어 있다. 상자형 대형 냉동고처럼 들어 올리는 뚜껑이 달린 수평식이다. 그녀의 사물함은 분홍색이고 스탠의 것은 초록색이다. 그다음에 대체인들의 로커가 있는데 자주색과 빨간색이다. 빨간색은 맥스의 것이고 자주색은 그의 아내라는 여자에게 속해 있는데, 샤메인은 원칙적으로는 그녀를 미워한다. 만일 그녀가 요술 지팡이를 휘둘러서 그 사물함들을 둘 다 사라지게 할 수 있다면 그녀는 그렇게 할 것이다. 그러면 저 과거 역시 통째로 다 사라지게 할 수 있을 테니까. 그 일들 중 어느 하나도 결코 일어나지 않았더라면 스탠은 여전히 살아 있을 것이다.

그녀가 자기 사물함에 암호를 쳐 넣기 위해 몸을 앞으로 숙인다. 뚜껑이 조금 열려 있다. 누군지 몰라도 어떤 사람이 그녀의 물건들을 살살이 뒤졌던 것이다. 여기 복숭아색 블라우스가 있다. 그녀는 정장 재킷과 푸른색 꽃무늬 블라우스를 벗고 복숭아색 블라우스에 힘겹게 몸을 밀어 넣는다. 힘겨운 이유는 양어깨 중 한 곳이 아프기 때문이다. 기절하면서 그곳을 부딪친 게 틀림없다. 손가락들이 덜덜 떨려서 단추를 채우기가 어렵지만 간신히 해낸다. 정장 재킷을 다시 입는다. 거슬리던 기분이 이제 줄어들었다.

여기에 그녀의 평상복이 모두 있다. 그녀가 마지막으로 포지트론에 입소할 때 입었던 옷들을 포함해서 말이다. 체리색 풀오버, 흰색 브래지어. 누군가가 그것들을 여기 도로 가져와서 넣어둔 게 분명했다. 그들이 그녀의 암호를 알고 있는 게 분명하다. 그래, 당연히 그녀의 암호를 알고 있겠지. 그들은 모든 사람의 암호를 알고 있으니까.

그녀는 이 개인 사물함에 물건들을 숨기곤 했다. 그녀는 그때 그것들을 정말로 숨겨놓는 거라고 생각했다. 얼마나 얼빠진 생각이었던가. 그녀는 맥스에게 보낼 쪽지에 키스 자국을 찍기 위해 풍선껌 같은 냄새가 나는 저 싸구려 푸크시아색 립스틱을 샀었다. *나는 당신에게 굶주렸어.* 그런 식의 헛소리들을 적은 쪽지. 그녀는 그 립스틱을 없애야만 한다. 뒤뜰에 파묻어.

그녀는 그 립스틱을 손수건에 감싸서 하이힐 한 짝의 발끝 부분에 밀어 넣어 놓았었다. 바로 여기에.

그런데 그것이 사라지고 없다. 그것이 거기 없다.

그녀가 두 손으로 여기저기 더듬거린다. 손전등을 가져와야 한다. 암만 해도 누가 됐든 어떤 사람이 그녀의 물건을 마구 헤집을 때 굴러 나왔을 가능성이 컸다. 그녀는 나중에 그것을 찾아볼 것이고, 찾으면 멀리, 아주 멀리 던져버릴 것이다. 그것은 일종의 추억거리(memento)이고, 추억거리란 기억하도록 도와주는 물건이라는 뜻이다. 그녀는 차라리 망각거리(forgetto)를 갖고 싶다.

이건 일종의 농담이다. 그녀가 농담을 한 것이었다.

넌 얄팍하고 경솔한 인간이야. 작은 목소리가 말한다. 네 멍청한 머리에는 그 생각은 들어 있지도 않은 거야? 스탠이⋯⋯.

더는 한마디도 하지 마. 그녀가 그 목소리에게 말한다. 그녀는 사물함 뚜껑을 닫고 암호를 입력해서 잠근다. 나가려고 돌아서다가 스탠의 초록색 사물함이 살짝 열려 있는 것을 본다. 누군가가 거기에도 다녀갔다. 들여다보지 말아야 한다는 건 알고 있다. 모두 단정하게 개켜 있는, 낯익은 스탠의 옷가지를, 예를 들어 여름 티셔츠들, 그가 산울타리 가지치기를 할 때면 입곤 했던 플리스 재킷을 보는 건 좋지 않을 것이다. 그녀는 어째서 그 옷들이 영원히 스탠 없이 덩그러니 남겨져 있게 됐는지를 생각하기 시작하고 또다시 흐느껴 울기 시작할 것이며, 그러면 부은 눈이, 결과적으로 두 배나 부은 눈이 되고 말 것이다.

그건 모두 없애버리는 게 낫다. 그녀는 내일 컨실리언스 이사 서비스에 연락해 그들이 와서 스탠의 옷가지를 치우게 할 것이다. 그녀는 완전히 다른 장소에서 새롭게 출발할 수 있을 것이다. 관계자들은 그녀를 독신자용 아파트들 중 하나에 들여보낼 것이다. 어쩌면 미망인들을 위한 전용 건물이 있을지도 모른다. 비록 일반적인 미망인들보다 훨씬 더 젊기는 하지만 다른 미망인들과 함께 그런 미망인들이 흔히 하는 갖가지 일들을 할 수 있을 것이다. 카드놀이를 해. 창밖을 내다봐. 나뭇잎들이 색깔을 바꾸는 걸 지켜봐. 좌우간 미망인 노릇을 한다는 건 평화로운 일일 것이다.

그러니 스탠의 관을, 그러니까 스탠의 개인 사물함을 만지작거리려서 속상한 일을 자초해서는 안 된다. 그런데도 그녀는 그쪽으로 걸어가서 뚜껑을 들어 올린다.

그 사물함은 텅 비어 있다.

나를 지워버리다

그녀는 지하실 바닥에 앉아 있다. 얼마나 오랫동안 그러고 있었을까? 그리고 스탠의 사물함이 텅 빈 것을 발견한 게 왜 그토록 충격적이었을까? 그녀는 그것을 예상했어야만 했다. 당연히 그들이 와서 그의 물건들을 치울 것이라는 사실을. 그녀가 고통을 덜 겪도록. 그들은 매우 사려 깊다. 컨실리언스 팀 말이다.

어쩌면 그건 남몰래 싱글벙글 고소해하는 옹졸한 심술쟁이, 오로라였을지도 모른다고 그녀는 생각한다. 꼬치꼬치 참견하지 않고는 못 배기는 거다. 똥에서 뒹구는 개처럼 내 슬픔에서 뒹굴고 있는 거야.

초인종이 울린다.

그녀는 그들이 가버릴 때까지 여기 그냥 앉아 있을 수도 있다. 그녀는 머리 시티촬영을 받을 수가 없다. 지금 당장은 안 된다.

하지만 초인종이 다시 한번 울린 다음 문이 열리는 소리가 들린다. 그들은 현관 암호를 가지고 있다. 당연히 가지고 있다. 그녀는 몸을 똑바로 일으키고 지하실 층계 쪽으로 가서 올라간다.

거실에 한 여자가 있다. 그녀는 몸을 숙이고, 텔레비전이 꺼져 있는

데도 거기에서 무언가를 하고 있다. 검은색 머리카락, 정장 차림.

"안녕하세요. 늦게 나와서 죄송해요. 아래 지하실에 좀 있었어요, 나는……."

샤메인이 말한다. 여자가 몸을 똑바로 세우며 돌아선다. 그녀가 미소를 지으며 말한다.

"당신을 시티촬영 예약에 데려다주려고 왔어요."

작은 링 귀고리, 짧은 앞머리, 네모난 치아. 약품 관리과의 접수처 수상기에서 본 그 머리다.

샤메인이 숨이 턱 막힐 정도로 놀라며 말한다.

"세상에." 그녀는 마치 돌이 떨어져 내리는 것처럼 소파에 풀썩 주저앉는다. "당신은 그 머리잖아요!"

"뭐라고요?"

"당신은 그 말하는 머리잖아요! 접수처에서. 수상기에서요. 당신이 나한테 스탠을 죽이라고 했어요. 그리고 이제 그이는 죽었고요!"

이런 말을 하고 있으면 안 되지만, 그녀도 어쩔 수가 없다.

"당신은 충격을 받았어요."

여자가 한순간도 샤메인을 속여 넘기지 못하는 연민 어린 목소리로 말한다. 그들은 동정심이 많은 척, 도와주는 척한다. 하지만 그들에게는 다른 속셈이 있다.

"그건 테스트라고 했잖아요. 당신은 내가 충실하다는 걸 입증하려면 그 '시술'을 시키는 대로 시행해야 한다고 했어요. 그래서 난 틀림없이 그걸 시키는 대로 했고요. 왜냐하면 난 끝내주게 충실하니까요. 그 바람에 이제 스탠은 죽었어요! 당신 때문이에요!"

그녀는 눈물을 멈출 수가 없다. 부은 눈에서 또다시 눈물이 흘러나오지만 그녀는 신경 쓰지 않는다.

"당신이 혼동하는 거예요." 여자가 침착하게 말한다. "다른 사람들을 비난하는 건 정상적이지요. 마음은 충격을 받으면 어린 시절의 습관으로 되돌아가서, 자기를 대신할 행위 주체를 발현시켜요. 사람이 우주의 무작위성을 완전히 이해하기는 어려운 법이니까요."

"그건 말도 안 되는 헛소리이고, 당신도 그걸 알고 있어요. 그건 당신이었어요. 당신은 접수처 수상기에 등장했어요. 내가 알고 싶은 건 왜냐는 거예요. 왜 당신은 우리 스탠을 죽이고 싶어 했던 거죠? 그이는 좋은 남자였어요! 대체 그이가 당신에게 무슨 짓을 했나요?"

"당신이 의사한테 진찰을 받는 건 중요한 일이에요. 그들은 뇌진탕인지 검사하고 나서, 잠자는 걸 도와줄 진정제를 당신한테 줄 거예요. 당신 남편 일과 포지트론 교도소 양계 시설의 그 끔찍한 사고는 정말 안타까워요. 그 화재는 배선 불량으로 인해 발생했어요. 하지만 당신 남편의 신속한 조치 덕분에, 그의 많은 동료들뿐 아니라 대부분의 닭들이 목숨을 구했어요. 그는 영웅적이었지요. 당신은 그를 자랑스러워해야 해요."

내 평생 말도 안 되는 완전한 헛소리를 이렇게 많이 들어본 적이 없어. 샤메인이 생각한다. 그런데 난 어떻게 해야 하는 걸까? 동조하면서 저 여자를 믿는 척해야 하나? 만일 그러지 않으면, 내가 계속 진실을 말하면서 그녀에게도 진실을 말하라고 몰아세우면, 그녀는 내가 불안정하다고 말할 거야. 파괴적이고 환각 상태에 빠졌으며 정상이 아니라고. 감시국의 어깨들을 불러서 날 감방으로 끌고 가고, 샌디처럼 침대에 사슬로 묶어놓은 다음 약물을 찔러 넣겠지. 그러고 나서도 만일 내가 이른바 교화가 되지 않으면, 끝장이 날지도 모르지.

그녀가 한 차례 숨을 쉰다. 숨을 내쉬고 들이쉰다.

그들이 원하는 건 고분고분하게 구는 것이다. 파괴적인 것의 정반대.

"아, 난 스탠이 자랑스러워요."

이런, 그녀의 목소리가 이렇게 가식적으로 들리다니.

"그이가 몹시 자랑스러워요. 그렇고말고요. 난 그이가 다른 사람들은 물론이고 닭들까지 구하기 위해 자신을 희생했다는 사실이 놀랍지 않아요. 그이는 언제나 그렇게 이타적인 사람이었어요. 게다가 동물을 사랑하는 사람이었고요."

그녀가 내친김에 한마디 더 보탠다.

여자가 기만적인 미소를 짓는다. 저 사무적인 정장 속 그녀는 근육질이야. 샤메인이 생각한다. 그녀는 내게 달려들어 순식간에 나를 때려눕힐 수도 있어. 저 여자와 맞붙어 난투를 벌이면 난 이기지 못할 거야. 그리고 그녀는 이름표를 착용하고 있지 않아. 그녀가 자신이 누구라고 말한들 진짜 그 사람인지 내가 어떻게 알겠어?

"당신이 동의하니 기쁘군요. 그 이야기를 마음에 새겨두세요. 컨실리언스 운영진은 애도 과정에서 당신을 돕는 데 필요한 일이라면 무슨 일이든 다 할 거예요. 지금 당장 필요하다고 생각하는 게 있나요? 예를 들어 우린 오늘 밤 당신과 함께 머물도록 누군가를 보내줄 수도 있어요. 함께 있을 사람을 보내서 당신에게 차를 한잔 타주게 할 수도 있고요. 친절하게도 인적 자원부의 오로라가 기꺼이 그렇게 하겠다고 하더군요."

"고맙습니다." 샤메인이 얌전한 체하며 말한다. "그렇게 마음을 써주다니 친절한 분이시네요. 하지만 분명히 나 혼자 감당할 수 있을 거예요."

"두고 보지요. 이제 시티촬영 예약에 당신을 데려갈 시간이네요. 다들 당신을 기다리고 있어요. 차가 밖에 있어요. 외투 가진 거 있나요?"

"내 사물함에 있을 거예요."

샤메인이 말한다. 하지만 여자가 현관 벽장을 열자 거기에 그것이, 그녀의 외투가 있다. 더욱이 그녀를 위해 손질된 채 옷걸이에 걸려 있다. 마치 무대 소품인 것 같다.

연한 분홍색 얼룩이 서쪽 하늘에 희미하게 남아 있고, 해가 막 진 상태다. 눈이 얇게 쌓여 있다. 함께 걸어 내려갈 때 여자가 샤메인의 한 팔을 잡아준다. 차 앞자리에 검은 인영(人影)이 하나 비친다. 운전사다.

"우리는 뒷자리에 앉을 거예요."

여자가 말한다. 그녀가 차문을 열더니 샤메인을 위해 한쪽으로 비켜선다. 그들은 사람을 돌보기로 결정하면 확실히 왕족처럼 대접하는군. 샤메인이 생각한다.

이제 차량 실내등이 켜진다. 샤메인은 차에 타면서 운전사의 옆얼굴을 본다. 그녀가 작게 비명을 지른다.

"맥스!" 그녀가 말한다. 그녀의 심장이 한 송이 매력적인 장미처럼 피어난다. *오, 날 구해줘!*

운전사가 고개를 돌리고 그녀를 쳐다본다. 틀림없이 맥스다. 그녀가 어떻게 그를 잊을 수 있겠는가? 그의 눈, 검은색 머리카락. 그 입. 부드럽지만 단단하고 끈질기며 쉽게 만족하지 않는…….

"뭐라고요?"

남자가 말한다. 그의 얼굴은 미동도 없이 그대로다.

"맥스, 당신인 거 다 알아!"

감히 그녀를 알아보지 못하는 척하다니!

"착각하셨군요. 난 필이에요. 감시국에서 운전 일을 하지요."

"맥스, 젠장, 대체 무슨 일이 벌어지고 있는 거야? 왜 거짓말을 하는 거지?"

샤메인은 거의 고함을 지르다시피 한다.

남자가 꽂고 있던 이름표를 빼냈다. 그가 그것을 그녀에게 건네며 말한다.

"보세요, 필. 여기에 그렇게 적혀 있잖아요. 내 이름표예요."

"무슨 문제 있어요?"

그 여자가 이렇게 말하면서 뒷좌석 샤메인의 옆자리로 미끄러져 들어온다.

"이분이 내 이름이 맥스라고 하는군요."

운전사가 말한다. 정말로 당황한 것처럼 들린다.

"하지만 사실이잖아! 맥스! 나야! 나랑 다음에 다시 만나는 게 당신

334

삶의 이유였어! 당신은 백 번도 더 그렇게 말했어!"

그녀가 좌석 너머 그에게로 손을 뻗는다. 하지만 그는 몸을 뒤로 뺀다.

"미안합니다. 당신은 나를 누군가 다른 사람과 혼동했어요."

"당신, 그 바보 같은 이름표 뒤에 숨을 수 있다고 생각하는 거야?"

샤메인이 말한다. 그녀의 목소리가 높아지고 있다.

"난 우리가 이 상황을 바로잡을 수 있다고 확신해요."

여자가 이렇게 말하지만 샤메인은 그녀를 무시한다.

"당신은 날 지워버리려 하고 있어! 하지만 당신은 우리가 했던 모든 일 가운데 단 한순간도 바꾸지 못할 거야! 당신은 그 모든 걸 사랑했고, 그걸 위해 살았어. 당신이 바로 그렇다고 말했다고!"

그녀는 멈춰야만 한다. 그만 지껄여야 한다. 이 경우에 그녀가 이길 수는 없을 것이다. 사실, 그녀에게 무슨 증거가 있단 말인가? 그 비디오 테이프만 제외하면. 그녀에겐 그 비디오가 있었다. 하지만 그건 그녀의 주방에 파묻혀 있다.

"난 평생 이 여자분을 한 번도 본 적이 없어요."

남자가 말한다. 기분이 상한 것처럼 들린다. 마치 샤메인이 그의 감정에 상처를 입히기라도 한 것처럼 말이다.

마음이 아프다. 그가 대체 왜 이러는 걸까? 하긴—샤메인, 그렇게 멍청하게 굴지 마!— 이 여자가 그의 아내나 뭐 그런 존재가 아닐 경우의 얘기지만. 그러면 이제 이해가 된다. 그녀가 그와 단둘이 있을 수 있다면 좋을 텐데!

"내가 사과할게요." 여자가 그에게 말한다. "당신한테 경고를 했어야 해요. 그녀는 충격을 받았고 약간 망상증이 있어요." 그녀가 목소리를 낮춘다. "오늘, 양계 시설 화재의 그 사람이 그녀의 남편이었어요. 딱하게도 그는 너무 용감했지요. 우린 지금 병원으로 갈 거예요, 부탁해요."

"그러지요."

남자가 말한다. 그가 기어를 넣는다. 샤메인은 쩔꺼덕하고 걸리는 소리를 듣는다. 이런, 젠장. 그녀는 생각한다. 난 절대로 망상에 빠진 게 아니야. 자신한테, 자신과 함께 그런 유의 일들을 했던 남자를 착각할 수는 없어. 그런데 저 여자가 우리에 대해 알고 있다면 어쩌지? 저들 둘이 함께 이런 일을 계획했다면 어쩌지? 맥스가 나를 제거하고 싶어서 이러는 걸까? 마치 실패한 소개팅 상대처럼, 나랑 관계를 청산하려고? 정말 비겁한 인간이군.

울지 마. 그녀가 스스로를 타이른다. 지금은 때가 아니야. 네 편은 아무도 없어.

만일 지금부터 계속 컨실리언스에서 반만이라도 그럴듯한 삶을 영위하려면, 그녀는 빈틈을 보여선 안 될 것이다. 입을 굳게 다물고, 항시 미소를 지을 준비가 되어 있는 존경받는 미망인의 삶. 결국 벽에 자해 방지 완충물을 댄 독방에 들어가게 되는 것보다는, 아니, 더 심각하게는 데이터뱅크 상에서 빈칸이 되는 것보다는 나을 것이다.

그녀는 스탠에 관한 진실은 물론이고, 맥스에 관한 진실 또한 가능한 한 머릿속 깊숙이 묻어버려야 할 것이다. 상황을 무심코 발설하거나 샌디가 그랬듯이 부적절한 질문들을 해선 안 된다. 혹은 베로니카처럼 부적절한 대답을 한다거나. 설사 그녀가 누군가에게 말할 수 있다고 해도, 그리고 설사 그들이 그녀를 믿는다고 해도 그들은 믿지 않는 척할 것이다. 왜냐하면 그들은 진실을 보툴리누스중독(보툴리누스균에 의해 발생하는 식중독의 일종. 복통, 메스꺼움, 구토, 설사에 뒤이어 각종 신경 장애 증상이 나타나면서 심하게 앓게 된다—옮긴이)이라고 여길 테니까. 그들은 오염될까 두려워할 것이다.

그녀는 철저히 혼자다.

IX

—

파서빌리보츠

점심

　스탠은 그의 팀, 그러니까 그의 새 팀, 그가 막 투입된 팀의 사내들과 함께 파서빌리보츠 구내식당에 있다. 그는 맥주를, 그들이 만들고 있는 저 밍밍하고 오줌 색깔이 나는 맥주를 마시는 중이다. 게다가 여럿이 나눠 먹도록 곁들여 나온 양파링과 감자튀김에 닭날개튀김 한 접시까지 있다. 그는 닭날개에서 기름기 많은 살을 빨아 먹으며, 이 날개가 깃털에 뒤덮여 있고 살아 있는 닭에 붙어 있었을 때 자신이 이 날개 주인을 돌봤을지도 모른다는 생각을 한다.

　그의 팀 사내들은 완전히 정상적으로 보인다. 그와 마찬가지로 점심을 먹으며 구내식당에 둘러앉아 있는 그저 평범한 사내들일 따름이다. 젊지도 않지만 늙지도 않았다. 또한 충분히 건강하다. 비록 그중 두엇은 허리둘레에 점점 더 통통하게 살이 오르는 중이긴 하지만. 그들은 모두 이름표를 달고 있다. 그의 것에는 왈도라고 적혀 있고, 그는 이제 자기 이름이 스탠이 아니라, 왈도라는 것을 정말로 명심해야 한다. 그가 해야 하는 일은 누군가가 그가 밖으로 몰래 내가기로 되어 있는 뜨거운 감자처럼 위험한 헛소리가 담긴 플래시드라이브를 건네며 벽을 통과하려면 어떻게 해야 할지를 그에게 밝힐 때까지 왈도로 지내는 것이 전부다. 그렇지 않으면 그가 혼자 힘으로 탈주할 방법을 알아낼 때까지 그러거나.

'튤립들 사이를 발끝으로 살금살금 걸어요'가 신호, 즉 비밀 악수(내부자 전용 접근법—옮긴이)라고 한다. 그 미지의 접선자는 그것을 말로 할까, 아니면 노래로 부를까?(「튤립들 사이를 발끝으로 살금살금 걸어요」는 원래 1929년 처음 발표되어 여러 차례 리메이크된 노래 제목으로, 1968년 가수이자 우쿨렐레 연주자인 타이니 팀이 부른 버전이 가장 유명하다—옮긴이) 그는 노래를 부르지는 않기를 바란다. 누가 그렇게 짜증 나는 곡을 골랐을까? 당연히 조슬린일 것이다. 그녀의 다른 복잡한 성격적 특성들과 더불어 그녀는 뒤틀린 유머 감각을 지니고 있다. 그녀는 어떤 불쌍한 놈이 그처럼 뇌에 문제가 있는 것 같은 짤막한 노래를 꺽꺽거리며 부를 수밖에 없을 거라는 생각에 즐거워했을 것이다. 점심을 먹고 있는 사내들 중 누구 하나 튤립 사이를 발끝으로 살금살금 걸을 부류처럼 보이지는 않는다. 또 그들 중 누구도 위장 근무 중인 비밀 접선자일 가능성이 있어 보이지는 않는다. 하긴, 그들은 아닐 것이다.

왈도, 왈도. 그가 스스로를 타이른다. *넌 이제 왈도야.* 그것은 마치 새끼 고양이를 다룬 아동 도서에 등장하는 것처럼 약한 이름이다. 테이블에 둘러앉은 다른 사람들의 데릭, 케빈, 게리, 타일러, 버지 같은 이름들은 좀 더 믿음직하다. 그는 방금 막 그들을 만났으며, 그들에 대해 아무엇도 모르므로 계속 입은 꾹 닫은 채 귀만 열고 있어야 한다. 그들도 그가 그들 팀의 결원을 보충하기 위해 파견되었다는 사실을 제외하고는 그에 대해 아무것도 모른다.

점심 식사 내내 많은 허튼소리들이, 스탠은 종잡을 수 없는 동료들 끼리만 통하는 많은 농담들이 오갔다. 그는 그들의 얼굴 표정을 읽으려고 애쓰는 중이다. 친절하게 벙긋 웃는 모습 뒤에 장벽이 있다. 그 뒤에서 그에게는 생소한 말이, 이해하기 힘든 언급들로 이뤄진 말이 사용되고 있다. 구내식당 곳곳의 다른 식탁들에는 다른 남자들이 각각 무리 지어 앉아 있다. 파서빌리보츠의 다른 팀들일 거라는 게 그의 추측이다. 그는 많은 추측을 하는 중이다.

구내식당은 연초록색 벽에 둘러싸인 기다란 방이다. 한쪽 벽은 젖빛 유리 창문들이 내려 닫혀 있어서 밖을 내다볼 수 없다. 창문이 없는 쪽에는 복고풍의 포스터 두 개가 걸려 있다. 그중 하나에는 러플이 달린 잠옷 차림의 예닐곱쯤 된 어린 소녀가 보인다. 졸린 듯 한쪽 눈을 비비며, 다른 쪽 팔꿈치 안쪽에 푸른색 테디 베어를 고이 안고 있다. 그 앞쪽에는 김이 모락모락 나는 무언가를 담은 컵이 하나 있다. 푹 자. 광고 문구가 적혀 있다. 그것은 마치 잠들기 전 마시는 맥아음료의, 100년쯤 된 포스터 같다.

나머지 포스터에는 빨간색과 흰색의 물방울무늬 비키니 차림으로 핀업걸 자세를 취하고 있는 예쁜 금발 아가씨가 보인다. 한쪽 무릎을 세워 무릎각지를 하고, 그 발에는 빨간색 굽 높은 슬링백을 신고 있다. 다른 쪽 다리는 쭉 뻗은 채 구두가 발가락에서 달랑거린다. 뾰로통한 빨간 입술, 윙크. 무언가가 적혀 있는데 분명 네덜란드어일 것이다.

"진짜 젊은 여자처럼 보이지요?" 데릭이 그 핀업걸을 턱으로 가리키며 말한다. "하지만 아니에요."

"나도 깜박 속았어요. 그 사람들은 저 포스터를 1950년대 풍으로 만들었어요. 그 네덜란드인들은 우리보다 한참 앞서 있어요!" 타일러가 말한다.

"그래, 그들은 법안이며 다른 이런저런 것들까지 다 통과시킨 상태지요. 그들은 미래를 예측했던 거예요." 게리가 말한다.

"뭐라고 적혀 있는 건가요?"

스탠이 묻는다. 그는 파서빌리보츠에서 무엇을 만들고 있는지 알고 있다. 여성의 실물 모형들. 또 어떤 사람들은 그것들을 기계 매춘부들이라고 부른다. 스쿠터 수리소의 동료들 사이에서 그것들에 관한 진지한 논의가 있었다. 그것들이 막을 수 있을지도 모를 현실의 고통, 그것들이 벌어들일 수 있을지 모를 돈에 관해서 말이다. 어쩌면 모든 여자들이 로봇이어야만 할지도 모르지. 그는 다소 신랄하게 그렇게 생각한다. 피와 살이 있는 인간 여자들은 통제 불능이거든.

"그건 네덜란드어예요. 그러니 정확히 뭐라고 적혀 있는 건지 누군들 알겠어요? 하지만 '진짜보다 낫다'나 뭐 그런 거겠지요." 케빈이 말한다.

"정말 그래요? 진짜보다 나아요?" 스탠이 말한다.

이제 그는 좀 더 느긋한 기분을 느끼고 있기에―아무도 그가 왈도가 아닐 거라고 의심하지 않는다―즉석에서 과감하게 몇몇 질문을 던질 수 있다.

"꼭 그건 건 아니에요. 하지만 목소리 선택 사양은 굉장하지요. 침묵하게 만들거나 아니면 거 뭐냐, 신음 소리나 비명 소리를 내게 할 수도 있고, 심지어 몇 마디 말을 하게 할 수도 있어요. *좀 더요, 더 세게요* 같은 거 말이에요." 데릭이 말한다.

"내 의견으로는 그것들이 똑같지는 않던데." 게리가 마치 새로 선택한 메뉴를 맛보고 있기라도 한 것처럼 고개를 한쪽으로 기울인 채 말한다. "내가 그렇게 많이 직접 해보지는 않았어요. 그건 너무, 있잖아요, 기계적이에요. 하지만 어떤 사내들은 그걸 더 좋아해요. 일을 망치더라도 축 늘어진 페니스를 걱정할 필요가 없거든."

"이를테면 그렇다는 거겠지."

타일러가 이렇게 말하자, 그 사람들이 모두 웃음을 터뜨린다.

"작동 설정을 조작할 필요가 있어." 케빈이 마지막 양파링에 손을 뻗으며 말한다. "그건 마치 자전거 안장 같은 거라서 조절을 할 필요가 있어. 자네들 맥주 한 잔씩 더 할 텐가? 내가 가져오지."

"난 찬성표를 던지겠어. 거기다 덤으로 저 뜨거운 닭날개도 몇 개 더 얹어줘." 타일러가 말한다.

"어쩌면 자넨 그저 부적당한 모델을 선택했을 뿐인지도 몰라." 버지가 게리에게 말한다.

"난 그것들이 살아 숨 쉬는 존재들을 영원히 대체할 거라고 생각하지 않아." 게리가 말한다.

"사람들은 전자책에 대해서도 그렇게 말했어. 진보를 막을 수는 없는 법이야." 케빈이 말한다.

"플래티넘 급인 경우에는 숨도 쉬어. 들이쉬고 내쉬지. 난 그게 더 좋아. 숨을 쉬지 않는 것들의 경우에는 뭔가가 부족하다는 느낌이 들지." 데릭이 말한다.

"어떤 것들한테는 심장박동도 갖춰져 있어. 환상을 경험하고 싶다면, 플래티넘 플러스 급이어야 해." 케빈이 말한다.

"아무튼 제품 세트마다 무릎 보호대를 갖춰놓아야만 해. 내 게 본격적으로 최고 속도를 내기 시작하면서 내 양 무릎이 까졌고, 하마터면 빌어먹을 절름발이가 될 판이었는데도 그 빌어먹을 것을 끌 수가 없었다고." 게리가 말한다.

"진짜 여자라면 자네가 그런 특징을 마음에 들어 할지도 모르지. 전원 끄기 버튼이 없는 거 말이야."

케빈이 말한다. 그는 맥주와 닭날개를 가지고 돌아와 있다.

"몇몇 진짜 여자들의 경우에는, 전원 끄기 버튼이 없다는 게 바로 문제지."

타일러가 이렇게 말한다. 그리고 이번에는 어느 모로 보나 농담이다. 스탠도 함께 웃는다. 그 말은 그도 이해할 수 있으니까.

"하지만 당신은 그것들이 살아 있는 게 아니라는 사실을 상기할 필요가 있어요. 어쨌든 그것들은 무척 훌륭하고 최상급이에요."

데릭이 스탠에게 말한다. 그들 모두 가운데서도 그가 가장 열성적인 지지자인 것 같다.

"왈도한테 테스트를 해보게 해줘야만 해. 우리 모두 그랬지. 우리가 가진 첫 기회였어! 왈도에게도 시운전을 해보게 해줘야 해. 그렇게 하는 게 어때요, 왈도?" 타일러가 말한다.

"그건 공식적으로는 허용되지 않아요. 당신이 그 일에 배정되지 않는 한은요." 게리가 말한다.

"하지만 당국은 보고도 못 본 체해줘요." 타일러가 말한다.

스탠은 음탕하게 보이기를 바라며 히죽 웃어 보인다.

"좋지요." 그가 말한다.

"나쁜 녀석이로군." 타일러가 쾌활하게 말한다.

"그렇다면 규칙을 좀 변칙적으로 적용한다고 해도 개의치 않겠군요. 경계선을 확장한다고 해도 말이지요."

버지가 말한다. 그가 스탠에게 상냥한 미소를, 관대하게 봐주는 삼촌 같은 미소를 짓는다.

"상황에 따라서는, 그럴 수도 있겠지요." 스탠이 말한다. 그가 실수를 저지른 걸까, 위험을 자초한 건가? "경계선이 있고, 그다음에 또 경계선이 있기 마련이지요."

그것은 얼마 동안은 변함이 없을 것이다.

"그래요, 그럼. 먼저 견학, 그다음이 시운전이에요. 이쪽으로 와요." 버지가 말한다.

삶은 달걀 컵

샤메인은 지난밤 잠을 설쳤다. 그녀 자신의 침대에서 잤는데도 말이다. 물론 이 침대가 진짜로 그녀의 것은 아니며 컨실리언스 소유이기는 하지만, 그래도 그녀에게 익숙한 침대이다. 아니, 스탠이 그녀와 함께 거기에 누웠을 때는 그녀에게 익숙했던 침대다. 하지만 이것은 이제 그녀에게 이질적으로 느껴진다. 마치 깨어나 보니 자신이 우주선에 타고 있는데, 납치를 당한 데다 친구라고 생각한 사람들은 그들의 뇌를 탈취당해서 가학적인 탐침 조사를 하고 싶어 하는 저 무시무시한 영화들 중 하나처럼 말이다. 스탠이 더 이상 이 침대에 그녀와 함께 누워 있지 않으며, 결코 다시는 그럴 수 없을 것이기 때문이다. 현실을 직시해. 그녀가 스스로를 타이른다. 네가 그에게 작별 키스를 한 다음 주삿바늘을 찔러 넣었고 그는 죽었어. 그게 현실이야. 그는 여전히 죽은 상태고 네가 그를 다시 데려올 수도 없으니, 이제 와서 네가 그 일로 얼마나 울든 그건 중요하지 않아.

꽃에 대해 생각해봐. 그녀가 스스로에게 말한다. 윈 할머니는 그녀에게 그렇게 말하곤 했다. 하지만 그녀는 꽃에 대해 생각할 수가 없다. 꽃은 장례식을 위한 것이다. 그녀가 그려볼 수 있는 건 그게 전부다. 하얀 꽃들. 하얀 방, 하얀 천장과 비슷하다.

그녀는 그를 죽일 셈은 아니었다. 그녀는 그를 죽일 셈은 아니었다. 하지만 그녀가 달리 어떻게 행동할 수 있었겠는가? 그들은 그녀가 머리를 쓰고 심장을 버리기를 바랐다. 하지만 그건 그렇게 쉬운 일이 아니었다. 왜냐하면 심장은 마지막에 멈추는 법이고 그녀의 것은 그녀가 주삿바늘을 준비하는 내내 여전히 그녀 안에 꼭 달라붙어 있었기 때문이다. 그리고 그것이 그녀가 내내 울고 있었던 이유다. 그러고 나서 그녀가 아는 그다음 일은, 자신이 두통을 느끼며 자신의 소파에 누워 있었다는 것이다.

적어도 그녀는 뇌진탕을 일으키지는 않았다. 시티촬영 후 컨실리언스 진료소에서 그녀에게 그렇게 말했다. 자신들이 그녀가 진정할 수 있게 도와줄 세 종류의 알약, 즉 분홍색, 초록색, 노란색 알약을 들려서 집으로 보내겠다고 그들이 말했다. 그렇지만 그녀는 그 알약들을 복용하지 않았다. 그녀는 그 약들에 무슨 성분이 들어 있는지 알지 못했다. 사람에게 그런 종류의 의식을 잃게 만드는 성분을 슬며시 주입하는 것이 바로 저 외계인들이 사람을 그들의 우주선으로 데려가기 전에 하는 짓이었다. 그러고 나면 몸에 온갖 관이 꽂힌 채, 한창 탐침 조사 중일 때 깨어나는 것이었다. 정말로 외계인들이 있는 건 아니지만, 아기처럼 자고 있는 동안 자신에게 무슨 일이 일어날지는 여전히 알 수 없는 법이었다.

"아기처럼 자게 될 거예요."

그 알약들에 대해 오로라가 바로 이렇게 말했다. 그녀는 진료소에 와서 샤메인을 기다리고 있었다. 그들은 그 일이 무슨 일이건 모두 한통속이었다. 오로라와 맥스와 그녀를 차로 병원에 데려간 그 여자, 그러니까 검은색 머리에 링 귀고리를 한 그 여자까지 모두.

무슨 일이 일어났는지 생각해보며 샤메인은 어쩌면 자신이 "당신은 그 수상기 속 머리잖아요!"라고 불쑥 내뱉지 말았어야 했을지 모른다고 생각한다. 사람에게 그들이 수상기 속 머리였다고 말하는 건 너무 무신경한 일이었다.

그녀는 맥스 문제 역시 엉망으로 만들어버렸다. 그녀는 그를 잘 알고 있다는 사실을 절대로 발설하지 말았어야 했다. 하물며 그렇게 비참하게 따져 묻다니. 하지만 너무 바보 같았다. 그가 자기 이름이 필이라고 주장을 한 건 말이다. 필이라니! 그녀는 필이라고 불리는 남자 품 안에 자신을 던질 수는 없었을 것이다. 필은 약사들이나 쓰는 이름이었고, 결코 낮 시간대의 텔레비전 프로그램에 등장하는 법이 없었으며, 내면의 그림자와 쌓여 있는 욕망의 불길은 전혀 가지고 있지 않았다. 그런데 맥스는 그랬다. 심지어 그가 입고 있던 그 볼품없는 운전사 제복 차림을 하고서도 말이다. 그녀는 그가 자신을 갈망한다는 것을 알고 있었다. 그녀는 감각이 예민하고, 그런 것을 알아보는 본능이 있었다.

그녀는 이내 사정을 알아차렸다. 아무것도 모르는 바보처럼 굴어야 한다는 걸 말이다. 왜냐하면 그들이 그녀의 머리를 엉망진창으로 만들고 있었으니까. 그녀는 그런 영화들을 본 적이 있다. 다른 사람으로 위장하고 상대를 모르는 척하는 사람들. 그런 다음 그들이 모르는 척한다고 상대가 비난하면, 그들은 상대가 미쳤다고 말할 터였다. 그러니 그들이 거기서 내밀고 싶어 하는 그들 자신에 대한 지어낸 설명이 무엇이든 간에 맞장구를 치는 것이 더 안전하다.

만일 그녀가 아무도 없는 데서 맥스를 구석으로 몰아넣고, 그녀에게 키스하게 만들고, 그의 벨트 버클을, 익숙한 버클, 그녀가 자면서도 끄를 수 있는 그 버클을 단단히 움켜잡을 수 있다면, 이내 그가 꾸며낸 이야기는 마치 인화성 물질인 것처럼 연기를 내며 불타오르다가 재로 변해버릴 것이다.

그들이 데려다주는 차로 진료소에서 집까지 와 침대로 기어 들어간 후, 샤메인은 계속 쥐 죽은 듯 조용히 있었다. 그녀는 심지어 서성거리거나 통곡을 할 수도 없었다. 오로라가 손님용 침실에서 자겠다고 우겼기 때문이다. 누군가가 샤메인과 함께 머무를 필요가 있다고 오로라는 말했다. 양계 시설의 비극으로 인한 충격을 고려할 때, 오로라가 자세히 설명하고 싶어 죽을 지경인 것이 분명한 어떤 경솔한 짓을 샤메인이 할지도 모른다는 것이었다.

"우리는 당신마저 잃고 싶지 않아요."

그녀가 사려 깊은 척 가식적인 목소리로 말했다. 사람들을 좌천시키곤 했던 그 목소리로 말이다. 자신이 감시국에서 나왔다고 말한 검은색 머리카락의 여자는 오로라의 주장을 지지했다. '강력하게 권한다'는 것이 오로라의 체류에 대해 그녀가 사용한 표현이었다. 비록 샤메인에게 직접 결정을 내릴 자유가 있다고 덧붙이기는 했지만 말이다.

픽도 그렇겠다. 샤메인은 생각했다.

"젠장 날 좀 혼자 내버려둬!"

그녀는 악을 쓰고 싶었다. 하지만 감시국 사람과 논쟁을 벌일 수는 없는 노릇이었다. 승산 있는 싸움만 해. 그녀의 원 할머니는 이렇게 말하곤 했는데, 물러날 줄 모르는 얼굴을 지닌 고집 센 오로라가 샤메인의 깔끔하게 다림질된 꽃무늬 시트들을 헝클어뜨리게 할지 말지를 두고 줄다리기하는 건 아무 소용없는 일이었다.

깨끗한 수건들도 헝클어뜨려라. 장미 향이 나는 아주 작은 손님용 비누도 마구 써버려라. 하지만 그녀와 스탠에게는 손님이 있었던 적이 한 번도 없기는 하다. 왜냐하면 전에 알고 지내던 사람들 중 누구도 방문을 위해 컨실리언스에 들어올 수 없었고, 심지어 그들에게 전화를 걸거나 이메일을 보낼 수도 없었기 때문이다. 하지만 언젠가, 예를 들면 오래된 고등학교 친구 같은 진짜 손님을, 집주인은 오래 머물기를 바라지 않으며 그들도 아마 그러기를 바라지는 않을 테지만 그래도 역시 회포를 푸는 것은 즐거운 그런 사람들을 맞이하게 될지도 모른다고 생각하는 것만으로도, 그것에 대해 생각하는 것만으로도 위안이 되었다. 그녀는 오로라를 감시자 대신 그런 종류의 손님으로 여기려고 노력했다. 그러다가 마침내 그녀는 잠이 들었다.

*

"일어나요. 해가 중천이에요."

오로라의 목소리가 말한다. 제기랄, 그녀가 샤메인의 찻잔을 얹은 샤메인의 쟁반을 들고 문으로 불쑥 들어오지만 않아도 좋을 텐데.

"내가 당신을 위해 잠이 깨게 해줄 차를 만들었어요. 세상에, 당신 정말로 단잠이 필요했나 보군요!"

"이런, 몇 시예요?"

샤메인이 몸을 가누지 못하며 묻는다. 그 알약들을 복용했다고 오로라가 생각하게 하려고, 그녀는 실제보다 더 몸을 가누지 못하는 척 행동한다. 그녀는 알약 두 개를 변기에 넣고 물을 내려버렸다. 왜냐하면 오로라는 능히 세어보고도 남을 사람이라고 생각하기 때문이다.

"정오예요."

오로라가 찻잔을 침대 옆 탁자에 내려놓으며 말한다. 탁자 위에는 오로지 자명종과 화장지 통만 있을 뿐 그 밖에는 아무것도 없다. 손톱 다듬는 줄, 핸드 로션, 라벤더 향이 나는 바늘방석 같은 늘 있던 잡동사니들 중 어느 것도 없다. 그리고 스탠의 침대 옆 탁자 역시 싹 다 치워져 있다. 그들이 그걸 모두 어디에 넣어둔 걸까? 아마 그 일로 소란을 피우지 않는 게 나을 것이다.

"자, 천천히 해요. 서두를 필요 없어요. 내가 브런치를 준비했어요."

오로라는 주름 하나 생기지 않는 딱딱한 미소를 짓는다.

저게 저 여자의 진짜 얼굴이 아니라면 어쩌지? 샤메인은 생각한다. 저 얼굴은 그냥 달라붙어 있는 것뿐이고 그 뒤에는 거대한 바퀴벌레나 뭐 그런 게 있으면 어떻게 될까? 내가 저 여자의 두 귀를 붙잡아 당기면 어떻게 될까, 펑 하고 얼굴이 튀어나올까?

"아, 정말 고마워요." 샤메인이 말한다.

햇볕이 잘 드는 구석진 식탁에 브런치가 차려져 있다. 샤메인이 닭을 다루는 스탠의 일을 기리기 위해 상품목록에서 주문한 작은 삶은 달걀 컵에 담긴 달걀들, 표면에 땅속 난쟁이 요정이 그려져 있는 머그잔들, 즉 스탠이 쓰던 심술쟁이 땅속 난쟁이 요정이 그려진 잔과 샤메인이 쓰는 행복한 땅속 난쟁이 요정이 그려진 잔에 든 커피. 하지만 이따금 그녀가 재미로 그 잔들을 바꿔놓기는 했다. 그녀는 스탠에게 그의 삶에는 좀 더 많은 재미가 필요하다고 말하곤 했다. 그녀가 말하려던 것은 그녀 자신의 삶에 좀 더 많은 재미가 필요하다는 것이기는 했지만. 과연 그녀가 재미를 좀 보긴 했다. 그녀는 맥스를 가졌었다. 잠시 동안은 재미 그 이상이었다.

"토스트? 달걀 하나 더?"

오로라가 말한다. 그녀는 가스레인지, 냄비들, 토스터를 완전히 차지해버렸다. 샤메인의 주방에서 뭐가 어디에 있는지를 그녀가 어떻게 다 알아냈을까? 아마도 한 무리 사람들이 그녀의 집에 떼 지어 들어왔다가 나간 것 같다. 차라리 이 집이 투명한 셀로판으로 지어져 있는 게 낫겠다.

"커피 더 마실래요?"

오로라가 말한다. 샤메인이 머그잔을 내려다본다. 오로라는 그녀에게 행복한 땅속 난쟁이 요정 잔을 주었다. 그녀는 뺨에 눈물이 주르르 흘러내리는 것을 느낀다. 이런, 안 돼, 더 이상 울면 안 돼. 그녀는 그걸 견뎌낼 힘이 없다. 그들은 왜 스탠을 죽이고 싶어 한 걸까? 그는 불온분자가 아니었다. 그가 줄곧 그녀에게 무언가를 숨기고 있었던 게 아니라면. 하지만 그럴 수는 없었을 것이다. 그는 속내를 읽어내기가 너무 쉬운 사람이었다. 하지만 그도 그녀를 그렇게 생각하기는 했다. 그런데 그녀가 그에게 얼마나 많은 걸 숨겼는지 보라.

어쩌면 그가 포지트론에 대해서 무언가를, 정말로 나쁜 무언가를 발견했는지도 모른다. 닭에 위험한 화학물질이 들어 있고, 모두가 그런 걸 먹고 있었던 걸까? 그럴 리는 없다. 그 닭들은 유기농법으로 길러진다. 하지만 어쩌면 그 닭들이 어떤 끔찍한 실험의 일부분이고, 스탠이 그것을 발견해서 모두에게 경고할 작정이었을지도 모른다. 그것이 그들이 그가 죽기를 원한 이유일 수도 있었을까? 만일 그렇다면 그는 진정 영웅이고, 그녀는 그가 자랑스럽다.

그런데 과연 그 시신들은 어떻게 되었을까? 시술 후에 말이다. 그녀는 한 번도 물어본 적이 없다. 그녀는 그것이 선을 넘는 것임을 알고 있었음에 틀림없다. 컨실리언스에 공동묘지가 있기는 한가? 아니면 포지트론 교도소에? 그녀는 한 번도 공동묘지를 본 적이 없다.

그녀가 냅킨에, 울새 한 마리가 촘촘하게 수놓인 천 냅킨에 콧물을 닦는다. 오로라가 햇볕이 잘 드는 구석진 탁자 너머로 손을 뻗어 샤메인의 손을 토닥거린다.

"걱정하지 마요. 다 괜찮아질 거예요. 날 믿어요. 이제 아침을 마저 먹어요. 그러면 함께 쇼핑을 갈 거예요."

"쇼핑이요?" 샤메인은 거의 소리를 지르다시피 한다. "도대체 무슨 이유로요?"

"장례식이요." 오로라가 말 안 듣는 아이를 달래는 어른 같은 목소리로 말한다. "내일이에요. 당신 옷을 통틀어봐도 검은색이라고는 한 조각도 없어요."

그녀가 벽장문을 연다. 샤메인의 정장이며 드레스가 모조리 누비 옷걸이에 단정하게 걸려 있다. 누가 저것들을 그녀의 사물함에서 꺼내 왔을까?

"내 벽장을 살펴봤군요!" 샤메인이 비난하듯 말한다. "당신은 그럴 권리가 없어요. 그 벽장은 내 사적인⋯⋯."

"당신이 이 일을 헤쳐나가도록 도와주는 게 내 일이에요." 오로라가 좀 더 엄하게 말한다. "당신은 관심의 대상이 될 거예요. 모두가 당신을 쳐다보고 있을 테지요. 무례한 짓일 거예요⋯⋯ 음, 파스텔색 꽃무늬 옷을 입는 건요."

일리가 있어. 샤메인이 생각한다.

"알았어요. 미안해요. 신경이 곤두서 있어서요."

"다 이해해요. 당신 같은 처지면 누구라도 그럴 거예요."

지금껏 나 같은 처지였던 사람은 결코 없었어. 샤메인은 생각한다. 내 처지는 너무 괴상해. 그리고 당신 말인데, 이 여자야, 나한테 '다 이해한다'고 말하지 마. 당신은 아무것도 이해하지 못하니까. 하지만 그녀는 그런 의견을 마음속에만 담아둔다.

견학

점심 식사가 끝난 후 스탠은 견학을 한다. 아니, 왈도가 견학을 한다. 왈도, 왈도, 네 머리에 그 이름을 반복 주입해. 그가 스스로를 타이른다. 바보 같은 짓이겠지만 이 부서에 또 다른 스탠은 없는지 물어보고 싶다. 왜냐하면 그가 실수를 할지도 모르니까. 누군가가 그의 진짜 이름을 부르면 머리가 냉큼 반응할 것이고, 그는 스스로를 막지 못할 것이다.

버지가 스탠과 나머지 팀원들을 이끌고 별 특징 없는 페인트가 칠해져 있고 별 특징 없는 타일이 깔려 있는 긴 복도를 따라간다. 벽에는 광택지를 사용한 번지르르한 레몬, 배, 사과 같은 과일 사진들이 걸려 있다. 젖빛 유리로 만든 둥근 조명 기구들. 그들은 모퉁이를 돌고, 한 번 더 모퉁이를 돈다. 이곳으로 순간 이동된 사람이라면 누구도 자신이 어디에, 그러니까 어느 도시, 심지어 어느 나라에 와 있는지 아무 단서도 잡지 못할 것이다. 그 사람은 자신이 21세기의 어딘가에 있다는 것만 알 것이다. 모조리 일반적인 재료들이다.

"그래서 표준적인 일반 모델 형태의 경우, 기본적으로 수령, 조립, 개별 맞춤, 품질 관리, 의상 및 장신구, 배송의 여섯 개 부서가 있어요. 저 문을 지나면 수령 부서가 있지만, 우리는 굳이 그곳을 거치지는 않을 거예요. 볼 게 아무것도 없거든. 그냥 수송 트럭들에서 상자들을 내리고 있는 사내들뿐이지요."

버지가 말한다. 스탠이 담담한 목소리를 유지하며 묻는다.

"그 트럭들은 어떻게 들어오는 건가요? 컨실리언스에서 거리를 지나가는 커다란 트럭들은 한 번도 본 적이 없는데."

그곳은 스쿠터의 도시다. 심지어 승용차도 드물고, 감시국과 고급 간부들을 위해서만 따로 마련되어 있다.

"그 트럭들은 도심을 지나서 오는 게 아니에요." 버지가 무심히 말한다. "여기는 포지트론 교도소 뒤쪽에 붙여 지은 증축 건물이에요. 수령 부서의 뒤쪽 통로가 외부로 이어져 있어요. 당연히 그런 트럭 운전사들

357

중 어느 누구도 이곳에 들어오게 하진 않아요. 정보 교환 금지. 그게 방침이지요. '염탐하는 멍청이가 없으면, 기밀 누설자도 없다.' 그 운전사들이 아는 한, 그들은 배관 설비를 배달하고 있어요."

이제 좀 재미있군. 스탠은 생각한다. 외부로 통하는 입구라니. 어떻게 하면 지나치게 간절한 것처럼 보이지 않으면서도 수령 부서의 일자리를 감쪽같이 얻어낼 수 있을까?

"배관 설비라." 그가 껄껄 웃으며 말한다. "좋은 생각이지."

버지가 만족스럽게 활짝 웃는다.

"그 상자들에는 부품만 들어 있어요. 다른 게 다 그렇듯 중국산이지요. 하지만 그렇다고 그쪽에서 그것들을 조립해 로봇을 여기로 실어오는 건 채산성이 없어요. 품질 관리도 충분히 되지 않고." 케빈이 말한다.

"더구나 파손품이 생길 수도 있지요. 너무 많은 파손품이요." 게리가 말한다.

"그래서 그것들은 부위별로 들어와요. 팔, 다리, 몸통, 기본적인 외부 골격. 표준 두상으로요. 우리가 여기서 개별 맞춤 작업을 하고 피부를 입히는 작업을 하긴 하지만. 특별 주문 사항이 많아요. 최종 소비자들 중 일부는 요구 사항이 굉장히 구체적이지요." 버지가 말한다.

"페티시가 있는 사람들이에요." 케빈이 말한다.

"스토커들. 그들은 예를 들어 록스타나 치어리더나 어쩌면 고등학교 영어 선생님처럼 그들이 열광하는 대상이지만 가질 수는 없는 누군가의 얼굴을 가진 존재를 얻게 될 테지요." 타일러가 말한다.

"추잡한 경우가 있을 수도 있어요. 여자 친척들에 대한 수요가 좀 있지요. 심지어 한번은 종조모를 닮은 것을 요구받은 적도 있어요." 버지가 말한다.

"그건 역겨운 일이었어." 케빈이 말한다.

"이봐. 사람은 다 다른 거야." 데릭이 말한다.

"하지만 어떤 사람들은 다른 사람들보다 좀 더 색다르지."

버지가 이렇게 말하자 그들 모두가 웃음을 터뜨린다.

"정보 저장 칩은 미리 장착되어 있어요. 음성 소자들도. 하지만 일부 신경계는 우리가 3차원 프린터로 찍어내야만 해요. 개별 맞춤 작업을 하면서요." 게리가 말한다.

"피부는 마지막에 붙여요. 그건 숙련된 기술을 요하는 작업이에요. 피부에는 감지 장치가 달려 있어서 그게 실제로 사람을 느낄 수가 있어요. 더 비싼 제품군의 경우 닭살이 돋기도 해요. 바로 가까이에서 직접적으로 접촉할 때에도 차이를 구별하기가 정말 힘들지요." 타일러가 말한다.

"하지만 그것들 중 하나가 조립되는 모습을 보고 난 후에는 알게 된 그 사실을 떨쳐버릴 수가 없지요. 그게 단지 *그것*일 뿐이라는 사실을 의식하게 되는 거예요." 버지가 말한다.

"그렇지만 이중 맹검 방식(테스트 대상의 심리 작용이나 의사의 선입관을 배제하고 약의 효과를 객관적으로 평가하기 위해 테스트 대상자와 의사 모두에게 약의 진위 여부를 알리지 않고 약의 효능을 평가하는 방식—옮긴이)의 테스트를 거쳤어요. 진짜와 이것들로요. 이것들은 77퍼센트의 성공률을 기록했지요." 게리가 말한다.

"관계자들은 100퍼센트를 목표로 하고 있어요. 하지만 앞으로도 거기까지는 절대로 도달할 수 없을 거예요." 케빈이 말한다.

"절대로." 버지가 메아리처럼 따라 말한다. "사소한 것들까지 프로그램으로 설정해놓을 수는 없는 법이거든. 예상 밖의 것들까지."

"그래도 그런 설정들도 들어 있기는 해요. '임의 설정' 버튼을 누르고 깜짝 놀랄 수도 있다는 거죠." 케빈이 말한다.

"그래요. 그녀가 이렇게 말하는 거죠. '오늘 밤은 안 돼요, 머리가 아프단 말이에요.'" 타일러가 말한다.

"그건 놀라운 일이 아닌데."

케빈이 이렇게 말하자 그들이 조금 더 웃는다.

나도 몇 가지 농담을 생각해낼 필요가 있겠어. 스탠이 생각한다. 하지만 아직은 아니야. 그들이 나를 전적으로 받아들이지는 않았으니까. 그들은 여전히 판단을 유보하고 있어.

"앞쪽으로 가면 '조립' 부서로 가게 될 거예요. 한번 둘러봐요. 하지만 사실 안으로 들어갈 필요도 없어요. 자동차 공장들 기억나요?" 버지가 말한다.

"누가 그런 걸 기억해?" 타일러가 말한다.

"알았어. 자동차 공장에 관한 영화들 말이에요. 이 사람은 오로지 이 일만 하고, 저 사람은 오로지 저 일만 하지요. 전문적으로 분화되어 있어요. 지독하게 따분하지요. 하자 따윈 발생할 여지가 없고."

"잘못되면, 그것들이 경련을 일으킬 수도 있어요. 마구 흔들리지요. 매력적인 모습은 아니에요." 케빈이 말한다.

"일부분이 떨어져 나갈 수도 있어요. 당신의 일부를 말하는 거예요." 게리가 말한다.

"한 사내가 꽉 끼어서 움직이지 못했던 적이 있어요. 그 남자는 마치 덫에 걸린 쥐처럼 15분 동안 꼼짝도 못 했어요. 사실은 자이로스코프랑 좀 더 비슷하긴 했지만. 그 남자를 분리하는 데 전기 기술자 하나랑 컴퓨터 전문가 셋이 필요했고, 그 후에 그의 페니스는 남은 평생 동안 코르크스크루 같은 모양을 하게 돼버렸지요." 데릭이 말한다.

그들은 스탠이 이 말을 믿는지 보려고 그를 쳐다보며 다시 한번 웃음을 터뜨린다.

"넌 변태야."

타일러가 데릭에게 정답게 말한다.

"긍정적인 면을 생각해봐. 콘돔이 필요 없어. 임신이라는 재난을 당할 일도 없고." 케빈이 말한다.

"이 제품을 테스트하느라 해를 입은 동물도 전혀 없었지." 데릭이 말한다.

"게리만 빼고." 케빈이 말한다.

더 많은 낄낄거림.

"여기가 거기예요. 이 안이, 조립 부서지요."

버지가 말한다. 그가 카드식 열쇠를 사용해서 먼지에 대해 주의를 주는 안내문과 디지털 기기들이 붙어 있는 쌍바라지 문을 여는데, 이 기기들은 마지막에 가서야 확실하게 꺼진다. 왜냐하면 그 표지판에 적혀 있듯이 섬세한 전자회로들이 작동되는 중이기 때문이다.

조립 라인들이 스탠이 보기를 기대한 것일 테고 지금 그가 보고 있는 것이 바로 그것이다. 비록 감독하는 사람들이 여기저기 흩어져 있기는 하지만 대부분의 작업은 로봇공학적으로 이뤄지고 있다. 딤플 로보틱스의 조립 부서와 꼭 마찬가지로 한 부분을 다른 한 부분에 갖다 붙이며 로봇들이 다른 로봇들을 만들고 있다. 넓적다리, 고관절, 몸통을 운반하는 컨베이어 벨트들이 있고, 왼손과 오른손들이 든 납작 상자들도 있다. 이런 신체 부위들은 인공적인 것으로 시체의 일부분이 아닌데도 잔인한 느낌이 난다. 눈을 가늘게 뜨고 보면 시체 안치소에 있는 셈이야. 그는 생각한다. 그렇지 않으면 도살장이나. 피 한 방울 없다는 점만 제외하면.

"저것들은 얼마나 불에 잘 타지요? 저 몸통들 말이에요."

그가 버지에게 묻는다. 지휘권을 가진 듯 보이는 사람은 버지이다. 문들을 여는 카드식 열쇠를 가진 사람도. 스탠은 그가 그것을 어느 주머니에 넣어놓는지 기억해둬야만 한다. 그는 그 열쇠로 어떤 다른 문들을 열 수 있을지 궁금해한다.

"불에 잘 타다니?" 버지가 말한다.

"만일 어떤 사내가 담배를 피우고 있다면 말이에요. 있잖아요, 고객이요." 스탠이 말한다.

"이런, 내 생각에는 고객들이 담배를 피울 것 같진 않은데." 타일러가 무시하듯이 말한다.

"걸으면서 껌을 씹지 못하듯 별일 아니래도 동시에 두 가지를 할 수는 없는 법이니까." 데릭이 말한다.

"그렇지만 어떤 사내들은 담배 피우는 걸 좋아해요. 끝나고 나서. 그리고 어쩌면 몇 마디 나누는 것도요. 고작 두어 마디라도. 예를 들면 '기막히게 좋았어요' 같은 거요." 스탠이 말한다.

"플래티넘 급에는 그런 선택 사양이 있어요. 그보다 낮은 기술 수준의 제품들은 잡담을 할 수가 없어요." 타일러가 말한다.

"미사여구에는 추가 비용이 드는 법이지요." 게리가 말한다.

"그렇지만 좋은 점이 하나 있어요. 그것들은 당신한테 성가시게 굴지 못해요. 예를 들면 당신 문 잠갔어요? 쓰레기 내놨어요? 뭐 그런 말들로 말이지요." 버지가 말한다.

그럼 유부남이로군. 스탠이 생각한다.

그는 한바탕 밀려드는 향수에 사로잡힌다. 거기서는 오렌지 주스 같은, 벽난로 같은, 가죽 슬리퍼 같은 냄새가 난다. 샤메인이 언젠가 잠자리에서 그에게 그것과 비슷한 말을 한 적이 있다. *자기, 문 잠갔어?* 그는 버지에게 호의를 가지기 시작한다. 그 역시 한때는 정상적인 삶을 영위했음이 분명하다.

검은색 정장

검은색이 나를 돋보이게 해. 샤메인이 화장실 거울로 자기 모습을 확인하며 생각한다. 오로라는 그녀를 어디로 데려가 쇼핑을 해야 할지 잘 알고 있었다. 그리고 검은색이 그녀가 좋아하는 색깔이었던 적은 결코 없지만 샤메인은 그 결과에 대해 부정적이지 않다. 검은색 정장, 검은색 모자, 금발 머리. 마치 온통 다크 초콜릿 트뤼플(둥그란 모양의 초콜릿 과자의 일종—옮긴이)에 둘러싸인 화이트 초콜릿 트뤼플 같은 모습이다. 아니면 그게 누구였더라? 마치 「나이아가라」(1953년 개봉한 치정과 살인이 얽힌 미스터리 영화. 마릴린 먼로가 애인과 공모하여 남편을 죽이려다가 오히려 남편에게 살해당하는 로즈 역할을 맡았다—옮긴이)에서 목 졸려 죽기 직전 장면에, 목 졸려 죽을 위험이 있는 여자들은 목에 둘러매는 장신구라면 무엇이든 피해야만 하기에, 절대 매지 말았어야 하는 하얀 스카프를 매고 있던 마릴린 먼로 같다. 포지트론 텔레비전에서 그 영화가 여러 번 방영되었고, 샤메인은 매번 그것을 시청했다. 영화 속에서 실제로 섹스를 할 수 있게 된 후의 영화들보다 과거 영화들의 섹스가 훨씬 더 도발적이었다. 탄식과 굴복과 반쯤 감긴 눈이 등장했고 나른하면서도 애간장을 녹였다. 그저 기운차게 운동을 하는 것 같은 장면들만 많은 것이 아니었다.

물론 마릴린의 입술은 그녀 자신의 것보다 더 풍만했으니, 그렇다면 자신은 아주 짙은 빨간색 립스틱을 사용하면 될 거라고 그녀는 생각한다. 그녀 자신에게 그런 순진한 모습이, 그렇게 놀라는 표정이 있던가? *어머나! 세상에!* 인형처럼 커다란 두 눈. 마릴린의 순진한 모습이 「나이아가라」에서 두드러지게 눈에 띄었다는 것은 아니다. 하지만 나중에는 그랬다.

그녀는 거울에 비친 두 눈을 크게 뜨며, 입술로 '오(O)' 자를 만든다.

그녀의 눈은 차가운 티백을 사용했음에도 불구하고 여전히 조금 부어 있고, 눈 아래는 다크서클의 흔적이 반쯤 희미하게 남아 있다. 매혹적일까 아닐까? 그건 남자의 취향에 달려 있을 것이다. 그 남자가 내심 들끓는 기미가 비치는 연약함에 자극을 받는지, 아니면 혹시 눈을 한 대 맞은 것 같은 기미에 자극을 받는지에 말이다. 스탠이라면 눈이 부은 모습을 좋아하지 않을 것이다. 스탠이라면 이렇게 말했을 것이다. 무슨 일 있어? 침대에서 떨어졌어? 아니면 이렇게 말했을 것이다. 저런, 자기, 자기한테 필요한 건 강한 포옹이야. 그녀가 기억하고 있는 것이 어떤 모습의 스탠이냐에 달려 있다. *아, 스탠……*.

그만 좀 해. 그녀가 스스로를 타이른다. 스탠은 죽고 없어.

내가 얄팍하니? 그녀가 거울에게 묻는다. 그래, 난 얄팍해. 태양은 얕은 곳의 잔물결 위에서 반짝거리는 법이다. 깊은 곳은 너무 캄캄하다.

그녀는 검은색 모자를 유심히 바라본다. 오로라가 장례식에 딱 알맞다고 말한, 뭐랄까 여학생 모자 같은 조그만 챙이 달린 작고 둥근 모자다. 그런데 그녀가 모자를 써야만 하나? 한때는 모두가 그랬다. 그 뒤 모자는 사라져버렸다. 하지만 이제 컨실리언스 안에서는 모자가 다시 보이기 시작하는 중이다. 이 소도시에서는 모든 것이 복고풍이며, 그것이 '장신구' 칸에 많은 양의 고전적인 검은색 물건들이 있는 이유이다. 과거는 훨씬 더 안전하다. 왜냐하면 과거에 속한 일은 무엇이든 이미 벌어진 것이니까. 그것은 바뀔 리가 없다. 그러므로 어떤 면에서는 두려워할 것이 전혀 없다.

그녀는 한때 이 집에서 매우 안전하다고 느꼈다. 위험한 외부 세계를 피해 더 큰 누에고치 안에 자리 잡고 있는, 그녀와 스탠의 집, 그들의 따뜻한 누에고치, 위험한 외부 세계로부터의 피난처. 맨 먼저는 겉껍질 같은 도시의 벽, 그다음에는 부드러운 달걀흰자 같은 컨실리언스. 그리고 컨실리언스 안에는, 포지트론 교도소. 다시 말해 핵심이며 심장이자 그 모든 것의 목적.

그리고 포지트론 안 어딘가에, 바로 지금, 스탠이 있다. 아니 한때 스탠이었던 존재가 있다. 그녀가 그러지만 않았더라면…… 그러지 않았다면 어땠을까. 대신…… 어쩌면 그녀 자신은, 남자들은 어쩔 도리가 없고 거미 자신도 본성이기에 어쩔 도리가 없이 그들을 꼼짝 못 하게 얽어매는 눈에 보이지 않는 거미줄을 자아내는, 「나이아가라」의 마릴린처럼 치명적인 여자일지도 모른다. 어쩌면 그녀는 끈적거리는 흡입력을 가질 수밖에 없는 운명인지도 모른다. 마치 껌처럼, 아니면 헤어젤처럼, 아니면…….

왜인지는 그녀가 의도치 않게 저지른 짓을 보면 알 것이다. 그녀는 스탠의 장례식을 초래했고 이제 거기에 가야만 한다. 하지만 그녀는 그 장례식에서 죄책감을 드러낼 수도 없고 울면서 이렇게 말할 수도 없다. *모두 내 잘못이에요.* 그녀는 품위 있게 행동해야만 할 것이다. 왜냐하면 이 장례식은 매우 엄숙하고 경건하며 정중할 것이고 영웅의 장례식이 될 테니까. 텔레비전에 방송이 되었기 때문에 도시 전체가 양계 시설에서 전기 화재가 있었고 스탠이 직장 동료들을 구하기 위해 죽었다고 믿고 있다.

물론 닭들을 구하기 위해서이기도 했다. 그리고 그는 그것들을 정말

구했다. 닭들은 한 마리도 비명횡사하지 않았다. 그 사실은 보도 기사에서 그저 사람들만 구했을 경우보다 그를 훨씬 더 진정으로 영웅적이게 만드는 점으로 내내 강조되었다. 아니, 어쩌면 더 영웅적인 정도가 아니라 유일하게 더 감동적이게 만드는 점으로. 뭐랄까, 아기들을 구한 거나 마찬가지다. 닭들 역시 작고 무력하다. 비록 별로 귀엽지는 않지만 말이다. 샤메인이 생각하기에는 부리가 달린 그 어떤 것도 진정으로 귀여울 수는 없다. 그런데 대체 왜 그녀는 스탠이 닭들을 구한 것에 대해서 생각하고 있는 것인가? 그 화재는 지어낸 얘기였고 어떻든 실제 일어났던 일이 전혀 아니었는데.

그만 뭉그적거려, 샤메인. 그녀가 스스로를 타이른다. 현실로 돌아가. 그 현실이 어떤 모습을 드러내든지 간에.

초인종이 울려 퍼지고 있다. 그녀는 검은색 하이힐을 신고 복도를 따라 비틀거리며 걷는다. 오로라다. 그녀는 장례식 복장으로 갈아입으려고 일찌감치 살짝 빠져나갔었다. 그녀 뒤에서는 길고 검은 차 한 대가 도로 경계석 옆에 대기 중이다.

오로라는 흰색 가두리 장식이 달린 검은색 샤넬 풍 정장을 입고 있다. 그녀의 체형에는 지나치게 각이 졌다. 어차피 각진 체형이기는 하지만. 어깨심 따윈 버려. 샤메인은 이렇게 생각하고 있는 자신을 발견한다. 모자는 그녀에게 전혀 도움이 되지 않는, 삽 모양을 조금 변형한 것 같은 모양이다. 하긴 어떤 모자도 그녀에게 도움이 될 수는 없을 것이다. 그녀의 얼굴은 마치 커다란 대머리에 씌워진 고무 수영 모자처럼 죽 늘어나 있는 것 같다. 두 눈 사이가 지나치게 멀다.

샤메인이 어리고 불경기가 금기어이며 어쩔 수 없는 현실이 아니었을 때, 윈 할머니는 그녀에게 아무도 못난이라고 불려서는 안 된다고 말했다. 대신 그런 사람들은 불운한 사람이라고 불려야 한다고. 그건 단지 예의범절일 뿐이었다. 하지만 세월이 흘러 샤메인이 더 나이를 먹자, 윈 할머니는 그녀에게 예의범절은 그것을 받아들일 여유가 있는 사람들을 위한 것이며, 네 앞에 불쑥 끼어 밀치고 나가려 하는 사람의 옆구리를 찌를 팔꿈치가 꼭 필요한 경우라면, 옆구리를 찌를 팔꿈치야말로 네가 꼭 사용해야 하는 수단이라고 말했다.

오로라가 사람을 심란하게 만드는 미소를 짓는다.

"지금은 기분이 좀 어때요?"

그녀가 말한다. 그녀는 대답을 기다리지 않는다.

"꿋꿋이 버티길 바라요! 옷은 딱 좋아 보이네요."

또다시 그녀는 대답을 기다리지 않는다. 그녀가 한 걸음 앞으로 나오자 샤메인이 한 걸음 뒤로 물러난다. 오로라는 왜 들어오고 싶어 하는 걸까? 그들은 장례식에 갈 예정 아닌가?

"우리 장례식에 가는 거 아니에요?"

샤메인이 마치 결국 서커스에 데려가주지 않을 거라는 말을 들은 어린아이처럼—그녀 자신에게는—애처롭고 실망한 듯 들리는 목소리로 말한다.

"물론 갈 거예요. 하지만 아주 특별한 손님을 기다려야 해요. 그분은 남편을 잃은 당신을 격려하기 위해 직접 여기 오고 싶어 했어요."

그녀가 휴대전화를 쥐고 있음을 샤메인은 비로소 알아차린다. 그녀는 방금 막 통화를 한 게 분명하다.

"아, 봐요. 그분이 드디어 오셨군요! 필요할 때면 언제든 곧바로 나타나서 도와주는 분이세요!"

또 한 대의 검은색 차가 천천히 거리를 따라 다가와 첫 번째 차 뒤에 선다. 그래서 오로라가 채비를 갖추고 일찍 와서는, 샤메인이 아직 이성을 붙들고 있는지, 그리고 비틀비틀 돌아다니며 미친 듯 악을 쓰고 있지는 않은지 확인했던 것이다. 그런 다음 곧바로 휴대전화로 경보 해제 신호를 보냈고, 여기 그 수수께끼의 남자가 온 것이다.

맥스다. 그녀는 그게 그라는 것을 알고 있다. 그가 그 차갑고 강압적인 여자, 그 수상기 속 머리에게서 슬쩍 빠져나온 것이다. 그는 예전에 그랬던 대로 살금살금 도망쳤고, 곧 그녀는 익숙한 그의 품에 안기게 될 것이다. 그들 사이를 가로막는 건 오로라와—그녀를 어떻게 처리하지?—장례식, 그러니까 샤메인이 꼭 가야 하는 그 장례식 말고는 아무것도 없다. 벌써부터 그녀는 검은색 천이 찢어지는 소리를 들을 수 있다. 맥스가 겹겹이 입은 그녀의 옷을 벗기며 레이스를 망가뜨리고 그녀를 내던져 눕히면서…… 아니, 그녀가 무슨 생각을 하고 있는 거지? 그녀는 꼭 참석해야만 한다.

하지만 잠깐. 오로라는 자기 차를 타고 장례식에 갈 수 있을 것이다. 그리고 샤메인과 맥스는 두 번째 차에 타서 아주 호화로운 좌석 시트에 풀썩 쓰러진다. 그러고 나면 그녀의 입을 막은 한 손, 폭포처럼 쏟아져 내리는 단추들, 그녀의 목에 닿은 치아……. 그 장례식은 진짜가 아니고 스탠이 실제로 거기 있는 관 속에 있지 않지만, 그래도 그는 죽었으므로 바람을 피우는 걸로 간주되지 않을 테니까.

안 돼, 샤메인. 그녀가 스스로를 타이른다. 맥스는 신뢰할 수 없어. 그는 이미 그렇다는 걸 보여줬어. 믿을 수 없는 호르몬이라는 해일에 휩쓸려서는 안 돼. 오, *제발! 그냥 흐름에 몸을 맡겨!* 그녀의 다른 목소리가 말한다.

하지만 두 번째 차에서 내리는 남자는 맥스가 아니다. 샤메인은 그를 알아보는 데 잠시 시간이 걸린다. 에드다. 에드가 직접, 혼자서, 오로지 그녀를 보기 위해서 왔다. 자, 그건 놀라운 일이다! 오로라는 마치 샤메인이 복권에 당첨되기라도 한 것처럼 그녀를 보며 싱글벙글하고 있다.

"저분이 직접 수고하고 싶어 하셨어요. 당신에게 바치는 감사의 표시예요. 물론, 당신 남편에게도요."

샤메인이 우쭐한 기분을 느끼는 건가? 그렇다, 그녀는 그런 기분을 느낀다. 이런 기분은 도덕적으로 고결한 것은 아니다. 그녀는 그렇다는 것을 잘 알고 있다. 그녀는 스탠의 죽음으로 완전히 제정신이 아니어서 그 어떤 것에 대해서도 우쭐한 기분을 느낄 수 없어야 한다. 그렇긴 한데.

그녀가 모호하게 미소를 짓는다. 그것은, 그러니까 모호성은, 다시 말해 일종의 수줍어하고 머뭇거리면서도 죄책감이 어린 듯한 표정은 몹시 매력적이다. 특히 가짜가 아니라면 말이다. 그리고 그녀의 것은 가짜가 아니다. 왜냐하면 바로 이 순간, 심지어 미소를 짓는 그 순간에도 그녀는 이렇게 생각하고 있었기 때문이다. *그가 뭘 바라는 걸까?*

튤립들 사이를 발끝으로 살금살금 걸어요

'수령'과 '조립' 부서의 일은 아주 단순했다. 딤플 로보틱스 사람들이라면 해내지 못했을 듯한 일은 아무것도 없었다.

"여기가 바로 푸른 요정(피노키오에게 생명을 불어넣어주는 요정―옮긴이)이 마법을 부리는 곳이지요. 피노키오가 되살아나는 곳이기도 하고." 버지가 말한다.

그들은 '개별 맞춤' 부서에 와 있다. 이곳의 근로자들 가운데 로봇은 하나도 없다. 개개인의 요구에 맞춰 세부적으로 작업할 부분이 너무나 많다고 타일러가 말한다. 특히 머리 부분을 마무리할 때 말이다. 스탠은 그들이 이목구비를, 특히 다양한 미소를 작업하는 모습이 보고 싶다. 그에게는 딤플에서 맡았던 일에서 비롯된 직업적인 관심이 있다. 그가 공들여 작업했던 '공감 모델'은 미소를 지을 수는 있었지만 매번 똑같은 미소였다. 하기야 식료품점에서 계산을 하면서 달리 뭐가 필요했겠는가? 무엇에든 눈 두 개만 붙이면 기본적으로 얼굴처럼 보이기 마련이다.

"저쪽에서는 모발을 손질해요. 털과 관련된 건 뭐든 하지요. 예를 들면 턱수염이나 콧수염 같은 것도요. 벌목꾼 스타일(럼버섹슈얼(lumbersexual). 탄탄한 몸매와 정성껏 기른 수염, 격자무늬 셔츠로 멋을 내며 남자다운 남성을 지향하는 스타일―옮긴이)이 유행이에요." 타일러가 말한다.

"뭐라고요?" 스탠이 지나치게 큰 목소리로 말한다. "남성형 로봇 매춘부도 있다는 말이에요? 언제부터?"

케빈이 그를 힐끗 쳐다본다.

"파서빌리보츠는 모두를 위해 존재해요."

물론 그러시겠지. 스탠이 생각한다. 관용의 시대니까. 나란 놈이 이렇게나 멍청하다니. 저 바깥의 이른바 현실 세계에서는 모든 것이 허용된다. 비록 컨실리언스 안에서는 아니지만. 겉으로 드러난 분위기가 건전하고 가차 없이 이성애적인 곳이니 말이다. 관계자들이 줄곧 게이들을 제거하고 있었던 걸까? 아니면 그저 그들을 들여놓지 않았을 뿐이었던 걸까?

"당연히 대부분의 주문은 여자들을 위한 거예요. 그런 상황이 바뀔 수도 있겠지만요. 하지만 아직까지는 성능이 그리 대단치 않아요. 플래티넘 급의 경우를 제외하면." 타일러가 말한다.

"왜냐하면 이런 이코노미 급 로봇들은 걸어서 돌아다니거나 뭐 그런 일은 하지 못하니까요. 이동성이 제한적이죠. 운동 능력이 없어요. 그래서 대개 정상 체위뿐이에요. 그들은 꼭 필요한 일을 하죠. 대충 그 정도가 다예요. 반면에 남자 대 남자일 경우에는……." 케빈이 말한다.

"알아들었어요."

스탠이 말한다. 그는 자세한 내용이 필요하지 않다.

"아무튼 남성형 제품들 중 일부는 더 나이 많은 여성 고객들을 위한 거예요. 그들 말로는 로봇과 함께하는 게 더 편하게 느껴진다고 해요. 조명을 끌 필요가 없거든." 데릭이 말한다.

그들은 한마음으로 킬킬거린다.

"모든 연령대, 모든 신체 유형을 구할 수 있어요. 뚱뚱하든 말랐든 어떤 것이든. 흰머리도. 그에 대한 요구도 일부 있어요."버지가 말한다.

"여기 이쪽은 표정 파트예요. 기본 프로그램이 있어요. 그러고 나서 거기에 더해 사람들이 여기서 몇 가지를 살짝 수정할 수 있어요. 단지 일단 표정을 설정해버리고 나면 바꿀 수 없다는 게 문제지요. 제대로 움직이는 인간의 얼굴에는 33쌍의 근육이 있지만 다 갖춘 것은 너무 비싸서 제작할 수 없을 거예요. 아마 불가능하겠지요."게리가 말한다.

스탠은 어떤 기술자가 얼굴들 중 하나로 그것이 지을 수 있는 모든 미소를 두루 작동해보는 동안 관심을 갖고 지켜본다.

"정말 고도의 기술이군요! 정말로요. 조금 놀라운 일이네요."스탠이 말한다.

"이건 낮은 수준에 불과해요." 버지가 겸손하게 말한다. "하지만 대부분의 사용자들이 잠시 동안만 고객으로 머무는 상황이지요. 출입이 통제되는 놀이공원, 카지노, 커다란 행사장, 사람들이 특별히 찾아가는 테마 상점가들에서요. 아니면 네덜란드 같은 곳에 있는 값싼 로봇들의 지정 구역들이요. 그리고 지금은 국내에서도 갈수록 더 늘고 있어요. 러스트 벨트의 몇몇 소도시들은 값싼 로봇 전문점을 차려서 이미 경기를 회복했어요. 아니, 우리가 듣기로는 그래요."

"직업여성들은 그런 곳에 잔뜩 화가 나 있어요. 그들보다 낮은 가격을 받고 있거든요. 그들은 시위를 계속하며 진열장을 박살 내려 했고 일부 로봇들의 머리를 뜯어냈고, 사유 재산 파괴죄로 체포됐지요. 그러니까 그런 시설을 차리는 건 적은 투자가 아니에요."데릭이 말한다.

"하지만 그런 가게들은 어마어마한 돈을 벌어들여요. 라스베이거스는 슬롯머신들보다 이런 가게들로 더 많이 버는 걸로 집계되고 있지요. 아니, 그렇다고들 하더군요. 하지만 그건 당연한 이치예요. 일단 자본금을 대고 나면 거의 전부가 다 이윤이거든요. 음식을 살 필요도 없고, 보통 말하는 그런 죽음도 없고 몇 배로 다양한 용도로 쓸 수도 있지요. 윤활유가 필요하긴 하지요. 그걸 선불로 많이 사놓아야만 해요. 하지만 그런 아가씨들은 튼튼해요! 진짜 아가씨는 이를테면, 몸에 아무 문제가 없다고 해도 하루에 최고 50번 일하는 게 고작일 수 있어요. 반면에 이런 것들은 한계가 없지요." 게리가 말한다.

"세정 및 위생 장치가 오작동을 일으키지만 않는다면." 데릭이 말한다.

스탠이 작업대 중 한 곳에서 주문서를 하나 집어 든다. 알파벳들과 네모 칸이 있는, 암호화된 점검 사항 대조표가 있다.

"표준 규격에 맞는 얼굴 표정을 위한 거예요." 버지가 말한다.

"더블유(W)'는 뭔가요?" 스탠이 말한다.

"그건 '반갑게 맞이한다(Welcoming)'는 뜻이에요. 하지만 승무원처럼 어느 정도는 담담하지요. '티 플러스 에이치(T+H)'는 '수줍음 많고(Timid) 머뭇거린다(Hesitant)'는 거예요. '엘 플러스 에스(L+S)'는 '음란하고(Lustful) 부끄러운 줄 모른다(Shameless)'는 거고. '에이 플러스 비(A+B)'는 '화가 나 있고(Angry) 공격적이다(Belligerent)'라는 거지요. 그런 경우에 대한 수요가 그리 많지 않을 거라고 생각할지도 모르지만 그건 오산이에요. '브이(V)'는 '처녀답다(Virgin)'는 뜻인데, '티 플러스 에이치'에 몇 가지 조정을 더하는 거죠." 버지가 말한다.

"자, 여기 이쪽은 '추가 개별 맞춤' 파트예요. 여기는 고객이 사진을 보내면 어울리는 체형을 선택하고 얼굴을 그 사진처럼 보이게 조각하는 곳이지요. 그러니까 최대한 그렇게 보이도록요. 그런 것들은 모두 개인적인 주문들이에요. 물론 우린 좀 더 오락적인 목적을 지향하는 장소들을 위해 고인이 된 유명 인사들로 작업을 하기도 해요. 라스베이거스에는 그런 곳들이 많지요." 타일러가 말한다.

"마담 투소 밀랍 인형 박물관에서 미친 듯이 열광하는 거랑 비슷한 거예요. 수요가 커요." 케빈이 말한다.

스탠은 한창 작업 중인 특별 주문 제품을 호기심에 차서 쳐다본다. 한 테이블에는 짙은 갈색 머리들, 다른 테이블에는 빨강 머리들. 이쪽에는 금발 머리들이 있다.

그리고 여기 샤메인이 있다. 분리되어 있는 두상에 달린 푸른 눈으로 그를 올려다보면서 말이다. 그녀의 사진 한 장이 테이블 위의 받침대에 클립으로 고정되어 있다. 그는 그것을 알아본다. 이 모든 일이 일어나기 한참 전, 그들이 해변으로 신혼여행을 가서 함께 찍은 것이었다. 그는 그것을 개인 사물함에 보관해두었다.

그런데 스탠은 그 사진에서 잘려 나간 상태다. 한때 그가 씩 웃으며 가슴을 쫙 펴서 내밀고 팔을 구부려 알통을 만들며 자세를 취했던 자리는 텅 비어 있을 따름이다.

전율이 그의 척추를 타고 오른다. 누가 그의 물건을 뒤졌을까? 샤메인이 그녀 자신의 머리 실물 모형을 주문하고 그를 자신의 삶에서 오려 내버린 것일 수도 있을까?

누구한테 물어보지? 그는 주변을 훑어본다. 샤메인의 두상을 할당

받은 직공은 잠시 휴식 중이다. 어차피 작업자가 뭘 알겠나? 그들은 그저 지시에 따를 뿐이다. 주문서가 작업대 위에 테이프로 붙어 있다. 네모 칸에 표시된 표정은 '티 플러스 에이치'이고, '브이'가 추가되어 있다. 하지만 고객의 이름은 잉크로 지워져 있다.

침착해. 그가 스스로를 타이른다.

"이 두상은 누가 주문했나요?"

그가 문득 생각난 듯 묻는다.

버지가 그를 똑바로 쳐다본다. 저건 경고인가?

"왕실 공연인 셈이에요. 초특급 주문이지요. 우리는 아주 꼼꼼하게 작업하라는 말을 들었어요." 그가 말한다.

"그건 곧바로 최고위층 사람한테 가게 될 거예요. 개인적으로 내가 좋아하는 유형은 아니지만—너무 흔해—저 위에 계신 누군가는 분명 저런 스타일을 좋아하는가 봐요." 케빈이 말한다.

"지시 사항에 따르면 *특별히 더 실물을 닮아야* 한다더군요." 게리가 말한다.

"우린 그걸 망치면 안 돼요." 타일러가 말한다.

"그래, 정말이지 이 건에 관해서는 튤립들 사이를 발끝으로 살금살금 걸어야만 해요." 버지가 말한다.

튤립들. 발끝으로 살금살금 걷기. 친절하게도 올챙이배가 나온 버지가 그의 체제 전복적인 접선자가 되기로 예정된 건가? 샤메인의 행복한 땅속 난쟁이 요정이 그려진 커피 잔처럼 보이는 버지가? 설마!

"뭐 사이를 발끝으로 살금살금 걷는다고요?" 그가 말한다.

"튤립들. 옛날 노래지요. 당신이 태어나기도 전에." 버지가 말한다.

빌어먹을 허튼소리. 스파이 조직의 우두머리 버지, 확정. 정말이지 한잔해야겠군. 스탠은 생각한다. 빌어먹을, 지금 당장!

X
—
애도 상담 치료

오싹한 손길

샤메인은 길고 매끈하고 조용한 자동차의 뒷좌석에 앉아 있다. 그녀 옆자리에는 에드가 있는데, 방금 그는 한 손으로 그녀의 검은색 정장 팔꿈치를 받치고 그녀가 차에 타도록 도와주었다.

"직접 저를 데리러 오시다니 정말 친절하시네요."

그녀가 그에게 떨리는 목소리로 말한다. 그녀의 아랫입술은 진짜로 떨리고 있고, 눈물 한 방울이 눈에서 또르르 흘러나오고 있다. 그녀는 눈물을 검은색 면장갑 끝 부분으로 닦아낸다. 장갑 끝은 그녀를 부드럽게 어루만지는 부드럽고 건조한 토끼발(일종의 행운의 부적—옮긴이) 같은 느낌이 든다.

그녀와 스탠에게는 한때 토끼발이 있었다. 그것은 그들이 차를 샀을 때 다른 잡동사니들과 함께 그 안에 있었다. 스탠은 버리고 싶어 했지만, 샤메인은 어떤 토끼가 그들이 행운을 잡을 수 있도록 자기 생명을 희생했으니 그것을 계속 지니고 있어야만 한다고 말했다. 너무 슬퍼.

참, 마스카라. 그녀가 생각한다. 마스카라가 번지고 있나? 하지만 이 순간 그걸 확인하려고 검은색 클러치 백에서 휴대용 분첩을 꺼내는 것은 무신경한 일일 것이다.

"이건 내가 할 수 있는 최소한의 일이에요."

에드가 말한다. 그의 목소리는 거의 수줍어하는 것처럼 들린다. 그가 지나치게 친밀하게 굴기 직전에 멈추는 듯 아직은 자신 없는 태도로 그녀의 팔을 토닥거린다. 그의 목소리는 텔레비전에서 흘러나올 때보다는 단조롭고 가늘며, 실제 키는 더 작다. 그가 포지트론에 와서 그 무서운 연설을 하고, 그런 다음 그녀가 뜨고 있던 푸른색 테디 베어에 관해 그녀를 칭찬했을 때 그녀는 줄곧 앉아 있었다. 그 당시 그는 키가 더 큰 것처럼 보였지만, 그녀는 내내 올려다보고 있었다. 그녀는 그가 엄청난 진보나 그들 모두가 불온 분자들을 무력화하는 방법에 관한 중요한 텔레비전 방송을 할 때는 상자 위에 올라서 있나 보다 하고 짐작한다. 이 차창 유리에는 선팅이 되어 있기 때문에 진짜로 힐끗 들여다볼 수 있다는 것은 아니지만, 그래도 지금 당장 누군가가 차창을 통해 안을 힐끗 보기라도 한다면, 에드가 컨실리언스의 큰 치즈(거물이나 중요 인사의 비유적인 표현—옮긴이)라고는 짐작조차 하지 못할 것이다. 그 누구보다도 가장 큰 치즈라고는.

왜 영향력 있는 남자들을 큰 치즈라고 부르는 걸까? 샤메인이 궁금해한다. 그녀는 신경을 분산시킬 필요가 있다. 에드의 손이 다시 한번 그녀의 팔을 토닥거리며 이번에는 머뭇머뭇 맴돌다가 아래쪽으로 내려가서 그녀의 팔꿈치 바로 아래에 계속 머물고 있다는 사실을 직시하고 싶지 않아서다. 사람들은 여자에 대해서는 결코 큰 치즈라고 하지 않을 것이다. 심지어 영향력 있는 여자라고 해도 말이다. 그리고 에드는 그의 번드르르한 면모 때문에 뭐랄까 약간 치즈처럼 보이기도 한다. 예전에 아이들이 몹시 좋아하던 겉면이 온통 왁스로 뒤덮인 둥근 치즈. 그들은 왁스를 얻기 위해 그런 치즈를 물물교환하곤 했다. 왁스는 빨간색이었는데, 그것을 치즈에서 벗겨내 개나 오리 같은 작은 조상으로 만들 수 있었다. 귀중한 것은 바로 그것, 다시 말해 왁스였다. 치즈는 그저 곁다리일 뿐이었다. 맛이 좋지는 않았지만 최소한 끔찍하지는 않았다.

어쩌면 침대에서의 에드가 딱 그럴지도 모른다고 샤메인은 생각한다. 맛이 좋지는 않지만 끔찍하지는 않을지도 모른다고. 정말로 원하는 어떤 것 때문에 받아들여야만 하는 원치 않는 어떤 것. 그의 용기를 북돋우고 격려해야만 할 것이다. 가쁜 호흡, 거짓으로 점점 더 거칠어지는 숨소리. 그러고 나면 그가 감사의 뜻을 표할 것이고, 그녀는 거기에 대처해야만 할 것이다. 그녀는 차라리 감사를 느끼는 쪽이 됐으면 싶다. 이 모든 것에 대해 생각하는 것만으로도 지친다.

만일 그런 일이 닥치면 억지로 참을 수 있는 건 어디까지일까? 그녀가 허용하기만 한다면 그 일은 닥치고 말 테니까. 그녀는 알 수 있다. 에드가 지금 그녀에게 보내는 눈빛, 경건한 체하는 축축하고 역겨운 눈빛 때문이다. 비밀스러운 욕정과 이질적으로 뒤섞인 숭배의 감정, 하지만 그 뒤에 감춰진, 원하는 것을 갖고야 말겠다는 굳은 결심. 그것은 친절을 가장한 위험한 표정이다. 사람들은 처음엔 감언이설로 구슬리지만,

만일 상대가 그들이 원하는 일을 하려 하지 않으면 상처를 입히기 마련이다.

신경 쓰지 마. 그녀가 스스로를 타이른다. 꽃에 대해서 생각해. 지금넌 안전하니까. 유감스럽게도 그녀는 안전하지 않다. 어쩌면 그 누구도안전하지 못할지도 모른다. 자기 방으로 뛰어 들어가서 방문을 쾅 닫는다고 해도 잠금장치가 전혀 없다.

"정말이지 이건 우리가 할 수 있는 최소한의 일이에요. 우리는 당신이 엄청난 상실을 겪은 지금, 당신을 위해 여기 있고 싶어요." 에드가 말한다.

"고맙습니다."

샤메인이 중얼거린다. 이 손은 어떻게 해야 하지? 그녀는 그것을 밀어낼 수가 없다. 그건 무례한 일일 테고 그녀는 그 손이 그녀에게 제공하는 우위를 잃게 될 것이다. 정확하게 그녀가 우위를 차지하고 있다는것은 아니지만, 그녀가 그를 불쾌하게 하지도 격려하지도 않는 한은 대충 우위 비슷한 것이기는 하다. 그녀가 그 손을 그녀의 두 손으로 꽉 움켜잡고 흐느끼기 시작하면 어떨까? 안 된다. 그러면 그를 훨씬 더 흥분시킬지도 모른다. 그가 눈치 없이 달려들지도 모른다. 그녀는 그가 장례식 직전에 달려드는 걸 용납할 수는 없다.

"당신은 줄곧 용감했어요." 에드가 말을 잇는다. "당신은 줄곧…… 충실했지요. 지금 틀림없이 무척 외로울 거예요. 마치 속마음을 털어놓을 수 있는 사람이 아무도 없는 것처럼요."

"아, 정말 그래요." 샤메인이 말한다. "난 정말 외로워요." 그 점에 있어서는 한 치의 거짓도 없다. "스탠은 아주……."

하지만 에드는 이 순간 스탠에 대해 듣고 싶어 하지 않는다.

"우리는 당신이 우리에게, 여기 컨실리언스의 운영진에 있는 우리 모두에게 기댈 수 있다는 걸 확실히 말해두고 싶어요. 만일 당신이 함께 이야기하고 싶은 걱정거리나 문제나 두려움이나 고민거리가 조금이라도 있으면……."

"아, 네. 고맙습니다. 그렇게 말씀해주시니 무척…… 보호받는 느낌이 드네요."

그녀가 숨을 살짝 들이쉬며 말한다. 그녀가 조만간 자신의 두려움을, 특히 지금 이 순간 느끼고 있는 두려움을 함께 이야기할 가능성은 희박할 것이다. 이건 살얼음판이다. 권력이 있는 남자들은 거절을 잘 받아들이지 못한다. 격분을 유발할 수도 있다.

잠시 아무 말이 없다.

"기대도 돼요…… 나한테."

에드가 말한다. 손을 꼭 쥔다.

참 뻔뻔하군. 샤메인은 분개하며 이렇게 생각한다. 미망인에게, 그 것도 비극적인 양계 시설 사고로 방금 남편이 영웅적으로 죽은 여자한테 접근하다니. 설령 남편이 사실은 그렇게 죽지 않았고, 설령 에드가 그렇지 않다는 사실을 안다고 할지라도. 그는 그 사실을 알고 있고, 자신이 알고 있는 것을 무기로 사용할 것이다. 그녀의 귀에 대고 남편 살해라는 죄를 저질렀다고 속삭인 다음, 그녀가 끔찍한 범죄를 저질렀으니 이것이야말로 그녀가 대가를 치르기로 예정된 방식이라는 이유로,

싸구려 치즈처럼 느끼한 그의 품에 꽉 안고 싸구려 치즈처럼 느끼한 그 입을 그녀의 입에 가져다 댈 것이다.

만일 그가 그러려고 한다면 난 비명을 지를 거야. 샤메인이 생각한다. 아니다, 그녀는 그러지 않을 것이다. 왜냐하면 운전사 말고는 아무도 그녀의 비명을 듣지 못할 텐데, 그는 분명 뒷좌석에서 나는 어떤 소리도 못 들은 척하라고 줄곧 교육받았을 것이기 때문이다. 그리고 비명은 그 즉시 그녀의 우위를 완전히 끝장내버릴 것이다.

어떻게 하지, 어떻게 행동해야 할까? 그녀는 자신이 당연히 그럴 거라고 여기게 내버려둘 수는 없다. 만일 에드를 참아내야만 한다면 그녀는 그가 조금은 애원하게 만들 필요가 있을 것이다. 그저 형식에 불과할지라도. 그것은 임금 인상을 요구하는 것 같은 일종의 협상이어야만 할 것이다. 그녀가 일찍이 '루비 구두'에 진짜 일자리를 가지고 있었을 때 그렇게 해본 적이 있다는 것은 아니다. 그런데 만일 그에게 협상을 받아들일 용의가 있다면 그녀는 대가로 무엇을 얻을 수 있을까?

다행히도 차가 도로 경계석에 다가가 서는 중이다. 그들이 장례식이 열리는 예배당에 이르렀기 때문이다. 에드가 손을 치웠고, 운전사가 아니라 검은색 정장을 입은 한 남자가 차 밖에서 에드가 앉은 쪽 차문을 열고 있다. 이내 그녀 쪽 차문이 열리고 에드는 그녀가 차에서 내리도록 도와준다. 많은 사람들이 과거 이 부근에서 장례식이 여전히 제대로 치러지던 시절에, 사람들이 여전히 장례식에 들일 돈을 가지고 있던 시절에, 죽은 사람들이 그저 정처 없이 표류하는 신세가 되기 이전에, 그들이 짓곤 했던 그 뭐라 드릴 말씀이 없다는 듯한, 봉제완구 같은 표정으로 장례식을 기다리며 모여 있다.

에드가 한쪽 팔을 내밀어 무리 지어 있는 사람들 사이로 호리호리한 몸매에 검은색 정장에 검은색 하이힐 차림으로 휘청거리는 샤메인을 이끈다. 그녀는 상중이라 그럴 자격이 있으므로 사람들이 그녀가 지나 가도록 물러난다. 그녀는 계속해서 두 눈을 내리깐 채 주변을 둘러보지도 미소를 짓지도 않는다. 마치 깊은 슬픔에 잠겨 있기라도 한 듯하다.

그녀는 깊은 슬픔에 잠겨 있다. 정말 그렇다.

품질 관리

"복도를 따라가요. 다음에 들를 곳은 '품질 관리' 부서예요. 힘내요. 거의 다 끝났어요." 버지가 말한다.

그가 스탠의 어깨를 토닥거린다.

신호임에 틀림없다. 스탠은 큰 소리로 웃고 싶은 충동을 꾹 참는다. 이 일 전체가 미쳐 돌아가는 것 같다. 샤메인의 두상이라니? 버지가 비 밀공작원이라고? 도무지 믿을 수가 없다. 그는 그것을 진지하게 받아 들이기 힘들다고 생각한다. 하지만 그건 진지한 일이다.

케빈의 말로는 품질 관리 부서는 머리를 부착하기 전에 몸체의 능력을 시험해보는 곳이다. 게리의 말로는 거기는 기계의 움직임과 컴퓨터 프로그램 작동을, 특히 골반 동작이 격렬하게 꿈틀거리면서도 원활하게 진행되는지를 시험해보기 위한 곳이다. 그 공간은 어떤 기괴한 설치

미술 작품처럼, 넓적다리와 복부의 움직임으로 가득하고, 부드럽고 규칙적인 진동 소리와 플라스틱 냄새가 난다.

"왈도, 이것들 중 하나에 올라타고 시운전 해볼래요?"

데릭이 말한다. 스탠은 솔직히, 성교 행위를 흉내 내고 있는 십여 개의 머리 없는 벌거벗은 플라스틱 몸체들의 모습보다 그를 덜 흥분시키는 일은 없다고 생각한다. 그 모습에는 무언가 벌레처럼 보이는 면이 있다.

"다음을 기약할게요." 그가 말한다.

그들은 모두 웃음을 터뜨린다.

"그래, 그러시겠지. 우리 역시 그러길 원하지는 않았어요." 타일러가 말한다.

"저런 냄새는 나중에 손을 봐요. 합성 페로몬을 첨가한 다음에 오렌지 꽃, 장미, 일랑일랑, 초콜릿 푸딩 혹은 올드 스파이스(미국 생활용품 업체 P&G의 남성 화장품 상표이며 특유의 향으로 유명하다—옮긴이) 중에서 선택할 수 있지요." 게리가 말한다.

"내 생각에 당신한테는 최소한 머리는 달린 게 필요할 거예요. 몸체가 '검사 통과'로 확인된 후에 몸체에 머리를 붙이지요. 그건 까다로운 일이에요. 연결할 신경이 많거든요. 그런데 만일 몸체에 결함이 있다면 모든 작업이 다 허사가 돼버리는 거예요." 버지가 말한다.

스탠은 그 방 반대편의 작업 라인을 건너다본다. 마치 저쪽에 있는 수술실 같다. 머리 위의 환한 조명들, 공기 청정기들. 그들은 심지어 머리 전체를 가리는 모자와 외과 의사용 마스크까지 착용하고 있다.

"사람들은 저런 두상에 머리카락이나 먼지가 조금이라도 들어가기를 원하지 않아요. 반응 시간을 엉망으로 만들 수도 있거든요." 데릭이 말한다.

그들은 '의상 및 장신구' 부서에 이른다. 일상적인 외출복, 정장, 가죽 옷, 깃털과 스팽글과 야한 의상들이 준비되어 있는 옷 선반들. 아울러 각양각색의 수많은 가발들이 얹혀 있는 이동식 선반들. 과거 테크니컬러(미국의 테크니컬러 모션픽처 사가 개발한 색채영화 시스템의 명칭. 1910년대 후반 사용되기 시작해서 2차 세계대전 이후 한동안 인기를 끌었으며 특히 화려한 춤과 의상이 어우러진 뮤지컬 영화 분야에서 큰 위력을 발휘한 방식—옮긴이) 뮤지컬 시절의 영화 촬영장이 이곳과 비슷해 보였을 게 틀림없다.

"여기 리한나와 오프라 윈프리들이 있군요. 그리고 다이애나 왕세자비도. 저것들은 제임스 딘과 말론 브란도와 덴젤 워싱턴과 빌 클린턴이고, 저건 엘비스 프레슬리들이 있는 통로예요. 사람들이 선호하는 건 대개 장식용 징과 스팽글들이 달린 흰색 점프슈트 차림의 제품이지만 다른 선택 사양도 있어요. 금실로 수를 놓은 검은색 점프슈트, 그게 인기가 있지요. 하지만 노부인들한테는 아니에요. 노부인들은 흰색을 원해요." 케빈이 말한다.

"그리고 여기는 마릴린 먼로 구역이에요. 각기 다른 다섯 가지 머리 모양이 있고, 옷도 어떤 영화인가에 따라서 하나를 선택할 수 있지요. 저건 「신사는 금발을 좋아해」의 분홍색 드레스고, 「나이아가라」의 검은색 정장도 있고, 저쪽에는 「뜨거운 것이 좋아」의 여성 재즈 악단 복장도 있고······."버지가 말한다.

"이것들은 어디로 가게 되는 건가요? 오프라들이요. 네덜란드에서, 사람들이 오프라를 좋아하나요?"스탠이 말한다.

"하여간 누군가는 그걸로 페티시즘적인 행동을 할 셈이겠지요."데릭이 말한다.

"우리의 가장 큰 고객은 카지노 업체들이에요. 오클라호마에 있는 업체들. 하지만 그곳 사람들은 청교도적인 데가 있어요. 비록 이것들이 진짜 여자가 아니니 어쩌니 해봐도 말이에요. 반면에 라스베이거스는 그게 뭐든, 언제든, 현금이 무릎 높이까지 쌓일 정도지요. 러스트 벨트 식 제품은 거기서는 결코 크게 성공하지 못해요."게리가 말한다.

"어쨌든 고급품 소비자를 노리는 곳에서는 안 되지요. 수많은 외국인 관광객들, 씀씀이가 큰 사람들 말이에요. 예의 러시아인들, 인도인 백만장자들, 중국인들, 브라질인들이요."버지가 말한다.

"아무 규제도 없어요. 못 할 게 없지요."타일러가 말한다.

"당신이 생각해낼 수 있는 게 무엇이든, 그건 이미 실행되고 있거나 그렇게 될 예정일 거예요."데릭이 말한다.

"어차피 거기엔 수많은 엘비스와 마릴린이 있어요. 살아 있는 자들로요. 그러니 실물 모형들이 곧바로 잘 어우러지지요."케빈이 말한다.

"저쪽에 있는 저건 뭔가요?"

스탠이 말한다. 그는 푸른색 손뜨개 테디 베어들로 가득 찬 통 하나를 알아챘다.

"저것들은 아동 로봇들을 위한 거예요. 그 로봇들은 흰색 원피스 잠옷이나 플란넬 파자마를 입게 되지요. 면플란넬 침대 시트로 싸서 상자에 넣고, 특별히 사실적인 효과를 내기 위해 포장 안에 곰 인형을 하나씩 끼워 넣는 거예요." 케빈이 말한다.

"그건 빌어먹을 만큼 역겹군요." 스탠이 말한다.

"무슨 말인지 알아요. 그래요, 역겹지요. 우리도 동의해요. 이 제품군에 대해 알게 되었을 때 우리도 똑같은 기분을 느꼈어요. 하지만 그것들은 진짜가 아니에요." 데릭이 말한다.

"누가 알아요? 어쩌면 이런 로봇들이 진짜 아이들에게 아주 많은 고통과 괴로움을 모면하게 해주고 있는지도 모르지요. 변태 성욕자들이 거리로 나오지 않게 하는 거지요." 케빈이 말한다.

"빌어먹을, 난 그런 말에 안 넘어가요. 그 녀석들은 이것들을 예행연습에 사용할 거예요. 실컷 실습할 거고, 그러고 나서 그들은……." 스탠이 말한다.

입 다물어. 그가 스스로를 타이른다. 관여하지 마.

"하지만 많은 고객들이 그것에 정말 넘어가요. 내 말이 무슨 뜻인지 안다면 좋을 텐데. 그건 고객들한테 불티나게 팔려요. 이 수직 시장(제품이나 서비스를 유사한 방법으로 개발하고 마케팅하는 기업이나 산업을 수직적(vertical)이라고 하며, 특정한 요구를 지닌 기업이나 소비자를 상대로 그런 상품, 서비스를 판매할 수 있게 형성된 시장을 수직적 시장(vertical market)이라고 지칭한다. 즉 매우 제한되고 특화된 고객을 대상으로 하는 일종의 '틈새시장'을 말한다—옮긴이) 제품은 파서빌리보츠의 큰 소득원이에요. 최종 결산 결과를 반박하기는 어렵지요." 게리가 말한다.

"많은 일자리가 걸린 일이에요, 왈도. 엄청나게 많은 일자리가. 저밖에 있는 사람들에게는 지불해야 할 청구서들이 있어요." 데릭이 말한다.

"그건 정당한 이유가 아니에요."

스탠이 말한다. 이제 모두가 그를 주목하고 있지만 그는 계속 밀어붙인다.

"어떻게 이런 일에 동조할 수가 있지요? 이건 옳지 않아요!"

"당신이 시운전을 해볼 시간이로군요."

버지가 말한다. 그가 스탠의 어깨를 팔꿈치로 살짝 찌르며 출구 쪽으로 돌려세운다.

"이보게들, 우린 이만 실례하겠네. 내가 그걸 비공개 시험실 중 하나에 준비해놓게 했거든. 남자가 혼자서 해야 하는 일들도 있는 법이니까."

웃음소리.

"잘 다녀와요." 데릭이 말한다.

게리가 덧붙인다.

"윤활유 많이 쳐야 해요."

*

"여기 이쪽으로. 엄밀한 의미의 견학은 할 게 별로 안 남았어요. '배송' 부서를 제외하고는. 그건 주로 상자들을 이리저리 운반하는 일이에요. 그것들이 배송 부서에 도착할 때쯤에는 모두 포장이 된 채 자물쇠로 잠겨 있거든요. 내가 있는 부서가 거기예요. 배송 부서요. 맥주 한 캔 할래요?" 버지가 말한다.

"그럼요." 스탠이 말한다. 그는 아까 거기서 아동 로봇 때문에 하마터면 얼빠진 짓을 할 뻔했다. 그리고 그 빌어먹을 푸른색 테디 베어 때문에. 어떤 변태 성욕자가 그런 걸 생각해냈을까? "시운전은요?"

"잊어버려요. 우리한테는 다른 사업이 있잖아요. 튤립 사업 말이에요."

"알았어요." 스탠이 말한다. 그게 무슨 뜻인지 그가 알고 있어야 하는 건가?

"이리로. 이게 내 사무실이에요."

그들은 안으로 들어간다. 일반적인 칸막이 사무실에 책상 하나, 의자 한 쌍. 소형 냉장고. 버지가 거기서 맥주 두 캔을 꺼내 펑 소리를 내며 딴다.

"앉아요." 그가 책상 너머에서 몸을 앞으로 바싹 숙인다. "내 일은 당신을 실어 보내는 거예요. 당신과 뭐가 됐건 당신이 가지고 갈 것을요. 난 그래야 하는 이유도 모르고, 그게 무엇인지도 몰라요. 그러니 질문해봐야 아무 소용없어요."

"고마워요. 그런데……."

그는 샤메인에 대해, 그녀의 두상에 대해 묻고 싶다. 그녀가 어떤 비뚤어진 스토커로 인해 위험에 처해 있는 건가? 만일 그렇다면 그는 포지트론을 떠날 수가 없다. 도저히 그녀를 저버릴 수 없다.

"고마워할 필요 없어요. 난 그저 청부업자에 불과해요. 시키는 대로 해요. 사람들을 운반하는 거, 그게 우리 전문 분야들 중 하나지요."그는 더 이상 친절한 삼촌처럼 보이지 않는다. 오히려 유능해 보인다. "예를 들자면 바로 나. 나를 잠입시키기 위해서 그들은 나한테 필요한 신분증과 함께 나를 몸통들이 들어 있는 상자에 집어넣었어요. 그 일은 잘 풀렸지요. 하지만 우리가 누군가를 실어서 내보내려고 시도해보는 건 당신이 처음이에요."

"우리가 누굽니까? 조슬린을 애기하는 거겠지요."

"맨 먼저, 당신 동생, 코너요. 우린 알고 지낸 지 오래됐어요. 우리가 풋내기였을 때 한동안 함께 어울렸지요."

"코너! 어쩌다 그 애가 이런 일을 하게 됐지요?"

빌어먹을 코너 녀석을 신뢰하라. 그가 그러겠다는 것은 아니다. 그는 코너를 만나러 갔던 그때, 트레일러하우스 캠프장 앞에 섰던 매끈한 검은색 승용차를 기억해낸다. 돈은 누가 지불하는 걸까?

"다른 모든 일을 하게 되는 경우랑 똑같은 방식으로요. 우리는 전화를 받았고 거래를 했지요. 우리는 약속을 지키는 걸로 유명해요. 돈을 받은 일은 해내는 걸로요."

"물어봐도 될지 모르겠지만 누가 당신들한테 돈을 지불했지요?"

"기밀이에요."버지가 미소를 지으면서 말한다. "자, 계획은 이래요. 우린 당신을 엘비스 의상에 집어넣은 다음, 로봇 운송용 나무 상자에 넣을 거예요. 아마 엘비스 로봇이 당신이랑 치수가 제일 비슷할 거예요."

"잠깐 기다려요! 나한테 섹스 로봇이 되라는 건가요? 날 데리고 포주 노릇을 하겠다는 거예요? 빌어먹을 절대 안돼, 그럴 수는 없……."

"그저 배송할 때만이에요. 선택할 수 있는 방법이 많지 않아요. 여기서 그냥 걸어 나갈 수는 없어요. 그리고 당국은 운영진 차량도 모조리 확인하고 생체 인식 정보를 맞춰봐요. 명심해요. 비록 그들이 당신이 죽었다고 생각하기는 해도 당신 데이터는 여전히 파일에 저장돼 있을 거란 걸요. 하지만 배송 상자 안에 들어가 있으면서 대충 휙 보는 눈에는……."

"난 엘비스랑 비슷해 보이지 않아요."

"우리가 그 의상이랑 마무리 손질을 보태면 비슷해 보일 거예요. 게다가 당신이 닮아야 하는 건 진짜 엘비스가 아니라 엘비스 모조품들이라고요. 그것들 중 하나처럼 보이기는 어렵지 않아요."

"내가 그 일을 해내고 나면 그땐 뭘 해야 하나요?"

"우린 당신과 함께 안내인 한 명을 내보낼 예정이에요. 그녀가 당신을 도와줄 거예요."

"그녀? 지금껏 여기서 본 여자들이라고는 플라스틱 제품뿐이었는데요."

"로봇 매춘부들은 파서빌리보츠가 시장에 내놓고 있는 여러 해결책들 중 하나일 뿐이에요. 훨씬 더 고도로 발달된 단계인 것이 있어요." 그가 손목시계를 확인한다. "공연을 시작할 때로군요."

그들은 복도로 나가서 모퉁이를 돈 다음 한 번 더 모퉁이를 돈다. 더욱 많은 액자에 든 과일 사진들. 예를 들면 망고, 금귤. 그는 과일이 점점 더 이국적이 되어가고 있음을 알아챈다.

"로봇들은 진짜 대화를 나누지는 못해요. 제일 좋은 로봇들조차도요. 오늘날의 기술은 거기에 이르지는 못했어요. 하지만 소득 규모가 높아질수록 고객들은 친구들에게 과시할 수 있는 무언가를 원하지요. 덜 그래 보이는 무언가, 그러니까 덜……."

"머리가 텅텅 빈 쓸모없는 멍청이처럼 보이는 게 덜한."

버지는 무슨 얘기를 꺼내려는 걸까?

"이런 식으로 설명을 해보지요. 뇌수술을 통해서 인간을 당신 취향에 맞게 바꿀 수 있다고 가정해봐요."

"무슨 말이에요?"

"그들은 레이저를 사용해요. 사람이 이전에 누군가에게 가지고 있던 애착을 지워버릴 수가 있어요. 수술 대상인 여자는 깨어나면 그 자리에 있는 게 누구든 그 사람을 각인하게 되지요. 새끼 오리처럼요."

"맙소사."

"그러니까 간단히 말하면 이런 식이지요. 귀여운 아가씨를 하나 골라라, 그녀에게 그 수술을 받게 해라, 그녀가 깨어나는 동안 그녀 앞에 꼼짝 않고 있어라. 그러면 그녀는 영원히 당신 것이며, 당신이 어떤 일을 하든 언제나 고분고분하고 언제나 기꺼이 따를 준비가 되어 있다. 그런 식이면 아무도 착취당하는 기분을 느끼지 않지요."

"잠깐만 기다려요. 아무도 착취당하지 않는다고요?"

"아무도 착취당하는 기분을 *느끼지* 않는다고 말했어요. 다른 거예요."

"여자들이 이런 걸 하겠다고 신청을 해요? 뇌수술을 받겠다고?"

"엄밀히 말해서 신청을 하는 건 아니에요. '깨어난다'는 게 더 맞는 표현이지요. 그런 식이면 더 많은 선택의 자유가 있어요. 의뢰인들이 누군가 자발적으로 신청할 만큼 자포자기 상태인 사람을 원할 가능성은 높지 않을 테니까요."

"그럼, 빌어먹을, 그들이 사람들을 납치한다는 겁니까?"

"내가 그 일에 찬성한다고 말하는 건 아니에요."

"그건……." 스탠은 '악랄하다'고 말해야 할지 아니면 '진짜 똑똑하다'고 말해야 할지 알지 못한다. "그들이, 그러니까 이런 여자들은 자신들의 예전 삶에 신경 쓰지 않나요? 그들이 원망하지는 않……."

"레이저 작업이 전문적으로 실시되기만 한다면 그러지 않아요. 하지만 그건 아직 실험 단계예요. 아직은 전부 다 완벽해지지는 않았지요. 어쨌든 지금껏 몇몇 의뢰인들은 기꺼이 그 기회라도 잡으려고 했지만, 실수가 발생한 적이 몇 번 있어요."

"예를 들어 어떤?"

"당신 안내인을 만나보면 알게 될 거예요. 그녀는 예정되어 있던 모습과는 다른 것으로 드러났지요. 의뢰인은 몹시 화를 냈어요! 하지만 그는 계약 조건에 서명을 했고, 위험성을 알고 있었어요."

"뭐가 잘못된 거였나요?"

스탠이 묻는다. 그는 이미 상상해보는 중이다. 그녀가 죽은 사람들이나 개들이나, 아니면 뭔가 다른 거랑 관계를 가지고 싶어 하는 건가?

"타이밍이요. 하지만 그로 인해 그녀는 이상적인 비밀 정보원이 될 수 있어요. 왜냐하면 그녀는 남자한테는 절대로 한눈을 팔 수가 없을 테니까요"

"그녀가 한눈을 팔 수도 있는 대상은 뭔데요?"

버지가 어떤 문 앞에 멈춰 서더니, 문을 두드리고 그의 카드식 열쇠로 문을 열며 말한다.

"먼저 들어가요."

희생

장례식이 열리는 예배당은 모든 경우에 두루 사용할 수 있는 곳이다. 십자가며 그 밖의 이런저런 것들은 없지만, 해돋이 사진 하나와 기도하는 거대한 손 한 쌍이 있다. 한때 윈 할머니가 가지고 있던 웨지우드 풍의 찻잔들처럼, 아주 연한 푸른색과 흰색으로 배색이 이뤄져 있다. 엄청난 양의 하얀 꽃들이 늘어서 있는 걸 보니, 관계자들이 정말로 최선을 다한 모양이다.

예배당은 초만원이다. 샤메인이 교도소에 들어가 있지 않을 때 일하는 빵집 여자들이 여기에 와 있고, 뜨개질 모임들, 그러니까 그녀의 원래 모임 사람들과 그녀가 거의 알지 못하는 저 다른 모임 사람들도 마찬가지다. 관계자들이 장례식용 출입증으로 이 여자들을 포지트론에서 내보낸 게 틀림없다. 상당수가 검은색 모자들—베레모와 팬케이크 모양이며 변형된 종 모양의 모자들을 쓰고 있다. 그러니 그녀가 모자에 관해서는 올바른 선택을 했던 것이다.

스쿠터 작업장에서 온 스탠의 직장 동료들이 많이 있다. 그들이 그녀에게 공손히 목례를 하는 것은 그녀가 미망인이기 때문이기도 하지만, 한층 각별한 공손함이 담겨 있기도 하다. 그건 틀림없이 에드의 존재 때문인데, 그는 그녀의 팔을 그의 팔에 끼워 넣은 채 조심스럽고 정중하게 통로를 따라 앞으로 그녀를 이끌고 있다. 그가 그녀를 신자석 맨 앞줄에 앉히고 나서 그녀 옆에 앉는다. 정말 다행스럽게도, 그의 넓적다리가 그녀의 넓적다리에 닿지 않기는 하지만 여전히 지나치게 가깝다.

오로라가 그녀의 다른 한편에 있고, 에드의 다른 한편에는 필박스 모자(챙이 없는 고전적인 둥근 여성용 모자. 아무런 장식을 달지 않는 것이 특징이다. 둥근 약상자를 닮았다는 이유에서 붙은 이름이며 재클린 케네디가 즐겨 착용한 모자로도 유명하다—옮긴이)를 쓴 감시국 여자가 있다. 그녀는 재키 케네디와 조금 비슷해 보인다.

그리고 그 여자의 다른 한편에 있는 건 맥스다. 샤메인은 자신들 둘 사이에, 마치 열을 받아 빛을 내는 오래된 백열전구 내부에 있는 얇은 필라멘트처럼 팽팽하게 뻗어 있는 과열된 공기를 느낄 수 있다. 그 역시 그것을 느낀다. 그는 그것을 느끼는 게 틀림없다.

이런 건 무시해. 그녀가 스스로를 타이른다. 그건 착각이야. 넌 지금 상중이야.

고인에게 무릎을 꿇고 앉아 있을 가족이 있을 경우를 대비해서 예배당에는 접이식 신자석들이 갖춰져 있다. 샤메인은 무릎을 꿇는 유형의 신자로 양육되지는 않지만, 지금 이 순간 무릎을 꿇고 두 손을 바로 앞 신자석 등받이에 얹은 다음, 마치 절망에 빠지기라도 한 듯 이마를 그 두 손에 기댈 수 있기를 바란다. 그런 식으로 그냥 멍하게 있을 수도 있을 테고, 그러면 그녀가 이런 가짜 장례식을 견뎌내는 데 도움이 될 것이다. 아니면 만일 에드가 예를 들어 그의 손을 그녀의 넓적다리에 얹는 것 같은 수작을 건다면, 그녀가 도대체 어떻게 할 것인지에 대해 생각하면서 시간을 보낼 수도 있을 것이다. 하지만 그녀는 전혀 무릎을 꿇을 수가 없다. 맨 앞줄에 있기 때문이다. 그녀는 꼿꼿이 앉아서 당당하게 행동해야만 한다. 그녀는 어깨를 쫙 편다.

이제 그들은 오르간 음악을, 그러니까 일종의 찬송가를 연주하고 있다. 만일 그들이 컨실리언스 텔레비전으로 보여준 몇몇 장례식에서처럼 「당신은 결코 혼자 걷게 되지 않을 거야」(1945년 작인 뮤지컬 「회전목마」의 삽입곡. 주인공 빌리가 자신이 죽은 후 15년 만에 아내인 줄리를 만날 수 있는 단 하루의 시간이 주어졌을 때 그녀를 위해 부르는 노래로, 세상이 힘들고 외롭다고 느껴져도 결코 혼자가 아니라는 용기를 주는 내용의 가사로 되어 있다―옮긴이)를 연주한다면 자신이 그걸 견딜 수 있을지 그녀는 모르겠다. 그녀는 혼자 걷는 중이고, 언제나 혼자 걷게 될 것이다. 이제 눈물이 한 방울 흘러나온다.

강해져야 해. 그냥 미용실에 있는 척 굴어. 작은 목소리가 말한다.

관은 닫혀 있다. 스탠이 결함이 있는 주(主)개폐기에 몸을 던지고 이내 전류가 찌릿하고 그를 관통하는 순간 감전당하면서 입은 것으로 되어 있는 끔찍한 화상 때문이다. 그것이 텔레비전 뉴스에서 보도한 내용이지만, 실제로는 관이 닫혀 있는 건 스탠이 그 안에 없기 때문이다. 그녀는 그들이 그를 어떻게 처리했는지, 그리고 대신에 관 안에 무엇을 집어넣었는지가 궁금하다. 아마 오래된 양배추나 깎은 잔디가 든 자루들일 것이다. 다시 말해 적당한 무게와 축 늘어지는 느낌을 지닌 무언가. 그런데 대체 왜 저 안에 무언가가 들어 있어야 하는 걸까? 아무도 안을 들여다보지 않을 텐데.

그녀가 그들에게 한번 해볼 테면 해보라고 대든다면 어떻게 될까? 이렇게 말한다면. '난 사랑하는 스탠을 한 번 더 보고 싶어요.' 한바탕 소란을 피우고, 관에 몸을 던지고, 그들에게 뚜껑을 비틀어 열라고 요구한다면 말이다. 그런 다음 그들이 거절하면 그녀는 모인 사람들 쪽으로 몸을 돌리고 실제로 일어나고 있는 일을 알릴 수 있을 것이다. '아무 죄 없는 사람들이 살해되고 있어요! 샌디처럼! 스탠처럼! 그리고 다른 사람들도 수십 명은 더 있는 게 틀림없어요……' 하지만 그들이 곧 그녀를 둘러싸서 진정시키기 위해 끌어내려 할 것이다. 결국 그녀가 큰 슬픔 때문에 제정신이 아니라는 이유로 말이다. 그런 다음 그녀는 스탠과 꼭 마찬가지로, 존재가 지워질 것이다. *아, 스탠*…….

제기랄, 눈물이 더 흘러나온다. 오로라가 응원한다는 표시로 그녀의 손을 꽉 쥔다. 에드는 토닥거리는 중인데, 조금만 더 있으면 뱀이 똬리를 틀듯 한쪽 팔로 그녀를 휘감을 것이다. 그녀의 하얀 손수건에 검은색이 묻어 있다. 마스카라다.

"난 괜찮아요."

그녀는 헐떡거리며 반쯤 속삭이듯 간신히 말을 내뱉는다.

이제 독창자가 나와 있다. 샤메인의 뜨개질 모임 여자다. 두 번째 모임 말이다. 그녀는 얼굴에 아주 근엄한 소프라노다운 표정을 띤 채, 폐를 부풀려 검은색 프릴을 잔뜩 단 가슴을 쑥 내밀면서 입을 벌리는 중이다. 이건 끔찍할 것이다. 오르간으로 연주되는 곡이 「실컷 울어요」(우리나라에서 원제인 「Cry Me a River」로 더 널리 알려진 곡으로 강물처럼 실컷 울어보라는 의미를 담고 있다―옮긴이)임을 샤메인이 알아차리고 보니 말이다. 그 여자는 음정이 전혀 맞지 않는다. 샤메인은 장갑을 낀 두 손으로 얼굴을 가린다. 웃음이 터질지도 몰라서다. 참아야 해. 그녀는 스스로를 단단히 타이른다.

정말 고맙게도 그 소프라노의 노래가 끝났다. 바스락거리는 소리와 기침 소리가 잦아든 후, 스탠의 스쿠터 수리소 동료들 중 하나가 이른바 '스탠의 팀'의 메시지를 전한다. 푹 숙인 고개, 어색한 듯 이리저리 움직이는 발. '멋진 사내, 스탠은 자기 책임을 다했습니다, 그가 자랑스럽습니다, 그는 우리 모두를 위해 희생했습니다, 그가 그립습니다.' 샤메인은 연설자가 안쓰럽게 느껴진다. 왜냐하면 그는 속았기 때문이다. 다른 모든 사람들처럼.

이윽고 에드가 그녀의 팔에서 몸을 떼고, 넥타이를 고쳐 매더니 연단으로 걸어간다. 그는 목청을 가다듬고, 온화하고 불안감을 없애주며 힘차고 믿을 만한 그의 텔레비전용 목소리를 쏟아낸다. 그녀는 불현듯 그것이 마치 잔뜩 긁혀서 지직거리는 시디의 파열음 같다는 생각이 든다. '한자리에 모였습니다 오작동 사고 유감스럽습니다 거룩합니다 개탄스럽습니다 존경할 만합니다 용감했습니다 영구적입니다 영웅적입니다 영원히.' 그다음은 이렇다. '함께합시다 상실 배우자 도웁시다 희망 공동체.'

만일 샤메인이 진실을 몰랐다면 수긍했을 것이다. 수긍하는 걸 넘어서 설득당했을 것이다. 그만 끝내, 이 떠버리야. 그녀가 에드를 보며 생각한다.

이제 '스탠의 팀'의 여섯 사람이 앞으로 나가고 있다. 이제 그들은 관을 통로 쪽으로 내리고 있다. 이제 음악이 울리기 시작한다.「나란히」(해리 우즈가 작곡해 닉 루카스가 1927년 발표했으며, 그 후 많은 가수들이 리메이크한 곡으로 돈 한 푼 없고 어떤 어려움이 닥치더라도 서로 사랑하며 함께 여행할 거라는 내용을 담고 있다—옮긴이)다.

이건 못 견디겠어. 샤메인은 생각한다.

우리가 과거에, 함께 있기만 하다면 그토록 고약한 냄새가 나는 낡은 차에 타고 온갖 날씨를 겪으면서도 여행했듯이, 저렇게 계속 여행을 하는 건 바로 우리, 나랑 스탠이었어야만 해. 이제 또다시 눈물이 주르륵 흘러나온다.

"일어서요." 오로라가 그녀에게 말하고 있다. "관을 따라가야 해요."

"못 해요, 못 보겠어요."

샤메인이 헐떡거리며 말한다.

"내가 도와줄게요. 자, 일어서요! 장례식 후 모임에서 사람들이 조문을 하고 싶어 할 거예요."

장례식 후 모임. 식빵 껍질을 잘라낸 달걀 샐러드 샌드위치. 아스파라거스말이. 네모난 레몬 타르트.

"나한테요? 조문이요?"

샤메인은 오열을 억누른다. 발작적인 감정 분출, 그거야말로 그녀에게 필요한 전부다.

"난 아무것도 먹지 못할 거예요, 못 먹을 거라고요!"

왜 죽음은 사람들을 그토록 허기지게 만드는 걸까?

"심호흡을 해봐요." 오로라가 말한다. "잘했어요. 당신은 그들과 악수를 하고 미소를 지어 보일 테고, 그들이 기대하는 건 그게 다예요. 그러고 나면 내가 당신과 차를 타고 집으로 돌아갈 테고, 함께 당신의 애도 상담 치료(배우자나 자식을 잃은 사람들에게 정신적인 도움을 주는 지지 요법—옮긴이)에 대해 상의할 수 있을 거예요. 컨실리언스에서는 언제나 그걸 제공하거든요."

"애도 상담 치료 같은 건 전혀 필요 없어요!"

샤메인이 거의 비명을 지르다시피 한다.

"이런, 필요해요."

오로라가 동정하는 척하며 말한다.

"아, 내 생각엔 정말로 필요해요."

어디 그런지 두고 보자고. 샤메인이 생각한다. 그녀는 오로라가 한 손으로 그녀의 팔꿈치를 받쳐 흔들리지 않게 잡아주는 상태로 통로를 따라 천천히 걷기 시작한다. 에드가 또다시 나타나 그녀의 다른 쪽 옆에 서고, 그의 팔이 마치 오징어처럼 도로 그녀에게 달라붙는다.

완벽하다

버지가 조심스레 문을 열고 스탠이 먼저 가도록 한쪽으로 비켜선다. 그들이 들어간 곳은 스탠이 언젠가 본 적 있는 진짜로 고풍스러운 방과 매우 흡사한 방이다. 딤플 로보틱스 골프장에 그와 비슷한 바가 있었다. 나무 판벽이 있고, 바닥에 닿는 길이의 커튼이 있고, 동양풍 카펫이 있다. 벽난로에는 타오르는 화톳불이 있다. 아니, 겉보기에만 화톳불이고 어쩌면 가스 불일지도 모른다. 그 앞에는 가죽처럼 보이는 소파가 하나 있다.

긴 두 다리를 쭉 뻗고 그 소파에 앉아 있는 건 스탠이 여태껏 본 가장 매력적인 여자들 가운데 한 사람이다. 어깨 길이의 윤기가 흐르는 검은색 머리카락, 겨우 맨 윗부분만 드러나 있는 완벽한 젖가슴. 그녀는 몸에 딱 붙는 단순한 검은색 원피스를 입고, 한 줄로 된 진주 목걸이를 걸고 있다. 이 얼마나 고급스럽게 섹시한 여자란 말인가. 스탠은 생각한다.

그녀가 그를 보며 강아지나 늙은 숙모에게 던질 법한 담담한 미소를 짓는다. 그녀에게서는 그 어떤 불꽃도 튀지 않으며 아무런 끌림도 없다.

"스탠, 베로니카를 소개할게요. 베로니카, 이쪽은 스탠이에요." 버지가 말한다.

"안녕하세요, 베로니카."

스탠이 말한다. 이 사람이 바로 그 베로니카인가? 샤메인이 전에 그에게 진짜로 친구는 아니라고 이야기하던 '픽셀더스트'의 그 창녀일까? 만일 그렇다면 그녀는 대단한 변신을 했다. 그녀는 전에도 예뻤지만, 지금은 넋을 쏙 빼놓을 정도로 아름답다.

"우리가 전에 만난 적이 있던가요?"

그는 이렇게 묻고 나자 바보 같은 기분이 든다. 그녀가 만난 남자들은 모두 그녀에게 그렇게 물었을 게 틀림없으니까.

"어쩌면요. 하지만 과거는 더 이상 상관없어요."

그녀가 한 손을 내민다. 깔끔하게 손질해 진홍색을 바른 손톱들. 롤렉스 사의 값비싼 시계. 서늘한 손바닥. 그녀가 그에게 발광 다이오드 같은 미소를 짓는다. 빛이 나지만 열기는 없다.

"내가 당신을 벽 너머로 데려가기로 되어 있다고 알고 있어요."

스탠이 그 손을 잡아 악수한다. 빌어먹을, 날 어디든 마음대로 데려가줘. 그가 생각한다. 한때 그는 재스민이 바로 이렇게 생겼을 것이라고 생각했다. 재스민, 그 치명적인 환상의 산물이 말이다. 그는 이 자리에서 조심할 필요가 있다. 생식선에 휘둘리면 안 된다. 잘 들어. 그가 자신의 페니스를 조용히 타이른다. 지퍼 잘 채우고 있어.

"앉아서 한잔하세요." 베로니카가 말한다.

"여기 사나요?" 스탠이 말한다.

"사냐고요?"

그녀는 완벽한 눈썹 한쪽을 활모양으로 구부린다.

"이건 바로 신혼부부용 스위트룸이에요. 아니, 그런 방들 중 하나지요. 고객의 주문에 맞춰 개조된 사람들이 처음으로 만나는 곳이요. 그들의…… 그들의……." 버지가 말한다.

"그들의 주인들을요." 베로니카가 값비싼 금속이 내는 소리 같은 웃음을 터뜨리며 말한다. "사람들, 그러니까 나 같은 사람들을 위해서 첫 눈에 느끼는 갈망이라는 게 존재하기로 되어 있지만, 내 경우에는 과녁을 놓친 셈이었지요. 남자가 자신의 투자 대상을 수거하러 걸어들어 왔는데 아무것도 없었던 거예요."

"아무것도?"

스탠이 말한다. 왜 그녀는 화내지 않는 걸까? 하기야 버지는 그들이 화를 내지 않는다고, 아니면 사람들이 눈치챌 수 있게 그러지는 않는다고 말했다. 그들은 자신들이 잃어버린 것을 그리워하지 않는 모양이다.

"우리 사이엔 전혀 불꽃이 튀지 않았어요. 짜릿한 느낌도 전혀 없었고. 그는 그 일로 사납게 화를 냈지만 내가 할 수 있는 건 아무것도 없었어요. 컨실리언스 측은 그에게 환불이나 또 한 번 선택하는 것 가운데 고를 수 있게 해주었지요. 그는 아직도 그 문제를 생각하는 중이에요."

"베로니카를 다시 한번 수술할 수는 없었어요. 너무 위험했지요. 그녀가 침을 질질 흘리는 결과가 나올 수도 있거든요." 버지가 말한다.

"그는 오로지 나만 원했어요." 베로니카가 어깨를 으쓱하며 말한다. "하지만 난 그럴 수가 없어요. 내 잘못이 아니었지요."

"잘못한 건 어떤 멍청하고 사람 좋은 간호사였어요. 그 사내가 꼼짝없이 회의에 붙잡혀 있을 경우에 대비해서, 사전에 합의된 대로 그의 사진이 거기 있었어요. 그런데 그 간호사가 베로니카에게 애착 인형을 제공한 거예요. 마치 그녀가 어린아이인 것처럼." 버지가 말한다.

"내 고개가 그쪽으로 돌아갔고, 그 바람에 내가 처음 본 건 그이였어요." 베로니카가 말한다. "나를 물끄러미 바라보던 아주 매력적인 두 눈

이요."그녀는 그 불상사에 괴로워하는 것처럼 보이지 않는다. "운 좋게
도 나는 우리 자기를 내가 가는 곳 어디나 함께 데려갈 수 있어요. 난 그
이를 캐리백(물건을 넣어 옮길 수 있는 쇼핑백이나 토트백처럼 손에 들고 다
닐 수 있는 종류의 가방. 어깨에 멜 수 있는 숄더백과는 다르다——옮긴이)에, 바
로 여기에 보관해요. 당신에게 그이를 보여주면 좋겠지만 내가 자제력
을 잃을지도 몰라요. 심지어 그이에 대해서 이야기하는 것조차도 나를
도저히 믿기 힘들 만큼 흥분시키는 일이에요."

"하지만." 스탠이 말한다. "하지만 당신은 몹시 아름다워요!" 이건 농
담일까, 그들 두 사람이 그에게 거친 장난을 치고 있는 걸까? 그게 아니
라면, 이 무슨 빌어먹을 낭비란 말인가. "시도해본 적은 있……."

"다른 남자와요? 그래 봐야 소용없을 것 같아요. 진짜로 살아 있는
남자들에 관한 한 난 그냥 완전한 불감증이에요. 그들을 그런 식으로
생각하기만 해도 조금 구역질이 나요. 수술을 할 때 그런 프로그램을
짜 넣었대요." 베로니카가 말한다.

"하지만 베로니카는 영리해요. 비상시에 잘 대처하고, 발길질이 날
래요. 그리고 그녀는 섹스에 관한 게 아닌 한은 지시를 잘 따라요. 그러
니 당신은 안전한 손에 맡겨지는 거예요." 버지가 말한다.

"게다가 나는 당신을 강간하려 들지도 않을 거예요."

베로니카가 달콤한 미소를 지으며 말한다. 그래만 준다면 좋을 텐
데. 스탠은 생각한다.

"좀 봐도 될까요?" 스탠이 검은색 캐리백을 가리키며 예의 바르게
묻는다. 그는 벌써부터 자신의 경쟁 상대라고 생각하는 것을 보고 싶다

는 충동을 느낀다.

"좋아요. 그러세요. 당신은 웃음을 터뜨릴 거예요. 당신이 이 모든 일에 대해서 나를 믿지 않는다는 걸 알지만, 그건 사실이에요. 그러니 그저 일러두는 것뿐이지만, 나에 대해 아무런 희망도 갖지는 마요. 당신 불알을 결딴내기는 싫어요."

그렇게 전면적인 변신은 아니군. 스탠은 생각한다. 그녀는 여전히 입이 걸어.

가방에는 지퍼가 달려 있다. 스탠이 그것을 연다. 안에서 무표정한 둥근 눈으로 그를 물끄러미 올려다보고 있는 것은 푸른색 손뜨개 테디 베어다.

애도 상담 치료

샤메인은 그럭저럭 장례식 후 모임을 치러낸다. 그녀는 조문객을 맞는 줄에 서서 굳은 악수와 흘깃거리는 의미심장한 시선들과 팔을 어루만지는 손길들과 심지어 두 테디 베어 뜨개질 모임 사람들의 포옹까지 가까스로 감당해낸다. 그 두 번째 모임 사람들은 마치 그녀가 무언가 잘못을 저지르기라도 했던 것처럼, 전에는 그녀에게 거의 말을 걸지도 않았다. 하지만 이제 그녀가 정말로 잘못을 저질렀더니, 그들 모두가 달걀 샌드위치 냄새 나는 숨을 내뿜으며 감상적으로 껴안아댄다. 윈 할머니라면 그런 건 그냥 보여주기 위한 거라고 말했을 것이다. 그런데 대체 뭘 보여주기 위한 거지? 저 사람들이 다 망상에 빠지기라도 한 건가?

삼가 조의를 표합니다. 꺼져! 샤메인은 고함을 치고 싶다. 하지만 그녀는 힘없이 미소를 지으며 그들 각각에게 이렇게 말한다. *아, 고맙습니다. 이렇게 격려해주시다니 고맙습니다.* 내게 정말로 격려가 필요했는데 나를 강아지 토사물처럼 대했던 그때까지 포함해서 말이야.

*

이제 그들은 오로라의 차에 타고 있고, 오로라는 앞자리에 있으며, 샤메인은 아무도 바라보지 않고 있을 때 종이 냅킨에 싸서 그녀의 클러치 백에 밀어 넣어두었던 아스파라거스말이를 먹는 중이다. 어찌 되었든 기력을 유지해야만 하기 때문이다. 그리고 이제 그들은 샤메인의 집에 와 있고, 오로라는 현관 거울 앞에서 그녀에게 어울리지 않는 검은색 모자를 벗는 중이다. 그리고 이제 그녀는 이렇게 말하고 있다.

"우리 구두는 그냥 차서 벗어 던지고 편하게 있기로 해요. 내가 차를 좀 만들게요. 그런 다음 당신의 애도 상담 치료를 시작할 수 있을 거예요."

그녀는 팽팽하게 잡아당겨진 얼굴로 미소를 짓는다. 아주 순간적으로 두려워하는 것처럼 보인다. 하지만 그녀가 두려워해야 할 게 뭐가 있겠는가? 아무것도 없다. 샤메인과는 달리 말이다.

"난 애도 상담 치료가 전혀 필요하지 않아요."

샤메인이 부루퉁하게 중얼거린다. 그녀는 자기 몸이 자기 몸이 아닌 듯한 기분이고, 아울러 마치 바닥이 기울어져 있기라도 한 것처럼 기우 뚱한 느낌이다. 그녀는 하이힐을 신은 채 소파 쪽으로 뒤뚱거리며 다가 가서 털썩 주저앉는다. 그녀는 절대로 이 비열하고 약삭빠른 사람들이 그녀한테 애도 상담 치료를 실시하도록 내버려두지 않을 것이다. 그들 은 무엇에 대해서 심리 치료를 하겠다는 것일까? 스탠이 죽은 것으로 되어 있는 방식에 대해서? 아니면 그가 진짜로 죽은 방식에 대해서? 어 느 쪽이든 그 치료는 머리를 엉망진창으로 만들 것이다.

"날 믿어요. 그건 당신한테 도움이 될 거예요."

오로라가 주방으로 사라지면서 말한다. 그녀는 차에 약을 넣을 거 야. 샤메인이 생각한다. 내 기억을 지워 없애려고 할 거야. 그게 그들 이 생각하는 애도 상담 치료일 가능성이 커. 주방에서 라디오가 켜진 다. 「행복한 날들이 다시 찾아왔네」(1929년 루 레빈의 목소리로 처음 녹 음된 경제 공황 시대의 인기곡. 바브라 스트라이샌드가 녹음한 버전이 유명하 다—옮긴이)다. 샤메인은 목덜미가 오싹하다. 저들이 일부러 저 노래를 틀고 있는 걸까? 매번 시술할 준비를 하는 동안 특히 좋아하는 쾌활한 곡들을 흥얼거리는 그녀의 버릇에 대해 그들이 알고 있는 걸까?

오로라가 오트밀 쿠키 한 접시와 찻잔 세 개를 얹은 쟁반을 들고, 스 타킹만 신은 발로 들어선다. 둘이 아니라 셋이다. 샤메인은 온몸이 싸 늘해지는 기분이다. 주방에 누가 있나?

"자자. 여자들끼리의 다과회예요!" 오로라가 말한다.

감시국에서 나온 여자가 주방에서 느긋하게 걸어 나온다. 그녀는 푸 른색 손뜨개 테디 베어를 하나 들고 있다. 그녀의 표정은 뭐랄까, 예전

이라면 샤메인이 빈정댄다고 했을 법한 표정이다. 사실은 꼬치꼬치 캐
묻고 싶어 하는 표정에 가깝다. 하지만 그것을 감추는 표정.

"내 주방에서 뭐 하는 거예요?"

샤메인이 말한다. 그녀의 목소리는 격분으로 날카롭게 찢어진다. 정
말이지 이건 너무 지나치다! 사생활 침해다! 진정해. 그녀가 스스로를
타이른다. 이 여자는 말 한마디로 네 흔적까지도 없애버릴 수 있어.

"사실 두 달에 한 번씩 이건 내 주방이에요. 내 이름은 조슬린이에요.
포지트론에서 출퇴근하지 않는 동안에는 공교롭게도 여기 살아요."

"조슬린? 당신이 내 대체인이에요?" 샤메인이 말한다. "그럼 당신
이……." 설마, 세상에. "맥스의 아내로군요! 아니, 필, 아니, 아무튼 그
를 뭐라고……."

"우선 함께 차부터 마시는 게 좋을 것 같아요." 오로라가 제의한다.
"우리가 본격적으로……."

"누가 누구의 아내인지는 신경 쓰지 마요. 흔해빠진 성적인 얘기에
시간을 낭비할 순 없어요. 지금부터 내가 하려는 이야기를 주의 깊게
들어줘야겠어요. 많은 사람의 목숨이 달려 있어요." 조슬린이 말한다.

그녀가 마치 체육 선생님 같은 눈으로 엄격하게 사메인을 빤히 바라
본다.

맙소사. 샤메인이 생각한다. 이제는 또, 내가 뭘 어쨌다는 거야?

"무엇보다 먼저, 스탠은 죽지 않았어요." 조슬린이 말한다.

"아니, 그이는 죽었어요! 그건 거짓말이야! 그이가 죽었다는 걸 난
알아요! 그이는 틀림없이 죽었어요!" 샤메인이 말한다.

"당신은 자신이 그를 죽였다고 생각하지요." 조슬린이 말한다.

"당신이 나한테 그러라고 했잖아요!" 샤메인이 말한다.

"난 당신한테 '특별 시술'을 시행하라고 말했어요. 그리고 당신은 해냈고요. 그 점에 대해 고맙게 생각해요. 그리고 당신의 과도한 반응에 대해서도요. 그건 아주 큰 도움이 됐어요. 하지만 당신이 투여한 약품은 그저 일시적인 의식불명만 유발했을 뿐이에요. 스탠은 지금 다음 지시를 기다리며 포지트론 교도소 인근의 한 시설 안에 안전하게 있어요." 조슬린이 말한다.

"또 거짓말을 하는군요! 그이가 살아 있다면 왜 내가 장례식이며 그 모든 걸 다 겪게 만들었지요?" 샤메인이 말한다.

"당신의 비통함은 진짜여야만 했어요. 요즘 얼굴 표정 인식 기술은 매우 정밀해요. 당신이 스탠이 정말로 죽었다는 현실을 인정하는 모습을 모두가 지켜보게 할 필요가 있었어요. 죽음만이 그를 쓸모 있게 만들 수 있는 유일한 방법이거든요." 조슬린이 말한다.

뭐에 쓸모 있다는 거지? 샤메인은 궁금하다.

"난 그저 당신 말이 믿기지 않을 뿐이에요!"

샤메인이 말한다. 그녀의 마음속 어딘가에 희망이라는 나비가 있는 건가?

"잠시 잘 들어봐요. 스탠이 당신에게 메시지를 보냈어요."

조슬린이 말한다. 그녀가 푸른색 테디 베어를 만지작거리자 거기서 스탠의 목소리가 흘러나온다. 안녕, 자기, 나 스탠이야. 다 괜찮아, 난 살아 있어. 그들이 당신을 밖으로 빼내줄 거고, 우린 다시 함께할 수 있

어. 하지만 당신이 그들을 신뢰해야만 하고, 그들이 시키는 일을 해야
만 해. 사랑해. 그 목소리는 가늘고, 멀리 떨어진 곳에서 나는 것처럼 들
린다. 이내 딸깍하는 소리가 난다.

샤메인은 정신이 멍하다. 이건 틀림없이 가짜일 거야! 그런데 만일
그게 정말로 스탠일지라도, 그가 자기 생각을 말하는 게 허용되고 있다
는 걸 그녀가 어떻게 믿을 수 있을까? 그녀는 머리에 총구가 겨눠진 채,
억지로 그 메시지를 녹음하고 있는 그의 모습을 그려본다.

"한 번 더 재생해봐요." 샤메인이 말한다.

"자동 삭제됐어요." 조슬린이 말한다. 그녀가 곰 인형에서 사각형의
작은 물체를 꺼내더니, 발뒤꿈치로 밟아 으스러뜨린다. "보안상의 이유
예요. 위험한 테디 베어를 지닌 채 잡히고 싶지는 않을 테지요. 자, 스탠
을 도와줄 건가요?"

"스탠이 뭘 하는 걸 돕나요?" 샤메인이 말한다.

"그건 아직 알 필요 없어요. 스탠이 당신한테 말해줄 거예요. 우리가
당신을 밖으로 빼내자마자. 아니, 적어도 충분히 멀리까지 빼내면요."
조슬린이 말한다.

"하지만 그는 내가 자기를 죽였다는 걸 알고 있어요."

샤메인이 또다시 코를 훌쩍거리며 울기 시작하면서 말한다. 설사 그
들 두 사람이 포지트론 밖에서 정말로 다시 만난다고 할지라도, 그가
대체 어떻게 그녀를 용서할 수 있겠는가?

"내가 그에게 당신이 그게 진짜가 아니라는 걸 알고 있었다고 말할
거예요. 죽음을 초래하는 그 약이요. 하지만 그다음에도 언제든 그에게

내가 했던 말을 취소할 수 있어요. 그러고 나면 그는 당신을 증오할 테고, 당신은 이 안에 영원히 갇혀 있게 될 수도 있지요. 권력자인 에드는 당신한테 아주 안달이 나 있고, 어린애 같은 키득거림은 대답으로 받아들이려 하지 않을 거예요. 그가 당신 모습으로 섹스봇을 만들게 시켰어요." 조슬린이 말한다.

"그가 뭘 만들고 있다고요?" 샤메인이 말한다.

"섹스봇. 섹스 로봇 말이에요. 사람들이 당신 얼굴은 이미 다 조각해놓았고, 다음으로는 몸체를 추가할 거예요."

"그들이 그런 짓을 할 수는 없어요! 심지어 나한테 물어보지도 않고!" 샤메인이 말한다.

"실제로는 그들이 그럴 수가 있어요. 그런데 일단 계속 그걸 상대해보고 나면 그는 진짜를 원하게 될 거예요. 역사 속의 일인자들을 지침으로 삼아 생각해보면—헨리 8세를 생각해봐요—최후에 그는 당신한테 싫증이 날 거고, 그러면 결국 당신은 어떤 처지에 이르게 될까요? 내 짐작엔 처지가 뒤바뀌어서 '시술'을 당하는 쪽에 있게 될 것 같군요." 조슬린이 말한다.

"그건 너무 비열해요." 샤메인이 울부짖는다. "난 어떻게 해야 하는 거지요?"

"당신은 에드에게 휘둘리며 여기 머물러 있을 수도 있고, 아니면 우리와 함께, 그다음에는 스탠과 함께 모험을 해볼 수도 있어요. 양자택일이죠."

조슬린이 샤메인의 얼굴을 주시하며 쿠키를 한 입 베어 먹는다.

이건 끔찍한 일이야. 샤메인은 생각한다. 그녀 자신의 섹스봇이라니 그건 너무 섬뜩하다. 에드는 제정신이 아닌 게 분명하다. 그리고 스탠이 보낸 메시지에도 불구하고 스탠은 그녀에게 완전히 미칠 듯이 화가 나 있을 게 분명하다. 왜 그녀가 이 무시무시한 두 가지 가운데서 선택을 해야만 하는 거지?

"당신은 나한테 뭘 시키고 싶은 건가요?"

그들이 그녀에게 시키고 싶은 일은 설명하기가 쉽다. 그들은 그녀가 에드에게 바짝 달라붙어, 그와 가깝지만 그렇다고 지나치게 가까워지지는 않은 다음—그녀가 비탄에 젖은 미망인이라는 사실을 명심하라—그가 부주의해질 경우, 그가 하는 말과 예를 들어 그의 사무용 책상 서랍들이나 서류 가방이나 혹은 어쩌면 그의 휴대전화에서 그녀가 우연히 발견할지도 모를 정보는 무엇이든 다 가지고 돌아와 보고하기를 원한다. 하지만 그 부분, 그러니까 부주의라는 측면은 그녀에게 달려 있을 것이다. 지능이 현저하게 많이 부여되어 있지는 않은 부속기관인 그의 음경으로 생각하도록 그를 격려해라. 그것은 단기적인 일이고, 그 단기간이 지금 당장은 그들이 요구하는 전부이다. 아니, 조슬린이 그렇게 말한다.

"내가 갈 데까지 저기 있잖아요, 다 가야만 하나요?"

샤메인이 말한다. 에드가 그녀의 나신 위에서 이리저리 미끄러지듯 돌아다니게 내버려둔다는 생각에 그녀는 구역질이 난다.

"절대 아니에요. 사실은 그게 아주 중요해요. 당신은 뒤로 미뤄야만 해요." 조슬린이 말한다. "만일 그가 세게 나오기 시작하면, 그에게 아직 준비가 되지 않았다고 말해요. 당분간은 슬픔을 변명으로 내세울 수 있겠지요. 그도 스탠이 죽었다는 현실의 일부이니 그걸 이해할 거예요. 심지어는 그걸 환영하기까지 할 거예요. 그는 당신과 필의 그 동영상들을 한 번도 본 적이 없어서—내가 그건 확인했어요—당신이 정숙하다고 생각해요. 그건 당신에 대한 그의 집착의 일부예요. 요즘은 정숙한 젊은 여자를 찾기가 너무 어렵거든요." 저게 웃음이라고 해도 좋을 만한 씰룩거림일까? "만일 당신이 우리를 돕고 싶어 하지 않는다면, 우리가 그에게 그 동영상들을 보여줄 수도 있겠지요. 그의 반응은 부정적일 거예요. 최소한 배신감은 느낄 테지요."

샤메인은 얼굴이 빨개진다. 그녀는 정숙하다. 그건 그저…… 맥스와 함께했던 것은 그녀의 본모습이 아니었다. 그녀 자신이었을 리가 없다. 어쩌면 그가 그녀에게 최면술 같은 것을 사용하고 있었을지도 모른다. 그가 그녀에게 시켰던 말들…… 그 모든 것이 녹화되어 있다. 이건 협박이다!

"알았어요. 한번 해볼게요."

샤메인이 마지못해 말한다.

"적절한 결정이에요. 당신이 머지않아 그렇다는 걸 깨닫게 될 거라고 확신해요. 당신은 스스로 생각하는 것 이상으로 나를 도와주게 될 거예요. 우리를 도와주게 될 거예요. 여기, 쿠키 좀 먹어봐요." 오로라가 말한다.

변장

버지가 그를 숨겨둔 파서빌리보츠의 한 방에서 스탠이 꾸벅꾸벅 존다. 푸른색 곰 인형들에 대한 꿈을 꾸는 중이다. 그들이 창문 밖에서 그를 물끄러미 들여다보고 있다. 그들은 창턱 위로 기어 올라와 암시적으로 꿈틀꿈틀 움직이며, 둥글고 무표정한 두 눈으로 그를 응시한다. 이제 그들은 날카로운 상어 이빨 같은 치열을 내보이면서 그를 비웃는 중이다. 그리고 반쯤 열린 창문을 통해 방으로 비집고 들어와서 그의 침대 위로 떨어져 내리는 중이고…….

그가 깜짝 놀라 숨죽인 외마디 비명을 지르며 깨어나지만 그건 단지 그의 팔을 흔들고 있는 베로니카일 뿐이다.

"서둘러요."

그녀가 말한다. 나쁜 소식이 있다. 저쪽 에드의 사무실에서 정보 통신 기술 부서 사람들이 몇몇 중요한 파일이 복사되었음을 발견했다. 그건 스탠이 가지고 나가게 될 플래시드라이브에 담긴 파일들일 것이다. 아침에 반드시 철저한 수색이 있을 것이다. 운 좋게도 파서빌리보츠에 긴급 주문이 들어와 있다. 엘비스 로봇 다섯이 새벽 3시에 라스베이거스로 출발할 예정이고 그것들 중 하나는 그가 될 것이다. 그녀와 버지가 모든 것을 준비해 배송 부서에 대기시켜놓기는 했지만, 그래도 그가 지금 당장 그쪽으로 갈 필요가 있다.

그가 옷을 잡아당겨 입고 그녀를 따라간다. 그녀는 아주 평범한 옷인 청바지와 티셔츠를 입고 있다. 하지만 그녀가 입고 있으면 그것들이 실크처럼 보인다. 인생은 불공평해. 그녀가 복도들을 누비는 모습을 지켜보며 그가 생각한다.

그녀는 그를 이끌고 일련의 출입구들을 통과해 배송 부서로 가는 내내, 제대로 된 통행증을 모두 가지고 있다.

"남자 화장실에서 당신한테 필요한 건 모두 찾을 수 있을 거예요. 난 여자 화장실에서 내 의상을 입고 있을 거예요." 그녀가 말한다.

"당신도 라스베이거스로 가나요?" 그가 어리석게도 이렇게 말한다.

"물론이에요. 난 당신을 돌보는 사람이에요. 기억나요?"

여유 시간이 그리 많지 않다. 엘비스 의상이 화장실의 여러 칸들 중 하나 안에 걸려 있다. 스탠은 그 의상에 몸을 간신히 쑤셔 넣는다. 반 사이즈쯤 작다. 포지트론 맥주 때문에 그의 체중이 그토록 늘었을 수도 있는 걸까? 아니면 그를 위해 이 빌어먹을 의상을 고른 사람이 누구든 그 사람이 신체를 결박하는 데서 성적 쾌감을 느끼는 사람이었던 걸까? 흰색 점프슈트의 나팔바지는 지나치게 꽉 조이고, 통굽 구두는 발가락들을 아프도록 꼭 조이며, 은색과 청록색의 커다란 버클이 달린 벨트는 그의 허리에 아주 가까스로 둘려 있다. 엘비스가 거들이나 뭐 그런 걸 입었던가? 그는 영구적인 사타구니 경련 증세로 고생했음이 틀림없다. 재킷은 장식용 징과 스팽글들로 뒤덮이고 작은 짧은 망토가 달려 있다. 또 옷깃이 마치 드라큘라의 긴 망토처럼 세워져 있고 어깨심은 터무니없다.

검은색 가발은 일종의 합성섬유인 듯 미끄러워서 잡기가 힘들지만, 그는 간신히 머리카락 위로 잡아당겨 쓴다. 그의 머리는 이 물건 안에서 익어버릴 것이다! 눈썹들은 아주 쉽게 밀착되고, 짧은 구레나룻은 그보다는 덜 수월해서 두 번씩 시도해야만 한다. 그는 함께 제공되어 있는 붓으로 피부를 구릿빛으로 만들어주는 파우더를 바른다. 즉석 태닝인 셈이다. 이건 마치 그가 어린아이였을 때의 핼러윈 같다. 보나마나 형편없이 만들어놓았을 테지만 누가 그를 볼 것인가? 만일 그가 운이 좋다면 아무도 없을 것이다.

남은 것은 굵은 반지들과—그는 그것들을 마지막까지 남겨둘 것이다—가짜 윗입술과 아랫입술이 전부인데, 입술은 스티커식 순간접착제가 붙은 채 제공되어 있다. 완벽한 성공은 아니어서 위태로운 느낌이기는 하지만, 입술들이 최소한 달라붙어 있기는 하다.

그가 거울 앞에서 자세를 취하고 뻐딱한 입매로 싱긋 웃어본다. 입술들이 그를 대신해서 싱긋 웃고 있기 때문에 그가 싱긋 웃을 필요는 거의 없지만 말이다. 그 입술들 아래서 그 자신의 입술들은 반쯤 마비되어 있다. 그가 자신의 새로운 검은색 눈썹들을 씰룩거리고 고개를 뒤로 휙 젖히며 머리카락을 쓱쓱 매만진다.

"이 잘생긴 악당. 죽었다가 살아났구나." 그가 말한다.

모조 입술들을 움직이기는 어렵지만 그는 곧 요령을 알게 될 것이다. 기묘하게도 그는 정말로 엘비스를 닮은 것처럼 보인다. 그게 인간 존재의 전부인 건가? 그는 생각한다. 오해의 여지가 없는 옷차림, 머리 모양, 몇몇 과장된 특징들, 몸짓이?

조심스럽게 문을 두드리는 소리가 난다. 마릴린처럼 차려입고 자기 머리카락은 짧은 금발 가발 아래 감춘 베로니카다. 그녀는 몸에 딱 달라붙는 치마와 흰색 스카프가 포함된 「나이아가라」의 검은색 정장을 선택했다. 그녀의 입술은 매끄러운 빨간색 플라스틱처럼 반짝거린다. 그는 그녀가 정말 멋져 보인다는 것을 인정하지 않을 수 없다. 심지어 진짜 마릴린처럼 보이기까지 하니까. 그녀는 커다란 검은색 캐리백을 가져왔는데, 의심할 여지없이 거기에는 그녀가 집착하는 푸른색 손뜨개 인형이 들어 있을 것이다.

"갈 준비 됐지요? 내가 당신을 상자 안으로 집어넣은 다음 버지가 나한테 똑같이 할 거예요. 당신 화물은 벨트 버클 안에 들어 있어요. 그거 잃어버리지 마세요! 우린 서둘러야만 해요. 잠깐, 당신 피부색을 좀 더 고르게 만들어야겠어요." 그녀가 말한다.

그녀가 붓을 찾아내더니 그의 얼굴에 파우더를 조금 더 바른다. 그녀가 너무 지나치게 가까이 서 있다. 이건 고문이지만 그녀는 눈치채지 못하는 것 같다. 그는 그녀를 으스러뜨릴 듯 꽉 껴안고, 코를 그녀의 마릴린 먼로 머리카락에 파묻고, 고무 같은 입술을 그녀의 새빨간 입술에 힘껏 부딪치고 싶은 생각이 간절하다. 비록 소용없는 일일지라도 말이다.

"자. 이제 완벽해요. 당신은 꼭 엘비스 로봇처럼 보여요. 펑 하고 당신을 상자에 들여보내 보자고요."

운반용 상자에는 스텐실로 찍은 고딕체 대문자로 '엘비스/유아르-이엘에프(ELVIS/UR-ELF)'라고 표시되어 있는데, 그것은 배송 준비가 끝나 하역장에 쌓여 있는 다섯 개의 동일한 상자들 중 하나이다. 그 옆에는 '마릴린/유아르-엠엘에프(MARILYN/UR-MLF)'라고 분류되어 있는 좀 더 작은 상자 다섯 개가 있고, 그중 하나는 뚜껑이 열려 있다. 그 안에는 파손을 방지하기 위한 스티로폼 포장 틀과 함께 분홍색 새틴이 덧대져 있다. 그 자신의 포장용 상자 안에는 푸른색이 덧대져 있다.

"이거 안전해요?" 그가 기어 들어가며 말한다. "숨은 어떻게 쉬지요?"

"바람구멍들이 있어요. 진짜 로봇이라면 그런 게 필요하지 않을 테니까 눈에 확 띌 정도는 아니에요. 이 탕파를 하나 놓아둘게요. 비어 있어요. 봐요. 당신 팔꿈치 바로 옆에 있어요. 그 안에 오줌을 눌 수 있을 만큼은 두 팔을 움직일 수 있을 거예요. 만일 당신이 꼭 그래야 한다면요. 공황 상태에 빠질 경우에 대비해서 여기 알약이 몇 알 있어요. 즉시 잠들게 해줄 거예요. 한 번에 두 알 이상 복용하지 마요. 아, 그리고 여기 생수병들도 있어요. 세 병을 줄게요. 우린 당신이 탈수로 쪼글쪼글해지기를 원하지는 않아요. 비행기에서 추워질 때를 대비해, 포장을 찢은 다음 흔들어서 사용하는 '리틀 하티스'(손난로를 비롯해 발이나 몸 등을 녹이는 데 사용하는 각종 핫 팩의 상품명—옮긴이) 손난로도 두 개 줄게요. 당신이 시장기를 느낄 경우 여기 에너지 바도 하나 있어요. 우리가 도착하는 즉시 사람들이 당신을 꺼내주는지 내가 확인할 거예요!"

그들이 안 그러면 어떻게 되는 거지? 스탠은 이렇게 고함을 치고 싶다.

"알았어요."

그가 태연한 듯 들리게 하려고 애쓰며 말한다.

"만일 실수가 있어서 엉뚱한 사람이 당신을 발견하면, 그냥 약에 취해 있었고 어쩌다가 포장 상자 안에 들어갔는지 전혀 모르겠다고 말해요. 라스베이거스에서는, 사람들이 그 정도면 그럴듯하다고 여길 거예요. 자, 잘 자요! 여기 버지가 왔네요. 내 차례예요."

그녀가 뚜껑을 내리고, 스탠은 걸쇠들이 찰칵찰칵 잠기는 소리를 듣는다. 이제 그는 어둠 속에 있다. 제기랄. 그가 생각한다. 이 일이 잘돼야 할 텐데. 최고의 경우는, 그가 라스베이거스까지 간 다음 베로니카를 따돌리고, 이 의상을 내던지고 이동해서—어떻게?—코너와 재회하는 것이다. 왜냐하면 무법자의 삶이 지금 이 순간 일어나고 있는 다른 어떤 일보다도 그에게 훨씬 더 매력적이기 때문이다. 하지만 그런 일이 그렇게 잘 풀릴 것 같지는 않다. 왜냐하면 코너는 버지를 통해서 스탠을 누군가에게 데리고 가기로 계약을 맺었고, 그러니 바로 그게 그가 해야 할 일일 테니까.

최악의 경우는…… 그는 오밤중에, 이를테면 캔자스의 광야에 있는 공항에 버려진 채, 텅 빈 곳에 대고 악을 쓰며 포장 상자 속에 있는 자신의 모습을 그려본다. *도와주세요! 나 좀 꺼내주세요!*

아니면 설상가상으로, 머리가 맛이 간 어떤 폭발물 탐지견에 의해 테러를 초래할 우려가 있는 사람으로 확인되고, 국토안보부에 의해 폭파되는 모습이 떠오른다. 사방에 널린 구레나룻과 은색 물질들. *아무려면 어때! 내 생각에 엘비스는 이미 이 건물을 떠났어!*

그는 매끈한 새틴 보호막 안에서 편안해지려 애쓰며 이리저리 꿈틀댄다. 약을 복용하고 싶지는 않다. 최근에 약은 그만하면 충분히 먹었다. 완전히 캄캄하다. 이 안에 몇 시간만 더 있으면 사물이 보이기 시작할 것이다. 공기는 벌써부터 탁하다. 입술에서 접착제 냄새가 나기 때문이다. 어쩌면 그것에 취해서 덜 불안해질지도 모른다. 그가 언제 이런 막다른 골목으로 이어진 길을 따라 나아가기 시작했던 걸까? 대체 어쩌다가 결국 이런 미친 듯이 무모한 행위에 동의했을까? 이른바 그의 삶이라는 건 어떻게 된 거지? 언젠가 샤메인을 다시 만날 수 있기는 할까? 그가 그녀의 두상을 훔쳤더라면 좋았을 텐데. 그랬다면 최소한 그는 무언가 만질 수 있는 걸 가지고 있을 것이다.

그녀의 사랑스럽고 창백하고 눈물로 얼룩진 얼굴이 그의 눈앞에 떠오른다. 그녀에게는 실질적인 선택의 여지가 거의 없었다. 그녀는 그가 그런 만큼이나 이 모든 개 같은 수작을 감당할 준비가 되어 있지 않다. 엘비스 의상 옷깃에 목이 근질거리고 폭폭 찌는 엘비스 가발에 두피가 익어가는 채로, 새틴이 덧대어진 빈 공간에 누워 있으면서 그는 그녀가 한 모든 일을 용서한다. 그녀가 필/맥스와 가진 불쾌한 막간 여흥, 그녀가 그를 죽이고 있다고 생각하던 그 순간, 심지어 그놈의 땅속 난쟁이 요정들이 그려진 커피 머그잔들과 가구 덮개들에 대한 그녀의 집착까지도 말이다. 그는 그녀를 좀 더 소중히 여겼어야만 했고, 더 위해줬어야만 했다.

그의 귀 바로 옆에서 베로니카의 목소리가 들린다. 그녀가 속삭이고 있다. 안녕, 스탠. 당신 어깨심과 내 곰 인형에 마이크가 하나씩 들어 있어요. 이건 우리만의 워키토키예요. 완전히 안전해요. 당신이랑 나뿐이니까요. 상황은 다 괜찮고, 난 내 상자 안에 있고, 우리가 곧 밖으로 빠져

나가게 될 거라고 당신한테 알려주는 거예요. 이만 끊을게요. 편히 쉬어요.

꼭 그거 같군. 스탠은 발끝이 허공으로 들리는 기분을 느끼면서 이렇게 생각한다. 빌어먹을 생지옥.

XI

—

루비 구두

시시덕거리다

샤메인과 에드는 '투게더'에서 저녁 식사를 하는 중인데, 이곳은 스
탠과 샤메인이 컨실리언스에 왔던 첫날 밤 그들이 실제로 서명을 하기
전에 그녀가 그와 함께 저녁 식사를 했던 바로 그 레스토랑이다. 그때
는 마법처럼 황홀했다. 하얀 테이블보, 촛불, 꽃들. 마치 꿈같았다. 그리
고 이제 그녀는 이곳에 다시 와 있고, 그 첫 순간을, 스탠에게 있어서 모
든 것이 아직 단순했던 때, 그녀 자신도 아직 단순했던 그때를 기억해
내지 않으려고 애써야만 한다. 그녀가 정말로 자신이 느낀 것을 말할
수 있었던 그때를 말이다.

지금은 아무것도 단순하지 않다. 지금 그녀는 미망인이다. 지금 그
녀는 스파이다.

그녀는 에드와 하는 데이트를 힘들어하고 있다. 적잖이. 이 상황을
어떻게 다뤄야 할지 몰라서다. 왜냐하면 그가 무엇을 원하는지, 혹은
무엇을 원하지 않는지가 불확실하니까. 그리고 그게 언제인지도. 왜 그

는 그냥 불쑥 내뱉어버리지 못하는 걸까?

"기분 괜찮아요?"

에드가 걱정스럽게 말하자 그녀가 대답한다.

"괜찮을 거예요, 그저 조금……."

그런 다음 곧 그녀는 양해를 구하고 여자 화장실로 간다. 때때로 큰 슬픔이 그녀를 압도하는 것이 당연하다고 여겨지고, 또 진심으로 그럴 때가 있다. 단, 지금 이 순간은 그런 경우가 아니긴 하다. 하지만 여자 화장실은 믿을 만한 장소, 젊은 여자가 지금과 같은 순간이면 매번 도피할 수 있는 장소다. 저녁 식사는 심지어 시작도 되지 않았는데, 벌써부터 그녀는 중간 휴식이 필요하다.

이 안에서는 마음이 진정된다. 마치 스파처럼 아주 호화롭다. 세면대 상판은 대리석이고, 가느다란 은빛 물줄기들을 내뿜고 있는 자그마한 수도꼭지들이 끝도 없이 일렬로 늘어선 세면기들은 길쭉하며 스테인리스 스틸로 만들어져 있다. 수건들은 종이가 아니라 차곡차곡 쌓아놓은 흰색 면직물들이며, 다행히도 피부를 양 팔목까지 물결치듯 말려 올라가게 바람을 불어대는 공기식 건조기는 없다. 그녀는 그런 모습이 몹시 싫은데, 그것은 사람의 피부가 마치 오렌지 껍질처럼 벗겨질 수도 있음을 깨닫게 하기 때문이다. 수건이 없을 때면 그녀는 차라리 세균은 운에 맡기고 치마에 두 손을 닦는다.

진짜 아몬드로 제조되었음을 내세우는 로션이 비치되어 있다. 샤메인은 그것을 팔 안쪽에 문질러 바르고, 냄새를 들이마신다. 그녀가 언제까지나 여기에 머물 수만 있다면 좋을 텐데. 여성만을 위한 장소. 뭐랄까 수녀원 같은 곳. 아니, 그녀가 순수하며 마음에 상처를 입지 않고 두려워하지 않을 수 있던, 윈 할머니 집에 살던 시절에 가지고 있었던 하얀 원피스형 면 잠옷처럼, 때 묻지 않은 소녀만을 위한 장소다. 그녀가 안심할 수 있는 장소.

사람들이 화장실 자동 휴지 기계 앞에서 손을 흔들면 변기에서 선율이 흘러나온다. 그 선율은 '투게더'의 주제가로, 어떤 오래된 노래에서 따온 것이다. 그 노래는 돈이 많지 않으며 가난뱅이 백인의 옷을 입고 함께 나란히 도보로 여행해야 하는 것에 관한 곡으로, 그 모든 내용은 그녀와 스탠이 그들의 차 안에서 살던 시절에 지내던 방식 거의 그대로였다. 하지만 그 노래에서는 두 사람이 노래를 부르며 함께 있기 때문에 그런 것들 중 어느 하나도 문제가 되지 않는다. '투게더(Together)'라는 이름의 레스토랑을 위한, 함께(together) 있는 것에 관한 노래.

거짓말을 하고 있다. 저 노래는. 돈이 하나도 없는 건 정말 문제다. 그렇게 닳아 해진 옷을 입어야만 하는 것도. 그들이 이 '프로젝트'에 가입한 건 바로 그 모든 일들이 중요한 문제이기 때문이다.

그녀는 거울을 보고 매무새를 확인하며 립스틱을 고쳐 바른다. 왜 그녀는 에드와 함께 있기가 그토록 어렵게 여겨지는 걸까? 그건 그가 고등학교 시절에 그녀를 몹시 숭배하던 이상한 정신병자 같은 샌님과 비슷하기 때문이다. 그의 이름이 뭐였냐 하면…….

허풍 떨지 마, 샤메인. 거울에 비친 그녀의 모습이 그녀에게 말한다. 그는 널 그저 숭배하기만 했던 게 아니잖아. 너한테 역겨운 성적인 열정을 품고 있었고, 네 사물함에 익명의 쪽지를 슬그머니 밀어 넣곤 했어. 심지어 네가 두 번이나 자물쇠를 바꿨는데도 사물함 자물쇠 번호를 알고 있는 것 같았고. 그런 쪽지들은, 그가 그럴 만큼 바보는 아니었기에 이메일로 보내지도 문자메시지로 보내지도 않고 인쇄해서 보낸 그런 쪽지들에는 네 신체 부위들과 어느 부위가 가장 두 손을 미끄러뜨리듯 움직여 만지거나 슬며시 집어넣고 싶은 곳인지가 나열되어 있었어. 이윽고 그녀의 재킷 호주머니 안에 수음의 악취가 풍기는 축축한 화장지가 남겨져 있는 날이 왔다. 그건 정말로 불쾌했다. 왜 그는 그녀가 그걸 조금이라도 매력적이라고 여길 거라고 생각했던 걸까?

하긴, 어쩌면 목표는 그녀의 마음을 끄는 것이 아니었을지도 모른다. 어쩌면 목표는 그녀에게 혐오감을 느끼게 하고 나서, 그녀의 혐오감에도 불구하고 그녀를 제압하는 것이었을지도 모른다. 자신이 사자왕이기를 바랐지만 실제로는 한낱 질척질척하게 구는 패배자에 불과했던 한 소년의 몽정.

그녀는 식당으로 돌아간다. 에드가 일어나 그녀를 위해 의자를 잡아준다. 새우를 곁들인 아보카도가 전채로 준비되어 있고, 백포도주 한 병이 은색 통에 담겨 있다. 그가 축배를 들며 말한다.

"보다 밝은 미래를 위하여."

실제로는 '우리를 위하여'라는 뜻이다. 답례로 축배를 드는 것 말고 그녀가 무엇을 할 수 있겠는가? 그렇다고는 해도 그녀는 그 일을 얌전하게 한다. 약간 떨면서. 그런 다음 한숨을 쉰다. 그녀가 한숨을 쉬는 척할 필요는 없다. '한숨'이야말로 그녀가 느끼고 있는 것이다.

그녀는 자신의 한쪽 눈꼬리를 닦아내고 검은색 마스카라의 흔적이 안으로 들어가도록 냅킨을 반듯이 접는다. 남자들은 화장에 대해서 생각하기를 좋아하지 않으며, 여자의 모든 면이 꾸밈없는 진짜라고 생각하기를 좋아한다. 물론, 그들이 그 여자가 난잡한 여자이며 그녀의 모든 면이 가짜라고 생각하고 싶어 하지 않을 경우에 한해서지만.

"당신이 보다 밝은 미래의 존재를 믿기 힘들 게 분명하다는 걸 알고 있어요. 바로 얼마 전에……." 그가 말한다.

"아, 그럼요. 그러기는 힘들어요. 너무 힘들어요. 난 스탠이 너무 그리워요!" 그녀가 말한다.

그 말이 사실이기는 하지만, 동시에 그녀는 '난잡한 여자(slut)'라는 단어를 곰곰이 생각해보는 중이다. '밑구멍(slit)'이라는 단어에서 한 글자만 바뀐 단어. 그 사실을 알려준 사람은 바로 맥스였다. 그녀를 바닥으로 밀어붙여 꼼짝 못 하게 해놓고는 말이다. *그걸 말해봐. 그걸 말해*……. 그녀는 두 다리를 서로 바짝 밀착시킨다. 그녀가 아직도…… 할 수도 있다면 어쩌지? 하지만 안 된다. 두 사람 사이에는 협박용 동영상들을 가지고 빈정대는 표정을 짓고 있는 조슬린이 서 있다. 그녀는 절대로 다시는 샤메인이 맥스와 함께 있게 해주지 않을 것이다.

그건 끝난 일이야, 샤메인. 그녀는 스스로를 타이른다. 그건 지나가버린 일이야.

"그는 영웅답게 죽었어요." 에드가 경건한 체하며 말한다. "우리 모두가 알고 있다시피."

샤메인은 자신이 반쯤 먹은 아보카도를 내려다본다.

"그래요. 그게 굉장히 위로가 돼요."

"그래도 공평하게 처리하기 위해서, 몇몇 의혹이 존재한다는 사실을 당신에게 말해야겠어요."

"아, 정말요? 어떤 종류의 의혹이요?"

한기가 그녀의 복부에서 물밀듯 밀려 올라온다. 그녀는 속눈썹을 깜박거린다. 그녀가 얼굴을 붉히고 있는 건가?

"지금 당장 당신이 곤란을 겪어야 할 일은 아무것도 없어요. 무책임한 소문이에요. 스탠이 화재가 아니라 다른 방식으로 죽었다는. 사람들이 몇몇 아주 악의적인 유언비어들을 지어낼 테지요! 어쨌든 사고는 늘 일어나고, 데이터는 뒤죽박죽 섞이기 마련이에요. 하지만 그런 소문은 내가 당신을 위해 처리할 수 있어요. 애초에 그 싹을 잘라야지요."

이 얼간이야. 그녀가 생각한다. 넌 날 뇌물로 유혹하고 있어! 넌 내가 스탠을 죽였다는 걸 알고, 내가 그이가 닭들을 구하다가 죽은 것처럼 굴어야만 한다는 걸 알아. 그리고 이제 넌 내 팔을 비틀어 강요하고 있어. 하지만 자, 맞혀봐, 난 무언가 네가 모르는 걸 알고 있어. 스탠은 죽지 않았고, 머지않아 난 또다시 그이와 함께 있게 될 거야.

조슬린이 거짓말을 하고 있는 것만 아니라면.

"아직 더 붙들고 계시겠습니까?"

살짝 갈색이 도는 피부에 흰 야회복 재킷 차림인 젊은 웨이터가 말한다. 관계자들은 '투게더'의 모든 것이 오래된 영화처럼 보이기를 원한다. 하지만 오래된 영화에서라면 결코 어느 누구도 '아직 더 붙들고 계시겠습니까?'라고 말하지 않았을 것이다. 마치 먹는 것이 일종의 일이기라도 한 것처럼 말이다. 그는 '손님'이라고 말하는 걸 잊어버렸다.

"고맙지만 됐어요."

그녀가 떨리는 목소리로 희미한 미소를 머금고 말한다. 너무 슬프고 너무 우아하고 운명에 너무 심하게 구타당했기에 무언가 몹시 원기 왕성하고 게걸스럽고 거칠고 우물우물 씹어대는 일은 할 수가 없다. 그게 그녀의 사연이다. 집에 돌아가면 그녀는 돼지처럼 먹을 수 있다. 찬장에 포테이토칩 한 통이 있다. 조슬린과 오로라가 그녀의 삶의 다른 모든 것을 그들 마음대로 했던 것처럼 그것마저 그들 마음대로 먹어버리지만 않았다면.

웨이터가 그릇을 획 가져가버린다. 에드가 몸을 앞으로 숙인다. 샤메인은 뒤로 젖힌다. 하지만 너무 많이는 아니다. 어쩌면 그녀는 검은색 브이넥 상의를 입지 말았어야 했을지 모른다. 그건 그녀라면 고르지 않았을 옷이지만 조슬린이 그녀를 위해 그것을 선정했다. 그것과 그 아래의 가슴 보정 브래지어까지.

"당신은 그가 그 아래까지 모조리 다 볼 수 있을지도 모른다고 암시해야 해요. 하지만 실제로 그렇게 하도록 두지는 마요. 명심해요. 당신은 상중이에요. 유혹에 약해 보이지만, 쉽게 얻을 수는 없어요. 그게 당신의 수법이에요."

이런 식으로 조슬린과 비밀리에 일하는 것, 그것은 어떤 면에서는 흥미진진했다. 그녀는 그것을 인정해야만 한다. 그녀는 창백한 얼굴에 특별히 파우더를 조금 더 발라가며, 자신의 얼굴을 정성껏 화장했다.

"난 당신의 감정을 존중해요. 하지만 당신은 젊고, 당신 앞에는 창창

한 인생이 남아 있어요. 당신은 인생을 최대한 즐기며 열심히 살아야 해요." 에드가 말한다.

이 대목에서 그의 손이 심해 다큐멘터리들 가운데 하나에 등장하는 한 마리 쥐가오리처럼 천천히 유영하듯 하얀 테이블보를 가로지르며 다가온다. 그것이 그녀 자신의 손 위로 내려앉는 중이다. 그녀는 손을 그렇게 부주의하게 테이블 위 아무 데나 놓아두지 말았어야 했다.

"나는 그럴 수 있을 것 같은 기분이 들지 않아요. 최대한 즐기며 열심히 살 수 있을 것 같지 않아요. 내 인생이 끝난 기분이에요."

그녀의 손을 치워버리는 건 깜짝 놀랄 만큼 무례한 일일 것이다. 마치 철썩 한 대 치는 듯한 일일 것이다. 그의 손이 그녀의 손을 감싼다. 그건 축축하다. 쓰다듬고, 쓰다듬고, 쓰다듬다가 꼭 쥔다. 그러고 나서는 고맙게도, 철수.

"우리는 당신 볼에 고운 혈색이 다시 돌게 해야만 해요." 에드가 말한다. 이제 그는 아버지처럼 굴고 있다. "그래서 내가 스테이크를 주문했어요. 당신의 철분 수치를 끌어 올려봐요."

그리고 여기 그녀 앞에 갈색으로 구워지고 검은색의 열십자형이 찍혀 있으며, 뜨거운 피가 뚝뚝 흐르는 스테이크가 있다. 미니 브로콜리 세 개와 햇감자 두 개가 곁들여져 있다. 맛있는 냄새가 난다. 그녀는 배가 고파 죽을 지경이지만 그걸 드러내 보이는 건 어리석은 일일 것이다. 설령 먹더라도 숙녀답게 아주 작은 조각 몇 개만 베어 먹기. 어쩌면 그가 그녀 대신 스테이크를 잘게 자르도록 해야 할지도 모른다.

"이런, 너무 많아요." 그녀가 속삭이듯 말한다. "난 도저히 먹을 수 없을······."

"노력해야 해요."

에드가 말한다. 그가 심지어 그녀의 입속에 불쑥 한 조각 집어넣기까지 할까? "입을 벌려요"라고 말할까? 예상되는 그의 행동을 차단하기 위해, 샤메인은 브로콜리의 잔가지 하나를 야금야금 먹는다.

"당신은 줄곧 너무 친절하셨어요. 정말 많은 힘이 되어주셨고요."그녀가 말한다.

에드가 이제는 기름기로 번들거리는 입술로 미소를 짓는다.

"난 당신을 돕고 싶어요. 당신은 예전 병원 업무로 복귀하면 안 돼요. 부담감이 너무 클 거예요. 기억이 너무 많을 거고요. 내 생각에는 당신이 좋아할 수 있을 만한 일자리가 나한테 있는 것 같아요. 조금도 지나치게 힘들지 않은 일이요. 그 일에 천천히 익숙해져도 돼요."

"그렇군요."샤메인이 말한다. 그리고 싶어서 안달이 난 것처럼 들려서는 안 된다. "어떤 종류의 일인데요?"

"나와 함께 일하는 거예요. 내 개인 비서로. 그렇게 하면 내가 당신을 지켜볼 수 있지요. 당신이 너무 무리하지 않는지 확인할 수 있어요."

날 바보 취급하지 마! 샤메인이 생각한다.

"아, 글쎄요. 확실히는 모르겠는데····· 그건 듣기에는······."

그녀는 마치 갈팡질팡하기라도 하는 듯 말한다.

"지금 의논할 필요는 없어요. 그럴 시간은 나중에 많이 있어요. 자, 이제 착한 소녀처럼 남김없이 먹어요."

그것이 그가 그녀를 위해 골라놓은 역할이다. 착한 소녀 말이다. 그녀는 불현듯 맥스에 대한 갈망이 한바탕 밀려드는 것을 느낀다. 그녀가 맥스를 위해서 했던 역할은 불량소녀였다. 불량하고 벌을 받아 마땅한 소녀. 그녀가 감자를 잘게 자르기 위해 몸을 앞으로 숙이자 에드도 몸을 앞으로 숙인다. 그녀는 그가 차지한 위치에서 어떤 광경이 보이는지 정확하게 알고 있다. 그녀는 그 각도들을 거울에 비춰 사전에 연습해두었다. 가장자리가 검은색 레이스로 장식된 젖가슴의 굴곡.

그가 땀을 흘리고 있는 건가? 그렇다, 확실히 그렇다고 치자. 테이블 밑에서 너무나도 조심스럽게 그녀 자신의 무릎을 쿡쿡 찌르고 있는 건 그의 무릎인가? 그래, 그렇다. 그녀는 무릎이 느껴진다는 건 테이블 아래 분명히 무릎이 있다는 뜻임을 잘 안다. 그녀가 자신의 무릎을 떼어낸다.

"자, 먹고 있어요. 착하게 굴고 있어요."

그녀가 자신의 포도주잔 테두리 너머로 그를 쳐다본다. 그녀의 푸른 눈에 담긴 눈빛, 그녀의 어린아이 같은 표정. 그런 다음 그녀는 입술을 삐죽 내밀며 포도주를 한 모금 홀짝 마신다. 아마 그녀는 마치 우연이기라도 한 것처럼, 그를 위해 유리잔에 립스틱으로 키스 자국을 남길 것이다. 소곤거리는 소리처럼 옅은 키스, 키스의 희미한 흔적. 조금도 지나치게 노골적이지는 않은 어떤 것.

배송되다

스탠은 자다 깨다를 반복하다가 깨어난다. 베로니카가 그에게 준 알약들 중 하나를 복용했는데, 그로 인해 비록 충분히 길지는 않았어도 잠이 들었다가 이제는 과도하게 정신이 말똥말똥하다. 더 이상은 약을 복용하고 싶지 않다. 사실 비행기가 금방이라도 착륙한다면 어떻게 되겠는가? 그렇기 때문에 그는 잠들 수가 없다. 즉각적으로 온 힘을 다해 전속력으로 행동을 개시해야 할 필요가 있을지도 모른다. 비록 그게 어떤 종류의 행동인지 떠오르는 모습은 전혀 없지만 말이다. 심지어 공상으로라도, 짧은 푸른색 망토를 두르고 오리 꼬리 모양의 엘비스 가발을 쓴 채 세상을 구한다는 걸 그에게 믿게 만들 수는 없다. 하지만 만일 적이 그가 로봇이라고 생각한다면 아마 거기에는 놀랄 만한 요소가 있을 것이다.

무슨 적? 포지트론으로 돌아간다면 적은 병적으로 지배욕이 강한 부위별 신체 외판원, 잠재적인 갓난아기 피 흡혈귀인 에드이지만, 일단 그가 라스베이거스에 도착하고 나면 누가 적일까? 칠흑 같은 어둠 속에서 일련의 잠재적인 적들이 그의 눈망울을 가로지르며 주르륵 지나간다. 샤메인을 타락시킨 사람들, 베로니카의 납치범들, 그 자신보다 훨씬 더 호색적이고 군침을 질질 흘리는 여러 무리의 남자들. 비늘에 덮인 피부와 짐승의 갈고리 발톱처럼 생긴 손톱들과 도마뱀처럼 눈동자가 쫙 째진 두 눈을 지녔다. 거기다가 그들은 초인적인 힘을 지녔고, 마치 인간 좀벌레인 양 고층 건물들의 벽면을 걸어 올라갈 수도 있다.

이제 그들 중 하나가 한쪽 겨드랑이에는 샤메인을, 다른 쪽 겨드랑이에는 베로니카를 낀 채, 옥상에서 옥상으로 뛰어넘으며 가고 있다. 그런데 구하러 나선 사람이 바로 스탠이다. 운 좋게도 그의 푸른색 엘비스 망토와 은색 벨트 버클에는 마력이 있다.

"그 여자들을 내려놔. 안 그러면 「하트브레이크 호텔」(1956년 발표와 동시에 엘비스 프레슬리를 슈퍼스타로 만든 유명한 곡―옮긴이)을 부를 테다. 듣기 좋지는 않을 거야."

괴물이 몸서리를 치며, 손으로 양쪽의 뾰족한 귀를 꽉 잡는다. 괴물의 주의가 분산된 동안, 스탠은 은색 버클을 눌러 치명적인 광선을 내뿜는다. 괴물은 비명을 지르며 산산조각 난다. 아슬아슬한 옷차림의 미녀 둘이 속이 비치는 옷을 펄럭이며 거꾸로 떨어진다. 스탠이 앞으로 도약해서 허공을 날아, 쭉 뻗은 그의 두 팔로 맥이 풀려 축 늘어진 미인들을 받아낸다. 그들이 너무 무거워서 그는 추락하는 중이고 이제 막 충돌하려는 참이다! 그는 축 늘어진 미인들 중 어느 쪽을 구해야만 할까? 그리고 그로 인해 어느 쪽이 철퍼덕하고 떨어지게 될까? 그가 두 사람을 다 구할 수는 없다. 베로니카가 봉제완구를 제외한 어느 누구와도 결코 섹스를 하지 않을 것임을 감안할 때, 아마 그는 샤메인에게 딱 붙어 있어야만 할 것이다.

그 백일몽은 그쯤에서 끝나며 그를 곧장 주방 한구석의 아침 식사 공간에 내려놓는다. 스탠과 샤메인이 둘 중 어느 쪽이 더 많이 속였는지를 두고 싸우고, 그런 다음 샤메인이 정말로 스탠을 죽이고 싶어 했는지를 두고 싸우다가, 그녀가 눈물을 흘리고 있다.

"어떻게 내가 그럴 거라고 믿을 수가 있지! 우린 서로를 사랑하지 않는 거야?"

그렇다고 할 것인가 아니라고 할 것인가? '글쎄'라는 대답은 용납되지 않는다. 이 상황에 어떻게 대처하든 그는 멍청이임이 드러날 것이다. 그렇지 않으면 겁쟁이거나. 그가 선택할 수 있는 건 고작 그런 것들뿐인가?

그는 에너지 바를 먹는데 그건 마치 코코넛 향이 나는 톱밥 같은 맛이다. 이 안은 살을 에는 듯 춥다. 이 빌어먹을 비행은 얼마나 오래 계속될 예정일까? 그는 왜 불이 들어오는 손목시계를 차고 있지 않는 걸까? 완전히 캄캄하다. 시끄러운 건 말할 것도 없고. 그는 자신이 새틴을 덧댄 배송용 나무 상자 안에 있으며, 그다음 그 상자는 다른 엘비스 로봇넷과 더불어 어느 알루미늄 항공화물 단위탑재용기(항공화물 탑재용기라고도 하며, 흔히 약칭 유엘디(ULD)라고 부르는 것으로 대개 알루미늄 합금으로 정확한 규격에 맞춰 제작되고, 모양에 따라 팔레트류와 컨테이너류로 나뉜다─옮긴이)의 정해진 자리에 줄로 묶여 있고, 그다음으로 그 탑재용기는 대륙 횡단 비행기의 화물칸에 실려 있음을 알고 있다. 다시 말해 그의 머릿속 이성적인 부분으로는 알고 있다. 하지만 지금 이 순간 훨씬 더 큰 부분을 차지하고 있는, 그의 머릿속 나머지 부분으로는 자신이 생매장되어 있다고 생각한다. *꺼내줘요! 꺼내줘요!* 그는 소리 없이 절규한다. 마치 응답이라도 하듯 나직한 개 짖는 소리가 난다. 어떤 우울한 애완동물, 틀림없이 그녀 자신도 상냥한 척하는 어느 가학적인 부호의 우울한 귀염둥이인, 보석에 휘감긴 어느 첩의 노예이자 장난감. 그는 측은한 마음이 든다.

그는 바보처럼 베로니카가 그를 위해 챙겨준 물 두 병을 다 마셔버렸고, 이제 당연히, 당연히! 오줌을 눌 필요가 있다. 베로니카의 설명에 따르면 그는 비어 있는 탕파 안에 오줌을 눠야 했다. 그런데 빌어먹을 이게 대체 어디에 있는 걸까? 그는 이리저리 더듬어서 망토에 뒤엉켜 있는 탕파의 위치를 파악한 다음, 뚜껑을 돌려서 연다. 왜 그들은 그에게 손전등을 주지 않았을까? 왜냐하면 그가 그걸 끄는 걸 깜박할지도 모르고, 그러면 바람구멍들을 통해 흘러나간 빛줄기들이 그의 존재를 폭로해서 사람들이 총을 겨누고 그의 뚜껑 걸쇠를 풀어 열 테니까. *어이! 이봐! 이 엘비스는 로봇이 아니야. 이 엘비스는 살아 있어! 엘비스의 되살아난 시체라고! 마늘이랑 말뚝을 가져와!*

진정해, 스탠. 그는 스스로에게 명령한다. 다음으로 할 일은 엘비스의 바지 지퍼 열기 대회에 도전하기. 그가 손으로 더듬어 찾는다. 지퍼가 꼼짝도 하지 않는다. 당연히 그러시겠지! 당연히!

"빌어먹을, 제기랄."

그가 큰 소리로 말한다.

"스탠, 당신이에요?"

그의 귓가에서 소곤거리는 소리가 흘러나온다. 가상 사설 통신망 너머의 베로니카다. 그녀의 목소리, 심지어 소곤거리는 목소리조차도 그의 척추를 관통하는 짜릿한 성적 흥분을 느닷없이 흘려보낸다.

"목소리를 낮춰요. 화물칸 안에 감시용 도청 장치들이 있을지도 몰라요. 다 괜찮은 거예요?"

"그래요, 괜찮아요."

그도 속삭여 대답한다. 그는 그녀에게 자신이 흰색 나팔바지에서 페니스를 꺼낼 수가 없어서 결국 방금 막 오줌을 싸고 말았다고 말할 생각은 전혀 없다.

"왜 안 자고 있어요? 걱정돼요?"

"설마요. 하지만……."

"만반의 준비가 갖춰져 있어요. 그 사람들은 당신한테 아무것도 묻지 않을 거예요. 그냥 계획대로만 하면 돼요."

빌어먹을 무슨 계획? 스탠은 묻고 싶지만 그러지 않는다.

"알았어요, 잘됐군요."

"약은 먹었나요?"

"네, 일찌감치 그랬어요. 하지만 하나 더 먹고 싶지는 않아요. 정신을 바짝 차리고 있을 필요가 있어요."

"괜찮아요. 그러고 싶으면 한 알 복용해요. 두 알을 먹어도 괜찮을 거예요. 손이 차가워요? 당신한텐 '리틀 하티스' 손난로들이 있다는 걸 기억해두세요. 포장을 뜯어서 열고 흔들기만 하면 따뜻해져요."

"고마워요."

그가 속삭인다. 심지어 지금 이 순간도, 정말이지 상황이 그리 잘 풀리지 않고, 정말이지 이 안이 너무나 끔찍해져 가는데도, 곧 차갑고 눅눅하며 악취를 풍기는 새틴이 되기는 하겠지만 지금 당장은 따스하고 눅눅하며 향이 좋은 새틴 위에서 쩍쩍 소리를 내며 이리저리 움직이는 중이기 때문에, 베로니카가 그의 바로 옆 항공화물 단위탑재용기 안에 누워 있는 동안, 그는 마음속으로 베로니카를 그려보지 않을 수가 없다. 몹시 매끄럽고 굴곡지고 유혹적인 조각 같은 외모의 극치. '리틀 하티'(손난로의 상품명이기도 하지만, 이 부분에서는 중의적으로 사용되어 '섹시한 이쁜이'라는 일반적인 의미로 사용되었다──옮긴이). 그가 얼마나 그녀의 포장을 뜯어서 열고 그녀를 흔들어 뜨거워지게 만들고 싶은지.

스탠, 스탠. 그가 스스로를 타이른다. 넌 지금 임무를 수행하는 중이야. 그저 잠시만이라도 인류 출현 이전의 미친 듯이 발정 난 개코원숭이처럼 생각하는 걸 멈춰줄 수 있겠니? 그의 호르몬이 문제다. 틀림없이 호르몬이 문제다. 그가 자신의 호르몬에 대해 책임을 져야 하나?

"얼마나 더 걸릴까요?" 그가 속삭인다.

"아, 아마 한 시간쯤요. 한잠 더 자요, 알았지요?"

"알았어요."

그도 속삭여 대답한다. 차츰 선잠에 빠져들지만, 그 순간 그의 귀 바로 옆에서 다시 한번 그녀의 속삭이는 목소리가 들린다.

"아, 자기. 아, 그거야. 자긴 너무 부드러워! 자긴 너무 힘이 세!"

한순간 그는 그녀가 자신에게 말을 하고 있다고 생각한다. 그렇게 운이 좋을 리는 없다. 그녀는 푸른색 손뜨개 곰 인형과 관계를 맺는 중이다. 그녀가 그녀 쪽의 마이크를 끄는 걸 깜박한 게 분명하다. 그렇지 않으면 어떤 알 수 없는 이유로 그를 고문하는 중이거나. 왜냐하면 이건 고문이니까! 엿듣는 게 더 불쾌할까, 아니면 듣지 않는 게 더 불쾌할까? 잠깐, 잠깐. 그는 이렇게 소리치고 싶다. 그건 내가 더 잘할 수 있어.

"그래, 그래…… 아, 더 세게……."

이건 너무 외설적이야! 자포자기하는 심정으로 그는 손에 잡히는 알약 셋을 집어삼키고, 망각 속으로 곤두박질친다.

페티시

샤메인이 에드와 저녁 식사를 한 이튿날 아침, 조슬린이 그녀의 매끈한 차를 타고 집에 도착한다. 이번에는 운전사가 없다. 다시 말해 맥스/필은 없다. 그녀가 직접 운전을 한 게 틀림없다. 오로라가 그녀와 함께 왔다.

샤메인은 그들이 각자 깔끔한 사무용 정장 차림으로 보도를 걸어오는 동안 앞쪽 창문으로 그들 두 사람을 지켜본다. 그녀는 불리한 입장에 처해 있다. 실내복 차림에 화장기 하나 없고, 머리카락은 사방으로 뻗쳐 있으니. 술은 거의 한 방울도 마시지 않았는데 술이 안 깬 느낌이다. 에드의 유독성 중독 효과 때문이다.

조슬린은 열쇠를 갖고 있기는 하지만 샤메인에게 초인종을 울리는 예의를 보이고, 샤메인은 어차피 그들이 들어올 것이기는 하지만 "들어오세요"라고 말한다.

"커피를 좀 끓일게요."

오로라가 가장 유능하게 들리는 목소리를 내며 말한다.

"고마워요. 당신은 뭐가 어디에 있는지 잘 알지요."

샤메인이 말한다. 이 말은 오로라가 여태껏 샤메인의 삶을 이곳저곳 염탐한 방식을 두고 그녀를 책망하려던 것이지만, 오로라는 그것을 알아차리지 못하거나 아니면 전혀 개의치 않는다. 조슬린은 샤메인을 따라 거실로 간다.

"자, 어땠죠? 미끼를 물던가요? 그가 벌써부터 아가미까지 걸려들 만큼 정신없이 빠져들지는 않았겠지만." 조슬린이 말한다.

샤메인은 음식과 에드가 한 모든 말과 그에 대한 반응으로 그녀가 한 모든 말을 포함해, 지난밤에 대해 설명한다. 그녀가 일자리 제의도 포함시키지만 조슬린은 그것에 대해 이미 알고 있다. 왜냐하면 에드가 그 일에 대해 조슬린의 조언을 청했기 때문이다. 그녀는 몸짓언어에 더 관심이 있다. 그들이 레스토랑을 떠날 때 에드가 그녀의 팔을 잡던가? 그렇다, 잡았다. 그가 어느 때고 그녀의 허리에 팔을 두른 적이 있었나? 아니다, 그러지 않았다. 그녀에게 작별 키스를 하려고 시도했나?

"그럴 뻔한 순간이 있었어요. 다들 그러듯이 불쑥 어느 정도 다가왔지요. 하지만 나는 한 걸음 물러나서 근사한 저녁을 보내게 해주고 그토록 이해심 있게 대해준 것에 대해 고맙다고 말한 다음 현관문으로 재빨리 들어왔어요." 샤메인이 말한다.

"아주 잘했어요. '이해심 있게', 잘 선택했어요. '난 당신을 친구라고 생각해요'라는 말과 우열을 가리기 힘든 말이지요. 당신은 그를 실제로는 밀어내지 않으면서도 어느 정도 그와 거리를 유지할 필요가 있어요. 그럴 수 있겠어요?" 조슬린이 말한다.

"노력해볼게요." 샤메인이 말한다. 그런 다음 그녀는 꼭 물어봐야만 한다. 그러지 않을 거라면 그녀가 왜 이 모든 일을 하고 있겠느냔 말이다. "스탠은 어디에 있어요? 언제 그이를 만날 수 있나요?"

"아직은 안 돼요. 당신한테는 먼저 우리를 위해 처리할 일이 몇 가지 있어요. 하지만 그는 매우 안전해요. 걱정하지 마요." 조슬린이 말한다.

오로라가 커피가 담긴 머그잔 셋을 얹은 쟁반을 들고 들어온다.

"자, 이제 당신의 새로운 일자리에 대한 거예요. 이게 우리가 당신이 입었으면 하는 옷들이에요." 오로라가 말한다.

그들은 다시 한번 그녀의 옷들을 뒤졌고, 두어 벌 더 추가해놓은 상태였다. 그들은 그 모든 것을 면밀히 계획해놓았던 것이다.

오로라는 그녀를 초조하게 만든다. 그녀는 왜 한통속이 된 걸까? 왜 그녀의 일자리를 걸고 위험을 무릅쓰는 걸까? 그녀가 조슬린이 알고 있는 어떤 범죄 행위를 저질렀나? 샤메인은 그게 무엇인지 상상할 수가 없다.

에드의 개인 비서로 일하는 첫날, 샤메인은 흰색 테두리를 대고 높은 옷깃을 단 검은색 정장을 입고 있다. 안에는 흰색 블라우스가 있고, 그 목 부분에는 잔뜩 주름이 잡힌 나비매듭 리본이 달려 있다. 전혀 다른 성질인 천사의 날개와 속바지의 혼합인 셈이다. 그녀는 에드의 사무실 밖에 있는 책상에 앉아 있고 딱히 이렇다 할 일을 하고 있지 않다. 그녀에게는 에드의 약속 일정을 계속 기록하기로 되어 있는 컴퓨터가 한 대 있지만, 그의 모니터 화면의 달력은 저절로 작동하는 것처럼 보이고, 그는 그녀에게 정보를 물어보지 않고도 달력에 일정을 기입한다.

그런데도 그녀는 대부분의 시간에 그의 소재에 대해 잘 알고 있다. 그 것이 도움이 될지는 모르겠지만. 그는 그녀에게 몇몇 사람들에게 이메 일을 보내라고 부탁해서 그에게 사전 약속이 있기 때문에 만날 수 없다 고 그들에게 알린다. 또 그는 그녀에게 그의 주소록 파일에서 라스베이 거스의 몇몇 전화번호를 찾아봐달라고 한다. 그것들 중 하나는 카지노 의 번호이고 하나는 아마 어떤 의사의 진료실 번호인 듯하지만, 하나는 그들이 루비 구두 체인점을 인수한 후 새로 개설한 본사 번호인데, 그 로 인해 그녀는 온통 향수에 젖고 만다. 그녀가 아직도 예전 그 일자리 를 갖고 있다면 좋을 텐데. 그녀가 한때 매우 만족했던 루비 구두 지점 에 말이다.

아니, 그녀는 완전히 만족했었다. 거주자들을 상냥하게 대하고 그 들을 위해 특별 오락 행사들을 계획하는 일이 대부분의 사람들이 흥미 진진하다고 칭할 만한 것은 아니었지만, 사람들의 삶에 한 줄기 행복을 비춰줄 수 있다는 것은 보람찬 일이었다. 더욱이 그녀는 그런 일에 능 숙했고 줄곧 인정받는다는 기분을 느꼈다.

에드가 그녀의 책상을 지나치면서 "좀 어때요?"라고 말하고, 그의 사무실로 들어가 문을 닫는다. 개라도 훈련만 받으면 이런 일은 할 수 있을걸. 그녀가 생각한다. 이건 진짜 일자리가 아니야. 이건 구실이야. 그는 자신이 손댈 수 있는 곳에 내가 있기를 원한다.

하지만 그는 그녀에게 손을 대지 않는다. 그녀를 점심 식사에 데려 가지도 않고, 또 상냥하게 미소를 지으며 곧 적응하게 될 거라고 장담 한 것을 제외하고는 그녀에게 수작도 전혀 걸지 않는다. 심지어 커피를 가져다 달라고 한 것 외에는 그녀에게 사무실로 들어오라고 요구하지도 않는다. 그녀는 줄곧 에드가 그 안에서 그녀를 구석으로 몰아넣은 다음 문을 잠그고 추파를 던지며 그녀에게 성큼 다가오는 것에 관한 짧은 백일몽, 아니 짧은 악몽을 꿨다. 하지만 그런 일은 일어나지 않는다.

그녀의 책상 서랍들 속에는 뭐가 있을까? 고작 몇 개의 펜과 종이 클립 따위의 물건들뿐이다. 거기에 보고할 만한 것은 아무것도 없다.

한 가지 별난 점이 있긴 해요. 그녀가 조슬린에게 그렇게 말하는데, 조슬린은 그녀에게 보고를 듣기 위해 저녁에 들른 참이다. 에드의 책상 뒤편 벽에는 핀이 여럿 꽂힌 지도가 하나 걸려 있다. 오렌지색 핀들은 건물이 올라가는 중인 포지트론 교도소들이다. 에드는 그녀에게 포지트론 교도소가 이제는 체인점 사업을 한다고 말한 적이 있다. 기본 사업 계획이 있고 지침들이 있다. 햄버거 체인점들과 마찬가지다. 다만 교도소를 취급할 뿐이다. 빨간색 핀들은 루비 구두 지점들을 위한 것이다. 그런 것들이 좀 더 많기는 하지만 그 회사는 여태껏 장기적인 입장에서 투자를 해왔다.

에드는 그 지도를 매우 자랑스럽게 여기는 것 같다. 그는 그 지도의 올랜도 부근에 새로운 핀을 찔러 넣던 날 그녀가 그를 꼭 지켜보고 있도록 했다.

그녀가 일을 시작한 지 5일째가 되던 날, 세 명의 주지사가 전화를 했고 에드는 상당히 흥분했다.

"그들이 자기네 주에 하나씩 원하고 있어." 샤메인은 그가 전화로 이렇게 말하는 것을 들었다. "이 모델이 진가를 발휘하고 있어! 우리가 해냈어!"

그 주말에 그는 몇몇 상원의원들과의 만남을 위해 워싱턴으로 갔다. 샤메인이 비행기 표를 준비하고 호텔을 예약했다. 돌아왔을 때 만족스러운 것처럼 보이기는 했지만, 무슨 일이 있었는지 그녀에게 말하지는 않았다.

"그가 없는 동안 그의 사무실에 들어가봤나요?" 오로라가 묻는다.

"거긴 도청 장치가 설치되어 있어요. 그가 내게 그렇다고 말했어요." 샤메인이 말한다.

"내가 도청을 담당하고 있어요. 기억나요? 그래서 내가 당신 집이 깨끗하다는 사실을 아는 거고요. 다음번에는 들어가봐요. 한번 둘러봐요. 그렇지만 그의 컴퓨터는 살피지 마요. 그가 눈치챌 수도 있어요." 조슬린이 말한다.

2주차 중반에, 샤메인이 말한다.

"알 수가 없어요. 두 분 말에 의하면, 그는 나한테 미쳐 있다고……."

"그렇고말고요. 그는 우울한 단계예요." 오로라가 말한다.

"하지만 그는 좀처럼 나를 쳐다보지도 않고, 여태껏 내게 다시 한번 데이트 신청을 하지도 않았어요. 게다가 내 일은 아무 의미도 없어요. 그는 왜 내가 거기 있기를 원하는 걸까요?"

"그래야 다른 사람은 아무도 당신을 얻을 수 없을 테지요. 그는 내게 당신이 출퇴근할 때 그림자처럼 따라다니고, 집으로 당신을 찾아오는 사람은 누구든, 남자는 누구든 다 보고하라고 요구했어요. 내가 나 자신을 보고하지 않는다는 건 말할 필요도 없겠지요. 오로라는, 그래요, 그녀는 보고해요. 그녀는 당신과 애도 상담 치료를 진행 중인 걸로 되어 있지요." 조슬린이 말한다.

"하지만 뭐가…… 난 이 일이 어떻게 돼가는 건지 도통 모르겠어요." 샤메인이 말한다.

"나도 정확하게는 몰라요. 하지만 그가 주문한 당신의 복사판이 거의 다 완성됐어요. 한번 봐요." 조슬린이 말한다.

그녀가 자신의 포지패드에 창을 하나 띄운다. 어느 복도를 담은 흐릿한 자료 화면으로, 에드가 그곳을 따라 걷고 있다. 그가 어느 문을 지나 안으로 들어간다.

"감시 카메라 영상이에요. 화질이 이래서 미안해요. 이건 파서빌리보츠에서 찍힌 건데, 거기서 섹스 로봇을 만들고 있지요." 조슬린이 말한다.

샤메인은 스탠이 그것에 대해 무언가를 말했던 것이 기억난다. 하지만 그때 그녀는 별로 관심을 기울이지 않았고, 맥스에게만 너무 정신이 팔려 있었다. 그와의 진짜 섹스는 너무, 너무…… '신성하다'는 건 적절한 표현은 아니다. 하지만 만일 사람이 그런 걸 할 수 있다면, 뭐 하러 귀찮게 로봇 같은 걸 쓰겠는가?

방 안에, 밝은 빛. 거기에 남자 둘, 안경을 쓴 남자와 안경을 쓰지 않은 남자. 그들은 초록색 덧옷을 입고 있다. 전선이며 기계 장치들이 잔뜩 있다.

"그녀는 어떻게 돼가지?"

에드가 두 남자에게 묻는다.

"시운전 준비가 거의 다 됐습니다. 다만 현재로서는 규격화된 동작만 가능한 표준적인 매춘 로봇의 몸체입니다. 신체 치수와 세부 사항을 위한 사진이 몇 장 없으면 맞춤 제작 몸체를 만들 수가 없습니다." 안경을 쓴 남자가 말한다.

"그건 나중에 보내주지. 어디 한번 봅시다." 에드가 말한다.

테이블 쪽으로 자연스럽게 쓱 장면 전환. 아니, 저건 침대인가? 어떤 몸 위에 덮여 있는 꽃무늬 침대 시트. 데이지와 카네이션들. 에드가 시트 귀퉁이를 접어 젖힌다.

샤메인의 머리가 있다. 조금 부스스하긴 해도 바로 그녀 자신의 머리카락이 붙어 있는 그녀 자신의 머리다. 그녀는 잠들어 있다. 너무도 실물과 꼭 같아 보이고, 너무도 살아 있는 것처럼 보인다. 샤메인은 몸통 윗부분이 오르락내리락하는 모습이 보인다고 맹세할 지경이다.

"이런, 맙소사! 저건 나예요! 그건 너무……."

샤메인이 말한다. 그녀는 공포로 오싹한 기분을 느낀다. 다른 한편으로는 이상하게도 가슴이 짜릿하다. 또 하나의 그녀라니! 그녀에게 무슨 일이 일어날까?

에드가 그 위로 몸을 구부리고 뺨을 부드럽게 쓰다듬는다. 두 눈이 뜨이고 놀라서 휘둥그레진다.

"완벽해. 벌써 목소리도 설정해놓았나?" 에드가 말한다.

"두 손으로 목둘레를 감싸기만 하세요. 살포시 쥐십시오."

남자들 중 한 사람, 안경을 쓴 남자가 말한다. 에드가 그렇게 한다.

"안 돼요! 날 만지지 마요!"

샤메인의 머리가 말한다. 두 눈이 감기고, 머리가 항복하는 자세로 뒤로 젖혀진다.

"이제 그녀의 목에 키스하세요. 살짝 깨무는 건 괜찮지만 너무 세게 깨물지는 마십시오." 안경을 쓰지 않은 남자가 말한다.

"피부가 찢어지는 걸 원하지는 않으실 테지요. 합선이 일어날 수도 있습니다." 다른 한 사람이 말한다.

"그러면 꼴사나워질 수도 있지요." 안경을 쓰지 않은 남자가 말한다.

"알았어. 자, 간다."

에드가 마치 수영장에 뛰어들려는 찰나인 것처럼 말한다. 그의 고개가 내려간다. 카메라에 하얀 두 팔이 올라와 그를 껴안는 것이 비친다. 에드 밑에서 신음 소리가 흘러나온다.

"한 건 크게 하셨네요." 안경을 쓴 남자가 말한다.

"신음 소리는 목표를 정확히 공략했다는 뜻입니다. 주된 행위를 시도하기까지 잠시 기다리세요." 다른 사람이 말한다.

"천재적이군. 정확히 설계 사양대로야. 자네들은 훈장감이야. 언제 내가 인도받을 수 있지?" 에드가 말한다.

"내일이요. 만일 이런 절차가 거듭되는 걸 기꺼이 감수하시겠다면요. 두어 가지만 더 조정하면 됩니다." 안경을 쓴 남자가 말한다.

"맞춤 제작 몸체를 기다리고 싶진 않으신가요?" 다른 남자가 말한다.

"우선은 이거면 됐어. 신체 치수와 사진을 입수하면, 교체하도록 이걸 자네들에게 돌려보내지." 에드가 말한다. 그가 그 머리 위로 몸을 굽힌다. 그 머리는 또다시 잠들어 있다. "잘 자, 자기." 그가 중얼거린다. "금방 다시 만나게 될 거야."

영상이 끝난다. 샤메인은 머리가 어지럽다.

"그가 그녀와 섹스를 할 셈일까요?"

샤메인은 이상하게도 자기 모습을 본떠 조립된 존재를 보호해주고 싶다는 기분이 든다.

"그럴 생각이에요." 조슬린이 말한다.

"왜 그는 그냥…… 무슨 말인가 하면, 그러는 대신 나한테 물어볼 수도 있다는 거예요. 사실상 나한테 그렇게 하라고 강요할 수도 있을 텐데요."

"그는 거절을 두려워해요. 많은 사람들이 그렇지요. 이렇게 하면 그는 결코 당신한테 거절당하지 않을 테지요." 오로라가 말한다.

"그건 그렇고, 조심해요. 맞춤 제작 몸체 때문에 사진을 찍으려고, 그가 내게 당신 욕실에 카메라를 몇 대 몰래 설치하라고 요구했어요." 조슬린이 말한다.

"하지만 당신은 그러지 않을 테지요. 그렇지요?"

샤메인이 말한다. 눈에 보이지 않는 카메라에 모습을 드러내고, 거기에 그것이 있음을 모르는 체한다는 건…… 그건 맥스가 그녀에게 하라고 요구했을 법한 종류의 일이다. 정말로 요구했고. *이쪽으로 돌아서 봐. 두 팔을 들어 올려. 몸을 앞으로 구부려.* 우스운 것은 진짜로 카메라들이 있었다는 거였다.

"그게 내 일이에요. 만일 내가 그렇게 하지 않으면 그는 무언가가 잘못됐음을 알게 될 거예요." 조슬린이 말한다.

"좋아요. 그냥 아예 목욕을 하지 않겠어요." 샤메인이 말한다. "샤워도요." 그녀가 덧붙인다.

"내가 당신이라면 그런 태도를 취하지 않을 거예요. 그건 도움이 되지 않아요. 연기 같은 거라고 생각하세요. 우린 그가 자기 계획을 끝까지 밀고 나가기를 바라요." 오로라가 말한다.

"그건 부분적으로는 사업적인 거예요. 당신은 전시용 제품 같은 거지요. 일단 이와 같은 맞춤 제작 로봇들의 모든 결함이 제작 과정에서 다 해결되고 나면, 이런 것들에 대한 시장 수요가 얼마나 될지 상상할 수 있겠어요?" 조슬린이 말한다.

"그뿐 아니라 우리는 그가 일종의 혼합에 공을 들이고 있다고 생각해요. 확실히 알고 있는 건 아니지만." 조슬린이 말한다.

"뭘 혼합한다는 거지요?" 샤메인이 말한다.

"맙소사, 시간 좀 봐! 난 충분한 수면이 필요해요!" 오로라가 말한다.

"내가 파서빌리보츠를 한번 방문해봐야 할 것 같아요. 그저 에드의 특별 프로젝트 주변의 보안이 철저한지 확인하기 위해서라는 이유로요. 우리는 그가 처음으로 그걸 꺼내서 올라타고 시운전을 해볼 때, 그 어떤 고의적 방해 행위도 일어나는 걸 원하지 않을 테니까요." 조슬린이 말한다.

"뭐라고요? 왜 차에 대해서 얘기하는 거지요?" 샤메인이 말한다.

조슬린이 소리 내어 웃는다. 그녀는 대체로 많이 웃지 않는다.

"당신은 정말 굉장하군요. 그건 차가 아니에요." 조슬린이 말한다.

잠시 뒤에 샤메인이 말한다.

"아. 이제 알겠어요."

오작동

이튿날 에드는 사무실에 없다. 그가 어디에 있을지를 암시하는 그의 일정표에는 아무것도 나와 있지 않다. 샤메인은 실례를, 아니면 위험을 무릅쓰고 그의 문을 두드린다. 아무 대답이 없자 그녀가 안으로 들어간다. 그가 있다는 기색은 전혀 없다. 아주 깔끔한 책상. 그녀가 재빨리 그의 책상 서랍 두어 개를 엿본다. 서류철 몇 개가 있지만 그 안에 있는 것이라고는 루비 구두의 사업 확장 계획안이 전부다. 비행기 표 영수증은 없다. 하나도 없다. 그는 어디로 가버렸을까?

그녀는 낮 동안에는 문자메시지로도, 전화로도, 이메일로도 조슬린과 접촉하지 않기로 되어 있다. 아주 사소한 흔적 하나도 남기면 안 된다는 것이 조슬린의 신조이다. 따라야 할 지시 사항이 아무것도 없기에 그녀는 손톱을 칠하는 데 열중한다. 불안하고 긴장될 때 그렇게 하는 것은 진정 효과가 매우 좋다. 어떤 사람들은 물 잔이나 바윗돌 같은 물체들을 던지는 걸 좋아하지만 손톱을 칠하는 것이 더 바람직하다. 만일 더 많은 세계적인 지도자들이 그것을 시작한다면 그녀의 의견으로는 전반적인 고통이 줄어들 것이다.

이른바 일이 끝난 후 그녀는 곧장 집으로 간다. 조슬린이 거실에서 신발은 벗고 소파 위에 발을 올리고 앉은 채 그녀를 기다리고 있다. 샤메인은 그런 발을 보고 고통스러워한다. 조슬린이 계속 옷을 모두 갖춰 입고 있는 동안에는 맥스/필이 그녀와 사랑을 나눈 적이 있었을 것 같지 않지만, 신발을 벗고서 실제 발가락들이 달린 발을 드러내니…… 게다가 그녀는 기막히게 멋진 다리를 가지고 있고, 샤메인도 그것은 인정해줘야만 한다. 맥스/필의 손이 수도 없이 위쪽으로 올라가며 쓰다듬었을 게 틀림없는 두 다리.

샤메인은 열정에 사로잡혀 있는 조슬린을 상상할 수 없고, 맥스가 듣기 좋아하는 종류의 말들을 하는 그녀를 상상할 수가 없다. 그녀는 언제나 자제력을 유지한다. 엄지손가락을 조이는 고문 기구 같은 것이 아니고서는 그녀가 자제력을 잃게 할 수는 없을 것이다.

"스카치위스키를 한잔 하는 중이에요. 한잔 마실래요?" 조슬린이 말한다.

"이런, 무슨 일 있어요?" 샤메인이 말한다. 충격적인 일이 닥쳐오는 건가? "스탠한테 무슨 일이 있나요?"

"스탠은 괜찮아요. 그는 편히 쉬고 있어요."

"그렇다면 좋아요."

샤메인이 큰 안락의자에 털썩 주저앉는다. 너무나 안도하는 바람에 무릎에서 힘이 빠졌기 때문이다. 조슬린이 두 발을 바닥 쪽으로 빙 돌려 딛고 서더니, 발소리를 내지 않고 방을 가로질러 가 샤메인의 술을 따른다. 그녀가 말한다.

"물은 넣지만 얼음은 넣지 않을 것 같은데."

심지어 이건 질문도 아니야. 샤메인은 생각한다. 제기랄. 도대체 그녀는 언제쯤 나한테 이래라저래라 하는 걸 그만둘까?

"고마워요." 샤메인이 말한다. 그녀는 자신의 신발을 차서 벗어 던진다. "오늘 재미있는 일이 있었어요. 에드가 거기 없었어요. 그의 사무실에요. 게다가 그의 달력에 아무것도, 아무 약속도 없었고요. 그가 완전히 사라져버렸어요."

"알고 있어요. 하지만 그는 사라진 게 아니에요. 포지트론 병원 의무실에 있어요. 사고를 당했거든요."

"어떤 종류의 사고요? 심각한가요?"

어쩌면 자동차 충돌 사고일지도 모른다. 어쩌면 그는 죽을 것이고, 그러면 그녀는 다음번에 닥쳐올 예정이던 모든 일에 대해 걱정할 필요가 없을지도 모른다. 하지만 만일 에드가 죽는다면, 그녀는 얻었던 힘을 어떤 것이든 다 잃게 될 것이다. 그녀는 조슬린을 위해 맡을 역할이 아무것도 없을 것이다. 그녀는 처분될 것이다.

그녀는 재빨리 생각해본다. 에드가 원하는 일을 하는 게 어때? 뭐더라 아무튼 그의 것이 돼. 정부. 그러면 그녀는 안전할 것이다. 아닌가?

"아마 고통스러운 사고였을 거예요. 감시용 비디오 녹화 기록으로 판단하면요. 하지만 일시적이에요. 그는 아주 금방 원래대로 정상이 될 거예요." 조슬린이 말한다.

"세상에. 어디 부러졌나요?"

"부러지진 않았어요. 하지만 조금 뒤틀리긴 했어요." 조슬린이 미소를 짓는데, 이번에는 실제로 상냥한 미소다. "사실은 그는 당신이랑 뒤엉켜 있었어요."

"나랑요? 그건 불가능해요. 난 결코⋯⋯."

"알았어요, 당신의 사악한 쌍둥이 자매랑요. 당신 머리가 달린 로봇 매춘부. 그가 너무 흥분해버렸어요. 당신 목을 너무 세게 쥐었고, 그런 다음 당신을 깨물었어요."

"내가 아니에요." 샤메인이 말한다. 조슬린은 계속 놀려대고 있다. "그건 *내*가 아니라고요!"

"에드는 그게 당신이라고 생각했어요. 그런 것들은 개인적인 환상과 결합될 때 그럴듯해질 수 있어요. 개인적인 환상은 언제나 마력을 발휘하는 요소거든요. 당신은 동의하지 않나요?"

샤메인은 얼굴이 빨개진다. 그러고 싶지 않지만 그녀도 어쩔 수가 없다. 그래, 조슬린은 그녀를 용서하지 않았다. 조슬린은 여전히 그녀에게 원망을 품고 있다. 맥스와, 필과 함께한 그 시간에 대해서. 그녀가 묻는다.

"에드한테 내가 무슨 짓을 했⋯⋯ 그것이 무슨 짓을 했나요?"

"일종의 누전이에요. 그런 회로들은 아주 민감해요. 가장 작은 것에도 충격을 받을 수가 있어요. 이물질 같은 것에, 그러니까 예를 들면 아, 핀 같은 것에도요. 어쩌면 고의로 그런 것을 삽입했을지도 모르지요. 어떤 분개한 직원이 말이에요. 어쩌다가 그런 일이 일어날 수 있었는지 누가 알겠어요?"

"무섭네요."

"그래요. 끔찍하지요." 조슬린이 말한다. 저걸 활짝 웃는다고 해야 할까? 그건 정확히 말해서 달콤한 미소는 아니다. 하지만 조슬린은 그런 습관이 있는 사람이 아니다. "어쨌든 에드가 그 안에 끼어 있는 채로 그것이 경련을 일으켰고, 그런 다음 마구 요동치기 시작했지요."

"맙소사. 그가 죽을 수도 있었군요!"

"만일 그런 소식이 새어나간다면, 그 일은 파서빌리보츠의 사업에 재앙이었을 거예요. 운 좋게도 내가 그를 예의 주시하고 있었고, 그래서 너무 심한 상해를 입기 전에 구급 요원들을 보냈지요. 그들은 그에게 얼음찜질을 했고, 지금은 소염제를 쓰고 있어요. 타박상은 그리 심하지 않을 거예요. 하지만 만일 그가 오리처럼 뒤뚱거리는 모습을 본다고 해도 놀라지는 마요."

"맙소사."

샤메인이 두 손으로 자기 입을 막아버렸다. 그녀가 에드를 어떻게 생각하든 웃음을 터뜨리는 것은 품위 있는 일이 아닐 것이다. 어떤 사람이 아무리 별난 작자라고 할지라도 사람은 사람이다. 그리고 아픈 건 아픈 거다. 그런 아픔을 생각하는 것만으로도 따끔거리는 전선이 그녀의 등뼈를 찌릿하게 만드는 것 같다.

"그렇지만 그는 당신에게 꽤 미친 듯이 화를 냈어요." 조슬린이 그녀의 무심한 목소리로 말을 잇는다. "그는 당신을 작업장으로 돌려보냈어요. 당신을 파괴하라고 지시했지요."

"내가 아니에요! 실제로는 내가 아니라고요!"

"그래요. 당연히 아니지요. 내 말이 무슨 뜻인지 알잖아요. 작업장 녀석들은 미안하다고 했어요. 그들이 사전에 테스트를 하긴 했지만 그에게 알려주었던 대로 그것은 베타 버전이었고 이런 일들은 늘 있기 마련이라고요. 그들은 결함을 찾아내서 제거할 수 있다고 했지만, 그는 그들에게 자신은 대용품들이랑은 더 이상 볼일이 없으니 애쓸 것 없다고 말했어요."

"오." 샤메인은 가슴이 쿵 내려앉는 기분이다. "그 말은 내가 생각하는 바로 그 의미일까요? 당신은 나한테 그에게 허용하지 말라고……."

"그 말은 여전히 유효해요. 그는 금세 회복될 테고, 그러고 나면 당신은 계속 보이기는 하지만 손은 닿지 않는 거리를 유지해야만 해요. 그거야말로 결정적인 요소예요. 그게 얼마나 중요한지, 그리고 당신이 얼마나 중요한지 강조하지 않을 수 없군요. 우리는 절대적으로 당신에게 의지하고 있어요. 에드라는 쥐에게 내밀어진 치즈 조각 역할을 해줘요. 당신은 영리해요. 해낼 수 있어요."

치즈 조각이라는 말을 듣는 것이 아주 멋진 일은 아니지만, 샤메인은 조슬린이 그녀를 중요하다고 했다는 데 기뻐한다. 아울러 영리하다고 했다는 데에도. 지금까지는 죽, 그녀는 조슬린이 그녀를 천치라고 생각한다는 인상을 받아왔다.

포장이 풀리다

스탠은 느닷없는 덜컹거림에 깜짝 놀라 깨어난다. 여전히 캄캄하지만, 그는 똑바로 세워진 채 허공을 가르며 빠르게 움직이는 중이다. 이

욱고 쿵 하는 소리가 난다. 나직한 목소리들. 딸까닥, 딸까닥, 딸까닥, 딸까닥. 그가 들어 있는 궤짝의 잠금장치들이다. 뚜껑이 들리고, 빛이 흘러들어온다. 그는 눈부신 빛에 눈을 깜박거린다. 흰색 옷을 입은 팔들이 뻗쳐 오더니, 그를 들어 올려 앉은 자세로 만든다.

"아이고 이런!"

"이야, 이 고약한 냄새는 뭐지?"

"그에게 다른 바지를 좀 가져다줘. 완전히 다른 옷을 입게 하라고."

"너무 심하게 굴지 마. 그가 일부러 그러진 않았잖아."

"다 함께 지금이야! 영차!"

스탠은 새틴 관 밖으로 들어 올려져 두 발로 서도록 세워진다. 그가 얼마나 오랫동안 잠들어 있었던 걸까? 며칠은 지난 기분이다. 그는 머리를 흔들며 두 눈을 크게 뜨려고 노력한다. 그 방은 머리 위쪽에 줄지어 달린 엘이디 등 불빛으로 밝혀져 있어 지나치게 밝다. 하지만 그것은 그가 너무 오랫동안 어둠 속에 있었기 때문이다. 그는 어떤 사무실에 있는 것처럼 보인다. 서류 보관 캐비닛들, 두 개의 책상이 있는 걸 보니 말이다. 컴퓨터 단말기 한 대도.

푸른색 짧은 망토가 달린 흰색과 은색 옷을 입은 엘비스 둘이 그의 두 팔을 각각 잡고 있다. 다른 엘비스 셋은 그를 살펴보고 있다. 저마다 특유의 손질한 머리, 벨트 버클, 어깨 장식들, 입술들을 하고 있다. 가짜로 볕에 태운 듯 보이게 만든 피부도. 일고여덟 정도가 더 벽에 기대어져 있지만 그것들은 진짜처럼 보이지 않는다.

"그를 놓으면 안 돼. 그러면 쓰러질 거야!"

"아이고 맙소사, 그의 입술이 떨어졌어!"

"산송장처럼 보이는군."

"이번에는 너도 좀 거들어. 그에게 커피를 좀 가져다줘."

"내가 보기에는 이온 음료가 좋을 것 같은데."

"둘 다 가져오지 그래?"

또 다른 엘비스가 부산하게 움직여 엘비스 의상을 한 벌 들고 온다. 스탠은 눈을 깜박거린다. 이것 참, 거기에는 얼마나 많은 엘비스가 있는 걸까?

"자, 시작이군. 좀 더 편한 걸로 갈아입읍시다. 당황스러워하지 마요. 여기 있는 모두가 살면서 적어도 한 번은 오줌을 지려봤으니까."

가장 키가 큰 엘비스가 말한다. 그가 리더인 것처럼 보인다.

"게다가 그들 대부분은 포장 궤짝에 갇혀 있지도 않았고요." 또 다른 엘비스가 말한다. "저쪽에 세면실이 있어요."

"우리가 훔쳐보지는 않을 거예요!"

"아니, 어쩌면 그럴지도 모르지!"

웃음소리.

빌어먹을. 저들은 모두 게이야. 스탠이 생각한다. 방에 꽉 메운 게이 엘비스들. 이건 실수일까? 그가 엉뚱한 장소에 와 있는 걸까? 그가 바라는 건 그들이 기대하지 않았으면…… 어떻게 해야 그가 똑바로 뻗은 캔자스 고속도로만큼이나 초지일관 철저한 이성애자라는 걸 그들에게 무례하게 들리지 않게 말할 수 있을까?

"고마워요."

스탠이 중얼거린다. 그의 입술은 감각이 없다. 그는 세면실로 향하기 시작한다. 다리가 비틀거리자, 잠시 책상에 기대며 멈춰 선다.

"어디에 베로…… 나랑 함께 온 마릴린은 어디에 있나요?"

일이 어떻게 돼가고 있는 건지 알아낼 수 있을 때까지는 베로니카의 이름을 언급하지 않는 편이 나을 것이다. 어떻게 이 게이 엘비스들이 조슬린의 계획에 적합하다는 거지? 아니, 그들은 그저 중간 기착지일 뿐일까? 어쩌면 베로니카가 그를 데리러 오기로 되어 있었지만 그러지 못하는 바람에, 그가 실수로 여기에 배달되었는지도 모른다.

그가 어디에 있는지 조슬린이 모르면 어쩌지? 그는 당분간 엘비스들과 함께 바짝 엎드려 조용히 지내다가, 해안 쪽으로 가서 그 지방 주민들 속에 섞여 들어갈 수도 있을 것이다. 첨단 기술 사업을 구상 중이라고 하자. 웨이터 일자리를 구해라. 그 후에 샤메인과 다시 연락할 방법을 알아내라. 만일 그게 가능하다면 말이다. 하지만 어떻게? 우선 그는 돈이 한 푼도 없다.

"그 마릴린? 그녀는 마릴린들과 함께 있어요. 그들은 여기 살지 않아요." 대장 엘비스가 말한다.

"거긴 고객층이 완전히 달라요. 마릴린들과 함께하는 건 모두 남자예요. 저 안에서 태닝한 것처럼 보이게 브론저(피부를 햇볕에 그을린 것처럼 보이게 만드는 화장품─옮긴이)도 마음대로 바르고 매무새도 손을 좀 봐요. 입술도 다시 붙이고. 아, 그리고 구레나룻도 한 상자 있어요."

스탠은 엘비스들의 고객층에 대해 묻고 싶지만 급할 건 없는 일이다. 그는 비틀거리며 세면실로 들어가 문을 닫는다. 축축하고 역한 냄새가 나는 흰색 바지를 허물 벗듯 벗어서, 당연히 빨래 바구니일 것으로 여겨지는 데다 던져 넣고, 수건을 적셔서 몸을 닦아낸다. 재킷과 망토까지 갈아입지만, 그가 차고 왔던 벨트는 버클과 더불어 계속 매고 있다. 버클을 앞뒤로 꼼꼼히 손가락으로 더듬어본다. 만일 그 안에 문서가 복사된 플래시드라이브가 들어 있다면 무언가 그걸 열 방법이 분명히 있을 것이다. 하지만 그는 그 어떤 버튼이나 걸쇠도 찾아내지 못한다.

그는 벨트를 채운 다음─운반되고 나니 적어도 살이 빠져 있기는 하다─거울에 비친 얼굴을 살펴본다. 이 얼마나 형편없는 몰골인가. 달랑거리는 구레나룻, 얼룩덜룩해진 갈색 피부, 제멋대로 삐져나온 눈썹. 그는 최선을 다해 입술을 바로잡고─예비용 구레나룻들과 함께 접착제가 약간 들어 있다─브론저를 더 바른다. 윗입술을 들어 올리며 엘비스 특유의 비웃는 듯한 표정을 지으려고 해본다. 괴상하다.

문 밖에서는 그들이 그에 대해 논의 중이다.

"자네 생각은 어때? 그가 '유아르-이엘에프'에 적합한 재목이야?"

"노래를 부를 수 있을까?"

"한번 알아보자고. 그는 엉덩이를 최대한 돌리면서 도발적으로 춤을 춰야만 할 거야. 그렇게 하지 않으면 아무 효과가 없어."

"내 말이 그거잖아!"

"이번만은 제발 그만 좀 해. 좀 도와줘봐."

스탠이 세면실에서 나간다. 엘비스들이 격려해준다.

"훨씬 나은데!"

"처음 만난 남자 같은걸!"

"난 처음 만난 남자가 너무 좋더라!"

"여기, 커피 좀 마셔요. 설탕은?"

엘비스들은 스탠을 책상 의자에 앉히고 그가 커피를 두세 모금 마시는 동안 그를 지켜본다. 그는 줄줄 흘린다. 가짜 입술을 다루기가 힘들어서다.

"*이런 식*으로 해야 해요." 엘비스들 중 하나가 입을 일종의 주둥이 모양으로 쭉 내밀며 말한다. "좀 지나면 익숙해질 거예요."

"고마워요." 스탠이 말한다.

"더 낮은 음역으로 말해봐요. *고우 맙습니다.* 명치에서 밀어 내보내봐요. 좀 더 으르렁거리듯이…… 엘비스는 놀랄 *만한* 음역을 가지고 있었어요."

대장 엘비스가 말한다.

"자, 자신에게 어떤 자리가 맞을 거라고 보나요? 우리 '유아르-이엘에프'는 선택의 폭이 넓어요. 우리한텐 '노래하는 엘비스'가 있어요. 온갖 춤이며, 파티들, 간단한 공연이 필요한 모든 걸 해요. 그런 경우에는 최고의 보수를 청구해요. '결혼식 엘비스.' 합법적이 되려면 자격증을 딸 필요가 있긴 하겠지만, 그건 이 근처에서는 어렵지 않아요. '에스코트 엘비스.' 그건 각종 행사에 참석하기 위한 거지요. 사람들을 만찬에 데려가거나 혹은 공연에 데리고 가는 거예요."

"'운전기사 엘비스'도 있어요. 만일 사람들이 원하는 게 그거라면요. 번화가 주변이나 뭐 그런 데를 돌면서 관광하는 거요. 그런 사람들은 당신이 자기들을 쇼핑에 데려가주기를 원할 수도 있어요. 난 그 일이

466

가장 좋아요. 골수 도박꾼들을 위한 '경호원 엘비스'도 있어요. 그러면 아무도 그들의 지갑을 강탈하려고 하지 않지요. 아, '양로원 엘비스'도 있어요. 게다가 우리는 병원 일도 해요. 말기 환자의 고통을 완화시키는 거죠. 그렇지만 그건 우울한 일이 될 수도 있어요. 경고해주는 거예요." 나머지 엘비스들 중 하나가 말한다.

"'노래하는 엘비스'가 가장 재미있어요. 진짜로 자기 자신을 마음껏 표출할 수 있지요!" 세 번째 엘비스가 말한다.

"난 노래를 못해요. 그러니 그건 빼야 해요." 스탠이 말한다. 그 자신을 표출하는 것이야말로 지금 이 순간 그가 가장 하고 싶지 않은 일이다. 그는 그저 울부짖기만 할 것이다. "어느 게 가장 부담이 적나요? 처음 시작하기에는?"

"아마 양로원일 것 같군요. 거기 사람들은 차이를 모를 거예요." 대장 엘비스가 말한다.

"자기, 자기가 그 사람들을 뿅 가게 할 수도 있을 거예요."

이 사람들은 나 역시 게이라고 생각하는 걸까? 스탠은 궁금하다. 제기랄. 빌어먹을, 베로니카는 어디에 있는 걸까? 왜 버지는 그를 이런 역할에 대비시키지 않았을까? 아무도 그가 엘비스를 흉내 내는 이런 돈벌이에 끼어서 연기를 해야만 할 거라고는 얘기해준 적이 없다. 그들이 그를 놀리고 있는 걸까? 그들은 왜 그가 포장용 상자에 들어 있었는지에 대해 전혀 궁금해하는 것 같지 않다. 그래, 그거 하나는 좋은 점이다.

루비 구두

엘비스들은 '엘비소리엄'('~을 위한 장소, 시설'이라는 의미의 접미사 '~orium'을 붙여 만들어낸 단어. 즉, 엘비스의 전당 혹은 집이라는 뜻—옮긴이)에 그를 위한 공간을 마련해놓았다. 그들이 '엘비소리엄'이라 부르는 그곳은 여러 명의 엘비스들이 함께 쓰는, 1950년대의 스플릿 레벨 방갈로다(완벽한 수직 구조로 지어 층을 나눈 것이 아니라 거실에 해당하는 중간층으로 진입하면 반 층 위에는 침실, 반 층 아래는 주방 또는 식당이 있는 복층 구조의 목조 주택—옮긴이). 스탠은 세탁실의 접이식 간이침대에서 잠을 자는데, 그가 영원히 머물게 되지는 않을 거라는 무언의 인정인 셈이다.

"당신의 '호밀밭의 파수꾼'(J. D. 샐린저의 소설 『호밀밭의 파수꾼』에서 주인공 홀든 콜필드는 아이들이 절벽에서 떨어지지 않도록 보호해주는 호밀밭의 파수꾼이 되고 싶다고 한다. 따라서 스탠을 위험에서 지켜줄 존재라는 의미로 사용—옮긴이)이 나타날 때까지만요. 당신의 그 마릴린이 곧 올 거예요." 대장 엘비스가 말한다.

"그동안은 우리가 당신을 돌보는 거예요. 우리는 운도 좋지!" 두 번째 엘비스가 끼어든다.

"우리는 버지를 위해서 이 일을 하는 거예요. 그가 돈을 후하게 지불하지 않는다는 건 아니지만요. 숙식비까지 몽땅 포함해서요." 대장 엘비스가 말한다.

스탠은 자신이 얼마나 오래 기다려야만 하는지 묻지만, 엘비스들도 모르는 것 같다.

"우리는 그저 당신을 숨겨줄 뿐이에요, 왈도. 당신을 먹여주고, 예약도 좀 받게 해주고, 진짜처럼 보이게 만들지요. 우리는 당신이라는 '백설공주'에게 '일곱 난쟁이' 노릇을 하게 된 거예요!"

대장 엘비스가 말한다. 그들은 이 일이 재미있다고 생각한다.

자신들이 그를 어떻게 끼워 넣을지 결정할 동안, 그들은 그에게 며칠간 자유 시간을 준다. 그들은 그에게 시가지의 모습을 답사하고 '더 스트립'(라스베이거스의 유명 호텔과 카지노 및 관광 명소들이 죽 늘어서 있는 7킬로미터에 달하는 거리—옮긴이)을 구경해야만 한다고 말한다. 그럴 만한 가치가 있다! 그래도 그들은 그가 밖으로 나갈 때마다 의상을 모두 갖춰 입어야 한다고 주장하기는 한다. 그렇게 해야 그가 덜 눈에 띌 것이다. 이 도시에 엘비스로 분장한 사람들은 널려 있으니까. 누군가가 그에게 다가와 함께 사진을 찍고 싶어 하면, 그가 해야 하는 일은 고작 해야 자세를 취하고 미소를 지은 다음 그들이 내미는 꾸깃꾸깃한 지폐를 받는 게 전부다. 그는 노래를 부르라는 유혹은 모두 거절해야만 한다. 마주칠지도 모르는 모든 다른 엘비스에게 예의상 고개를 끄덕여 인사해야 하지만, 대화는 피해야 한다. 모든 엘비스들이 그들의 알선업체인 '당신의 엘비스는 영원하리라(UR-ElvisLiveForever)' 소속은 아니며, 만일 그 질 낮은 다른 엘비스들이 그에게 질문들을 하기 시작한다면 곤란할 것이다.

이 엘비스들, 그러니까 그와 함께 있는 엘비스들은 그가 무언가로부터 몸을 숨기고 있다거나 누군가가 그를 찾고 있을지도 모른다는 점을,

이것이 아무튼 수상한 구석이 있는 일이라는 것을 알고 있다. 하지만 그들은 조심스러우며, 그에게 자세한 내용에 대해서 아무것도 묻지 않는다. 심지어 그가 어디에서 왔는지도. 심지어 그의 성(姓)조차도.

그는 명소들을 구경하고 짬짬이 사진을 위해 자세를 취해주면서, 한번에 한 시간씩 거리 곳곳을 돌아다닌다. 그는 그것보다 더 오래 밖에 머물지는 못한다. 모든 것이 너무 뜨겁고, 너무 눈부시고, 너무 화려하고, 너무 과포화 상태이기 때문이다. 수많은 명랑한 관광객들이 이곳저곳을 거닐면서, 현실로부터의 탈출을 최대한 즐기고 쇼핑을 하고 술집 순례를 하며 유명인으로 분장한 사람들과 셀피를 찍어댄다. 번화가에는 그런 사람들이 적어도 모퉁이마다 한 명씩은 있다. 예를 들면 흰 장갑을 낀 미키마우스나 미니마우스, 도널드 덕, 고질라, 해적, 다스 베이더, 그리스 전사들이 말이다. 가짜 로마 공회장, 에펠탑 축소 모형, 곤돌라가 완비된 베니스 풍 운하가 있다. 그 밖의 다른 복제 구조물들도 있다. 비록 스탠은 그것들이 무엇을 모방한 것인지 알아보지 못하지만. 그곳은 동물 모양으로 꾼 풍선, 길거리 음식, 축제용 가면, 온갖 종류의 기념품을 파는 노점상들이 득시글거린다. 집시 복장을 한 여러 명의 나이든 여자들이 전화번호와 더불어 아슬아슬한 옷차림의 젊은 여자들이 인쇄되어 있는 그림엽서들을 그에게 마구 밀어붙인다.

그는 엘비소리엄으로 돌아오면 번번이 샤워를 하고 잠깐씩 자는 경우가 많다. 노래하는 엘비스들이 녹음된 반주곡을 너무 크게 틀어놓고 거기에 맞춰서 공연을 연습하는 걸 좋아하기 때문에, 처음에는 낮 동안에 잠을 자는 데 애를 먹는다. 하지만 그는 곧 적응한다.

아무도 추문이 담긴 귀중한 자료가 들어 있는 그의 벨트 버클을 수거하러 오지 않는다. 그는 그것을 베개 아래 둔 채 잠을 잔다.

그가 할 수 있는 한 태양을 피하며 어느 노천카페에서 핫도그를 우물거리고 있을 때, 마릴린 분장을 한 사람이 그의 옆자리에 슬며시 앉는다.

"베로니카예요." 그녀가 속삭인다. "다 괜찮은 거죠? 그 사람들이 잘해줘요? 그 버클은 여전히 간직하고 있고요?"

"그래요. 하지만 난 알아야겠……."

"이럴 수가, 봐봐, 둘이 함께 있어! 기가 막히게 멋진걸! 사진 한 장 찍어도 될까요?"

'나는 라스베이거스를 사랑해(I♥Vegas)'라고 적힌 티셔츠를 입고 얼굴을 붉힌 녀석, 활짝 웃고 있는 그의 아내, 따분해 보이는 10대 둘.

"좋아요, 딱 한 장이에요."

베로니카가 말한다. 그녀는 고개를 뒤로 젖히고 마릴린 먼로 스타일의 미소를 지으며 스탠과 팔짱을 낀다. 그리고 그들은 자세를 취한다. 하지만 카메라를 휘두르는 여러 쌍의 다른 남녀가 그들을 둘러싸고 접근하는 중이다. 이건 대규모 인원이 동원된 영화의 한 장면 같아 보일 수도 있을 것이다.

"나중에 또 봐요." 그녀가 웃으며 말한다. "서둘러야 해요!"

그녀는 스탠의 이마에 입술 자국을 남기며 입을 맞춘다. 그녀는 떠나가면서 잊지 않고 거의 다리를 저는 것처럼 마릴린 먼로 식으로 씰룩

씰룩 엉덩이를 흔들며 걷는다. 그녀는 빨간색 새 캐리백을 갖고 있다. 그는 그 안에 그녀의 기둥서방인 테디 베어가 있을 거라고 생각할 수밖에 없다.

그의 첫 공식 파견지는 루비 구두의 말기 환자 간호 병동으로, 그와 샤메인이 둘 다 직장을 잃기 전까지 샤메인이 일했던 곳과 같은 회사의 체인점이어서 실내장식의 느낌이 친숙하다. 그는 둘 사이에 무엇이 문제였는지 혹은 샤메인이 지금 어디에 있는지에 대해 그리 많이 생각하지 않으려 한다. 그는 곰곰이 생각에 잠길 여유가 없다. 하루하루를 그럭저럭 살아가기도 벅차다.

일은 어렵지 않다. 일단 친구나 친척이 한 주문을 받으면, 그가 해야 할 일이라고는 의상을 입고 배역으로 변신하는 것이 전부다. 그런 다음 노인 환자들에게 꽃다발을 배달한다. 물론 노인 여성 환자들이다. 남자들에게는 마릴린들이 배달하니까. 말기 환자를 돌보는 간호사들은 그를 환영한다. 그는 한 줄기 햇살 같은 존재라고 그들은 주장한다. 환자들이 삶에 계속 흥미를 가질 수 있게 해준다고.

"우리는 여기 있는 고객들이 죽어가고 있다고 생각하지 않아요. 어차피 모든 사람은 죽어가고 있고, 단지 우리들 중 일부는 좀 더 천천히 죽어가고 있을 뿐이에요."

그가 처음 방문했을 때 간호사들 중 하나가 그에게 말했다.

그는 어떤 날은 이 말을 믿지만 또 다른 날은 자신이 사신인 것 같은 기분이 든다. 엘비스라는 죽음의 천사. 어느 정도 어울리는 것 같다.

매번 배달을 할 때면, 그는 접수처에서 '당신의-이엘에프' 로고가 인쇄된 신분증을 보여주고 보안 검색을 거쳐 환자의 방문까지 안내를 받는다. 거기서 그는 극적인 등장을 한다. 단, 너무 지나치게 극적이지는 않다. 떠들썩한 깜짝 이벤트는 치명적일지도 모르니까. 그런 다음 그는 망토를 휘날리며 절을 하고 골반 동작을 살짝 암시하며 꽃다발을 선사한다.

그 후, 그는 병상 옆에 앉아 부들부들 떨리는 노쇠한 손을 잡고 환자들에게 사랑한다고 말한다. 그들이 이런 메시지가 엘비스의 히트곡 제목—「당신을 원해요, 당신이 필요해요, 당신을 사랑해요」나 「난 완전히 넋이 나갔어요」나 「그대의 테디 베어가 되게 해주세요」—의 형태로 전달되는 것을 좋아하기는 하지만, 그는 그저 제목들을 속삭이면 될 뿐 그 노래들을 부를 필요는 없다. 환자들 중 일부는 그가 거기 와 있다는 것조차 거의 알지 못하지만, 기력이 덜 달리는 다른 환자들은 그와 함께하는 것을 재미있어 하면서, 그가 아주 웃기는 사람이라고 생각한다.

하지만 또 다른 사람들은 그가 진짜라고 믿는다.

"오, 엘비스, 마침내 당신이 여기 오셨군요! 난 당신이 올 줄 알고 있었어요. 사랑해요! 난 늘 당신을 사랑했어요! 키스해주세요!"

어떤 노파는 성냥개비 같은 두 팔로 그의 목을 껴안으며 이렇게 탄성을 지른다.

"나도 당신을 사랑해요, 자기. 난 당신을 부드럽게 사랑해요(엘비스 프레슬리의 노래 「부드럽게 사랑해주세요(Love Me Tender)」를 응용한 대답—옮긴이)."

그가 그녀의 주름진 뺨에 그의 고무 같은 입술을 대며, 으르렁거리
듯 대답한다.

"오, 엘비스!"

그가 처음 일을 시작했을 때는 속임수로 옷을 차려입고 이런 식으로
까불며, 자신이 아닌 누군가인 척하는 구제불능의 돌대가리 같은 바보
가 된 기분이었다. 하지만 그 일을 하면 할수록 점점 더 쉬워졌다. 대여
섯 번쯤 한 후에는 그는 이런 성가신 노파들을 최소한 잠시 동안은 정
말로 사랑한다. 그는 그런 굉장한 기쁨을 가져다준다. 마지막으로 누군
가가 그를 보고 그토록 진심으로 행복해한 것이 언제였던가?

XII
—
에스코트

엘비소리엄

스탠은 엘비소리엄에서 다른 세 명의 엘비스와 함께 맥주를 마시며 텍사스 홀덤(가장 대중적인 포커 게임의 일종으로 바닥에는 공통 카드 다섯 장이 깔리며 각 개인에게는 두 장씩 카드가 주어진다—옮긴이)을 하고 있다. 그들은 돈을 걸고 하지는 않는다. 그럴 만큼 어리석지는 않다. 지금까지 너무나 많은 절망한 고객들이 테이블에서 마지막 한 푼까지 잃는 모습을 보았기 때문이다. 그들은 팬케이크를, 그러니까 '베이비 스택스 카페'(라스베이거스의 브런치 전문 가게—옮긴이)의 팬케이크를 걸고 한다. 단, 전표를 베이컨이나 땅콩버터 샌드위치로 교환할 수는 있다. 게다가 본인이 꼭 음식을 먹어야만 한다는 규칙도 전혀 없다. 지나치게 많은 팬케이크로 허리가 풍선처럼 부풀어버리면 저 은색 버클 달린 벨트를 맬 수가 없을 테니까. 핵심 테마는 엉덩이가 날씬한 전성기의 엘비스이지, 노쇠한 뚱보 시절의 엘비스가 아니다. 비극적인 내리막을 기억하고 싶어 하는 사람은 아무도 없다.

이제 스탠은 '당신의-이엘에프' 팀원들의 실제 이름을 알고 있다. 가장 키가 큰 로브는 설립자이자 최고 경영자이다. 그는 웹사이트를 포함해 예약과 홍보를 맡고 있으며 전반적인 업무 수행에 계속 신경을 쓴다. 2인자인 피트는 재정을 담당한다. 테드는 엘비스 역할을 하기에는 다소 통통한 편이라, 엘비스 의상의 드라이클리닝, 침대 시트며 수건들, 기본적인 식료품들 따위의 평소 '엘비소리엄'을 운영하는 책임을 맡고 있다. 피트의 말로는 '당신의-이엘에프'는 수익을 내고 있지만, 그건 그저 그들이 간접비를 낮게 유지하고 있기 때문일 뿐이다. 이건 뼈가 시릴 만큼 가혹한 사업이다. 샴페인이 넘쳐흐르는 것도 아니고, 캐비아가 차려져 있는 것도 아니다. 그들은 약간의 가외 수당을 벌기 위해 늘 갖가지 계획을 검토하고 있다. 비록 이런 것들이 모두 다 잘 풀리는 것은 아니지만 말이다. '저글링을 하는 엘비스'를 시도해봤지만 성공을 거두지 못했다. '외줄타기를 하는 엘비스'도 마찬가지였다. 팬들은 엘비스로 분장한 사람들이 역사적인 엘비스라면 결코 하지 않았을 일들을 하는 걸 원하지 않는다. 그건 마치 '제왕'을 비웃는 것처럼 지나친 일일 테고, 사람들은 그런 일을 달가워하지 않는다.

한산한 날이다. 그래서 포커를 치는 사람들은 로브가 변장이라고 부르는, '역할에 꼭 맞는' 차림새가 아니다. 그들은 반바지와 티셔츠를 입고 끈을 발가락 사이로 끼워 신는 샌들을 신고 있다. 왜냐하면 에어컨이 잘 작동하지 않는 데다, 문 밖은 섭씨 40도이기 때문이다. 다행히도 라스베이거스는 사막에 있어서 최소한 습하지는 않다.

이제 스탠은 엘비스들이 모두 다 게이는 아니라는 걸 알고 있다. 일부는 게이지만, 양성애자 둘과 아예 섹스에 관심이 없는 사람도 하나 있다. 하지만 어디에 선을 그어야 할지 이제 대체 누가 알 수 있겠는가?

"이를테면 일종의 연속체지요. 둘러보면 결국, 아무도 양자택일을 하지는 못해요. 내 경우를 보면 아내들 사이에서 진퇴양난이지요. 지루하고 뻔한 이야기예요."

이틀째 되던 날 로브가 스탠에게 이것을 설명하면서 말했다.

스탠은 그 연속체라는 것을 믿지 않는다. 하지만 그가 왜 다른 사람들이 각자 여유 시간에 무엇을 하는지에 대해 걱정해야 한단 말인가?

"내가 여기 도착했을 때 당신들 모두가 말하고 있었던 방식으로, 나를 속여 넘길 수도 있었어요." 그가 말했다.

"물론 우리가 그랬지요. 하지만 그건 연기예요. '당신의-이엘에프'는 우리 배우들이 일이 없을 때를 대비해 설립한 거예요." 피트가 말했다.

"우리 대부분은 여러 공연들 중 하나의 배역을 구하면서 여기 있는 것뿐이에요." 로브가 말했다.

"그건 그렇고, 우리는 게이처럼 연기하는 방법을 지도해요. 새로 온 엘비스들한테요. 열 가지 비결이니 뭐 그런 거지요. 스탠, 우리가 당신한테 도움을 좀 줘야만 할지도 몰라요." 테드가 말했다

"이성애자 역할을 하는 게이인 척하는 이성애자이긴 하지만, 모두가 그를 당연히 게이라고 생각하게 만드는 식으로요. 그러려면 기술이 필요해요. 얼마나 복잡할지 생각해봐요. 하지만 몇몇 사내들은 과장된

연기를 하기는 해요. 그건 정말 미세한 차이예요." 로브가 말했다.

스탠은 문득 조슬린과 함께 지냈던 날들을 떠올렸다. 그때 그는 그날 밤 그녀가 주문하는 환상은 무엇이든 연기해낼 거라는 기대를 받았다.

"좋아요. 연기에 대해서는 알겠어요. 하지만 어째서 게이 노릇인 거죠? 내가 멍청한지는 모르지만, 엘비스는 틀림없이 게이가 아니었고, 그러니……."

"고객들 때문이에요. 그리고 그 친척들이요. 특별 선물로 우리를 예약하는 당사자들 말이에요. 그들은 엘비스들이 게이인 걸 더 좋아해요." 로브가 말했다.

"이해가 안 돼요."

"그들은 주제넘은 허튼짓을 원하지 않아요. 특히 양로원 병동에서는 원하지 않지요. 여자 환자들과, 그러니까 사실(私室)에 있는 환자들과요. 역사적으로, 사건들이 있었지요." 로브가 말했다.

스탠은 큰 소리로 웃었다.

"설마요! 헛소리 마요! 대체 누가 그러고 싶어 한다고……."

대체 누가 온몸에 튜브를 꽂고 밖으로 분비물을 흘리는 100살 먹은 노파랑 그 짓을 하고 싶어 할 거라는 거야? 그는 이런 생각을 하고 있다.

"여긴 라스베이거스예요. 아마 깜짝 놀라게 될걸요." 로브가 말했다.

"맥주 마실래?"

피트가 패를 접고 일어서며 말한다.

스탠은 고개를 끄덕이며 자기 패를 두고 골똘히 궁리한다. 그는 또

한 더미의 팬케이크를 눈앞에 두고 있다. 연속으로 이기는 중이다.

"공연 두어 편이 새로 제작될 예정이라고 들었어. 여기서는 공연계가 한창 호황이야. 브로드웨이보다도 훨씬 나아." 테드가 말한다.

"댄이 이제 막 크게 한 건 했지. 사내들만 등장하는 「한여름 밤의 비명」(셰익스피어의 희곡 「한여름 밤의 꿈」을 패러디한 제목—옮긴이)의 배우를 뽑는 중인데, 댄이 티츠 타니아(「한여름 밤의 꿈」에서 요정 왕 오베론의 아내이자 요정 여왕인 티타니아(Titania)의 이름을 패러디한 이름. '티츠(tits)'에는 '젖통, 유방'이라는 의미가 있다—옮긴이) 역을 따냈어. 그래서 그가 줄곧 활동을 하지 않았던 거야." 로브가 말한다.

"그의 목소리가 버티기를 바라자고. 그건 노래를 부른다고 할 만한 게 아니야." 피트가 앙심이 가미된 목소리로 말한다. "나라면 그런 쓰레기 더미 같은 데 한몫 끼고 싶지 않을 거야."

스탠이 이해하기엔 턱도 없지만—도대체 '티츠 타니아'가 뭐지?—일단 그들이 배우 얘기를 하기 시작하면 물어보지 않는 편이 낫다.

"최소한 요정 날개를 단 저 빌어먹을 '거미집'(「한여름 밤의 꿈」에 등장하는 여왕을 시중드는 요정들 중 하나—옮긴이)은 아니었잖아." 테드가 말한다.

"혹은 빌어먹을 '퍽'(「한여름 밤의 꿈」에 등장하며 오베론의 명령을 받드는 장난꾸러기 작은 요정—옮긴이)도 아니지. 말장난(퍽(Puck)은 본문에서는 장난꾸러기 요정의 이름으로 쓰였지만, 그 밖에도 아이스하키에서 쓰는 작은 원반 모양의 공, 컴퓨터 마우스, 악동 등의 다른 의미들이 있어 동음이의어를 이용한 말장난이 가능하다—옮긴이)은 상상에 맡길게. 내년에 사내들만 등장하는 「애니」를 제작할 거라고 들었어. 난, 거 이름이 뭐더라, 그 악랄한 고아원을 운영하는 심술궂은 년 역할을 노려볼 거야. 예전에 필라델피아에서 그 역을 했던 적이 있지. 완벽하게 해낼 수 있을 거야." 피트가 말한다.

"팬케이크 다섯 장. 자네가 일요일에 다 갚으면 되겠군."

로브가 자기 패를 내려놓으면서 말한다.

"또? 자네한테 받을 몫에서 그걸 제하면 되겠네. 아무튼 난 지난번 판에서 자네한테 받을 게 여섯 장 있으니까." 테드가 말한다.

"누군가 다른 사람이 딜러 노릇을 해야 해." 로브가 말한다.

"동전 던지기로 결정하지."

"댄이 빠져나갔으니 '에스코트' 담당이 모자라. 대규모 연차 총회가 다가오고 있어. 엔에이비(NAB) 말이야. 우리에 대한 수요가 생길 거야." 로브가 말한다.

"엔에이비라니?"

스탠이 말한다. 그들은 항상 이런 짧은 형태의 단어들, 그러니까 그가 들어본 적도 없는 단체들을 의미하는 두문자어들을 툭툭 내뱉곤 한다.

"전미 방송인 협회(National Association of Broadcasters) 말이야. 텔레비전, 라디오, 뭐 그런 것들. 그 사람들은 낮에는 전시회를 보고 강연을 듣고, 보통은 끔찍한 커피를 마시지. 그러고 나서 밤에는 갖가지 공연에 열중해. 독신 여성들이 많아. 언제나 젊지는 않지만. 스탠, 자네도 거기 낄 텐가?"

"뭐에 낀다는 거야?" 스탠이 조심스럽게 말한다.

"'에스코트 엘비스.' 자넨 지금껏 양로원 병동에서 굉장히 잘 해왔어. 웹사이트 의견란에는 최고다, 만족스럽다는 의견밖에 없어. 그러니 자네는 잘 해낼 거야. 공연을 보고, 음식도 좀 먹고, 술도 좀 마셔. 그들이 자네한테 수작을 걸면서 자기들 방으로 올라가자고 가외 수당을 제의할지도 몰라. 게이라는 걸 써먹을 수 있는 게 바로 그 부분이지."

"무슨 말인지 알겠어. 어쩌면 난 그런 게이다움에 관해 교육을 좀 받을 필요가 있겠군."

"하지만 우리는 고객이 전반적으로 긍정적인 경험을 하기를 원해. 양성 평등에 대찬성이야. 만일 숙녀분들이 현금을 내고 섹스를 하고 싶다면 우리는 그걸 제공해."

"잠깐만."

"자네가 아니야. 자네는 그저 우리한테 휴대전화로 전화만 한 통 하면 돼. '당신의-이엘에프'의 야간 연락처로 말이야. 그러면 우리가 엘비스 로봇들 중 하나를 보내. 그 녀석들한테 붙는 요금 할증은 커! 몸체가 부착되어 있을 뿐인 엄청난 고성능 딜도 같은 거지. 내장 바이브레이터는 선택 사양이고."로브가 말한다.

"나도 그런 걸 갖고 있으면 좋을 텐데."피트가 말한다.

"그런 다음 자네는 그들과 담소를 나누며 술을 한잔 따라주고, 자네가 이성애자라면 좋겠다고 말해. 엘비스 로봇이 도착해서 자네가 스위치를 켜고 고객과 설명서를 재빨리 훑어보는 동안 로봇은 콧노래를 흥얼거리지. 그리고 녀석은 '날 부드럽게 사랑해줘요', '무심한 마음', '징글벨 록'(셋 다 엘비스 프레슬리가 녹음해 발표한 적이 있는 곡들의 제목―옮긴이) 같은 간단한 음성 명령에 반응해. 그 마지막 명령어의 경우 속도가 유례없을 정도지만, 고객들 중 일부는 그걸 좋아해. 그런 다음 자네는 로비에서 대기해. 자네한테는 이어폰이 있을 테니까 일이 계획대로 전개되는지를 들을 수 있어."

홍, 기가 막히는군. 스탠은 생각한다. 어떤 곰팡내 나는 말 많은 중년 여자가 절정을 느끼는 동안 호텔 로비에 머물면서 엿듣기나 하다니. 그는 탐욕스러운 여자들한테는 진절머리가 났다. 그는 샤메인을, 그들이 처음 결혼했을 때 그녀가 어땠는지를 기억한다. 그녀의 처녀인 척 자제하던 태도를 말이다. 그는 그게 전혀 달갑지 않았다.

"왜 로비에서 대기하지?"

"그래야 자네가 반환을 감독할 수 있지. 게다가, 오작동이 있을 경우에 대비해야 해." 로브가 말한다.

"그렇군. 내가 어떻게 알아?"

"비명 소리가 지나치게 많이 들리면, 조치를 취할 때인 거야. 재빨리 거기로 올라가서 '정지' 스위치를 눌러."

"소리가 다르게 들릴 거야. 비명 소리가. 좀 더 겁에 질린 듯할 거야." 로브가 말한다.

"죽을 만큼 그 짓을 당하고 싶어 할 사람은 아무도 없지." 피트가 말한다.

무엇 하러 고통을 겪나요?

에드는 아직 사무실로 복귀하지 않았다. 여태껏 일어난 일이라고는 호주머니에 포지트론 로고가 그려진 재킷 차림의 남자 셋이 커다란 상자를 가지고 온 것이 전부다. 그것이 높이 조절 책상이며 자신들은 그것을 사장 사무실에 설치하라는 지시를 받았다고 그들은 말한다. 일단 책상이 자리에 놓이자 그들은 가버린다. 자기 마음대로 할 수 있게 홀로 남겨지자, 샤메인은 누군가가 들어올 경우에 대비해 책상 뒤에서 재빨리 구두와 스타킹을 벗고 발톱을 칠한다.

'발그레한 분홍색'이 그녀에게 허용된 색상이다. 전혀 열정적이지 않고, 전혀 노골적이지 않고, 푸크시아색과 비슷한 구석도 전혀 없다. 오로라가 샤메인을 위해 이 '발그레한 분홍색'을 사서 그녀 특유의 잘난 체하는 태도로 건네주었다.

"자, 여기 있어요. 이 색조가 열두 살짜리들 사이에서 무척 인기가 있다고 들었어요. 그러니 그 색조가 정확한 메시지를 전달할 거라고 확신해요."

오로라는 그런 세부 사항에 대해 많은 검토를 한다. 그리고 그건 도움이 되는 일이기는 하지만, 샤메인은 자신이 고함을 지를 순간에 다가가고 있음을 느낄 수 있다. *제기랄, 날 좀 혼자 내버려둬요! 나한테 말걸지 마요!* 뭐 그런 말들을.

발톱을 칠하면서 그녀는 기운을 얻는다. 대부분의 남자들은 그 점을 결코 이해하지 못한다. 어떻게 발톱 색깔을 바꿀 수 있다는 것이 진짜 강장제 역할을 할 수 있는지를 말이다. 그들이 자동차에서 사는 동안 한번은 스탠이 그녀에게 몹시 화를 냈다. 그녀가 '픽셀더스트'에서 번 팁의 일부를 사랑스러운 은빛이 도는 산호색의 작은 매니큐어 한 병에 써버렸기—그는 '쓴다'고 하지 않고 '빌어먹게도 날려먹었다'고 말했다—때문이었다. 그들은 그 문제로 말다툼을 했다. 왜냐하면 그녀가 그건 그녀의 돈이고 그녀가 직접 벌었으며 매니큐어에 돈이 많이 든 것 같지도 않다고 말했고, 그러자 그는 자신에게 직장이 없다고 성질을 부렸다며 그녀를 비난했고, 그런 다음 그녀가 자신은 성질을 부리고 있는 것이 아니며, 그저 발가락이 그에게 멋져 보이기를 원했을 뿐이라고 말하자, 그가 자신은 그녀의 빌어먹을 발가락 색깔에 눈곱만큼도 신경 쓰지 않는다고 말했고, 그런 다음 그녀가 울음을 터뜨렸기 때문이었다.

지금 그녀는 그 일을 기억해내며 잠시 눈물을 흘린다. 사람이 차에서 살던 일에 대해 향수를 느끼게 될 수 있다면, 대체 상황이 얼마나 안 좋은 걸까? 하지만 그녀를 슬프게 만드는 것은 차가 아니라 스탠의 부재다. 그리고 그가 그녀에게 몹시 화가 나 있는지를 모른다는 것이다. 그저 빌어먹을 발가락 색깔에 대해 화를 낸 정도가 아니라, 정말로 미친 듯이 화가 났는지를 말이다. 그 둘은 완전히 다른 것이다.

그녀는 스탠이 이곳에 더 이상 없다는 것을 생각하지 않으려고 노력한다. 왜냐하면 원 할머니가 말하곤 했듯이, 이미 일어난 일은 어쩔 수 없는 것이며 고칠 수 없는 것은 참을 수밖에 없고, 웃으면 온 세상이 함께 웃을 테지만, 울면 혼자 울게 될 것이기 때문이다(미국 시인 엘라 휠러 윌콕스의 시 「고독」의 첫 구절("Laugh, and the world laughs with you;/ Weep

486

and you weep alone.")—옮긴이). 어쩌면 그때 그 차 안에서는, 스탠에게 말대꾸를 했으니 그녀가 그런 꼴을 당한 건 자업자득이었을지도 모른다.

(말대꾸하면 본때를 보여줄 거야! 자, 누가 그렇게 말했지? 그리고 그녀가 어떻게 말대꾸를 했었지? 흐느낀 것을 말대꾸한 걸로 친 건가? 그래, 그랬던 거다. 그 후에 무언가 나쁜 일이 일어났던 걸 보면 말이다. *그걸 교훈으로 삼도록 해.* 그런데 그 교훈이 뭐였지?)

*

그녀는 잡념을 떨쳐버린다. 그런 다음, 마치 홍역에 걸린 듯 온통 빨간색과 오렌지색 핀이 꽂혀 있는 지도를 잠시 응시한 후에 이렇게 생각한다. 에드는 저 높이 조절 책상에 맞는 램프가 필요할 거야. 그리고 그 생각은 그녀에게 컨실리언스 디지털 상품목록을 찾아볼 구실을 제공한다. 그녀는 정확한 코너를 찾기 위해 여기저기 검색하다가, 어쩌면 '여성 패션과 마법 같은 화장품' 코너에서 너무 오래 꾸물거렸는지는 모르지만 결국 적당한 조명 기구를 주문한다.

그러고 나자 집으로 갈 시간이다. 그래서 정말 그녀는 집으로 간다. 진짜 집이라는 것은 아니다. 단순한 주택일 뿐이다. 왜냐하면 원 할머니가 말했듯이 주택을 집으로 만드는 건 바로 사랑이기 때문이다.

이따금 그녀는 원 할머니가 그녀의 머릿속에서 사라지면 좋겠다고 생각한다.

오로라가 거실 소파에 편히 앉아 있다. 차와 대추 케이크를 먹고 있다. 그녀가 딱딱한 미소를 크게 지으며 샤메인에게 함께 먹지 않겠냐고 묻는다. 샤메인이 생각한다. 어처구니없게도 마치 그녀가 안주인이고, 나는 그저 손님에 지나지 않는 듯 보이는군. 하지만 그녀는 이 점을 그냥 넘겨버린다. 뭐 어떤가, 어차피 그녀는 이 여자와 잘 지내야만 하는데. 그러므로 그녀는 그냥 감수할 것이다.

"고맙지만 차는 안 마실래요. 하지만 정말로 술 한잔이 간절해요. 틀림없이 냉장고에 올리브나 뭐 그런 게 있을 거예요."

샤메인이 말한다. 그녀가 마지막으로 보았을 때는 올리브가 있었지만, 그 냉장고에는 마치 못된 땅속 난쟁이 요정들이라도 있는 것처럼 음식이 나타났다가 사라졌다가 했다.

"물론 그럴 거예요."

샤메인이 커다란 안락의자에 털썩 주저앉으며 신발을 발로 차듯 벗어 던질 때 오로라가 말한다. 각자 상대방이 술을 가지러 가는지 보려고 기다리는 동안 잠시 정적이 흐른다. 샤메인은 생각한다. 제기랄, 왜 내가 그녀의 하녀 노릇을 해야 하지? 만일 그녀가 여기서 안주인 노릇을 하고 싶다면 실컷 해보라지.

잠시 후 오로라가 찻잔을 내려놓고 소파를 밀치고 일어나, 냉장고에서 올리브를 꺼내 올리브 접시에 담고 나서 술병들을 뒤적거린다. 전보다 이런 술병들이 좀 더 많다. 조슬린에게는 특별 할당량이 있고 다른 사람들과 달리 제한을 받지 않으므로, 술을 가져오고 있는 사람은 바로 그녀다. 술주정뱅이들은 생산적이지 않은 데다가 의학적인 문제들이 발생하기 때문에 컨실리언스 측은 그들을 좋게 보지 않는다. 그리고 왜 한 개인에게 자제력이 없다는 이유로 모든 사람이 대가를 치러야만 한단 말인가? 그 말이 최근 줄곧 텔레비전에 아주 많이 등장했다. 샤메인은 주류 밀매가 계속 이뤄지고 있는 것은 아닌지, 아니면 혹시 사람들이 벗겨낸 감자 껍질이나 뭐 그런 것으로 밀주를 만들고 있는 것은 아닌지 생각해본다. 혹은 사람들이 점점 더 지루해지기 때문에 더욱 많이 마셔대는 것은 아닐까 생각해본다.

"캄파리 소다(단맛이 적어 주로 식전주로 마시는 칵테일—옮긴이)로 할래요?" 오로라가 말한다.

그게 뭐지? 샤메인이 생각한다. 우리 같은 시골뜨기한테는 알려지지 않은 고상한 체하는 술인가? 그녀가 말한다.

"센 술이 들어가기만 한다면, 아무거나 좋아요."

그 술은 불그스름하고 쌉싸름하지만, 두어 모금 꿀꺽꿀꺽 삼키고 나자 그녀는 기분이 나아진다.

오로라는 샤메인이 반쯤 마실 때까지 기다린 다음 발표한다.

"내가 이번 주말에 여기 머무를 예정이에요. 조슬린 생각엔 그게 가장 좋을 거래요. 혹시라도 예상치 않은 일이 생길 경우에 대비해서 내가 당신을 계속 지켜볼 수 있으니까요."

이런 젠장. 샤메인이 생각한다. 그녀는 줄곧 '혼자만의 시간'을 조금 가지기를 고대했다. 카메라가 그녀를 볼 수 없는 샤워 커튼 뒤에 있는 욕조에 오랜 시간 몸을 푹 담그고 즐기려 했다. 치실로 이 사이를 닦으려고 들어오고 싶어 할지도 모를 다른 사람에 대해 전혀 걱정할 필요

없이 말이다.

"이런, 당신한테 폐를 끼치고 싶지 않아요. 내 생각엔 예상치 않은 일은 없을 것 같은…… 난 정말 괜찮아요. 난 필요하지 않……." 샤메인이 말한다.

"나도 사실 그럴 거라고 확신해요." 오로라가 완전히 상반된 의미를 담은 그녀 특유의 어조로 말한다. "하지만 이렇게 생각해봐요. 그가 당신을 방문하기로 결심한다고 가정해본다면 어떨까요?"

엄청난 가정이로군. 샤메인은 생각한다. 그녀는 그가 누구인지 물어볼 필요는 없다. 하지만, 그가 방문할지에 대해서는 크게 의심한다. 왜냐하면 조슬린이 말한 바에 따르면 그의 페니스는 깁스를 한 상태니까.

"그가 그럴 것 같지는 않아요. 이번 주말에는 아니에요." 샤메인이 말한다.

"그건 모르는 거예요. 난 그가 충동적으로 굴 수도 있다고 생각해요. 아무튼 그는 당신에게 샤프롱이 있다는 얘기를 들으면 기뻐할 거예요. 난 그가 몹시 질투심이 많을 수 있다고도 생각해요. 그리고 우리는 조금이라도 불필요한 의심이 생기는 건 원하지 않아요. 안 그렇겠어요?" 오로라가 말한다.

오로라와 함께하는 주말은 그녀가 생각했던 것보다는 낫다. 사람은 무언가 새로운 것을 알게 될 기회를 지나쳐서는 절대 안 되는 법이고 샤메인은 여러 가지를 알게 된다. 무엇보다도 먼저 그녀는 오로라가 맛있는 스크램블드에그를 만들 수 있다는 것을 알게 된다. 둘째, 그녀는 에드가 일종의 여행을 계획 중이고 샤메인이 거기에 초대될 예정이라는 것을 알게 된다. 하지만 오로라는 어디로 언제 가는 것인지는 모르므로, 지금 당장은 그저 주의를 주는 것뿐임을 알게 된다.

그리고 셋째, 그녀는 오로라의 얼굴이 그녀의 원래 얼굴이 아니라는 것을 알게 된다. 그녀가 성형수술을 받았다는 점은 언제나 명백했고 샤메인은 그 사실을 처음부터 알고 있었지만, 오로라가 그녀에게 말한 것은 단순한 수술을 훌쩍 뛰어넘는 수준이다.

"당신은 내 얼굴에 대해서 궁금하게 여겼을지도 몰라요."

오로라는 얼굴에 관한 얘기를 이렇게 한바탕 시작한다. 일요일에 그들이 팝콘을 먹고 맥주를 마시며 「뜨거운 것이 좋아」를 보고 난 후다. 샤메인이 맥주를 그렇게 많이 좋아한다는 것은 아니지만, 그렇게 하는 게 옳은 일인 듯 보였다. 그런 다음 그들은 칵테일을 마시기 시작했다. 이때쯤 그렇게 하는 경우는 드문데, 선택할 수 있는 재료들이 점점 부족해져가기 때문이다.

이제 그들은 마치 학창 시절부터 오래된 가장 친한 여자 친구들인 것처럼 느낀다. 아니, 최소한 샤메인은 그렇게 느끼고 있다. 그녀가 학창 시절에 가장 친한 여자 친구들, 진짜로 가까운 여자 친구들이 있었다는 건 아니다. 그녀가 어렸을 때는 그런 친구들을 가지는 것이 허용되지 않았고, 그런 다음 나중에는 그런 친구들을 가지고 싶지가 않았다. 왜냐하면 그들은 그녀의 삶에 대해 너무 많은 것을 물어보았을 테니 말이다. 그러니 어쩌면 그녀는 뒤늦게나마 가장 친한 여자 친구를 가지게 된 것일지도 모른다. 비록 그녀가 네 잔째 캄파리 소다를 마신 효과에 불과할지도 모르기는 하지만. 아니, 진토닉이었나? 아니, 어쩌면 무언가 보드카가 든 것이었나?

"당신 얼굴이요? 무슨 소리예요?"

샤메인은 마치 그 얼굴에서 무언가 이상한 점을 한 번도 알아차렸던 적이 없는 것처럼 들리게 하려고 노력하며 말한다.

"모르는 척할 필요 없어요. 내가 어떻게 보이는지 잘 알아요. 지나치게…… 팽팽하다는 걸 알아요. 하지만 예전엔 무척 다르게 생겼었어요. 그런 다음 잠깐 동안은 어떻게 보였냐 하면…… 난 아예 얼굴이 없었어요." 오로라가 말한다.

"얼굴이 없었다고요? 사람은 누구나 얼굴이 있어요!" 샤메인이 말한다.

"내 건 긁혀서 다 벗겨져버렸어요."

"농담이겠죠!"

샤메인은 이렇게 말한 다음, 케이크에서 아이싱을 긁어낸 것처럼 긁혀서 다 벗겨진 얼굴이라니 너무 우스꽝스러워서 큰 소리로 웃지 않을 수가 없다. 이내 오로라 역시 그녀가 할 수 있는 한, 제법 크게 소리 내어 웃는다.

그들이 웃음을 멈췄을 때, 오로라가 말한다.

"롤러더비(롤러스케이트를 사용하여 실시하는 경기. 남녀 각 다섯 명씩 총 열 명이 한 팀이 되어 서로 다른 두 팀이 시합을 벌인다—옮긴이)에서 사고를 당했어요. 자선 활동 같은 거였죠. 그 당시 내가 일하고 있던 이미지컨설턴트 소개소를 위해서였어요. 우린 폐암 기금을 모으고 있었지요. 자원하지 말았어야 한다고 생각해요. 하지만 난 정말로 도와주고 싶었어요. 알잖아요."

"아, 그럼요. 잘 알지요. 하지만 롤러스케이트라니, 그건 위험해요."

샤메인이 말한다. 그녀는 오로라에게 그렇게 운동선수 같은 면이 있음은 알아차릴 수 없었을 것이다. 얼굴이 긁혀서 다 벗겨지다니! 그것에 대해서 생각하니 그녀는 마음이 아프다. 오로라가 흐릿하게 보이고 있고, 샤메인은 거의 그녀의 피부 속을 들여다볼 수 있을 것 같다. 저 속에 있는 것은 바로 상처다. 너무나 많은 상처.

"그래요. 그때 난 어렸고, 내가 강인하다고 생각했지요. 내 경우는 심지어 사고라고 할 수조차 없어요. 그건 회계과의 마리아가 고의로 발을 걸어 넘어뜨린 거였거든요. 그녀는 체트라는 이름의 어떤 남자 때문에 나한테 악의를 품었어요. 무슨 일이 있었던 것도 아니었는데. 그리고 나는 정통으로 얼굴로 떨어져버렸어요. 전속력으로. 햄버거 같은 꼴이 되고 말았지요."

"저런." 취기가 조금 가신 샤메인이 말한다. "저런, 끔찍해라."

"난 심지어 소송을 제기할 수도 없었어요. 그런 항목조차 없었거든요."

"물론 없었겠지요." 샤메인이 동정적으로 말한다. "괘씸한 보험 회사들 같으니."

"그래서 그들이 내게 얼굴 전면 이식 수술을 제의했어요. 포지트론에 지원을 하는 대신에요."

"그들이 그랬어요? 얼굴로 그렇게 할 수 있다고요?"

획 하고 얼굴을 떼어내고 획 하고 다른 얼굴을 붙여라. 그러면 당신은 내면에서뿐만이 아니라 외면으로도 완전히 다른 사람이 될 수 있을 것이다.

"네. 그들은 실험 단계에 있었는데, 떡하니 내가 나타난 거죠. 난 그들에게 안성맞춤이었어요. 그들은 얼굴 전체를 이식할 수 있을지 알고 싶어 했어요. 무엇 하러 고통을 겪나요? 그들은 그런 식으로 말했어요."

"어떤 사람의 얼굴을 얻었나요?"

샤메인이 묻는다. 그것은 눈치 없는 질문이다. 그녀는 그런 질문을 하지 말았어야 했다. '시술'을 받는 사람의 얼굴, 다시 말해 누군가 더 이상 얼굴이 필요하지 않을 사람의 얼굴이 답이다. 하지만 그 얼굴이 벗겨져 나가는 동안 그들은 줄곧 더없는 행복을 맛보고 있거나 이미 천당에 간 상태였을 테고, 아무것도 몰랐을 것이다. 그러니 그것이 가장 좋은 방법이었다. 더 좋은 방법. 좋은 방법. 그녀는 잔을 거꾸로 세워 술을 탈탈 마셔버린다.

"그건 초창기였어요. 지금은 다른 방식으로 일 처리를 하고 있어요."

"다른 방식으로. 일 처리를. 그러니까 당신 말은 그들이 사람들을 다른 방식으로 죽인다는 건가요? 저 죄수들을요? '시술'을 시행하지 않고 있다고요?"

그녀는 그 말을 무심코 입 밖에 내지 말았어야 했다. 그녀는 'ㅈ'으로 시작하는 그 단어를 결코 사용하지 않는다는 것을 알고 있다. 술을 너무 많이 마신 것이 틀림없다. 그래도 최소한 그녀는 '살해한다'고 말하지는 않았다.

"'죽인다'는 표현은 너무 거칠어요. 그 대신 지나친 고통의 완화라는 표현이 자리를 잡았지요. 그리고 다행히 지금은 그렇게 하는 데 여러 가지 방법들이 있어요! 지나친 고통을 완화하는 것. 덜 거친 방법들."

"그러니까 당신 말은 그들을 죽이지 않는다는 거예요?"

심지어 그녀 자신에게조차도, 샤메인의 말은 다섯 살짜리의 말처럼 들린다. 그녀는 지나치게 어리석게 굴고 있다.

"더 이상은 거의 그러지 않아요. 문제는 사람들이 외로워한다는 거예요. 그들은 자신을 사랑해줄 누군가를 원해요. 이제는 누구를 위해서든 그런 문제가 해결될 수 있게 됐어요. 설사 그 사람이 고양이가 토해놓은 털 뭉치처럼 마땅찮게 생겼다고 해도요. 왜 누군가는 그런 종류의 감정적 상처를 견뎌야만 하는 거죠? 그 모든 해결책에 내가 공감할 수 있다는 건 하늘만 알 거예요. 내 얼굴이…… 이 얼굴의 상태를 고려하면, 그 일이 일어난 후로 줄곧 내가 변변한 애정 생활을 누리지 못했다는 걸 당신도 상상할 수 있을 거예요."

"가엾게도. 물론 불리한 면이 있을 수 있지요."

"뭐에 불리한 면이 있다는 거죠?"

오로라가 다소 쌀쌀맞게 말한다.

"음, 있잖아요. 애정 생활에요. 그런 모든 것에요."

그녀는 오로라에게 자신의 몇몇 불리한 면에 대해서 말할 수도 있을 것이다. 하지만 무엇 하러 부정적인 면을 자세히 늘어놓는단 말인가?

"그 사람이 헌신적이라면 안 그래요. 그들이 상대에게 집착한다면 안 그래요. 오로지 상대에게만요. 그런 일이 이뤄질 수 있어요. 그들은 뇌를 변화시켜서 그 일을 해내요. 그건 마치 마력을 발휘하는 사랑의 묘약 같은 거예요."

"어머나. 그건……."

그 단어가 뭐더라? *놀랍다? 불가능하다?* 그녀는 사랑을 하면서 자신에게 많은 선택권이 있다고 느껴본 적이 결코 없다. 특히 절망적인 사랑의 경우에는. 주로 섹스로 점철된 종류인 경우에는 말이다. 사람들은 누군가를 그런 식으로 사랑했다. 그러다가 쾅! 본인들도 어쩔 수가 없는 것이었다. 그건 마치 물 미끄럼틀을 타고 내려가는 거나 다름없어서 누구도 멈출 수가 없었다. 아니, 맥스와 함께하는 것이 바로 그런 식이었다. 어쩌면 그녀는 결코 다시는 그런 기분을 느낄 수 없을 것이다.

"조슬린이 나한테 약속했어요. 만일 내가 그녀를 돕는다면요. 그녀 말로는 내가 이제 곧 그런 수술을 받은 사람을 얻게 될 거래요. 그녀가 일단 적합한 상대를 찾아내기만 하면요. 난 지금까지 너무 오래 기다려 왔어요! 하지만 이제 완전히 새로운 삶을 살 수 있어요."

오로라의 두 눈에 눈물이 차오른다.

샤메인은 거의 질투가 날 지경이다. 완전히 새로운 삶. 그녀 자신은 어떻게 해야 그런 삶을 얻을 수 있을까?

에스코트

"자네가 첫 번째 엘비스 에스코트 일을 따냈어."

로브가 아침을 먹으면서 스탠에게 말한다. 아니, 스탠이 아침을 먹을 때다. 로브에게는 차라리 점심에 가깝지만 스탠은 늦잠을 잤다. 그렇지만 그들 둘 다 엇비슷한 것을, 별 차이 없는 먹거리를 먹는 중이다. 미리 얇게 잘려 나오는 것들, 알루미늄 포장지에 싸여 있는 것들, 병에 들어 있는 것들. 엘비소리엄은 미식가 단체가 아니다.

스탠은 우지직 소리를 내다가 잠시 멈춘다. 그는 프링글스를 걸신들린 듯 먹는 걸 그만둬야만 한다. 그건 그를 뚱뚱하게 만들 것이다.

"어디로?" 스탠이 말한다.

"저 방송인 연차 총회 때문에 여기 와 있는 여자야. 엔에이비 말이야. 얘기를 들어보니 텔레비전 쪽에 있다던가, 아니면 예전에 그쪽에 있었다던가 하더군. 그녀가 어떤 사람인지 내가 알아야 한다는 생각이 들었거든. 그녀는 누군가 자신을 공연에 데려가줄 사람을 원해. 별문제 없을 것 같아." 로브가 말한다.

사실 스탠은 초조하다. 공연 전 불안 증후군이야. 스탠은 스스로를 타이른다. 걱정할 게 뭐가 있어? 이건 그의 진짜 직업도 또 그의 빌어먹을 여생도 아니다.

"그래, 정확히 내가 뭘 해야 하지?" 스탠이 말한다.

"그 여자가 주문한 일. 자넨 심지어 저녁 식사를 함께할 필요조차 없어. 그냥 공연까지만이야. 섹스에 대해서는 그날 저녁 늦게까지 알 수 없을 거야. 그건 일종의 충동구매가 될 수도 있어. 그래도 그들의 드레스에 대해서 칭찬하는 건 잊지 마. '그들의 눈을 응시하라' 같은 모든 일들 말이야. 우리 '당신의-이엘에프'는 모든 세부 사항에 신중하게 주의를 기울이는 걸로 유명해."로브가 말한다.

"좋아, 알았어."스탠이 말한다.

그는 평소처럼 스트립 가를 따라 거닐며 긴장을 가라앉히고, 사진을
몇 장 찍도록 자세를 취하고, 1달러짜리 몇 장을 받고, 일리노이 주에서
온 통 큰 사람한테는 5달러짜리 한 장도 받는다. 그가 엘비소리엄으로
돌아가자 로브는 여전히 주방에 있다.

"어떤 사내들이 자네를 찾으러 여기 왔었어. 자네 사진을 갖고 있었
어."로브가 말한다.

"어떤 사내들이지?"스탠이 말한다.

"넷이야. 대머리들이었고, 선글라스를 끼고 있었어."

"그들에게 뭐라고 했어?"스탠이 말한다. 선글라스를 낀 대머리 사
내 넷. 불길하게 들린다. 조슬린은 결코 그런 일에 대해 얘기한 적이 없
고, 버지나 베로니카도 마찬가지였다. 그의 접선자는 단 한 사람이어야
한다. 에드가 자료 유출의 출처를 추적해서 찾아낸 것일까? 그가 조슬
린에게서 억지로 스탠의 행방을 알아내기 위해 그녀의 손톱들을 뽑아
버렸을까? 이 사내들이 에드의 어깨들일까? 그는 자신이 어떤 차 안으
로 휙 끌려 들어간 다음, 텅 빈 차고에서 의자에 묶여, 묵사발이 되도록
흠씬 두들겨 맞아서 마침내 이렇게 울부짖게 되는 모습을 그려본다.

"그건 벨트 버클에 들어 있어요!"

벌써부터 그는 엘비스라는 외피 속에서 땀을 흘리고 있다. 아니, 전
보다도 더 많이 흘리고 있다.

"엉뚱한 곳을 찾아왔다고 말해줬지. 그들의 분위기가 마음에 들지 않았어." 로브가 말했다.

"어떤 사진이었지?" 스탠이 묻는다. 그는 직접 맥주 한 병을 가져다가 단숨에 절반을 벌컥벌컥 마셔버린다. "내 사진 말이야. 여기서 찍힌 것 같아?"

"아니, 예전 거였어. 자네가 매력적인 금발 여자랑 해변에 서 있던데. 펭귄이 그려진 셔츠를 입고서." 로브가 말한다.

스탠은 위가 조여드는 기분이다. 그것은 그의 신혼여행 사진이다. 틀림없이 그것이다. 그가 인화된 그 사진을 마지막으로 본 것은 파서빌리보츠에서였다. 그것은 샤메인의 두상 옆에 놓여 있었고 그 자신은 삭제되어 있었다. 확실히 에드와 '프로젝트' 측이 이 일을 지휘하고 있는 것이다. 그들이 그를 찾아냈다.

그는 생각한다. 빌어먹을. 난 망했어.

그는 계속 사람들 사이에 있는 것이 나을 거라고 생각하므로—그 대머리 폭력배들도 그를 납치하면서 이목을 끌고 싶지는 않을 것이다—저녁에 고객이 있다는 건 잘된 일이다. 그녀의 이름은 루신다 퀀트인데, 가물가물 기억이 날 듯 말 듯한 이름이다. 그들이 차에서 잠을 자던 시절에 샤메인이 루신다가 하던 프로그램을 보곤 하지 않았나? 처음 그 이름을 들었을 때, 그는 루신다가 10대 시절에 그 이름으로 인해 생겨났을 것이 틀림없는 학교 탈의실의 온갖 상스러운 농담을 상상할 수 있었다(퀀트(Quant)라는 이름이 '여자의 성기, 성교, 닳고 닳은 여자'

등을 의미하며, 경멸적인 욕설로도 사용되는 '컨트(cunt)'라는 단어를 연상시키는 데서 비롯된 것—옮긴이).

예정대로 그는 그녀의 호텔에서 그녀를 만난다. 그것은 베네시안 호텔이다. 로비는 여전히 배지를 달고 있는 엔에이비 연차 총회 참석자들로 입추의 여지가 없다. 그들 중 일부는 마치 분명 유명하기라도 한 듯, 혹은 한때 유명하기라도 했던 것처럼 보인다. 나머지 사람들, 즉 좀 더 후줄근해 보이는 사람들은 십중팔구 라디오 쪽 사람들일 것이다.

그가 루신다 퀀트를 찾아내기 전에 그녀가 먼저 그를 찾아낸다.

"당신이 내가 빌린 젊은 엘비스인가요?"

그녀가 말한다. 그가 그녀의 이름표를 눈여겨본 후 으르렁거리듯 말한다.

"그야 물론이지요, 귀여운 숙녀분."

"나쁘진 않네."

루신다 퀀트가 말한다. 그녀는 대략 50세, 아니 어쩌면 60세쯤이다. 햇볕에 너무 그을린 데다 주름살이 많아서 스탠은 정확히 판단할 수가 없다. 그녀는 스탠의 팔을 움켜잡고, 수다를 떨고 있는 한 무리의 동료 방송 언론인들에게 손을 흔들어 작별 인사를 한 다음, 이렇게 말한다.

"이 기괴한 구경거리에서 빠져나갑시다."

스탠은 그녀의 손을 잡아 택시에 태우고, 반대편으로 빙 돌아가서 그녀 옆자리로 미끄러지듯 올라탄다. 그는 그녀에게 고무 같은 입술로 가능한 한 최고의 미소를 지어 보이지만, 그녀는 미소로 화답하지 않는다. 그녀는 팔이 비쩍 말랐고, 치아는 미백을 한 듯 하얗고, 은과 터키석으로 만든 장신구를 잔뜩 달고 있다. 머리카락은 검은색으로 염색하고, 눈썹은 연필로 그렸고, 머리에는 마치 새끼 염소의 뿔 같은 작은 오렌지색 뿔 두 개를 달고 있다.

"안녕하세요, 부인." 그가 엘비스의 음역을 흉내 내며 말한다. "정말이지 부인이 달고 있는 그 뿔에 감탄을 금할 수가 없군요."

그것은 사교적인 대화를 시작하는 여느 방법들 못지않게 좋은 방법이다.

그녀가 오랫동안 흡연을 한 사람 같은 허스키한 웃음소리를 내며 크게 웃는다.

"여기서 노점상한테 샀어요. 님프(Nymp. 그리스, 로마 신화에 등장하는 정령인 님프(nymph)와는 별개의 의미로 사용되었다─옮긴이)의 뿔일 거예요."

"님프요?"

"그건 색정광인 꼬마 여자 도깨비죠. 어떤 일본 만화책에 나오는 거예요. 내 손주 녀석들이 그것에 대해 잘 알아요. 그 애들 말로는 그게 대유행이래요."

"그 애들은 몇 살인가요?"

스탠이 예의 바르게 묻는다.

"여덟 살이랑 열 살이요. 그 애들은 심지어 '색정광(nymphomaniac)'이 무슨 뜻인지도 알아요. 걔들 나이였을 때 난 막대 사탕의 어느 쪽 끝을 내 입속에 넣어야 하는지도 몰랐는데요."

저건 암시인가? 스탠은 아니기를 바란다. 받아들여, 스탠. 그가 스스로를 타이른다. 남자답게 굴어. 그것보다는 아예 애인처럼 굴면 더 좋고. 루신다는 고약한 '블루 스웨이드'(엘비스 프레슬리의 히트곡 「블루 스웨이드 슈즈(Blue Suede Shoes)」의 제목을 차용—옮긴이) 냄새를 폴폴 풍긴다. 스탠이 최근 줄곧 엄청나게 많이 들이마신 엘비스에게 헌정된 향수다. 수많은 늙은 '아가씨'들이 그것을 바르고 있다. 그것은 뭐랄까 고양이들이 죽은 주인의 스웨트셔츠 위에서 뒹구는 것이나 다름없다. 신발이름을 따서 이름을 지은 향수를 바르고 있는 것은 괴상한 일이지만 그가 뭘 알겠나? 약간 계피 냄새 비슷하기도 하지만, 알게 모르게 가죽 보존제 냄새가 바탕에 깔려 있는 그 향기는 루신다의 젖가슴 사이에서 퍼져 나오는데, 목 부분이 깊게 파인 진홍색 히비스커스 꽃무늬 드레스에서는 가슴 맨 윗부분이 훤히 드러나 있다.

"그래서 처음에는 생각했지요. 저 뿔은 아동용이구나. 하지만 이내다시 생각했어요. 안 될 건 뭐야? 자, 해봐, 아가씨! 살아 있는 동안 신나게 살라는 게 내 의견이에요. 지금 이게 내 진짜 머리가 아니라는 걸 알려주는 거예요. 이건 가발이에요. 난 암 생존자예요. 아니, 지금까지는요. 이크, 말이 씨 될라, 아무 탈 없기를. 그리고 지금 이 순간 난 그저 삶을 사정없이 즐기고 싶을 뿐이에요."

"괜찮아요. 이것도 내 진짜 입술은 아니에요."

스탠이 이렇게 말하자 루신다가 또다시 웃음을 터뜨린다.

"당신은 끝내주는군요."

그녀가 슬며시 다가와 뼈만 앙상한 작은 볼기짝 한쪽을 그의 넓적다리에 바짝 밀착시킨다. 그가 엘비스처럼 굵은 목소리로 "워워, 자기, 온

밤이 우리 거예요"라고 말해야만 할까? 안 된다. 그러면 부당하게도 앞으로 있을 환희에 대해 암시하게 될 테니까. 대신에 그는 이렇게 말한다.

"자, 당신이 내게 당신 얘기를 해줬으니, 아무래도 내가 게이라는 사실을 당신에게 말해야만 할 것 같군요."

그녀가 담배 연기에 찌든 듯한 웃음소리를 내며 크게 웃는다.

"아니요, 그렇지 않아요." 그녀가 말한다. 흰색 옷에 감싸인 그의 무릎을 토닥거린다. "하지만 시도는 좋았어요. 그건 나중에 논의할 수 있을 거예요."

아슬아슬한 순간에 때마침 그들은 목적지에 다다른다. 그 카지노는 제정러시아를 주제로 새로 지은 곳이다. 그것은 크렘린 궁전이라고 불린다. 외관의 황금빛 양파 모양 돔, 빨간색 장화를 신은 남자 하인들, 코사크 기병들처럼 차려입고 일렬로 늘어서서 그들을 반갑게 맞이하며 불을 먹는 묘기를 부리는 사람들. 묘기를 부리던 이들 중 한 사람이 그의 다른 한 손으로 타오르는 횃불을 높이 치켜든 채, 루신다가 차에서 내리도록 도와준다.

바에서 내세우는 메뉴인 화이트 러시안(보드카와 커피 리큐어로 만드는 블랙 러시안에 생크림을 띄운 칵테일—옮긴이)과 여러 개의 도박용 테이블 위에서 인조 모피로 만든 젖꼭지 가리개를 한 채 슬라브계 록 음악에 맞춰 허리를 앞으로 내밀며 선정적으로 춤을 추는 무용수들. 내부의 극장 네 개. 로브에 따르면 지금은 도박보다 공연이 더 많이 벌어들인다. 그래도 혹시 사람들이 도박이라는 악마에 사로잡힐지도 모르는 일이긴 하니까 도박장을 거쳐 지나가도록 만들어놓았다.

"이쪽이에요. 전에 여기 와본 적이 있어요."

루신다가 그를 이끌고 그들이 볼 공연이 곧 시작될 극장 쪽으로 간다.

스탠이 선글라스를 낀 대머리 사내들이 있는지 계속 주시하지만 아직까지는 괜찮다. 그들은 아무 문제없이 슬롯머신들과 블랙 잭 테이블과 테이블 위에서 춤추는 무용수들을 지나 관객석으로 들어선다. 그가 루신다를 그녀의 자리에 앉힌다. 그녀는 장식용 모조 다이아몬드가 촘촘히 박힌 돋보기를 끼고 기념용 공연 순서 소개지를 유심히 살펴본다.

스탠은 주변을 훑어보며 도망쳐야 할 경우에 대비해 출구들의 정확한 위치를 파악한다. 객석에는 적어도 열두 명의 다른 엘비스들이 와 있는데, 저마다 쪼그랑할멈을 하나씩 한 팔로 감싸고 있다. 또한 빨간 드레스를 입고 옅은 금발 가발을 쓴 마릴린들이 나이 지긋한 사내들과 짝을 이룬 채 드문드문 흩어져 있다. 그 노인들 중 일부는 팔로 마릴린의 어깨를 감싸 안고 있다. 그리고 마릴린들은 저마다 고개를 뒤로 젖히고 번쩍이는 치아를 살짝 내보이며 입을 벌린 채 상징적인 웃음소리를 내고 있다. 비록 그것이 완전히 거짓임을 알고 있음에도 불구하고 그는 그것이, 그런 웃음소리가 섹시하다고 인정하지 않을 수가 없다.

"이제 대화를 좀 나눠보도록 해요. 어떻게 이 업계에 들어오게 됐죠?"

루신다 퀸트가 말한다. 그녀의 목소리에는 그녀가 표방하는바, 전문적인 인터뷰 진행자의 중립성과 날카로움이 담겨 있다.

조심해, 스탠. 그는 스스로를 타이른다. 그 네 명의 대머리 사내들을 기억해. 너무 많은 질문은 위험을 의미해.

"얘기를 하자면 길어요. 난 그저 계약된 일이 없을 때만 이 일을 할 뿐이에요. 실은 배우예요. 뮤지컬 코미디요."

스탠이 말한다. 그건 확실히 따분한 사람 얘기다. 여기 있는 사람들은 모두 그렇다.

그에게는 다행스럽게도, 공연이 시작된다.

조달

월요일 아침 일찍 조슬린이 집으로 온다. 샤메인은 방금 샤워를 하고, 출근을 하기 위해 프릴이 많이 달린 흰색 블라우스 따위를 모두 차려입었지만, 만족스러운 기분이 들지는 않는다. 숙취가 틀림없다. 그녀가 일생 동안 그랬던 적이 거의 없어서 확신할 수는 없지만 말이다. 샤메인이 달걀을 똑바로 쳐다볼 수 있을 것 같지도 않다고 말했는데도, 오로라는 스크램블드에그와 커피를 만드는 중이다. 샤메인은 어젯밤 그들이 토론한 내용이 무엇이었는지 기억이 가물가물하다. 그녀는 조금 더 많이 기억해낼 수 있기를 바란다.

"최신 정보가 있어요." 조슬린이 말한다.

"커피 마실래요?" 오로라가 말한다.

"고마워요." 조슬린이 말한다. 그녀가 샤메인을 세밀히 살펴본다. "대체 어떻게 된 거예요? 이렇게 말해서 미안하지만 당신 꼴이 말이 아니에요."

"큰 슬픔 때문이지요."

오로라가 이렇게 말하고, 그녀와 샤메인이 함께 키득거린다.

조슬린은 이 말을 이해한다.

"좋아요. 그럴듯한 얘기예요. 만일 그가 물어보면 계속 그렇게 우겨요. 보아하니 두 사람이 주류 수납장에서 아이들처럼 함께 놀았군요. 내가 당신들 대신 증거를 처리할게요. 빈 병들은 내 전문이지요. 자, 이제 잘 들어요." 조슬린이 말한다.

그들은 식탁에 앉는다. 샤메인은 커피를 한 모금 마셔본다. 아직 달걀과 씨름할 준비는 되어 있지 않다.

"그의 계획은 이래요. 샤메인, 그가 당신에게 자신이 라스베이거스로 출장을 갈 예정이라고 말할 거예요. 그는 물론이고 당신 자신을 위해서도 표를 예매하라고 요청할 거고요. 현지에서 당신 도움이 필요하다고 말할 거예요." 조슬린이 말한다.

"어떤 도움이요?" 샤메인이 신경질적으로 묻는다. "작정하고 나를 호텔 방 안에 가두고 나서……."

"그렇게 단순한 게 아니에요. 당신도 알다시피, 그는 섹스봇을 쓰는 건 그만뒀어요. 그 자신의 개인적인 용도로는 말이죠. 다음으로는 새로운 미개척 영역으로 옮겨 갈 거예요." 조슬린이 말한다.

"이게 내가 당신에게 얘기하던 바로 그거예요. 어젯밤에." 오로라가 말한다.

어젯밤에 대한 샤메인의 기억은 다소 흐릿하다. 아니, 매우 흐릿하다. 그녀와 오로라가 마시고 있던 것은 무엇이었을까? 어쩌면 술에 약물이 들어 있었을지도 모른다. 오로라의 얼굴을 떼어낸 것에 관한 무슨 얘기가 있었다. 하지만 말도 안 된다.

"새로운 미개척 영역이요?"

샤메인이 말한다. 그녀가 떠올릴 수 있는 거라곤 고작 서부 영화가 전부다.

조슬린이 그녀의 포지패드를 꺼내서 켜고 동영상 하나를 불러낸다. 그녀가 말한다.

"화질은 아쉽지만, 소리는 아주 잘 들릴 거예요."

모자이크된 듯 픽셀화되어 흐릿한 에드가 커다란 이사회실의 대형 터치스크린 앞에 서 있는데, '파서빌리보츠'라는 글자가 터치스크린 화면을 가로지르다가 갑자기 불꽃으로 터지고 나면 또다시 그 글자가 시작되고 있다. 그는 뒤통수로만 보이는, 정장 차림으로 모임에 참석한 소수의 남자들을 향해 말을 하는 중이다.

그는 최대한 설득력 있는 태도로 말하고 있다.

"내가 믿을 만한 전문가에게서 들은 바에 따르면 인간과 컴퓨터를 연결해주는 장치에 의한 경험은, 심지어 우리의 가장 최상급 제품들을 사용하더라도, 현재로서는 별로 그럴듯하지 않은 진짜에 대한 대용품이고, 또 앞으로도 늘 그럴 수밖에 없을 것입니다. 아마도 절박한 사람들을 위한 수단이겠지요." 이 대목에서 뒤통수만 보이는 사람들에게서 약간의 웃음이 터져 나온다. "하지만 확실히, 우리는 그보다 더 잘 해낼 수 있을 겁니다!"

수런대는 소리가 나고 짧은 머리들이 끄덕여진다.

에드가 말을 잇는다.

"친애하는 여러분, 인간의 몸은 복잡합니다. 우리가 현재의 기계장치로, 그리고 결국 앞으로 고안되고 말 기계장치라는 것으로, 복제되기를 바랄 수 있는 것보다 더욱 복잡합니다. 그리고 인체는 인간의 뇌에 의해 조종되는데 이 뇌는 알려진바, 우주에서 가장 정교하고 가장 복잡하게 뒤얽힌 구조물입니다. 인간은 여태껏 그런 인체와 뇌의 조합에 근접하기 위해 죽도록 노력해왔습니다! 하지만 어쩌면 우리는 착각을 하고 있었던 것일지도 모릅니다!"

"무슨 말이지요?"

머리들 중 하나가 묻는다.

"내 말은 이겁니다. 자립형 장치가 이미 존재하는데, 무엇 하러 자립형 장치를 만든단 말인가? 무엇 하러 바퀴를 다시 고안하는가? 그런 바퀴들을 '우리가 원하는 곳으로 굴러가게' 해보는 것은 어떨까? 모두에게 이로운 방식으로. 가능한 최대 다수의 최대 행복. 그게 바로 파서빌리보츠가 상징하는 것입니다. 내가 틀렸나요?"

"바로 본론으로 들어가요. 당신은 텔레비전에 출연하고 있는 게 아니에요. 우리한테 장광설은 필요 없어요." 짧은 머리들 중 하나가 말한다.

"우리의 현재 상황에 무슨 문제라도 있나요? 난 우리가 돈을 긁어모으는 중이라고 생각했는데." 또 다른 머리가 말한다.

"그렇습니다, 그렇게 하고 있어요. 하지만 우리는 훨씬 더 많이 긁어모을 수도 있습니다. 좋습니다, 간단하게 말하지요. 이미 존재하는 인체와 뇌를 택해서 고통 없는 조작을 통해 그 존재가, 그 사람이, 까놓고 말해서 여러분의 요구에 응해주지 않으려 하는 그 매력적인 아가씨가,

여러분이 마치 그녀가 지금까지 본 중에 가장 섹시하고 멋진 남자라고 생각하기라도 하는 것처럼 여러분에게, 오로지 여러분에게만 관심을 쏟도록 만드는 건 어떨까요?"에드가 말한다.

"지금 일종의 향수 얘기를 하는 건가요? 나방들한테 있는 것 같은 페로몬이 함유된 거? 내가 그런 걸 써본 적이 있는데 헛소리예요. 미국 너구리 한 마리만 끌어들였지요."또 다른 목소리가 말한다.

"설마! 진짜 너구리요? 아니면 그저 나이 지긋한 여자……."

"만일 그게 새로 나온 옥시토신, 그러니까 흥분제 같은 거라면, 그런 것들은 오래가지 않아요. 이튿날 아침이면 도로 당신을 지겨운 녀석이라고 생각하기 시작할 거예요."

"너구리하고는 무슨 일이 있었던 거야? 그거야말로 완전히 새로운 일일 텐데!"

웃음소리. 에드가 말한다.

"아니, 아닙니다. 진정합시다. 그건 정제(錠劑)가 아니고, 믿기 힘들겠지만 공상과학소설도 아닙니다. 라스베이거스의 우리 병원에서 개선 중인 이 기술은 참전 용사들, 아동 학대의 생존자들 등등에게서 고통스러운 기억들을 지워 없애는 데 있어서 지금까지 실행해온 연구를 기반으로 한 겁니다. 뇌에서 갖가지 두려움과 부정적인 기억들의 위치를 정확히 찾아내 절개할 수 있을 뿐 아니라, 사람들이 바로 전에 사랑하던 대상을 지워버리고 다른 대상을 각인할 수 있음을 발견했습니다."

카메라가 병상에 있는 아주 예쁜 여자에게로 이동한다. 그녀는 잠들어 있다. 이내 그녀의 두 눈이 뜨이더니 측면으로 움직인다. 그녀가 기뼈서 미소를 지으며 말한다.

"아. 당신이 왔군요! 마침내! 사랑해요!"

"와, 저렇게 간단하다니. 저 여자가 연기를 하는 건 아닌가요?" 한 짧은 머리가 말한다.

"아닙니다. 이건 일이 제대로 되지 않은 경우입니다. 우린 그걸 바로 이곳 현장에서 시도했습니다만 너무 일렀어요. 그때는 기술이 완벽하지 않았습니다. 이제 우리 라스베이거스 팀은 기대했던 수준을 보이고 있습니다. 하지만 이 경우는 원리를 실제로 잘 보여줍니다." 에드가 말한다.

장면이 왼쪽으로 이동한다. 여자가 그녀의 입술을 푸른색 테디 베어에게 밀착시키고 정열적인 키스를 퍼붓고 있다.

"저건 베로니카예요!" 샤메인은 거의 비명을 지르다시피 한다. "맙소사! 그녀가 뜨개질된 물건이랑 사랑에 빠져버렸어요."

"잠깐만. 더 있어요." 조슬린이 말한다.

"방해 활동을 하는 어떤 인물이 그녀에게 그 곰 인형을 줬는지는 모르겠습니다. 문제는 이것이 두 눈이 달린 모든 것에 효과가 있다는 겁니다. 이 습격을 주문했던…… 이 작업을 주문했던…… 이 수술을 주문했던 사내가 나타나서 몹시 화를 냈습니다만, 그는 너무 늦었습니다. 그녀는 이미 각인이 되어버렸던 겁니다. 타이밍이 가장 중요합니다." 에드가 말한다.

"이건 다이너마이트나 다름없군요. 하렘을 가질 수도 있겠어요. 그리고 또……." 머리들 중 하나가 말한다.

"그러니까 목표 대상을 지명하고……."

"그것을 조달해달라고 하면……."

"승합차에 밀어 넣고, 그다음에 비행기에 태워 라스베이거스의 병원으로 가서 재빨리 주사를 놓은 다음에는, 완전히 새로운 인생인 거지요!" 에드가 말한다.

"빌어먹을 만큼 환상적이군!"

조슬린이 포지패드를 끈다.

"간단히 말하자면 바로 그런 거예요." 그녀가 말한다.

"그러니까 당신 말은, 저들이 그들을 유괴할 거라는 얘기인가요? 그들 자신의 삶에서? 여자들을요?" 샤메인이 말한다.

"직설적으로 말하자면 그렇지요. 단, 여자들뿐만이 아니고 남녀 구별이 없기는 해요. 그래요, 개념상으로는 그럴 거예요. 하기야 수술 대상이 된 사람은 개의치 않을 거예요. 왜냐하면 그들이 이전에 사랑했던 애정의 대상은 무효가 되어버렸으니까요." 조슬린이 말한다.

"그러니까 에드가 샤메인이 라스베이거스 출장을 가기를 원하는 이유가 바로 그거군요?" 오로라가 말한다.

"그가 내게 노골적으로 그렇게 말한 건 아니지만, 그게 사리에 맞는 짐작이겠지요." 조슬린이 말한다.

"그러니까 당신 말은, 그는 내가 더 이상 스탠을 사랑하지 못하도록 고치고 싶어 한다는 거군요."

샤메인이 말한다. 그녀 자신의 목소리가 들리는데, 너무 슬픈 목소리다. 만일 그런 일이 일어나면 스탠은 그녀에게 낯선 사람이 되어버릴 것이다. 그들의 모든 과거, 결혼식, 함께 차에 살던 일, 그들이 함께 겪었던 모든 것이……. 어쩌면 그녀가 기억할지는 모르지만 그것은 아무런 의미가 없을 것이다. 그것은 누군가 다른 사람에게, 그녀는 전혀 알지도 못하는 누군가, 따분한 누군가의 말에 귀를 기울이는 것이나 마찬가지일 테다.

"그래요. 당신은 더 이상 스탠을 사랑하지 않을 거예요. 대신 에드를 사랑하겠지요. 그를 맹목적으로 사랑할 거예요." 조슬린이 말한다.

이건 윈 할머니 집에 있던 전래 동화책에 나오는 저 사랑의 묘약들 중 하나 같은 거로군. 샤메인이 생각한다. 두꺼비 왕자한테 감금당하는 그런 종류의 동화. 그런 이야기들에서는 마법에 걸린 은빛 드레스나 뭐 그런 걸 가지고 있기만 하면 마지막에는 언제나 진정한 사랑을 되찾게 되었지만 현실에서는, 다시 말해 이런 현실, 에드가 그녀를 위해 계획하고 있는 현실에서는 그녀는 영원히 어떤 끔찍한 두꺼비 왕자의 주문에 걸려 있게 될 것이다.

"그건 소름 끼쳐요! 차라리 자살해버릴 거예요!" 샤메인이 말한다.

"그럴지도 모르지만 나중에는 자살하려고 하지 않을 거예요. 수술이 끝나면 의식을 찾게 될 테고 당신의 손을 잡고서 두 눈을 응시하고 있는 에드가 있을 거예요. 당신은 그를 단 한 번 보고 와락 끌어안고서 영원히 사랑할 거라고 말할 테지요. 그런 다음 당신은 그에게 뭐가 됐든 그가 원하는 성적인 방식으로 당신을 이용해달라고 간청할 거예요. 그리고 그 말은 진심일 거예요. 한마디 한마디가 다요. 당신은 결코 그에게 질리지 않을 거예요. 이 수술이라는 게 내는 효과가 바로 그런 거예요." 조슬린이 말한다.

"맙소사. 하지만 당신이 나한테 그런 일이 생기게 내버려둘 수는 없어요! 내가 무슨 짓을 했든…… 당신이 스탠한테 그런 일에 생기게 놔둘 수는 없는 거잖아요!" 샤메인이 말한다.

"여전히 스탠에게 마음이 쓰이나요?" 조슬린이 흥미가 있다는 듯 말한다. "그 모든 일이 있은 후인데도?"

샤메인은 문득 스탠을, 그러니까 스탠이 대개는 얼마나 다정했는지, 또 그가 소년처럼 잠들어 있을 때 얼마나 순진해 보였는지, 또한 그녀가 마치 그가 결코 존재하지 않는 것처럼 그에게 등을 돌리고 에드의 팔을 잡고 떠나버리면 그가 얼마나 좌절할지를 생각한다. 그는 절대로 그것을 극복하지 못할 것이다.

그녀는 어쩔 수 없이 결국 울기 시작한다. 굉장히 큰 눈물방울들을 흘리며 가쁜 숨을 몰아쉬고 있다. 오로라는 그녀에게 화장지를 가져다주기는 하지만 그녀의 어깨를 토닥거리기까지 하지는 않는다.

"최소한 그는 *당신*을 원해요. 당신을 본뜬 로봇만이 아니라요." 오로라가 말한다.

"괜찮아요. 진정해요. 에드는 내가 당신과 함께 갈 거라고 분명히 말했어요. 내가 당신의 보안 담당자이자 경호원이고, 당신을 안전하게 지키기로 되어 있어요." 조슬린이 말한다. 그녀는 이 말이 충분히 이해되도록 잠시 말을 멈춘다. "그리고 나는 당신을 안전하게 지킬 거예요. 당신 뒤에는 내가 있어요."

XIII

—

그린맨

그린맨

루신다가 표를 구한 공연은 '그린맨 그룹'이다. 그것은 라스베이거스에서 수십 년간 상연되고 있는 '블루맨 그룹'에서 파생된 공연이다. 스탠은 아직 딤플에서 근무하고 있던 시절에 유튜브에서 그들의 공연을 풍자적으로 각색한 것을 보았다. '레드맨 그룹'과 '오렌지맨 그룹' 그리고 '핑크맨 그룹'도 있는데 저마다 상이한 전략을 지니고 있다. 공연 순서 소개지에 적혀 있는 바에 따르면 '그린맨 그룹'의 경우 환경 보호라는 주제가 전략이다.

아니나 다를까 조명이 환하게 켜지자 그 불빛 아래 모형 새들과 모형 초목이 있다. 맨 처음 한 무리의 '그린맨'들이 껑충거리듯 튀어나올 때, 그들은 대머리인 데다 반짝거리는 초록색을 칠하고 있을 뿐 아니라 나뭇잎까지 잔뜩 달고 있다. 잎사귀들을 제외하고는, 그것은 스탠이 기억하고 있는 인터넷에서 보았던 것과 똑같은 종류의 혹은 부분적으로 똑같은, 빈틈없이 연출된 코미디이자 과학기술이자 음악 공연이다. 꽃으로 변하는 풍선 마술들, 케일을 우적우적 먹어치운 다음 입에서 초록색의 끈적끈적한 물질을 내뱉는 것. 여러 개의 양파로 저글링하기, 그리고 수없이 둥둥 울려대는 북소리, 게다가 구두점으로 쓰이는 징을 든 한 사내까지 포함해서 말이다. 대사는 전혀 없다. 그들 중 어느 누구도 결코 아무 말도 하지 않는다. 왜냐하면 그들은 말을 못 하는 척하고 있기 때문이다. 가끔씩 새소리, 무대 위의 커다란 스크린에 비치는 해돋이, 어린 나무들을 매단 채 비상하는 헬륨 풍선들같이 메시지가 전달되는 부분이 있기는 하지만 이내 또다시 북들이 울리기 시작한다.

갑자기 「튤립들 사이를 발끝으로 살금살금 걸어요」에 맞춰 진행되는, 튤립이 등장하는 공연 프로그램이 시작된다. 처음에 이것은 스탠을 똑바로 앉게 만든다. 그것은 그가 파서빌리보츠에 있던 때의 암호이고 이게 빌어먹을 우연의 일치일 리는 없으니까! 하지만 그 공연이 펼쳐지는 동안 그는 생각한다. 기다려봐, 스탠. 그래, 이건 우연의 일치일 거야. 우연의 일치는 수도 없이 많잖아. 그리고 그린맨들이 저기 무대 위에서 저지르고 있는 공공연한 어리석은 짓들을 감안할 때 그건 틀림없이 우연의 일치야. 만일 그것이 신호라면 빌어먹을 그들은 대체 그가 어떻게 반응하기를 기대하고 있는 걸까? 비명을 지르면서 뛰어다닐 거라고? '내 벨트 버클을 가져가요! 여기 플래시드라이브가 있어요'라고 고함을 칠 거라고? 그래, 확실히 우연의 일치야.

그는 자리에 앉은 채 몸을 뒤로 기대며 그 공연을 지켜본다. 튤립을 주제로 한 불꽃놀이, 튤립을 이용한 속임수들, 튤립으로의 변신, 다시 말해 불이 붙은 튤립들, 펑펑 터지는 튤립들, 어느 그린맨의 두 귀에서 자라나는 튤립들이 등장한다. 스탠은 그것이 전문적으로 수행되고 있으며 재미까지 있음을 인정하지 않을 수 없다. 다른 사내들이 바보짓을 하고 있는 모습을 보는 것은 사람을 느긋하게 만든다. 하지만 만일 그들이 의도적으로 그렇게 하고 있다면, 어쩌면 효과가 없을지도 모른다.

다음 차례는 징을 이용한 공연 프로그램이다. 징을 치는 사람은 얼추 광대 비슷한 존재다. 그는 많은 웃음을 자아낸다. 그런데 징을 치는 사내가 고작 단 한 명뿐일까? 그린맨들은 엘비스 분장을 하는 사내들과 마찬가지이다. 다시 말해 그들은 동일한 의상을 입고 있어 구별하기가 어렵다. 스탠은 맞교대 순간마다 지켜보려고 애쓰지만 그건 마치 카드 판의 사기꾼을 지켜보는 것과 마찬가지이다. 속임수가 쓰이고 그것이 속임수임을 알지만, 그들이 그 속임수를 쓰는 순간을 포착하지는 못하는 것이다.

끝에서 두 번째 공연 프로그램은 관객 참여 코너이다. 천진난만한 사람 셋이 무대 위로 끌려 나가고, 방수복을 착용한 다음 괴상한 재료를 먹어달라는 요청을 받고, 찐득찐득한 초록색 물질의 폭격을 받는다. 그런 다음 더 많은 북과 징과 빛으로 환해지게 만드는 것들이 동원된 대단원이 찾아온다. 그런 다음 여러 번의 커튼콜이 있다. 대머리인 초록색 사내들이 땀을 줄줄 흘리고 있다.

"자, 대여 엘비스 양반, 당신 소감은 어떤가요?"

불빛이 환하게 밝혀지자 루신다가 말한다.

"타이밍 감각이 좋네요."

"그게 다예요? 타이밍 감각이 좋네요? 사람들이 자기들 일생을 바쳐서 저런 기술들을 연마하는데, 당신이 할 수 있는 말은 고작 그게 다예요? 틀림없이 당신은 잠자리에서 정말 끝내주겠군요."

빌어먹을 것. 스탠은 생각한다. 하지만 난 당신이랑 그 빌어먹을 짓을 하진 않을 거야.

"부인." 그는 이렇게 말하고, 그의 푸른색 망토를 한 차례 휘날리며 그녀를 통로 쪽으로 인도한다. "먼저 가세요."

그녀의 오렌지색 뿔들은 비뚤어져 있다. 그리고 그것들로 인해 그녀에게서는 마치 휴가 중인 악령처럼 방탕한 분위기가 난다.

루신다가 화장실에 가겠다고 말한다. 그런 후 스탠이 그녀를 데리고 이 호텔 건물 안에 있는 바들 중 하나에 가서 함께 화이트 러시안을 한두 잔 나누며, 그녀에게 그의 인생 이야기를 해주기를 기대한다. 아직 초저녁이므로 그렇게 한 후에도 그들은 무언가 또 다른 일을 할 수 있을 것이다. 그녀는 활짝 웃으면서 하지만 동시에 고등학교 선생님의 엄격하고 살짝 나무라는 듯한 목소리로, 자신이 지불한 만큼 본전을 뽑으려고 단단히 작정했다고 그에게 말한다.

한 번에 하나씩 하자고. 그가 생각한다. 그는 그녀를 여자 화장실로 안내한다. 밖에서 그녀를 기다리면서, 누구든 그에게 지나치게 관심을 가진 듯 보이는 폭력배 같은 사람을 찾으며, 점점 줄어들고 있는 군중을 유심히 살피고 있을 때, 마릴린들 중 하나가 슬금슬금 옆걸음질 쳐 그의 옆으로 다가온다.

"스탠." 그녀가 속삭인다. "나예요. 베로니카."

"빌어먹을, 왜 이제 와요?" 그가 으르렁거리듯 말한다. "내가 살고 있는 곳에 와서 나에 대해 물은 선글라스 낀 포지트론 사내들이 몇 있어요. 날 다른 곳으로 옮겨줘야 해요! 버지는 어디 있지요? 코너는 어디에 있어요? 난 별로 중요하지 않은 사람인가요? 만일 내가 가지고 다니는 이 쓰레기 같은 게 그렇게 기똥차게 대단하다면, 왜 아무도 이걸 수거하러 오지 않는 거지요?"

"목소리를 낮춰요. 엔에이비에는 항상 엿듣는 사람들이 우글거려요. 그런 방송인들은 특종을 훔치고, 누구든 귀 기울이는 사람에게 서로의 정보를 넘기는 걸 좋아해요. 그건 당신한테 안 좋을 수도 있어요."

"난 조슬린이 이 뉴스를 폭로하고 싶어 한다고 생각했어요!"

"적당한 시점을 고르고 있어요. 그녀는 딱 알맞은 순간까지 참을 필요가 있어요. 나랑 함께 가요. 서둘러요. 무대 뒤편으로 갈 거예요."

"내 데이트 상대는 어쩌고요?"

스탠이 말한다. 만일 그가 사라지고 없으면 루신다는 마구 화를 내며 항의할 것이다. 그녀는 마구 화를 내며 항의할 부류다.

"그건 걱정 마요. 우리한텐 또 다른 엘비스가 있어요. 그가 당신을 대신할 거고, 그녀는 당신들을 구별하지 못할 거예요."

스탠은 과연 그럴까 의심하면서도—루신다는 멍청하지 않다—베로니카를 따라 극장의 측면 통로를 지나간 다음 맨 앞줄 근처의 출구로 나간다. 복도를 지나 모퉁이를 돌자, 계단 몇 개가 있다. 그런 다음 무대 출입구. 그녀가 문을 똑똑 두드린다. 온통 초록색을 칠한 채, 짙은 초록색 정장을 입고 이어폰을 꽂은 대머리 사내가 문을 연다.

"저쪽으로."

그가 말한다. 그들은 모든 것을 미리 생각해놓았다. 주제에 맞춘 극장 경비원들까지 말이다.

스탠이 느릿느릿 뒤따르는 채로 베로니카는 서둘러 좁은 복도를 따라간다. 그녀는 마릴린의 엉덩이 동작을 완전히 터득했다. 거기서 수업도 해주는 걸까? 발목을 삐끗한 다음 두 발을 하이힐에 쑤셔 넣으라는 식인가? 스탠은 애석하다는 듯 생각한다. 베로니카, 그 곰 인형은 당신의 진가를 전혀 몰라요.

그들은 초록색 별표가 달린 어느 탈의실의 닫힌 문 앞에 잠시 멈춰선다. '그린맨 그룹.'

"이 안에서 기다려요. 만일 누가 오면 오디션을 본다고 해요." 베로니카가 말한다.

"누구를 기다리는 거죠?" 스탠이 말한다.

"접선자요. 양도 대상. 당신의 정보를 언론 쪽에 가져다줄 사람이요. 그러니까 우리가 운이 좋다면요. 아직 그 벨트 버클 갖고 있지요?"

"이게 뭐라고 생각하는 거예요? 잃어버리기도 힘든 물건이라고요."

스탠이 그의 몸통 한가운데 두른 커다랗고 장식이 화려한 장신구를 가리키며 말한다.

"아무도 그걸 바꿔치기하지 않았나요? 그 버클을요?"

"그 사람들이 무엇 때문에요? 이건 가짜 은이에요. 진짜가 아니라고요. 어쨌든 난 그걸 베개 아래 두고 잤어요."

베로니카가 어깨를 마릴린처럼 사랑스럽게 으쓱한다.

"당신이 맞기를 바라요. 그들이 그걸 열고 플래시드라이브를 기대하는데 안에 아무것도 없다면 좋지 않을 거예요. 그들은 당신이 그걸 팔아넘겼다고 생각할 거예요."

"빌어먹을, 내가 그걸 누구한테 팔아넘긴다는 거예요?"

스탠이 묻는다. 그가 잠시 그런 생각을 한 적은 있지만, 그에게는 아무런 힘이 없다. 누구든 그것을 원하다가 어디에 있는지를 알아내는 사람은 모두 간단히 그것을 빼앗은 다음, 그를 도랑에 내동댕이칠 것이다.

"아, 누군가는 대가를 지불하려고 하겠지요. 어떻게든. 자, 들어가요. 난 뛰어가야 해요. 행운을 빌어요!"

그녀는 마릴린처럼 입술을 오므리더니 마릴린처럼 손으로 키스를 날리고, 조용히 문을 닫고 간다.

분장실에는 아무도 없다. 조명이 달린 긴 거울, 그 아래쪽에 죽 달려 있는 긴 화장대, 한 무더기의 화장품 통들, 그 통들에 들어 있는 분장용 초록색 화장품. 화장 붓들. 분장을 하는 동안 앉아 있을 의자 하나. 문 안쪽의 갈고리에 걸린 옷걸이들에 각각 걸려 있는 그린맨 정장 두 벌. 청바지, 재킷, 검은색 티셔츠 따위의 평범한 외출복들. 커다란 나이키 운동화 한 켤레. 이 분장실을 쓰는 사람이 누구든 그는 스탠보다 발이 크다.

이 방의 출구는 딱 하나뿐이다. 그는 그 부분이 마음에 들지 않는다. 의자를 지나쳐 거울 맞은편을 바라보며 화장대 위에 걸터앉는다. 문을 등지지 않으려고 조심한다.

빌린 징

    똑똑 문 두드리는 소리가 난다. 그는 어떻게 해야 할까? 숨을 곳이 아무 데도 없으므로 하는 데까지는 해보는 편이 나을 것 같다.

    "어서 들어오세요."

    스탠이 엘비스처럼 목소리를 내며 말한다.

    문이 열린다. 루신다 퀸트다. 빌어먹을, 어떻게 그를 찾아낸 거지? 하지만 그녀는 "어디로 갔던 거야?"나 뭐 그 비슷한 말을 하지 않는다. 대신 재빨리 안으로 뛰어들더니 문을 닫고 그에게로 성큼성큼 걸어와 화난 어조로 낮게 말한다.

    "벨트를 풀어요!"

    그녀가 손톱을 빨갛게 칠한 손가락으로 그를 더듬거린다.

    "워워! 잠깐만요, 부인! 만일 당신이 원하는 게 그런 거라면 당신 호텔로 돌아갈 필요가 있어요. 그러면 내가 전화를 할 수 있고, 우리한텐 그런 서비스가 있으니 당신은 사랑을 나누게 될……."

    엘비스 로봇과 함께 침대에 있는 루신다 퀸트를 떠올리자 그는 몸서리가 쳐진다. 심지어 현재의 쇠약해진 몸 상태로도 그녀는 그런 일을 해내고야 말 가능성이 클 것이다.

    "당황하지 마요. 난 당신 몸을 원하지 않아요." 그녀가 조롱 섞인 웃음을 터뜨리며 으르렁거리듯 말한다. "난 당신 벨트 버클을 원해요. 지금 당장!"

"기다려요."

그녀가 그 사람일 리가 없다! 그녀는 그가 예상하고 있던 인물이 아니다. 검은색 옷차림의 상냥한 척하는 이중간첩이 아니며, 조슬린을 위해 일하는 거친 감시국 녀석도 아니고—최악의 경우!—포지트론이 보낸 암살자도 아니다. 도대체 그가 어떻게 해야 이 예상 밖의 말 많은 노파가 올바른 양도 대상임을 알아낼 수 있을까?

"잠깐만요. 누가 당신을 보냈지요?" 그가 말한다.

"멍청하게 굴지 마요. 누군지 알잖아요."

40년 전에 그녀를 치명적인 바람둥이로 만들어주었을 게 분명한 내숭이 가미된 태도로 검은색 가발과 오렌지색 님프 뿔을 발딱 젖히며 말한다.

"나는 이걸로 우라지게 엄청난 재기를 할 거예요. 그러니 시간 낭비할 생각 마요."

잠깐, 잠깐. 그가 스스로를 타이른다. 이렇게 쉽게 나가떨어질 순 없어.

"암호가 있어요."

그가 가능한 한 단호하게 말한다.

"튤립들 사이를 발끝으로 살금살금 걸어요. 자, 이젠 내가 당신 바지를 벗기거나 뭐 그래야 하는 건가요?"

스탠이 벨트를 끌러서 벗는다. 루신다가 그것을 받아서 화장대로 가져간 다음, 돋보기를 쓰고 조명 아래서 버클을 받쳐 든다. 그녀는 작은 스크루드라이버 같은 조그마한 도구를 갖고 있다. 그것을 버클 맨 윗부분에 끼워 넣고 비틀자 버클이 딸각하고 열린다. 그 안에는 검은색 소형 플래시드라이브가 들어 있다.

그녀는 그 플래시드라이브를 작은 봉투에 집어넣은 다음 봉투를 핥아서 붙이고, 그녀의 머리카락을 뿔까지 한꺼번에 홱 끌어내리더니, 완전히 대머리는 아니지만 대머리에 가까운 솜털이 보송보송한 정수리에 강력 접착테이프로 그 드라이브를 붙인다. 그런 다음 가발을 도로 잡아당겨 쓰고 뿔을 정돈한다. 그녀가 말한다.

"고마워요. 난 가야겠어요. 이 안에 중대한 스캔들이 꼭 들어 있으면 좋겠군요. 남아 있는 내 목숨이 위험해져도 상관없어요. 그럴 만한 가치만 있다면. 뉴스 꼭 봐요!"

그녀는 히비스커스 꽃무늬와 블루 스웨이드 향수를 어지럽게 흩날리며 가버렸다. 다음은 뭐지? 스탠이 궁금해한다. 선글라스를 쓴 남자 넷이 와서 내 어금니까지 다 잡아 뜯기 시작할 때까지 기다리라는 건가? *난 그걸 갖고 있지 않아요!* 그는 비명을 지르며 말할 것이다. *뿔을 달고 있는 저 주름이 쪼글쪼글한 암 생존자예요! 그녀가 강력 접착테이프로 그걸 자기 머리에 붙였어요!* 어째서 삶은 때때로 그에게 무언가 그럴듯한 것을 선사하지 못하는 걸까?

*

또다시 문이 열리고 대머리 사내 넷이 줄지어 들어온다. 단, 그들은 선 글라스를 쓰고 있지 않으며, 초록색이다. 그들이 분장실을 가득 채운다.

"스탠. 라스베이거스에 온 걸 환영해, 형!"

첫 번째 사내가 등을 토닥거리려는 자세로 다가가며 말한다.

"코너! 빌어먹을, 뭐야!"

스탠이 말한다. 그들은 서로를 토닥거린다. 무언가 축축한 것이 스 탠의 뺨에 떨어진다.

코너가 초록색 얼굴로 미소를 지으며 말한다.

"자, 기억하겠지만 리키랑 제럴드야. 형을 무대 뒤로 들여보내 준 사 람이 바로 제럴드였어."

악수, 싱글거림, 철썩하고 어깨 두드리기. 네 번째 사내가 말한다.

"스탠. 잘했어요."

설마 버지인가? 대머리에 초록색인데? 그래, 그럴 수도 있을 것이다.

"너희들은 날 기겁하게 했어. 내 사진까지 가지고 엘비스들이 사는 곳에 나타나다니."

스탠이 말한다. 해변에서 찍은 그의 신혼여행 사진, 그가 코너에게 보냈던 사진. 그것이 그들이 그 사진을 얻은 출처였다.

"그건 미안하게 됐어. 우리는 몇몇 절차를 생략하고, 좀 더 일찍 접촉 하면 시간을 아낄 수 있을 거라고 생각했던 거야. 하지만 우린 형을 놓 쳤지."코너가 말한다.

"다 원만하게 해결됐잖아." 버지가 말한다.

"파서빌리보츠에서 어떻게 나왔어요?" 스탠이 그에게 묻는다.

"당신처럼 상자에 담겨서요. 나한테 맞는 엘비스 의상을 찾는 게 힘들었지요. 그래서 우린 장의사들이 하는 식으로 옷 뒤쪽을 잘라버렸어요. 게다가 상자가 비좁고 갑갑하긴 했지만, 그걸 제외하고는 별 탈 없이 잘 풀렸지요. 우리 둘 모두의 여자 친구분이 파서빌리보츠에서 내 뚜껑을 닫아줬지요." 버지가 말한다.

"그 망할 쓰레기 같은 엘비스 의상 좀 벗어버리자고. 얼간이 같아 보여. 누구 면도기 가진 사람?" 코너가 말한다.

스탠은 잘 맞지 않는 그린맨 정장을 입고 갓 빡빡 깎은 머리에, 얼굴에는 해초 같은 초록색을 칠한 채로 코너의 분장실에서 코코넛 물을 마시고 있다. 코너는 코코넛 물이 효과가 빠른 원기 회복제라고 말한다. 하지만 스탠은 정말이지 지금 당장은 더 이상의 원기가 필요하지 않다. 마치 망가져서 윙윙거리는 퓨즈처럼 부산스러운 기분이니까.

분장실의 작고 흐릿한 화면에 '그린맨' 저녁 공연 2회 차가 진행 중인 게 보인다. 코너의 말로는 그들은 팀을 나눠 공연을 운영한다. 왜냐하면 그런 연기는 사람들에게서 너무나 많은 기운을 빼앗아가기 때문이다. 코너의 패거리로부터는 아니지만. 왜냐하면 그들은 정말로 공연에 참여하고 있는 것은 아니고 그저 위장을 하고 있는 것뿐이니까. 첫 번째 팀 팀원들 모두가 그들이 나머지 한 팀에 속해 있다고 생각하고, 반대로 그 팀 팀원들은 그들이 첫 번째 팀에 속해 있다고 생각하기 때문에, 그들은 무대 뒤를 자유롭게 드나들 수 있다. 하지만 코너 자신은 지금껏 늘 무대조명을 갈망해왔기에 징잡이로 한몫 끼어들었다.

"그래, 나도 알아, 그건 저능아 같은 짓이지. 하지만 우리가 그 작업을 하길 기다리는 동안 이게 제일 좋은 위장 신분이라는 건 형도 분명 인정할 거야."코너가 말한다.

"무슨 작업?"스탠이 말한다.

"이런. 그 여자가 형한테 말 안 했어? 그녀는 형에 대해 빌어먹을 정도로 필요 이상 확고했어. 형이 전적으로 우리와 한편이 돼야만 한다고 했지. 그렇지 않으면 실패작이 될 거라고. 그녀는 형이 핵심 인물이라고 했어."

"누가 말을 해? 그러니까 네 말은……."

그는 조슬린의 이름을 말하려다 그만둔다. 주변을 훑어본 다음 천장을 힐끗 쳐다본다. 여기는 안전한가?

"그 여자 말이야! 그 '대형 와주카'(물총류의 완구 상표명—옮긴이)! 그녀 말로는 형이랑 둘이 빌어먹을 만큼 엄청 친한 사이라던데."

'대형 와주카'가 스탠이 조슬린을 생각하며 떠올렸을 법한 것은 아니지만, 어느 정도 들어맞는 것이기는 하다. *바주카포.*

"그래, 내가 핵심 인물이라고. 왜냐고 물어봐도 될까?"

"빌어먹을, 내가 알기만 한다면야." 코너가 쾌활하게 말한다. "난 아주 오래전부터 그녀를 위해 이런저런 일들을 해오고 있어. 그녀는 트레일러하우스 주차장에서 형을 본 이후로 줄곧, 형이 그 신체 부위 도매업자의 우리로 들어가는 계약을 맺기 전부터 형이 내 형이란 걸 알고 있었어. 하지만 난 그녀가 원하는 것을 어째서 원하는 건지 절대로 그녀에게 물어보지 않아. 그건 그 여자 소관이지. 거래 조건은, 나는 그저 그 일을 해내고 미진한 부분은 없어야 한다는 거야. 그런 다음 내가 돈을 수금하고, 이야기 끝, 멋진 삶을 사는 거지. 하지만 내 짐작으로는, 우리는 내일 대체 왜 형이 가장 중요한지를 알게 될 거야. 바로 그 일이 일어날 때 말이야."

스탠은 현명해 보이려고 노력한다. 얼굴을 초록색으로 칠하고도 현명해 보이는 게 가능한가? 그는 과연 그럴지 확신하지 못한다.

"나는 뭘 해야 하지? 이 작업에서? 그 일은 언제 일어나는 거야?"

그가 말한다. 그는 그들이 은행을 털거나 누군가를 죽일 셈은 아니기를 바란다.

"우린 형한테 징을 맡길 생각이야. 배우기 어렵지 않아. 그저 확실히 신호를 알아차린 다음, 징을 치면서 멍청이처럼 보이기만 하면 돼. 그게 형한테 그리 어렵진 않을 거야."

"그러니까 내가 무대에 서는 거네?"

그건 안전하지 않다. 모든 사람이 그를 쳐다보고 있을 테니까. 하긴, 그러면 뭐 어때서? 그는 더 이상 벨트 버클 안에 그 물건을 가지고 있지 않다. 게다가 더 이상은 그 벨트조차 가지고 있지 않다. 왜냐하면 리키가 그의 엘비스 의상을 모조리 가져다가 대형 쓰레기통에 던져버렸기 때문이다.

"여기가 아니야. '루비 구두'라는 곳이야. 그건 많은 부유하고 멍청한 노인네들이 맡겨져 있거나, 스스로 들어가서 째고 꿰매는 수술을 받는, 일종의 양로원 부속병원 같은 곳이야. 우리는 기분 전환거리인 셈이지."

"그게 다야? 내가 해야 할 일은 고작 징을 치는 게 전부야?"

비록 그가 노부인들에게 알랑거리면서 그 루비 구두 지점에 엘비스로서 여러 번 다녀오긴 했지만, 아무도 그를 못 알아볼 것이다. 거대한 완두콩처럼 변장한 현재의 모습이라면 말이다.

"빌어먹을 얼간이처럼 굴지 마. 그건 속임수라고! 진짜 할 일은 납치야."

"그곳은 빌어먹을 만큼 경비가 철저해."

"어이! 형이 지금 얘기하고 있는 상대는 형 동생이라고!"

코너가 집게손가락 두 개를 모아 비빈다(상대에게 '창피한 줄 알라'고 말하는 것과 같은 뜻—옮긴이).

"그 사내들은 매수될 거야! 우리는 그저 거기 가서 그린맨 연기를 시작하고, 형식상 경비 요원들을 때려눕히고, 납치를 하……." 코너가 말한다.

헛소리. 스탠이 생각한다. 그들은 누군가를 유괴하려는 것이다. 그러면 그들은 총에 맞을 수도 있다. 그 자신은 말할 것도 없고 말이다.

"그래, 내가 징을 치고……."

"바로 그거야. 그러고는 후다닥 사라지는 거지!"

"후다닥 사라진다고?"

"엄청난 납치 사건이야. 정말 기발해."

기내에서

에드는 앞쪽 비즈니스석에 있다. 샤메인 역시 거기 있는 것은 이상
해 보일 것이다. 어쨌든 공식적으로는, 그녀는 보좌역일 뿐이다. 그것
이 에드가 내세운 논리라고 조슬린이 말한다. 그는 불필요한 이목을 끌
고 싶어 하지 않는다는 것이다. 그렇다니 정말 다행이라고 샤메인은 생
각한다. 왜냐하면 이제 그녀는 그가 자신에게 무슨 짓을 할 작정인지
알고 있기 때문에 그에게 상냥하게 구는 것, 혹은 심지어 예의 바르게
구는 것조차 아주, 아주 힘들 테니까. 만일 그녀가 비즈니스석의 그의
옆자리에 있다면 보나마나 그는 라스베이거스로 가는 내내 그녀의 팔
을 주물럭거릴 뿐 아니라, 그녀에게 진토닉을 마시게 하고 손가락으로
그녀의 무릎을 건드리거나 가슴 쪽을 내려다보려고 할 것이다. 비록 그
녀가 오로라가 골라준 단추를 턱 밑까지 채우는 블라우스를 입고 있기
때문에 그럴 수 있는 가능성이 전혀 없긴 하지만.

그리고 그는 스탠으로 인해 느끼는 그녀의 슬픔이 조금이라도 줄어
들었는지를 그녀에게 줄곧 물어댈 것이다. 스탠에 대해, 혹은 그녀가
좋아하거나 사랑하거나 좋아하지 않거나 사랑하지 않는 것에 대해, 정
말로 신경을 쓰는 것도 아니면서 말이다. 왜냐하면 그녀가 정말로 어
떤 사람인지에 전혀 관심이 없기 때문이다. 그녀는 그에게 대체로 한
낱 몸뚱이에 지나지 않고, 이제 그는 그녀를 오로지 몸뚱어리뿐인 존
재로 바꿔놓고 싶어 한다. 그녀한테는 아예 머리가 없는 편이 나을지
도 모른다.

여러 주 동안 몹시 슬퍼한 후 지금 그녀는 내심 정말 화가 나 있다. 만일 그녀가 에드와 동석해야만 한다면 그녀는 틀림없이 그에게 톡톡 쏘아붙일 테고, 그러면 그는 그녀가 그의 엄청난 계획에 대해 알아버렸다는 사실을 알아챌지도 모른다. 그러고 나면 그는 몹시 당황해서 허둥지둥하다가, 바로 이 기내에서 무언가 괴상한 짓을 저지를지도 모른다. 그녀를 바닥에 내던지고, 예전에 맥스가 했던 대로 그녀의 단추를 모조리 잡아 뜯기 시작할지도 모른다. 하지만 맥스와 함께할 때는 그가 그렇게 하기를 그녀가 원한 반면, 에드와 함께한다면 그건 영 딴판인 일일 테고, 불편하고 아주 솔직히 말하자면 소름 끼치는 일일 것이다. *제기랄 내 단추에서 그 빌어먹을 손을 떼요!* 그녀는 아마 그렇게 말할 것이다.

음, 승무원들이 그를 저지할 테니까 그가 정말로 그런 짓을, 그러니까 단추를 바닥에서 어쩌고 하는 짓을 하지는 못할 것이다. 하지만 그들이 보고도 못 본 척한다면 어쩌지? 그들이 모두 그에게 고용된 사람들이라면 어쩌지? 비행기에 탄 모든 사람이 그의 편을 든다면 어쩌지?

진정해, 샤메인. 그녀가 스스로를 타이른다. 그건 순 어처구니없는 짓이다. 그런 종류의 일은 현실에서는 일어나지 않는다. 괜찮다. 다 잘 될 것이다. 왜냐하면 조슬린이 그녀 옆에, 그리고 오로라가 그들 뒷줄에 앉아 있고, 조슬린이 그녀에게 장담한 바에 따르면 비행기에는 또 한 명의 감시국 요원이, 그러니까 뒤쪽 출입문 근처에 남자 한 사람이 타고 있기 때문이다. 그 남자에다가 조슬린과 오로라까지 합세하면 에드는 도저히 그들의 상대가 되지 못할 것이다. 그들이 어떻게 할지 그녀는 잘 모르지만 아마 유도의 발차기나 뭐 그런 것이 포함될지도 모른다. 게다가 에드는 그들의 계획에 대해서 하나도 모르지만 그들은 에드의 계획에 대해 알고 있다는 이점이 있다.

아니, 조슬린은 에드의 계획에 대해서 알고 있다는 이점이 있다. 지금까지 그녀는 샤메인에게 그것에 대해 별로 얘기해주지 않았다. 그녀는 자신의 포지패드를 보면서 메모를 하는 중이다. 샤메인은 기내 영화를 보려고 해보았지만—1950년대 것이 아닌 영화를 볼 수 있다니 얼마나 놀라운 일인가. 그녀는 오랫동안 그런 것을 전혀 보지 못했으므로, 그것은 그녀가 상황을 잊게 만들 것이다—그녀의 스크린은 작동이 되지 않는다. 그녀의 의자 각도 조절 버튼도 작동이 되지 않기는 마찬가지이고, 누군가가 기내 잡지에서 대부분의 페이지를 뜯어낸 상태이다. 그녀의 생각으로는 비즈니스석에 타지 못한 사람들의 염장을 지르기 위해 항공사 사람들이 일부러 그런 일을 하는 것 같다. 그들은 십중팔구 밤에 페이지들을 뜯어내고 스크린들을 엉망으로 만들며, 비행기를 샅샅이 살펴보는 전담 팀을 갖추고 있을 것이다.

샤메인은 창밖을 내다본다. 구름, 오로지 구름뿐이다. 심지어 뭉게구름조차 아닌 편평 구름들. 처음에는 비행기에 타고 있다는 게 몹시 신이 났다. 그녀는 전에 딱 한 번, 스탠과 함께 신혼여행을 가면서 비행기에 타본 적이 있다. 그녀는 잡지의 남아 있는 부분을 읽는다. 세상에 이런 우연의 일치가 있다니. '해변에서의 신혼여행.' 스탠이 첫날 햇볕에 심하게 타기는 했지만 적어도 그들은 그가 진정으로 하고 싶어 했던 일 한 가지를 했는데, 그건 물속에서 관계를 갖는 것이었다. 아니, 그들의 하반신이 물속에 있었다. 해변에는 사람들도 있었다. 티가 났을까? 그녀는 그랬으면 좋겠다고 바랐고, 자신이 그렇게 바랐음을 기억한다. 그러고 나서 그들은 수영복을 다시 입어야만 했고, 샤메인이 그 모든 소동 가운데 비키니 하의를 떨어뜨렸다가 찾지 못하는 바람에 스탠이 그것을 찾으러 잠수를 해야만 했고, 그들은 한바탕 웃음을 터뜨렸다. 그때 그들은 몹시 행복했다. 그건 마치 한 편의 광고 같았다.

창밖에는 여전히 구름들이 있다. 그녀는 일어나서 볼일을 보러 화장실로 간다. 이렇게 생각이 없을 수가. 마지막 사람은 세면기를 닦아놓지 않았다. 정말이지 사람들은 자기들의 특권을 고맙게 여길 줄 모른다.

변기 물을 내릴 때는 뚜껑을 닫는 게 낫단다. 윈 할머니는 그녀에게 그렇게 말했다. 그렇지 않으면 세균이 공기 중에서 이리저리 날아다니다가 네 콧속까지 들어가.

통로를 따라 돌아가면서 그녀는 누가 경호 담당자인지 궁금해한다. 출구 바로 옆에 있다고 조슬린이 말했다. 그녀는 주변을 훑어보지만 그 뒤쪽에서는 어느 누구의 머리도 보이지 않는다. 그녀는 자기 자리에 이르러 조슬린을 지나 비집고 들어간다. 조슬린은 그녀를 보며 미소를 짓지만 아무 말도 하지는 않는다. 샤메인은 조금 더 안전부절못하며 꼼지락거리다가 그냥 물어보기로 한다.

"대체 그는 무엇을 할 계획이었던 건가요?"

조슬린이 그녀를 건너다본다.

"누구요?"

조슬린은 마치 모른다는 듯이 묻는다.

"그 사람이요. 에드요." 샤메인이 소곤거린다. "그는 어떻게 할 작정이었⋯⋯."

"배고프죠? 난 그렇거든요. 땅콩을 좀 먹자고요. 탄산음료 마실래요? 아니면 커피?" 조슬린이 손목시계를 쳐다본다. "아직 시간이 좀 있네요."

"그냥 물 한 잔만. 부탁해요."

조슬린은 승무원을 불러 세워 땅콩 약간, 치즈 샌드위치 두 개, 샤메인을 위해 각얼음을 담은 물 잔과 물 한 병, 그리고 그녀 자신을 위해 커피 한 잔을 주문한다. 샤메인은 자신이 몹시 배가 고프다는 데 놀란다. 그녀는 샌드위치를 게 눈 감추듯 허겁지겁 먹어치우고, 물 한 잔을 꿀꺽꿀꺽 들이켠다.

"그는 모든 것을 신중하게 생각해두었어요. 우리가 착륙하기 직전에 기내에서 내가 당신이 의식을 잃게 만들기로 되어 있어요. 당신 음료에 무언가를 약간 넣어서요. 졸피뎀이나 지비에이치(GBH. 주로 영국에서 사용되는 지에이치비(GHB)에 대한 속칭이다. 지에이치비는 속칭 '물뽕'이라고도 불리는 일종의 향정신성의약품으로 성범죄에 악용되는 경우가 많다—옮긴이)나 뭐 그 비슷한 걸요." 조슬린이 말한다.

"어머. 그러니까, 그 데이트 강간 약물 같은 것들 말이군요."

"맞아요. 그러면 당신은 축 늘어질 테지요. 그런 다음 내가 당신이 기절했다고 말하고, 우리가 구급차를 대기시키도록 연락해서 당신이 들 것에 실려 가게 하는 거예요. 그런 다음 당신은 루비 구두 라스베이거스 지점 부속병원으로 보내질 테고, 뇌신경 조정 수술이 끝난 후 당신이 깨어나면 에드가 당신 손을 붙잡은 채 당신 바로 옆에 있을 거예요. 그리고 당신은 그를 각인하고, 그가 마치 하느님인 양 그를 보며 미소 짓고 두 팔로 끌어안으며, 당신의 몸과 마음은 그의 것이라 말하면서 당신이 그를 위해 뭘 해줄 수 있을지 물어볼 거예요. 예를 들면 바로 그 병원에서 펠라티오 같은 걸 해준다든지 말이에요."

"그건 너무 혐오스러워요."

샤메인은 코를 찡그리며 말한다.

"그러고 나서 당신은 영원히 행복하게 살게 될 테지요."

조슬린이 그녀의 담담한 목소리로 말을 잇는다.

"꼭 동화에서처럼요. 그리고 에드 역시 그럴 거예요. 그게 그가 생각하는 것임에 틀림없어요."

"그가 그럴 거라니, 무슨 말이에요? 그 일의 첫 부분조차 일어나지 않을 거예요! 그 일은 아예 일어나지 않을 거라고요! 당신이 그 일이 일어나게 놔두지 않을 거잖아요. 당신이 그렇게 말했다고요." 샤메인이 말한다.

"맞아요. 내가 그렇게 말했어요. 그러니 긴장 풀어도 돼요."

그리고 샤메인은 정말로 긴장이 풀린다. 그녀의 눈꺼풀이 아래로 처지는 중이다. 그녀는 꾸벅꾸벅 졸지만, 그러다가 다시 한번 정신을 차린다. 거의 정신을 차린 것 같다.

"어쨌든 난 그 커피를 마셔야 할 것 같아요. 기운을 차릴 필요가 있어요."

"너무 늦었어요. 우린 막 착륙할 참이에요. 그리고 있잖아요, 내 생각
엔 때마침 내가 구급차를 본 것 같아요. 이륙하기 전에 내가 그들에게
이메일을 보냈어요. 조금 졸려요? 편히 기대요." 조슬린이 말한다.

"구급차? 무슨 구급차요?"

샤메인이 말한다. 이것은 자연스러운 졸음이 아니다. 뭔가 잘못되었
다. 그녀가 조슬린을 쳐다보자 두 명의 조슬린이 있고, 그들 둘 다 미소
를 짓고 있다. 그들이 그녀의 팔을 토닥거린다.

"에드의 루비 구두 부속병원으로 당신을 데려갈 구급차요."

당신이 약속했잖아, 당신이 약속했잖아. 샤메인은 이렇게 말하고 싶
다. 조슬린이 무언가를 넣은 건 틀림없이 그 물이었을 것이다. *이런 젠
장! 이 거짓말쟁이 마녀야!* 하지만 그녀는 그 말을 내뱉지 못한다. 그녀
의 혀는 부은 듯 답답한 느낌이고, 눈은 감기는 중이다. 그녀는 자신의
몸 전체가 옆으로 기울고 있음을 느낀다.

덜커덕 덜컥. 그들은 활주로 위에 있는 것이 틀림없다. 그녀는 몹
시 어지럽다. 까마득하게 들리는 목소리들. *그녀가 기절을 해버렸어
요. 무슨 일인지 잘 모르겠…… 조금 전만 해도 괜찮았어요. 이리로, 내
가……* 저건 오로라다. 그녀는 오로라에게 큰 소리로 말하려 해보지만
말은 나오지 않고, 오로지 끙끙거리는 신음 소리 같은 것뿐이다. *우우
우우…….*

그녀의 머리가 벽에 부딪치지 않게 하세요. 조슬린이다.

그녀는 어떤 사람의, 어떤 남자의 품에 안겨 흔들흔들 허공을 가르
며 운반되는 중이다. 둥둥 떠다니는 것처럼 멋진 느낌이다. *살살 해요.*

거기요. 그가 그녀를 내려놓고 덮어준다. 저건 맥스인가? 그녀의 귀 아주 가까이에서 들리는 게 맥스의 목소리인가? *꼭꼭 잘 덮어줬어요.*

가라앉고, 가라앉는다. 의식을 잃는다.

XIV

—

납치

납치

스탠은 엘비소리엄으로 돌아가지 않는 게 낫다고 코너가 말한다. 비록 전에 그를 찾아왔던 선글라스 낀 사내들이 코너와 그의 세 동료이기는 했지만, 스탠 자신은 결코 그 사실을 몰랐다는 이유에서다. 다음번에는 좀 더 재수가 없을지도 모르니 아무 흔적도 남기지 않는 편이 좋을 것이다. 왜냐하면 엄청난 납치 사건이 일어난 후에 흔적들을 남기는 것은 빌어먹을 만큼 형편없는 생각이라고 판명 날지도 모르기 때문이다. 만일 모든 일이 계획대로 된다면 아무도 쓸데없이 간섭하고 질문을 해대지 않을 것이기 때문에 그런 문제가 없을 것이다. 하지만 만일 일이 엉망이 되면, 그때는 그들 다섯 명이 모두 지피에스 시스템에서 빌어먹을 정도로 아주 잽싸게 그들의 소재를 지워버릴 준비가 되어 있지 않는 한, 시뻘겋게 단 숯불구이용 석쇠 위에서 노릇노릇 구워질 수도 있을 위험이 있다. 그들이 이제 막 하려고 하는 일은 빌어먹을 만큼 엄청나게 위험한 일이다.

코너는 그 빌어먹을 만큼 엄청나게 위험한 일을 별로 걱정하지 않는 것처럼 보인다고 스탠은 생각한다. 오히려 그는 들떠 있다. 트레일러하우스의 창문을 깨뜨리고 스탠을 구슬려서 그와 함께 몰래 안으로 들어가도록 한 다음, 누군가가 오면 여성용 팬티들과 냉동고에서 꺼낸 스테이크 두 장을 가지고 무엇을 하는 중인지 변명하도록 스탠을 남겨두고 아주 잽싸게 달아나라. 즐거운 밤 나들이에 대한 코너의 계획은 어김없이 그런 식이었다.

코너와 그의 동료들은 시저스 팰리스 호텔의 방 두 개짜리 최고급 엠퍼러 스위트룸을 사용한다. 콘을 고용한 사람이 누구든 가난하지는 않은 모양이다. 콘은 그들이 공연이나 스트립쇼 극장이나 카지노에 가기 위해 외출하면 안 된다고 말한다. 왜냐하면 그는 그들이 다 된 죽에 코 빠뜨리게 할 위험을 무릅쓸 수 없기 때문이다. 버지는 자신은 괜찮다고, 어쩌면 그들이 경기를 시청할 수도 있을 거라고 말하지만 리키와 제럴드에게서는 약간의 불평이 흘러나온다. 콘은 이 일을 지휘하는 게 누구냐고 물으며 만일 그 점에 대해 의문이 있다면 기꺼이 결판을 짓겠다고 말함으로써 불평을 틀어막는다. 그래서 결국 그들 다섯은 콘이 방으로 주문해놓은 모둠 치즈 접시에서 덜어낸 포도와 치즈 조각들을 걸고 텍사스 홀덤을 하며, 콘이 한 번도 마셔본 적이 없어서 마셔보고 싶어 한다는 이유로 싱가포르 슬링(진과 체리브랜디를 섞은 칵테일—옮긴이)을 마시게 된다. 단, 그들은 다음 날을 위해 맑은 정신을 유지해야만 하므로 각자 세 잔씩만 마실 수 있을 따름이다.

스탠은 적당한 양의 치즈를 따서 먹는다. 하지만 싱가포르 슬링 세

잔을 마신 후 곯아떨어져서 소파에 앉아 꾸벅거린다. 오히려 다행스러운 일이다. 왜냐하면 침대는 네 개뿐이고, 그는 누군가 다른 사람과 함께 그것들 중 어느 하나에 들어가고 싶은 마음이 전혀 없기 때문이다.

아침에 그들 다섯은 늦게 일어나 샤워를 하고, 전날 밤 약간의 자제력을 발휘했던 버지를 제외한 모두가 숙취를 호소하고, 아침 식사를 방으로 주문한다. 음식 수레가 도착하자 혹시라도 그것이 함정일 경우에 대비해서, 리키가 텔레비전 경찰 프로그램의 한 장면처럼 글록 권총을 겨누고 방문 뒤에 선다. 하지만 아니다. 그것은 룸서비스를 담당하는 젊은 여자가 수레로 운반해온 스크램블드에그, 햄, 토스트, 커피일 뿐이다. 따라서 아직까지 그들은 안전하다.

그런 다음 그들은 모두 같은 정장을 입고, 머리를 초록색으로 칠한다. 콘은 승합차를 한 대 빌려놓았다. 그것은 이미 그린맨 공연 장비가 실린 채 주차장에 세워져 있다. 그들이 출발하기 전에 콘은 스탠이 징을 칠 신호를 거듭 점검한다. 그가 자기 한쪽 귀를, 즉 이어폰을 끼고 있는 귀를 가리킬 때마다 스탠은 징을 쳐야 한다. 스탠은 빌어먹을 이유는 알 필요가 없고 단지 징을 치기만 하면 된다. 그건 별로 어렵지 않을 것이다. 만일 콘이 갑자기, 예를 들어 그 시설 앞에 멈춰 서고 있을지도 모르는, 예를 들어 어떤 구급차를 향해 급히 간다면. 그리고 만일 다른 가짜 그린맨들이 콘과 함께 돌진해야 한다면, 사람들이 그것도 전부 공연의 일부라고 생각할 수 있도록 스탠이 징을 세 번 더 쳐야만 한다. 그런 다음 그는 다음번 신호를 기다려야만 한다. 그리고 나서는 자연스러운 흐름에 따라야 한다.

일단 그들이 승합차에 타고 나자 스탠은 긴장해서 가슴이 두근거린다. 자연스러운 흐름이란 게 뭘까? 이건 스탠이 뒤에 남겨져 허둥대는 동안 콘은 울타리를 뛰어넘어 사라져버리는 또 다른 사례가 되고 마는 것일까?

"뒤쪽에 몇 군데를 초록색으로 칠하는 걸 빼먹었네요. 내가 칠해줄게요." 제럴드가 말한다.

"고마워요."

스탠이 말한다. 목 근육에 경련이 일어난다. 두피의 초록색 분장이 좌석 덮개에 묻지 않도록 아주 꼿꼿하게 앉아 있기 때문이다.

콘에게는 그들의 승합차를 '루비 구두'의 대문으로 들어가게 해주는 출입증이 있다. 문에는 그곳의 표어가 적혀 있다. *내 집만큼 좋은 곳은 없다.*

안으로 들어서면 중앙 출입구 및 접수처는 왼쪽으로, 부속병원은 오른쪽으로 가다가 모퉁이를 돌면 나오도록 길이 둘로 나뉜다. 그들은 정면의 장애인용 방문 주차 구역에 차를 세우고 바짝 붙어 1열로 행진하듯이 안으로 들어간다. 콘이 접수 담당자에게 출입증을 휙 내보인다.

"아, 특별 행사로군요. 아트리움(고대에는 로마식 건물의 실내에 설치된 지붕 없는 넓은 안마당을 일컬었으며, 현대에는 호텔이나 쇼핑센터 등 대형 건물 중앙의 천장까지 뚫린 넓은 공간을 일컫는 말로, 보통 유리로 지붕이 덮여 있다―옮긴이)으로 가면 될 거예요." 그녀가 말한다. 그녀는 초록색 사내들이나 그와 같은 부류의 사람들이 자기 책상을 지나 줄줄이 들어가는 데 익숙한 게 분명하다. 어릿광대들, 저글링하는 사람들, 기타를 든 가수들, 좀비 분장을 한 무용수들, 해적들, 배트맨 등등 그게 뭐든. 배우들이다.

아트리움에서는 이미 최대한 큰 소리로 진행 중인 특별 행사 하나가 있다. 흰색과 금색 의상 차림의 엘비스로 분장한 한 남자. 그는 목을 울리는 창법으로 「부드럽게 사랑해주세요」의 끝부분을 부르는 중인데, 그린맨들이 떼를 지어 들어가자 그들을 화난 표정으로 쏘아본다. 관객 중 노인들이 어설픈 박수갈채를 보내고 엘비스가 이렇게 말한다.

"감사합니다. 정말 감사합니다. 한 곡 더 불러드릴까요?"

하지만 콘이 자신이 가지고 온 초록색의 새해 전야 나팔을 불어 그 말을 중지시킨다.

"저 쓸모없는 놈에게 우리 공연 시간을 나눠줄 수는 없어. 그 음악을 틀자고!"

휴대전화기로 튼 음악이 작은 블루투스 스피커를 통해 울려 퍼진다. 콘은 그 음악에 맞춰 주변을 뛰어 돌아다니며, 초록색 마라카스(마라카 열매를 말려 속을 파내고 말린 씨나 팥 따위를 넣어서 만든 나무망치 모양의 리듬 악기로, 보통 양손에 하나씩 들고 흔들어 소리를 낸다—옮긴이) 한 쌍을 흔들면서 미치광이처럼 히죽히죽 웃어댄다. 제럴드는 원형 수소 통으로 초록색 풍선들에 가스를 주입하고, 리키는 그것들을 버지에게 건네주고, 버지는 관객들에게 조금씩 나눠준다. 관객들은 일부는 어리둥절해하며 일부는 의아해하며, 비록 구별하기가 어렵기는 하지만, 어쩌면 다른 사람들은 반색하며, 풍선 줄을 잡는다. 특유의 빨간 구두를 신은 대

여섯 명의 '루비 구두' 행사 보조원들이 그린맨들을 기념하는 녹색 모자를 쓴 채 거들고 있다.

"멋지지 않아요?"

그들이 달콤하게 속삭인다. 혹시라도 의심이 생길 경우를 대비한 것이지만, 의심은 이미 존재한다. 그렇지만 아직까지 아무도 이의를 제기하지 않았으므로 공연은 충분히 잘 진행되고 있는 것이, 아니 최소한 사람들을 납득시킬 만큼은 잘 진행되고 있는 것이 틀림없다. 코너가 자기 귀를 가리키자 스탠이 징을 쾅 하고 세게 친다.

콘이 자기 시계를 본다.

"빌어먹을." 스탠은 그가 중얼거리는 소리를 듣는다. "그들이 뭣 때문에 이렇게 늦어지는 거지? 입에서 물이라도 좀 뿜어봐." 그가 리키에게 말한다. "그건 언제나 큰 웃음을 유발하는 실수야."

이제 요란하게 윙윙거리며 점점 다가오는 사이렌 소리가 난다. 구급차 한 대가 정문을 지나 달려 들어와 병원 측면 입구 쪽으로 향한다. 콘이 재킷 안쪽에서 거대한 고무 튤립을 꺼내더니 위로 높이 치켜들어 흔든다. 그것이 약하게 터진다. 신호다. 제럴드와 리키와 버지는 한 무더기씩 움켜쥐고 있던 헬륨 풍선들을 허공으로 날려 보내고, 아트리움 문을 지나 밖으로 후다닥 뛰어나가서 모퉁이를 돌아 사라진다.

"저 사람들 돌아오는 건가요?"

관중들 가운데 어느 애처로운 목소리가 말한다. 스탠은 힘차게 고개를 끄덕이고 다시 한번 징을 친다. 어쨌든 그들의 공연은 성공적인 것 같다.

이제 콘이 스탠의 소매를 세게 끌어당기고 있다. 그가 허리를 숙여 인사를 하고 있으므로 스탠도 똑같이 한다. 콘은 스탠과 팔짱을 끼고 발을 맞춰 행진하며 문을 지나 밖으로 나간다.

"우리가 그를 잡았어."

그가 속삭인다. 그들이 누구를 잡았다는 걸까? 스탠이 궁금해한다. 그들은 모퉁이 근처에서 거들먹거리며 돌아다니고 있다.

"완벽하군."

콘이 말한다. 구급차가 뒷문이 열린 채 서 있다. 조슬린이 다른 한 명의 여자와 함께 있다. 조슬린의 남편이라는 재수 없는 놈이 버지와 함께 또 다른 남자를 돕고 있는데, 그 남자는 땅바닥에 털썩 쓰러져 있는 것처럼 보인다. 그건 의심할 여지없이 포지트론의 중요 인사인 에드다. 그 정장과 머리 모양의 결합은 오해의 여지가 없다. '루비 구두' 보안 요원 둘과 검은색 정장 차림의 다른 사내 셋이 차도 여기저기에 널브러져 있다. 잽싸게 해치웠군. 스탠은 생각한다.

"자, 서둘러보자고, 핵심 인물 양반. 이리 들어가."

코너가 말하며 스탠을 구급차로 이끈다.

그 안에는 누군가가 빨간색과 흰색이 섞인 담요에 턱까지 덮인 채 누워 있는 들것이 하나 있다.

여자다. 샤메인. 그 로봇 머리일까? 그것은 너무 진짜처럼 보인다. 스탠이 그녀의 뺨을 만져본다.

"이런 빌어먹을! 그녀가 죽은 건가?"

"그녀는 죽은 게 아니에요." 조슬린이 이렇게 말하며 그의 옆으로 온다. "모든 게 순조롭지만 우리한테 시간이 많진 않아요. 신경과 팀이 준비를 마치고 대기 중이에요."

"두 사람을 병원 안으로 들여보냅시다. 어서." 콘이 말한다.

활활 타오르다

루신다 퀀트가 6시 정각 뉴스에서 유출된 대형 기밀에 관한 소식을 터뜨린다. 그녀는 직설적이고 믿을 만하며, 무엇보다도 문서화된 광범위한 단서와 동영상을 가지고 있다. 그녀는 이름을 대지는 않지만—'어느 용감한 직원'이라고 말한다—추문에 관한 귀중한 자료들을 구한 방법과 정보가 담긴 플래시드라이브를 암 생존자인 자신의 가발 아래 솜털이 보송보송한 정수리에 테이프로 붙여 엔에이비 연차 총회의 참견하기 좋아하는 언론인과 비밀 보안 요원 무리들 사이를 뚫고서 몰래 운반한 방법에 대해 이야기한다. 이 대목에서 그녀는 증거를 보여주기 위해 가발을 벗는다.

그녀는 '매 순간 최선을 다해 열심히 살아라'가 언제나 좌우명이었기 때문에, 운명이 그녀 인생의 마지막일지도 모를 순간에 이런 기회를 줘서 정말 기쁘다며, 어쨌든 전체적으로 훨씬 더 엄청난 국면에서 그녀가 작은 역할을 담당하게 된 것에 대해 겸손한 태도를 취하고, 포지트론에는 큰돈이 많이 투자되었기 때문에 그녀가 뺑소니 사고의 사상자가 되거나 블랙잭 테이블이나 뭐 그 비슷한 것들 아래서 불가사의하게 죽은 채로 발견되었을 수도 있었겠지만, 대중에게는 알 권리가 있기에 위험을 무릅썼다는 말로 마무리를 한다.

진행자는 그녀에게 큰 감사를 표하며, 그녀 같은 사람들이 더 많이 있다면 미국이 더 좋은 곳이 될 거라고 말한다. 두 사람 모두 함박웃음.

즉각적으로 소셜 미디어 사이트들이 격렬한 분노로 불타오른다. 교도소의 폐단! 장기 적출! 신경외과 수술로 만들어내는 성 노예들! 갓난 아기들의 혈액을 흡입할 계획들! 부패와 탐욕. 하긴 이런 부패와 탐욕은 그 자체로 대단히 놀라운 일은 아니다. 하지만 어쩌다가 사람들의 신체에 대한 권한 남용, 대중의 신뢰에 대한 모독, 인권 파괴 같은 일들이 일어나도록 허용될 수 있었단 말인가? 관리 감독이 이뤄지긴 한 건가? 어떤 정치인들이 일자리를 창출하고 납세자를 위해 돈을 절약하기 위해 엉뚱한 시도를 하다가 이런 뒤틀린 계획에 투자를 했단 말인가? 토론 프로그램들은 밤늦도록 야단법석을 떨고—그들은 수년 동안 이렇게 재미를 본 적이 없다—블로거들은 갑작스럽게 불타오른다.

왜냐하면 매사에는 언제나 두 가지 측면이, 즉 최소한 두 가지 측면이 존재하기 때문이다. 어떤 사람들은 이렇게 말한다. 장기를 적출당하고 그 후에 닭 사료로 전환되었을지도 모르는 사람들은 어쨌든 범죄자들이었고 사형을 당했어야 마땅하며, 이것이야말로 사회에 진 빚을 갚고 그들이 끼친 손해를 배상하는 현실적인 방법이고, 게다가 하여간 그것은 죽자마자 그들을 그냥 내던져버리는 것만큼 낭비는 아니었다. 다른 사람들은 이렇게 말했다. 포지트론의 초기 단계에서는 모든 것이 아주 좋았지만, 경영진이 숨겨둔 범죄자들을 끝장내고 아울러 간이며 신장의 시세가 얼마인지를 깨닫고 난 후 가게 좀도둑들과 대마초 흡연자들을 습격하기 시작했고, 그런 다음에는 돈이 모든 것을 좌우하게 되었기 때문에 지금까지 길거리에서 사람들을 납치해왔다. 일단 포지트론에서 돈이 모든 것을 좌우하기 시작하게 되고 나자 상황을 되돌릴 수는 없었을 것이다.

그렇지만 다른 사람들은 이렇게도 말했다. 처음에 쌍둥이 도시라는 발상은 훌륭한 것이었다. 누가 완전고용과 모든 사람에게 집을 준다는 데 코웃음 칠 수 있을 것인가? 썩은 사과 같은 자들이(함께 보관하면 다른 과일을 썩게 만드는 사과의 특성처럼 사회에서 조직을 망치는 존재를 가리키는 말로, 온 웅덩이를 흐려놓는 미꾸라지 한 마리 같은 사람들을 의미한다—옮긴이) 몇 있었지만, 그들이 없었다면 그것은 성공적이었을 것이다. 이에 응답하며 어떤 사람들은 이렇게 말했다. 이런 유토피아적인 제도들은 언제나 변질되어서 독재 체제로 변하고 말았다. 왜냐하면 인간 본성이 그런 것이기 때문이었다. 사람을 연애 대상에게 각인시킨 수술에 관해 말하자면—만일 자신의 선택이 아니라 누군가 다른 사람의 선택이라 하더라도—결국 쌍방이 다 만족스러워했다면 그로 인한 피해가 무엇이었단 말인가?

어떤 블로거들은 반대했고 다른 블로거들은 찬성했으며, 지체 없이 '공산주의자'니 '파시스트'니 '사이코패스'니 '범죄에 관대하다'느니 하는 말들과 '뇌신경 포주'라는 새로운 표현이 마치 산탄(霰彈) 총알처럼 쌩 하고 허공을 가르며 날아다니고 있었다.

스탠은 샤메인이 마취 상태로 잠들어 있는 회복실에서 평판 스크린으로 토론 프로그램들 중 하나를 시청하고 있다. 그녀의 머리에는 작고 하얀 일회용 밴드가 하나 붙어 있고, 혈흔은 전혀 없다. 다행히 그들은 그녀의 머리카락을 밀어버리지 않았다. 그랬다면 보기 흉했을 것이다. 그녀가 처음에 머리를 빡빡 민 생소한 스탠을 보면 경악할지도 모르지만, 그것은 아주 잠깐일 거라고 조슬린은 말한다. 그 후에 샤메인은 온전히 그의 것이 될 것이다.

"하지만 운을 너무 과신하지 마요. 그녀에게 친절하게 굴어요. 아무런 유감없이요. 명심해요. 그녀와 맥스, 아니 필이 당신과 내가 관계를 맺었던 것보다 조금이라도 더 많이 관계를 맺었던 건 아닌 데다가—사실은, 더 적지요—내가 그녀에게 우리의 짧은 막간극에 대해 모두 말할 작정이라는 걸요. 당신이 받게 될 이 새로운 기회는 지금까지 우리에게 준 그 모든 도움에 대한 당신 몫의 보너스예요. 그러니 망치지 마요. 그건 그렇고 그 초록색 분장은 지워버려요. 그러지 않으면 당신은 매번 관계를 맺고 싶을 때마다 마치 주키니 호박처럼 칠을 해야 할걸요." 조슬린이 말한다.

스탠은 도중에 병원 수건을 두 개나 엉망으로 만들면서도 권유받은 대로 했다. 그 말이 무슨 뜻인지 알아들을 수 있었기 때문이다. 그런 다음 그의 '잠자는 미녀'가 깨어나서, 그가 개구리로 지낸 시간에 작별을 고하고 왕자가 될 수 있는 마법 같은 순간을 기다리기 위해 자리를 잡고 앉았다. 그는 너무 일찍 샤메인의 잠을 방해하지 않으려고 이어폰으로 텔레비전 소리를 듣고 있다. 조슬린은 심지어 오줌을 누기 위해서조차도 침대 옆을 떠나서는 안 되며, 그러지 않으면 샤메인이 예를 들어 돌아다니던 간호사 같은 엉뚱한 사랑의 대상을 각인할 수도 있다는 점에 있어서 매우 단호했고, 그렇기에 손 닿는 곳에 요강이 놓여 있다.

시간이 얼마나 걸릴까? 그는 햄버거 생각이 간절하다.

마치 신호를 받기라도 한 듯 오로라가 쟁반을 들고 들어온다.

"뭐라도 조금 먹고 싶을 수 있을 것 같아서요." 오로라가 말한다.

"고마워요."

스탠이 말한다. 그저 차와 쿠키뿐이지만 육식성인 사람에게 좀 더 적합한 어떤 음식이 도착할 때까지는 그것이 그를 버티게 해줄 것이다.

오로라가 샤메인의 침대 발치에 걸터앉는다.

"당신은 그 결과에 깜짝 놀랄 거예요. 난 확실히 놀란 상태예요! 맥스는 정신을 차리고 내 눈을 응시하자마자 영원한 사랑을 맹세했고, 5분 후에는 청혼을 했어요! 그건 기적 아닌가요?"

스탠은 확실히 그렇다고 말했다.

"그는 무척 잘생겼어요."

오로라가 꿈을 꾸듯 말한다. 스탠은 예의 바르게 동의한다.

"물론 그가 이미 결혼을 하긴 했지만 이혼이 진행 중이에요. 조슬린이 사전에 그렇게 주문해놓아서 '당신의-이엘에프'가 그들 대신 그 일을 처리하는 중이에요. '론리 스트리트(엘비스 프레슬리의 히트곡 중 하나인 「하트브레이크 호텔」의 가사에서 연인이 떠난 후 화자가 머물고 있는 호텔이 위치해 있다는 거리 이름. '외로운 거리'라는 의미―옮긴이) 특별 서비스'라고 해요. 일종의 고속 차선인 셈이지요."

"축하해요."

그는 진심이다. 바람둥이 필, 아니 두리번거리며 돌아다니던 맥스가 오로라에게, 아니, 한술 더 떠서 핏불테리어나 가로등 기둥에 발목이 묶여 있을 거라는 생각은 그를 전혀 불쾌하게 만들지 않는다. 그 지긋지긋한 놈이 아무 짓도 할 수 없는 상태이기만 하다면 말이다.

"조슬린은 개의치 않나요?"

"그건 그녀의 생각이었어요. 자기가 그렇게 너그러운 것도 아니라고 그녀가 말하더군요. 그녀한테는 진행 중인 굉장한 다른 무언가가 있어요. 그리고 가엾은 필은 이렇게 해서 섹스 중독 문제를 고칠 수 있을 거예요. 쿠키 더 드실래요? 두 개 드세요!"

"고마워요."

스탠이 말한다. 그녀는 몹시 행복해 보여서 거의 예쁘다고 할 만하다. 그리고 맥스에게는 그녀가 기가 막히게 아름다울 것이다. 그들에게 행운이 있기를. 스탠이 생각한다.

*

지금 화면에 나오고 있는 것은 그 어느 때보다도 한층 더 육감적인 베로니카다. 그녀는 자신이 잘못이 발생하는 바람에 푸른색 테디 베어와 낭만적인 관계로 영원히 묶여 있을 수밖에 없는 운명에 처한, 포지트론의 실험 대상이라고 설명하는 중이다. 곰 인형을 근접 촬영하자 그것은 약간 닳아 해진 듯 보인다. 그녀를 인터뷰하는 여성 뉴스 진행자가 그녀의 심리적 고착을 원래대로 돌려놓을 재수술의 가능성이 있는 지 물어보지만 베로니카는 이렇게 말한다.

"아니요. 그건 너무 위험해요. 그렇지만 아무튼 왜 내가 그런 걸 하고 싶어 하겠어요? 난 그이를 사랑해요!"

진행자가 텔레비전 시청자들 쪽을 바라보며 이렇게 말한다.

"그리고 이것은 속속 밝혀지고 있는 이 이야기의 소설보다도 더 기이한 여러 측면들 중 하나에 불과합니다! 과실이 있는 일부 중간 관리자들이 일제 검거되었고, 체포 영장이 추가로 더 발부될 예정입니다. 저희는 포지트론 프로젝트의 최고 경영자 겸 회장과 이야기를 나눠볼 수 있기를 바랐습니다. 그는 체포가 임박했다는 이야기가 있음에도 불구하고 아직은 어떤 범죄 혐의로도 기소되지 않았습니다. 그렇지만 긴급 뉴스에 따르면 그는 뇌졸중으로 쓰러져서 현재 응급 뇌수술을 받는 중이라고 합니다. 저희는 추후 더 많은 소식을 가지고 돌아오도록 하겠습니다!"

"자, 그래, 에드는 어디로 갔나요? 지옥에서 들볶이는 중인가요?"

스탠이 오로라에게 묻는다.

"바로 복도 아래쪽에 있어요. 그는 수술을 받았지만 아직 의식이 없는 상태예요. 이제 난 쌩하니 가봐야 해요. 맥스는 아무리 봐도 나한테 질리지가 않는대요! 나중에 봐요!"

에드 역시 수술을 받았다고? 스탠이 히죽 웃는다. 그들이 그에게는 무엇을 사랑의 짝으로 연결시켜줄 작정일까? 아주 기분 좋은 가능성들이 스탠의 머릿속을 떠돌아다닌다. 이를테면 플런저(손잡이 끝에 흡착 고무판이 붙어 있는 부엌이나 목욕탕 배관 청소 용구—옮긴이)나 차량용 진공청소기나 믹서 같은 걸까? 아니다. 아무리 에드라 해도 믹서는 너무 잔인할 것이다. 어쩌면 엘비스 섹스봇일지도 모른다. 그거라면 빌어먹을 만큼 고소할 텐데. 이 일을 준비한 사람은 틀림없이 조슬린이다. 그녀에게는 병적인 유머 감각이 있고, 이번 한 번만은 스탠도 그것을 고맙게 생각한다.

샤메인이 살짝 움직이더니 기지개를 켜며 푸르디푸른 두 눈을 뜬다. 스탠이 그의 머리를 그녀의 시야로 들이밀고 깊숙이 응시한다.

"좀 어때, 자기?"

그녀의 두 눈에 눈물이 가득 고인다.

"오, 스탠! 당신이야? 당신 머리카락은 어디에 있어?"

"틀림없이 나야." 그가 중얼거린다. "그건 다시 자랄 거야."

제대로 먹혀들고 있는 건가?

그녀가 두 팔로 그를 감싸 안는다.

"다시는 날 떠나지 마! 난 줄곧 굉장한 악몽을 꾸고 있었어!"

그녀는 그를 꼭 껴안고 마치 한 마리 낙지처럼 그의 입술에 단단히 들러붙는다. 펄펄 끓어오르는 낙지. 이제 그녀는 그의 셔츠를 잡아 찢고 있고, 이제 한 손이 아래로 내려가고 있…….

"워워, 기다려봐, 자기! 당신은 방금 수술을 받았어!"

"못 기다려." 그녀가 그의 귀에 대고 속삭인다. "지금 당신을 원해!"

빌어먹게 환상적이군. 스탠은 생각한다. 마침내.

마법

샤메인이 스탠이 바라는바 흡족한 미소를 입술에 머금고 다시 한번 서서히 잠에 빠져들자마자 그는 옷을 입고 복도로 나간다. 그는 체력은 고갈되었지만 아주 들떠 있다. 너무 배가 고파서 소 한 마리라도 잡아먹을 수 있을 지경이다. 틀림없이 이 건물 어딘가에 구내식당이 있을 테고, 운이 좋으면 맥주 주문도 받을 것이다.

그가 모퉁이를 돌자 콘, 제럴드, 리키가 어느 방문 앞에 서 있다. 그들은 더 이상 초록색 분장을 하고 있지 않으며, 정장을 검은색으로 갈아입은 상태이다. 그들은 저마다 한쪽 귀에 이어폰을 꽂고 있고, 각자 왼쪽 겨드랑이에 조금 불룩한 부분이 있다. 그들은 건물 안에 있는데도 저마다 미러 선글라스를 쓰고 있다.

"안녕, 형. 다 잘돼가?"

코너가 말하며 엉큼하게 활짝 웃는다.

"불평을 할 수가 없을 정도야." 스탠이 말한다. 그는 슬쩍 의기양양한 미소를 짓는다. "마법처럼 먹혀들었지."

사실상 그는 하늘을 나는 기분이다. 샤메인이 그를 사랑한다! 그녀가 다시 한번 그를 사랑한다. 전보다 더 많이 그를 사랑한다. 그것은 단순한 섹스를 초월하며, 속이 시커먼 콘은 결코 이해할 수 없는 것이다.

"멋진데." 제럴드가 말한다.

"죽여주는군." 리키가 말한다.

모두 일일이 주먹 인사를 나누고 팔을 들어 손바닥을 마주친다.

스탠은 그것이 마치 축구 경기이기라도 한 것처럼 축하를 하게 내버려둔다. 무엇 하러 설명하려 애쓸 것인가?

"너희들은 그런 복장을 하고 대체 무슨 역할을 하는 거야?" 스탠이 말한다.

"보안 요원. 만일 기자들이 우리 친구가 어디에 있는지 알아낼 경우 그들이 접근하지 못하도록 말이야." 콘이 말한다.

"진짜 보안 요원들은 남자 화장실에 있어요. 화장실 칸 안에요. 조슬린이 그들에게 수면제를 주사했으니 하루 동안은 자리에 없을 거예요." 제럴드가 말한다.

"빠져나갈 구멍을 만들어준 거야. 그들이 책망받을 리는 없을 거야." 콘이 말한다.

"자, 내가 맞혀볼게. 방에 있는 건 에드지?" 스탠이 말한다.

"정답이야. 그를 급히 병원으로 옮겼어. 그가 수술을 받아야만 한다고 말했지. 생사가 달린 문제라고." 콘이 자기 손목시계를 바라본다. "그들 두 사람은 어디에 있는 거야? 서두르는 게 좋을 텐데. 아니면 그가 깨어나서 침대 옆 탁자한테 발기를 할 수도 있어."

"아냐. 내가 조스한테 물어봤어. 뭐가 됐든 눈이 꼭 있어야 해. 이를테면 두 눈 말이야." 제럴드가 말한다.

"그건 나도 알아, 이 바보 천치야. 농담한 거잖아." 콘이 말한다.

"그들이 여기 왔네." 리키가 말한다.

간호사 둘이 흰색 원피스, 빨간색 긴 앞치마, 빨간색 꽃들로 가장자리를 장식한 흰색 모자, 그리고 실용적인 뒷굽이 달린 고무 밑창 구두로 된 루비 구두 부속병원 제복을 입고 복도를 따라 서둘러 오고 있다.

"우리가 늦지 않게 왔나요?"

첫 번째 간호사가 말한다. 조슬린이다. 저 옷을 입고 있으니 정말 그럴싸해 보이는군. 스탠은 생각한다. 간호사인 척하면서 성행위를 주도하는 여자처럼 보여. 그녀는 순식간에 예의 체온계니 오이니 하는 걸 상대의 엉덩이에 꽂아 넣을 테고, 싫다고 말하는 건 불가능할 것이다.

"스탠. 만족했길 바랍니다만?"

조슬린이 그에게 고개를 끄덕이며 인사한다. 스탠이 고개를 끄덕여 동의한다.

"당신에게 고마워해야 할 것 같아요."

그가 말한다. 이상하게도 부끄러운 기분이 든다.

"어머나, 세상에. 별말씀을."

조슬린은 말은 이렇게 하면서도 미소를 짓는다. 두 번째 간호사는 루신다 퀸트다.

"마음대로 하세요."

콘이 그들에게 이렇게 말하면서 방문을 연다. 루신다 퀸트가 들어간다.

"이게 엽기 괴물 쇼보다 나아. 문 꼭 닫지 마." 리키가 말한다.

"문은 닫아도 돼. 그들에게 조금은 사생활을 누리게 해줘. 이어폰 주파수를 2번에 맞추면 돼." 코너가 말한다.

"난 이어폰이 없는데." 스탠이 말한다.

"알았어. 문을 그대로 둬." 코너가 말한다.

잠잠하다. 루신다는 침대 옆에 앉아 있는 게 분명하다.

"만일 그게 효과가 있다면, 그녀는 그를 어떻게 할 작정일까요?" 스탠이 조슬린에게 묻는다. "당국에서는 그를 체포하려고 할 거예요, 맞지요?"

"그녀는 두바이를 거론하고 있어요. 비용이 많이 들긴 하겠지만 우리 쪽에서 지불할 거예요. 아무것도 묻지 않고. 거기서 월풀 욕조가 있는 호화스러운 스위트룸 같은 데서 두 사람이 진탕 마시고 놀 가능성이 많다고 해도요. 무엇을 하든 실내에서 하기만 한다면요. 그녀는 혹시라도 암이 재발할지 모르기 때문에, 그녀의 삶에 걸맞은 별처럼 빛나는 대단원을 원해요. 그리고 범죄인 인도 조약이 없으니, 에드는 그녀가 죽기 전에 해보고 싶다고 변덕을 부리는 모든 일들을 마지막 하나까지 다 마음껏 받아줄 수 있을 거예요. 그녀는 그런 걸 꽤 많이 가지고 있고 나한테 얘기해준 적도 있어요. 그녀는 초콜릿 무스를 온몸에 잔뜩 바르고 나서 핥아 먹어주기를 바라요. 맨 첫 번째로요." 조슬린이 말한다.

"빌어먹을, 버지는 어디 있지? 닭날개 튀김을 가지러 갔나? 배고파 죽겠어." 제럴드가 말한다.

"하마라도 한 마리 잡아먹을 수 있을 것 같아." 리키가 말한다.

"난, 이름이 뭐더라, 아무튼 그 여자 몸의 초콜릿 무스를 다 먹어치울 수도 있을 것 같아."

"난 또……."

"입 닥쳐. 아니면 내가 너희 얼굴을 먹어버릴 테니." 콘이 말한다.

"왜 그렇게 시시하게 그를 놔주나요? 그가 그 모든 일을 저지른 후인데요."

스탠이 조슬린에게 말한다. 그리고 앞으로도 저지르려고 계획하고 있었는데. 스탠이 속으로 덧붙인다. 내 아내를 훔치려고 했어. 그녀의 머리를 엉망으로 만들려고 했고. 성 노예가 되게 하려고 했어. 그녀를 엉뚱한 남자의 성 노예가 되게 하려고 했다고. 조슬린이 이미 자세한 내용을 얘기해줬다.

"정말로 당신은 그가 의회에서 모든 걸 증언하기를 내가 바랄 것 같은가요? 모든 비밀을 다 불어버리는 걸? 나 자신도 그 비밀들 중 하나예요. 혹시 당신이 까먹었을까 봐 하는 말이지만." 조슬린이 말한다.

"아, 그렇지요." 스탠이 말한다.

"예의 존경받는 정치가들 중 적지 않은 양반들 역시 그건 원하지 않을 거예요. 그들은 재정적으로 큰 후원자들이었어요. 그러니 그와 새로 만든 그의 가짜 서류들을 그런 국면에 묻어가게 하는 건 그리 어려운 일이 아닐 거예요. 이 북새통에서 결백한 사람은 아무도 없어요."

"그럼 그냥 죽여버리는 건 어때요?"

스탠은 자신의 잔인함에 놀란다. 그가 직접 그렇게 하겠다는 것은 아니지만, 조슬린은 충분히 그런 일을 할 수 있는 사람이다. 아니, 그는 그렇다고 믿는다.

"그건 공평하지 않은 일일 거예요. 만일 이것이 누가 책임질 것인가에 관한 문제라면 난 모든 이사들과 주주들까지 다 죽여야 할 테지요. 이게 더 좋은 방법이에요. 더 깔끔하지요. 루신다 같은 다른 사람들에게도 이득이고요."

"그가 없으면 컨실리언스와 그 프로젝트는 어떻게 되는 건가요?"

"아마 변형된 형태가 되겠지요. 그들은 예를 들어 파서빌리보츠 같은 좀 더 합법적인 사업 부문들은 매각할 거예요. 아마 교도소 사업 부문을 위한 아파트들도요. 관광 명소의 일부분으로 엮어서 말이지요. '제일하우스 록'(1957년 엘비스 프레슬리가 주연을 맡은 두 번째 영화이자 동명의 주제가 제목. 실수로 살인을 저질러 감옥(jailhouse)에 간 주인공 빈스가 가수 출신인 동료 수감자의 도움을 받아 음악에 눈을 뜨게 되고 출소 후 인기 가수로 성장하게 된다는 줄거리─옮긴이)이라고 부르겠죠. 이미 호주에서 그런 식으로 교도소를 용도 변경했던 적이 있어요. 내 짐작으로는 사람들이 그 안에서 역할극을 하기 위해 돈을 낼 것 같아요. 당신 생각은 안 그래요? 하지만 그건 내가 상관할 바가 아니에요. 왜냐하면 난 새로운 인생을 살고 있을 테니까요. 이제 그 안에서 뭔가 일이 벌어지고 있나요?" 그녀가 콘에게 말한다.

"뭔가 중얼거리는 소리가 들려요. 아니, 어쩌면 코 고는 소리일지도 모르겠네요." 콘이 말한다.

"어쩌면 그게 그가 섹스를 하는 방식인지도 모르지. 자기 코로 말이야." 제럴드가 말한다.

그와 리키가 숨죽여 낄낄거린다.

"빌어먹을, 철 좀 들어라. 됐어요, 됐어. 그의 의식이 돌아오는 중이에요." 콘이 말한다.

스탠은 문틈에 귀를 댄다.

"난 당신을 흠모해요." 그에게 이런 말이 들린다. 그건 마치 제 혹은 욕망에 취해 탁해진 에드의 목소리다. "당신은 사랑스러워요! 그런 긴 앞치마 따윈 벗어버려요!"

"잠깐만 기다려요, 군인 양반. 내가 브래지어를 끄를 때까지 기다려요!" 루신다.

"못 기다리겠어요. 당장 당신을 원해요!" 에드가 말한다.

루신다에게서 웃음과 비명이 섞인 소리가 터져 나온다. 그런 다음 낑낑거리는 신음 소리, 아니 끙끙거리는 신음 소리인가?

"문 닫아요. 이어폰도 다 꺼요. 우리가 상관하지 말아야 할 일들도 있는 거예요." 조슬린이 말한다.

"당신은 우리가 재미를 보는 꼴을 조금도 못 보는군요."

콘은 말은 이렇게 하면서도 그녀가 시킨 대로 한다.

"루신다는 고객이에요. 우리한텐 우리 나름의 기준이 있어요."

조슬린이 고지식하게 말한다.

꽃으로 뒤덮이다

그 결혼식은 완전히 마법에 걸린 것 같다! 아니, 어쩌면 두 건의 결혼식이라고 할 수 있을지 모른다. 왜냐하면 오로라와 맥스가 처음으로 결혼을 하고 있지만, 샤메인과 스탠이 그들의 맹세를 새롭게 다짐하고 있으니 그 결혼식은 그들을 위한 것이기도 하기 때문이다.

'결혼식 엘비스' 한 사람이 식을 진행하고―그건 은색 벨트가 달린 흰색과 금색의 점프슈트와 은색 별들이 달린 자주색 망토를 입은 '당신의-이엘에프'의 로브다—3인조 '노래하는 엘비스'가 꽃바구니들 중 하나 안에 감춰놓은 스피커에서 울려 퍼지는 영화음악 반주에 맞춰 뮤지컬 영화의 삽입곡들을 부른다. 예배당 구역을 위한 꽃은 샤메인이 골랐다. 그녀는 분홍색 미니 장미들이 달린 잔가지들과 갖가지 꽃들이 섞인 연한 푸른색의 '물망초'('Forget-Me-Not'에는 문자 그대로 '나를 잊지 말아요'라는 뜻이 있으며 물망초의 꽃말이기도 하다—옮긴이)라는 이름의 상품을 선택했는데, 아주 사랑스럽다. 태양이 빛난다. 하긴, 라스베이거스는 늘 그렇다. 나머지 세상에서 어떤 일이 일어나고 있든지 간에 말이다.

특별 선물로 어깨를 드러낸 분홍색 호박단 드레스를 입고 마릴린으로 분장한 여자 다섯이 와 있는데, 뭐랄까 마릴린이 다이아몬드에 대한 노래를 부르는 「신사는 금발을 좋아해」에서 배우들이 총출연해 노래하고 춤추는 대규모 장면 같다. 단, 줄줄이 뒤따르는 사람들이 없기는 하다. 마릴린들은 마치 정신이 나간 채 기뻐하기라도 하는 것처럼 미소를 짓는데, 이것이야말로 사람들이 결혼식에서 원하는 모습으로, 그렇게 할 만한 실제 친척이 아무도 없기에 샤메인이 이 5인조를 예약했던 것이다. 그들은 정말이지 돈 값어치를 톡톡히 하며, 결혼식 말미에는 환호성을 지르고 웃음을 터뜨리면서 그들 넷 모두에게 쌀을 던지고, 마릴린들 중 한 사람은 오로라의 부케를 잡는다.

샤메인은 비록 그녀 자신이 그런 기분을 느끼고 있다고는 해도, 정확히 말해서 결혼을 하는 것은 아니기 때문에 보통 말하는 그런 부케를 갖고 있지는 않다. 하지만 분홍색 장미꽃들이 달린 장미 가지를 하나 들고 있으며, 그건 거의 부케나 다름없다. 그녀는 분홍색과 파란색의 꽃무늬 옷을 입고 스탠은 펭귄 무늬 셔츠를 입고 있는데, 그녀가 인터넷에서 찾아낸 것이었다. 그건 지나치게 감상적이기는 하지만 그녀야말로 몹시 감상적인 사람이다.

야외 피로연장에는 샴페인이 있는데, 피로연은 양달과 응달이 모두 있고, 마치 화음을 넣어주는 보조 가수들인 양 마이크를 쥐고 있는 인어 셋과 기타를 연주하는 서퍼 셋, 각자 물고기로 물을 쏟아붓고 있는 큐피드 셋, 그리고 꼭대기에는 특유의 미소를 머금은 엘비스의 석조 두상이 있는 분수대가 설치된 널찍한 옥외 테라스에서 열린다. 누군가가 엘비스의 목에 화환을 하나 걸어놓았다. 그건 결혼식 테마에 너무나 잘 들어맞는다. 윈 할머니가 말하곤 했다시피 신은 세밀한 부분에 깃들어 있는 법이다(20세기 모더니즘 건축의 거장인 독일의 미스 반 데어 로에가 즐겨 인용해 유명해진 격언으로 '사소해 보이는 것 하나하나가 무엇보다도 중요하다'는 의미를 담고 있다―옮긴이).

샤메인은 몹시 행복하다. 오랫동안 그녀와 함께했던 그녀 자신의 어두운 일면이 완전히 사라져버린 것 같다. 마치 누군가가 지우개를 가지고 와서 그처럼 고통스러운 기억들을 싹 다 지워버리기라도 한 것 같다. 그녀가 과거에 일어났던 일들을, 그러니까 윈 할머니가 그녀에게 생각하지 말라고 말하곤 했던 그런 일들을 기억하지 못한다는 것은 아니다. 그녀는 그것들을 기억할 수 있지만 그저 사진들이나 한 편의 악몽처럼 기억할 뿐이다. 그것들은 더 이상 그녀를 좌지우지할 힘이 없다. 그것은 의사들이 그녀가 스탠을, 다른 어느 누구도 아닌 오로지 스탠만을 사랑하도록 그녀의 머릿속을 고치는 동안 한 일이었음에 틀림없다. 그로부터 멀어져 방황했던 것은 바로 다른 하나의 샤메인, 사악한 샤메인이었는데, 그런 샤메인은 영원히 사라져버렸다. 레이저로 해낼 수 있는 일들은 기막힐 만큼 굉장하다!

그녀는 심지어 일말의 저릿저릿한 갈망이나 질투심도 없이 맥스, 혹은 필이 오로라와 결혼하는 모습을 지켜보기까지 했다. 피로연에서 사람들이 신부들에게 입을 맞추고 있었을 때 맥스가 그녀의 뺨에 가볍게 입을 맞췄고, 과거였다면 그의 사소한 접촉에도 전자레인지에 데워진 아이스바처럼 흐물흐물 녹아버렸을 테지만, 그녀는 그것 또한 전혀 신경 쓰이지 않았다. 다시 말해 그건 그저 파리 한 마리가 달라붙은 거나 다름없어서 툭툭 털어버리고 더 이상 생각하지 않을 수 있었다. 그녀가 그에게 그토록 미쳐 있었던 그 당시에 그들이 했던 그런 모든 일들은—'미치다'야말로 정확한 표현이다—그것들은 시들해져 버렸다. 마치 그녀가 일종의 주문에 걸려 있었지만 다음 순간 획 하고 주문이 풀려버린 것과 비슷하다. 그녀는 그런 막간 희극 같은 일들을 또렷하게, 하지만 아득하면서도 애틋하다는 듯 회상한다. 거의 어린 시절의 터무니없는 장난들을 회상하기라도 하는 것처럼. 비록 어릴 때 그녀가 그러지는 않았지만 말이다. 그녀는 그 당시 터무니없는 장난을 전혀 치지 않았다. 너무 겁이 많았다.

지금 맥스, 혹은 필은 오로라와 함께 있다. 그는 파라솔들 중 하나 아래 있다. 오로라를 테이블로 밀어붙여 두 팔로 그녀를 감싸 안고, 몸통을 그녀의 몸통에 바짝 밀착시킨 채 그녀의 목에 키스를 하는 중이다. 그녀를 침대로 데려가서 그토록 능수능란한 손길로 그녀의 온 얼굴을 어루만지기를 도저히 기다릴 수 없을 지경이라는 걸 알 수 있다. 샤메인은 자기 마음을 살펴보는데, 맥스가 들어 있는 마음 한 칸에서 그녀가 찾을 수 있는 것이라고는 오로라의 행복을 바라는 마음뿐이다. 왜냐하면 그녀의 생김새에도 불구하고 맥스의 시선은 줄곧 그녀의 주변만 맴돌고 있고, 그녀에게 헌신적이라는 것은 분명하기 때문이다. 아무튼 그녀는 예전보다 나아 보인다. 왜냐하면 그녀는 기쁨으로 상기되어 있고, 중요한 것은 내면의 아름다움이기 때문이다. 대개의 경우 그렇다. 가끔은 그렇다. 게다가 틀림없이 맥스 역시 행복하다! 틀림없이 그렇다!

큐피드 분수대 옆에 두 명의 마릴린과 함께 스탠이 있는데, 그들이 그에게 결혼식 케이크를 먹여주는 중이다. 그 케이크는 흰색으로, 각자 부리와 발톱에 리본과 장식용 장미 꽃줄들을 쥐고 있는 파랑새들이 그려진 파란색과 분홍색 당의를 씌운 것인데, 그 문양은 샤메인이 전체적인 장식 계획과 어울리게 주문한 것이다. 그 문양이 매우 복잡하기는 하지만 샤메인이 3차원 레이저 프린터로 찍어내게 시켰다.

마릴린들은 확실히 과장된 몸짓을 하고 있다. 어깨를 드러낸 그런 분홍색 호박단 드레스를 입고 있으면 누구나 그들의 앞섶을 곧바로 유심히 내려다볼 수 있는 법이고, 스탠이 지금 하고 있는 일이 바로 그런 것일 테다. 하지만 그를 비난할 수는 없다. 사실 눈에 띄기 위해서가 아니라면 대체 무엇 하러 보란 듯 선반에 진열을 해두겠는가?

이제 끼어들 때다. 그녀는 어슬렁거리듯, 그러면서도 꽤 빠르게 걸어간다.

"내 멋진 남편을 이렇게 잘 돌봐줘서 고마워요."

샤메인은 스탠의 팔에 팔짱을 끼면서 이렇게 말한다. 그 뒤 곧 비록 옅은 금발 가발을 쓰고 있지만, 그 마릴린들 중 하나가 베로니카임을 알아본다. 샤메인이 오로지 스탠만 사랑할 수 있는 것과 마찬가지로, 가엾게도 베로니카는 오로지 그녀의 푸른 곰 인형만 사랑할 수 있다는 사실을 모든 사람이 알고 있으니—텔레비전에 온통 그 테디 베어 이야기뿐이었기에 베로니카는 지금 제법 유명 인사다—괜찮다.

"베로니카! 너인 줄은 몰랐어!" 샤메인이 말한다.

"어떻게 내가 이걸 놓칠 수 있겠어요? 난 행복한 결말을 보고 싶었어요. 샌디 기억하지요?" 베로니카가 말한다.

"샌디!"

샤메인이 그녀를 껴안으며 소리쳐 부른다. 그녀가 마지막으로 샌디를 직접 만났을 때, 샌디는 양쪽 발목에는 족쇄를 찬 채 플라스틱 수갑까지 차고 있었다.

"세상에! 네가 무사히 빠져나와서 너무 기뻐! 텔레비전에서 널 봤어! 기적 같은 일이야!"

"기적이나 마찬가지였어요. 그들이 두건을 뒤집어씌웠고 난 그냥 감방 문밖으로 끌려 나가고 있었지요. 그 당시에는 알아차리지 못했지만 지금 생각해보니 난 예비 부품으로 재활용되기 위해 가는 길이었던 거예요. 그런 다음 곧 휴대전화에서 와글와글 떠드는 소리가 엄청 났어요. 그건 그들에게 폭로 기사가 난 데다 에드는 이익금을 가지고 '무단 이탈'을 했으니 추후 통지가 있을 때까지 모든 일을 보류하라고 전달하는 조슬린이었지요. 그 교도관들은 나를 바닥에 떨어뜨려놓고 달아나 버렸고, 내가 벌떡 일어나서 밖에 이르렀을 무렵에는 모든 문들이 열려 있어서 마치 이렇게 말하는 것 같았어요. '여기서 빨리 나가!' 오가는 사람들로 얼마나 북적이던지! 게다가 난 팔꿈치에 멍까지 들었어요. 하지만 봐봐요! 누가 불평을 하겠어요? 난 여전히 조각나지 않은 채 말짱하고, 꼬치구이 신세도 아닌데." 샌디가 말한다.

"난 샌디한테 그들이 이 애를 부위별로 조각내지 않았을 거라고 계속 말하는 중이에요. 샌디는 너무 귀엽거든요. 그들은 이 애를 여기 라스베이거스 병원으로 실어 보내서 뇌수술 같은 걸 했을 거예요. 결국 어떤 부유한 쭈그렁바가지 노인네랑 함께하게 됐을 테지요. 그 노인의 온갖 변덕을 다 받아주는 신세가 돼서 말이에요." 베로니카가 말한다.

"'썹 탱크'처럼 말이지. 단지 이번에는 감정을 실어서." 샌디가 말한다.

"게다가 훨씬 더 많은 현금과 함께."

베로니카가 이렇게 말하자 그들은 웃음을 터뜨린다.

샌디가 자신의 샴페인 잔을 들어 건배를 한다.

"지난날을 위하여! 지난날 같은 건 지옥에서 썩어 문드러지기나 하라지."

두 마릴린은 잔을 다시 채우러 샴페인 테이블 쪽으로 향하고, 샤메인은 두 팔을 스탠에게 두르며 꼭 껴안는다.

"아, 스탠. 너무 멋져! 우린 참 운이 좋은 것 같지 않아?"

스탠도 그녀를 꼭 껴안는다. 비록 건성이기는 하지만. 그는 멍한 것처럼 보인다. 아니, 어쩌면 샴페인 때문인지도 모른다. 그는 줄곧 샴페인을 마치 탄산음료처럼 마시고 있었고, 필요 이상으로 많이 마셨다. 하지만 그는 내일이면 괜찮아질 거라고 샤메인은 생각한다. 지금까지 결국엔 다 잘됐다. 윈 할머니가 말하곤 했듯이 지나간 모든 것은 서막에 불과하며(셰익스피어의 희곡 「태풍」 2막 1장, 안토니오의 대사 중 한 구절―옮긴이), 끝이 좋으면 다 좋은 것이니까(셰익스피어의 희곡 「끝이 좋으면 다 좋다」의 제목으로, 오늘날에는 상투적인 속담처럼 사용되는 문장―옮긴이). 이것이 끝이라는 것은 아니다. 아니, 오히려 이것은 시작이다. 새로운 시작. 처음부터 마땅히 그래야 했지만 그렇지 못했던 바로 그 시작. 그나마 모든 사람이 기회를 얻을 수 있는 것은 아니다.

그녀에게는 계속 맴도는 의문이 있다. 그녀가 어쩔 수 없이 그렇게 하는 것이라면 과연 그를 사랑하는 게 정말로 가치 있는 일일까? 그녀의 결혼 생활의 행복이 그녀가 기울인 어떤 특별한 노력 때문이 아니라 그녀가 받겠다고 동의조차 하지 않았던 뇌수술 때문이라는 게 과연 옳은 일일까? 아니다, 그건 옳지 않은 일인 것 같다. 하지만 옳다고 느껴진다. 너무나 옳다는 느낌, 그녀는 그 느낌을 어쩔 수가 없다.

이 모든 것에 대해 비용을 지불한, 혹은 비용이 지불되도록 처리한 사람은 조슬린이었다. 하지만 샤메인이 꼭 오라고 거듭 권유했는데도, 조슬린은 엄밀한 의미의 결혼식 자체에는 참석하지 않았다. "난 잔치를 망치는 사악한 마녀가 되고 싶지 않아요"라는 게 그녀가 한 말이었다. 솔직히 샤메인은 그 말에 안도했다. 조슬린이 그녀와 스탠을 위해 한 모든 일에도 불구하고, 그런 일들 중 일부는 모든 사람에게 긍정적인 것으로 여겨지지 않을 수도 있음을 분명히 인정하기 때문이다. 예를 들어 조슬린이 스탠의 팬티를 벗기고 관계를 맺은 것 같은 일은 말이다. 샤메인은 조슬린에 대해 악감정이 전혀 없다. 그런 악감정을 가질 자격이 없기 때문이다. 그리고 모든 것이 청산되어서 은행에 잔고도 부채도 전혀 없는 것과 같은 상황이다.

그런데 지금 그녀가, 조슬린이 옥외 테라스 구역으로 걸어 들어오고 있다. 그녀가 그럴지도 모른다고 암시했던 대로 피로연에 온 것이다. 그녀는 연한 자주색 옷을 입고 있는데, 그것은 분홍색과 파란색의 배색과 같은 부류의 색상은 아니지만, 그런 배색과 어울리지 않는 것도 아니다. 샤메인은 조슬린이 이런 측면까지 고려해서 세련된 해결책을 생각해냈다는 것이 기쁘다.

스탠의 기분 나쁜 남동생 코너는 스스로를 끝내주게 멋있어 보이게 만들어준다고 생각하는 저 미러 선글라스를 쓴 채, 조슬린과 그의 세 범죄자 친구들과 함께 있다. 아니, 범죄자는 아니다. 샤메인은 그런 말은 사용하지 않으려 한다. *색다르다.* 그게 더 알맞은 말이다. 코너와 그 남자들은 그녀를 에드로부터 구했다. 그러니 설사 그들이 그 나머지 시간에는 범죄자일지라도, 대체 어떻게 그녀가 그들을 범죄자로 여길 수 있겠는가? 그녀가 생각하기에 코너가 지금까지 늘 스탠에게 악영향을 미쳤다고 할지라도 말이다. 아니, 그가 그랬던 것은 그들이 더 어렸을 때였다. 오늘 그는 좀 더 어른스러워 보인다. 어쩌면 그는 그를 건설적인 사회인이 될 수 있게 도와줄 현명한 연상의 여자를 만나게 될지도 모른다. 그녀는 모두에게 무언가 좋은 것이 주어져야 하는 이런 멋진 날에 그를 위해 그런 소원을 빌어본다.

샤메인은 스탠에게서 몸을 떼어내, 그가 코너와 색다른 친구들과 그들이 늘 하는 등을 툭툭 두드리고 주먹 인사를 하며 이름을 거듭 불러 대는 저 판에 박힌 일을 하게 해준다. "콘!" "스탠!" "리키!" "제럴드!" "버지!" 그들은 마치 아직도 서로의 이름을 모르는 것처럼 군다. 하지만 그건 남자들 간의 유대감 같은 것이고, 그녀는 그것에 관한 텔레비전 프로그램을 본 적이 있다. 그건 "축하해"나 뭐 그런 말을 하는 거나 마찬가지이다. 이제 그들은 샴페인이 있는 쪽으로 이동하는 중이다. 비록 스탠은 정말이지 더 이상 샴페인을 마시면 안 되지만. 그러지 않으면 그는 너무 취하는 바람에, 두 사람이 호텔 방에 도착해서 그녀가 솜털이 보송보송한 수건들과 그녀의 온몸에 바를 아몬드 오일이 함유된 보디로션으로 멋진 샤워를 하자마자 둘이 하기를 바라고 있는 일들을 할 수 없을 것이다.

게다가 일단 코너와 그의 단짝들이 술을 얼마간 들어붓고 나면, 코너는 신부는 물론이고 샤메인에게도 키스를 하려고 들 것이다. 그는 스탠을 약 올리기 위해 그녀를 껴안고 약간 저돌적으로 키스하고 싶어 할 것이다. 그녀는 오로라에게 코너에 대해 경고해야만 한다. 맥스의 현재 상태로는, 그러니까 이제 진심으로 사랑에 빠져 있으므로, 그는 누구든 다른 남자가 오로라에게 손가락 하나라도 대면 분개할지도 모르고, 그러고 나면 싸움이 날 수도 있다. 그리고 맥스는 그 싸움에서 질 것이다. 왜냐하면 4대 1, 아니 스탠까지 계산에 넣을 수 있다면 5대 1일 테니까. 그러면 맥스는 아무리 못해도 코피를 흘리고, 케이크나 장식해놓은 꽃꽂이들을 엉망으로 만들 테고, 그 일은 이 아름답고 완벽한 날을 망쳐버릴 것이다. 하지만 피로연장을 둘러보자, 그녀는 맥스와 오로라가 이미 사라져버렸음을 알게 된다. 달아올라서 빨리 가고 싶어 안달이 났군. 빨리 가고 싶은 정도가 아니라 질주하고 있을 테지. 그녀는 후회의 어두운 흔적 하나 없이 이렇게 생각한다. 아니, 털끝만큼의 어두운 흔적은 있는 걸까? 그럴 리가 없다. 왜냐하면 레이저가 후회의 어두운 흔적 하나하나를, 그리고 두말할 것도 없이 모든 어두운 흔적을 그녀에게서 도려냈기 때문이다. 그녀의 모든 어두운 흔적들을.

그녀는 가능한 한 멀리 떨어진 곳으로, 코너가 그녀를 볼 수 없는 분수대 뒤쪽으로 살그머니 움직이기로 결심한다. 눈에 보이지 않으면 곧 잊힐 테니까. 조슬린이 그녀와 함께 간다.

"자, 기쁨과 상쾌한 사랑의 날들이로군요(셰익스피어의 희곡 「한여름 밤의 꿈」 5막 2장, 테세우스의 대사 중 일부―옮긴이)."

"그런 것 같아요. 나나 스탠한테는, 진짜로 그래요."

샤메인이 말한다. 조슬린은 이따금 기묘한 말들을 한다.

"잘됐군요. 당신에게 줄 결혼 선물이 하나 있어요. 하지만 지금부터 1년 후에 줄게요. 아직 준비가 안 됐어요." 조슬린이 말한다.

"어머, 난 깜짝 선물이 너무 좋아요!" 샤메인이 말한다.

그 말이 사실일까? 늘 그렇지는 않다. 때때로 그녀는 깜짝 선물을 몹시 싫어한다. 어둠 속에서 별안간 덮치는 것 같은 깜짝 선물들을 몹시 싫어한다. 하지만 아무러면 조슬린의 깜짝 선물이 그런 종류는 아닐 것이다.

"당신이 우리를 위해, 나나 스탠을 위해서 해준 이 모든 일에 대해 어떻게 다 감사를 표해야 할지 모르겠어요." 샤메인이 말한다.

조슬린이 미소를 짓는다. 저것은 따뜻하고 다정한 진짜 미소일까, 아니면 조금 무시무시한 미소일까? 샤메인은 조슬린의 각양각색의 미소들을 파악하는 데 애를 먹는다.

"나중에 고맙다고 해요. 일단 그게 무엇인지 알고 나서요." 조슬린이 말한다.

그런 다음 악수를 나누며 작별 인사를 한 후, 그리고 코너가 어쨌든 샤메인에게 키스를 하기는 했지만 그래도 고작 뺨에만 하고 난 후에, 조슬린과 코너와 그 다른 남자들은 차창을 선팅한 매끈한 검은색 차에 올라타고 떠나간다.

샤메인은 스탠과 팔짱을 낀 채 그의 옆에 서서, 그 차가 시야에서 사라질 때까지 그들에게 손을 흔든다.

"그들이 연애 중이라고 생각해? 코너와 조슬린이?"

샤메인이 묻는다. 만일 그들이 그렇다면 그녀는 좋아하는 축일 것이다. 그러면 조슬린이 짝이 없는 채로 주변을 기웃거리지 않을 것이고, 따라서 스탠을 가로챌 가능성도 더 적을 테니까. 샤메인은 비록 조슬린에게 고마워하고는 있지만, 조슬린이 그런 거짓말들과 교활한 짓들을 하고 난 후라서 아직은 그녀를 신뢰하지 않는다.

"그렇다는 데 돈을 걸 수도 있어. 콘은 늘 콧대 센 여자들을 좋아했지. 걔 말로는 그편이 오히려 의욕이 솟는 데다가, 그런 여자들은 자기들이 무엇을 원하는지 잘 알고 있을 뿐 아니라, 지금까지 그런 여자들이 분당 회전수도 더 높았대."

분당 회전수는 자동차 엔진 용어이며, 샤메인은 그 말을 알고 있다. 하지만 그 말은 너무 품위가 없다.

"그런 말은 너무 품위가 없어. 여자들은 자동차가 아니야."

"그건 콘의 말투야. 품위가 없지. 어떻든 간에, 그들은 함께 사업을 하고 있어."

"어떤 사업?"

샤메인이 말한다. 틀림없이 무언가 두 사람이 다 잘하는 일일 것이다. 예를 들면 허세를 부려서 남을 속이는 일 같은 것. 어쩌면 그들은 카지노들을 위해 일하고 있을지도 모른다. 만일 그들 둘이 연애 중이라면 그것이 언제부터 계속된 것인지 그녀는 궁금하다.

"내가 보기에 그들의 사업은 우리가 상관할 일이 아니야." 스탠이 말한다.

XV

—

거기

거기

스탠에게는 새로운 일자리가 있다. 그는 새롭게 문을 연 파서빌리보츠 라스베이거스 생산 시설의 공감 모듈 조정 담당자다. 그는 씩 웃는 엘비스의 모습을 완벽하게 만드는 일을 맡고 있는데, 여태껏 완전히 정확했던 적이 한 번도 없다. 너무 꽉 조이면 이빨을 드러내고 으르렁거리는 모습이고, 너무 헐거우면 실없어 보인다. 양쪽으로 모두 불만이 있었던 것이다. 하지만 스탠은 진전을 이뤄내는 중이다. 그는 이것을 최고로 만들 작정이다! 그 일이 끝나면 그는 벌써부터 마릴린 로봇을 담당하기로 예정되어 있는데, 그것은 입술을 삐죽 내미는 동작에 약간의 조정이 필요하다.

주말이라 그는 집에서, 그 자신의 집에서, 선인장 산울타리를, 그 자신의 선인장 산울타리를 다듬고 있다. 그것도 그 자신의 산울타리 전정기들로. 그는 그것들을 면도날같이 날카로운 상태로 보관한다. 잔디밭, 다시 말해 라스베이거스의 급수 제한 때문에 인조 잔디로 덮여 있는 그의 잔디밭, 아니 좀 더 정확히 말하자면 그들의 잔디밭에서는 벌써 생후 3개월이 된 어린 위니가 귀여운 새끼 오리들이 잔뜩 그려진 담요 위에서 까르륵거린다. 스탠은 아이에게 위니프레드라는 이름을 지어주자는 것이 이상했다. 아이의 애칭은 아이들 이야기책의 곰 이름처럼 들릴 테고, 그 바람에 아이는 학교에서 '푸'라고 불리며 '웅가'라는 단어를 따서 이름을 붙였다고 놀림을 받을 터였다(1926년 처음 발표된 A. A. 밀른의 동화 『위니 더 푸(Winnie-the-Pooh)』의 주인공 곰돌이 '푸'의 이름에는 '웅가'나 '똥'이라는 의미가 있다—옮긴이). 하지만 샤메인은 그 이름이 윈 할머니에 대한 감사의 표시라고 말했다. 왜냐하면 윈 할머니가 없었다면 무슨 일이 일어났을지 모르니까. 그리고 어차피 잘난 체하는 머리통이 달린 어린 남자아이들에 불과하다고. 그러므로 그들은 그런 일이 닥치면 그때 가서 위니의 두 번째 이름을 쓰기로 선택해서 충분히 대응할 수 있을 것인데, 그 두 번째 이름은 스탠리타이다. 샤메인이 그 이름을 고집했다. 그녀는 그것이 그들의 영원한 사랑의 기념비 같은 것이라고 말했다. 스탠은 스탠리타 같은 이름은 없다고 말했고, 샤메인은 있다고 말했으며, 그가 인터넷으로 그 이름을 검색했다. 빌어먹을 그녀의 말이 맞지만 않았더라면.

샤메인은 파라솔 그늘에서 야외용 접이식 의자에 앉아 그녀의 바람대로라면 다음에 태어날 아기를 위한 것이 될 조그마한 모자를 뜨개질하면서 위니를 계속 지켜보고 있다. 그녀는 아이 주변을 벗어나지 않는다. 최근 뉴스에 따르면 몇몇 이유가 밝혀지지 않은 아기들의 실종 사건들이 있었고, 샤메인은 그 아기들이 노화를 방지하는 그들의 값비싼 혈액 때문에 유괴되고 있는 것이라고 걱정하기 때문이다. 스탠은 그녀에게 그들이 사는 지역에서는 그런 일이 일어날 것 같지 않다고 말하지만, 샤메인은 그건 아무도 모르는 일이고 호미로 막을 것을 가래로 막을 필요는 없다고 말한다.

그녀는 스탠 역시 계속 지켜보고 있다. 왜냐하면 그녀는 그가 어슬렁거리며 돌아다니다가, 포식 동물처럼 탐욕스러운 여자들이 있건 없건 간에, 이상한 사건들에 휘말릴지도 모른다는 생각을 가지고 있기 때문이다. 전에는 그에게 이토록 소유욕이 강했던 적이 결코 없지만 그들이 그녀의 머리에 그 짓을 한 이후로는 줄곧 이랬다. 스탠에 관해서 사소한 것까지 다 신경 쓰는 사람. 그는 처음에는 으쓱한 기분이었지만 가끔은 조금 지나치게 검사를 받는 기분이 들 때도 있다.

또한 그는 샤메인이 예전에 그를 죽이기를 마다하지 않았다는 사실을 떨쳐버릴 수가 없다. 그 일로 그녀가 얼마나 많이 울고불고했든 말이다. 설명, 그러니까 조슬린이 나중에 해준 설명에 따르면 샤메인은 시종 그 상황이 가짜라는 걸 알고 있었다고 하고, 그들 둘은 모두 그 이야기를 믿는 척한다. 하지만 그는 속아 넘어가지 않는다. 그때 그녀는 진심이었다.

그가 그 사실을 그녀에게 불리하게 이용할 수 있다는 것은 아니다. 그리고 맥스와 그녀의 짧은 정사 역시 이용할 수 없다. 왜냐하면 조슬린 덕분에, 샤메인에게도 조슬린과 그의 짧은 정사라는 대항 무기가 있으니까. 그는 억지로 그럴 수밖에 없었다고 말할 수도 있겠지만 그런 말은 먹히지 않을 것이다. 샤메인이 그녀 자신에 대해서도 같은 말만 반복할 테니까. '나도 어쩔 수 없었어' 등등. 게다가 샤메인은 그가 가공의 재스민을 추적했다는 사실을 알고 있는데, 그것은 그에게 굴욕적인 것 이상이다. 악당이 되는 건 받아들일 수도 있는 일이고, 거의 존경할 만하다지만 멍청이가 되는 건 한심한 일이다. 두 사람은 불륜이라는 시소에서 대등하게 평형을 이루고 있으므로, 상호 동의하에 결코 그것을 언급하지 않는다.

한편 그의 성생활은 살면서 그렇게 좋았던 적이 없을 정도다. 부분적으로는 뭐가 됐든 샤메인의 뇌에 가해진 조정 때문이지만, 아울러 그녀를 성적으로 흥분시키는 그의 다양한 말들 때문인 것이 틀림없다. 그말들은 조슬린이 그에게 지켜보게 만들었던 샤메인과 맥스의 동영상들에서 들은 그대로인데, 비록 그 당시에는 지옥이 따로 없었지만, 지금 그는 그녀에게 고맙게 생각한다. 왜냐하면 그가 해야 할 일이라고는 그런 반복적인 어구들—*돌아누워, 무릎 꿇어, 네가 얼마나 음란한 여자인지 말해*—중 하나를 끄집어내는 것이 전부고, 샤메인은 그의 손바닥 위에서 놀아나는 셈이니까. 그녀는 뭐든 다 할 것이고, 뭐든 다 말할 것이다. 즉, 그녀는 그가 한때 가공의 재스민에게서 갈구했던 모든 것의 총체, 아니 그 이상이다. 사실 일련의 판에 박힌 과정이 조금 너무 뻔해지기는 했지만, 불평을 하는 건 고약한 일일 것이다. 마치 음식이 너무 맛있다고 불평을 하는 것처럼. 그게 대체 어째서 불평거리란 말인가?

선물

샤메인은 마치 한 마리 물개처럼 햇볕을 쬐는 중이다. 혹은 고래처럼. 혹은 하마처럼. 아무튼 햇볕을 쬐는 무엇인가처럼. 심지어 그녀의 뜨개질 솜씨조차도 전보다 더 좋아졌다. 이제는 그것의 용도를 그녀가 잘 알고 있기 때문이다. 그녀는 위니를 위해 곰 인형을 떴다. 단, 푸른색이 아니라 초록색 곰 인형이다. 그리고 질식의 위험을 방지하기 위해 두 눈은 수를 놓았다. 그리고 이번 모자는 그녀가 일단 완성하고 나면 가장 마음에 드는 물건이 될 것이다.

이 얼마나 아름다운 날인가! 하긴, 모든 날은 아름답다. 하늘에 감사하게도 그녀는 머리에 그런 조정 수술을 받았고, 삶에서 무언가를 더 이상 바랄 수 없기 때문에 예전에 그랬던 것보다 매사에 훨씬 더 많이 감사하게 생각한다. 심지어 무언가 문제가 생길 때조차도. 예를 들어 어제처럼 배수관의 물이 빨래 건조기로, 그것도 세탁물이 꽉 찬 상태로 역류했을 때조차도 말이다. 예전이었다면 그 일은 그녀의 기분을 훨씬 우울하게 만들었을 것이다. 하지만 배관공이 와서 그것을 고친 후 그녀가 세탁물을 넣고 라벤더 향 섬유 유연제를 특별히 추가해 다시 한번 돌리자, 그것은 마치 새것이나 다름없었다.

다행스러운 일이었다. 그녀의 프릴이 잔뜩 달린 페전트 풍의 흰색 면 블라우스가 그 세탁물에 들어 있었는데, 바로 그녀가 포지트론 생존자 모임에 입고 가고 싶은 옷이기 때문이다. 그녀는 거기서 샌디와 베로니카를 만나 그동안 못 들은 그들의 소식을 알아낼 것이다. 그들의 홈페이지에 의하면 두 사람 다 잘 해내는 중이다. 샌디는 머리가 벗어진 부분에 다리나 부분 가발을 덧대주는 일을 하는데, 그 일에 정말 소질이 있다. 베로니카는 연설가 알선 업체와 손을 잡고 여기저기 돌아다니면서, 개인의 성적 취향이 사회적 규범과 맞지 않는다면 그 문제를 어떻게 풀어나갈 것인가에 관해 이야기한다. 바로 전주에 그녀는 신발에 페티시가 있는 사람들의 모임에서 연설을 했고, 그들은 그녀에게 꽃다발이나 기념 액자 혹은 그 비슷한 무언가를 주는 대신, 발끝이 비쳐보이고 뒷굽이 어마어마하게 크고 높은 너무나도 귀여운 신발 한 켤레를 선사했다. 샤메인은 그런 구두를 더 이상 신을 수 없다. 그런 것을 신으면 그녀는 아킬레스건이 아프다. 어쩌면 그녀는 중년이 되는 중인지도 모른다.

맥스와 오로라 역시 거기 올지도 모른다. 그녀는 그들과 계속 연락하고 지내지는 않았다. 그들에 대해 생각할 때마다, 그녀가 신경 써서 그들의 앞날에 있기를 빌어주는 따뜻한 축복이라는 쿠션들 어딘가에 파묻혀 있는 따끔거리는 작은 바늘 하나가 아직도 있다. 아니, 맥스에 대해서 생각할 때마다 그렇다. 정말로 그녀는 아직도 가끔은 맥스를 생각한다. 그런 식으로. 하지만 그건 이상한 일이다. 왜냐하면 맥스에 대한 그런 감정은 다 지워졌어야만 하니까.

그녀가 생각하지 않으려고 노력하는 것은 포지트론 교도소에서 판이한 삶을 살던 과거에, 그녀의 어두운 흔적들이 다 지워지기 전에 그녀가 했던 일이다. 만일 좋은 일이라고 들었다는 이유로 나쁜 짓들을 저지른다면 그 사람이 나쁜 사람이 되는 것일까? 이런 것에 대해 너무 많이 생각하면 정말로 모든 것이 엉망이 될 수도 있으니, 그렇게 하는 것은 이기적인 일일 것이다. 그래서 그녀는 그런 측면은 즉시 잊어버리려고 노력한다.

스탠이 산울타리 전정기를 끈다. 그는 마구 튀는 선인장 가시들 때문에 꼭 써야 하는 얼굴 가리개를 들어 올리고 가죽 장갑을 벗은 다음 이마를 닦는다.

"스탠, 자기, 맥주 마실래?"

샤메인이 큰 소리로 말한다. 그녀는 술을 마시지 않는 중이다. 위니에게 좋지 않을 테니까.

"금방 끝나. 딱 30센티미터만 더 하면 돼."

샤메인은 어쩌면 그들이 선인장 산울타리를 제거하고 나뭇가지로 엮은 울타리를 설치해야 할지도 모른다고 생각하지만, 스탠은 그런 생각을 좋아하지 않았다. 그는 말한다. 못 쓸 정도도 아닌데 어째서 처리해야 하는 거야? 사실은 "빌어먹게 못 쓸 정도도 아닌데"라고 했고, 그녀에게 그 문제로 잔소리 좀 그만하라고 말했다. 그녀는 잔소리를 하고 있는 것은 아니었지만 그대로 놔뒀다. 무엇이든 그가 믿고 싶은 대로 계속 믿게 놔둬라. 그는 심술이 나면 섹스를 하려고 하지 않을 텐데, 그 섹스는 굉장하고 전보다 훨씬 더 좋으니까 말이다. 그녀의 뇌가 거듭났거늘 어떻게 더 좋지 않을 수 있겠는가?

스탠은 여전히 일상생활에서 그녀에게 약간 짜증을 낼 때가 있다. 모든 것이 아주 멋진데도 말이다. 그의 업무 스트레스 때문이다. 샤메인 역시 곧 무언가 일을 구할 것이다. 현실 세계로부터 존재감을 다소 인정받는 것은 좋은 일이니까, 어쩌면 시간제 일이라도 말이다.

검은색 하이브리드 차 한 대가 집 앞에 멈춰 서는 중이다. 조슬린이 거기서 내린다. 그녀 혼자인 것 같다.

스탠은 얼굴 가리개를 내리고 산울타리 전정기의 스위치를 켜며 등을 돌린다. 그래, 그거야. 샤메인이 생각한다. 그건 조슬린이 그녀의 두 다리를 재빨리 보여주는 방식에도 불구하고, 그가 그녀에게 관심이 없다는 뜻이다.

"조슬린! 이게 웬일이에요!"

조슬린이 인조 잔디를 가로질러 자신을 향해 걸어오자 샤메인이 말한다. 그녀는 뜨개질감을 내려놓고 야외용 접이식 의자에 앉은 채 팔다리를 마구 흔들어 보인다.

조슬린은 몸에 딱 붙는 세련된 짙은 회색 리넨 원피스를 입고, 흰색 쿠반 힐(여성용 펌프스나 끈이 달린 신발에 붙이는 3~5센티미터 정도의 높이로 굵고 안정성이 좋은 수직 힐—옮긴이) 샌들을 신고, 챙이 축 늘어진 차양용 모자를 쓰고 있다.

"일어나지 마요. 귀여운 아기네요."

조슬린이 말한다. 그녀가 별 관심이 없다는 걸 알 수 있다. 만일 정말 관심이 있다면, 위니를 안아 올려 들고 둥둥 얼러준다거나 그와 비슷한 어떤 평범한 행동을 했을 것이다. 하지만 그러면 조슬린의 값비싼 옷에 위니가 토했을지도 모르고, 그들의 관계는 나아지지 않을 것이다. 그들 사이에 어떤 관계가 있다는 것은 아니지만 말이다. 샤메인은 그 결혼식 이후 지금까지 조슬린를 만난 적이 없으니까. 그녀와 코너는 워싱턴에서 무언가 진짜, 진짜 비밀스러운 일을 하고 있다. 아니, 그렇다는 게 스탠이 코너에게서 들은 이야기다.

"찬 음료수 좀 가져다줄까요?"

샤메인이 책임감 있게 말한다.

"얼마 있지는 못해요. 당신 결혼식 선물을 전하러 잠깐 들렀을 뿐이에요."

"어머. 정말 멋지군요!"

샤메인이 기대감을 안고 말한다. 그런데 그게 뭘까? 조슬린은 포장 상자를 전혀 들고 있지 않다. 어쩌면 그건 한 장의 수표일지도 모르고, 그것 역시 친절한 일이지만 그리 고상한 일은 아닐 것이다. 샤메인이 생각하기에는 직접 고른 물품이 낫다. 늘 그런 건 아니지만.

"그건 물건이 아니에요."

조슬린이 말한다. 샤메인은 문득 수상기 안에 있던 조슬린의 머리에 대한 기억이 떠오른다. 그녀는 그 머리가 자신의 생각을 모조리 읽을 수 있을 거라고 생각하곤 했고, 여기에서도 다만 수상기 속에 있지 않을 뿐 조슬린은 그것과 아주 똑같은 일을 하고 있었다.

"그건 당신에 관한 한 가지 정보예요."

"나에 관한 거요?"

샤메인이 당황한 듯 놀라 말한다. 이건 또 하나의 속임수인가? 그녀와 맥스의 그 동영상들과 마찬가지로 협박 같은 건가? 하지만 그것들은 파괴하기로 되어 있었다.

"당신이 선택할 수 있어요. 그걸 들을 건지 말 건지를. 만일 듣는다면 당신은 더 자유롭지만 덜 안정적일 거예요. 듣지 않는다면 더 안정적이지만 덜 자유롭겠지요."

그녀는 팔짱을 끼고 기다린다.

샤메인은 생각해봐야만 한다. 어떻게 그녀가 더 자유로울 수 있겠는가? 그녀는 이미 충분히 자유롭다. 그리고 이미 안정적이다. 스탠에게 일자리가 있고 그녀에게 스탠이 있는 한. 하지만 그녀는 만일 조슬린이 말해주지 않고 가버린다면, 그것이 무엇이었는지 언제까지나 궁금해할 것임을 깨달을 만큼은 자신을 잘 알고 있다.

"알았어요. 말해줘요."

"간단히 말해서 이거예요. 당신은 그런 수술을 받은 적이 없어요. 그 뇌 조정 수술 말이에요."

"그건 사실일 리가 없어요." 샤메인이 딱 잘라서 말한다. "그럴 리가 없어요! 줄곧 굉장한 차이가 있었다고요!"

"인간의 정신은 암시에 걸리기가 엄청 쉬워요."

"하지만. 하지만 지금 난 스탠을 무척 사랑해요. 난 그를 사랑해야만 해요. 그들이 한 그것 때문에요! 그건 개미나 뭐 그런 거 같은 거예요. 그건 새끼 오리 같은 거라고요! 그들이 그렇게 말했다고요!"

"어쩌면 당신은 어차피 스탠을 사랑했을지도 몰라요. 어쩌면 단지 그렇게 하는 데 도움이 좀 필요했을 뿐일지도 모르지요."

"이건 공정하지 않아요. 모든 게 다 정해져 있었는데!"

"정해져 있는 건 아무것도 없어요. 하루하루가 다 다르지요. 당신이 스스로 결정했기 때문에 무언가를 하는 게 낫지 않나요? 꼭 해야만 하기 때문에 하는 것보다는?"

"아니요. 그렇지 않아요. 사랑은 그런 게 아니에요. 사랑한다면, 스스로를 억누를 수 없기 마련이에요."

그녀는 속수무책인 느낌을 원한다. 그녀가 원하는 건…….

"당신은 강박 상태가 더 좋아요? 이를테면 머리에 총부리를 들이댄 것 같은 게? 당신 자신의 행동에 책임을 지지 않도록 당신에게서 결정권을 빼앗아주기를 바라나요? 당신도 알다시피 그런 게 매력적일 수도 있지요."

조슬린이 미소를 지으며 말한다.

"아니요, 꼭 그렇다는 건 아니에요. 하지만……."

샤메인이 이 문제를 꼼꼼히 생각해보려면 시간이 좀 걸릴 것이다. 열린 문이 있고, 그 문 바로 뒤에 서 있는 것은 맥스다. 보통 말하는 그런 의미의 맥스는 아니다. 왜냐하면 그의 뇌는 정말로 개조되었고, 그는 이제 오로라와 단단히 결합되어 영원히 그녀에게 헌신할 것이기 때문이다. 샤메인이 오로라를 그렇게까지 시기한다는 것도 아니다. 왜냐하면 오로라는 그 전까지는 살면서 너무나 많은 고통을 겪었기 때문이다. 그러니 오로라는 약간 정신 나갈 듯한 황홀감을 누릴 만한 자격이 있지 않을까, 예를 들어…….

예를 들어 어떤 것 같은지는 신경도 쓰지 마라. 그런 것은 너무 지나치게 자세히 되새기지 않는 편이 낫다. 과거는 과거다.

그러니 맥스가 아니라 맥스의 그림자다. 맥스 비슷한 사람. 스탠이 아닌, 미래에서 그녀를 기다리고 있는 누군가. 그건 무척 파괴적인 일일 것이다! 대체 왜 그녀가 그런 일을 곰곰이 생각해보고 있는 걸까? 어쩌면 그녀는 심리 치료사나 뭐 그런 사람을 만나봐야 할지도 모른다.

"물론 그렇지는 않아요! 하지만 내게 필요한⋯⋯."

"받아들이든 말든 마음대로 해요. 난 그저 전달자에 불과해요. 흔히 법정에서 말하듯이, 자유롭게 가도 좋아요. 전 세계가 당신 앞에 있어요. 어디든 선택할 수 있어요."

"무슨 의미예요?"

감사의 말

맨 먼저 에이미 그레이스 로이드에게 감사의 말을 전해야겠다. 그녀는 이 이야기의 첫 번째 에피소드를 게재한 웹사이트 '바이라이너'(「아웃사이드」의 편집장을 지낸 존 테이먼이 창업한 전자책 전문 출판사—옮긴이)의 담당 편집자였다. 그 에피소드에서 한데 묶여 '포지트론'이라고 알려진 세 편의 이야기가 더 생겼고, 2012~2013년 동안 '바이라이너'에 실렸다. 에이미는 또한 친절하게도 『심장은 마지막 순간에』를 읽고 몇 가지 의견을 제시해주기도 했다. 누가 처음부터 이 이야기를 속속들이 꿰뚫고 있었던 그녀보다 더 나았겠는가?

나의 편집자들인 펭귄 랜덤하우스(캐나다), 맥클리런드 앤드 스튜어트 출판사의 엘렌 셀리그먼과 펭귄 랜덤하우스(미국), 난 A. 탈레즈/더 블베이 출판사의 난 탈레즈, 그리고 블룸스버리(영국)의 알렉산드라 프링글에게도 감사를 표해야겠다. 그리고 교열 담당자인 스트롱퍼니시 출판/편집 디자인 캐나다의 헤더 생스터에게도 감사를 표한다.

맨 처음 내 책을 읽어봐주는 독자들, 다시 말해 언제나 꼼꼼하게 읽어주는 제스 애트우드 깁슨과 북미 지역 대리인인 피비 라모어, 그리고 커티스 브라운 에이전시의 영국 지역 대리인들인 비비안 슈스터와 캐롤리나 서튼에게도 감사의 말을 전한다.

아울러 해외 저작권 문제를 처리해주는 커티스 브라운의 벳시 로빈스와 소피 베이커에게도 감사의 말을 전한다. 또한 인터내셔널 크리에이티브 매니지먼트(ICM) 사의 론 번스타인에게도 감사를 표한다. 앵커 북스의 루앤 발터와 비라고 출판사의 레니 구딩스, 그리고 세계 각지의 많은 대리인들과 출판사들에게도 같은 마음이다. 더불어 앨리슨 리치, 애슐리 던, 매들린 피니, 조이 후드, 주디 제이콥스에게도.

사무실 조수인 수잔나 포터와 페니 카바노, 그리고 웹사이트 '마거릿애트우드.캐나다(margaretatwood.ca)'를 디자인해준 V. J. 바우어에게도 감사를 전한다. 또한 셸던 쇼아입과 마이크 스토얀에게도. 게다가 마이클 브래들리와 새라 쿠퍼, 콜린 퀸과 시아오란 자오, 그리고 에블린 헤스킨, 아울러 전깃불을 계속 밝힐 수 있게 관리해준 테리 카먼과 '더 쇼크 닥터스'(전기 관련 수리 및 서비스 전문 업체 이름—옮긴이)에게도. 다른 사람들은 몰라도 그들 자신은 알고 있을 몇 가지 이유에서, 영국 노리치의 '북 하이브' 서점 관계자들에게도. 마지막으로 그램 깁슨에게 특별히 감사를 전한다. 그는 늘 영감을 주는 존재였지만, 이 책의 등장인물들 중에서는 어느 누구에 대해서도 영감을 불어넣지 않았다. 그리고 그건 다행스러운 일이다.

추천의 말

    어떤 특별한 생활양식을 기반으로 한 독자적 시스템을 지닌 집단이 근미래 서사에 주요 배경으로 등장한다면, 이에 반기를 드는 영웅적 주인공과 시스템을 공고히 지켜나가며 권력의 정점에 서고자 하는 빌런의 대립을 떠올리게 된다. 특히 그 시스템이 교도소의 모델을 채용하고 부랑아를 비롯한 사회적 실패자들의 교화 및 복지를 표면적인 목적으로 하면서 '벽 안'이라는 한정된 공간에서 폐쇄적으로 운영된다면 더욱 그렇다. 이때 인물들은 억압당한 자유를 쟁취하는 투쟁을 벌이며 궁극적으로는 시스템을 무너뜨리고 완고한 벽을 부수는 건강한 대단원을 맞이할 것이다. 그럼으로써 세상에 발명된 그 어떤 통치 체제도 인류를 완전히 복속시킬 수는 없으며, 인간은 오늘도 내일도 언제까지나 불완전하지만 그럼에도 자유라는 단 하나의 가치를 포기할 수 없다는 새삼스러운 진실을 재확인하는 것이다.

    개성 넘치는 일군의 인물들이 배치된 셰익스피어 풍의 소동극과 블랙코미디를 연상케 하는 이 소설에서, 애트우드는 기존의 디스토피아 레퍼토리에다 신체 기관 밀매, 섹스 로봇 제조, 뇌신경 개조 시술을 비롯하여 일상의 부부 생활에서 발생할 수 있는 의혹과 속임수와 투쟁을 삽입함으로써 다층적인 서스펜스를 보여준다. 이 과정에서 인물들이 겪는 복합적인 환난은 일견 서로에 대한 믿음이 깨진 부부 관계에서 비롯한 것으로 비치지만 근본은 괴물화한 자본주의의 모순에 뿌리내리고 있는데, 환난에서 벗어나는 것이 곧 모순의 해소를 의미하지 않는다는 점이 인상적이다. 작가는 더 이상 떨어질 바닥이 없는 평범한 사람들이 인생에 편재한 함정에 걸려드는 순간을 세밀하게 묘파하며, 마지막의 마지막까지 안심할 수 없게 만드는 반전의 손아귀에 독자를 옭아 넣는다.

구병모(소설가)

국립중앙도서관 출판시도서목록(CIP)

심장은 마지막 순간에 / 지은이: 마거릿 애트우드 ; 옮긴
이: 김희용. — 고양 : 위즈덤하우스 미디어그룹, 2018
   p. ; cm

원표제: Heart goes last
원저자명: Margaret Atwood
영어 원작을 한국어로 번역
ISBN 979-11-6220-686-7 03840 : ₩16000

현대 소설[現代小說]
캐나다 문학[—文學]

843.5-KDC6
813.54-DDC23   CIP2018024707

심장은
마지막
순간에

초판 1쇄 발행 2018년 8월 20일 초판 2쇄 발행 2018년 9월 7일

지은이 마거릿 애트우드 옮긴이 김희용
펴낸이 연준혁

출판 1본부 이사 김은주
출판 7분사 분사장 최유연
편집 김소연 디자인 김준영

펴낸곳 (주)위즈덤하우스 미디어그룹 출판등록 2000년 5월 23일 제13-1071호
주소 경기도 고양시 일산동구 정발산로 43-20 센트럴프라자 6층
전화 031)936-4000 팩스 031)903-3893 홈페이지 www.wisdomhouse.co.kr

값 16,000원
ISBN 979-11-6220-686-7 03840